HEYNE BÜCHER

OLIVIA MANNING

IM FLUSS DER ZEIT

Roman

Deutsche Erstausgabe

WILHELM HEYNE VERLAG
MÜNCHEN

HEYNE ALLGEMEINE REIHE
Nr. 01/8042

Titel der Originalausgabe
THE BALKAN TRILOGY (Teil I und Teil II)
Der Reichtum/The Great Fortune
Stadt ohne Moral/The Spoilt City
Aus dem Englischen übersetzt
von Norbert Treuheit und Gottfried Röckelein

Printed in Germany 1990
Umschlagfoto: Bilderdienst Kindermann, Berlin/BBC
Innenfotos: Bilderdienst Kindermann, Berlin/BBC
Umschlaggestaltung: Atelier Ingrid Schütz, München
Satz: IBV Satz- und Datentechnik GmbH, Berlin
Druck und Bindung: Presse-Druck, Augsburg

ISBN 3-453-04167-4

Für Johnny und Jerry Slattery

Inhalt

Teil I

DER REICHTUM

Teil II

STADT OHNE MORAL

Teil I

DER REICHTUM

Das Attentat

1

Irgendwo in der Nähe von Venedig, begann Guy sich mit einem stämmigen, älteren Mann zu unterhalten, einem Flüchtling aus Deutschland auf dem Weg nach Triest. Guy stellte Fragen. Der Flüchtling antwortete eifrig. Keiner der beiden schien zu bemerken, daß der Zug anhielt. In dem Durcheinander eines vor kurzem angezettelten Krieges hielt der Zug so etwa alle zwanzig Minuten. Harriet schaute hinaus und sah, dunkler als die in die Nacht hinübergleitende Abenddämmerung, vertikale Streben, die ein Geländer stützten. Zwischen den Streben befummelte sich ein Liebespaar, schob hin und wieder einen Fuß oder Ellenbogen hinaus in den Lichterschein, der aus den Fenstern der Eisenbahnwagen fiel. Jenseits der Streben glitzerte Wasser und reflektierte die phosphoreszierenden runden Lampen, die das hohe Geländer beleuchteten.

Als der Zug sich plötzlich in die Nacht hinaus bewegte und die Liebenden und das glitzernde Wasser hinter sich ließ, dachte sie: »Jetzt kann alles passieren.«

Guy und der Flüchtling unterhielten sich weiter quer durch den Eisenbahnwagen und fixierten sich gegenseitig mit den Augen. Guys Mitgefühl hatte den Deutschen halb aus seinem Sitz gerissen. Er streckte seine Hände aus, Handflächen nach oben, wie hohle Gefäße, Seite an Seite, und schüttelte sie gelegentlich, um etwas zu unterstreichen, während Guy ihm eine begierige Aufmerksamkeit widmete, die sich zur Erregung steigerte, als er mit dem Kopf nickte und damit zeigte, daß all das, was er hörte, haargenau das war, was er zu hören erwartet hatte.

»Was sagt er?« fragte Harriet, die nicht Deutsch sprach.

Guy legte eine Hand auf die ihre, damit sie ruhig blieb.

Ein Gefühlsstrom, Zuneigung vielleicht, schien Guys Aufmerksamkeit beständig auf den Flüchtling zu richten, aber der Flüchtling schaute mehrmals mit großen Augen die anderen Reisenden um sich herum an, mit herausfordernder Selbstsicherheit, als ob er sagen wollte: »Ich rede und erzähle? Was ist schon dabei? Ich bin ein freier Mensch.«

Der Zug hielt wieder an; ein Fahrkartenkontrolleur kam ins Abteil. Der Flüchtling erhob sich und suchte in einer Innentasche seines Mantels herum, der neben ihm hing. Seine Hand verweilte, er hielt den Atem an, zog seine Hand zurück und suchte in einer Außentasche. Diesmal zog er seine Hand schnell zurück und suchte in einer anderen Tasche, und wieder in einer anderen, und wieder in einer anderen. Er fing an, Sachen aus den Taschen der Jacke, die er anhatte, herauszuziehen; dann leerte er seine Hosentaschen aus. Er atmete stoßweise. Er wandte sich wieder dem Mantel zu und begann seine Suche von vorn.

Guy und Harriet Pringle, die ihn beobachteten, waren bestürzt. Sein Gesicht war aschfahl geworden, seine Wangen eingefallen wie die Wangen eines sehr alten Mannes. Als er sich bei seiner anstrengenden Suche zusehends erhitzte, breitete sich eine unangenehme Feuchtigkeit auf seiner Haut aus, und seine Hände bebten. Als er wieder bei seiner Jacke anfing, zitterte sein Kopf und seine Augen flackerten.

»Was ist?« fragte Guy. »Was haben Sie verloren?«

»Alles. Alles.«

»Ihre Fahrkarte?«

»Ja«, der Mann japste nach Luft zwischen den Worten. »Meine Brieftasche, meinen Paß, mein Geld, meinen Ausweis... Mein Visum, mein Visum!« Beim letzten Wort kippte seine Stimme um. Er hörte auf zu suchen und bemühte sich, sich zusammenzunehmen. Er preßte seine Hände aneinander, schüttelte dann die eine vor lauter Unvermögen, den Verlust zu begreifen.

»Vielleicht im Futter?« sagte Harriet. »Die Sachen sind vielleicht durch die Taschen ins Futter gefallen.«

Guy bemühte sich, es zu übersetzen.

Der Mann wandte sich ihm zu, beinahe schluchzend, da ihm dieser Vorschlag wie eine Drohung erschien. Schließlich verstand er, und er begann wie wild das Bekleidungsfutter abzutasten. Er fand nichts.

Die anderen Mitreisenden hatten ihn mit distanziertem Interesse beobachtet, während der Schaffner ihre Fahrkarten nahm. Nachdem alle anderen ihre Fahrkarten abgegeben hatten, wandte sich der Schaffner ihm zu, als ob er von dem Ganzen überhaupt nichts mitbekommen hätte.

Guy erklärte dem Mann, daß der Flüchtling seine Fahrkarte verloren hatte. Ein paar andere Leute im Abteil murmelten zustimmend. Der Schaffner blickte schweigend und ausdruckslos zurück zu einigen Kontrolleuren, die im Gang standen. Sie übernahmen den Fall. Einer blieb an der Abteiltür, während der andere Verstärkung holte.

»Außerdem hat er keinen Pfennig Geld«, sagte Guy zu seiner Frau. »Wieviel können wir ihm geben?«

Sie waren auf dem Weg nach Bukarest. Da die Einfuhr von Geld nach Rumänien verboten war, hatten sie sehr wenig dabei. Harriet zog einen Tausendfrancschein heraus. Guy hatte drei englische Pfundnoten. Als ihm das Geld angeboten wurde, war der Flüchtling nicht in der Lage, es zu registrieren. Er war bereits wieder vollauf damit beschäftigt, seine Taschen zu durchsuchen, als ob die Brieftasche zwischenzeitlich wieder aufgetaucht sein könnte. Er schien die Gruppe der Kontrolleure nicht wahrzunehmen, die jetzt an der Tür erschienen war. Als einer seinen Arm berührte, wandte er sich ungeduldig um. Man befahl ihm mitzukommen.

Er nahm seinen Mantel vom Haken und sein Gepäck aus der Ablage. Seine Gesichtsfarbe war jetzt normal, seine Miene ausdruckslos. Als Guy ihm das Geld hinhielt, nahm er es verblüfft, wortlos.

Nachdem er abgeführt worden war, sagte Guy: »Was wird aus ihm werden?« Er sah bekümmert und hilflos aus, bestürzt wie ein gutmütiges Kind, dem man sein Spielzeug gestohlen hatte.

Harriet schüttelte den Kopf. Keiner konnte ihm antworten. Keiner unternahm einen Versuch.

Den Vortag hatte man auf vertrautem Gebiet verbracht, obwohl sich der Orient Express an keinen Fahrplan gehalten hatte. Harriet hatte zugesehen, wie die Weinberge im Sonnenlicht des Spätsommers vorbeizogen. Knäuel von fettigem Butterbrotpapier hatten sich in der Hitze selbständig gemacht, leere Mineralwasserflaschen rollten unter den Sitzen umher. Als der Zug anhielt, war kein Stationsvorsteher in Sicht, keine Gepäckträger kamen zu den Fenstern. Auf dem verlassenen Bahnsteig gaben Lautsprecher die Nummern der Reservisten bekannt, die zu ihren Regimentern gerufen wurden. Die Monotonie der Stimme des Ansagers bewirkte Stille. Man konnte durch sie hindurch das Summen von Bienen hören, das Gezwitscher von Vögeln. Das schwache Quäken der Trompete des Wachpostens kam von weither, wie ein Geräusch aus der erwachenden Welt, das in den Schlaf eindringt. Der Zug setzte sich in Bewegung und fuhr ein paar Meilen weiter und hielt wieder an, und die Stimme des gleichen Ansagers verkündete die Nummern ohne Kommentar.

In Frankreich waren sie unter Freunden. Italien, das sie am nächsten Tag durchquerten, schien am Ende dieser Welt zu sein. Als sie am anderen Morgen aufwachten, waren sie auf der Slowenischen Ebene. Den ganzen Tag über zogen ihre eintönigen Dörfer, ihre rehbraunen Kornfelder und Wiesen mit Heuhaufen unter einem wolkenschweren Himmel vorbei. Jede halbe Meile gab es eine Bauernhütte von der Größe eines Geräteschuppens, mit einem Gemüsegarten und Beeten mit großen, flachblütigen Sonnenblumen. An jeder Station standen die Bauern da wie Blinde. Harriet versuchte, einen von ihnen anzulächeln: es kam keine Reaktion. Das hagere Gesicht blieb wie zuvor, verwittert und verwelkt in starrer Trostlosigkeit.

Guy, der diese Reise zum zweiten Mal machte, widmete seine Aufmerksamkeit seinen Büchern. Er war zu kurzsichtig, um sich viel aus der vorbeiziehenden Lanschaft zu machen, und er mußte seine Vorlesungen vorbereiten. Er unterrichtete in der Englischen Abteilung der Universität Bukarest, wo er schon ein Jahr verbracht hatte. Während seiner Sommerferien hatte er Harriet kennengelernt und geheiratet.

Da nur noch für eine Mahlzeit Geld übrig war, hatte sich Harriet für das Abendessen entschieden. Der Tag verging ohne Frühstück, Mittagessen oder Imbiß, und so lag der Hunger düster über der Slowenischen Ebene. Die Dämmerung brach herein, dann die Dunkelheit, dann kam schließlich der Kellner und klingelte wieder mit seinem Glöckchen. Die Pringles waren die ersten im Speisewagen. Dort war alles normal, das Essen gut, aber noch vor Beendigung der Mahlzeit begann sich der Oberkellner zu benehmen, als sei er in Panik. Körbchen mit Obst waren auf die Tische gestellt worden. Er wischte sie beiseite, um die Rechnungen zusammenzustellen, für die er prompte Bezahlung verlangte. Der Betrag, der hoch war, schloß Kaffee mit ein. Wenn jemand Kaffee verlangte, sagte er »Später«, warf das Wechselgeld hin und eilte weiter. Ein Gast sagte, er würde erst bezahlen, wenn der Kaffee serviert werden würde. Der Oberkellner erwiderte, der Kaffee würde erst dann serviert werden, wenn alle bezahlt hätten. Er behielt jene im Auge, die noch bezahlen mußten, als ob er fürchtete, sie würden sich davonmachen, bevor er zu ihnen kam.

Schließlich hatten alle bezahlt. Der Zug hielt. Er hatte die Grenze erreicht. Kaffee wurde serviert, zu heiß zum Trinken, und gleichzeitig erschien ein Beamter und befahl allen, den Wagen zu verlassen, der gerade vom Zug abgehängt wurde. Ein Mann verschluckte sich an seinem Kaffee, heulte auf und warf seine Tasse hin. Einige wollten wissen, warum der Wagen abgehängt wurde. Ein Kellner erklärte, daß der Wagen der Jugoslawischen Eisenbahn gehörte und daß keine vernünftige Regierung es in diesen riskanten Zeiten zulassen würde, daß ihre Betriebsmittel auf Schienen eine Grenze überquerten. Die Passagiere wurden hinausgeschoben, alle tobten sie gleichzeitig in einem halben Dutzend Sprachen, der Krieg war vergessen.

Die Grenzbeamten schlenderten gemächlich den Gang hinunter. Als das vorbei war, stand der Zug auf dem kleinen Bahnhof, wo die Luft kalt und herbstlich durch offene Fenster strömte und nach Stroh roch.

In ihrem Abteil, das jetzt zum Schlafwagenabteil deklariert worden war, schrieb Guy immer noch in sein Notizbuch. Harriet versuchte, durch die Gangfenster etwas von dem

Grenzdorf zu sehen. Sie konnte nicht einmal sicher sein, daß da ein Dorf war. Die Dunkelheit schien so leer wie der Weltraum zu sein; dennoch, leuchtend wie eine Sonne im Zentrum, gab es da einen Rummelplatz. Kein Laut drang herüber. Ein Riesenrad bewegte sich langsam und trug leere Gondeln, die wie Boote geformt waren, in den Himmel.

Unmittelbar vor dem Fenster war ein Bahnsteig, erleuchtet von drei schwachen, gelben Glühbirnen an einem Draht. Unter der am weitesten entfernten stand eine Gruppe von Leuten – ein großer Mann, ungewöhnlich dünn, mit einem langen Mantel, der von einer Schulter herabhing wie von einem Türknauf, umgeben von fünf kleinen Männern in Uniform. Sie redeten auf ihn ein, um ihn zum Weitergehen zu veranlassen. Er sah in ihrer Mitte verunsichert aus, wie ein großgewachsenes, verängstigtes Tier, das von Terriern bedrängt wird. Alle paar Meter blieb er stehen, um zu protestieren, und sie drängten ihn weiter, indem sie ihn umringten und gestikulierten, bis er bei dem Wagen war, von dem aus Harriet zuschaute. In der einen Hand trug er ein Reisenecessaire aus Krokodilleder, in der anderen einen britischen Paß. Einer der fünf Männer war ein Gepäckträger, der zwei große Koffer trug.

»Yakimov«, wiederholte der große Mann ununterbrochen, »Prinz Yakimov. *Gospodin*«, jammerte er plötzlich, *»gospodin.«*

Daraufhin umringten sie ihn und beruhigten ihn mit *»Da, da«* und *Dobo, gospodin.«* Sein langes, merkwürdiges Gesicht war traurig und resigniert, als er sich in Richtung der Spitze des Zuges manövrieren ließ. Dort wurde er in ein Abteil gedrängt, als ob der Expreß jeden Augenblick anfahren würde.

Die uniformierten Männer zerstreuten sich. Der Bahnsteig wurde leer. Der Zug blieb eine weitere halbe Stunde, wo er war, und keuchte dann langsam über die Grenze.

Als die rumänischen Beamten einstiegen, veränderte sich die Atmosphäre in den Gängen. Die rumänischen Reisenden waren jetzt in der Mehrzahl. Stämmige, kleine rumänische Frauen, bis zu dem Zeitpunkt nicht weiter aufgefallen, drängelten sich durch den *wagon-lit* und unterhielten sich auf französisch. Die allgemeine Stimmung war die einer gegenseitigen Beglückwünschung, daß sie sicher innerhalb ihres eigenen Landes waren. Sie quietschten vor Entzücken, als sie sich mit den Beamten unterhielten, und die Beamten lächelten nachsichtig auf sie herab. Als Guy mit den Pässen auftauchte, erkannte ihn eine der Frauen als den Professor, der ihren Sohn in Englisch unterrichtete. Er antwortete ihr auf rumänisch, und die Frauen drängten sich um ihn und bewunderten seine Sprachgewandtheit und seine Aussprache.

»Aber Sie sprechen ja perfekt«, sagte eine Frau.

Guy errötete wegen der Aufmerksamkeit, die ihm zuteil wurde, und gab eine Erwiderung auf rumänisch, die bei allen erneutes Quietschen hervorrief.

Harriet, die nicht verstand, was er gesagt hatte, lächelte über den Spaß und tat so, als hätte sie daran teil. Sie bemerkte, daß Guy bei seiner Erwiderung leicht betrunken aussah und wie er diesen unbekannten Frauen seine Arme entgegenstreckte, als wollte er sie alle umarmen.

Die Pringles waren seit weniger als einer Woche verheiratet. Obwohl sie geschworen hätte, alles über ihn zu wissen, was es zu wissen gab, begann sie sich nun zu fragen, ob sie überhaupt etwas wußte.

Als der Zug anfuhr, zerstreuten sich die Frauen. Guy kehrte zu seiner Koje zurück. Harriet blieb eine Weile am Fenster und schaute zu, wie die Berge auftauchten und größer wurden, schwarz wie Ebenholz gegen den düsteren und sternenlosen Himmel. Ein Kiefernwald erstreckte sich bis an den Rand der Gleise; die Lichter aus den Abteilen hüpften über die angrenzenden Bäume. Als sie hinausstarrte in das dunkle Herz des Waldes, sah sie auf einmal kleine, sich bewegende Lichter. Einen Augenblick lang lief etwas Graues, Hundeähnliches neben den Schienen entlang und kehrte dann in die Dunkelheit zurück. Die Lichter, erkannte sie, waren die Augen wildlebender Tiere. Sie zog ihren Kopf zurück und schloß das Fenster.

Guy schaute auf, als sie zu ihm kam, und sagte: »Was gibt es?« Er nahm ihre Hände, sah, daß sie vor Kälte starr waren und rieb sie zwischen seinen Händen: »Kleine Affenpfoten«

sagte er. Als sich seine Wärme auf sie übertrug, sagte sie: »Ich liebe dich«, was etwas war, das sie noch nie zuvor zugegeben hatte.

Ihr schien es, als ob dies genau einer jener Augenblicke war, die zwangsläufig in einem Taumel von Leidenschaften enden müßten, aber Guy sah es umkompliziert. Er sagte: »Ich weiß«, und, indem er abschließend ihre Finger drückte, ließ er sie los und richtete seine Aufmerksamkeit wieder auf sein Buch.

2

Nach dem Eintreffen im Bukarester Hauptbahnhof trug Yakimov sein Gepäck zum Gepäckschalter. Er hielt in jeder Hand einen Koffer, sein Krokodil-Reisenecessaire hatte er unter den rechten Ellenbogen geklemmt. Sein mit Zobel gefütterter Mantel hing von seinem linken Arm. Die Gepäckträger – es kam etwa ein Dutzend auf jeden Reisenden – folgten ihm entgeistert. Er wäre vielleicht angepöbelt worden, wenn nicht sein abwesender, sanfter Blick, der von seiner ungewöhnlichen Körpergröße aus über ihre Köpfe hinwegstrich, den Eindruck vermittelt hätte, er sei außer Reichweite.

Als das Reisenecessaire wegrutschte, grapschte einer der Gepäckträger danach. Yakimov parierte mit einem geschickten Schritt zur Seite und ging dann gelassen weiter. Seine Schultern hingen herab, sein Mantel schleifte auf dem schmutzigen Bahnsteig, sein karierter Anzug und seine gelbe Wolljacke schlackerten und flatterten, als würden sie an einem Kleiderbügel transportiert. Sein Hemd, das er im Zug gewechselt hatte, war sauber. Seine anderen Kleidungsstücke waren es nicht. Seine Krawatte, für ihn vor Jahren von Dollie gekauft, die das »engelsgleiche Blau« bewundert hatte, war jetzt völlig fleckig und speckig von Essensresten. Sie hatte überhaupt keine Farbe mehr. Sein Kopf, mit dem dünnen, bleichen Haar, mit der Nase, die, lang und fein, sich plötzlich an den Nasenlöchern verbreiterte, mit dem dünnen

Clownsmund, war weit entfernt und sanft, wie der Kopf einer Giraffe. Darauf trug er eine abgenutzte, karierte Mütze. Sein ganzer trauriger Anblick wurde noch trauriger dadurch, daß er achtundvierzig Stunden lang nichts gegessen hatte.

Er gab die zwei Koffer in die Aufbewahrung. Die Krokodiltasche, die zwischen seiner gebrauchten Nachtwäsche einen britischen Paß und eine Quittung für seinen Hispano-Suiza enthielt, nahm er mit sich. Als das Auto von den jugoslawischen Beamten an der Grenze wegen seiner Schulden beschlagnahmt worden war, hatte er gerade so viel bei sich gehabt, um eine Fahrkarte dritter Klasse nach Bukarest zu kaufen. Dieser Kauf hatte ihm nur wenig Kleingeld übriggelassen.

Er ging aus dem Bahnhof hinaus in das Durcheinander eines Straßenmarktes, wo gerade beim Hereinbrechen der Dämmerung Lichter angezündet wurden. Er hatte die Gepäckträger abgeschüttelt. Nun drängten sich Bettler um ihn herum. Er spürte die erste Frische des Herbstes in der Luft und entschloß sich, seinen Mantel lieber anzuziehen als ihn über dem Arm zu tragen. Indem er sein Necessaire außer Reichweite der zerlumpten Kinder hielt, gelang es ihm, zuerst den einen und dann den anderen Arm in den Mantel zu schieben.

Er schaute sich um. Nachdem man ihn aus allen Hauptstädten »hinausgejagt« – seine eigene Formulierung – hatte, hatte er nun den Rand Europas erreicht, eine Region, in der er bereits den Orient roch. Jedesmal, wenn er in einer neuen Hauptstadt ankam, begab er sich zur Britischen Gesandtschaft, wo er für gewöhnlich eine Persönlichkeit aus seiner Vergangenheit vorfand. Hier, so hatte er gehört, war ihm der Kulturattaché bekannt; war ihm, in der Tat, sogar verpflichtet, war er doch zu einer jener opulenten Parties gekommen, die Dollie und er in den alten Tagen gegeben hatten. Es kam ihm der Gedanke, daß, falls er mit dem Taxi zur Gesandtschaft führe, Dobson vielleicht bezahlen würde. Falls aber Dobson versetzt worden und niemand sonst willens war zu bezahlen, wäre er auf Gedeih oder Verderb dem Taxifahrer ausgeliefert. Zum ersten Mal in seinem Leben zögerte er, etwas zu riskieren. Er stand mitten im Geplapper der Bettler, sein Mantel hing wie ein glockenförmiges Zelt von seinem Halsansatz herab, und er seufzte und dachte bei sich: Euer armer, alter Yaki ist auch nicht mehr der Junge, der er einmal war.«

Ein Fahrer sah ihn da stehen und stieß die Tür seines Taxis auf. Yakimov schüttelte den Kopf. Auf italiensich, einer Sprache, die, wie man ihm gesagt hatte, dem Rumänischen ähnlich sei, fragte er nach dem Weg zur Britischen Gesandtschaft. Der Fahrer machte eine Handbewegung, um ihn zum Einsteigen zu bewegen. Als Yakimov zum zweiten Mal den Kopf schüttelte, stöhnte der Mann voller Ekel und fing an, in seinen Zähnen umherzustochern.

Yakimov insistierte: »*La legazione britannica, per piacere*?«

Um ihn loszuwerden, machte der Mann eine unbestimmte Handbewegung über seine Schulter.

»*Grazie tanto*, mein Lieber.« Sich in seinen Mantel hüllend, drehte sich Yakimov um und folgte einer Straße, die wie ein Tunnel in die Trostlosigkeit aussah.

Das Licht wurde immer schwächer. Er begann, an der Richtung zu zweifeln, als er an einer Straßenkreuzung eine Statue in Bojarenkleidung sah, mit einem Turban, groß wie ein Kürbis, die ihn pathetisch nach rechts wies, was ihm auch richtig zu sein schien.

Hier war die Stadt wieder belebt. Die Bürgersteige waren überfüllt mit kleinwüchsigen Männern, die in ihren abgetragenen Büroanzügen alle gleich aussahen und auch alle Aktentaschen trugen. Yakimov identifizierte sie als das, was sie waren: niedere Regierungsbeamte und arme Angestellte, eine Generation, die sich mühsam ihren Weg aus dem Bauerndasein erkämpfte, von acht Uhr morgens bis acht Uhr abends im Dienst und gerade auf dem Nachhauseweg zum Abendessen. Vor lauter Hunger beneidete er sie. Eine Straßenbahn hielt am Randstein. Als sich die Menge an ihm vorbeidrängelte, wurde er erbarmungslos von einer Seite auf die andere gestoßen, während sich sein Kopf und seine Schultern mit einem Ausdruck von Gleichgültigkeit über die Brandung erhoben und er seinen Kurs beibehielt.

Er hielt vor einem Fenster an, in dem Einmachgläser mit einer marmeladenähnlichen Substanz ausgestellt waren, in welcher durchsichtige Pfirsiche und Aprikosen in Schwebe gehalten wurden. Das Licht schien durch sie hindurch. Diese goldenen, gezuckerten Früchte, die durch die frische, blaue Dämmerung glühten, trieben ihm eine Träne ins Auge. Er wurde brüsk von einer Frau angerempelt, die ihren Einkaufskorb wie eine Waffe benutzte.

Er überquerte die Straßenkreuzung. Straßenbahnwagen, mit Fahrgästen behangen wie Bienenschwärme, klingelten und schrillten ihn an. Er erreichte die andere Seite. Hier, entlang einer abschüssigen Straße, verlief sich die Menge und veränderte ihren Charakter. Er traf Bauern in ihrer ländlichen Tracht aus weißlichem Fries, dünne Menschen, lethargisch, nach unten blickend, unter spitzen Astrachan-Pelzkappen, und orthodoxe Juden mit ihren Haarlöckchen beiderseits ihrer grünlichen Gesichter, die selten das Tageslicht sahen.

Ein Windstoß, der in Yakimovs Richtung blies, brachte einen widerlichen Geruch mit, der sich in seinem Hals festsetzte wie die ersten Anzeichen einer Seekrankheit. Er begann, unruhig zu werden. Diese kleinen Läden kündigten nicht die Nähe der Britischen Gesandtschaft an.

Die Straße teilte sich in kleinere Straßen. Yakimov hielt sich an die breiteste und sah dort in jedem Fenster die Utensilien des Schneiderhandwerks – Roßhaar, Steifleinen, Borten, vorgefertigte Taschen, Spangen, Westenschnallen, Knopfkarten, Garnspulen, ballenweise Futterstoff. Wer, um Himmels willen, brauchte dieses ganze Zeug? Auf der Suche nach wenigstens dem Anblick von etwas Eßbarem, bog er in einen Durchgang ein, wo der Gestank der Gegend etwas abgemildert wurde durch den Geruch von Dampfbügeleisen. Hier, in Räumen mit Gasbeleuchtung, nicht größer als Schränke, bewegten sich hemdsärmelige Menschen hinter trüben Fenstern wie Meerestiere in einem Aquarium, ließen ihre Bügeleisen niederplumpsen und erfüllten die Luft mit zischendem Nebel. Der Durchgang führte zu einem kleinen Platz ohne Ausgänge, der so vollgestopft war mit Korbwaren, daß die Kletterpflanzen, die sich um die Balkone wanden, direkt aus dem Korbgeflechtdschungel darunter zu sprießen schienen. Ein Mann, der am einzigen Laternenpfahl lehnte, richtete sich auf, warf seine Zigarette weg und begann, auf Yakimov einzureden, indem er auf Korbkinderwagen, Wäschekörbe und Vogelkäfige deutete.

Yakimov erkundigte sich nach der Britischen Gesandtschaft. Als Antwort holte der Mann ein Dutzend Einkaufskörbe heraus, die mit einer Schnur zusammengebunden waren, und fing an, sie loszumachen. Yakimov entwischte durch einen anderen Durchgang, der ihn unvermittelt an die Uferbefestigung eines Flusses brachte. Das war schon vielversprechender. Ein Fluß wies gewöhnlich auf ein Stadtzentrum hin, aber als er zu dem einzigen, verrosteten Geländer ging, das das Ufer begrenzte, blickte er hinab auf ein elendes, seidenfarbenes Rinnsal, das zwischen großen Lehmbrocken dahintröpfelte. Auf beiden Uferseiten standen Häuser von heruntergekommener Eleganz. Hier und da sah er Fenster, bewehrt mit den Haremsgittern das entschwundenen ottomanischen Reiches. Etwas Farbe haftete noch am Verputz und zeigte dort, wo die Straßenbeleuchtung hintraf, ein ausgebleichtes Grau oder ein Rot wie von getrocknetem Blut.

Auf Yakimovs Seite des Flusses waren aus den Erdgeschossen Läden und Cafés gemacht worden. Fensterbeschriftungen auf Porzellan verhießen ›Restaurantul‹ und ›Cafea‹. Beim ersten Eingang, bei dem der Perlenvorhang einladend zur Seite gebunden war, litt er unter dem Anblick eines Mannes, der Suppe aus einer Schüssel schlürfte – Zwiebelsuppe. Fäden geschmolzenen Käses hingen vom Löffel, Käsekrümel und Toaststückchen schwammen auf der Oberfläche.

Er ging weiter. Die Inneneinrichtung bestand aus vielen fleckigen Spiegeln, rohen Stühlen und Tischen mit schmutzigen Papierauflagen. Ein öliger Küchengeruch ging von ihnen aus. Wieder wurde ihm bewußt, daß er sich verändert hatte. In der Vergangenheit hatte er sich oft genug satt gegessen und dann irgendwie seine Zahlungsunfähigkeit erklärt. In anderen Stadtteilen könnte er das vielleicht wieder versuchen; hier traute er sich nicht.

Als er sich von Eingang zu Eingang schlängelte, erreichte ihn plötzlich der kräftige Duft eines frischen Bratens. Speichel schoß ihm in den Mund. Er wurde von dem Duft angezogen, der von einer Bratpfanne kam, in der ein Bauer kleine Fleischstücke briet. Die bäuerlichen Kunden, von einem einzigen Licht beleuchtet, standen in respektvoller Entfernung und starrten auf das Fleisch, oder sie drehten sich manchmal um und schauten sich gegenseitig mit dem konzentrierten Ernst der Vorfreude an. Der Koch schien sich seiner Stellung bewußt zu sein. Er bot das Fleisch mit huldvoller Geste an. Derjenige, der an der Reihe war, schaute sich unsicher um, bevor er es nahm, und verschwand dann, nachdem er mit einer kleinen Münze bezahlt hatte, um irgendwo im Schatten zu essen, alleine.

Nachdem Yakimov diesem Tauschgeschäft ein halbes Dutzend Mal zugesehen hatte, nahm er die Münzen aus seiner Hosentasche und breitete sie auf seiner Handfläche aus. Sie bestanden aus ein paar *Lire, Filler* und *Para*. Der Koch, dem er sie präsentierte, untersuchte sie genau und pickte dann die größte der ungarischen Münzen heraus. Er überreichte Yakimov ein Stück Fleisch. Wie die anderen auch, ging Yakimov zur Seite, um zu essen. Der Wohlgeschmack brachte ihn aus dem Gleichgewicht. Er schluckte zu schnell. Einen ekstatischen Augenblick lang war das Fleisch Wirklichkeit, dann war es verschwunden. Nichts blieb übrig außer einem Geschmack, der sich in seinen vernachlässigten Zähnen festsetzte und so honigsüß war, daß er ihm die Kraft gab, wieder nach dem Weg zu fragen.

Er kehrte zu der Bratpfanne zurück und sprach einen Bauern an, der nicht gar so abgestumpft dreinsah wie die anderen. Der Mann antwortete weder, noch sah er ihn an, sondern blickte hängenden Kopfes von einer Seite zur anderen, als ob er verlegen sei und für das Geräusch verantwortlich, das er hörte. Ein kleiner, dunkler Zigeunerbursche kam eifrig herbei, schob den Bauern verächtlich zur Seite und fragte auf englisch: »Was wollen Sie von ihm?«

»Ich suche nach der Britischen Gesandtschaft.«

»Nicht hier. Nirgendwo hier.«

»Aber wo?«

»Ein weiter Weg. Man muß ein Beförderungsmittel finden.«

»Zeig mir den Weg. Ich kann zu Fuß gehen.«

»Nein, nein. Zu weit. Zu kompliziert.« Der Zigeuner ließ Yakimov abrupt stehen und ging hinüber auf die andere Seite der Bratpfanne, wo er sich hinstellte und ärgerlich zu Yakimov herüber sah.

Yakimov wurde müde. Sein Mantel hing heiß und schwer an seinen Schultern. Er überlegte, ob er irgendeine Übernachtungsmöglichkeit finden könnte, unter dem üblichen Versprechen, am nächsten Tag zu zahlen.

Als er weiterging, verbreiterte sich die Uferpromenade zu einem offenen, gepflasterten Platz, wo sich ein sandiger Wind erhob und ihm Federn ins Gesicht blies. Auf der gegenüberliegenden Seite, nahe einer Hauptstraße, standen einige Holzverschläge, vollgestopft mit lebendem Geflügel. Er erkannte, daß dies der Hühnermarkt war, die Ursache des durchdringenden Gestanks.

Er ging hinüber zu den Verschlägen und nahm einen herunter, so daß die anderen eine Sitzbank bildeten. Er saß, geschützt von den Käfigen hinter ihm. Die Hennen, sehnige Balkanvögel scharrten und gackerten eine Weile und schliefen dann weiter. Irgendwo auf dem Marktplatz schlug eine Uhr neun. Seit zwei Stunden oder länger war er nun umhergewandert. Er ächzte. Sein zerbrechlicher Körper war zu schwer geworden, um weiterzugehen. Er versteckte sein Necessaire, indem er es zwischen zwei Verschläge klemmte, zog die Füße hoch, legte den Kopf nieder und schlief.

Als er von dem langanhaltenden Quietschen eines bremsenden Autos geweckt wurde, murmelte er: »Gottverdammt früh, mein Lieber«, und versuchte, sich umzudrehen. Seine Knie stießen an den Draht eines Hühnerkorbs hinter ihm. Der Krampf in seinen Gliedern zwang ihn, vollständig wachzuwerden. Er rappelte sich auf, um nachzusehen, was das für Fahrzeuge waren, die in so unregelmäßigen Abständen und in so überreicher Zahl vorbeifuhren, da es noch kaum

Tage war. Er sah eine Prozession schlammverkrusteter Lastwagen, die unberechenbar in der Straßenmitte hin- und herschwankten. Ein Lastwagen neigte sich bedrohlich zum Randstein hin und ließ ihn vor Schreck zurückspringen. Nachdem der Laster wieder auf die Fahrbahn gefunden hatte und weitergefahren war, starrte er ihm nach, schockiert, zumal er selbst ein begeisterter und geschickter Fahrer war.

Hinter den Lastwagen kam eine Reihe von Personenwagen – anscheinend eine endlose Reihe: alle gleichermaßen schmutzig-grau, alle von merkwürdig aufgeblähter Form, da sie, wie Yakimov bemerkte, auf dem Dach und an den Seiten mit Matratzen gepolstert waren. Die Motorhauben und die Kotflügel waren pockennarbig. Innen drinnen lagen die Passagiere – Männer, Frauen und Kinder – umher und überließen sich dem Schlaf. Die Fahrer saßen kopfnickend hinterm Steuer.

Wer konnten sie sein? Woher waren sie gekommen? Schmerzerfüllt, ausgehungert und gemartert von dem Licht der ungewohnten Stunde, versuchte Yakimov nicht, sich seine Fragen zu beantworten. Aber der Bestimmungsort der Autos? Er blickte in die Richtung, in der sie fuhren, und sah hohe Betongebäude perlmuttfarbig aus den rötlichen und bläulichen Schattierungen der Morgendämmerung auftauchen. Leuchttürme der Zivilisation. Er folgte der Straße, die zu ihnen hinführte.

Nachdem er ein paar Meilen gegangen war, kam er zum Großen Platz, gerade als die Sonne sich über die Dachfirste erhob und Lichtflecken warf. Eine Statue, unförmig und auf ein zu großes Pferd plaziert, salutierte in Richtung der langen, grauen Front, die der königliche Palast sein mußte. An beiden Enden der Palastfront hatten Arbeiter damit begonnen, Elemente einer vorgefertigten klassischen Fassade an ein Gerüst zu schrauben. Der Rest des Platzes wurde offensichtlich gerade abgerissen. Er ging auf die sonnenbeschienene Seite hinüber, wo ein weißes, modernes Gebäude sich selbst als Athénée Palace Hotel anpries. Hier hatten die ersten Autos angehalten. Nur wenige der Insassen waren wach. Der Rest schlief weiter, ihre Gesichter aschfahl und grimmig. Einige von ihnen hatten provisorisch verbundene Wunden. In einem Auto war, wie Yakimov bemerkte, die graue Polsterung blutgetränkt.

Er schob sich durch die Drehtür des Hotels in eine Marmorhalle, die von gläsernen Lüstern strahlend erleuchtet wurde. Als er eintrat, wurde laut sein Name gerufen: »*Yakimov*!«

Er fuhr zusammen. Diese Art von Willkommen war ihm schon lange nicht mehr zuteil geworden. Er war um so mißtrauischer, als er sah, daß es von einem Journalisten namens McCann kam, der ihm, wenn sie sich in den Bars von Budapest trafen, für gewöhnlich den Rücken zugekehrt hatte. McCann war im Vestibül auf ein langes Sofa gelegt worden, und ein Mann in einem schwarzen Anzug schnitt gerade den blutdurchtränkten Hemdsärmel ab, der an seinem rechten Arm festklebte. Yakimov verspürte genug Mitgefühl, um sich dem Sofa zu nähern und zu fragen: »Was ist denn passiert, alter Junge? Kann ich irgendwie behilflich sein?«

»Aber sicher. Seit einer halben Stunde sage ich diesen stummen Glucken, sie sollen mir einen Kerl suchen, der Englisch spricht.«

Yakimov wäre froh gewesen, wenn er neben McCann hätte umsinken können, da er sich genauso schwach wie ein Verwundeter fühlte, aber das andere Ende des Sofas war von einem Mädchen besetzt, einer dunklen Schönheit, abgehärmt und sehr schmutzig, die sich dort zum Schlafen ausgebreitet hatte.

Er beugte sich vor in einer Haltung mitfühlender Besorgnis und hoffte, McCann würde nicht allzuviel von ihm verlangen.

»Das da ist es!« McCanns linke Hand grub unbeholfen in der Jacke, die hinter ihm lag. »Hier!« Er brachte einige Blätter zum Vorschein, die aus einem Notizbuch gerissen waren. »Bring das für mich raus. Es ist die vollständige Geschichte.«

»Was du nicht sagst, alter Junge! Welche Geschichte?«

»Na, der Zusammenbruch Polens; die Aufgabe von Gdinja; die Flucht der Regierung; der deutsche Vormarsch nach Warschau; die Flüchtlinge, die mit mir herausströmten. Autos, die aus der Luft mit Maschinengewehren beschossen wurden; verwundete und getötete Männer, Frauen und Kinder; die am Straßenrand beerdigten Toten. Großartiger Stoff; aus erster Hand; das muß raus, so lange es noch heiß ist. Hier, nimm's.«

»Aber wie kriege ich das raus?« Yakimov wollte schon ausreißen bei der Aussicht auf eine derart anstrengende Tätigkeit.

»Ruf unsere Agentur in Genf an und diktiere es telefonisch. Ein Kind brächte das fertig.«

»Unmöglich, alter Junge. Hab' keinen roten Heller.«

»Melde ein R-Gespräch an.«

»Oh, das würden die nie erlauben.« Yakimov ging rückwärts. »Ich bin hier nicht bekannt. Ich spreche ihre Sprache nicht. Ich bin ein Flüchtling, wie du.«

»Woher?«

Bevor Yakimov Zeit fand, die Frage zu beantworten, schob sich ein Mann durch die Türen, der alle seine Glieder mit der unnatürlichen Erregtheit der Erschöpfung bewegte. Er stürzte auf McCann los. »Wo, bitte«, fragte er, »ist der Rothaarige aus ihrem Wagen?«

»Tot«, sagte McCann.

»Wo, bitte, ist dann der Schal, den ich ihm lieh? Der große, blaue Schal?«

»Weiß der Himmel. Vermutlich unter der Erde. Wir begruben ihn jenseits von Lublin, falls Sie zurückgehen und suchen möchten.«

»Sie haben den Schal begraben? Sind Sie wahnsinnig, daß Sie den Schal begraben haben?«

»Ach, hau'n Sie ab!« rief McCann, worauf der Mann an die gegenüberliegende Wand rannte und sie mit seinen Fäusten behämmerte.

Diese Ablenkung ausnutzend, begann sich Yakimov davonzumachen. McCann ergriff eine Falte seines Mantels und heulte vor Wut auf: »Um Gottes willen! Komm zurück, du Saukerl. Ich liege hier mit dem kaputten Arm, einer Kugel in meinen Rippen, kann mich nicht rühren – und habe hier die Story! Du mußt sie weiterleiten, hörst du mich? Du mußt.«

Yakimov stöhnte: »Seit drei Tagen habe ich keinen Bissen

mehr gegessen. Dein armer, alter Yakimov ist erschöpft. Seine Füße bringen ihn um.«

»Warte!« McCann wühlte wieder ungeduldig in seiner Jacke und zog seinen Presseausweis hervor. »Nimm den. Du kannst hier essen. Besorg dir einen Drink. Besorg dir ein Bett. Besorg dir verdammt noch mal, was du willst. Aber zuallererst telefoniere und gib dieses Zeug durch.«

Während er den Ausweis nahm und das Foto von McCanns zerfurchtem und zerknittertem Gesicht betrachtete, fühlte sich Yakimov langsam wiederbelebt von den Aussichten, die die Situation bot. »Du meinst, sie geben mir Kredit?«

»Unbegrenzten Kredit. Sagt die Zeitung. Arbeite für mich, du Dämlack, und du kannst nach Herzenslust saufen und fressen.«

»Alter Junge!« schnaufte Yakimov; er lächelte mit unterwürfiger Süßigkeit. »Erkläre noch mal, *ganz* langsam, was der arme Yaki für dich tun soll.«

3

Die Pringles ließen sich in einem kleinen Hotel gegenüber dem Athénée Palace nieder. Ihr Fenster schaute auf Ruinen hinaus. An diesem Tag, dem Tag nach ihrer Ankunft, waren sie bei Sonnenaufgang durch einstürzendes Mauerwerk geweckt worden. Am Abend, als Harriet auf Guys Rückkehr wartete, sah sie durchs Fenster die Gestalten der Arbeiter, die, schwarz wie kleine Teufel in der Dämmerung, Lichter durch die demolierten Gebäude trugen.

Diese Gebäude waren beinahe die letzten Überreste der Biedermeier-Anmut, die Österreich Bukarest geschenkt hatte. Der König, der einen Platz dort geplant hatte, wo er, sollte er jemals das Wagnis eingehen, sich öffentlich zu zeigen, eine Regimentsparade abnehmen konnte, hatte die Beendigung der Abrißarbeiten vor Wintereinbruch befohlen.

Harriet hatte den größten Teil des Tages damit verbracht,

vom Fenster aus zuzuschauen. Obwohl das Semester noch nicht begonnen hatte, hatte sich Guy an diesem Morgen aufgemacht, um nachzusehen, ob Studenten im Gemeinschaftsraum waren. Er hatte Harriet versprochen, nach dem Mittagessen mit ihr auszugehen, aber er war zu spät und mit gerötetem Gesicht angekommen und sagte, er müsse schnell essen und zurückeilen. Die Studenten waren den ganzen Morgen massenweise herbeigeströmt, um von ihren Englischlehrern die neuesten Nachrichten begierig aufzunehmen und das Semesterprogramm zu erörtern.

»Aber, mein Schatz...« Harriet, die immer noch erfüllt war mit dem Vertrauen und der Nachricht der Jungvermählten, sagte lediglich mit Bedauern »...hättest du nicht die Ankunft von Professor Inchcape abwarten können?«

»Studenten darf man nie enttäuschen«, sagte Guy und versprach beim Davoneilen, sie am Abend zum Essen »an der Chaussée« auszuführen.

Während des Nachmittags rief die Rezeption dreimal an, um zu sagen, daß eine Dame Demnul Pringle sprechen möchte. »Dieselbe Dame?« fragte Harriet beim dritten Mal. Ja, dieselbe Dame.

Als bei Sonnenuntergang Guys Gestalt auf dem Platz auftauchte, war Harriets Nachsicht nicht mehr das, was sie gewesen war. Sie sah, wie er aus einer Staubfahne auftauchte – ein großer, unordentlicher Mann, der einen Armvoll Bücher und Papiere mit der Unbeholfenheit eines Bären hielt. Ein Stück Ziergiebel zerbrach vor ihm. Er blieb stehen, geblendet; guckte durch seine Brille und ging weiter in der falschen Richtung. Sie empfand ein erschreckendes Mitleid mit ihm. Da, wo er einen Augenblick zuvor gewesen war, stürzte eine Wand ein. Ihr Einsturz offenbarte das Innere eines großen, weißen Raums, verziert mit barocken Schnörkeln und mit einem Spiegel versehen, der wie ein See schimmerte. Nahebei konnte man die rote Tapete eines Cafés sehen – das berühmten Cafés Napoleon, welches der Treffpunkt von Künstlern, Musikern, Dichtern und anderen eingefleischten Nonkonformisten gewesen war. Guy hatte gesagt, daß das ganze Zerstörungswerk nur deswegen geplant worden sei, um dieses eine Zentrum der Revolte auszulöschen.

Guy betrat das Hotelzimmer und warf seinen Armvoll Papiere hin. Mit einer Leichtigkeit, die Dramatik ankündigte, gab er bekannt: »Die Russen haben Wilna besetzt.« Er machte sich daran, sein Hemd zu wechseln.

»Du meinst, sie sind in Polen einmarschiert?« fragte Harriet.

»Ein guter Schachzug.« Ihr Tonfall hatte ihn in die Defensive gebracht. »Ein Zug, um Polen zu schützen.«

»Jedenfalls eine gute Ausrede.«

Das Telefon läutete; Guy sprang hin und brach damit das Gespräch ab: »Inchcape!« rief er entzückt, und ohne Harriet erst zu fragen, fügte er hinzu: »Wir gehen heute abend an die Chaussée zum Essen. Zu Pavel. Kommen Sie doch auch.« Er legte den Hörer auf, zog sich ein Hemd über den Kopf, ohne die Knöpfe aufzumachen, und sagte: »Du wirst Inchcape mögen. Du brauchst ihn nur zum Erzählen zu ermuntern.«

Harriet, die noch nie der Meinung war, daß sie jemand mögen würde, den sie nicht kannte, sagte: »Du wurdest heute nachmittag dreimal am Telefon verlangt. Von einer Frau.«

»Na so was!« Die Information brachte ihn nicht aus der Fassung. Er sagte lediglich: »Die Leute hier sind ganz verrückt mit dem Telefon. Es ist erst vor kurzem installiert worden. Frauen, die nichts anderes zu tun haben, rufen vollkommen fremde Männer an und sagen: ›Allo! Wer sind Sie? Flirten wir doch ein bißchen miteinander!‹ Solche Anrufe kriege ich dauernd.«

»Ich glaube nicht, daß eine Unbekannte dreimal anrufen würde.«

»Das vielleicht nicht. Wer auch immer es war, sie wird wieder anrufen.«

Sie verließen gerade das Zimmer, als das Telefon wieder läutete. Guy eilte zurück. Harriet hörte von der Treppe aus, wie er sagte: »Nanu, Sophie!« und ging hinunter. Sie bog um eine Ecke und sah, daß die Halle unten mit Leuten vollgestopft war. Alle Hotelgäste und Bediensteten waren dort versammelt, gingen hin und her und redeten aufgeregt. Hinter der Rezeption plärrte das Radio wie ein aufgezogener Vogel die durchdringende, nervenzerrüttende Musik der rumänischen *hora* hinaus. Harriet blieb stehen und spürte in der Luft das Schwirren der Angst. Als Guy sie einholte, sagte sie: »Ich glaube, irgend etwas ist passiert.«

Guy ging zum Direktor, der ihm mit Hochachtung begegnete. Die Engländer spielten eine wichtige Rolle in Bukarest. England hatte Rumäniens Sicherheit garantiert. Guy erfuhr, daß ausländische Truppen an der Grenze zusammengezogen wurden.

»An welchem Teil der Grenze?« fragte er.

Das war nicht bekannt; noch war es bekannt, ob es deutsche oder russische Truppen waren. Der König bereitete gerade in seinen Gemächern eine Rundfunksendung vor, und man glaubte, daß jeden Augenblick die allgemeine Mobilmachung angeordnet werden würde.

Die Pringles waren sich im klaren über die Bedeutung des Augenblicks und warteten, um den König zu hören. Der aufgezogene Vogel stoppte. In der jähen Stille erloschen auch jene Stimmen in peinlicher Beklemmung, die zuvor gebrüllt hatten, um den Lärm zu übertönen. Das Radio kündigte an, daß sich der König auf rumänisch an seine Untertanen wenden würde.

Ein Mann in einem Mantel, zu dick, um nur den Kopf zu wenden, drehte seinen ganzen Körper herum und musterte die Versammlung mit einer Miene neugieriger Unschuld. *»Sans doute l'émission est en retard parce que sa Majesté s'instruit dans la langue.«*

Es gab ein Gelächter, aber ein kurzes, es war ein Moment ohne Angst, danach waren die Gesichter wieder angespannt. Die Gruppe wartete; eine Ansammlung von Männern mit verzerrten Gesichtern und gelber Haut sowie dick gepuderte Frauen mit dunklen Augen, die auf den Radioapparat gerichtet waren, aus dem plötzlich nach einer langen Stille die Stimme des Königs kam. Das Publikum beugte sich erwartungsvoll vor und begann dann, sich zu bewegen und sich zu beschweren, weil es sein gebrochenes Rumänisch nicht verstehen konnte. Guy tat sein Bestes, die Rede für Harriet zu übersetzen: »Wenn wir angegriffen werden, werden wir unser Land bis zum letzten Mann verteidigen. Wir werden den letzten Zentimeter Boden verteidigen. Wir haben aus den Fehlern der Polen gelernt. Rumänien wird niemals besiegt werden. Seine Kraft wird gewaltig sein.«

Für ›gewaltig‹ benutzte er das Wort *formidabil*, und ein paar Leute nickten mit den Köpfen, und einer wiederholte: *»Formidabil, eh! Formidabil!«* Aber viele andere schauten verstohlen um sich und fürchteten wohl, ein Feind könnte diese Worte als Provokation mißverstehen. Der Mann in dem Mantel drehte sich wieder um, verdrehte sein großes, bewegliches, puttenfarbiges Gesicht und breitete seine Hände aus, wie um zu sagen ›Und jetzt wißt ihr es!‹ Aber die anderen reagierten zurückhaltender. Jetzt war keine Zeit für Späße. Er lächelte Guy wie einen Mitverschwörer an und schritt von dannen, und Guy, rot wie ein Schuljunge, flüsterte, daß dies ein Schauspieler vom Nationaltheater gewesen sei.

Die Pringles gingen durch einen Nebenausgang hinaus, der in die Calea Victoriei führte, der Haupteinkaufsstraße, wo sich die Wohnblöcke zu einer solchen Höhe erhoben, daß sie die letzten, rosa-violetten Sonnenstrahlen einfingen. Ein Schimmer davon, der in die staubige Straßenschlucht hinunterfiel, warf ein violett-graues Licht auf die Menschenmassen, die die Bürgersteige auf beiden Seiten verstopften.

Dies war die Zeit der Abendpromenade. Guy schlug vor, eine kurze Strecke zu gehen; aber zuerst mußten sie durch das Fegefeuer der Bettler hindurch, die das Hotel belagerten. Sie waren berufsmäßige Bettler, die in ihrer Kindheit von Bettlereltern geblendet oder verstümmelt worden waren. Während seines Probejahres hatte sich Guy an den Anblick weißer Augäpfel und offener Wunden gewöhnt, aber er war nicht so abgehärtet, als daß es ihm gar nichts ausgemacht hätte, wenn ihm Gliederstümpfe und dürre Arme und die Brüste stillender Mütter vors Gesicht geschoben wurden. Die Rumänen akzeptierten all dies als Bestandteil des Lebens und gaben so kleine Münzen, daß ein Bettler wohl den ganzen Tag brauchte, um den Betrag für eine Mahlzeit zusammenzubekommen.

Als jedoch Guy versuchte, es genauso zu machen, erhob sich ein Geheul. Ausländer kamen nicht so leicht davon. Alle Bettler fielen gemeinsam über die Pringles her. Einer versteckte einen halben Laib hinter seinem Rücken, um in den uralten Ruf einzustimmen: *»Mi-e foame, foame, foame.«* Sie waren umgeben von einem Gestank, bestehend aus Schweiß, Knoblauch und schwärenden Wunden. Die Bettler nahmen das, was Guy unter sie verteilte, und heulten dann noch mehr. Harriet glaubte, in seinem Gesicht eine fröhliche Hartnäckigkeit zu entdecken. Ein Mann auf dem Boden versuchte, ihnen den Weg zu versperren, indem er ein nacktes Bein ausstreckte, dessen Haut purpurfarben gesprenkelt und mit Rosetten von gelber Krätze versehen war. Als sie darüber hinwegstieg, schlug das Bein wütend auf den Boden, weil sie sich davonmachen wollte.

»Wollen sie einen schikanieren?« fragte sie und erkannte dann, daß sie sich vielleicht für ihre Erniedrigung dadurch rächten, daß sie Fremde wie sie bis zum Ausbruch reinsten Hasses provozierten.

Schließlich konnten sie sich der Promenade anschließen. Die Menge war eine düstere Menge, die aus mehr Männern als Frauen bestand. Frauen der älteren Generation gingen nicht alleine draußen spazieren. Es gab ein paar Gruppen von Mädchen, die nur Augen füreinander hatten und die primitiven Blicke einzelner Männer nicht zu registrieren schienen. Meist sah man Paare; maßgeschneidert, ausgepolstert, zugeknöpft, korrekt bis zur Befangenheit: Denn dies, erklärte Guy, war die Stunde, wo nur der Mittelstand draußen umherspazieren durfte, und Harriet könne jetzt die neue Bourgeoisie beobachten, die sich aus dem Bauernstand nach oben gearbeitet hatte und ziemlich zufrieden mit sich war, daß sie das geschafft hatte.

Weil die Bauern selbst gerne festliche Farben von großer Leuchtkraft mochten, zogen sich ihre männlichen Abkömmlinge grau an, und die Frauen kleideten sich in Pariser Schwarz, mit den Perlen, Diamanten und Silberfuchspelzen, die sie sich leisten konnten.

Harriet, die kritische, sogar leicht verächtliche Blicke erhaschte aufgrund der Tatsache, daß die Pringles hutlos und ziemlich komisch gekleidet waren, fing selbst an zu kritisieren. »Sie haben«, sagte sie, »die Uniformität ihrer Unsicherheit.«

»Sie sind nicht alle Rumänen«, sagte Guy. »Es gibt da sehr viele staatenlose Juden, und natürlich Ungarn, Deutsche und Slawen. Die prozentualen Anteile sind...« Guy, den Kopf hoch erhoben und erhaben über die Trivialitäten des guten Benehmens, zitierte Statistiken, aber Harriet hörte nicht zu. Sie war vollkommen mit ihrer Kriegführung gegen die Menge beschäftigt.

Für sie war die Promenade ein Test in körperlicher Kraft. Obgleich gemächlich, waren die Rumänen rücksichtslos in ihrer Entschlossenheit, auf dem Bürgersteig zu bleiben. Auf der Straße konnte man nur Bauern oder Diener gehen sehen. Auf entsprechenden Druck gaben die Männer vielleicht einen Zoll oder zwei nach, aber die Frauen waren unerbittlich wie Dampfwalzen. Sie waren klein und stark und behielten einen höflichen Gesichtsausdruck bei, während sie ihre Hinterteile und Brüste schwangen, die schwer waren wie Blasen voller Schweineschmalz.

Die Stellung, die am heftigsten gehalten wurde, war die Innenseite des Bürgersteigs vor den Schaufenstern. Guy, zu phlegmatisch, und Harriet, zu leichtgewichtig, für ein Gerangel, wurden ohne weiteres hinaus an den Randstein gedrängt, wo Guy Harriets Ellenbogen ergriff, um sie davor zu bewahren, im Rinnstein auszurutschen. Sie machte sich von ihm los und sagte: »Ich werde auf der Straße gehen. Ich bin keine Rumänin. Ich kann machen, was ich will.«

Guy folgte ihr, ergriff ihre Hand, drückte sie und versuchte so, seine eigene, unerschütterlich gute Laune auf sie zu übertragen. Harriet wandte sich nach der Menge um, jetzt, da sie von ihr befreit war, mit etwas mehr Toleranz. Sie bemerkte, daß hinter der zur Schau getragenen Selbstzufriedenheit eine Haltung nervösen Grübelns steckte, ein wachsames Unbehagen. Wenn da jetzt jemand riefe: »Die Invasion hat begonnen«, würde die ganze blasierte Fassade in sich zusammenbrechen.

Dieses Unbehagen entlarvte sich selbst am Ende der Calea Victoriei, wo sich die Straße verbreiterte zu einem Niemandsland öffentlicher Gebäude. Hier waren ungefähr ein Dutzend der polnischen Flüchtlingswagen geparkt, die immer noch von Norden heruntergeströmt kamen. Einige der Wagen waren verlassen worden. In den anderen waren Frauen und Kinder, die ausdruckslos hinausstarrten, während die Männer nach einer Bleibe suchten. Die gutgekleideten Rumänen, die zum Sehen und Gesehenwerden ausgegangen waren, schauten beleidigt drein wegen dieser toten Gesichter, die zu müde waren, um sich etwas daraus zu machen.

Harriet wollte wissen, was mit den Polen geschehen würde. Guy sagte, daß die Rumänen, wenn sie erst einmal aufgerüttelt wären, ziemlich freundlich seien. Einige, denen Sommervillen gehörten, boten sie den polnischen Familien an, aber es gingen auch schon Gerüchte über die Flüchtlinge um; alte antipolnische Geschichten aus dem letzten Krieg.

Nahe dem Ende der Straße, nahe der Kreuzung, wo der Bojar mit dem Turban, Cantacuzino, den Weg zum Hühnermarkt wies, wartete eine Reihe von *trăsurăs* auf Fahrgäste. Guy schlug vor, die Chaussée entlang zu fahren. Harriet warf einen prüfenden Blick auf die Pferde, deren wahre Verfassung von dem schwächer werdenden Licht verborgen wurde.

»Sie schauen elend dürr aus«, sagte sie.

»Sie sind sehr alt.«

»Ich glaube, wir sollten sie nicht arbeiten lassen.«

»Wenn sie niemand arbeiten läßt, werden sie verhungern.«

Die Pringles suchten sich das am wenigsten altersschwache Pferd aus und kletterten in die Kutsche, die gerade losfahren wollte, als ihr anzuhalten befohlen wurde. Ein großer, älterer Mann streckte mit herrischer Gebärde seinen Spazierstock in die Luft.

Voller Überraschung erkannte Guy den Mann. »Das ist Woolley«, sagte er. »Normalerweise ignoriert er ›die Kulturjungs‹.« Dann hellte sich sein Gesicht vor Vergnügen auf: »Ich vermute, er will dich kennenlernen.« Bevor Woolley sein Anliegen vorbringen konnte, stellte ihm Guy Harriet vor: »Der führende englische Geschäftsmann, der Vorsitzende des Golfclubs«, indem er aus einer launigen Großzügigkeit heraus Woolleys Bedeutung noch erhöhte. Dann wandte er sich mit zärtlichem Stolz Harriet zu und sagte: »Meine Frau.«

Woolleys kaltes Nicken zeigte an, daß die Pflicht und nicht das Vergnügen es war, was ihn veranlaßt hatte, sie aufzuhalten. »Der Befehl heißt«, gab er nasalierend bekannt, »daß die Damen nach England zurückkehren müssen.«

»Aber«, sagte Guy, »ich habe heute früh die Gesandtschaft angerufen. Keiner sagte davon etwas.«

»Es ist jedenfalls so«, sagte Woolley in einem Ton, der klar machte, daß er nicht argumentierte, sondern Weisung erteilte.

Harriet, erbost über Guys schwachen Protest, fragte: »Wer hat diesen Befehl erteilt? Der Gesandte?«

Woolley stutzte, überrascht, wie es schien, nicht nur von der Schärfe in ihrer Stimme, sondern von der Tatsache, daß sie überhaupt eine Stimme hatte. Sein Kopf, haarlos, mit krötenähnlich gesprenkelter Haut, fuhr ruckartig herum und neigte sich ihr zu wie eine Laterne, die an einem Bambusstekken zitterte: »Nein, das ist ein allgemeiner Befehl, gewissermaßen. Als Exempel habe ich meine Frau Gemahlin nach Hause geschickt. Das hat den anderen Damen genügt.«

»Tut mir leid, aber mir genügt das nicht. Ich richte mich nie nach Exempeln.«

Woolleys Kehlkopf bewegte sich mehrmals, bevor er sagte: »Ach, tatsächlich? Dann will ich Ihnen mal eines sagen, junge Frau: wenn es hier losgeht, dann wird es ein sauberes Schlamassel geben. Autos und Benzin werden von der Armee requiriert, und die Züge sind mit Truppen vollgestopft. Ich bezweifle, ob überhaupt jemand rauskommen wird, aber sollte es Ihnen gelingen, dann werden Sie mit leeren Händen fahren, und es wird wahrhaftig keine Vergnügungsreise werden. Sagen Sie nicht, ich hätte Sie nicht gewarnt. Ich sage jedenfalls, es ist die Pflicht der Damen, zurück nach Hause zu gehen, statt den Männern ein Klotz am Bein zu sein.«

»Sie glauben, in England würden sie sicherer sein? Da kann ich nur sagen, daß Sie nicht viel von moderner Kriegführung verstehen. Ich denke, Mr. Woolley, es wäre beser, wenn Sie dadurch ein Exempel statuieren würden, daß Sie nicht in Panik geraten.«

Harriet stieß den Kutscher an, und die *trăsură* setzte sich schaukelnd in Bewegung, wobei sie den Anschein erweckte, der Länge nach auseinanderbrechen zu wollen. Beim Losfahren blickte Harriet zurück, neigte hoheitsvoll den Kopf und sah, daß Woolleys Gesicht unter einer Straßenlampe alle Farbe verloren hatte. Er rief ihnen nach, wobei seine Stimme außer Kontrolle geriet: »Ihr jungen Leute habt heutzutage keinen Respekt gegenüber der Autorität. Ich möchte Ihnen sagen, daß mich der Gesandte als Führer der englischen Kolonie bezeichnet hat.«

Sie fuhren dahin. Guy starrte Harriet mit hochgezogenen Brauen an, da er an der Frau, die er geheiratet hatte, eine ganz neue Dimension erkannt hatte. »Ich hätte mir nie träumen lassen, daß du so grandios sein kannst«, sagte er.

Mit sich selbst zufrieden, sagte sie: »Er ist ein unmöglicher alter Esel. Wie kannst du dich von ihm einschüchtern lassen?«

Guy lachte. »Darling, er ist zu bemitleiden.«

»Zu bemitleiden? Bei all dieser Wichtigtuerei?«

»Die Wichtigtuerei ist bemitleidenswert. Verstehst du das nicht?«

Einen kurzen Augenblick lang verstand sie es, und ihr Triumphgefühl ließ nach. Seine Hand schlüpfte in die ihre, und sie hob seine langen, ungeschickten Finger an die Lippen. »Du hast natürlich recht. Trotzdem ...« Sie biß in seinen kleinen Finger, so daß er aufjaulte. »Das«, sagte sie, »ist für den Fall, daß du zu überheblich wirst.«

Sie waren die Calea Victorei wieder hinuntergefahren, hatten den Platz überquert und die breite Avenue erreicht, wo die Deutsche Botschaft zwischen den Villen der sehr Reichen stand. Der Weg führte zur Chaussée, die sich breit und von Bäumen eingesäumt ins offene Land erstreckte. Die Bäume, auf jeder Seite des Bürgersteigs eine Reihe, waren fast kahl, und die paar übriggebliebenen Blätter waren von der Sommerhitze so versengt, daß sie wie die Überbleibsel eines Kartoffelfeuers herabhingen.

Es war fast dunkel. Die Sterne am Himmel fingen an zu funkeln. Die Pringles saßen Hand in Hand in dem alten, vierrädrigen Karren, der nach Pferd roch, und waren ganz auf einander konzentriert. Hier waren sie, weit weg von zu Hause, alleine in einer kriegführenden Welt.

Guy fühlte sich etwas befangen bei diesen Gedanken und wies auf einen Torbogen am Ende der Allee. »Der Arc de Triomphe«, sagte er.

»Das Paris des Ostens«, sagte Harriet, etwas belustigt, denn was die Attraktionen von Budapest anging, waren sie nicht einer Meinung. Guy, der hier sein erstes Jahr in der Freiheit des Erwachsenen verbracht und von dem ersten, durch eigener Hände Arbeit verdienten Geld gelebt hatte, betrachtete Bukarest mit einem Vergnügen, das sie, eine Londonerin und eher eifersüchtig auf das Jahr, das er hier alleine verbracht hatte, nicht geneigt war zu teilen.

»Woraus ist er gemacht, der Torbogen? Aus Marmor?« fragte sie.

»Beton.« Zuerst war er von einem betrügerischen Bauunternehmer gebaut worden, der minderwertigen Zement verwendet hatte. Als er einstürzte, wurde der Unternehmer ins Gefängnis gesteckt und der Torbogen zum Ruhme Groß-Rumäniens wieder errichtet – jenes Rumänien, das 1919 entstand, als das Alte Königreich, als Belohnung für den Kriegseintritt auf der Seite der Sieger, Teile von Rußland, Österreich und Ungarn erhielt. »Und so«, sagte Guy, »steht es jetzt, wie die meisten Leute, die Nutzen aus dem Krieg gezogen haben, einigermaßen wohlhabend da.«

Während Guy erzählte, zischten junge Leute in Rennautos an der *trăsură* vorbei, den Fuß auf dem Gaspedal, mit der Hand ununterbrochen auf die Hupe drückend. Das Pferd, das sich unter der Straßenbeleuchtung als Geisterpferd, als Gerippe in einer zerschundenen Haut entpuppte, war unbeeindruckt. Gleichermaßen unbeeindruckt war der in einen Samtumhang gehüllte fette Kutscher.

Guy flüsterte: »Ein *Skopit*. Eine der Sehenswürdigkeiten der Stadt. Die *Skopiten* gehören zu einer russischen Sekte. Sie glauben, daß wir, um Gnade zu finden, vorne alle gleichermaßen flach sein müßten, Frauen genauso wie Männer. Folglich, nachdem sie sich fortgepflanzt haben, halten die jungen Leute fürchterliche Orgien ab, wo sie sich selbst bis zum Wahnsinn treiben, um sich dann zu verstümmeln.«

»Oh!« sagte Harriet. Sie blickte mit Verwunderung auf den riesigen Samtrücken des Eunuchen vor ihr, dann blickte sie hinaus auf die dunkle, weite Munteniaebene, auf der die Stadt stand wie eine Hochzeitstorte auf einer Tortenplatte. »Ein barbarisches Land«, sagte sie.

Sie hatten jetzt die letzten Häuser passiert. Auf beiden Seiten der Straße gab es unter dem dunklen, sternenerhellten Violett des Himmels die Lichtervielfalt der Wirtsgärten, die den Restaurants gehörten, die keinen Garten in der Stadt hatten. Jedes Frühjahr, wenn sich das Wetter beruhigte, schlossen sie ihre Winterlokale und brachten ihre Stühle und Tische zur Chaussée. Innerhalb dieser Anlagen bildeten die Linden und Kastanien, allmorgendlich mit dem Schlauch gegossen, ein Blätterdach.

Die *trăsură* hielt bei Pavel an, einem der größten der Freiluftrestaurants, und man konnte durch den Verkehr hindurch das schrille Jaulen einer Zigeunergeige hören. In dem von einer Buschhecke eingezäunten Garten war alles in Aufruhr.

Das Lokal war voll. Der silbriggoldene Schein der Kugellampen aus den Bäumen erhellte deutlich die zerfurchten Baumstämme, den Kiesboden und die bleichen Gesichter der Essensgäste, die, schwitzend in aufgeregter Erwartung der Speisen, hektisch um sich blickten und verlangten, bedient zu werden. Einige schlugen mit den Messern an die Weingläser, einige klatschten in die Hände, einige machten Kußgeräusche in Richtung der Kellner, während andere jeden vorbeikommenden Rockschoß festhielten und schrien: *»Domnule, domnule!«*, den in diesem Land wird sogar der Geringste mit ›Herr‹ angeredet.

Die Kellner, schwitzend und durcheinander, vergalten ihnen ihre Höflichkeit mit Patzigkeit und rannten davon, bevor die Bestellungen komplett waren. Die Gäste schrien in die leere Luft, manchmal schüttelten sie ihre Fäuste, als sie da auf ihren Sitzen tobten, sie redeten, gestikulierten, drehten ihre Köpfe ruckartig hierhin und dorthin. Es war ein Aufruhr, in dem es wenig Gelächter gab.

»Sie scheinen alle sehr böse zu sein«, sagte Harriet, die, gefangen von der Atmosphäre, selbst begann, böse zu werden.

Ein Kellner, der auf die Pringles zugeflattert kam wie ein zorniger Vogel, übermittelte ihnen die Tatsache, daß sie den Weg zum Küchengebäude blockierten. Sie traten zur Seite und beobachteten, wie er zu einem offenen Fenster stürzte und in den Krach und das Geklapper der Küche hineinbrüllte. Die Köche, die in der Hitze des riesigen Grills finster dreinblickten, ignorierten ihn. Der Kellner schlug mit den Fäusten auf den Sims, worauf einer der Köche einen Ausfallschritt auf das Fenster zu machte und auf halbem Wege stürzte wie ein tobender Hund, der von seiner eigenen Kette zurückgerissen wird. Er stieß den Kellner um, der mit einem Wortschwall zu Boden ging.

»So ist nun mal das rumänische Temperament«, sagte Guy, als er Harriet zu einem Alkoven führte, wo die Speisen unter einem Baldachin von Kletterpflanzen zu besichtigen waren.

Das Kernstück des Arrangements war ein rosiges Bouquet aus Rostbraten, Kotelette, Steaks und Filets, rundum verziert mit Blumenkohl. Extravagant um das Zentrum herum aufgehäuft waren Auberginen, groß wie Melonen, Körbe mit Artischoken, kleine, korallenfarbene Karotten, Pilze, Waldhimbeeren, Aprikosen, Pfirsiche, Äpfel und Trauben. Auf einer Seite waren französische Käsesorten; auf der anderen Kaviardosen, graue Flußfische in zerstampftem Eis, Hummer und Krebse, die in dunklem Wasser umhertasteten. Geflügel und Wild lagen unsortiert auf dem Boden.

»Such dir was aus«, sagte Guy.

»Was können wir uns leisten?«

»Oh, alles. Die Hähnchen sind hier gut.« Er zeigte zum Grill hinein, wo goldfarbene Vögel am Spieß rotierten.

Als er sprach, drehte sich eine in der Nähe stehende Frau um, schaute ihn vorwurfsvoll an und sagte auf englisch: »Sie sind Engländer, ja? Der englische Professor?«

Guy gab es zu.

»Dieser Krieg«, sagte sie, »ist eine schreckliche Sache für Rumänien.« Ihr abseits stehender Ehemann schaute mit einer Miene der Teilnahmslosigkeit weg. »England hat uns Garantien gegeben«, sagte die Frau, »England muß uns beschützen.«

»Selbstverständlich«, sagte Guy, gleichsam ihr seine eigene, persönliche Schutzgarantie anbietend. Er blickte hinüber zu dem Ehemann, lächelte, um sich bekannt zu machen, und schon erwachte dieser zu einer Liebenswürdigkeit, indem er sich verbeugte und die Pringles anstrahlte.

»Auch wenn wir nicht angegriffen werden«, sagte die Frau, ungeduldig wegen dieser Unterbrechung, »werden viele Dinge knapp werden.« Sie schaute hinunter auf ihre Stöckelschuhe, Schuhe, die zu klein für die dazugehörigen Beine schienen, und sagte: »Im letzten Krieg waren viele Dinge knapp. Ich erinnere mich, daß mein Vater für mich zweitausend *Lei* für Filzschuhe zahlte. Ich trage sie zur Schule nur den einen Tag, und wenn ich heimkomme, keine Sohlen mehr da. Und Essen. Wie schrecklich, wenn in Rumänien das Essen knapp würde!«

Lachend drehte sich Guy zum Alkoven um. »Könnte in Rumänien das Essen knapp werden?«

»Nein? Sie glauben nicht?« Sie hielt inne und schaute ihren Mann an. »Es ist wahr«, sagte sie, »wir haben viel zu essen.« Der Ehemann zuckte mit der Achsel und lächelte wieder.

Schließlich wurde Guy entlassen. Harriet, die die Aktivitäten in dem Restaurant beobachtet hatte, sagte: »Es gibt keine freien Tische.«

»O doch, es gibt welche.« Entschlossen, kurzsichtig, führte Guy sie zu einem Tisch mit dem Schild ›*Rezervat*‹.

»*Nu, nu, domnule.*« Der Oberkellner wies ihnen einen freien Tisch neben dem Orchester zu.

Harriet schüttelte ihren Kopf: »Da wird der Lärm unerträglich werden.« Der Mann brummte etwas.

»Er sagt«, sagte Guy, »wir hätten Glück, in Kriegszeiten überhaupt einen Tisch zu finden.«

»Sag ihm, daß es unser Krieg ist und nicht seiner. Wir brauchen einen besseren Tisch.«

Der Oberkellner warf seine Hände vor Verzweiflung in die Luft und rief einen Assistenten, sich um die Pringles zu kümmern. Der Hilfskellner tänzelte wie ein Rugbyspieler um die Gefahren des Gartens herum und führte sie zu einer Art Terrasse, wo ein halbes Dutzend privilegierter Tische standen. Von einem fegte er ein ›Reserviert‹-Schild und präsentierte es wie ein Zauberkünstler, der einen Trick vorführt. Guy gab ihm ein Bündel kleiner Scheine.

Die Pringles saßen jetzt wie auf einer Landzunge und blickten über die Brandung hinüber zu einem schmiedeeisernen Käfig, märchenhaft beleuchtet und mit grünen Zweigen und vergoldeten Orangen behangen, wo sich das Orchester abmühte, um sich durch den allgemeinen Lärm hindurch Gehör zu verschaffen. Mit einem Gequäke und einem Stakkato und einer irren Tonhöhe produzierten die Instrumente weniger eine heitere Stimmung als vielmehr rasendes Toben.

Guy kippte seine Brille nach vorn und versuchte, das Spektakel vor ihm zu fokusieren. Er war, wie Harriet wußte, glücklich, in dieser vorteilhaften Position zu sein, obwohl er sie nie für sich selbst beansprucht hätte. Anerkennend streckte er ihr seine Hand über den Tisch entgegen. Als sie sie berührte, sah sie, daß sie von einem Mann am Nebentisch beobachtet wurden, der, als ihn ihr Blick traf, lächelte und wegschaute.

»Wer ist das?« flüsterte Harriet. »Kennt er uns?«

»Jeder kennt uns. Wir sind die Engländer. Wir sind im Krieg.«

»Aber wer ist er?«

»Ionescu, der Informationsminister. Er ist immer hier.«

»Komisch, in so einer kleinen Hauptstadt zu leben!«

»Es hat seine Vorteile. Was immer auch geschieht, man ist mittendrin.«

Ionescu war nicht allein an seinem Tisch. Bei sich hatte er fünf Frauen unterschiedlichen Alters, alle von einfacher, gesetzter und unterwürfiger Erscheinung, von denen er abgesondert saß. Er schaute starr auf die Orchesterbühne und stocherte mit einem goldenen Zahnstocher in seinen Zähnen.

»Wer sind die Frauen?«

»Seine Ehefrau und deren Verwandte. Die Ehefrau ist die, die am nähesten bei ihm sitzt.«

»Sie sieht bedrückt aus.«

»Sie ist es wahrscheinlich auch. Jeder weiß, daß er nur hierher kommt, um die Sängerin Florica zu sehen. Er ist ihre neueste *affaire*.«

Harriet beobachtete einen Mann, der unterhalb von ihnen saß und gerade bedient worden war, wie er mit der einen Hand seinen Teller vor den Kellnern und Vorübergehenden schützte, während er mit der anderen sein Essen in sich hinein gabelte, mit schräggestellten Augen, als ob er fürchtete, man würde es ihm wegnehmen. Sie war selbst hungrig.

»Werden Sie jemals die Speisekarte bringen?« fragte sie.

Guy sagte: »Früher oder später wird sich jemand an uns erinnern. Dort ist Inchcape.« Er deutete auf einen Mann zwischen vierzig und fünfzig, von kräftiger Statur und sehr aufrecht, der mit ironisch übertriebener Höflichkeit stehengeblieben war, während eine Gruppe heftig an ihm vorbeidrängte, auf der Suche nach einem Tisch. Als sich Guy erhob und winkte, nickte Inchcape hinauf zu ihm, dann, als er wieder weitergehen konnte, tat er dies mit dem gleichen Ausdruck amüsierter Ironie, der ihm, trotz seines Mangels an Körpergröße, den Eindruck turmhoher Überlegenheit über jene um ihn herum vermittelte. Er war, erinnerte sich Harriet, einmal Direktor einer kleineren Public School gewesen.

Während er vorwärts ging, bemerkte sie, wie ihm jemand folgte – ein größerer, schlankerer Mann, nicht älter als dreißig Jahre alt, der sich zwischen den Tischen hindurchschlängelte, sich bescheiden hinter seinem Begleiter zurückhaltend.

»Nanu, Clarence!« Guy äußerte erfreute Überraschung, und der zweite Mann, affektiert grinsend, senkte den Blick. »Dies«, sagte Guy, »ist mein Kollege Lawson. So sind wir alle zusammen wieder zurück!« Er streckte seine Hände aus, als die beiden den Tisch erreichten. Sie schienen gleichzeitig erfreut und verlegen über seinen Enthusiasmus zu sein.

Inchcape nahm Guys linke Hand und zwickte sie tadelnd. »Sie haben sich also verheiratet!« sagte er und wandte sich mit einem spöttischen, halben Lächeln Harriet zu. Sie sah, daß hinter seinem Lächeln sein Blick kritisch und verletzlich war. Einer seiner Leute hatte eine Ehefrau mit zurückgebracht – eine unbekannte Größe, vielleicht eine Bedrohung seiner Autorität. Als Guy sie einander vorstellte, begrüßte sie Inchcape ernst und machte keinen Versuch, charmant zu sein.

Die Art, wie er reagierte, gestattete ihr Zutritt zu seiner Erwachsenheit. Sein Verhalten änderte sich, als er sich wieder Guy zuwandte. Guy, so schien es, war kein Erwachsener; er war ein Junge – ein protegierter Junge, eine Art Schulsprecher vielleicht, aber immer noch ein Junge.

»Wohin bist du diesen Sommer gefahren?« fragte Guy Clarence, der etwas abseits vom Tisch stand. »Hast du diese Busreise von Beirut nach Kashmir gemacht?«

»Nein, hab' ich nicht.« Clarence hatte ein linkisches, eher verwirrtes Lächeln, das den festen und resonanten Wohlklang seiner Stimme um so überraschender machte. Als er bemerkte, daß Harriets Augen auf ihm ruhten, schaute er schnell von ihr weg. »Eigentlich bin ich bloß in Beirut geblieben. Ich verbrachte den Sommer mit Schwimmen und Herumlungern. Genau wie zu erwarten. Ich habe wirklich mal daran gedacht, heimzufliegen und Brenda zu besuchen, aber irgendwie habe ich es nie geschafft.«

Guy fragte Inchcape, was er gemacht hatte.

»Ich war in Rom«, sagte er, »ich verbrachte eine Menge Zeit in der Vatikanischen Bibliothek.« Er schaute Harriet an. »Wie war's in England, als Sie es verließen?«

»Ziemlich ruhig. Ausländer sind heimgereist, natürlich. Der Beamte, der unsere Pässe in Dover prüfte, sagte: ›Heute der erste‹.«

Inchcape setzte sich, aber es gab keinen Platz für Clarence.

Von einem Nachbartisch wurde ein Stuhl gebracht, aber

Clarence blieb stehen. »Eigentlich«, sagte er, »bin ich nur gekommen, um euch zu begrüßen.«

»Setzen Sie sich.« Inchcape schlug ungeduldig auf den Stuhlsitz, und Clarence setzte sich. Als sich alle niedergelassen hatten, blickte Inchcape über sie hinweg und zog seine Mundwinkel herab, voller Spott über die Mittelung, die er zu machen hatte. »Ich bin gerade mit der britischen Propaganda auf dem Balkan beauftragt worden«, sagte er. »Eine offizielle Ernennung.«

»Na ausgezeichnet!« rief Guy aus.

»Hmm! Es wird natürlich eine Neuverteilung der Aufgaben nach sich ziehen. Sie«, er nickte zu Guy, »werden die Englische Abteilung übernehmen – eine sehr reduzierte Abteilung wie jeder weiß. Sie können einige der örtlichen Englischlehrer kriegen, die ihnen helfen werden. Ich werde die Verantwortung weiterhin behalten; alles, was Sie machen müssen, mein lieber Junge, ist arbeiten.« Er entließ Guy mit einem humorvollen Schulterklopfen und wandte sich dann Clarence zu: »Wir werden ein Propagandabüro in der Calea Victoriei eröffnen, gegenüber der Konkurrenz. Sie sollen ein Nachrichtenblatt herausgeben.« Er lächelte Clarence an, versuchte aber nicht, ihn zu berühren. Clarence, zurückgelehnt, mit den Händen in den Taschen, Kinn auf der Brust, reagierte nicht. Er versuchte, mit einer unsicheren Miene von Sorglosigkeit, die Bevormundung abzuwehren. »Sie werden natürlich auch jede Menge anderer Aufgaben haben.«

Clarence sagte langsam: »Ich bin mir überhaupt nicht sicher, daß ich diese Art von Arbeit übernehmen kann. Ich bin vom British Council abgestellt. Das Council ist rein kulturell, und Lord Lloyd...«

»Ich werde mit Lord Lloyd verhandeln.« Inchcape setzte sich ruckartig aufrecht und schaute sich um. »Wo ist der Kellner? Wie wär's mit einem Drink?« Er wandte sein klares, napoleonisches Gesicht dem Kellner zu, der, im Bewußtsein, den Tisch vernachlässigt zu haben, mit übertriebenem Eifer auf die Terrasse sprang.

Als die Bestellung aufgegeben war, sagte Harriet zu Inchcape: »Sie glauben also, daß wir hierbleiben sollen?«

»Warum sollten wir nicht?«

Guy sagte: »Woolley hielt uns heute abend an und versuchte, Harriet nach Hause zu beordern.«

Inchcape, Augen und Nasenlöcher geweitet, schaute von Guy zu Harriet und wieder zurück. »Woolley hat es selbst übernommen, Ihnen Befehle zu geben?«

Harriet freute sich über Inchcapes Indigniertheit und sagte: »Er sagte, er ist der Führer der englischen Kolonie.«

»Das sagte er tatsächlich? Der alte Narr erlebt offenbar seine zweite Kindheit. Er verbringt seine Tage in der Bar im Golfclub und bezieht seine Nahrung aus einer Flasche, wie ein Baby. Er ist senil; eine wandelnde Anekdote, würde ich sagen. Ha!« Inchcape ließ ein Gelächter ertönen, von seinem eigenen Witz begeistert, verfiel dann ins Brüten und sagte nach einer Pause: »Führer der englischen Kolonie, fürwahr! Ich werde ihm schon zeigen, wer der Führer ist, falls er meine Leute umherzukommandieren versucht.«

Guy und Clarence tauschten ein Lächeln aus.

Harriet fragte Inchcape: »Falls es eine Invasion gäbe, falls wir schnell hier heraus müßten, wo würden wir da hingehen?«

Inchcape, immer noch ärgerlich, antwortete kurz: »Türkei, vermutlich.«

»Und von dort aus?«

»Oh!« Sein Ton wurde milder. »Wir schlagen uns durch Syrien zum Nahen Osten durch.« Er fand wieder zu seiner alten, witzigen Art zurück. »Oder wir könnten auch eine kleine Abenteuerreise quer durch Persien und Afghanistan nach Indien machen.« Aber er sprach immer noch mit Groll in der Stimme. Er unterbrach sich selbst, um zu sagen: »Aber es wird keine Invasion geben. Die Deutschen haben mit ihren Truppen anderes zu tun, als sie über Osteuropa zu verstreuen. Sie werden alles brauchen, was sie haben, um die Westfront zu halten.«

Clarence streckte seine Unterlippe vor. Er brummte ein bißchen, bevor er leichthin bemerkte: »Trotzdem, die Lage ist ernst. Ich bin heute Foxy Leverett über den Weg gelaufen, und er riet mir, meine Koffer gepackt zu lassen.«

»Dann werden Sie sie lange gepackt lassen.« Inchcape tat das Thema jetzt mit einem Schulterzucken ab. Er erweckte den Eindruck, als habe er jetzt von dem Gequengel seiner Unterstufenklasse die Nase voll.

Der Pikkolo kam, ein schmächtiges Kerlchen, beladen mit Flaschen, Gläsern und Tellern. Hörbar schnaufend deckte er den Tisch.

Als sie aufschaute, sah Harriet, daß Clarence sie fixierte. Er schaute sofort wieder weg, aber er hatte ihre Aufmerksamkeit erregt. Sie registrierte sein langes, schmales Gesicht mit der langen Nase und fand es unbefriedigend. Unbefriedigend und unzufrieden. Als sie ihn abschätzte, kam sein Blick, eher verstohlen, wieder zu ihr zurück, und jetzt war sie es, die ihn anstarrte. Er errötete leicht und wandte sein Gesicht ruckartig wieder ab.

Sie lächelte in sich hinein.

Guy sagte: »Ich bat Sophie, auch hierher zu kommen.«

»Warum denn das?« murmelte Inchcape.

»Sie ist sehr deprimiert wegen des Krieges.«

»Und zweifellos bildet sie sich ein, daß er ausschließlich deshalb erklärt wurde, um sie zu deprimieren.«

Plötzlich ging die ganze Unruhe des Gartens in eine Eruption von Applaus über. Der Name der Sängerin Florica wurde von Tisch zu Tisch weitergegeben.

Florica, in ihren langen, schwarz-weißen Röcken, posierte wie ein Vogel, wie eine Elster in dem Orchesterkäfig. Als der Applaus verebbte, schnellte sie vorwärts, verbeugte sich, öffnete dann den Mund zu einem hohen, temperamentvollen Zigeunergeheul. Das Publikum geriet in Bewegung. Harriet spürte, wie ihr der Ton durch Mark und Bein ging.

Dem ersten Geheul folgte ein zweites, das auf einer Tonhöhe gehalten wurde, die – wie Inchcape später dem Tisch versicherte – innerhalb von ein paar Jahren ihre Stimmbänder zerstören mußte. Leute, die in der Nähe von Ionescu saßen, starrten ihn und seine Frauen an. Seitwärts auf seinen Sitz gelümmelt, schaute er die Sängerin an und fuhr fort, in seinen Zähnen zu stochern. Die Frauen blieben unbewegt wie Tote.

Florica, die sich in dem Käfig selbst in Rage brachte, schien aus Kupferdraht gemacht zu sein. Sie besaß die bei Zigeunern übliche Schlankheit und war dunkel wie eine Inderin. Wenn sie ihren Kopf zurückwarf, bewegten sich die Sehnen in ihrem Hals: die Muskeln bewegten sich, wenn sie mit ihren schlanken Armen durch die Luft fuhr. Das Licht zuckte über ihre Haare, die straff zurückgekämmt waren. Wie sie da zwischen den plumpen Frauen des Publikums sang, war sie wie ein verhungertes wildes Kätzchen, das die sahnegefütterten Katzen anfauchte. Die Musik wurde dunkler, und ihre Stimme wurde zu einem Knurren. Es wuchs an, und indem sie ihren Körper wie in Wildheit verdrehte, die Fäuste ballte und ihre Röcke zurückstrich, erreichte es seinen Höhepunkt in einem Urschrei, den sie durch den furiosen Beifallssturm hindurch hielt.

Als es vorbei war, zwinkerten die Leute, als ob sie gerade einen Tornado überlebt hätten. Nur Ionescu und seine Frauen schienen weiterhin ungerührt.

Inchcape, der selbst nicht applaudierte, zeigte amüsiert auf Guy, der ›Bravo, bravo!‹ rief und sich vorbeugte, um mit den Händen zu klatschen. »Was für eine Energie«, lächelte Inchcape. »Wie wunderbar ist es, jung zu sein!« Als wieder Stille eintrat, wandte er sich zu Harriet und sagte: »Auf Tournee war sie ein Mißerfolg, aber hier ist sie genau das, was sie mögen. Sie drückt die ganze Erbitterung aus, die diese Leute auffrißt.« Als er sich auf seinem Sitz umdrehte, sah er plötzlich Ionescus Gesellschaft. »Oho!« sagte er, »Ionescu mit komplettem Harem. Mich würde interessieren, wie seiner Frau die Vorstellung gefallen hat.«

»Sie glauben«, fragte Harriet ihn, »sie weiß etwas über Florica und ihren Mann?«

»Meine Güte, ja. Wahrscheinlich hat sie Berichte über alles, was sie je gesagt oder getan haben, und zwar zu jedem Augenblick, den die beiden zusammen verbracht haben.«

Um ihn zu ermuntern, zeigte Harriet naives Interesse. Inchcape schickte sich an, sie aufzuklären. Er sagte: »Rumänische Konvention verlangt scheinbares Nichtwissen.

Moral beruht hier nicht auf dem Einhalten von Regeln, sondern auf dem Registrieren dessen, was getan wird.«

Ihnen war eine fette Gänseleberpastete serviert worden, ganz dunkel vor lauter Trüffeln und mit zerlassener Butter übergossen. Inchcape schluckte sie in großen Stücken hinunter und redete mit vollem Mund weiter, ganz so, als ob es ein geschmackloses Hindernis für die Selbstdarstellung sei.

»Nehmen Sie zum Beispiel das Verhalten dieser Frauen in Gesellschaft. Wenn jemand einen unpassenden Scherz macht, tun sie ganz einfach so, als würden sie nicht verstehen. Während die Männer vor Lachen brüllten, sitzen die Frauen mit einem Pokergesicht da. Es ist sehr komisch anzusehen. Dieses Verhalten, das niemanden täuscht, erspart es den Männern, ihre Konversation einzuschränken, wenn Frauen zugegen sind.«

»Aber die jungen Frauen, die Studentinnen, rebellieren die nicht gegen diese Form der Heuchelei?«

»Meine Güte, nein. Das sind die konservativsten *jeunes filles* der Welt, und die cleversten. ›Schlau‹ hätte Miss Austen sie genannt. Wenn wir in einer Vorlesung zu irgendeiner leicht unanständigen Stelle kommen, brüllen die Studenten vor Freude, die Mädchen sitzen ausdruckslos da. Wenn sie schockiert wären, würden sie nicht schockiert schauen; wenn sie naiv wären, würden sie bestürzt schauen. Das heißt, genau diese Ausdruckslosigkeit verrät ihr Verstehen.« Inchcape schnaubte verächtlich, offensichtlich nicht über die Konvention, sondern über die Widersprüchlichkeit des Geschlechts, dem sie auferlegt war.

»Woher haben sie denn ihr Wissen in so jungen Jahren?« fragte Harriet, während sie mit halbem Ohr dem Gespräch zwischen Clarence und Guy lauschte, in dem sie mehr als einmal den Namen Sophie aufschnappte. Clarence, halb einbezogen und halb ausgeschlossen aus der Gruppe, nahm ein oder zwei Bissen von der Paté.

»Oh«, gab Inchcape zur Antwort, »ein rumänisches Heim ist eine Brutstätte für Skandale und Klatsch. Es ist alles sehr orientalisch. Der Vorwand der Unschuld ist dazu da, um den Preis hochzuhalten. Sie sind früh entwickelt und werden früh verheiratet, meist an irgendeinen reichen, alten Lüstling, dessen einziges Interesse der Jungfräulichkeit des Mädchens gilt. Wenn das aus und vorbei ist, lassen sie sich scheiden. Das Mädchen richtet sich dann selbständig ein, und da sie den Status einer Geschiedenen hat, kann sie tun und lassen, was sie will.«

Harriet lachte. »Wie pflanzt sich denn dann das Geschlecht fort?«

»Natürlich gibt's da eine Quote normaler Ehen. Sie haben sicherlich schon die Geschichte von dem Rumänen gehört, der mit seinem deutschen Freund die Calea Victoriei hinunterspaziert – wobei der Rumäne den Preis jeder Frau nennt, die sie treffen. ›Lieber Himmel‹, sagt der Deutsche, ›gibt es hier keine anständigen Frauen?‹ ›Aber sicher‹, erwidert der Rumäne, ›nur sind sie – *sehr teuer*!‹«

Harriet lachte, und Inchcape ließ mit einem zufriedenen Lächeln seinen Blick über das Restaurant schweifen und beklagte: »Ich habe in diesem Lokal noch nie so einen Tumult erlebt.«

»Das ist der Krieg«, sagte Clarence. »Iß, trink und sei lustig, denn morgen verhungern wir vielleicht schon.«

»Blödsinn!«

Der zweite Gang kam, Ente, mit Orangen garniert. Als diese zerteilt wurde, sagte Inchcape ruhig zu Harriet: »Ich sehe ihre Freundin Sophie Oresanu in der Ferne.«

Harriet ging der dahintersteckenden Frage nicht aus dem Weg und erwiderte: »Sie ist nicht meine Freundin. Ich habe sie nie getroffen. Wer oder was ist sie?«

»Eine für hiesige Verhältnisse ziemlich fortschrittliche junge Dame. Ihre persönlichen Verhältnisse sind außergewöhnlich. Ihre Eltern hatten sich scheiden lassen, und Sophie lebte bei ihrer Mutter. Als die Mutter starb, mußte Sophie alleine weiterleben. Das ist hier ungewöhnlich. Es gibt ihr beträchtliche Freiheiten. Eine Zeitlang arbeitete sie bei einer Studentenzeitschrift – eine jener antifaschistischen, unausgegorenen Publikationen, die von Zeit zu Zeit erscheinen. Das dauerte etwa ein halbes Jahr. Jetzt glaubt sie, die Deutschen hätten sie auf der Liste. Sie promoviert in Jura.«

»Tatsächlich!« Harriet war von der Promotion in Jura beeindruckt.

»Hier bedeutet das gar nichts«, sagte Inchcape. »Sie machen alle ihren Doktor in Jura. Das qualifiziert sie dazu, zweiter Hilfs-Briefmarkenbelecker im öffentlichen Dienst zu werden.«

»Guy sagt, die rumänischen Mädchen seien intelligent.«

»Sie lernen schnell. Aber alle Rumänen sind praktisch gleich. Sie können Fakten aufnehmen, aber nichts damit anfangen. Ein Haufen gestopfter Gänse, so nenne ich sie. Ein unkreatives Volk.« Während er sprach, hielt er seinen Blick auf eine junge Frau gerichtet, die gerade zu ihnen hinaufstieg, sich an den Tisch stellte, die Gegenwart der anderen ignorierte und Guy traurig anschaute. Guy, der sich gerade unterhielt, bemerkte sie nicht.

Mit einer wehleidigen, dünnen Stimme sagte sie: »›Allo!«

»Schau an, hallo!« Guy sprang auf und küßte sie auf beide Wangen. Sophie erduldete die Umarmung mit einem leichten Lächeln und registrierte dabei die anderen.

Guy wandte sich fröhlich an Harriet: »Darling, ich muß dir Sophie vorstellen. Sophie, meine Frau.«

Als Sophie Harriet anschaute, signalisierte ihr Gesichtsausdruck, daß sie weder verstehen konnte, wie er zu einer Frau gekommen war, noch wie er zu dieser Frau gekommen war. Schließlich nickte sie mit dem Kopf und schaute weg. Sie war ein ziemlich hübsches Mädchen, dunkel, wie die meisten Rumänen, die Wangen etwas zu voll. Ihre hauptsächliche Schönheit lag in ihrer Figur. Harriet betrachtete Sophies wohlentwickelten Busen und fühlte sich benachteiligt. Vielleicht würde Sophie ihre Figur nicht ewig behalten, doch solange sie sie hatte, war sie zu beneiden.

Guy suchte nach einem zusätzlichen Stuhl.

»Hier«, sagte Clarence, »nimm meinen. Ich muß gehen.«

»Nein, nein.« Guy versuchte, ihn zurückzuhalten, aber, nach einem Moment des Zögerns, stürzte Clarence plötzlich davon.

»Wo ist er denn jetzt hin?« Inchcape starrte Clarence nach, runzelte dann ärgerlich die Stirn in Sophies Richtung, um klarzumachen, daß er sie für einen schlechten Tausch hielt. Sophie ignorierte ihn und betrachtete Guy vorwurfsvoll. Er bemerkte dies erst nach einiger Zeit und sagte dann:

»Was ist los?«

»Nichts«, sagte sie. »Nichts, was in der Öffentlichkeit zu diskutieren wäre.« Nach einer Pause fügte sie hinzu: »Ach dieser Krieg! So etwas Schreckliches! Er macht mich so traurig. Wenn ich abends zu Bett gehe, denke ich daran; wenn ich aufwache, denke ich daran. Ich denke die ganze Zeit daran.«

Inchcape füllte ein Glas und stellte es vor sie hin. »Hier«, sagte er, »trinken Sie das, und Kopf hoch!« Als Sophie den Wein ignorierte, drehte ihr Inchcape den Rücken zu und deutete auf die Gäste unter ihnen. »Da unten«, sagte er, »wenn ich mich nicht täusche, ist da ein Bursche, der im Crillon war, als ich vor ein paar Jahren dort wohnte. Ein Prinz Yakimov. Er war eine sehr bekannte Figur in der Pariser Gesellschaft.«

Während Inchcape sprach, hörte Harriet Sophies Stimme, vor Tränen bebend: »Wie kann er zu mir sagen: ›Kopf hoch!‹? Ist dies eine Zeit, um ›Kopf hoch!‹ zu sagen? Haltung zu bewahren ist etwas sehr Gutes, wenn man nicht sensibel ist. Aber ich – ich bin sehr sensibel.« Guy versuchte, sie mit der Speisekarte abzulenken. Was sollte sie essen? Die Entscheidung war schwierig. Sie war gerade von einer Party gekommen, wo sie dies und jenes gegessen hatte; und hungrig war sie nicht, aber vielleicht könnte sie etwas geräucherten Lachs essen.

»Yakimov?« Harriet versuchte, den Namen in ihrem Gedächtnis unterzubringen. »Welchen meinen Sie?«

»Dort, der bei Dobson sitzt. Kennen Sie Dobson schon? Yakimov ist der lange, schlanke Bursche, Gesicht wie ein Kamel. Das soll nicht bedeuten, so darf ich wohl sagen, daß er es lange ohne einen Drink aushält.«

»Ich habe ihn schon mal gesehen. Er kam mit unserem Zug.«

Diese Konzentration des Interesses auf etwas anderes war zu viel für Guy. Er durchbrach eine neue Klage Sophies und fragte: »Worüber sprecht ihr?«

»Über einen Mann namens Yakimov«, sagte Inchcape. »So

was wie ein *raconteur* und Witzbold. Es gibt da eine Geschichte, daß er seine Fenster schwarz angestrichen hätte.«

Harriet fragte: »Welche Fenster? Warum?«

»Ich habe keine Ahnung. Da er halb Ire und halb Weißrusse ist, sagt man von ihm, er habe einen besonderen englischen Sinn für Humor.«

Sie beobachteten alle drei Yakimov, der eifrig mit seinem Essen beschäftigt war.

Gereizt unterbrach Sophie ihre Unterhaltung: »Was ist ein besonderer englischer Sinn für Humor?«

»Ein freundlicher Humor, vermutlich«, sagte Guy, »ein gutgelaunter Humor. Hier wird ein schmerzhafter Tritt in den Arsch rumänischer Kick genannt, und ein Rempler mit dem Knie wird englischer Kick genannt. Da hast du die Idee.«

Bei dem Wort ›Arsch‹ wurde Sophies Gesicht ausdruckslos, aber nur Harriet bemerkte es.

Guy sagte: »Ich würde Yakimov gern kennenlernen. Bitten wir sie doch herüber.«

»Oh«, protestierte Inchcape, »wollen wir Dobson bei uns haben?«

Guy sagte: »Ich habe nichts gegen Dobson. Er ist so spät in seinem Leben in den diplomatischen Dienst eingetreten, daß er immer noch einigermaßen menschlich ist.«

»Ein Amateurdiplomat, könnte man sagen. Ist nach einer reichen und faulen Jugend in den Dienst reingeschlittert. Ich habe selbst nichts gegen ihn. Wenn es ihn nichts kostet, dann ist er eher angenehm als unangenehm.«

Guy riß ein Blatt aus einem Notizbuch und kritzelte darauf, während Inchcape, der bei der Einladung keine Funktion hatte, in die andere Richtung schaute. Der Zettel wurde vom Kellner überbracht. Dobson schrieb eine Zeile darauf und schickte ihn zurück.

»Sie trinken den Kaffee mit uns«, sagte Guy.

»Ah!« Inchcape ließ seinen Atem ausströmen und bediente sich mit Wein.

Bevor er sich an jenem Nachmittag ins Bett zurückgezogen

hatte, hatte er seine Koffer vom Bahnhof holen lassen und die meisten seiner Kleidungsstücke dem Hoteldiener übergeben.

Jetzt, da er hinter Dobson quer durchs Restaurant schlenderte, die gelbe Weste frisch gereinigt, der feine Schnitt seines karierten Anzugs durch geschicktes Bügeln akzentuiert, strahlte er Eleganz aus, wenngleich eine ziemlich exzentrische Eleganz. Als er den Tisch erreichte, zu dem er geführt wurde, lächelte er wohlwollend herab. Nachdem er allen vorgestellt worden war, nahm er Harriets Hand auf, küßte sie und sagte: »Wie entzückend, wenn man zu lange im Ausland gelebt hat, eine englische Schönheit zu treffen.«

»Man sagte mir, Sie hätten einen besonderen englischen Sinn für Humor«, sagte Harriet.

»Du meine Güte! Ist der Ruf des armen Yaki ihm vorausgeeilt?« Yakimov zeigte seine Genugtuung so unverhüllt, daß sie Harriets Mißtrauen zerstreute – ein Mißtrauen, das auf nichts beruhte, das sie hätte näher bestimmen können. Er wiederholte: »Einen besonderen englischen Sinn für Humor! Ich bin geschmeichelt.« Er schaute, ob Dobson die Huldigung mitbekommen hatte, aber Dobson sprach mit Guy. Er sagte: »Ich freute mich zu hören, daß ihr Burschen zurück seid, aber ich war überrascht, daß sie euch kommen ließen.« Sein nervöses, explosives Lachen milderte seine Bemerkung, aber Inchcapes Mundwinkel gingen nach unten.

Dobson, der einen trippelnden Gang hatte, hielt sich so, daß seine Rückenlinie sich in der Hüftgegend nach innen und seine Vorderlinie sich nach außen bog. Er war zwischen dreißig und vierzig, rundlich, mit Grübchen, rosa und weiß wie ein Cupido. Er war sehr kahl, aber über seinen Schädel zog sich babysanfter Flaum.

Guy sagte: »Ich wurde hierher zurückbefohlen. Das Londoner Büro sagt, wir seien u. k. gestellt.«

»Richtig«, stimmte Dobson zu, »aber sie denken nicht daran, was das für uns Burschen für Ärger bringt, einen Haufen britischer Staatsbürger hier zu haben, ohne diplomatischen Schutz.« Wieder explodierte sein Lachen, aber Inchcape war nicht amüsiert.

Er sagte: »Ich glaube, daß Ärger zu eurem Job gehört.«

Dobson hob ruckartig seinen Kopf und fühlte sich unbehaglich, weil er so ernst genommen wurde. Er lachte wieder, und Harriet verstand, warum er Guy ›einigermaßen menschlich‹ vorkam. Dieses konstante, nervöse Lachen, das seine berufsbedingte Selbstbeherrschung ankratzte, vermittelte den Eindruck, er sei zugänglicher als seinesgleichen. Gleichzeitig wurde ihr bewußt, daß er mehr als nur ein wenig betrunken war. Sie entschied, daß er ein unkomplizierter Bekannter sein könnte, aber nicht leicht zu durchschauen.

Stühle wurden jetzt knapp. Guy mußte dem Kellner ein Trinkgeld geben, damit dieser sich auf die Suche begab. Als er zwei brachte, legte sich Dobson auf den seinigen, als ob er gleich wieder herunterrutschen würde, und starrte auf einen Fetzen Papier, den er in der Hand hielt. Er schien ihn so zu verwirren, daß Harriet ihm über die Schulter sah. Er studierte seine Rechnung für das Essen.

Yakimov plazierte seinen Stuhl neben Harriet. Für Sophie, an der anderen Seite des Tisches, war das Eintreffen dieser Neuankömmlinge offensichtlich eine kaum erträgliche Bürde.

Harriet sagte zu Yakimov: »Ich sah Sie im Zug an der Grenze.«

»Ach, tatsächlich!« Yakimov warf Harriet einen argwöhnischen Blick zu. »Um nicht zu lügen, mein Kind, ich hatte da etwas Ärger. Wegen meines Hispano-Suiza. Papiere nicht in Ordnung. Hat was mit einer Lizenz zu tun. Leider beschlagnahmten sie das gute Stück. Habe gerade Dobbie hier erklärt, daß mich der kleine Grenzzwischenfall den letzten Hosenknopf gekostet hat.«

»Woher kamen Sie gerade?«

»Oh, von hier und da. Bin rumgefahren. Zu weit vom Heimathafen weg gewesen, als es losging, folglich in den nächsten Hafen eingelaufen. In solchen Zeiten kann sich ein Kerl schließlich überall nützlich machen. In der Tat, meine Chance kam heute morgen. Ziemlich amüsante Geschichte.« Er schaute sich nach einem größeren Publikum und, als er sah, daß Guy Kaffee für alle bestellte, sagte er: ie wär's mit einem Tropfen Brandy, mein Junge?«

Der Kellner stellte einige kleine Brandygläser hin. »Sagen Sie ihm, er soll die Flasche dalassen.« Dann wand er sich auf seinem Stuhl hin und her und versuchte, den Sitz besser seinem Körper anzupassen, erhob sein Glas, trank es leer und schmatzte mit den Lippen in einer übertriebenen Vorführung kritischen Genusses. »Nahrung!« sagte er.

Für einen Augenblick glaubte Harriet, in ihm eine Gier zu sehen, als ob er, wenn er könnte, die Substanz der Erde absorbieren wollte; dann schaute er sie an. Seine Augen waren treuherzig. Groß, hellgrün, welk in den äußeren Winkeln, sahen sie flach aus, als ob sie nicht dicker als Brillenglas und nicht in Höhlen, sondern in einem flachen Bereich zwischen Braue und Wange plaziert wären.

Er schenkte sich wieder ein und bereitete sich offensichtlich darauf vor, die Gesellschaft zu unterhalten. Als Guy ihn erwartungsvoll anblickte, blickte Sophie Guy an. Sie zupfte an seinem Ärmel und flüsterte voller Intimität: »Es gibt so vieles, was ich dir erzählen muß. Ich habe viele Probleme.«

Guy schnitt mit einer Handbewegung diese Vertraulichkeiten ab, und Yakimov, ohne die Unterbrechung bemerkt zu haben, begann: »Heute morgen, ich komme frühzeitig herunter, wen sehe ich da in der Halle des Athénée Palace...«

Normalerweise war Yakimovs Stimme dünn, traurig und eintönig, die Stimme eines kultivierten Punchinello, aber als er zu der Geschichte mit McCann kam, veränderte sie sich dramatisch. Als er McCanns barschen, resoluten Tonfall nachmachte, überlagerte er seine eigenen, feinen Gesichtszüge irgendwie mit einer schildförmigen Affengrimasse, die McCann darstellen mußte.

Er erzählte die ganze Geschichte seines Treffens mit McCann, von der Not der Polen vor dem Hotel, von dem schlafenden Mädchen, von dem Schal, der mit dem Toten beerdigt worden war. Obwohl er entschuldigend anführte, daß er nicht Polnisch sprach, imitierte er den Akzent des verärgerten Polen.

Guy, der diese Darbietung als Kenner genoß, murmelte »Wunderbar«, und Yakimov belohnte ihn mit einem freundlichen Lächeln.

Obgleich sich die anderen durchaus auch unterhalten hatten, waren sie doch verlegen, daß eine solche Geschichte wie eine lustige Anekdote erzählt wurde. Aber als er seine Arme öffnete und sagte: »Stellt euch vor! Stellt euch vor, euer armer, alter Yaki ist akkreditierter Kriegskorrespondent geworden«, drückte sein Gesicht eine solche komische Bescheidenheit über ein so unwahrscheinliches Ereignis aus, daß er plötzlich ihre Sympathien gewann. Sogar Sophies verdrossener Mund entspannte sich. Er vereinigte sie in der Wärme gemeinsamen Vergnügens, und, zumindest für dieses Mal, akzeptierten sie ihn wie ein Geschenk – ihr Yaki, ihr armer, alter Yaki. Seine Körpergröße, sein merkwürdiges Gesicht, sein dünner Körper, seine großen, milden Augen, seine Stimme und vor allem seine Bescheidenheit – dies waren die Komponenten, aus denen er gemacht war, und sie liebten sie.

Dobson hatte offensichtlich die Geschichte schon vorher gehört. Er schaute von der Rechnung auf und lächelte über ihre Wirkung. Als das Gelächter erstorben war, ergriff Sophie, die nicht gelacht hatte, das Wort mit beeindruckender Ernsthaftigkeit: »Journalist sein, ist nicht so schwer, glaube ich. Ich bin ein Journalist gewesen. Meine Zeitung war antifaschistisch, also wird für mich die Lage jetzt schwierig werden. Vielleicht werden die Nazis hierherkommen. Sie verstehen?« Als Yakimov blinzelte, als habe er gar nichts verstanden, lachte sie kurz und verärgert auf: »Sie haben schon mal von den Nazis gehört, ja?«

»Widerwärtige Bazis, so nenne ich sie, mein liebes Kind«, kicherte er. »Weiß nicht, was bei ihnen falsch lief. Am Anfang schienen sie ganz in Ordnung zu sein, aber irgendwie haben sie es überzogen. Jetzt kann sie niemand mehr leiden.«

Inchcape brach darüber in johlendes Gelächter aus. »Die Lage auf den Punkt gebracht«, sagte er.

Sophie lehnte sich nach vorne und starrte Yakimov ernst an: »Die Nazis sind sehr schlechte Menschen«, sagte sie.

»Einmal war ich in Berlin in Ferien – Sie verstehen? – und ein Nazioffizier kommt mit großen Schritten den Bürgersteig entlang. Ich denke: ›Ich bin eine junge Dame, er wird beiseite treten für mich‹, aber nein. Puff! Er fegt mich weg, als ob ich nicht da wäre, und ich werde auf die Straße mit dem ganzen Verkehr geschleudert.«

»Meine Güte!« sagte Yakimov.

Als Sophie den Mund öffnete, um weiterzureden, unterbrach Harriet und fragte Yakimov: »Sind Sie der Mann, der die Fenster schwarz strich?«

»Nun ja, liebes Kind, das war der arme Yaki.«

»Wollen Sie uns die Geschichte nicht erzählen?«

»Ein ander Mal, vielleicht. Sie ist ein bißchen *outré* und geschah vor langer Zeit. Eigentlich gleich nach meiner Schulzeit.« Sophie, die schmollend Harriet beobachtet hatte, lächelte jetzt triumphierend. Harriet begriff mit Überraschung, daß sie seine Weigerung als Punkt für sich verbuchte.

Harriet hatte nicht mit der Existenz einer Sophie gerechnet. Dummerweise. Es gab immer jemanden. Da war auch die Tatsache, daß – ob Sophie nun dazu ermuntert worden war oder nicht – Guys natürliche Wärme gegenüber jedermann leicht falsch hingenommen, daß sie für sie alleine gedacht war. (Plötzlich hatte sie eine lebhafte Erinnerung an eines ihrer frühen Zusammentreffen, als Guy ihre Hand genommen und gesagt hatte: »Sie essen nicht genug. Sie müssen nach Bukarest kommen, damit wir Sie aufpäppeln.«) Sie waren in die Ehe hineingeschlittert, als ob dies die zwangsläufige Konsequenzz aus ihrem Zusammentreffen gewesen wäre. Doch – angenommen, sie hätte ihn besser gekannt? Angenommen, sie hätte ihn ein ganzes Jahr lang gekannt und ihn in dieser Zeit in all seinen anderen Beziehungen beobachtet? Sie hätte gezögert, weil sie der Ansicht gewesen wäre, daß das Netz seiner Zuneigungen zu weit ausgebreitet war, um die gewichtigen Begleiterscheinungen einer Ehe auszuhalten.

Sie war sozusagen, in aller Unschuld, darauf vorbereitet gewesen, ihn zu besitzen und besessen zu werden, ihn einzuhüllen und eingehüllt zu werden in einer Beziehung, die

die feindliche Welt ausschloß. Sie entdeckte bald, daß Guy seine Rolle spielte. Durch ihn war die Welt nicht nur zugelassen, sie wurde willkommen geheißen; und irgendwie gab es keine Feindschaft mehr, wenn er darauf zuging.

»Ich nehme an«, sprach Inchcape Yakimov an und gewährte ihm dabei die Anerkennung seines ironischen Lächelns, »ich nehme an, Sie waren in Eton?«

»Leider nein, mein Lieber«, sagte Yakimov. »Mein armer alter Papa konnte nichts ausspucken. Ich ging auf eine jener schrecklichen Schulen, wo Marshal hundsgemein zu Snelgrove ist, und Debenham den Freebody *viel* zu gerne hat. Aber da wir gerade beim Thema sind, da gibt es eine ziemlich amüsante Geschichte über ein Krocketmatch, das von der Direktion einer berühmten Mädchenschule gegen den Direktor, einem äußerst korpulenten Mann, einer sehr berühmten Knabenschule gespielt wurde. Also...«

Die an sich fade Geschichte wurde durch die Modulationen von Yakimovs zarter Stimme unerhört komisch. Indem er bei einem Wort verweilte und es langsam und mit einem Ton leicht atemloser Mißbilligung sprach, brachte er alle, Sophie ausgenommen, zuerst zum Kichern, dann zu einem wahren Crescendo von Gelächter. Mit mürrischem Gesicht schaute Sophie abwechselnd auf die Reaktionen der drei männlichen Zuhörer: Guy, »Du liebe Zeit!« ausrufend und sich die Augen wischend, Inchcape mit zurückgeworfenem Kopf, und Dobson in stillem Vergnügen mit dem Stuhl schaukelnd.

»Was hat sie getroffen?« fragte sie, als die Geschichte zu Ende war.

»Seinen Prügel«, sagte Inchcape.

»Dann verstehe ich nicht. Warum ist es komisch?«

»Warum«, fragte Inchcape sanft, »ist irgend etwas komisch?«

Die Antwort befriedigte Sophie nicht. Sie sagte mit einiger Schroffheit: »Das ist ein englischer Witz, wie? Hier in Rumänien haben wir auch Witze. Wir fragen: ›Was ist der Unterschied zwischen einer jungen Katze und einem Stück Seife?‹ Ich finde sie albern, solche Witze.«

»Ja, was ist denn der Unterschied?« fragte Guy.

Sophie schaute ihn irritiert an und wollte nicht antworten. Er wollte sie gerade überreden, als sie gereizt antwortete: »Wenn man ein Kätzchen an den Fuß eines Baumes setzt, klettert es hinauf.«

Ihr Erfolg überraschte sie. Sie blickte um sich, zunächst argwöhnisch, und sagte dann, zusehends selbstzufriedener: »Ich kenne viele solcher Witze. Wir erzählten sie in der Schule.«

»Erzähl uns noch ein paar«, sagte Guy.

»Ach, sie sind so albern.«

»Nein, sie sind sehr interessant.« Und nachdem er sie geduldig beschwatzt hatte, noch ein paar zu erzählen, die alle ziemlich ähnlich waren, begann er einen akademischen Vertrag über fundamentalen bäuerlichen Humor, den er mit den Rätseln in Beziehung brachte, wie sie in Märchen auftreten. Er forderte Yakimov auf, seine Annahme zu bestätigen, daß russische Bauerngeschichten allen anderen Bauerngeschichten ähnlich seien.

»Aber sicher sind sie das, mein Junge«, murmelte Yakimov, die Augen leer, der Körper schlaff, ohne jedes Leben, wie es schien, ausgenommen in der Hand, mit der er alle paar Minuten die Brandyflasche hob und sein Glas füllte.

Dobson schlief schon fast, rutschte in seinem Stuhl nach vorne, dann, halb aufwachend, rutschte er wieder nach hinten. Inchcape hörte, mit gefrorenem Lächeln, Guy zu. Es war spät, aber niemand machte irgendwelche Anstalten zu gehen. Das Restaurant war noch voll, das Orchester spielte weiter, Florica sollte noch einmal singen. Harriet, die sich plötzlich erschöpft fühlte, wünschte, sie wäre im Bett. Guy hatte ihr erzählt, daß in heißen Sommernächten die Gäste in diesen Gartenrestaurants oft noch bis zu Morgendämmerung unter den Bäumen verweilen. Dies war jedoch keine heiße Sommernacht. Böen von herbstlicher Frische kamen in Abständen aus der Dunkelheit draußen und schreckten die sommerliche Luft ab. Jemand hatte früher am Abend erwähnt, daß der erste Schnee auf den Gipfeln gefallen war, die sich nördlich der Stadt erhoben. Sie hoffte, daß wenigstens die ungemütliche Frische die Leute bald in Bewegung setzen würde.

Sie sah zu, wie Yakimov den letzten Tropfen aus der Flasche in das Glas leerte. Dann begann er, um sich zu schauen, und seine Augen erlangten wieder den leuchtenden Schimmer von Leben. Als sich ein Kellner näherte, machte er eine winzige Bewegung und schloß seine Augen in Richtung Flasche. Sie wurde mit einer solchen Geschwindigkeit weggewischt und ersetzt, daß Harriet nur zu dem Schluß kommen konnte, Yakimov habe eine solche magnetische Macht über die Kellner, wie sie manche Leute über wilde Tiere und Vögel haben. Mit frisch gefülltem Glas sank er zurück, bereit, wie Harriet fürchtete, die ganze Nacht hierzubleiben.

Was Guy anbelangte, so hatte die Trinkerei des Abends seine Energie nicht angetastet. Sie hatte lediglich eine geschwätzige Euphorie hervorgerufen, in der er Entdeckungen machte und Ausflüge in die Metaphysik und die Morallehre unternahm. Alle paar Minuten unterbrach ihn Sophie – jetzt glücklich und munter und besitzergreifend –, um zu erklären, was er gerade sagte. War es möglich, wunderte sich Harriet, daß dieses Gerede so einfältig war, wie es ihr vorkam?

»Man könnte sagen«, sagte Guy gerade, »daß Rätsel die primitivste Form des Humors sind: so primitiv, daß sie kaum mehr überhaupt zum Humor gerechnet werden können, sondern eine Art Magie darstellen.«

Sophie platzte dazwischen: »Er meint, wie die Sphinx und wie das Orakel. Orakel sprachen immer in Rätseln.«

»Das Orakel in Delos nicht«, sagte Inchcape.

Sophie warf ihm einen Blick voller Verachtung zu. »Das Orakel war in Delphi«, sagte sie.

Inchcape zuckte die Achseln und beließ es dabei.

Gegen Mitternacht erschien Florica, um wieder zu singen. Dieses Mal war Guy zu sehr mit seiner eigenen Rede beschäftigt, um sie zu bemerken. Harriet schaute in die Richtung von Ionescus Tisch, aber dort war niemand mehr. Florica, mit weniger Begeisterung als zuvor beklatscht, verschwand, und das Orchester hämmerte wieder.

Harriet gähnte. Sich vorstellend, sie würde die Situation

mit Nachsicht akzeptieren, beobachtete sie Sophie und fragte sich: ›Fällt Guy tatsächlich auf diese feminine Doofheit herein? Wenn ich beim Reden all jene Gesten und Grimassen machen würde, und unterbrechen und auf Aufmerksamkeit bestehen würde, würde er das alles attraktiv finden?‹ Er rutschte ihr unwillkürlich heraus: »Ich denke, wir sollten jetzt gehen.«

Schockiert von der Vorstellung, sagte Guy: »Ich bin sicher, daß niemand jetzt schon gehen will.«

»Nein, nein«, Sophie schloß sich ihm sofort an. »Wir gehen nicht so bald.«

Harriet sagte: »Ich bin müde.«

»Morgen«, sagte Sophie, »haben Sie den ganzen Tag zum Schlafen.«

Inchcape drückte seine Zigarette aus.

»Ich würde gern früh zu Bett gehen. Ich habe im Zug nicht viel geschlafen.«

»Na gut, laßt mich das austrinken.« Er hielt sein volles Glas hoch und sprach im Tonfall eines Kindes, das darum bettelt, noch zehn Minuten länger aufbleiben zu dürfen.

Yakimov schenkte sein eigenes Glas nochmals voll und sagte: »Es ist noch sehr früh, mein liebes Kind.«

Sie blieben eine weitere halbe Stunde sitzen, in der Guy seinen Drink in die Länge zog und versuchte, den Rhythmus des Gesprächs wiederzufinden, aber es war etwas verlorengegangen. Etwas von einer Ende-der-Party-Lahmheit war in der Luft. Als sie schließlich alle gehen wollten, war da noch die Aufgabe, einen Kellner zu finden.

Inchcape warf einen Tausend-*Lei*-Schein hin und sagte: »Das dürfte mein Anteil gewesen sein.« Guy beglich den Rest.

Sie lasen ein Taxi in der Chaussée auf und fuhren zurück. Sophie, deren Wohnung in der Stadtmitte war, stieg zuerst aus. Guy ging mit ihr hinaus und brachte sie zur Tür, wo sie eindringlich auf ihn einredete und seinen Arm hielt. Er verabschiedete sich und rief zurück: »Wir sehen uns morgen.«

Als nächster wurde Yakimov zum Athénée Palace gebracht. Außerhalb des Hotels sagte er: »Du lieber Himmel, fast hätte ich es vergessen. Ich bin zu einer Party in Prinzessin Teodorescus Suite eingeladen.«

»Eine ziemlich späte Party«, murmelte Inchcape.

»Eine Bis-zum-Morgen-Party«, sagte Yakimov.

Guy sagte: »Wenn wir eine Wohnung finden, müssen Sie mal zum Essen zu uns kommen.«

»Mit größtem Vergnügen, mein Junge«, sagte Yakimov, der, als er sich aus dem Taxi kämpfte, schon fast auf dem Trittbrett saß. Irgendwie gelangte er auf den Bürgersteig und überquerte ihn schwankend. Er drückte gegen die Drehtüren und machte Winke-Winke wie ein Baby.

»Mich würde interessieren«, sagte Inchcape trocken, »zu sehen, was Sie für diese Gastfreundschaft zurückbekommen.«

Dobson sprach tadelnd aus seiner Ecke: »Yaki war berühmt für seine Parties.«

»Na gut«, sagte Inchcape, »wir werden ja sehen. Einstweilen, falls es Ihnen nichts ausmacht, möchte ich als nächster aussteigen.«

Die Pringles kamen schweigend in ihrem Zimmer an. Harriet fürchtete Klagen, daß sie die Party kaputtgemacht hätte. Berechtigte Klagen. Es stimmte, sie konnte den ganzen Tag schlafen – und was waren schon eine Stunde oder zwei im Angesicht der Ewigkeit?

Während sie ins Bett ging, studierte Guy sein Gesicht im Spiegel. Er unterbrach die Stille, um sie zu fragen: »Glaubst du, daß ich wie Oscar Wilde aussehe?«

»Ein bißchen, tatsächlich.«

Er blieb vor dem Spiegel und verzerrte sein Gesicht, um dem einen oder anderen berühmten Filmstar ähnlich zu sehen.

Harriet überlegte, ob dies der Moment war, ihn wegen Sophie zu fragen, und entschied, daß er das nicht war. Sie sagte statt dessen:

»Du bist ein unheilbarer Pubertierer. Komm ins Bett.«

Als er sich vom Spiegel abwandte, sagte er mit berauschter

Befriedigung: »Old Pringle ist in Ordnung. Old Pringle ist kein schlechter Kerl. Old Pringle ist überhaupt kein schlechter Kerl.«

4

Yakimov fand seine Anzüge gereinigt, gebügelt und auf dem Bett für ihn zurechtgelegt. Als er sich umkleidete, zog er einen schwarzen und einen braunen Schuh an.

Auf der Party würde garantiert jemand die Tatsache erwähnen, daß er komische Schuhe trug. Er würde dann überrascht auf seine Füße hinunterstarren und sagen: »Und wissen Sie was, mein Lieber, ich habe noch ein Paar zu Hause, genau wie diese.«

Er hielt das für einen subtilsten Partygag. Seit dem Tod der lieben alten Dollie hatte er ihn nicht mehr gebracht, sondern ihn für jene Male reserviert, wenn er in allerbester Stimmung war. Jetzt hatte sich sein Los gewandelt; er war zu allem bereit.

Nach dem Ankleiden saß er eine Weile und las den Brief noch einmal, den er gerade in Arbeit hatte. Er war an seine Mutter. Er hatte ihr darin bereits geschrieben, wo er zu finden war, und hatte sie gebeten, ihm seinen vierteljährlichen Wechsel so bald wie möglich zu schicken. Er schrieb, er sei als Freiwilliger in einer kriegswichtigen Aufgabe engagiert, verriet aber keine Einzelheiten, aus Angst, sie könnte daraus falsche Schlüsse ziehen, was seine Notlage anging.

Nach einer langen Denkpause nahm er seinen Bleistiftstummel auf und fügte, ihr zu Gefallen, hinzu: ›Gehe heute abend zu Prinzessin Teodorescus Tortenschlacht.‹ Normalerweise hätte ihn die Anstrengung eines Satzes zum Aufhören veranlaßt, aber in seiner augenblicklichen Stimmung schrieb seine Hand weiter. Einige Wörter waren sehr groß geschrieben, einige klein, aber alle leserlich, wie die sorgfältig geschriebenen Wörter eines Kindes. Er schloß: ›Alles Gute, liebes altes Mädchen, und laß Dich nicht unterkriegen. Dein Yaki steuert wieder einmal großen Zeiten entgegen.‹

Voll des Gefühls, eine Aufgabe gut gelöst zu haben, und mit der Aussicht auf weitere Vergnüglichkeiten, ging er hinunter, um Prinz Hadjimoscos zu treffen.

Für Yakimov war es ein sehr befriedigender Tag gewesen. Er war mit sich zufrieden, war von einer Zufriedenheit, wie er sie, seit er nach Dollies Tod ohne einen Pfennig Geld in die Welt geworfen wurde, nicht mehr erlebt hatte. An jenem Nachmittag war er gerade von seiner Siesta aufgestanden und hinunter in die Hotelbar gegangen, wo er tatsächlich, wie erhofft, jemanden gesehen hatte, den er kannte. Es war dies ein englischer Journalist namens Galpin.

Als Galpin Yakimov gesehen hatte, schaute er woanders hin. Ungerührt postierte Yakimov sich vor Galpins Nase und sagte: »Nanu, hallo, alter Junge! Wir haben uns zuletzt in Belgrad getroffen.« Danach, bevor Galpin antworten konnte, fügte er hinzu: »Was trinken Sie?« Was auch immer Galpin gerade sagen wollte, jetzt grunzte er nur und sagte: »Scotch.«

Galpin war nicht allein. Als Yakimov in die Runde lächelte, um zu fragen, was die anderen trinken wollten, drängten sie sich um ihn herum, wie sich eine Auster um eine Perle schließt. Er erzählte die Geschichte seines Zusammentreffens mit McCann und erntete höfliche Aufmerksamkeit. »Jungs, stellt euch das vor«, sagte er. »Euer armer, alter Yaki wird akkreditierter Kriegskorrespondent!«

Galpin sagte: »Und haben Sie McCanns Zeug rausbekommen?«

»Natürlich. Jedes Wort.«

»Glücklicher McCann.« Galpin starrte mürrisch in sein Glas. Es war leer.

Yakimov bestand darauf, eine zweite Runde zu bestellen. Die Journalisten nahmen ihre Drinks, unterhielten sich dann aber untereinander. Sie hatten gerade die Ankunft von Mortimer Tufton in Bukarest diskutiert und kehrten jetzt zum Thema zurück. Tufton, so sagten sie, hatte einen Instinkt für kommende Ereignisse. Wenn er irgendwo ankam, wurde der Ort zur Nachricht. Yakimov war vergessen. Er hatte nichts dagegen. Er war glücklich, wieder einmal der großzügige Gastgeber sein zu können. Nachdem er sich als solcher eingeführt hatte, glaubte er, hoffen zu können, daß in Zukunft keiner wirklich grob ihm gegenüber sein würde.

Von der Gruppe ausgeschlossen, traf er direkt auf die lokalen Herumhänger an der Bar, die von dem Duft von Yakimovs Freigiebigkeit angezogen worden waren. Sie starrten ihn bewundernd an. Er ließ sie sich selbst vorstellen: Cici Palu, Graf Ignotus Horvath und Prinz Hadjimoscos. Wenn in dem Lächeln, mit dem er sie empfing, eine Winzigkeit Herablassung war, dann war es eine sehr bescheidene Herablassung. Dieses, so wußte er, waren gleichgesinnte Gefährten. Er glaubte nicht, daß sie irgendwelche Illusionen über ihn hatten, aber es schmeichelte ihm, ihr Patron zu sein. Er bestellte Drinks für sie. Sie alle, wie es die Mode erforderte, tranken Whisky, den teuersten Drink an der Bar. »Nach diesem«, sagte Yakimov, »muß ich gehen. Ich esse mit meinem lieben alten Freund Dobbie Dobson von der Gesandtschaft zu abend.«

Daraufhin sagte der Führer des Trios, Hadjimoscos: »Hätten Sie, *mon cher Prince*, vielleicht Lust, zu einer kleinen Nachtgesellschaft zu kommen, die von Prinzessin Teodorescu in ihrer Hotelsuite gegeben wird? Dort werden Sie die wahre rumänische Aristokratie treffen, im Unterschied zu den Politikern und Parvenus, die heutzutage vorgeben, *beau monde* zu sein. Wir sind alle so stolz auf die Engländer.«

»Mein Lieber«, strahlte ihn Yakimov an, »nichts würde ich lieber tun.«

Die Bar schloß um Mitternacht. Yakimov sollte Hadjimoscos in dem großen Raum treffen, wo die Drinks serviert wurden.

In der Mitte des Raums, unter dem größten Lüster, waren auf einem Tisch Ausgaben von jeder namhaften englischen Zeitung ausgelegt. Neben dem Tisch stand Hadjimoscos, den Kopf über eine zwei Tage alte Ausgabe der *Times* gesenkt. Wie Yakimov von Dobson erfahren hatte, war er einer der letzten Abkömmlinge einer der griechischen Phanariot-Familien, die Rumänien unter den Türken beherrscht und ausgeplündert hatten. Er war klein und schmächtig; und lieferte ein Bild schlaffer Weichheit, als ob seine Kleidung nicht

Fleisch und Knochen, sondern Baumwolle zusammenhielt. Er trug sehr fein gearbeitete Slipper aus Ziegenleder, auf denen er jetzt geräuschlos vorwärts glitt und seine schmalen, weißen Hände ausstreckte und je eine auf Yakimovs Hände legte. Mit dünner, flacher Stimme lispelte er: »Wie charmant, Sie wieder zu sehen, *cher Prince.*« Sein Gesicht war immer noch kindlich, obwohl er von feinen Linien, wie bei einer alten Frau, durchzogen war; seine dunklen, kleinen, mongoloiden Augen waren blutunterlaufen; sein Schädel schien wächsern durch die feinen, schwarzen Strähnen seines Haares.

Die beiden Männer betrachteten sich erwartungsvoll, dann wandte Hadjimoscos sein Gesicht zur Seite, seufzte und sagte: »Ich würde Sie so gerne einladen, mein Gast zu sein, aber ich merke gerade, daß ich ohne meine Brieftasche gekommen bin.«

»Aber mein Lieber«, Yakimov erinnerte sich plötzlich seiner Machtposition, »ich bin es, der Sie einladen sollte. Was möchten Sie trinken?«

»Oh, Whisky natürlich. Ich rühre niemals etwas anderes an.«

Sie setzten sich auf eines der Gobelinsofas, und Yakimov gab seine Bestellung auf. Hadjimoscos ließ den Kopf hängen, als ob er ein schmachvolles Geheimnis zu beichten hätte, und sagte: »Mir ist es höchst peinlich, mein Geld vergessen zu haben. Wahrscheinlich wird die Prinzessin einen Tisch mit *chemin* eröffnen, oder irgendein ähnliches Spiel. Ich bin ein leidenschaftlicher Spieler. Könnten Sie, *mon cher Prince,* mir ein paar Tausender leihen?«

Yakimov fixierte ihn mit einem mitfühlenden und bedauernden Blick: »Ich wollte, ich könnte es, alter Junge, aber Ihr armer, alter Yaki lebt im Moment auf Pump. Devisenbestimmungen, wissen Sie. Konnte nicht einen einzigen *Leu* mitbringen. Warte gerade auf meinen Wechsel von meiner armen, alten Mama.«

»Oh!« Hadjimoscos schüttelte den Kopf und leerte sein Glas. »Wenn das so ist, können wir auch gleich zu der Party hinaufgehen.«

Der Lift brachte sie in das oberste Stockwerk des Hotels. Ein Hoteldiener empfing sie, um sie zu Prinzessin Teodorescus Salon zu führen. Währenddessen war Hadjimoscos still geblieben. Jetzt, als Yakimov, benebelt von der Hitze des Raums und dem aufdringlichen Duft von Nachthyazinthen, versuchte, seinen Arm zu nehmen, entzog er sich ihm. Yakimov blieb im Flur stehen. Die Trinkerei des Abends hatte seinen Blick getrübt. Ihm schien es, als ob sich der Raum, erhellt von schwarzen und vergoldeten Kerzen, in düsterer Unendlichkeit erstreckte. Der Boden schien ein Vakuum zu sein, obwohl er sich fest genug anfühlte, als er es mit dem Fuß ausprobierte. Er erkannte, daß er einen schwarzen Teppich betrat, daß sich Wände und Decken dem Blick entzogen, weil sie schwarz gestrichen waren, und er gewann soviel Zutrauen, daß er vorwärtsging. Er sah Hadjimoscos in der Mitte des Raums und stolperte über einen schwarzen Samtsessel, als er versuchte, den Weg zu ihm abzukürzen. Er ging zu Boden, und einige der weiblichen Gäste lenkten die allgemeine Aufmerksamkeit auf seinen Sturz, indem sie kleine, gekünstelte Schreckensrufe ausstießen. Er hörte eine Stimme ekstatisch rufen: »Hadji, *chéri*«, und sah einen Kopf und einen Hals in der Luft schweben. Der Hals war nach vorne gestreckt, so daß die Sehnen sichtbar wurden. Das Gesicht sah verwüstet aus, nicht vom Alter, sondern von einer Lebensweise, die von unerbittlicher Lebensfreude geprägt war.

Hadjimoscos flüsterte boshaft: »Die Prinzessin.«

Yakimov rappelte sich auf und wurde vorgestellt.

»Enchantée, enchantée«, rief die Prinzessin. Irgend etwas wedelte vor Yakimovs Gesicht. Als er begriff, daß man ihm eine Hand in einem schwarzen Samthandschuh anbot, versuchte er, sie zu ergreifen und zu küssen, aber sie wurde ihm entrissen. Ein neuer Gast war angekommen.

Yakimov drehte sich um und wollte etwas sagen, aber Hadjimoscos war nicht länger da. Freischwebend in der Mitte des Raums zurückgelassen, spähte Yakimov um sich, auf der Suche nach einem Drink. Als sich seine Augen an den düsteren Schein gewöhnten, nahm er kleine, vergoldete Möbelstücke wahr, aber von den anderen Gästen konnte er nur

Gesichter und Hände sehen. Er fühlte sich an Dollies Séancen erinnert, wo das Medium zwischen den schwarzen Vorhängen des Kabinetts seine spirituelle Aura verströmte.

Er begann, sich müde und benebelt zu fühlen. Vorsichtig tastete er sich von einem Möbelstück zum anderen, bis er auf einen Kellner stieß, der ein Tablett trug. Er schnupperte an den Gläsern. Er wollte sich gerade einen Whisky nehmen, als ihn die größeren Gläser davon abhielten. »Ah, Schampus, alter Junge«, sagte er, »Schampus für mich.«

Er lächelte wieder und ging vorsichtig umher. Hadjimoscos redete gerade auf zwei hübsche Mädchen ein. Yakimov näherte sich ihnen und hörte, wie Hadjimoscus sagte: »Stellen Sie sich vor: ein schwarzer Schuh und ein brauner! Ich habe es im Aufzug bemerkt.«

Hadjimoscus Miene, die vor Boshaftigkeit gestrahlt hatte, wurde wieder ernst, als er Yakimov gewahr wurde, und produzierte dann ein entzücktes Lächeln: »Ah, da sind Sie ja, *mon cher.*« Er drückte Yakimovs Arm. »Erlauben Sie mir, Ihnen meine bezaubernden Freundinnen vorzustellen, Prinzessin Mimi und Prinzessin Lulie. Nachnamen tun nichts zur Sache.«

Mimi, das jüngere Mädchen, war auf eine babyhafte Art sehr hübsch. Die andere sah bläßlich und angestrengt aus; ihr Lächeln, das nur widerstrebend kam, war oberflächlich und hielt nicht an. Sie ließen sich von ihm die Hände küssen, standen dann schweigend da und schätzten ihn ab.

Hadjimoscus hatte immer noch Yakimovs Arm ergriffen und sprach überschwenglich: »Ich habe gerade gesagt, wir müssen etwas später, wenn wir in der richtigen Stimmung sind, ein köstliches Spiel namens Schneewittchen und die sieben Zwerge spielen. *Mon cher,* ich *bestehe* darauf, daß Sie einen Zwerg spielen.«

»Spiele spielen liegt mir nicht besonders, mein Lieber.«

»Das ist kein gewöhnliches Spiel. Wir haben es selbst erfunden. Wir wählen ein attraktives Mädchen aus – Mimi, sagen wir mal, oder Lulie – und sie ist Schneewittchen. Dann wählen wir sieben Männer, die die Zwerge spielen. Sie verlassen das Zimmer und ziehen sich ganz aus. Im Zimmer zieht sich Schneewittchen aus. Dann kommen die Zwerge, einer nach dem anderen, herein und sehen sich Schneewittchen gegenüber. Je nach ihren Reaktionen, werden sie von uns benannt – Happy, Geili, Muffi und so weiter.«

»Und Doofi«, rief Mimi, hielt sich dann aber rasch mit der Hand den Mund zu.

»Versprechen Sie mir jetzt«, Hadjimoscos drückte Yakimovs Arm erneut, »*versprechen* Sie mir, daß Sie einen Zwerg spielen!«

Yakimov trat nervös einen Schritt zurück. »Mit mir nicht, mein Lieber. Für solche Sachen bin ich ungeeignet.«

»Wie schlimm für Sie.« Hadjimoscos sprach gravitätisch, gab dann Yakimov frei und entschuldigte sich, zog auf seinen sanften Schuhen davon zu einem Sofa, auf dem Prinzessin Teodorescu saß und einen jungen Mann mit einem großen, roten Schnurrbart umarmte. Durch die anderen Geräusche des Raums hindurch hörte Yakimov Hadjimoscos flüstern: »Er sagte: ›Für solche Sachen bin ich ungeeignet.‹« Yakimov störte das nicht. Er war es gewohnt, zitiert zu werden.

Plötzlich begann Mimi, wie eine kleine Puppe, deren Uhrwerk man gerade aufgezogen hatte, auf französisch zu plappern. Yakimov sprach Französisch genausogut wie Englisch, aber dieses rumänische Französisch verwirrte ihn. Er begriff, daß sie von einem Mann sprach, der ein paar Meter entfernt stand, einem Baron Steinfeld, der, wie es schien, die Miete für das Apartment bezahlte. Dessenungeachtet widmete sich die Prinzessin einem gewissen ›Foxy‹ Leverett, während der Baron »complètement ›outsider‹« war. Als die Mädchen miteinander tuschelten, machte sich Yakimov davon, dankbar, daß sie über jemand anderen lachten als ihn.

Er stieß auf den Baron, der ihn mit Höflichkeit begrüßte und dabei all seine großen gelben Zähne zeigte. Yakimov stellte sich selbst vor.

»Ah, mein lieber Prinz«, sagte der Baron, »unnötig zu sagen, daß ich von Ihnen gehört habe. Ein großer Name. War Ihr Vater nicht Oberstallmeister beim Zaren?«

»Er war es in der Tat, mein Lieber.« Noch während des Sprechens bedauerte Yakimov, was er sagte. Der Baron hatte so begierig auf seine Antwort gewartet, daß er fürchtete, es könnte eine Fangfrage sein. Er könnte vor allen Leuten als Schwindler entlarvt werden. Aber der Baron, dessen schönes Gesicht eine lebhafte Farbe hatte und jetzt in seinem begierigen Lächeln erstarrt war, sagte bloß: »Sind Sie ein alter Freund der Prinzessin?«

»Wir haben uns heute abend zum ersten Mal kennengelernt. Hadjimoscos hat mich mitgenommen.«

»Ah!« Steinfeld nickte und erzählte dann wohlgefällig und respektvoll von dem uralten Stammbaum der Prinzessin: »Sie stammt von den Dacianischen Königen ab«, sagte er. »Sie kann eine direkte Abstammung von Decebal nachweisen, der die Römer besiegte.«

»Was Sie nicht sagen, mein Lieber.« Yakimov tat sein Bestes, Steinfeld aufmerksam zuzuhören, während er nach einem Kellner Ausschau hielt, um sein Glas füllen zu lassen.

»Die Teodorescu-Ländereien in der Moldova waren einst sehr schön, aber jetzt? Verpfändet und verplempert! Verplempert! Diese Prinzen glauben, sie könnten in Paris oder Rom leben, und ihre Güter würden ohne sie gedeihen. Wie unfähig, aber auch wie charmant!« Der Baron rückte näher. »Mein eigenes kleines Gut in Bessarabien wird dagegen sehr ökonomisch bewirtschaftet. Wir Deutsche sind vielleicht nicht so charmant, aber wir verstehen es zu arbeiten. Auf meinem Gut mache ich meinen eigenen Rotwein, *ţuică* und Martini. Den Martini können Sie in den Geschäften sehen. Der König verkauft ihn in seinem eigenen Kolonialwarenladen: Martini Steinfeld. Er ist ausgezeichnet.«

Yakimov bemühte sich, Beifall zu spenden, und sagte: »Vermutlich machen Sie ihn nach italienischen Rezepten?«

»Aber natürlich«, sagte der Baron, »aus Rosinen und Rezepten und Kräutern und lauter solchen Sachen.« Als der Baron Luft holte und wieder anfangen wollte zu erzählen, sagte Yakimov: »Muß mir noch einen holen, mein Lieber«, tauchte weg und fand sich in einem Vorraum wieder, wo ein kaltes Büffet aufgebaut und mit Essen überladen war.

Die Speisen waren unberührt, da es bisher noch keine Aufforderung zum Essen gegeben hatte. Versteinert wie einer, der über einen Schatz gestolpert ist, murmelte er bei sich: »Mein lieber Mann!« Nicht einmal ein Kellner war da, der seinen Appetit hätte zügeln können.

Er sah eine Reihe gebratener Truthähne, deren Brüste bereits in Scheiben geschnitten waren, zwei geräucherte Schinken, ausgebacken in braunem Zucker und mit Ananas, Krebse, Lachs und Mayonnaise, verschiedene Patés, drei Sorten Kaviar, viele Sachen in Aspik, kandierte Früchte, raffinierte Puddings, Berge von Gewächshaustrauben, Ananasfrüchte und Herbsthimbeeren, alles auf Silberplatten drapiert und mit Orchideen dekoriert.

Zitternd, wie jemand kurz vor dem Verhungern, schoß Yakimov nach vorn. Er steckte einen Eßlöffel in den frischen Kaviar, zog ihn aufgehäuft heraus und leckte ihn sauber. Er entschied, daß er die salzigere Variante, an die er gewöhnt war, lieber mochte und nahm davon drei Löffel voll. Während er in einer Hand einige Truthahnscheiben hielt und sie wie Brot aß, häufte er auf einen Teller Lachs und Mayonnaise, Wachtel in Aspik, Hühnchen in Sahne und Paté, und steckte sich, während er entlangschlenderte, Anchovis, Oliven und Süßigkeiten in den Mund. Als nichts mehr auf den Teller paßte, begann er, heißhungrig zu essen. Er war gerade dabei, sich über die Nachspeisen zu machen, als er durch das Geräusch von Schritten unterbrochen wurde – einem kaum wahrnehmbaren Geräusch. Er schaute schuldbewußt drein, an seinem Ellenbogen war Hadjimoscos.

»Fühlte mich ein bißchen hungrig«, sagte Yakimov.

»Aber bitte!« Hadjimoscos lächelte und machte eine Geste in Richtung der Speisen, aber Yakimov fand es geziemender zu sagen:

»Vielen Dank, mein Lieber, bin bereits gesättigt.« Bedauernd legte er den Teller ab.

»Dann kommen Sie doch zurück zur Party. Wir wollen Baccarat spielen. Alle werden spielen. Wir kriegen mindestens zwei Tische zusammen. Kommen Sie doch. Wir möchten keinesfalls, daß Sie sich vernachlässigt fühlen.«

Bei dem Wort ›Baccarat‹ erschienen in Yakimovs Erinnerung Bilder der Langeweile, die er in den Casinos erduldet hatte, in der Dollie ihn mitzuschleppen pflegte. »Machen Sie sich um mich keine Sorge, mein Lieber. Mir geht's hier ganz gut.« Er bemerkte einige winzige Pastetchen auf einer Wärmeplatte, und, unfähig, sein Verlangen zu kontrollieren, schnappte er sich eines und verschluckte es. Eine kochendheiße Füllung von Pilzen und Käsesoße ergoß sich in seinen Rachen. Seine Augen tränten.

Hadjimoscos Lachen war ein Zischen, seine Lippen verzogen sich und enthüllten seine weißen, kleinen, nicht überzeugenden Zähne. Für eine Sekunde sah er so bösartig aus wie ein kleiner Puma, aber er war die Liebenswürdigkeit in Person, als er sagte: »Die Prinzessin ist versessen aufs Spielen. Sie würde es mir nie vergeben, wenn es mir nicht gelänge, Sie zu überreden.«

»Wie ich Ihnen schon sagte, mein Lieber, Ihr alter Yaki hat nicht einen *Leu*. Bin blank, bis mein Wechsel kommt.«

»Keiner«, sagte Hadjimoscos, »würde einen Schuldschein von Ihnen ablehnen.«

»Weiß kaum, wie man spielt«, sagte Yakimov.

»Es zu lernen, ist die Sache eines Augenblicks.«

Seufzend warf Yakimov einen Abschiedsblick auf das Büffet und bemerkte zum ersten Mal, daß darüber das Porträt eines alten Bojaren hing – ohne Zweifel irgendein Mitglied der großen Teodorescu-Familie. Der Bojar trug einen Turban von enormer Größe und eine brokatverzierte Tunika unter einem Pelzmantel. Ein Paar Hände, weiß und feingliedrig, ruhten auf einer bestickten Gürtelschärpe, ein Daumen um das Heft eines schwer mit Juwelen besetzten Dolches.

Yakimov war verlegen. Nicht wegen dieser Insignien des Reichtums, sondern wegen des Gesichts, das sie umgaben: eine lange Nase, leichenblaß wie die Wangen, Lippen mit einem fahrigen Bartansatz, schwere Augenlieder, unter denen eine punktförmige Iris bösartig hervorlugte.

Er ließ sich wegführen.

Die Lichter waren über zwei ovalen Tischen eingeschaltet worden. Ein Diener mischte die Karten. Ungefähr ein Dutzend Leute saßen an einem Tisch, und ein paar andere standen hinter den Stühlen umher. Yakimov sah keinen Grund, sich in die Spielrunde zu drängen. Die Prinzessin und der rothaarige ›Foxy‹ Leverett blieben in ihrer Umarmung und auf dem Sofa. Andere Paare lagen in dunklen Ecken umher. Der immer noch grinsende Baron stand am Tisch, aber in einer solchen Entfernung, daß klar war, daß er nicht beabsichtigte, einbezogen zu werden.

Hadjimoscos, der erneut einen Ausflug hinüber zur Prinzessin unternommen hatte, kehrte mit einem Bündel von Geldscheinen zurück. Ihre Gastgeberin, verkündete er, hätte Kopfschmerzen, folglich würde er in ihrem Auftrag die Bank halten. Die Bank hielt 200000 *Lei*. Er lächelte Yakimov zu: »Sie sehen, *mon cher*, unser Spiel ist bescheiden. Sie können nicht viel verlieren. Wie viele Jetons wollen Sie nehmen?«

Yakimov, der wußte, daß der Croupier fünf Prozent aus der Bank erhielt, machte einen wilden Versuch zu entrinnen: »Sie werden einen Croupier brauchen, mein Lieber. Warum lassen Sie nicht den armen, alten Yaki...«

»Ich bin der Croupier«, sagte Hadjimoscos. »Das ist hier so Tradition. Na los, wie viele Chips?«

Resigniert erwiderte Yakimov: »Geben Sie mir ein paar Riesen.«

Hadjimoscos lachte: »Jeder ist fünftausend wert. Für weniger spielen wir nicht.«

Yakimov nahm fünf Chips und übergab seine Quittung über fünfundzwanzigtausend *Lei*. Hadjimoscos nahm seinen Platz ein. Sobald er die Karten gezogen hatte, wurde er ernst und geschäftsmäßig. Zuerst verlief das Spiel ganz so, wie Yakimov erwartet hatte: die Bank erhöhte beständig, und der Spieler zur Rechten gewann gelegentlich. Yakimov, zur Linken, paßte häufig zugunsten seines Nachbarn. Dennoch hatte er in zehn Minuten zwanzigtausend *Lei* verloren. Er hatte sich schon damit abgefunden, alle seine Chips zu verlieren, als er mit seinem letzten Fünftausender eine Sieben und eine Zwei umdrehte. Beim nächsten *coup* sagte Hadjimoscos: »Ich gebe.« Der Spieler zur Rechten hielt einen König und eine Dame, Yakimov hielt eine Sechs und eine Zwei. Als sich seine nächste Hand als eine Neun und eine Zehn herausstellte, wurden Wetten auf die linke Seite gesetzt, und

Yakimov erholte sich zusehends. Er gewann sogar: etwas, das es vorher noch nie gegeben hatte. Er benutzte seine Gewinne, um seine Wetten zu erhöhen.

Als Yakimovs Stapel von Chips wuchs, wurde Hadjimoscos Benehmen immer schärfer und kälter. Er teilte mit großer Schnelligkeit aus und warf Yakimov die Gewinne mißbilligend zu. Hadjimoscos Gesicht, das normalerweise rund war wie das Gesicht einer japanischen Puppe, wurde immer länger und schmaler, bis es schließlich das Gesicht des Bojaren hätte sein können, der über dem kalten Büffet porträtiert war. Plötzlich beendete er das Spiel und erklärte – ohne jede Spur seines sonst üblichen Lispelns – die Bank für gesprengt.

»Ich muß mit der Prinzessin sprechen«, sagte er und eilte davon. Er kehrte zurück, um zu sagen, daß die Prinzessin es ablehne, die Bank wieder aufzufüllen. Er ging zum Ellenbogen des Barons und sagte: »*Mon cher Baron*, ich appelliere an Sie.«

Mit einem freundlichen Aufblitzen der Zähne erwiderte der Baron: »Sie wissen sicherlich, daß ich niemals Geld herleihe.« ›Kein Wunder‹, dachte Yakimov, daß der Baron complètement *outsider* war.

Hadjimoscos begann, in alle Richtungen zu appellieren, während Yakimov seine Chips auf dem Tisch hatte und sehnlichst wünschte, er könne sie eintauschen und gehen. Da er wenig Hoffnung hatte, blieb er sitzen. Ein vertrockneter kleiner Mann, dessen Hände so gezittert hatten, daß er kaum seine Karten aufnehmen konnte, ging jetzt verstohlen um den Tisch und murmelte Yakimov zu: »*Cher Prince*, Sie erinnern sich bestimmt an mich? Ich bin Ignotus Horvath. Wir trafen uns in der English Bar. Könnten Sie vielleicht...« Horvaths Hand, dunkel und vertrocknet wie ein alter Zweig, schwebte in die Nähe von Yakimovs Chips. »Ein kleiner Kredit. Zehntausend schon wären genug.«

Yakimov schob sie hinüber und hörte dann ein Gemurmel auf seiner anderen Seite. Er drehte sich vorsichtig um und begegnete dem schwarzen, schlauen Blick seiner Frau, altersschlank, die sich ihm zubeugte und einen Charme versuchte, der ihr nicht leichtfiel. »Ich habe solches Unglück gehabt...«

begann sie gerade, als Hadjimoscos Yakimovs Arm ergriff und ihm so einen Vorwand lieferte, sich abzuwenden.

Hadjimoscos sagte: »Ich bedaure zutiefst, *mon cher*. Ich muß an Sie appellieren.«

Yakimov war darauf vorbereitet. »Ich bin bereit, die Bank zu halten«, sagte er.

»Unmöglich!« Hadjimoscos schaute schockiert. »Der Bankier ist immer die Prinzessin.«

Da ihm klar wurde, daß er seine Gewinne entweder beim Spielen oder beim Verleihen verlieren würde, übergab er sie. Er sagte: »Werde mal pausieren«, und keiner hinderte ihn.

Ein Kellner reichte Gläser mit Wein herum. Yakimov fragte nach Whisky, doch es gab keinen mehr. Die Drinks gingen langsam aus. Dies, so wußte er, war die Zeit zu gehen, aber er war jetzt so müde, daß er sich kaum mit dem Gedanken anfreunden konnte, zu seinem Zimmer hinunterzugehen. Er beschloß, sich mit einem weiteren Drink wiederzubeleben. Er trug sein Glas zu einem Sofa, ließ sich bequem nieder, und als das Glas leer war, schlief er ein.

Irgendwann, mitten in der Nacht, wurde er gewaltsam aufgeweckt. Ein halbes Dutzend Leute, unter ihnen Hadjimoscos, zerrten an ihm herum. Als er auf den Füßen stand, fingen sie an, seine Kleider herunter zu reißen. Verwirrt, erschreckt und noch im Halbschlaf sah er – und glaubte kaum, was er sah –, daß alle Gäste nackt waren und einander im Kreis im Zimmer herumschoben. Er wurde auf eine ekstatische Art begrapscht, so daß er sich nach Hilfe umsah. Vielleicht würde ihn ›Foxy‹ Leverett, sein englischer Landsmann, erretten – aber Leverett war nirgendwo zu sehen.

Nachdem sie seinen langen, zerbrechlichen Körper dem Gelächter preisgegeben hatten, schlossen sich seine Peiniger wieder dem Kreis an und zogen ihn mit hinein. Die Frau hinter ihm klatschte ihm auf die Pobacken, die Frau vor ihm beklagte sich über seinen Mangel an Unternehmungsgeist: So verbrachte er denn den Rest der Nacht damit, trostlos im Kreis herumzutrotten, mit nichts anderem bekleidet als seinen Socken und einem schwarzen Schuh und einem braunen.

5

Vor den Stufen der Universität, wo Harriet am Mittag des nächsten Tages wartete, hielten die Zigeuner ihren Blumenmarkt ab. Die Körbe waren mit den steifen, großen Blumen der Saison vollgepackt, hoch wie Heuhaufen. Inmitten all dieser Pracht aus Lilien, Gladiolen, Chrysanthemen, Dahlien und Hyazinthen, saßen die Zigeuner, wie tropische Vögel auf der Stange, und kreischten die Vorübergehenden an: »*Hey, hey, hey, domnule! Frumosă. Foarte frumosă.* Zweihundert *Lei*... für Sie, für Sie nur hundertfünfzig! Für Sie, nur hundert. Für Sie, nur fünfzig...« Da die Passanten unbeeindruckt weitergingen, folgte ihnen der Schrei, langgezogen, verzweifelt wie das Pfeifen einer Lokomotive in der Nacht: »Domnule... domnule!«, um mit neuer Vitalität und neuer Tonlage angestimmt zu werden, sobald ein Neuankömmling nahte. Das Feilschen, wenn es dazu kam, war schrill, wild und dramatisch. Sah ein Kunde keinen Ausweg mehr, als weiterzugehen, ging ihm der Zigeuner meist nach, groß, schlank und knallig bunt, wie ein Flamingo oder Kranich zwischen den taubenförmigen Frauen auf dem Bürgersteig.

Die Zigeunerfrauen zogen alle in alten Abendkleidern umher, die sie an den Gebrauchtkleiderständern unten am Fluß aufgelesen hatten. Sie liebten mit Volant besetzte, fließende Chiffons. Sie liebten Farben. Mit ihrem Pink und Violett, Purpur und Grün, ihren langen, wilden Haaren und ihrem schamlosen Lachen, schienen sie sich selbst zu einer trotzigen Opposition gegen die Ideale der rumänischen Mittelklasse formiert zu haben.

Während sie dem Treiben der Zigeuner zusah, bemerkte Harriet, wie Sophie zwischen ihnen auftauchte und scharf an einem der kleinen Körbe zu feilschen begann. Nachdem sie einig geworden waren, stieg sie die Stufen der Universität hinauf und steckte sich einen Strauß Parmaveilchen in den Gürtel ihres Kleides und den anderen in ihren Busen. Sie begann, lebhaft zu winken, und Harriet, die abseits und unsichtbar stand, sah, daß Guy im Eingang auftauchte. Sophie eilte zu ihm und rief: »Ich nehme mir vor, dich hier zu finden, und ich finde dich. Ist es nicht, wie in alten Zeiten?« Ihr Kummer, was auch immer er war, und der Krieg – beides war vergessen.

Guy sah Harriet und sagte: »Da ist Harriet.« Es war eine reine Tatsachenfeststellung, aber Sophie nahm es lieber als Warnung. Sie schnaufte, legte einen Finger an die Lippe, schaute nach Harriet aus und, als sie sie gefunden hatte, trug sie eine Miene betonter Gleichgültigkeit zur Schau. Als Harriet zu ihnen stieß, lächelte Sophie Guy tröstend an. Er brauche, besagte das Lächeln, sich nicht für das Mißgeschick der Gegenwart seiner Frau zu tadeln.

Sie sagte: »Ihr geht zum Mittagessen, ja?«

»Wir wollten in den Cişmigiu gehen«, sagte Guy. »Vielleicht essen wir dort.«

»Oh, nein«, rief Sophie. »Der Cişmigiu ist nicht schön in dieser Hitze. Und das Café ist zu armselig, zu billig.«

Guy drehte sich zweifelnd zu Harriet um, bereit, ihre Pläne zu ändern, aber Harriet lächelte bloß. »Ich freue mich auf den Park«, sagte sie.

»Willst du nicht mit uns kommen?« fragte Guy Sophie. Als sie sich beklagte, daß es ihr nicht möglich sei, weil die Sonne zu sehr brenne und sie Kopfschmerzen bekommen könnte, nahm er ihre Hand und sagte: »Dann treffen wir uns doch morgen abend zum Dinner. Wir werden zu Capşa gehen.«

Als sie die Straße zu den Toren des Parks überquerten, sagte Harriet zu Guy: »Wir können es uns nicht leisten, jeden Abend in teuere Restaurants zu gehen.«

»Wir machen so gute Geschäfte auf dem Schwarzmarkt«, sagte er, »daß wir uns Capşa ab und zu leisten können.«

Harriet hätte gerne gewußt, ob er eine Vorstellung davon besaß, was er sich von einem Jahresgehalt von zweihundertfünfzig Pfund leisten konnte, und was nicht.

Ein Bauer hatte einen mit Melonen beladenen Handkarren in die Stadt gebracht und sie bei den Toren des Parks ausgekippt. Er lag schlafend zwischen ihnen, die Arme über den Augen gekreuzt. Die Melonen hatten alle Größen, die kleinsten waren nicht größer als Tennisbälle. Harriet sagte: »Noch nie habe ich so viele gesehen.«

»Das ist Rumänien«, sagte Guy.

Von ihrer schieren Menge angewidert, hatte sie die seltsame Vision, daß die Melonen, die hier in einer leuchtenden Masse von Gelb und Gold angehäuft waren, in Wahrheit gar nicht träge und schwerfällig waren, sondern daß in ihnen eine Schlauheit keimte, die, wenn man sie nicht kontrollierte, eines Tages die ganze Welt vereinnahmen würde.

Der Bauer hörte Stimmen, erhob sich und bot ihnen die größte Melone für fünfzig *Lei* an. Guy war nicht bereit, sie umherzutragen, also gingen sie weiter, verließen die Aura des Melonendufts zugunsten des erdigen Geruchs des Parks. Guy führte Harriet einen Nebenpfad hinunter, der von Wohnblöcken überhangen war, deutete hinauf zum ersten Stockwerk, vor dem eine Terrasse war, und sagte: »Inchcape wohnt hier.«

Voller Neid sah Harriet auf der Terrasse einige schmiedeeiserne Stühle, eine steinerne Urne, herabhängende, pinkfarbene Efeugeranien, und fragte: »Lebt er allein?«

»Ja, mit seinem Diener Pauli.«

»Wird er uns mal zu sich einladen?«

»Irgendwann einmal. Er ist nicht sehr gastfreundlich.«

»Er ist ein seltsamer Mensch«, sagte sie. »Diese bissige Eitelkeit! – Was steckt dahinter? Was macht er da oben, so allein mit sich selbst? Ich spüre, daß da etwas Geheimnisvolles um ihn herum ist.«

Guy sagte: »Er führt sein Leben, wie wir alle es tun. Was geht es dich an, was er macht?«

»Natürlich bin ich interessiert.«

»Warum sich für das Privatleben anderer Leute interessieren? Das, was sie uns freiwillig wissen lassen, sollte uns genügen.«

»Mich interessiert es eben. Du interessierst dich für Ideen, ich mich für Menschen. Wenn du mehr an Menschen interessiert wärest, würdest du sie vielleicht nicht so sehr mögen.«

Guy antwortete nicht. Harriet nahm an, er dachte über die Logik ihrer Aussage nach, aber als er sprach, merkte sie, daß er keinen Gedanken darauf verschwendet hatte. Er erzählte ihr, daß der Cişmigiu einst der Privatgarten eines türkischen Wasserinspektors gewesen sei.

In Frühlings- und Sommernächten war er illuminiert und von dramatischer Schönheit. Die Bauern, die auf der Suche nach Gerechtigkeit oder Arbeit in die Stadt kamen, sahen den Park als Refugium an. Sie schliefen hier während der Siesta. Stundenlang standen sie umher und starrten den *tapis vert* an, die Fontäne, den See, die Pfauen und die uralten Bäume. Ein Gerücht ging um, der König wolle ihnen all das wegnehmen. Sie diskutierten voller Bitterkeit darüber.

»Wird er es ihnen wegnehmen?« fragte Harriet.

»Ich glaube es nicht. Davon hätte er nichts. Die Leute sind nur inzwischen soweit gekommen, daß sie nur das Schlechteste von ihm erwarten.«

Sie folgten einem Pfad, der zum Seeufer abzweigte. Das noch glasklare Wasser erstreckte sich weit unter dem schweren Laubdach der vom See genährten Bäume. Der Pfad endete neben einem kleinen Kastaniendickicht, unter dem ein kleines, baufälliges Sommerhaus als Handelszentrum diente. Hier konnte der Bauer, der irgendwelche Waren zu verkaufen hatte, einen lebenslangen Aufstiegskampf in die Klasse der Geschäftsleute beginnen. Ein Junge hatte eine Schachtel mit rosa Papier bedeckt und darauf, wie Schachfiguren auf einem Brett, Stücke türkischen Honigs ausgelegt. Insgesamt waren es zwanzig. Falls er sie *ver*kaufte, könnte er vielleicht zweiundzwanzig *ein*kaufen. Mit jedem Stück erhielt der Käufer ein Glas Wasser.

»Man ißt um des Vergnügens des Trinkens willen«, sagte Guy.

Nahebei stand ein Mann mit einer Münzwaage. Ein anderer hatte einen Fotoapparat mit einem Tuch, wo man Fotos machen lassen konnte, um sie in Pässe einzukleben, in die Arbeitserlaubnis oder auf den Erlaubnisschein, um ein Auto zu besitzen, einen Verkaufsstand zu haben, oder um sich vorübergehend in einer Stadt aufzuhalten und in eine andere zu reisen.

Als sie zwischen den Bauern hindurchgingen, lächelten Guy und Harriet, um sie zu beruhigen, aber ihr Lächeln wurde angestrengt, als sie den Bauerngestank einatmeten. Harriet dachte: ›Das Schlimme an Vorurteilen ist, daß sie meist eine Ursache haben‹, aber sie hütete sich davor, dies Guy zu sagen.

Der Pfad durch das Dickicht führte zum See-Café, das auf einem Pier gebaut war, der hinaus ins Wasser führte. Auf dieser dürftigen und wackeligen Konstruktion standen rohe Stühle und Tische mit Tischdecken aus Papier. Die Bretter knarrten und bogen sich durch, wenn jemand darüberging. Genau darunter, und zwischen den Brettern sichtbar, war das dunkle und schmutzige Seewasser.

Die Pringles setzten sich in die Sonne und atmeten die Luft ein, die warm war und schwer vom Geruch der Wasserpflanzen. Die Bäume an den gegenüberliegenden Ufern verschwammen im Hitzedunst. Vereinzelte Ruderboote kräuselten das Wasser und sandten Wellen aus, die gegen die Café-Unterbauten klatschten. Ein Kellner kam angerannt und zog aus einer Innentasche eine fettige, fleckige Speisekarte. Sie war nicht sehr umfangreich. Nur wenige kamen zum Essen hierher. Dies war ein Ort, zu dem die Leute, die in der Stadt arbeiteten, in der Kühle des Abends kamen, um Wein oder *ţuică* zu trinken. Guy bestellte Omeletten. Der Kellner ging zu der Hütte, die als Küche diente, und drehte zu Ehren der Ausländer das Radio an. Ein Lautsprecher über der Tür produzierte Walzermusik.

Das Café war, wie Sophie gesagt hatte, ziemlich armselig, hatte aber seine Ansprüche: Eine Notiz besagte, daß Personen in bäuerlicher Kleidung nicht bedient werden würden Die Bauern draußen, ob sie nun lesen konnten oder nicht, machten keinen Versuch, auf den Pier zu gelangen. Mit der Unterwürfigkeit von Hunden wußten sie, daß dies kein Ort für sie war.

Es gab nur ein paar Gäste, alles Männer. Sie waren untersetzt und sahen in ihren dunklen Anzügen erhitzt aus und saßen in der Nähe der Küche im Schatten der Kastanienbäume.

Guy, der voll in der Sonne saß, zog seine Jacke aus, krempelte die Ärmel auf, legte seine braunen Arme auf den Tisch, damit sie noch bräuner wurden. Er streckte faul die Beine aus und betrachtete das ruhige Wasser, den ruhigen Himmel, die unkriegerische Welt. Eine Zeitlang saßen sie schweigend und lauschten der Musik, dem Klatschen der Ruderboote und dem Geräusch der Kastanien, die auf das Eisendach der Küche fielen.

»Wo ist jetzt der Krieg?« fragte Harriet.

»Luftlinie ungefähr dreihundert Meilen entfernt. Wenn wir an Weihnachten heimfahren ...«

»Glaubst du wirklich, daß wir das tun werden?« Sie konnte es nicht glauben. In ihrer Vorstellung war Weihnachten eine Szene, winzig und weit weg, wie ein Schneesturm unter einer Glasglocke. Irgendwo dort drinnen war ›Zuhause‹ – England, jedenfalls. Näher war ›Zuhause‹ für sie nicht bestimmt. Die Tante, bei der sie aufgewachsen war, war tot.

»Wenn wir genug sparen, könnten wir fliegen.«

Sie sagte: »Wir werden sowieso sparen müssen, wenn wir es jemals zu einem eigenen Heim bringen wollen.«

»Vermutlich.«

»Und wir können nicht sparen, wenn wir die ganze Zeit in teueren Restaurants essen.«

Bei dieser unwillkommenen Schlußfolgerung schaute Guy woanders hin und fragte, ob sie den Titel des Stückes kannte, das gerade im Radio gespielt wurde.

»Ein Walzer. Darling, wir werden ...«

Er ergriff ihre Hand und nagelte sie fest. »Nein, hör zu.« Er insistierte, als ob sie ihn von einer wichtigen Nachforschung abzuhalten versuchte. »Wo habe ich das schon zuvor gehört?«

»Überall. Ich will jetzt mit dir über Sophie sprechen.«

Guy sagte nichts, sah nur resigniert drein.

Harriet sagte: »Gestern abend sagte sie, sie sei wegen des Krieges deprimiert. Ist es nur wegen des Krieges?«

»Ich glaube schon.«

»Und es hat nichts zu tun mit unserer Heirat?«

»O nein. *Nein.* Sie hatte diesen Gedanken schon vor Ewigkeiten aufgegeben.«

»Dann hatte sie ihn also einmal gehabt?«

»Also gut.« Guys Tonfall war gleichgültig, vielleicht um Unbehagen zu verbergen. »Ihre Mutter war Jüdin, und sie arbeitete bei dieser antifaschistischen Zeitschrift...«

»Du meinst, sie wollte einen britischen Paß.«

»Das war verständlich. Sie tat mir leid. Und vergiß bitte nicht, damals kannte ich dich noch nicht. Zwei oder drei meiner Freunde heirateten deutsche Antifaschisten, um sie aus Deutschland herauszubringen und...«

»Aber sie waren homosexuell. Es war lediglich eine Formsache. Die Paare trennten sich außerhalb des Standesamtes. Mit Sophie wärst du lebenslang verbunden gewesen.«

»Sie sagte, wir könnten uns sofort wieder scheiden lassen.«

»Und das hast du geglaubt? Du mußt nicht ganz richtig sein.«

Guy lachte unbehaglich: »In der Tat habe ich ihr das nicht völlig abgenommen.«

»Aber du hast es zugelassen, daß sie dich zu überreden versuchte. Vielleicht hättest du nachgegeben, wenn du mich nicht getroffen hättest? Ist es so?« Sie betrachtete ihn, als ob er sich vor ihren Augen in jemand anders verwandelt hätte. »Wenn irgend jemand mich vor meiner Heirat gefragt hätte, hätte ich gesagt, ich heirate einen Fels in der Brandung. Jetzt erkenne ich, daß du zum absoluten Irrsinn fähig bist.«

»Ach, komm, Darling«, protestierte Guy, »ich wollte Sophie nicht heiraten, aber man muß höflich sein. Was hättest du denn unter den Umständen getan?«

»Geradewegs ›Nein‹ gesagt. Man verkompliziert sein Leben nicht unnötig. Aber mit mir hätte sie es nie probiert. Sie erkannte, daß ich nicht auf sie reinfalle und konnte mich deshalb von Anfang an nicht leiden. Bei dir glaubt sie natürlich, daß sie sich alles erlauben kann.«

»Darling, sei nicht so grob. Sie ist ein intelligentes Mädchen. Sie spricht ein halbes Dutzend Sprachen...«

»Hast du ihr Geld geliehen?«

»Na ja. Ein paar Tausend nur.«

»Hat sie es zurückgezahlt?«

»Na ja – sie hat es nicht als Kredit aufgefaßt.«

Harriet forschte nicht weiter nach und sagte lediglich: »Ich will sie nicht jeden Abend sehen.«

Guy drückte Harriets Arm. »Darling«, sagte er, »sie ist traurig und einsam. Du kannst es dir leisten, nett zu ihr zu sein.«

Harriet sagte halbherzig: »Möglicherweise«, und ließ das Thema fallen.

Sie hatten ihre Omeletten gegessen und warteten gerade auf den Kaffee, als die Musik abrupt abbrach. Die Stille war plötzlich so dicht, daß Harriet sich umschaute und irgend etwas erwartete. In dem Augenblick ertönte eine schrille Stimme aus dem Lautsprecher.

Die Männer bei der Küche richteten sich auf. Einer sprang auf. Ein Stuhl fiel um. Die Stimme sprach wieder. Der Kellner kam aus der Küche. Hinter ihm, in Unterhemd und Hosen und sehr dreckig, kam der Koch. Der Mann, der aufgesprungen war, fing an zu schreien. Der Kellner schrie zurück.

»Ist es die Invasion?« fragte Harriet.

Guy schüttelte den Kopf. »Es hatte etwas mit Călinescu zu tun.«

»Wer ist Călinescu?«

»Der Premierminister.«

»Warum sind sie alle so aufgeregt? Was hat der Sprecher gesagt?«

»Ich weiß nicht.«

Der Kellner ging zum Geländer und rief etwas zu einem Mann hinunter, der Ruderboote vermietete. Der Mann rief zurück.

»Er sagt«, sagte Guy, »daß auf Călinescu geschossen wurde. Es wurde bekanntgegeben, daß er entweder tot sei oder im Sterben liege. Wir müssen in die English Bar gehen. Dort bekommt man alle Nachrichten.«

Sie verließen den Park durch ein Seitentor, wo eine Statue eines in Ungnade gefallenen Politikers stand, dessen Kopf mit einem Leinensack verhüllt worden war. Sie eilten durch Seitenstraßen und gelangten zum Großen Platz, auf dem die Zeitungsjungen eine Sonderausgabe ausriefen. Die Leute stießen einander zur Seite, um eine Zeitung zu erwischen, und nachdem sie eine Zeile gelesen hatten, warfen sie sie weg. Der Platz war schon ganz mit Blättern verunreinigt, die sich leicht in der heißen Brise bewegten.

Guy schob seine Zeitung unter den Arm und informierte Harriet: »Er wurde auf dem Hühnermarkt ermordet.«

Während er sprach, drehte sich ein Mann, der in der Nähe stand, scharf um und sagte auf englisch: »Man sagt, die Eiserne Garde sei ausgelöscht. Und jetzt passiert so etwas. Das kann alles bedeuten. Verstehen Sie das? Das kann alles bedeuten.«

»Was kann es bedeuten?« fragte Harriet, als Guy mit ihr über den Platz eilte.

»Daß die Deutschen irgend etwas vorhaben, vermute ich. Wir werden das alles in der Bar erfahren.«

Aber die English Bar, mit ihren dunklen Paneelen und Palmen in Messingtöpfen, war düster und leer. Die harten Strahlen des Sonnenlichts, die durch die hoch angesetztzen Fenster fielen, ließen den Platz wie eine Pappschachtel erscheinen. Noch vor kurzem mußten hier eine Menge Leute gewesen sein, denn die Luft war voller Zigarettenrauch.

Guy sprach mit dem Barmann, ein niedergedrückter, zurückhaltender Bursche namens Albu, der in Bukarest für die perfekte Imitation eines englischen Barkeepers gehalten wurde. Wo sie denn alle wären? fragte Guy.

Albu sagte: »Fort, um die Nachrichten durchzugeben.«

Guy, frustriert und stirnrunzelnd, fragte Harriet, was sie trinken wolle. »Wir warten«, sagte er. »Die kommen sicher wieder. Dies hier ist das Informationszentrum.«

6

In einem der oberen Hotelzimmer erlangte Yakimov, aufgrund der Rufe der Zeitungsjungen, auf dem Platz widerstrebend sein Bewußtsein zurück.

Als er am Vortag dem Angestellten seinen britischen Paß übergeben hatte, war er gefragt worden, ob er ›auf die englische Art‹ mit einer Tasse Tee geweckt werden wolle. Er hatte erwidert, daß er überhaupt nicht geweckt werden wolle, sondern daß er jeden Morgen eine halbe Flasche Veuve Clicquot auf dem Nachttisch vorzufinden wünsche. Als er jetzt die Augen aufmachte, sah er den Sektkübel und war dankbar dafür.

Nach ungefähr einer Stunde hatte er gebadet, sich angezogen und sich etwas kaltes Huhn aufs Zimmer kommen lassen; danach ging er in die Bar hinunter. Die Bar war jetzt voll. Yakimov bestellte einen Whisky, schüttete ihn hinunter und bestellte noch einen. Nachdem die Drinks ihn ein bißchen stabilisiert hatten, drehte er sich langsam um und betrachtete die Gruppe hinter sich.

Die Journalisten standen um Mortimer Tufton herum, der auf einer Stuhlkante saß, die alten, braungefleckten Hände um den Griff seines Stocks geklammert.

Galpin, der Yakimov bemerkte, fragte: »Was Neues?«

»Well, mein Lieber, das war vielleicht eine Veranstaltung.«

»Das kann man wohl sagen«, sagte Galpin. »Eine Mordsveranstaltung. Und natürlich das alte Rezept: Irgend jemand verursacht im Inneren einen Aufruhr, und die Dreckskerle marschieren ein, um die Ordnung wiederherzustellen.«

Yakimov starrte Galpin einige Augenblicke an und kommentierte dann: »Genau, mein Junge, genau.«

»Ich gebe ihnen vierundzwanzig Stunden.« Galpin, mit dem Rücken gegen die Bar gelehnt, war ein Handtuch von einem Mann, in einem Anzug, der zu klein für ihn schien. Er hatte eine grämliche, nasale Stimme und rieb sich, als er sprach, sein grämliches, gelbes Whiskytrinkergesicht. Über seinem eingefallenen Bauch war seine Weste verknittert, schmutzig und mit Asche bestreut. Seine Manschetten hatten einen schwarzen Fettrand; sein Kragen wellte sich um seinen Hals. Er zog am feuchten Stummel einer Zigarette. Während des Sprechens klebte der Stummel an seiner vollen, hängenden Unterlippe und zitterte dort. Seine Augen, die er jetzt auf Yakimov richtete, waren schokoladenfarben, das Weiße gelb wie Zitronen. Er wiederholte: »Vierundzwanzig Stunden. Wartet es ab«, sein Tonfall war aggressiv.

Yakimov widersprach ihm nicht.

Er war verwirrt, nicht nur wegen Galpins Bemerkungen, sondern wegen der Atmosphäre in der Bar. Es war eine Atmosphäre ausgesprochenen Mißvergnügens.

Mit hoher, indignierter Stimme sagte Galpin plötzlich zu Yakimov: »Sie haben vermutlich von Miller vom *Echo* gehört?«

Yakimov schüttelte den Kopf.

»Kaum war es passiert, stieg er ins Auto und fuhr geradewegs zu Giurgiu. Vielleicht ist er durchgekommen, vielleicht auch nicht, aber er steckt nicht hier, wie eine Maus in der Falle.«

Galpin sprach eindeutig nicht zu Yakimovs Aufklärung sondern aus einem Herzen voller Bitterkeit. Yakimov ließ seine Augen umherschweifen und bemerkte das junge Paar namens Pringle, das er am Abend zuvor getroffen hatte. Von Guy Pringles Körpergröße und der Sanftheit seines bebrillten Gesichts ging etwas Beruhigendes aus. Yakimov schob sich etwas näher an ihn heran und hörte ihn sagen: »Ich kann mir immer noch nicht vorstellen, wie die Deutschen hierherkommen wollen. Die Russen sind in Ostpolen einmarschiert. Sie haben die ungarische Grenze erreicht.«

»Mein gutes Jungchen«, Galpin drehte sich um und drückte seine Bitterkeit in Verachtung aus, »die Nazis werden durch die Russkis durchmarschieren, wie ein heißes Messer durch Butter.«

Guy legte einen Arm um die Schultern seiner Frau und schaute in ihr gespanntes, spitzes Gesicht. »Mach dir keine Gedanken«, sagte er, »ich glaube, wir sind sicher.«

Ein kleiner Mann, grauhaarig, graugesichtig, graugekleidet, mehr Gespenst als Mensch, betrat die Bar, drückte sich mit vielen Entschuldigungen an den Journalisten vorbei, übergab Galpin ein Telegramm und flüsterte mit ihm. Als der Mann gegangen war, sagte Galpin: »Mein Verbindungsmann berichtet: Die Deutsche Botschaft behauptet, Beweise zu haben, daß der Mord vom britischen Minister organisiert war, um Rumäniens Neutralität zu untergraben. Es darf gelacht werden.« Er öffnete das Telegramm, las es und sagte:

»Hier auch: ›*Echo*‹ berichtet ermordung stop warum kommt nichts stop frage schlaft ihr.‹ Miller hat es also geschafft! Tolle Schlagzeile für Miller! Und der Rest von uns wird ausgepfiffen.«

Tufton sagte: »In der Menge bist du sicher. Wir konnten doch nicht alle gleichzeitig losstürmen und die Nachricht verkaufen.«

Unter der Deckung dieses Gesprächs flüsterte Yakimov Guy zu: »Mein Lieber, was ist denn bloß passiert? Wer ist ermordet worden?«

Prompt geschah es, daß das Geflüster in einem Moment der Stille zu hören war, vor allem von Galpin. Er wandte sich Yakimov zu und verlangte barschen Tones: »Sie wollen sagen, Sie wußten nicht, wovon ich gesprochen habe?«

Yakimov schüttelte den Kopf.

»Sie hatten nichts von dem Attentat gehört? Sie wußten nicht, daß die Grenzen geschlossen sind, die internationalen Telefonleitungen gekappt sind, daß sie uns keine Telegramme schicken lassen und daß niemand Bukarest verlassen darf? Sie wissen nicht, mein liebes Jungchen, daß Sie in tödlicher Gefahr sind?«

»Was Sie nicht sagen!« sagte Yakimov. Verstohlen blickte er sich nach Mitleid um, erhielt aber keines. Er versuchte, Interesse zu zeigen, und fragte: »Wer ermordete wen?«

Die Journalisten machten keinen Versuch zu antworten. Es war Guy, der ihm erzählte, daß der Premier auf dem Hühnermarkt ermordet worden war. »Ein paar junge Männer fuhren vor sein Auto und zwangen ihn anzuhalten. Als er ausstieg, um zu sehen, was los war, schossen sie ihn nieder. Er war auf der Stelle tot. Danach rasten die Mörder in die Rundfunkstudios, überfielen das Personal und verkündeten, er sei tot oder liege im Sterben. Sie wußten selbst nicht, was stimmte.«

»Pumpten ihn mit Blei voll«, mischte sich Galpin ein. »Er klammerte sich an die Autotür – kleine rosige Hände, gestreifte Hosen, kleine neue Lacklederschuhe. Dann glitt er zu Boden. Staubflecken seitlich an den Schuhen...«

»Sie haben es gesehen?« Yakimov öffnete seine Augen in Bewunderung, aber Galpin blieb abweisend.

»Man hat es gesehen«, sagte er und fügte hinzu: »Was zum Teufel haben Sie getrieben? Waren Sie betrunken?«

»Habe eine ziemlich schwere Nacht hinter mir«, gab Yakimov zu. »Ihr armer alter Yaki hat sich gerade erst von der Matratze erhoben.«

Tufton rutschte ungeduldig auf seinem Stuhl. »Betrunkene und kleine Kinder haben einen Schutzengel«, sagte er. »Wir mußten aufbleiben, während er schlummerte.«

Der Hoteldiener betrat die Bar und verkündete, daß man jetzt in der Hauptpost Telegramme aufgeben konnte. Als sich die Journalisten hinausdrängelten, bildete sich Yakimov ein, seine Leidenszeit sei vorüber. Er war gerade dabei, sich einen neuen Drink zu bestellen, als ihn Galpin am Arm ergriff.

»Ich nehme Sie mit«, sagte Galpin.

»Ach, mein Lieber, ich glaube nicht, daß ich heute ausgehen sollte. Ich fühle mich gar nicht gut.«

»Machen Sie nun McCanns Job oder nicht? Gehen wir.«

Yakimov schaute in Galpins mürrisches, unbarmherziges Gesicht und wagte es nicht, sich zu weigern.

Auf dem Postamt schrieb er auf sein Formular: »Es tut mir leid, Ihnen mitteilen zu müssen, daß der Premierminister...«, dann grübelte er so lange über die Schreibung des Wortes Attentat, bis sich das Postamt leerte und er mit Galpin allein war. Galpin sagte mit feierlicher Miene: »Sie durchschauen natürlich die Geschichte? Wer dahinter steckt? Und so weiter?«

Yakimov schüttelte den Kopf: »Habe keine Ahnung, mein Junge.«

Galpin rümpfte die Nase für Yakimovs Ignoranz. »Kommen Sie«, sagte er freundlicher, »ich helfe Ihnen.«

Er nahm seinen Füllhalter heraus, brütete ein längeres Textstück aus, das er mit ›McCann‹ unterschrieb.

»Das wird Sie ungefähr dreitausend kosten«, sagte er.

Yakimov schnaufte bestürzt. »Aber ich habe keinen *Lei*«, sagte er.

»Na gut, dieses eine Mal noch«, sagte Galpin, »werde ich Ihnen das Geld auslegen, aber für Telegramme brauchen Sie

Geld. Die internationale Leitung kann für Wochen geschlossen werden. Traben Sie jetzt los und besuchen Sie McCann.«

Als er am nächsten Morgen in den Frühstücksraum ging, sah Yakimov Galpin und einen Kanadier namens Screwby, die zielstrebig aus der Bar kamen. Da er annahm, daß sie zu Recherchen unterwegs waren, versuchte er, ihnen auszuweichen, aber es war zu spät. Galpin hatte ihn bereits gesehen.

»Am Hühnermarkt gibt's ein Spektakel«, sagte Galpin, als ob Yakimov entzückt sein würde, es zu hören. »Wir werden Sie in dem alten Ford mitnehmen.«

Yakimov scheute zurück: »Ich komme nach, mein Lieber. Bin ein bißchen hungrig, muß erst was frühstücken.«

»Um Himmels willen, Yakimov«, sagte Galpin ungemütlich, »ich bin McCanns Freund. Ich werde dafür sorgen, daß er gut beliefert wird. Sie machen gefälligst Ihren Job.« Er nahm Yakimov am Arm und führte ihn hinaus zum Auto.

Sie fuhren durch die Calea Victoriei zum Fluß Dâmbovita. Yakimov war auf den unbequemen Rücksitz gesetzt worden. Galpin, der offensichtlich über seinen Gehorsam befriedigt war, redete über die Schulter: »Sie haben natürlich gehört, daß sie die Bürschchen geschnappt haben, die es taten?«

»Tatsächlich, mein Lieber?«

»Ja. Welche von der Eisernen Garde, genau wie ich sagte. Eine saubere deutsche Inszenierung: eine Ausrede, einzumarschieren und die Ordnung wieder herzustellen, aber sie haben die Rechnung ohne die alten Russkis gemacht. Die alten Russkis sind ihnen in die Quere gekommen. Die Deutschen konnten nicht durchmarschieren. Aber diese Garde-Bürschchen haben das nicht mitbekommen. Sie dachten wohl, wenn erst die Deutschen hier wären, wären sie die Helden der neuen Ordnung. Niemand würde es wagen, sie anzurühren. Sie hatten sich noch nicht einmal versteckt. Sie wurden aufgegriffen, noch bevor das Opfer kalt war, und während der Nacht hingerichtet.«

Galpin brach ab, um aus dem Autofenster zu nicken. »Die Spannung hat sich gelegt«, sagte er.

Screwby betrachtete wissenden Blickes die Passanten und bestätigte, daß sich die Spannung gelegt habe.

»Das soll nicht heißen, daß nicht die meisten von ihnen lieber die Deutschen im Land als die Russen an den Grenzen hätten.« Galpin nickte wieder. »Schauen Sie sich dieses fette Schwein an. Dem steht die prodeutsche Gesinnung ins Gesicht geschrieben.«

Yakimov schaute und erwartete halb, ein Duplikat von Göring zu sehen, aber er sah nur die am späten Vormittag üblicherweise zu sehende rumänische Menschenmenge, die zu einer Erfrischung mit Schokolade und Sahnekuchen unterwegs war. Er ächzte und murmelte: »Fühle mich gar nicht gut. Ausgehöhlt vor Hunger«, aber man ignorierte ihn.

Sie überquerten die Tramgleise und betraten die Straße, die in Biegungen zum Fluß hinunter führte. Galpin parkte das Auto am Uferkai, und Yakimov sah die große, sich windende Menschenschlange, zusammengedrängt wie ein Darm, die die Marktfläche ausfüllte. Sie gab ihm Hoffnung. Sogar Galpin würde es sich zweimal überlegen, ob er sich anschloß.

»Junge, Junge«, sagte er, »da können wir den ganzen Tag warten.«

Galpin fragte scharf: »Sie haben doch Ihren Presseausweis, oder? Dann folgen Sie mir.« Er schritt gebieterisch in die Menge und hielt seinen Ausweis hoch, um seine privilegierte Position bekannt zu geben. Niemand stellte Fragen. Die Arbeiter und Bauern machten ihm Platz, und Screwby und Yakimov folgten in seinem Kielwasser.

In der Mitte des Marktplatzes war ein Quadrat abgesperrt worden. Es wurde von ungefähr einem Dutzend Polizisten bewacht, die in ihren schmutzigen, himmelblauen Uniformen herumlungerten. Beim Anblick Galpins standen sie gerade. Einer von ihnen prüfte den Ausweis, tat so, als ob er verstehen würde, begann dann, mit Wichtigkeit, ihnen freie Sicht zu verschaffen. Die Mörder waren zur Besichtigung freigegeben.

Yakimov, der nicht nur Gewalt verabscheute, sondern auch deren Auswirkungen, blieb zurück, bis er von Galpin nach vorne kommandiert wurde. Mit Ekel, und mit der Angst, seinen Appetit zu verlieren, betrachtete er die Leichen.

»Einfach aus dem Lieferwagen gekippt«, sagte Screwby. »Wie viele sind es? Vier kann ich sehen... fünf, sechs vermutlich.«

Sie sahen wie ein Haufen zerlumpter Kleider aus. Die defilierende Menge hatte unter der Absperrung hindurch mit den Füßen nach ihnen getreten und so einen Kopf und eine Hand freigelegt. Auf dem Kopf war eine kahle Stelle, wie eine Tonsur. Eine Gesichtshälfte war auf die Erde gepreßt. Das zu sehende Auge und das Nasenloch waren mit Blut verklumpt; Blut verband die Lippen miteinander. Die Hand, die in der heißen Sonne dunkel und trocken wurde, war steif ausgestreckt, als wollte sie Hilfe suchen. Blut, das unter dem Ärmel herausgelaufen war, hatte die Pflastersteine befleckt.

Galpin sagte: »Der da war noch nicht tot, als sie ihn runterwarfen.«

»Woher wissen Sie das, mein Lieber?« fragte Yakimov, erhielt aber keine Antwort.

Galpin streckte seinen Fuß unter die Absperrung, stocherte in dem Haufen umher und brachte noch ein Gesicht zum Vorschein. Dieses hatte einen tiefen Schnitt quer über die linke Backe. Der Mund war offen, schwarz vor erbrochenem Blut.

Galpin und Screwby begannen, in ihre Notizbücher zu kritzeln. Yakimov hatte kein Notizbuch, aber das spielte keine Rolle. Sein Kopf war leer.

Zurück im Auto, sagte er zu Galpin: »Mein Lieber, mir ist ganz schwummerig. Hätten Sie vielleicht einen Flachmann dabei?«

Als Antwort ließ Galpin den Motor an und raste zum Postamt. Man gab ihnen Formulare, aber als Galpin seine Geschichte einreichte, waren die Leitungen wieder einmal unterbrochen. Nichts konnte nach draußen geschickt werden. Dies war eine Erleichterung für Yakimov, der fünf Worte kreiert hatte: ›Sie fingen die Mörder und...‹ Seine Augen glänzten vor Anstrengung, er stöhnte: »Bin solche Sachen nicht gewohnt. Muß mir unbedingt die Kehle anfeuchten.«

»Wir werden beim Presse-Lunch erwartet«, sagte Galpin. »Dort kriegen Sie alles, was Sie wollen.«

»Aber ich habe keine Einladung«, sagte Yakimov, den Tränen nahe.

»Sie haben doch Ihren Presseausweis, oder?« sagte Galpin mit erschöpfter Geduld. »Dann kommen Sie, um Himmels willen, endlich mit.«

Mit der zitternden Erregung eines alten Pferdes, das weiß, daß es zum Stall geht, folgte Yakimov den anderen in ein desolates Gebäude, das erst kürzlich zum Ministerium herausgeputzt worden war. Sie gingen durch einen Tunnel von porzellangekachelten Gängen zu einem Raum, viel zu hoch für seine Breite, wo tatsächlich reichhaltige Speisen auf einem Büffettisch ausgebreitet waren. Das Büffet war mit einem Seil abgesperrt. Davor standen einige Reihen mit harten Stühlen. Dort wurden die Journalisten hingeführt.

Die meisten von den Anwesenden, die nur zeitweise in Bukarest waren, um über das Attentat zu berichten, hatten sich bescheiden in den Hintergrund gesetzt. Nur Mortimer Tufton und Inchcape, jetzt Britischer Informationsbeamter, waren vorne. Tufton hatte seinen Stock auf die drei Stühle gelegt, die sie trennten. Er hob ihn hoch und bedeutete Galpin, sich neben ihn zu setzen.

Inchcape saß schräg, Beine über dem Knie gekreuzt, ein Arm über der Stuhllehne, und die Wange von den Fingerspitzen zurückgepreßt. Er betrachtete Yakimov, der den Stuhl neben ihm nahm, mit saurer Miene und sagte: »An der ganzen Geschichte ist etwas faul.«

Yakimov sah nichts Faules, fürchtete aber, seine Unerfahrenheit in der hinterhältigen Welt des Journalismus erneut zu verraten, und murmelte deshalb: »Genau, mein Lieber, genau!« Seinem Ton fehlte die Überzeugungskraft, was Inchcape veranlaßte, nervös mit der Hand in Richtung Büffet zu wedeln.

»Abgesperrt!« sagte er. »Warum? So etwas habe ich bei einer öffentlichen Veranstaltung noch nie gesehen. Diese Leute sind überaus gastfreundlich. Und was machen all diese arroganten Lakaien hier? Stehen sie Wache? Oder was?« In einem Ausbruch von Indigniertheit wandte er seinen Kopf ruckartig um und starrte auf die hinteren Reihen.

Da gab es, wie Yakimov jetzt bemerkte, eine beträchtliche Anzahl von Kellnern, und diese grinsten sich gegenseitig auf eine Weise an, als ob sie bei einem Streich mitspielen würden. Die Speisen jedoch sahen real aus. Ein Nebentisch war vollgestellt mit Weinflaschen und Spirituosen. Da er glaubte, er könne sich einen Apéritif kommen lassen, gab er dem nächsten Kellner ein entsprechendes Zeichen, das normalerweise unmißverständlich war. Dieses Mal funktionierte es nicht. Der Mann zuckte mit den Lippen, blickte nach oben und schien hingerissen von der verzierten Holzdecke.

Yakimov rutschte unglücklich auf seinem Sitz hin und her. Andere rutschten auch und unterhielten sich hinter ihm. Es gab keine Neuankömmlinge; die Zeit verstrich; der Informationsminister ließ sich nicht sehen. Inchcapes Verdacht verbreitete sich von selbst im Raum.

Plötzlich sagte Galpin: »Was geht da vor? Weder ein Kraut noch ein Ithaker hier. Nur lauter Freunde des tapferen Rumänien. Und warum läßt man uns dann so warten?«

Tufton schlug mit seinem Stock auf den Boden. Als der Kellner herschaute, kommandierte er: »Whisky.«

Einer der Kellner warf seinen Kollegen einen schlauen Seitenblick zu und antwortete auf rumänisch.

»Was, zum Teufel, hat er gesagt?« fragte Tufton.

Inchcape übersetzte: »Wir müssen die Ankunft Seiner Exzellenz, Domnul Ionescu, abwarten.«

Tufton schaute auf seine Uhr: »Wenn Seine Exzellenz nicht innerhalb der nächsten fünf Minuten kommt, gehe ich.«

Die Diener, in Erwartung eines Aufruhrs, beobachteten diesen Wortwechsel mit Interesse und sahen enttäuscht aus, als nicht mehr dabei herauskam. Die fünf Minuten gingen vorbei. Ionescu kam nicht, aber Tufton blieb sitzen. Nach einer langen Pause sagte er: »Ich habe den Verdacht, das wird auf eine Verwarnung hinauslaufen.«

»Das würden sie sich niemals trauen«, sagte Galpin.

Eine elektrische Klingel läutet im Raum. Die Diener öffneten eilends die Doppeltüren. Yakimov richtete sich hoffnungsfroh auf. Die Journalisten wurden still.

Es gab eine weitere Verzögerung, dann trat Ionescu ein, beinahe im Laufschritt. Er schaute mit großen Augen seine Gäste an, rang seine Hände in humorvoller Bestürzung, daß er sie so lange hatte warten lassen. *»Comment faire mes excuses? D'être tellement en retard est inexcusable«*, sagte er, grinste aber dabei, und als er in der Mitte des Raumes stehen blieb, schien er Applaus zu erwarten. Da er aber nichts als Schweigen erntete, zog er seine Brauen hoch; seine Augen, schwarz und klein wie Korinthen, stachen von einem Gesicht zum andern; sein Schnurrbart zuckte; er biß sich auf die Unterlippe, als ob er sich kaum das Lachen verbeißen könnte.

Er strahlte eine komische Bestürzung aus, die zu fragen schien, was denn nur mit ihnen allen los sein könnte. Hatte er sich nicht entschuldigt? Plötzlich wieder sachlich, begann er, die Versammlung auf englisch anzureden:

»Gentlemen – und, ah ja, Ladies! Wie entzückend!« Er verbeugte sich in Richtung auf die zwei anwesenden Frauen, von denen die eine Amerikanerin war und die andere Französin. »Ladies and Gentlemen, sollte ich besser sagen, nicht wahr?« Er begann wieder zu lächeln, aber als er wieder keine Reaktion erhielt, schüttelte er den Kopf, um Verwirrung zu zeigen, und fuhr fort: »Gestern nachmittag, meine Damen und Herren, hatten Sie das Privileg, ihren Zeitungen Telegramme senden zu dürfen. Ist das richtig?« Er schaute forschend in die Runde, mit vogelähnlicher Keckheit. Als niemand antwortete, antwortete er selbst: »Ja, so war es. Und was für Telegramme! Ich darf Ihnen hier und jetzt sagen, daß anstelle der Hirngespinste, die in der Hauptpost eingereicht wurden, allen Zeitungen die folgende Verlautbarung zuging...« Er zog eine Brille mit schweren Fassungen heraus, plazierte sie mehr auf der Nasenspitze und durchsuchte langsam seine Taschen. »Ah!« sagte er, wurde wieder sachlich, brachte ein Papier zum Vorschein und las, nachdem er es einige Augenblicke betrachtet hatte, laut und salbungsvoll vor: »›Rumänien gibt heute gebrochenen Herzens den tragischen Verlust seines vielgeliebten Sohnes und Premiers A. Călinescu bekannt, der von sechs Studenten, die ihr Examen nicht bestanden hatten, ermordet wurde. Während sie versucht, diese Wahnsinnstat enttäuschter Jugendlicher zu vergeben, liegt die Nation vor Gram darnieder.‹«

Er trat nach vorne, verbeugte sich und übergab Inchcape das Papier.

»Ich nehme an«, sagte Galpin, »daß wir jetzt unser Geld wieder zurückbekommen werden?«

Ionescu schüttelte seinen Kopf mit Schärfe: »Kein Geld zurück.« Er drohte mit dem Finger vor der Nase. »Dies ist, wie die Engländer sagen, eine kleine Lektion, Sie sind alle sehr böse gewesen, wissen Sie.« Er ging zurück zum Absperrungsseil, ergriff es mit beiden Händen und schwang es hin und her.

»Wie ein verdammter Papagei auf der Stange«, flüsterte Galpin.

Ionescus Lächeln wurde breiter. »Sie müssen sich daran erinnern«, sagte er, »daß Sie Gäste eines neutralen Königreiches sind. Wir sind hier friedlich. Wir wünschen keinen Streit mit unseren Nachbarn. Während Sie hier leben, müssen Sie sich wie gute Kinder benehmen. Ist es nicht so?«

Tufton drehte sich in seinem Stuhl und fragte seine Nachbarn: »Wie lange geht der Unfug noch?«

Eine Stimme von hinten fragte: »Welche Hirngespinste? Was hat er denn?«

»Ah, liebe Freunde«, sagte Ionescu, »werde ich vielleicht mißverstanden? Hat denn niemand hier die Geschichte erfunden, daß die Mörder Gardisten in deutschem Sold gewesen seien? Daß die Deutschen eine Invasion geplant hätten? Daß ein gewisser ausländischer Diplomat unter Hausarrest stehe, nachdem man bei ihm einen Scheck gefunden habe, mit dem er angeblich die Mörder entlohnen wollte?«

Rumänien, September 1939. Guy (Kenneth Branagh) und Harriet Pringle (Emma Thompson) reisen von England nach Bukarest.

Guy (Kenneth Branagh) ist Dozent für Englische Literatur.

»Ist von Steibel unter Hausarrest oder nicht?« fragte Tufton.

Ionescu sagte lächelnd: »Er liegt im Bett mit Grippe.«

»Ihm wurde befohlen, das Land zu verlassen, nicht wahr?«

»Morgen kehrt er zu einer Kur nach Deutschland zurück.«

Die Fragen folgten jetzt schnell aufeinander. In dem Durcheinander richtete sich Ionescu auf, hob bestürzt die Hände und bat winkend um Ruhe: »Einen kleinen Augenblick, meine Damen und Herren. Da gibt es noch eine gravierende Angelegenheit, über die ich sprechen muß.« Sein Gesicht wurde ernst und seine Stimme unheilverkündend. »Dies«, sagte er, »ist kaum zu glauben. Hätte ich das Telegramm nicht mit eigenen Augen gesehen, hätte ich gesagt, so etwas zu erfinden, ist nicht möglich.«

Nach dieser Aussage pausierte er so lange, daß Galpin sagte: »In Ordnung. Raus damit.«

Ionescu sagte: »Ein renomierter Journalist, Vertreter einer bekannten Zeitung, erfand eine so skandalöse Story, daß ich zögere, davon zu sprechen. Kurz, er beschuldigte unseren großen und glorreichen König, Vater der Kultur, Vater dieses Volkes, hinter diesem teuflischen Mord zu stecken. Dieser Journalist ist, wie wir erfahren, ein kranker Mann. Er wurde verwundet, als er aus Polen herausfuhr. Zweifellos leidet er an einem Fieber, und wir erklären es uns so, daß diese Geschichte einem Delirium entspringt. Es ist keine andere Erklärung möglich. Dennoch, sobald er wiederhergestellt ist, wird er ausgewiesen werden.«

Einige der Anwesenden schauten Yakimov an, aber Yakimov zeigte weder mimisch noch gestisch, daß er diesen Tadel mit irgend etwas in Beziehung brachte, das er in McCanns Namen abschicken ließ. Nachdem er diesen Tadel ausgesprochen hatte; entspannte sich Ionescu und lächelte wieder.

»Fast drei Uhr«, sagte Tufton.

»Noch einen kleinen Augenblick«, sagte Ionescu. »Wir werden jetzt Fragen beantworten.«

Die Amerikanerin fragte: »*M. le Ministre*, Sie haben gesagt, die Mörder seien Studenten gewesen. Ist es nicht möglich, daß sie auch Gardisten waren?«

Ionescu lächelte mitleidig auf sie herab: »*Chère madame*, wurde es nicht von Seiner Glorreichen Majestät selbst verkündet, daß nicht ein einziger Gardist mehr am Leben ist in diesem Lande?«

Die französische Journalistin sagte jetzt: »Es gibt das weitverbreitete Gerücht, daß die Mörder in deutschem Sold standen.«

Sagte Ionescu: »Es gibt das weitverbreitete Gerücht, daß die Mörder im Sold der Alliierten standen. Sie dürfen Kaffeehausklatsch nicht glauben, *madame*.«

»Ich gehe nie ins Café«, sagte die Französin.

Ionescu verbeugte sich zu ihr: »Dann müssen Sie mir erlauben, Sie in eines auszuführen.«

Tufton unterbrach diesen Wortwechsel, um mit gewichtiger Langsamkeit zu fragen: »Und dürfen wir erfahren, wer die Mörder exekutierte – zweifellos ohne Gerichtsverfahren?«

Ionescu wurde wieder ernst. Er rezitierte schnell: »Das Militär, überwältigt von Schmerz und Empörung über den Mord an seinem geliebten Premierminister, faßte die jungen Männer und erschoß sie kurzerhand, ohne Wissen der zivilen Behörden.«

»Ist das amtlich?«

»Gewiß.«

Jemand fragte: »Ist Ihnen bekannt, daß die Leichen in diesem Augenblick unten am Marktplatz ausgestellt werden? Billigen Sie so etwas?«

Ionescu zuckte die Achseln: »Das Militär hier ist mächtig. Wir wagen es nicht, uns einzumischen.«

»Ich sah die Leichen«, sagte Galpin. »Ich fand sie ziemlich alt für Studenten.«

»In diesem Land haben wir Studenten jeden Alters. Einige bleiben ihr ganzes Leben lang an der Universität.«

Galpin grunzte und schaute Tufton an. Tufton sagte: »Wir verschwenden unsere Zeit.«

Galpin erhob sich, und für den Rest war dies das Signal, ihre Sitze zu verlassen. Von dem Stühlerucken geweckt, sprang Yakimov in wilder Hoffnung auf. Er stolperte vorwärts, in Ionescu hinein.

»Erlauben Sie«, sagte der Minister, unfähig, die Woge zurückzuhalten, öffnete die Absperrung in der Mitte und gab seinen Gästen den Zutritt zum Büffet frei.

Mit schmerzhafter Selbstbescheidung erwartete Yakimov seine Kollegen. Tufton kam nur langsam auf die Füße. »Ein Schlag ins Gesicht von Rumäniens Freunden«, sagte er zu Galpin. »Ein scherzhafter Schlag, aber ein bedeutsamer. Irgend etwas hat sie daran erinnert, daß Hitler unangenehm nahe ist.«

Galpin sagte: »Diese Bastarde akzeptierten unsere Garantie, *nachdem* die Deutschen die Slowakei besetzten.«

Tufton stand jetzt. Als er in Richtung Büffet hinkte, sagte er: »Die Polen auch.«

Das Zentrum des Geschehens

7

Harriet Pringle, die nicht länger fürchtete, daß sie und ihr Mann jeden Augenblick würden fliehen müssen, begann, sich nach einer Wohnung umzusehen, Kleider zu kaufen und sich für die Einladungen zu interessieren, die jetzt eintrafen, da an der Universität das Semester begonnen hatte. Unter diesen Einladungen befand sich eine von Emanuel Drucker, dem Bankier, dessen Sohn Guys Schüler war.

Der Regen kam und ging. Abends blies ein kalter Wind, und die Chausée-Restaurants verräumten ihre Stühle und Tische in die Winterquartiere. Nach einer Woche grauen Wetters schien die Sonne wieder, aber es war zur Mittagszeit möglich, draußen zu sitzen.

Im Norden der Stadt, wo es zuvor nur den Widerschein von Sonne und Nebel gegeben hatte, tauchten die Berge auf, von Gletschern zerfurcht und durchzogen, die wie Baumwollfäden aussahen. Eines Morgens war der höchste Gipfel schneeverhangen. Jeden Tag wurde der Schnee etwas weißer und breitete sich weiter zum Fuß des Berges hin aus. Obwohl Guy über Inchcapes Invasionstheorie lachte und sagte, die Russen könnten jederzeit über die Küstenebene kommen, war Harriet von der Vorstellung der verschneiten und verschlammten hohen Pässe getröstet.

Der Tag, an dem sie bei den Druckers zum Essen eingeladen waren, war einer der letzten warmen Tage im Oktober. Harriet war mit Guy in der English Bar verabredet, aber als sie in der Bar nach ihm suchte, war er nicht da. Dies überraschte sie nicht, denn sie begann zu begreifen, daß, wie verspätet auch immer sie zu einer Verabredung kam, Guy immer noch später kommen würde.

Die Bar war nicht ganz leer. Galpin saß an einem Tisch mit einem Mädchen von dunkler Schönheit, während Yakimov alleine stand und sie freudlos betrachtete. Tufton und die meisten anderen Journalisten waren zu ihren Heimatzeitungen zurückgekehrt.

»Mein liebes Kind«, rief Yakimov, als er Harriet bemerkte, »kommen Sie und trinken Sie mit dem armen Yaki einen Whisky.« Seine traurige Stimme suggerierte weniger den bemerkenswerten sozialen Hintergrund, den Inchcape beschrieben hatte, als vielmehr ein Bedürfnis nach Trost.

Sie trat ein. Die Luft war verräuchert und erstickend, und sie sagte: »Mögen Sie diese Bar wirklich? Gibt es keinen Hotelgarten, wo wir sitzen könnten?«

»Einen Garten, liebes Kind?« Er blickte um sich, als ob neben seinem Ellenbogen ein Garten sein könnte. »Irgenwo habe ich einen gesehen.«

»Dann suchen wir ihn doch.« Harriet hinterließ bei Albu eine Nachricht für Guy und führte Yakimov davon.

Der Garten erwies sich als klein, mit hohen Mauern und zugänglich nur durch die Glastüren des Frühstückraums. Verwitterte Tische und Stühle standen unter schweren Bäumen. Einige Paare saßen in abgeschlossenen Nischen. Die Männer betrachteten die Neuankömmlinge mit verlegener Überraschung, die Frauen, von denen jede eine dunkle Brille trug, wandten sich ab. Sie alle sehen aus wie Menschen, die man in einem Versteck aufgestöbert hatte.

Im Garten gab es weder Blumen noch Ornamente, ausgenommen einen Jungen aus Stein in der Mitte des gepflasterten Bodens, der einen Krug Wasser in ein Steinbassin entleerte. Harriet setzte sich neben den Brunnen und sagte: »Hier ist es besser, oder nicht?«

Yakimov murmelte ein zweifelndes Einverständnis und setzte sich neben sie.

Irgendwie lag eine plötzliche Stille in der Luft. Die Paare schwiegen, bis Harriet und Yakimov anfingen zu sprechen. Harriet fragte: »Wer war das Mädchen bei Galpin?«

»Polnisches Mädchen«, sagte Yakimov, »Wanda Soundso. Kam mit McCann hierher. Dachte, sie sei McCanns Mädchen; jetzt ist sie offensichtlich Galpins. Ich weiß es nicht!« Yakimov seufzte. »Wollte mit Galpin über diesen Mobilmachungsbefehl reden. Sie wissen, ich bin Journalist. Muß das Zeug nach Hause schicken. Wichtig, es zu diskutieren und richtig zu verstehen. Bin gerade in der Bar zu ihnen hingegangen, sagte ›Trinkt einen mit‹, und sie haben mir beinahe den Kopf abgerissen.«

Er wandte den Kopf und starrte Harriet an, und sie war überrascht, seine Augen zu sehen, die, in der bestürzten Traurigkeit seines Gesichts hart vor Kummer wurden. Einen Augenblick lang sah er wie ein verbittertes Kind aus. Bevor sie sprechen konnte, kam der Kellner an den Tisch, und sie bestellte Limonade. Sie sagte:

»Halten Sie ihn für bedeutsam, den Mobilmachungsbefehl? Erwartet man Schwierigkeiten?«

»O nein.« Mit einer Handbewegung wischte Yakimov den Gedanken beiseite. Galpin war jetzt vergessen. Yakimov lächelte mit der Begeisterung eines Unterhalters. »Haben Sie von dieser Grenzbefestigung gehört, die der König rings um Rumänien bauen will? Doppelt so stark, wie die Maginot und die Siegfried-Linie zusammen? Soll eine Million Millionen *Lei* kosten? Die Imaginot-Linie nenne ich sie, liebes Kind. *Die Imaginot-Linie.*«

Als Harriet lachte, lehnte er sich etwas näher an sie heran und wurde ernst und vertraulich. In der Art eines informierten Mannes sagte er: »Was ich tatsächlich für bedeutsam hielt, war Hitlers Friedensplan. Er sagte, er hätte keine weiteren territorialen Ansprüche. War *höchst erstaunt*, als ich hörte, sie hätten ihn abgelehnt. Ich will ja nicht kritisieren, aber ich glaube, Chamberlain hat hier einen Bock geschossen. Keiner will diesen blöden Krieg oder?«

»Aber Hitler sagte sooft, er hätte keine territorialen Ansprüche. Wir konnten ihm doch unmöglich trauen.«

»Aber wir *müssen* ihm trauen, meine Liebe.« Yakimovs große Augen schienen vor Vertrauen zu schwimmen. »In diesem Leben müssen wir den Menschen vertrauen. Es ist das einzig Richtige.«

Unfähig zu einer Erwiderung, trank Harriet ihre Limonade. Yakimov entspannte sein Gesicht nach dieser Anstrengung von Ernsthaftigkeit und sagte leichthin: »Mein liebes Kind, könnten Sie mir vielleicht ein paar Riesen leihen?«

»Was sind ›Riesen‹?«

»Tjaaa, Kohle, liebes Kind. Zaster. Geld. Ihr armer, alter Yaki ist pleite, solange sein Wechsel nicht eintrifft.«

Sie war so aufgebracht, daß ihre Wangen bleich wurden. Sie öffnete ihre Handtasche, durchsuchte sie mit nervösen Bewegungen und fand einen Tausend-*Lei*-Schein. »Mehr habe ich nicht«, sagte sie.

»Meine Liebe!« er steckte den Schein blitzschnell ein, »wie kann der arme Yaki seine Dankbarkeit ausdrücken?« Aber Harriet wollte es gar nicht hören. Als sie aufstand und aus dem Garten eilte, rief er ihr bestürzt und verletzt nach: *»Mein liebes Kind!«*

Sie traf Guy, als dieser durch die Drehtüren eintrat. Er sagte: »Was ist los?«

Sie war zu verlegen, um es ihm zu sagen, aber nachdem sie den Platz überquert hatten, hatte sie sich wieder genug gefaßt, um zu lachen und zu sagen: »Prinz Yakimov lud mich zu einem Drink ein. Ich dachte, er hätte es aus Freundlichkeit getan, aber alles, was er wollte, war Geld.«

Guy fragte ungerührt: »Hast du ihm welches geliehen?«

»Tausend *Lei*.«

Da Guy die Angelegenheit jetzt als unbedeutend abtat, trauerte Harriet ihren tausend *Lei* nach. Sie sagte: »Ich hasse es, Geld herzuleihen.«

»Mach dir keine Gedanken. Du nimmst Geld zu wichtig.«

Sie hätte gerne gesagt, daß dies daher rühre, daß sie nie welches gehabt hatte, aber sie erinnerte sich, daß auch Guy nie welches hatte. Statt dessen sagte sie: »Yakimov ist ein Narr. Er sagte mir, wir müßten Hitler vertrauen.«

Guy lachte. »Er ist ein politischer Naivling, aber kein Narr.«

Sie näherten sich dem Hintereingang zum Park, wo der in Ungnade gefallene Politiker stand, mit seinem Kopf in einem Sack. Die Familie Drucker wohnte in der Nähe in einem großen Block mit Luxuswohnungen, die der Drucker Bank gehörten.

Im Eingang gab es zwei lebensgroße Bronzefiguren, die Sträuße mit elektrischen Glühbirnen hochhielten. Es gab auch eine eindrucksvolle Treppe, mit schweren Teppichen belegt. Die Halle hatte eine französische Atmosphäre, aber einen rumänischen Geruch. Der Portier, der, in Erwartung eines Trinkgelds, sich mit ihnen zusammen in den Lift geschoben hatte, roch so entsetzlich nach Knoblauch, daß die Luft mit Azetylengas angefüllt schien.

Sie wurden in das oberste Stockwerk gebracht. Als die Pringles außen vor den großen Mahagonitüren der Drucker-Wohnung standen, sagte Harriet: »Ich kann nicht glauben, daß hinter diesen Türen irgend etwas Menschliches existiert«, aber kaum hatte Guy die Klingel berührt, öffneten sie sich, und hinter ihnen standen Drucker und seine Schwester und seine Töchter. Das eigentliche Öffnen war durch einen Diener geschehen, aber Druckers impulsive Vorwärtsbewegung drückte aus, daß, hätte er die Etikette einem Gentlemen erlaubt, seine eigene Wohnungstüre zu öffnen, er dies um Guys willen getan hätte.

Beim Anblick Druckers stieß Guy einen Ruf des Entzükkens aus. Drucker streckte seine Arme aus, und sofort breitete Guy die seinen aus. Ein enormes Geplapper von Begrüßungen, Fragen und Gelächter hob an, während Guy, der atemlos versuchte, alles, was man ihn fragte, zu beantworten, sich überall hin verbeugte und die Frauen und Mädchen küßte.

Harriet stand zurück, beobachtend, und bemerkte die gleiche freudige Erregung wie in dem *wagon-lit*.

Es war Drucker selbst – ein großer Mann mit langsamen Bewegungen, vornübergebeugt, stämmig, elegant im silbrigen englischen Tweed – der mit ausgestreckten Händen auf sie zukam, um sie mit einzubeziehen: »Ah, eine so charmante Frau für Guy! *Si jolie et si petite!*« Er schaute mit einem langen Blick glühender Bewunderung auf sie hinab. Wie selbstverständlich nahm er ihre Hände, ein Mann, der alles über Frauen wußte. Die sinnliche Wahrnehmung seiner Berührung wurde überlagert von einer außergewöhnlichen Art von Freundlichkeit. Es war unmöglich, auf ihn nicht zu reagieren, und als Harriet lächelte, nickte er leicht in Anerkennung dieser Reaktion. Dann rief er seine älteste Schwester, Doamna Hassolel.

Doamna Hassolel löste sich von Guy mit einem leichten »Ah!« des Bedauerns. Ihr lebhaftes Gesicht wurde angestrengt und kritisch, als sie gerufen wurde, um Harriet zu begrüßen.

Sie war eine kleine, kräftige Frau mit einem erschöpften Gesichtsausdruck und von entschiedener Art. Sie übernahm die Betreuung der Gäste und bat für die Abwesenheit der Gastgeberin, Druckers Ehefrau, die immer noch mit ihrer Toilette beschäftigt war, um Entschuldigung. Harriet wurde den jüngeren Schwestern vorgestellt, Doamna Teitelbaum und Doamna Flöhr. Die erste war von bekümmerter Magerkeit. Doamna Flöhr, die Familienschönheit, war mollig und würde im Lauf der Zeit genauso stämmig werden wie die älteste Schwester. Sie begutachtete Harriet mit glänzenden, leeren Augen.

Sie begaben sich ins Wohnzimmer. Die Frauen unterhielten sich auf französisch und englisch und befragten Guy über seine Ferien in England – für Harriet schien diese Reise schon lange zurückzuliegen – und über alles, was er und seine Frau seit ihrer Ankunft getan hatten. Drucker lächelte über diese lärmende Unterhaltung hinweg Harriet zu, aber er war zu weit von ihr entfernt, um sie in die Konversation einzubeziehen. Als sie die Fragen beantwortete, die Guy an sie weiterleitete, klang ihre Stimme entmutigt und weit weg. Sie hatte das Gefühl, in diesem Tumult lebhaften Ausfragens isoliert zu sein. Guy war vor lauter Aufgeregtheit ganz rot im Gesicht und schien innerlich so weit von ihr entfernt zu sein wie äußerlich. Als er das erste Mal zu Besuch hier war, war er ein Fremder wie sie selbst gewesen, aber er war von der Familie sofort ins Herz geschlossen worden. Sie aber spürte, daß sie nicht diejenige war, die sie erwarteten, die sie eigentlich hätte sein sollen. Sie würde hier immer eine Fremde sein.

Sie begannen über den Krieg zu sprechen. »Ach, der Krieg!« Das Wort sprang, mit einem Ton des Bedauerns, von einer der kleinen, schnellsprechenden Frauen zur anderen.

Jetzt, da sie dieses ernste Thema angeschnitten hatten, wandten sie sich an Drucker und erwarteten seinen Kommentar.

Er sagte: »Durch den Krieg machen wir viele Geschäfte; aber dennoch, er ist eine schlechte Sache.«

Harriet schaute Guy an und rätselte, was er wohl davon hielt, aber was auch immer er davon hielt, er wurde durch das Eintreten von Druckers Eltern davon abgelenkt. Beide waren klein und sehr gebrechlich. Drucker eilte auf sie zu und führte sie vorsichtig herein, um Guy zu begrüßen und Harriet vorzustellen. Sie waren in der Ukraine geboren und sprachen nur Russisch. Der alte Mann schüttelte Guy langsam die Hand und hielt eine kleine Rede mit einer so leisen Stimme, daß man sie kaum hören konnte.

Voller Freude revanchierte sich Guy mit seinen vier Worten Russisch – der Frage nach ihrem Befinden. Dies rief Erstaunen und Glückwünsche hervor, welche das alte Paar benutzte, sich mit einem geisterhaften Lächeln zu entschuldigen und sich wieder zurückzuziehen.

Drucker sagte: »Sie ermüden sehr leicht und essen lieber in ihrem eigenen Salon.«

Die Wohnung, dachte Harriet, muß sehr groß sein. Später erfuhr sie, daß die Familie Drucker das ganze obere Stockwerk bewohnte.

Bevor die Unterhaltung weitergeführt werden konnte, kamen Druckers Schwager aus ihren Büros zurück. Hassolel, mit einem vertrockneten Gesicht und unterwürfig, im silbergrauen Anzug mit weißen Gamaschen, erschien als erster, aber er hatte kaum gesprochen, als schon zwei jüngere Männer zusammen eintraten. Teitelbaum trug mehrere wertvolle Ringe, ein goldenes Uhrenarmband, diamantene Manschettenknöpfe, eine diamantbesetzte Krawattennadel und einen breiten Goldclip, um die Krawatte festzuklemmen. Seine ältliche, humorlose Art ließ diesen Schmuck weniger als Verzierung, sondern mehr als einen Ausdruck von Überdruß erscheinen. Die zwei älteren Herren taten, obwohl sie deprimiert aussahen, ihr Bestes, um liebenswürdig zu sein, doch Flöhr bemühte sich gar nicht erst. Er war noch in den Dreißigern, trotzdem war er kahl. Sein roter Haarkranz und sein gestreifter, schokoladenbrauner Anzug verliehen ihm eine Extravaganz, die nicht Teil seiner Persönlichkeit zu sein schien. Er setzte sich außerhalb des Kreises und ärgerte sich offensichtlich über die Tatsache, daß Besucher im Zimmer waren.

Guy hatte Harriet erzählt, daß die Schwager alle von unterschiedlicher Nationalität waren. Nur Drucker hatte einen rumänischen Paß. Es war ein Beweis für Druckers Macht in diesem Land, daß die anderen – ein Deutscher, ein Österreicher und ein Pole – eine *permis-de-séjour* erhalten hatten. Sie lebten in seinem Schatten.

Die große Uhr über dem Kamin schlug zwei. Druckers Frau war noch nicht erschienen. Die Tür öffnete sich, und der Neuankömmling war der Sohn Sascha, Guys Schüler. Doamna Hassolel erklärte, daß er deshalb zu spät komme, weil er von der Universität aus zu seiner Saxophonstunde gegangen sei. Als er Harriet vorgestellt wurde, ging er quer durchs Zimmer, um ihr die Hand zu küssen. Er war ein großer Junge, genausogroß wie sein Vater, aber schlank und mit schmalen Schultern. Wie seine Schwestern ähnelte er seinem Vater, ohne hübsch zu sein. Seine Augen waren zu nahe beieinander, seine Nase zu groß für sein Gesicht, aber wegen der außergewöhnlichen Sanftheit seiner Art fühlte sich Harriet zu ihm hingezogen. Nichts an ihm deutete auf die Energie und Willenskraft der Familie hin. Er war wie ein kleines, nervöses Tier, das in Gefangenschaft lammfromm geworden war.

Er löste sich von Harriet und ging zu Guy, um ihm die Hand zu schütteln, und lehnte sich dann mit halbgeschlossenen Augen gegen die Wand.

Als sie den Jungen so beobachtete, überlegte Harriet, daß, wenn man ihn in irgendeiner Hauptstadt der Welt träfe, man nicht denken würde: ›Das ist ein Ausländer‹, sondern: ›Das ist ein Jude‹. Man würde ihn überall erkennen, aber zu Hause wäre er nur hier, inmitten seiner Familie. Obwohl er unzweifelhaft dazugehörte – wie um es zu beweisen, hatte ihm jede seiner Tanten im Vorbeigehen einen Begrüßungsklaps gegeben – war etwas so Verletzliches und Schutzloses um ihn, daß er Harriets ganzes Mitgefühl auf sich zog.

Nach einer Weile flüsterte er mit Doamna Hassolel. Sie schüttelte den Kopf, wandte sich dann an die Gesellschaft: »Er möchte sein Grammophon spielen, aber ich sagte: ›Nein, bald müssen wir essen‹.« In ihrer Sprache spiegelte sich der Stolz der Familie auf den Jungen wider.

Der Rest der Familie verhielt sich schweigend, während Drucker und Guy Saschas Fortschritte an der Universität diskutierten. Er war an einer englischen Public School erzogen worden und würde, nach Beendigung des Krieges, in die New Yorker Filiale der Bank geschickt werden, um den Familienberuf zu erlernen.

Die anderen Männer nickten ununterbrochen Zustimmung zu allem, was Drucker sagte. Es bestand kein Zweifel, daß er es war, der ihnen allen ihren Status verlieh. Hätte ein Fremder gefragt: »Wer ist Hassolel? Wer ist Teitelbaum? Wer ist Flöhr?«, dann wäre da nur eine einzige Antwort auf jede Frage möglich gewesen: »Er ist der Schwager von Drucker, dem Bankier.«

In einer Pause sagte Teitelbaum: »Wie glücklich der junge Mann, der nach Amerika gehen kann. In diesem Land, wer kann schon sagen? Schon gibt es die allgemeine Mobilmachung, und junge Männer werden von ihren Studien weggeholt.«

»Die ganze Zeit schon«, sagte Doamna Hassolel, »müssen wir zahlen, zahlen, zahlen für eine Ausnahmegenehmigung für unseren Sascha.«

Während die anderen von Sascha sprachen, lächelte Drukker auf das kleine Mädchen an seiner Seite hinab, um ihr zu zeigen, daß man sie nicht vergessen hatte. Er drückte sie an sich und sagte dann zu Harriet: »Das ist mein eigenes kleines Mädchen. Sie ist so stolz auf ihre schöne Uniform.« Er berührte das seidene Abzeichen auf ihrer Tasche. »Sie lernt gerade, für ihren hübschen jungen Prinzen zu marschieren und im Chor ›Hurra‹ zu rufen. Nicht wahr?« Er drückte sie noch einmal an sich, und sie errötete und preßte ihr Gesicht in seine Jacke. Als er lächelte, konnte man, hinter den Sorgenfalten der Jahre, die gleiche Sensibilität sehen, die unverhüllt und schutzlos in Saschas Gesicht zu lesen war.

Doamna Hassolel spürte, daß nun genug von Sascha die Rede war, und fragte Guy nach seinem Freund David Boyd, den er einmal zum Lunch mitgebracht hatte. Würde David Boyd nach Rumänien zurückkehren?«

Guy sagte: »Er hatte vor zurückzukommen, aber im Moment weiß ich nichts. In Kriegszeiten müssen wir tun, was uns befohlen wird.«

Die Sonne, die eine Zeitlang hinter einer Wolke gewesen war, brach durchs Fenster und beschien das berühmte kornfarbene Haar von Doamna Flöhr, von der es hieß, daß sie einst eine Mätresse des Königs gewesen sei. Sie schielte kurzsichtig zu Guy, und ihr Kopf glänzte in einem unnatürlichen Feuer, als sie rief: »Ah, dieser David Boyd! Wie er erzählte! Er war ein Mann, der alles wußte.«

Guy gab zu, daß sein Freund, eine Autorität für den Balkan, sehr kenntnisreich war.

»Er war ein Mann der Linken«, sagte Teitelbaum. »Ich würde gerne wissen, was er von diesem deutsch-sowjetischen Freundschaftsvertrag hält?«

Alle schauten sie Guy an, um zu sehen, was er, ebenfalls ein Mann der Linken, davon hielt. Er sagte lediglich: »Ich denke, Rußland hat einen Plan. Sie wissen, was sie tun.«

Doamna Hassolel unterbrach schnell, um zu sagen: »Nie werde ich vergessen, wie David Boyd von Vâlcov sprach – wie er in der Morgendämmerung aufstand und allein hinausruderte und Tausende von Vögeln sah, und wie er einen großen Vogel sah, einen Seeadler. Es war so interessant. Man sollte annehmen, daß er sich an solchen Orten einsam und verängstigt fühlen würde.«

Guy sagte, daß David alle Balkanländer bereist hätte und alle ihre Sprachen sprechen würde.

»Diese Balkanländer sind wild«, sagte Doamna Hassolel. »Sie haben gefährliche, wilde Tiere. Ich würde dort nicht reisen. In Deutschland war es anders. Dort haben Willi und ich immer unsere Spazierstöcke genommen und ...« Sie erzählte mit Wärme vom Leben in Deutschland.

Die Uhr hatte halb drei geschlagen, bevor Doamna Drukker in Erscheinung trat. Sie kannte Guy noch nicht, da sie Drucker erst in diesem Sommer geheiratet hatte, aber sie gab ihm ihre Hand, ohne ihn richtig anzusehen. Sie war ein paar Jahre älter als Sascha; keine Jüdin; eine rumänische Schönheit, mondgesichtig, schwarzhaarig, schwarzäugig, wie andere rumänische Schönheiten. Sie trug ein topmodisches Kleid, schwarz, kurz, eng anliegend, mit Perlen, einer großen Diamantbrosche und einigen Diamantringen. Als sie, mit den wellenförmigen Körperbewegungen orientalischer Trägheit, zum Stuhl hinüberging, ruhte Druckers Blick auf ihr. Sie ließ sich nieder, wie eine Feder, räkelte sich, ohne die Gesellschaft eines Blickes zu würdigen, und drückte auf diese Art aus, wie sehr sie die ganze Drucker-Ménage langweilte. Ihr Mann fragte sie, ob sie *ţuică* wolle. Sie erwiderte: »*Oui, un petit peu.*«

Als sich Drucker wieder setzte, tätschelte das kleine Mädchen seinen Arm und flüsterte ihm etwas Wichtiges zu, aber seine Aufmerksamkeit galt jetzt ganz seiner Frau. Das Kind, das nicht in der Lage war, ihn abzulenken, stand da und betrachtete mit schmerzlicher Miene ihre Stiefmutter.

Das Essen wurde angekündigt. Doamna Hassolel ging zum Speisezimmer voraus. Drucker saß an einem Ende des Tisches, aber das andere Ende wurde von Doamna Hassolel eingenommen, die aus einer großen Silberterrine eine fette Hühnersuppe aus Sauerrahm schöpfte. Doamna Drucker saß in der Mitte des Tisches, zwischen Sascha und Flöhr.

Drucker hatte Harriet neben sich sitzen und begann, sie über ihren Eindruck von Bukarest auszufragen.

Guy schaute seine Frau voller Bewunderung an und sagte: »Abgesehen von den Frauen der Gesandtschaft, die diplomatische Immunität haben, ist Harriet die einzige Engländerin, die noch hiergeblieben ist.« Bevor er weitersprechen konnte, unterbrach ihn Doamna Hassolel ziemlich scharf:

»Sicherlich«, sagte sie, »ist Doamna Niculescu hier? Sie ist Engländerin. Sie haben sie kennengelernt?« Sie schaute Harriet an, die verneinte. Harriet blickte zu Guy, der das

Thema abtat, indem er sagte: »Bella Niculescu ist eine unerträgliche Frau. Ihr hättet nicht viel gemeinsam.«

Darauf sagte Doamna Teitelbaum, deren Backen wie Vorhänge auf jeder Seite ihrer nach unten gezogenen Mundwinkel hingen, beflissen: »Sie mögen sie nicht? Ich auch nicht. Vielleicht hat sie auch versucht, Sie zu beleidigen?«

In der Hoffnung auf einen Skandal, wandten sich alle Drucker-Schwestern Guy zu, der unschuldig erwiderte: »Nein, aber ich habe sie einmal verärgert – das einzige Mal, wo ich in den Golfclub mitgenommen wurde. Bella überwachte das Aufhängen eines Chamberlain-Porträts, das von einem hiesigen Künstler gemalt worden war. Ein greuliches Ding. Es hatte die Inschrift: ›Dem Manne, der uns Frieden gab in dieser Zeit‹. Chamberlain hielt die Blume Sicherheit und zertrat die Nessel Gefahr unter seinem Fuß. Ich sagte: ›Womit wurde das Ding gemalt? Sirup?‹ Bella Niculescu sagte: ›Mr. Pringle, Sie sollten mehr Respekt haben vor einem großen Mann.‹.«

Diese Geschichte erhielt nicht den Beifall, den sie in Guys engerem Bekanntenkreis erhalten hätte. Doamna Hassolel unterbrach die Stille, indem sie darauf bestand, daß die Pringles mehr Suppe essen müßten. Die meisten Mitglieder der Familie hatten zwei oder drei Teller voll genommen. Doamna Flöhr hatte sich entschuldigt und gesagt, sie sei gerade beim Abnehmen. Harriet versuchte es mit dem gleichen Argument.

»Nein, nein«, protestierte Doamna Hassolel, »es ist nicht möglich. Wenn Sie noch schlanker werden, werden Sie verschwinden.«

Nach der Suppe wurde Stör gereicht, dann ein Entrée von geschmortem Steak mit Auberginen. Die Pringles, in dem Glauben, das Entrée sei die Hauptspeise, faßten zweimal nach und gerieten außer Fassung angesichts des enormen Rinderbratens, der nachfolgte.

»Ich bin selbst zu Dragomir gegangen«, sagte Doamna Hassolel, »und habe angeordnet, es ›sirloin‹ zu schneiden, nach englischer Art. Man sagte uns, wie sehr Sie Roastbeef lieben. Jetzt müssen Sie Ihren Teller vollmachen, zwei-, dreimal.«

Während die Pringles durch das Essen zum Schweigen gebracht wurden, entspannte sich die Familie zusehends und wurde sogar gesprächig. Doamna Flöhr sagte zu Harriet:

»Sie suchen eine Wohnung?«

Harriet sagte, sie habe begonnen, sich umzusehen, da es jetzt so aussah, als würden sie bleiben.

»Ach«, sagte Hassolel, »die Deutschen kommen nicht hierher. Die Rumänen sind clever auf ihre Art. Im letzten Krieg gewannen sie viel Territorium. Dieses Mal werden sie sich mit allen Seiten gutstellen und noch mehr dazugewinnen.«

Flöhr schnaubte entrüstet. Er redete zum ersten Mal und sagte: »So ein Krieg! Wie ein nicht explodierter Feuerwerkskörper! Was für eine Narretei, überhaupt damit anzufangen. Die großen Nationen denken nur an Macht. Sie denken nicht an diejenigen, die unter einem solchen Krieg leiden.«

Guy sagte versöhnlich: »Man sagt, in Deutschland werde es bald einen finanziellen Zusammenbruch geben. Das könnte den Krieg verkürzen.« Er schaute sich beifallheischend um, sah aber nur schockierte Bestürzung.

Doamna Flöhr rutschte nervös auf ihrem Sitz und rief: »Das wäre schrecklich, so ein Zusammenbruch! Er würde uns ruinieren.«

Drucker hob seinen Kopf schildkrötenhaft aus seinem Schweigen und sagte: »Das ist ein Gerücht, das die Briten ausstreuen. Es wird keinen Zusammenbruch geben.« Seine feste Selbstsicherheit brachte augenblickliche Beruhigung. Harriet schaute Guy an, der jedoch, schläfrig vom Essen und vom Wein, sich des Aufruhrs nicht bewußt schien, den er verursacht hatte. Vielleicht tat er auch nur so. Es fiel ihr ein, daß er da, wo seine Freunde betroffen waren, bereit war, alles zu entschuldigen.

Drucker, der ihren Blick bemerkte, sagte ruhig: »Es stimmt, daß unser Geschäft sehr vom deutschen Wohlstand abhängt. Aber wir haben unsere Beziehungen schon vor langer Zeit geknüpft. Wir mögen die Deutschen nicht mehr als Sie, aber wir haben den Krieg nicht verursacht. Wir müssen leben.«

Doamna Hassolel fuhr aggressiv dazwischen. »Ein Bankier«, sagte sie, »hält die bestehende Ordnung aufrecht. Er ist ein wichtiger Mensch. Er hat das Land hinter sich.«

»Angenommen, die Ordnung hört auf zu bestehen?« sagte Harriet. »Angenommen, die Nazis kommen hierher?«

»Sie würden sich bei uns nicht einmischen«, sagte Flöhr prahlerisch. »Das wäre nicht in ihrem Interesse. Sie wollen kein finanzielles *débacle*. Wenn wir nicht da wären, läge Rumänien bereits auf den Knien.«

Teitelbaum fügte melancholisch hinzu: »Wir könnten dieses Land ein dutzendmal kaufen und verkaufen.«

»Wir arbeiten, wir sparen«, sagte Druckers jüngste Schwester aufgeregt, »wir bringen Wohlstand hierher, und doch verfolgen sie uns.« Sie lehnte sich über den Tisch und fixierte Harriet mit ihren rötlichbraunen Augen. »In Deutschland war mein Mann ein cleverer Anwalt. Er hatte ein großes Büro. Er kommt hierher – und man verbietet ihm zu praktizieren. Warum? Weil er Jude ist. Er muß für meinen Bruder arbeiten. Warum hassen sie uns ? Sogar der *trăsură*-Fahrer, wenn er sich über sein Pferd ärgert, schreit: ›Geh weiter, du Jude.‹ Warum? Warum ist das so?«

Auf die letzte Frage folgte ein Schweigen, gespannt und wachsam, als ob eine aus der Familie, nach einleitendem Kreisen über dem Revier, schließlich hinuntergestürzt sei auf den Kadaver ihrer Leiden, der ihr tägliches Fleisch darstellte.

Jedes Mitglied der Familie erzählte irgendein Beispiel für Diskriminierungen. Druckers langer Adlerkopf hing über seinem Teller. Er hatte all das schon gehört und wußte, daß es nur zu wahr war. Guy war von den Erzählungen aufgewühlt und hörte mit bekümmertem Blick zu. Die einzigen unbeteiligten Personen waren Sascha und Doamna Drukker. Doamna Drucker sah zutiefst gelangweilt aus. Was Sascha anbetraf, so schienen ihn die Geschichten nichts anzugehen. Seine Gedanken waren sonstwo. Er war der gehätschelte Fötus im Mutterleib, der keine Probleme mit der Außenwelt hat.

»Aber Sie sind hier nicht in Gefahr«, sagte Harriet.

»Es ist nicht die Gefahr«, sagte Hassolel. »Überall ist Gefahr. Es ist das Gefühl, ein uraltes Gefühl. In der Bukowina können Sie Juden sehen, die Fuchspelze um ihre Hüte tragen. Dies wurde vor Hunderten von Jahren angeordnet, um zu verdeutlichen, daß sie verschlagen wie die Füchse sind. Heute lachen sie und tragen sie immer noch. Sie sind clever, das stimmt, aber sie leben abseits; sie tun niemandem etwas.«

»Vielleicht ist das das Problem«, sagte Harriet, »daß sie abseits leben. Sie fühlen sich in erster Linie ihrer eigenen Rasse verpflichtet. Und Sie alle werden reich. Die Rumänen könnten vielleicht meinen, daß Sie dem Land etwas wegnehmen, aber nichts zurückgeben.«

Harriet hatte dies lediglich als eine Diskussionsgrundlage eingeworfen und war bestürzt über den Tumult, den es auslöste. Mittendrin schrie Doamna Flöhr, der Hysterie nahe: »Nein, nein, wir sind nicht schuld. Die Rumänen sind es. Sie schließen ihre Türen vor uns. Sie sind egoistische Leute. Dieses Land hat alles, aber sie wollen nicht teilen. Sie sind gierig. Sie sind faul. Sie nehmen alles weg.«

Als Drucker sich verständlich machen konnte, sagte er: »Hier ist Platz für alle: es gibt Nahrung und Arbeit für alle. Die Rumänen begnügen sich damit, nichts zu tun, außer zu essen, zu schlafen und zu lieben. So ist nun mal ihre Natur. Die Juden und die Ausländer, sie bewirtschaften und organisieren das Land. Diejenigen, die die Arbeit machen, machen auch das Geld. Ist es nicht so? Viel eher könnte man von den Rumänen sagen, daß sie nehmen, aber nichts zurückgeben.«

Diese Aussage wurde von Kopfnicken und Rufen der Zustimmung begleitet. Teitelbaum, dessen flaches und niedergeschlagenes Gesicht wieder wach erschien, sagte: »Aber wir sind großzügig, wir Juden. Wir geben immer, wenn wir gefragt werden. Als 1937 die Eiserne Garde mächtig war, kamen die Jungen in den grünen Hemden in die Büros, um Parteispenden zu sammeln. Die jüdischen Firmen gaben zweimal, sogar dreimal soviel wie die rumänischen, und was war der Dank? Die Eiserne Garde machte Gesetze gegen uns. Erst letztes Jahr gab es ein Pogrom.«

Hassolel schälte eine Orange. Ohne von seiner Beschäftigung aufzusehen, sagte er ernst: »In der Universität wurde unser Junge aus einem Fenster geworfen. Sein Rückgrat war gebrochen. Jetzt ist er in einem Sanatorium in der Schweiz. Unsere Tochter war Medizinstudentin. Im Labor rissen ihr die jungen Männer die Kleider herunter und schlugen sie. Sie ging nach Amerika. Sie schämt sich zurückzukommen. So haben wir unsere beiden Kinder verloren, wie Sie sehen.«

In der nachfolgenden Stille schälte Hassolel seine Orange weiter. Harriet schaute hilflos hinüber zu Guy, der bleich geworden war. Er sagte plötzlich: »Wenn die Russen hierher kommen, wird es keine Verfolgungen mehr geben. Die Juden werden jeden Beruf ausüben dürfen, den sie wollen.«

Bei diesen Worten, die als Trost gemeint waren, zeigten die Schwager so bestürzte Mienen, daß Harriet unwillkürlich lachen mußte. Niemand sah sie an oder sprach, dann begann Doamna Hassolel die Leute zu drängen, Süßigkeiten und Schokoladen von den kleinen Tabletts rund um den Tisch zu nehmen. Kaffee wurde serviert. Nachdem er eine Tasse getrunken hatte, erklärte Teitelbaum feierlich:

»Die Kommunisten sind schlechte Menschen. Rußland hat viel Leid gebracht. Rußland stiehlt von Europa den Handel.«

Als dieses vertraute Argument auftauchte, erholte sich Guy wieder und lachte gutgelaunt: »Unsinn. Europa leidet unter einer veralteten Wirtschaft. Nehmen Sie dieses Land, wo eine Million Arbeiter – das ist ein Zwanzigstel der Bevölkerung – die Hälfte des gesamten Produktionswertes eines Jahres erwirtschaften. Das heißt, jeder Arbeiter trägt auf seinem Rücken vier Erwachsene – vier männliche Nichtarbeiter. Und diese Arbeiter sind nicht nur skandalös unterbezahlt, sie bezahlen mehr, als recht ist, für alles, was sie kaufen, ausgenommen Nahrungsmittel. Dafür bezahlen sie natürlich zu wenig.«

»*Zu wenig!*« Die Schwestern waren schockiert.

»Ja, zu wenig. Es gibt kein Land auf der Erde, wo Nahrungsmittel so billig sind. Gleichzeitig sind in der Fabrik hergestellte Artikel, im Verhältnis zu ihrem Wert, preislich total überhöht. Folglich schuften die armseligen Bauern für einen Hungerlohn und bezahlen absurde Preise für jeden Artikel, den sie kaufen.«

»Die Bauern!« Doamna Drucker zischte vor Abscheu und drehte ihren Kopf zur Seite, um zu signalisieren, daß, wenn die Konversation sich auf so niederem Niveau bewegte, es für sie Zeit sei, sich zu entfernen.

»Die Bauern sind primitiv«, sagte Guy, »und unter den gegebenen Bedingungen werden sie primitiv bleiben. Einerseits erhalten sie fast keine Ausbildung; sie können es sich nicht leisten, landwirtschaftliche Maschinen zu kaufen; sie...«

Doamna Drucker, ihre Miene voller Verdrossenheit und Verachtung, unterbrach ärgerlich: »Sie sind wilde Tiere«, sagte sie. »Was kann man für solche Kreaturen tun? Sie sind hoffnungslos.«

»In einer Beziehung«, stimmte Guy zu, »sind sie hoffnungslos. Sie haben nämlich niemals hoffen dürfen. Was immer auch hier geschehen ist – sie waren die Verlierer.«

Sie stand vom Tisch auf. »Es ist Zeit für meine Siesta.« Sie verließ das Zimmer.

Es gab eine Verlegenheitspause, dann fragte Hassolel Guy, ob er diese Woche im Kino gewesen sei und Shirley Temple gesehen habe. Guy verneinte.

Hassolel seufzte. »So ein süßes kleines Mädchen! Ich gehe mir immer Shirley Temple anschauen.«

»Ich auch.« Drucker nickte. »Sie erinnert mich immer an meine kleine Hannah.«

Als sie ins Wohnzimmer zurückkehrten, lud Sascha Guy ein, mit ihm in den kleinen Vorraum zu gehen, den er als Musikraum benutzte. Drucker sagte zu Harriet: »Entschuldigen Sie mich einen Augenblick«, und ging davon, zweifellos, um seine Frau zu suchen. Flöhr murmelte irgend etwas von Arbeit vor sich hin und ging ebenfalls. Aus dem Musikraum kam der Ton eines Grammophons, das den ›Basin Street Blues‹ spielte.

Harriet, alleingelassen mit den Hassolels, den Teitelbaums und Doamna Flöhr, hoffte, die Party würde bald vorüber sein. Aber sie war noch nicht vorüber. Eine Magd brachte einige geschliffene böhmische Gläser, rot, grün, violett und gelb, und Doamna Hassolel begann, Likör einzugießen.

Doamna Teitelbaum, die vielleicht spürte, daß während des Essens zuviel geklagt wurde, lächelte Harriet an und sagte: »Dennoch wird Ihnen das Leben hier gefallen. Es ist angenehm. Es ist billig. Es gibt viel zu essen. Es ist, verstehen Sie, *komfortabel*.«

Bevor sie mehr sagen konnte, kam der Diener herein um auszurichten, daß Domnul Druckers Wagen auf ihn wartete. Als Drucker eintrat, sagte er, er würde Guy und Sascha an der Universität absetzen. Harriet erhob sich, bereit, mit ihnen zu gehen, aber die Frauen protestierten lautstark: »Nicht Doamna Pringle. Doamna Pringle muß zum ›Five o'clock‹ bleiben.«

»Natürlich wird sie bleiben«, sagte Guy. Harriet warf ihm einen gequälten Blick zu, aber er sah es nicht. »Sie hat nichts weiter vor. Sie wird gerne bleiben.«

Ohne weitere Umstände verabschiedete er sich, ging mit Drucker und Sascha davon und ließ sie zurück. Es gab eine kurze Pause, dann gingen Teitelbaum und Hassolel.

»Sie sehen«, sagte Doamna Hassolel, »es ist noch nicht halb vier, und sie kehren zu ihrer Arbeit zurück. Welcher Rumäne würde vor fünf Uhr arbeiten?«

Das ältere der zwei Druckermädchen kam herein und setzte sich zu ihren Tanten. Die Frauen schoben ihre Stühle nahe zueinander und saßen da mit ihren plumpen, beringten Händen und glätteten ihre Röcke über ihre plumpen, seidigen Knie. Dabei beobachteten sie Harriet und vermittelten irgendwie den Eindruck, daß sie in jedem Fall in der Minderheit sei. Sie beobachteten, dachte sie, mit der zielbewußten Behutsamkeit von Fallenstellern.

Das Druckermädchen sagte: »Sie ist hübsch, nicht wahr? Wie ein Filmstar.«

Jetzt, da die Männer alle gegangen waren, hatte Doamna

Flöhr eine Platinlorgnette aus ihrer Handtasche geholt. Sie begutachtete Harriet durch sie. »Wie alt sind Sie?« fragte sie.

»Fünfunddreißig«, sagte Harriet.

Die Frau schnaufte. Das Mädchen kicherte hinter seiner Hand. »Wir dachten, Sie seien zwanzig«, sagte sie.

Harriet überlegte, wann sie wohl gemeinsam diese Schlußfolgerung getroffen hatten. Doamna Flöhr schaute verwirrt und beugte sich unter dem Vorwand, sich nervös mit der Rückseite ihres Kleides zu beschäftigen, nach vorne, um Harriet genauer zu betrachten.

Doamna Teitelbaum sagte abschwächend: »Leah Blum, ihr erinnert euch, heiratete erst mit dreißig. Das passiert, wie man mir erzählt, Karrierefrauen.«

Die anderen lachten über die exotischen Bräuche solcher Frauen.

Doamna Hassolel sagte: »Hier sagen wir: mit zwanzig verheiratest du dich; mit fünfundzwanzig mußt du die alte Frau dazu kriegen, dich zu heiraten; mit dreißig kann dir selbst der Teufel nicht helfen.«

Harriet wandte sich an Doamna Flöhr, weil sie die jüngste Schwester war, und sagte: »Wie alt sind Sie?«

Doamna Flöhr stutzte. »Hier«, sagte sie, »sagen Frauen ihr Alter nicht.«

»In England«, sagte Harriet, »fordert man sie nicht auf, es zu sagen.«

Doamna Hassolel sagte jetzt: »Wie viele Kinder möchten Sie haben?«

»Wir werden wahrscheinlich bis nach dem Krieg warten.«

»Dann wird es zu spät sein.«

»Bestimmt nicht.«

»Aber wie viele? Haben Sie sich das noch nicht überlegt?«

»Oh, neun oder zehn.«

»So viele? Dann müssen Sie bald anfangen.«

Harriet lachte, und Doamna Teitelbaum, die eine freundlichere Art hatte als die anderen, sagte: »Sie scherzen doch! Sie können nicht so alt sein.«

»Ich bin zweiundzwanzig«, sagte Harriet. »Ein Jahr jünger als Guy.«

8

Mit dem Ende des Novembers kam der *crivaț*, ein frostharter Wind, der geradewegs von Sibirien in den offenen Mund der Moldova-Ebene blies. Später würde er Schnee bringen, aber im Augenblick war er nur eine Drohung und ein Unbehagen, die jeden Tag etwas schärfer wurden.

In den Straßen waren weniger Menschen zu sehen. Schon waren diejenigen zu bemerken, die sich der Außenluft nur so lange aussetzten, wie notwendig war, um zwischen Haus und Wagen hin- und herzueilen. Abends, in der frühen Dunkelheit, sah man nur die Arbeiter, die sich beeilten, der Kälte zu entkommen. Taxis waren sehr begehrt. Da sie billig waren und mit billigem Treibstoff von den nur dreißig Meilen entfernten Ölfeldern betrieben wurden, kosteten sie nur wenig mehr als die Busse in anderen Hauptstädten.

Mit dem Ende des Novembers kam auch die Furcht wieder, als Rußland in Finnland einfiel. Obwohl seine Freunde dazu neigten, ihm die Schuld an dem sowjetischen Treuebruch zu geben, wankte Guys Glauben nicht. Er und Harriet hörten die Nachricht eines Nachts im Athénée Palace, wohin Clarence sie zum Dinner geführt hatte. Als sie den Speisesaal verließen, sahen sie, daß der Hauptraum für einen Empfang vorbereitet worden war. Die Lüster waren voll erleuchtet, die Tische mit Blumen geschmückt, und ein roter Teppich war durch die ganze Halle ausgerollt worden.

»Deutsche«, sagte Guy, als er den ersten der Gäste sah. Die Deutschen und die Briten in Bukarest kannten sich sehr gut vom Sehen. Dies war Harriets erstes wirkliches Zusammentreffen mit dem Feind. Guy und Clarence zeigten ihr mehrere wichtige Angehörige der Deutschen Botschaft, alle in voller Abendgarderobe, und unter ihnen Gerda Hoffman, eine stämmige Frau, deren strohfarbenes Haar wie ein Tuch um den Kopf gebunden war. Niemand wußte, was ihre eigentliche Funktion war, aber die Flüsterpropaganda hatte ihr den Ruf verliehen, der geschickteste Agent zu sein, den die Deutschen hatten.

Eine Gruppe dieser Deutschen stand in der Halle. Als sie

sahen, daß die drei jungen Engländer sich ihnen näherten, schlossen sie sich so auf dem roten Teppich zusammen, daß sich die drei teilen und um sie herumgehen mußten. Als es dann auch soweit war, lachten die Deutschen herzlich. Harriet war überrascht, daß sich Leute von Wichtigkeit so grob benehmen. Guy und Clarence waren nicht überrascht. Dieses Benehmen schien ihnen typisch für die Sorte von Deutschen zu sein, die im Namen der neuen Ordnung ausgeschickt wurden.

»Über irgend etwas jubilieren die doch«, sagte Clarence. »Ich möchte wissen, was passiert ist. Fragen wir mal in der Bar.«

In der Bar berichtete ihnen Galpin von der Invasion Finnlands und sagte: »Das ist der Anfang. Als nächstes wird Rußland uns den Krieg erklären. Dann werden die Hunnen und die Russkis Europa unter sich aufteilen. Was kann sie schon hindern?«

»Vieles«, sagte Guy, »ich bin ziemlich sicher, daß sich die Russen nicht exponieren werden, bevor sie nicht einsatzbereit sind.«

Galpin musterte ihn mit traurigem Amüsement: »Du denkst, du weißt etwas über Rußland, so wie der Papst etwas über Gott weiß. Warte es nur ab. Wir werden den einen oder den anderen der Scheißkerle hier haben, bevor du ›Ostpolen‹ sagen kannst.«

Guy lachte, aber er lachte alleine. Die anderen waren bedrückt von einem Gefühl des Unheils.

Am nächsten Morgen, beim Spaziergang durch den Cişmigiu, litt Harriet erneut unter Ungewißheit. Sie hatte eine Verabredung zu einer Wohnungsbesichtigung getroffen, und zwar am Mittag. Falls sie die Wohnung nahmen, würden sie drei Monatsmieten im voraus zahlen müssen. Sie wollte das Geld nicht zum Fenster hinauswerfen.

Guy sagte: »Mach dir keine Sorgen. Wir werden mindestens ein Jahr hierbleiben.«

Sie hatten den winterlichen Park ganz für sich. Als sie die Brücke erreichten, kam der Wind über den See geheult und trug die eisige Gischt der Fontäne heran. Sie drehten um und bogen zwischen die Blumenbeete ein, wo man die letzten braunen, zerzausten Chrysanthemen sehen konnte. Ein weißer Pfau schleppte ein paar Schwanzfedern durch den Schmutz. Taubenfedern und einige Laubfetzen wirbelten den Pfad entlang. Der Pfad machte eine Biegung und brachte sie zu dem Kastaniendickicht, das zum Restaurant führte. Guy hängte sich bei Harriet ein, doch sie reagierte nicht. Er hatte versprochen, mit ihr zu gehen und die Wohnung zu besichtigen, hatte aber sein Versprechen vergessen und statt dessen mit einem Studenten eine Nachhilfestunde vereinbart. Das Problem des Studenten schien ihm das wichtigere zu sein.

»Und ich muß den Vermieter alleine aufsuchen?« sagte Harriet.

»O nein.« Guy war von seinem eigenen Talent begeistert. »Ich habe Sophie angerufen, und sie hat sich bereit erklärt, mit dir zu gehen.« Dies hielt er für das letztendlich bessere Arrangement, da ja allgemein bekannt war, daß kein Engländer ohne Hilfestellung der Gerissenheit eines rumänischen Vermieters entkommen konnte.

Es war ein Arrangement, das Harriet überhaupt nicht gefiel. Als sie dahinspazierten, hatte Guy ihr einen Vortrag über ihre Unklugheit gehalten, Sophie nicht besser für ihre Zwecke einzuspannen, Sophie, die, wie er wußte, nur zu glücklich sein würde, Harriet zu helfen, wenn Harriet nur um Hilfe bitten würde. Auch ihm war Sophie eine große Hilfe gewesen, als er alleine hier war. Er war sich sicher, daß sie, im Grunde ihres Herzens, ein gutmütiges Mädchen war. Sie hatte ein schweres Leben hinter sich. Alles, was sie brauchte, waren ein paar Streicheleinheiten, etwas Anleitung...

Harriet, von der er anzunehmen schien, daß sie diesen Ratschlag beherzigen würde, sagte schließlich nicht mehr als: »Ich habe die Nase *voll* von Sophie.« Nach einer Pause fügte sie hinzu: »Und wir können es uns nicht leisten, sie weiterhin durchzufüttern.«

Guy sagte: »Es wird alles einfacher werden, wenn wir unsere eigene Wohnung haben. Dann können wir Gäste nach

Hause einladen.« Er nahm ihre Hand und sagte: »Ich wünschte, Darling, du würdest Sophie mehr mögen. Sie ist einsam und braucht einen Freund. Du solltest mit ihr gut auskommen. Sie ist ein intelligentes Mädchen.«

»Sie vergeudet ihre Intelligenz mit Klagen, Selbstmitleid und Sich-Gehenlassen.«

»Du bist ziemlich intolerant.«

Bevor Harriet darauf antworten konnte, hörten sie Schritte hinter sich und sahen, als sie sich umschauten, eine Gestalt, die ihnen vertraut war und, wegen der unwahrscheinlichen Aufmachung, doch auch wieder nicht.

»Gott im Himmel«, sagte Guy, froh über die Ablenkung. »Es ist Yakimov.«

Harriet sagte: »Wir sprechen ihn jetzt aber nicht an.«

»Oh, wir müssen mit ihm reden.« Guy eilte davon und gab ihr keine Möglichkeit, ihn zurückzuhalten.

Yakimov, in seinem langen, ringsum eingesäumten Mantel, eine Astrachanmütze auf dem Kopf, sein Schilfrohr von einem Körper beinahe vom Wind geknickt, sah aus wie ein Phantom aus dem Ersten Weltkrieg – wie ein Angehöriger einer heruntergekommenen, königlichen Familie, den man für eine Parade in eine Militäruniform gesteckt hatte. Er wankte vorwärts, hatte den Blick zu Boden gerichtet und sah die Pringles nicht. Als ihn Guys überschwengliches ›Hallo!‹ aufhielt, riß er den Mund auf. Er strengte sich an zu lächeln.

»Hallo, mein Lieber!«

»Ich habe Sie noch nie zuvor im Park gesehen.«

»Ich bin noch nie zuvor hier gewesen.«

»Was für ein großartiger Mantel!«

»In der Tat!« Yakimovs Gesicht hellte sich etwas auf, als er eine Ecke des Mantels umwendete, um das abgetragene Zobelfutter herzuzeigen. »Der Zar gab ihn meinem armen, alten Vater. Schöner Mantel. Geht nie kaputt.«

»Er ist hervorragend.« Guy trat zurück, um die theatralische Wirkung des Mantels zu bewundern, und seine Würdigung war so effektvoll, daß Yakimov seinen Blick auf Guys Mantel lenkte, in der Hoffnung, diese Komplimente zurückgeben zu können, was jedoch nicht möglich war.

Guy sagte: »Er macht aus Ihnen einen Offizier der Weißen Armee. Sie sollten eine Schirmmütze haben. Eine Art Kapitänsmütze.«

»Mein Vater hatte eine; und einen Bart, wie Nikolaus II.« Yakimov seufzte, aber nicht, wie es schien, über diese Glorien der Vergangenheit. Sein ganzer Körper sank in sich zusammen. Jetzt, da er stehen geblieben war, schien ihm die Kraft zu fehlen weiterzugehen.

Harriet, die ihn beobachtet hatte, sah sich veranlaßt zu fragen: »Was ist los?«

Er blickte hoch: »Um nicht zu lügen...«, er machte eine Pause, um eine Lüge verlegen, die er hätte erzählen können. »Um *nicht* zu lügen, mein liebes Kind, man hat mich ziemlich schlecht behandelt. Rausgeschmissen. Buchstäblich.« Er lachte traurig.

»Aus dem Athénée Palace?«

»Nein. Das heißt, noch nicht. Nein, ich... ich...« Er starrte wieder auf den Boden und stammelte, als ob seine Schwierigkeiten so massiv wären, daß sie sein Sprachvermögen blokkierten, dann brach es heraus: »Rausgeschmissen... rausgeflogen. In einem entfernten Teil der Stadt aus einem Taxi rausgeflogen. Vollkommen verloren; keinen *Leu* dabei; wußte nicht, wohin. Dann hat mich irgend jemand durch diesen gottverlassenen Park dirigiert.«

»Sie meinen, Sie konnten das Taxi nicht bezahlen?« fragte Harriet.

»War nicht mein Taxi, liebes Kind. McCanns Taxi. McCann warf mich raus. Nach allem, was ich für ihn getan hatte.« Yakimovs Lippen zitterten.

Guy nahm seinen Arm, und als sie Richtung Haupttor gingen, brachte er Yakimov dazu, genau zu beschreiben, was passiert war.

»McCann holte mich heute morgen zu einer unchristlichen Stunde aus dem Bett. Rief an und sagte, er wünschte mich zu sehen. Sagte, er sei in der Halle und würde nach Kairo abreisen. Tja, mein Lieber, mußte mich erst anziehen. Konnte wohl schlecht im Adamskostüm hinunter, oder? Dachte, er würde mich bitten, seinen Job weiter zu machen. Wußte nicht, sollte ich ›ja‹ oder ›nein‹ sagen. Kriegskorrespondent zu sein, ist harte Arbeit. Fällt eurem armen, alten Yaki schon etwas schwer. Bin es nicht gewohnt. Na jedenfalls, habe mich fein gemacht. ›Soll ich den Job annehmen, oder soll ich es nicht?‹ habe ich mich dauernd gefragt. Gefühlsmäßig entschied ich, ich sollte ihn annehmen. Jetzt, wo Krieg ist, versteht ihr, sollte ein Mann seinen Beitrag leisten. Dachte, ich hätte gute Arbeit geleistet. Wenn ich auch keine ›heißen‹ Nachrichten in der Bar kriegen konnte, so kriegte ich doch immer wenigstens die ›warme‹ Version. Tja, jedenfalls ging ich hinunter – und da war McCann, kochend vor Wut. Und *wie*! Sagte, er würde sein Flugzeug verpassen. Packte mich mit in sein Taxi, bevor ich wußte, was passierte, und ging dann auf mich los. Und was glauben Sie, was er sagte? Er sagte: ›Ich hätte es wissen müssen, daß du keinen blassen Schimmer hast. Alles, was du fertiggebracht hast, war, Gerüchte zu sammeln und Skandale‹.«

»Na, so etwas!« sagte Harriet interessiert. »Was für Skandale?«

»Keine Ahnung, liebes Kind. Ich habe nie etwas mit Skandalen zu tun gehabt. ›Und du hast es dir verdammt gutgehen lassen‹, sagte er. ›Zweihunderttausend *Lei* für einen Monat Herumpennen. Was wird bloß meine Agentur sagen, wenn sie das alles bezahlen müssen, wo du ihnen nur Quatsch geliefert hast?‹ Dann hielt er das Taxi an, gab mir einen Tritt in den Hintern und stieß mich raus.« Yakimov schaute von einem zum andern, seine grünen Augen groß vor nichtbegriffener Wirklichkeit.

»Und ich mußte den ganzen Weg zurück auf meinen armen, alten Füßen gehen. Könnt ihr euch das vorstellen?«

»Und er hat Sie für die Arbeit, die Sie für ihn machten, nicht bezahlt?« fragte Guy.

»Keinen roten Heller.«

»Aber er wird die Hotelrechnung bezahlt haben?«

»Ja, aber was hat er den Kerlen dort gesagt? Das ist es, was ich mich frage. Ganz schön mulmig ist mir. Wenn ich jetzt zurückkomme, finde ich vielleicht meine ganzen Klamotten in der Halle. Alles schon vorgekommen. Ich müßte ins Minerva ziehen.«

»Aber das ist doch ein deutsches Hotel?«

»Mir egal, mein Junge. Der arme Yaki ist nicht wählerisch.«

Sie hatten die Calea Victoriei erreicht, und Yakimov schaute sich dort vage um. Als er die Umgebung erkannte, lächelte er mit großer Liebenswürdigkeit und sagte: »Ach, was, zerbrechen wir uns nicht den Kopf. Hier sind wir außerhalb der Schußlinie. Wir sollten hier schön gemütlich über die Runden kommen, was den Krieg angeht.« Nach dieser fröhlichen Bemerkung schritt er aus, um sich dem Personal des Athénée Palace zu stellen.

Harriet und Guy wandten sich in die entgegengesetzte Richtung, und sie begleitete ihn bis zum Universitätseingang. Dort gab er ihr zwei Tausend-*Lei*-Scheine. »Für den Lunch«, sagte er. »Nimm Sophie mit. Geht irgendwohin, wo es schön ist«, und er ging davon, mit, wie es ihr schien, der Geschwindigkeit des Schuldbewußten.

Sophie öffnete die Tür im Morgenmantel. Ihr Gesicht war bläßlich, weil das Make-up fehlte. Ihre Haare waren mit metallenen Frisierklammern zusammengezwickt.

Mit hoher, lebhafter Stimme rief sie: »Kommen Sie rein. Ich wasche gerade meine Haare. Meistens gehe ich in den Athénée Palace Salon, aber manchmal – aus Sparsamkeit, Sie verstehen – mache ich es selbst. Sie waren noch nie in meiner *garçonnière*. Sie ist nicht groß, aber praktisch.«

Während sie die Treppen hinaufstiegen, plapperte sie ununterbrochen. In dem Schlaf-Wohnzimmer – einem rechteckigen, modernen Zimmer mit einem ungemachten Bett und nicht gelüftet – schob sie einige Kleidungsstücke von einem Stuhl herunter und sagte: »Bitte Platz zu nehmen. Ich packe gerade meine Wäsche aus. Schauen Sie!« Sie hob ein in Seidenpapier eingepacktes Bündel auf und schaute hinein. »Sehr hübsch! Meine schöne Unterwäsche. Ich liebe all diese hübschen Dinge.«

Harriet schaute sich nach einer Uhr um und bemerkte dabei eine gerahmte Fotografie neben dem Bett, Bild nach unten. Eine Uhr gab es nicht, aber Sophie trug eine Armbanduhr. Harriet fragte nach der Zeit. Es war Viertel vor zwölf.

»Der Termin beim Vermieter ist um zwölf«, sagte Harriet.

»Ah!« Sophie, die jetzt ihre Wäsche auspackte, schien nicht zu hören. Mit einer Art sinnlicher Genugtuung hob sie ihre Unterwäsche hoch, Stück für Stück. Kleine Falten glättend, Spitzenbordüren zurechtzupfend, öffnete die Schubladen und legte langsam jedes Stück weg. Als diese Arbeit getan war, warf sie sich aufs Bett. »Gestern abend«, sagte sie, »war ich mit Freunden aus, also bin ich heute morgen faul.«

»Glauben Sie, wir könnten bald gehen?«

»Gehen? Aber wohin sollten wir gehen?«

»Guy sagte, Sie würden mit mir zu dem Vermieter gehen?«

»Zu welchem Vermieter denn?«

Harriet erklärte ihren Besuch, und Sophie, auf einen Ellenbogen gestützt, schaute bekümmert drein: »Er sagte, Sie würden mich besuchen. Ein Freundschaftsbesuch, Sie verstehen, aber er sprach nicht von einem Vermieter.« Sophie betrachtete ihre Fingernägel und fügte dann hinzu, wie jemand, der Guy besser verstand als Harriet: »Er organisiert so viele Sachen, er vergißt zu erklären, wissen Sie.«

»Na gut, können Sie mitkommen?«

»Aber wie kann ich das? Zuerst muß ich mein Bad nehmen. Dann muß ich mich ankleiden. Das wird lange dauern, weil ich einen Freund zum Lunch treffen werde. Und meine Fingernägel. Ich muß mehr Nagellack auftragen.« Sophie sprach, als ob diese Tätigkeiten ein bißchen egoistisch sein könnten, aber deshalb um so reizvoller wären. Sie lachte in Harriets verdutztes Gesicht und stichelte: »Sie können alleine zum Vermieter gehen. Sie fürchten sich doch nicht?«

»Nein.« Aus dem Gefühl heraus, Sophie eine letzte Chance zu geben, sagte Harriet: »Das Problem ist, ich spreche nicht Rumänisch.«

»Aber der Vermieter wird Französisch sprechen. Sicherlich sprechen Sie sehr gut Französisch?«

»Ich spreche es fast gar nicht.«

»Das ist außergewöhnlich, be-stimmt?« Sophies Stimme gipfelte in Erstaunen. »Ein Mädchen aus guter Familie, die nicht sehr gut Französisch spricht!«

»Nicht in England.« Harriet stand auf.

Auf dem Weg hinaus munterte Sophie sie auf: »Der Vermieter wird Sie nicht fressen. Er wird nett sein zu einer jungen Dame allein.« Sie lachte, offenbar entzückt über die Vorstellung.

Harriet sah Guy bis zum Abend nicht wieder. Sie erzählte ihm, daß sie mit dem Vermieter eine Vereinbarung getroffen hatte. Sie hatte die Wohnung für sechs Monate genommen.

»Und was hielt Sophie davon?«

»Sie hat sie nicht gesehen.«

»Sie hat sicher mit dem Vermieter verhandelt.«

»Nein, sie konnte nicht mitkommen. Sie war noch nicht angezogen, als ich sie besuchte.«

»Aber sie hatte versprochen, mitzugehen.«

»Sie sagte, sie hätte es nicht verstanden.«

Guys Gesichtsausdruck ließ Harriet in keinerlei Zweifel, daß Sophie perfekt verstanden hatte. Er kompensierte seine Unzufriedenheit durch einen Ausbruch der Bewunderung für Harriet: »Du hast also alles alleine gemacht? Aber du bist wunderbar, Darling. Und wir haben eine Wohnung! Das müssen wir mit einem Drink feiern.« Und Harriet hoffte, daß sie zumindest ein paar Tage lang nichts mehr von Sophie hören würde.

9

Als sie die Wohnung bezogen, entdeckten die Pringles, daß Harriet bei den Verhandlungen mit dem Vermieter doch nicht so clever gewesen war, wie sie gedacht hatten. Einige Möbelstücke fehlten. Der Bettvorleger war entfernt worden. In der Küche waren nur zwei Kochtöpfe zurückgeblieben. Als sie den Vermieter anriefen, mit dem Harriet in einer Mischung aus Englisch, Französisch, Rumänisch und Deutsch verhandelt hatte, teilte dieser Guy mit, er habe Doamna Pringle erklärt, daß diese Sachen aus der Wohnung entfernt werden würden.

Sie entdeckten weiterhin, daß, wenn sie Strom, Gas, Wasser und Telefon haben wollten, sie zuerst die Rechnungen des Vormieters begleichen mußten, einem englischen Journalisten, der spurlos verschwunden war.

Die Wohnung war im obersten Stockwerk eines Häuserblocks. Vom Wohnzimmer aus, das eine leichte Sargform hatte, führten fünf Türen hinaus, und zwar zur Küche, ins große Schlafzimmer, zum Balkon, zum Nebenraum und in den Flur. Die Bausubstanz war dürftig. Das übriggebliebene Mobiliar war schäbig, aber die Miete war angemessen niedrig.

Als sie die Wohnung in Besitz nahmen, an einem Tag von außergewöhnlicher Kälte, legte der Hausdiener, der ihr Gepäck hinauftrug, eine Hand auf den größten Heizkörper und grinste verschlagen. Harriet, die dies bemerkte, befühlte den Heizkörper und fand, daß er kaum warm war. Sie bat Guy, den Mann zu fragen, ob das immer so sei.

Ja, die Wohnung sei schwer zu vermieten, weil sie kalt war. Deshalb sei die Miete niedrig. Der Boiler, erklärte der Hausdiener, sei nicht groß genug, um die Wärme bis ins oberste Stockwerk zu drücken. Nachdem er diese Enthüllungen gemacht hatte, wurde er nervös und insistierte, daß die Wohnungen von höchster Klasse seien, da zu jeder nicht nur ein Bedienstetenschlafraum dazugehörte, sondern zwei. Er hielt zwei Finger hoch und zog zuerst an einen, dann am anderen. *Zwei.* Einer war hinter der Küche, der andere auf dem Dach. Harriet sagte, sie habe hinter der Küche keinen Schlafraum bemerkt. Der Diener winkte ihr zu, ihm zu folgen, und zeigte ihr einen Raum, etwa zwei Meter lang und einen Meter breit, den sie fälschlicherweise als Vorratsschrank angesehen hatte. Guy überraschte sie dadurch, daß er nicht überrascht war. Er sagte, die meisten rumänischen Bediensteten schliefen auf dem Küchenboden.

Als sie ausgepackt hatten, gingen sie auf den Balkon hinaus und betrachteten die Aussicht, die ihnen gehörte. Sie schauten direkt auf den königlichen Palast. Unmittelbar unter ihnen, intakt inmitten der Unordnung, die die Abreißkommandos hinterlassen hatten, war eine Kirche mit vergoldeten Kuppeln und mit perlenverzierten Kreuzen. Abgesehen von der byzantinischen Schönheit dieser kleinen Kirche und der Palastfassade, die von einer gewissen Erhabenheit war, waren die anderen Gebäude ein Sammelsurium von Alltäglichem und Mittelmäßigem. Und vieles lag in Schutt.

Es war später Nachmittag. Etwas Schnee fiel vom Himmel, der beim Sonnenuntergang ein wäßriges, zitronenfarbiges Schimmern zeigte. Als die Pringles hinausschauten, begannen die Gebäude bereits, ihre Konturen in der Abenddämmerung zu verlieren. Die Straßenlampen gingen eine nach der anderen an. Am Eingang zur Calea Victoriei konnte man die ersten beleuchteten Schaufenster sehen.

Eine Trompete ertönte aus dem Palasthof. »Weißt du, was das bedeutet?« fragte Guy. »Es bedeutet: Kommet, tränkt eure Pferde, jeder, der kann, kommt tränkt eure Pferde, und gebt ihnen Korn. Und wer das nicht macht, wird zum Sergeanten gebracht: die Peitsche wird er schmecken, ins Loch wird man ihn stecken.«

Harriet, die diesen Spruch noch nicht gehört hatte, ließ ihn sich wiederholen. Als er dies tat, hörten sie von unten das Ächzen von Holz. Die Kirchentüre öffnete sich, und Licht fiel auf die mit Schneeflaum bedeckten Pflastersteine. Eine geschlossene *trăsură* fuhr vor. Zwei Frauen, wie kleine, stämmige Bären in ihren Pelzmänteln und pelzbesetzten Schneestiefeln, stiegen heraus. Als sie die Kirche betraten, zogen sie Schleier über ihre Köpfe.

Dieser Vorfall, der hier unter ihren Füßen, unter dem Balkon ihrer Wohnung, geschah, berührte Harriet seltsam. Zum ersten Mal fühlte sie, wie ihr Leben ein Bestandteil des Lebens wurde, das den Dauerzustand dieses Platzes ausmachte. Vielleicht würden sie ein halbes Jahr hierbleiben. Vielleicht würde man ihnen sogar ein Jahr lang eine Existenz in geordneten Verhältnissen erlauben – vielleicht auch länger. Bei solchen Zeitspannen war man nicht mehr nur Besucher. Aus den Leuten wurden Nachbarn. Es gab eine Notwendigkeit, sich anzupassen.

Sie sagte: »Wir hätten es schlechter erwischen können. Hier sind wir im Zentrum des Geschehens.« Und sie spürte, daß er, wie sie selbst, von dieser Lage mehr beeindruckt war, als er zugeben wollte.

»Wir sollten Sachen für die Wohnung kaufen«, sagte sie. »Könnten wir nicht zur Dâmboviţa gehen?«

»Warum nicht?« Das Semester war zu Ende. Guy hatte Ferien. Beschwingt durch den vollbrachten Umzug und die Aussicht auf eine Erfrischung, sagte er: »Zuerst werden wir aber Tee bei Mavrodaphne trinken.«

Die war das neueste, das teuerste, und aus diesem Grund im Augenblick *das* Café in Bukarest. Die Pringles hatten es schon zuvor besucht, aber dieser Besuch war eine Geste der Dazugehörigkeit. Sie gingen dorthin, wo alle hingingen.

Das Café lag in einer Querstraße auf Höhe der Calea Victoriei. Es war dies eine alte Straße, die mit schwarzem Glas, Chrom und Marmorelementen renoviert worden war, so daß die Gebäude in der Straßenbeleuchtung glänzten. In den hell erleuchteten Schaufenstern gab es französische Handschuhe und Modeschmuck, englische Kaschmirkleidung und italienische Ledermoden, etikettiert mit exotischen Wörtern wie ›Pulloverul‹, ›Chic‹, ›Golful‹ und ›Five-o'clockul‹. Diese Läden blieben bis spät in die Nacht offen.

Die sehr großen Fenster bei Mavrodaphne waren vollständig beschlagen, wegen der Hitze im Inneren und der Kälte draußen. Eine Kolonie von Bettlern hatte bereits im Schutz einer Passage ihr Einzugsgebiet abgesteckt. Sie lagen in Haufen beieinander und inhalierten den Geruch heißer Schokolade, der durch die Gitter des Untergeschosses nach oben stieg. Sobald jemand vorbeikam, inszenierten sie einen Tumult. Hinter der Tür gab es ein Vestibül, wo ein Portier die Mäntel der Besucher abnahm und ein Pikkolo sich zu ihren Füßen hinkniete, um ihnen die Schneestiefel auszuziehen. Dieser Service war obligatorisch. Man erwartete von den Gästen, die besseren Restaurants und Cafés so zu betreten, als ob sie einen Salon beträten.

Als die Pringles ankamen, war der ganze, große Raum des Cafés warm, duftend, ausgeschmückt mit schwarzem Glas, Chrom und rotem Leder, und voller Menschen, die zum ›Five-o'clock‹ hierher kamen, was für die meisten Kaffee oder Schokolade mit Kuchen bedeutete. Nur ein paar wenige hatten es sich angewöhnt, Tee zu trinken.

Es schien keinen freien Tisch zu geben. Sie schlenderten umher und suchten, und Guy sagte: »Wir treffen garantiert jemanden, den wir kennen.« Fast gleichzeitig stießen sie auf Dobson, der sie einlud, sich zu ihm zu setzen. Er sei unter irgendeinem Vorwand ausgerissen, sagte er, da der Betrieb in der Gesandtschaft jetzt derart hektisch sei, daß die Mädchen keine Zeit hätten, eine anständige Tasse Tee zuzubereiten.

Als die Pringles saßen, fragte er: »Sie haben sicher von Drucker gehört?«

Da sie ihren Tag mit Ein- und Auspacken verbracht hatten, hatten sie nichts gehört. Dobson erzählte ihnen: »Er ist verhaftet worden.«

Einige Augenblicke lang war Guys Gesicht ausdruckslos vor Schock, dann fragte er: »Mit welcher Begründung?«

»Geldkauf auf dem Schwarzmarkt. Wirklich blöde. Wir alle kaufen oder verkaufen. Sie hätten sich wirklich eine schwerwiegende Begründung ausdenken können.«

»Was ist der wahre Grund für die Verhaftung?«

»Das scheint niemand zu wissen. Ich glaube, es hat mit seinen Beziehungen zu Deutschland zu tun.«

Während sie sich unterhielten, schob sich Guy auf die Kante seines Stuhles, um, wie Harriet fürchtete, irgendwie aktiv zu werden. Ohne dies zu bemerken, plauderte Dobson weiter und lächelte dabei: »Ich höre schon eine Zeitlang, daß Carol Pläne schmiedet, an das Vermögen des Druckers heranzukommen. Viel kann er nicht machen, da das meiste davon in der Schweiz ist. Die Regierung könnte behaupten, daß das Geld entgegen den rumänischen Bestimmungen ins Ausland gebracht worden sei, aber das wird die Schweiz nicht sehr beeindrucken. Keine Macht der Erde wird Geld aus einer Schweizer Bank ohne die Zustimmung des Kontoinhabers herausbekommen.«

»Also werden sie Drucker vielleicht zwingen, seine Zustimmung zu geben?« sagte Harriet.

»Das werden sie sicher versuchen. Druck *könnte* ausgeübt werden.« Dobson lachte bei dem Gedanken. »Mein Gott, ja. Wir haben schon seit einiger Zeit das Gefühl gehabt, daß Drucker zu nahe am Wind segelt. Sein System des Geldumtauschs war voll und ganz zugunsten Deutschlands. Der Finanzminister berichtete S. M., daß die Bank das Land ruinierte. Drucker behauptete, pro-britisch zu sein. Wissen Sie, was man über ihn sagte: daß sein Herz in England, aber seine Tasche in Berlin gewesen sei...«

»Ausschlaggebend war aber«, platzte Guy dazwischen, »daß er ein Herz besaß.« Wie Dobson, sprach er von Drucker in der Vergangenheit. Er fragte, wann die Verhaftung vorgenommen wurde, und erhielt die Auskunft: »Heute am frühen Morgen.«

»Was ist mit den anderen Mitgliedern der Familie?«

Dobson hatte nichts über sie gehört.

Als der Kellner kam, um ihre Bestellung aufzunehmen, erhob sich Guy. »Ich muß hin und sie aufsuchen«, sagte er. »Sascha wird in einer schrecklichen Verfassung sein.«

Harriet bat: »Warum nicht nach dem Tee?« Aber Guy schüttelte den Kopf und ging davon, wie einer, auf dem eine schwere Bürde lag. Harriet fühlte sich im Stich gelassen.

Dobson, bestürzt über Guys abrupten Abgang, wandte sich Harriet zu, lächelte sie an und sagte: »Sie bleiben doch, oder?« und zeigte dabei ein so offensichtliches Interesse an ihrer weiteren Gesellschaft, daß sie ihre Haltung wiedergewann.

Sie spürte, sie sollte Guy in Schutz nehmen, indem sie seine Betroffenheit nachvollzog, und so sagte sie: »Das sind schlimme Nachrichten, nicht wahr?«

Dobson lächelte immer noch: »Schlimm für Drucker, selbstverständlich, aber Sie müssen daran denken, daß seine Bank die deutsche Sache unterstützte.«

Harriet sagte: »Er wird sich vermutlich bald freikaufen.«

»Ich weiß nicht. Dies ist ein unvorhergesehener Fall, gegen den er sich nicht gewappnet hat. Sein Reichtum ist außerhalb des Landes. Er könnte an sein Geld kommen, aber sein Geld nicht zu ihm.«

Der Kellner brachte Tee und Toast für Harriet. Dann stellte er ungebeten einen Teller mit kugelförmigen Schokoladekuchen auf den Tisch, die über und über mit kleinen Stacheln verziert waren, wie Seeminen. »Siegfrieds«, verkündete er.

»Nicht unsere Linie«, sagte Dobson ungerührt auf englisch.

Augenblicklich entfernte der Mann den Teller, ging ein paar Schritte zurück, kam wieder und stellte ihn erneut hin. »Maginots«, sagte er und schritt davon, voller Zufriedenheit über Dobsons Amüsement.

Dobson strahlte Harriet an und sagte: »Ich liebe diese Menschen. Sie haben Witz.«

Harriet fragte sich, ob sie sie jemals lieben würde. Sie beobachtete zwei Mädchen, die man oft hier sah, und die, wie ihr Guy gesagt hatte, Prinzessin Mimi und Prinzessin Lulie hießen. Sie waren gerade angekommen und bewegten sich zwischen den Tischen hindurch, wobei sie ihre rumänischen Freunde kaum registrierten. Sie hielten sich so nahe beieinander, daß ihre Körper miteinander zu verschmelzen schienen, und sie benahmen sich wie Verliebte, die viel zusehr mit sich beschäftigt sind, um andere Interessen zu haben. Dennoch warfen sie durchaus Blicke über diesen Schutzwall der Intimität, auf der Suche nach jemandem, der ihnen die Rechnung zahlen würde. Eine von ihnen sah Dobson. Die Tatsache seiner Anwesenheit übertrug sich irgendwie auch auf die andere. Sie gingen auf ihn zu, strahlend zunächst, dann bemerkten sie Harriet. Das Strahlen verschwand augenblicklich. Sie drehten ab.

Dobson schaute ihnen bedauernd nach. »Charmante Mädchen!« sagte er.

»Sie ziehen die Rumänen anderen Völkern vor?« fragte Harriet.

»O nein.« Dobson sprach schnell und bereitwillig; er war es gewohnt, seiner Pflicht in bedeutenden Salons nachzukommen. Harriet hatte schon andere über seinen Charme sprechen hören und war jetzt dankbar dafür, daß Guy sie zurückgelassen hatte, aber sie hatte etwas Merkwürdiges bei Dobson bemerkt. Wenn er lachte – und er lachte gerne –, blieben seine runden, leuchtend blauen Augen so ausdruckslos wie die Augen eines Vogels. Er sagte gerade: »Ich liebe die Franzosen und die Österreicher. Und die Italiener *bewundere* ich ganz einfach. Und«, fügte er nach einer Pause hinzu, »ich habe einige entzückende Deutsche kennengelernt.«

Harriet spürte, daß ihre Konversation brillanter sein könnte, und sagte: »Was glauben Sie, wo wir unseren Freund Yakimov neulich getroffen haben?«

»Wo denn? Sagen Sie es mir.«

»Zu Fuß im Cişmigiu.«

»Nein, *niemals*! Das glaube ich nicht. Ist er tatsächlich spazierengegangen?«

»Unfreiwillig.« Sie erzählte die Geschichte von Yakimovs Rausschmiß aus McCanns Taxi und freute sich über die Art, wie Dobson sie aufnahm. Seine Augen wurden feucht, und sein ganzer plumper, weicher Körper schüttelte sich, als er vor sich hinlachte: »Ha-ha! Ha-ha-ha-ha-ha-*ha*!«

So groß war ihr Erfolg, daß sie meinte, sie könnte ihn jetzt ruhig über Yakimov ausfragen, der ihre Neugierde erregt hatte.

Sie fragte: »Kennen Sie Prinz Yakimov schon lange?«

»O *ja*. Seit Jahren. Er lebte in London mit Dollie Clay-Callard. Sie gaben umwerfende Parties. Einfach umwerfend.«

»Sind Sie da auch hingegangen?«

»Tja, bei einer war ich dabei. Es war fantastisch. Im Winter im Freien. Der Garten war in Flutlicht getaucht und unter künstlichem Schnee begraben. Uns wurde gesagt, wir sollten Pelze anziehen, aber dummerweise war es eine schwüle Nacht, und wir erstickten fast. Ich erinnere mich, daß Yaki seinen Mantel mit dem Zobelfutter trug.«

»Den, den der Zar seinem Vater gegeben hatte?«

Dobson platzte vor Lachen: »Genau den. Und dann war da noch künstliches Eis. Die Leute liefen Schlittschuh und wurden in Schlittenstühlen umhergeschoben und trugen Laternen.« Er machte eine Pause, dachte nach und sagte: »Wirklich, es war alles sehr zauberhaft. Und sie hatten einen echten russischen Schlitten. Yaki sagte zumindest, es wäre ein russischer. Ich weiß es nicht. Er war blau und golden und wurde von einem Pony mit einer künstlichen Mähne gezogen.«

»War alles künstlich?«

»So ziemlich alles. Nur der Wodka war sehr echt. Mein Gott, ich war damals jünger. Ich hatte noch niemals zuvor so etwas gesehen. Bald danach zogen Dollie und Yaki nach Paris um. Ihnen ging das Geld aus. Sie konnten nicht ewig in diesem Stil leben.«

»Wo ist Dollie jetzt?«

»Tot, die Arme. Sie war viel älter als Yaki – zwanzig Jahre oder mehr. Und *so* sah sie auch aus. Aber ein wunderbares, altes Mädchen. Wir mochten sie alle. Wir dachten, Yaki würde ein Vermögen erben, aber es war kein Sou da. Bis zu den Ohren in Schulden. Es muß ein Schock für ihn gewesen sein.«

»Was machte er dann?«

»Er reiste herum. Er kehrte nie mehr nach England zurück.«

»Sie haben ihn also nie wirklich gut gekannt?«

Dobsons Augen weiteten sich vor Überraschung über diese Kühnheit, dann lachte er wieder: »Oh, alle kannten Yaki.« Wie es schien, brauchte niemand mehr zu wissen.

Ihr wurde klar, daß sie ihn mit dieser Flut von Fragen beunruhigte, aber da war noch eine, die sie stellen mußte: »Wie lebte Yakimov jetzt?« Dobson argwöhnte vielleicht, was da auf ihn zukam, und sagte schnell, als sie den Mund aufmachte: »Da kommt Bella Niculescu. *So* eine nette Frau!«

Harriet ließ sich ablenken. Sie wollte Bella Niculescu kennenlernen.

Groß, breitschultrig, die blonden Haare im Nacken verknotet, war Bella die klassische Statue einer Frau in maßgeschneiderter Kleidung. Sie war Ende zwanzig.

»Sie sieht sehr gut aus«, sagte Harriet und dachte, daß Bellas verrückter Hut aussah wie eine Narrenkappe, die man der Venus von Milo schräg aufgesetzt hatte. Hinter ihr trottete ein dunkler, schnurrbärtiger, kleiner rumänischer Adonis. »Ist das ihr Mann?«

»Nikko? Ja. Aber Sie kennen sie sicher schon?«

»Nein. Sie kann Guy nicht leiden.«

»Ach, Unsinn«, lachte Dobson und widersprach ihr gutgelaunt und überzeugend. »Kein Mensch kann Guy nicht leiden.« Er stand auf, um Bella die Hand zu geben.

Bellas Hauptinteresse galt Harriet. Als sie sich vorgestellt waren, sagte sie: »Irgend jemand hat mir erzählt, daß Guy mit einer Ehefrau zurückgekommen sei.« Ihr Tonfall und die Verwendung von Guys Vornamen schienen Harriet ein Angebot von Freundschaft zu sein – und Harriet war geneigt, es anzunehmen.

Dobson, dessen bewunderndes Lächeln jetzt ganz auf Bella konzentriert war, fragte, ob sich die Niculescus nicht setzen wollten. Aber Bella lehnte ab. »Wir treffen ein paar rumänische Freunde«, sagte sie, mit leichter Betonung des Wortes rumänisch.

Dobson hielt sie zurück mit schmeichelnder Interessiertheit: »Bevor Sie uns verlassen, *bitte* erzählen Sie uns, was hinter Druckers Verhaftung steckt. Ich bin *sicher*, Sie wissen es.«

»Tja«, Bella nahm die Schultern zurück, nicht unzufrieden darüber, daß die Gesandtschaft wegen Informationen auf sie zukam, »eine gewisse Dame – raten Sie mal, welche! – entdeckte, daß Baron Steinfelds Anteile an Astro-Romano in Wirklichkeit Drucker gehörten. Sie wissen natürlich, daß all diese reichen Juden ausländische Strohmänner haben, so daß sie an der Steuer vorbeikommen. Ich brauche Ihnen nicht zu sagen, was diese Anteile im Augenblick wert sind! Tja, die Dame lud Drucker zum Essen ein und versuchte ihn zu überreden, ihr die Anteile als Weihnachtsgeschenk zu überschreiben. Er faßte den Vorschlag als einen Scherz auf. Er habe keine Anteile – jedenfalls würden sich Juden zu Weihnachten gegenseitig nicht beschenken, und so weiter, und so weiter. Dann versuchte sie eine andere Taktik. (Ich muß gestehen, ich hätte gerne Mäuschen in dem Zimmer gespielt, Sie nicht?) Aber Drucker, der eine neue, junge Frau hat, zeigte sich nicht empfänglich. Danach wurde sie zornig und sagte, wenn er die Anteile nicht freiwillig herausrückte, würde sie dafür sorgen, daß sie konfisziert würden. Er dachte, daß bei seinen deutschen Beziehungen es niemand wagen würde, ihn anzurühren – also lachte er sie einfach aus. Vierundzwanzig Stunden später war er verhaftet.«

»Ich denke«, sagte Dobson, »die Verhaftung könnte eine Art antideutsche Geste sein.«

»Ach, glauben Sie?« Bellas Stimme wurde ganz aufgeregt. »Das muß ich Nikko erzählen. Er wird entzückt sein. Er ist *so* probritisch.« Sie winkte in die Richtung, wo Nikko jetzt bei seinen Freunden war, und sagte: »Ich muß Sie jetzt verlassen.« Sie gab Harriet die Hand. »Ich konnte Guy nie überreden, zu meinen Parties zu kommen. Jetzt müssen Sie ihn mitbringen.«

Harriet schaute ihr nach, wie sie ihre breite und kräftige Figur zwischen den Tischen hindurchmanövrierte, und fragte: »Was macht Nikko eigentlich?«

»Na nichts. Er ist mit Bella verheiratet.«

»Sie meinen, Sie ist reich?«

»Ziemlich wohlhabend.«

Dobson mußte in die Gesandtschaft zurückkehren. Als er den Kellner rief, bat Harriet um ihre Rechnung, da sie wußte, daß es die Konvention ihr nicht erlaubte, alleine hier zu bleiben. Dobson bestand darauf, für sie zu bezahlen.

Er hatte seinen Wagen draußen und bot ihr an, sie mitzunehmen, aber sie sagte, sie wolle etwas einkaufen.

Harriet erinnerte sich daran, daß sie, als sie ihn zum ersten Mal getroffen hatte, der Meinung war, er sei schwer zu durchschauen. Jetzt glaubte sie, daß sie nicht recht hatte. Er war ihrer Meinung nach ganz einfach so angenehm, wie es den Anschein hatte.

Sie ging hinüber zu einem Schaufenster, in dem sie ein italienisches Teeservice aus schönem *sang-de-boeuf* Porzellan gesehen hatte. Sie hatte Guy vorgeschlagen, es mit dem Geld zu kaufen, das sie als Hochzeitsgeschenk bekommen hatten. Guy, den Besitz nicht interessierte, sagte: »Warum Geld hinauswerfen? Wenn wir hier weggehen, werden wir wahrscheinlich mit leeren Händen gehen müssen.« Sie war in der

Stimmung, sich selbst etwas Gutes tun zu müssen, und betrachtete trotzig das Teeservice, aber bei dem Gedanken, daß sie aus den allerbesten Motiven von einem Ehemann im Stich gelassen worden war, dessen Unzuverlässigkeit nur aus seiner abgrundtiefen Menschenfreundlichkeit entsprang, ging sie statt dessen zur Calea Victoriei und bestellte einen elektrischen Heizofen.

Als sie mit einer *trăsură* an der Universität vorbeifuhr, sah sie Guy, der ziemlich schnell ging, und ließ anhalten. Er schaute verkniffen und sorgenvoll. Er sagte, er sei auf dem Rückweg zu Mavrodaphne gewesen, um sie zu suchen.

»Du hast doch nicht im Ernst angenommen, daß ich noch dort wäre?«

»Ich wußte es nicht.« Offensichtlich hatte er gar nichts angenommen. Seine Gedanken waren sonstwo gewesen.

Als er sich neben sie setzte, sagte sie: »Hast du Sascha gesehen?«

Er schüttelte den Kopf. Er war zur Wohnung gegangen, doch niemand hatte geöffnet. Er fand den Portier, der ihm erzählte, daß die ganze Familie mit einer großen Menge Gepäck heute morgen abgereist sei. Das Personal sei bald danach gegangen. Die Wohnung war verlassen. Als er nach Sascha gefragt wurde, konnte sich der Mann nicht erinnern, ihn mit den anderen zusammen gesehen zu haben. Guy war danach zur Universität gegangen, wo, wie gewöhnlich, Studenten im Gemeinschaftsraum saßen, weil sie nichts besseres zu tun hatten. Dort erfuhr er, daß die Schwestern Druckers, ihre Eltern, ihre Ehemänner und die zwei Mädchen am Flughafen gesehen worden waren, wie sie in ein Flugzeug nach Rom einstiegen, aber Sascha und seine Stiefmutter seien nicht mit dabei gewesen. Es gab ein Gerücht, daß Doamna Drucker auf das Gut ihres Vaters in Moldavia gegangen war.

Guy sagte: »Vielleicht ist Sascha mit ihr gegangen.«

Harriet sagte nichts, aber sie hielt es für unwahrscheinlich, daß Doamna Drucker sich mit Sascha belasten würde.

»Wo auch immer er ist«, sagte Guy, »ich werde von ihm hören. Er weiß, daß ich ihm helfen werde, wenn ich kann.«

Harriet stellte sich gerade die Panik vor, die den Haushalt der Druckers nach der Verhaftung ergriffen haben mußte, das hastige Packen, die hastige Abreise.

»Wie haben sie so schnell Sondervisa bekommen?« fragte sie.

»Sie müssen vorbereitet gewesen sein. Schließlich war Drucker gewarnt worden. Wenn er nicht so schnell verhaftet worden wäre, hätte er davonkommen können.«

Sie dachte an die Wohnung mit ihrem soliden Mobiliar, den Familienporträts in ihren riesigen Rahmen, eine Kulisse, gedacht für Generationen von Druckers, und sie wußte, daß sie sie um diese Stabilität beneidet hatte.

»Und doch«, dachte sie, »diese in sich geschlossene Familie war auch nicht sicherer, als wir es sind.«

Die *trăsură* fuhr gerade über das Pflaster des Platzes. Der Fahrer drehte sich um, um nach der Richtung zu fragen.

Guy sagte zu Harriet: »Wo wollen wir essen? Sollen wir ins Hotel zurück?«

Sie antwortete: »Heute abend werden wir zu Hause essen.«

10

Ein paar Tage vor Weihnachten traf Bella Niculescu Harriet auf der Straße und lud sie zum Tee ein. Guys einziger Kommentar zu dieser beginnenden Freundschaft war: »Sie wird dir den Nerv töten.«

Harriet sagte: »Du kennst sie doch kaum.«

»Sie ist eben eine typische bourgeoise Reaktionärin.«

»Du meinst, ihre Vorurteile unterscheiden sich von den deinigen.«

»Du wirst schon sehen«, sagte Guy und ging, nachdem er sie daran erinnert hatte, daß sie abends von einem Commander Sheppy ins Athénée Palace eingeladen waren, um einem Studenten Privatnachhilfe zu geben. Harriet blieb mit Zweifeln über die vor ihr liegende Teeparty zurück.

Bellas Wohnung befand sich in einem neuen Block auf dem Boulevard Brătianu. Als sie dort hinging, spürte Harriet den scharfen Wind, der über die trostlose Gegend blies. Durch die Entlüftungsöffnungen der Bauernhütten konnte sie das Flackern von Lampen sehen. Menschenmengen sah man nur in den Tramwagen, die aus der Dunkelheit in die Dunkelheit rasselten. Als sie an dem großen, schwarzen Rohbau des Ministeriums vorbeikam, sah sie in einer Ecke des Erdgeschosses ein Feuer brennen. Bei ihm saß ein Haufen von Arbeitern, die zu alt für die Armee und zu nichts mehr nutze waren.

Die Wohnblöcke erhoben sich aus dem düsteren Schein wie erleuchtete Türme. Ihre Eingangshallen, durch Glastüren sichtbar, deuteten die Großartigkeit an, die die Planer des Boulevards ursprünglich angestrebt hatten.

Harriet wurde in Bellas Wohnzimmer geführt. Es hatte eine niedrige Decke und war sehr warm, mit himmelblauen Teppichen ausgelegt und mit Walnußtischen und blaugepolsterten Sesseln eingerichtet. In der Mitte von all dem saß Bella in einem Kaschmirjersey und mit Perlen vor einem silbernen Teeservice.

Harriet sank in einen der Sessel und sagte: »Wie komfortabel!«

Bella erwiderte: »Es ist gemütlich«, als ob Harriet das Gegenteil gemeint hätte.

»Die Möbel sehen englisch aus.«

»Die Möbel *sind* englisch. Unser Hochzeitsgeschenk von Papa. Er hat es für uns bei Maples gekauft. Alles kommt von Maples.«

»Und Sie haben das alles hierher transportiert? Das muß ziemlich aufwendig gewesen sein.«

»Das war es ganz bestimmt.« Bella lachte und entspannte sich etwas. »Für den Betrag, den wir an Bestechungsgeldern zahlen mußten, hätten wir es genausogut verzollen können.«

Während sie darauf warteten, daß der Tee hereingebracht wurde, bot Bella an, Harriet die Wohnung zu zeigen. Sie gingen zuerst in Bellas Schlafzimmer, das ein großes Doppelbett mit einem auf Hochglanz poliertem Kopfbrett aus Walnuß und einer pinkfarbenen Steppdecke enthielt, die mit Litzen und Rüschen besetzt, bestickt und mit Satintulpen gaufriert war. Bella strich mit den Fingern über die Kollektion von Bürsten mit Silberrücken, Silberkästchen und geschliffenem Glas auf ihrem Ankleidetisch und sagte: »Diese Bauerndiener haben kein Gespür für irgend etwas.«

Sie öffnete eine Tür und zeigte ein Badezimmer, warm wie ein Treibhaus und vollgepackt mit pinkfarbenen Ausstattungsgegenständen.

»Entzückend«, sagte Harriet, und Bella schaute zufrieden drin.

»Jetzt das Eßzimmer!« sagte sie, und Harriet wünschte, sie hätte den Mut, ihr zu sagen, daß man sie nicht beeindrucken mußte. Sie wollte selbst einen sympathischen Zugang zu Bella finden, die, auf eine Art, ihre eigene Entdeckung war – jedenfalls nicht eine vorgefertigte Bekanntschaft, die ihr von Guy aufgezwungen wurde.

Nach dem Lunch mit der Familie Drucker hatte sie zu Guy gesagt: »Deine Freunde sind von mir enttäuscht. Sie erwarteten, daß du jemanden heiratest, der genau wie du ist.« Aber sie hatte, wie sie vermutete, Bellas Erwartungen übertroffen.

Im Eßzimmer, wo Bella erwartungsvoll vor einem Sideboard stehen blieb, das vor lauter Silber und geschliffenem Glas funkelte, fragte Harriet: »Benutzen Sie dieses Zeug?«

»Aber ja doch, meine Liebe. Die Rumänen erwarten das. Sie verachten einen, wenn man nicht die gleiche große Show abziehen kann wie sie.« Bella lächelte über die an sie gerichteten Erwartungshaltungen, aber ihre Stimme verriet, daß sie sie achtete.

»Die Pringle-Wohnung kann nichts dergleichen anbieten«, sagte Harriet.

»Brachten Sie Ihre Hochzeitsgeschenke nicht mit?«

»Wir heirateten in Eile. Wir haben nur ein oder zwei Schecks bekommen.«

Sie waren ins Wohnzimmer zurückgekehrt, wo sie der Tee erwartete. »Oh, ich hatte eine sehr große Hochzeit«, sagte Bella. »Wir sind hier mit zehn großen Packkisten angekommen – *voll*. Sogar die Rumänen waren beeindruckt. Dennoch, man muß sie nicht unterhalten. Echte Rumänen verkehren nie mit Ausländern.«

Harriet gab zu, daß sie nur zu jüdischen Familien eingeladen worden waren, und Bella, voller Genugtuung, wollte gerade mehr sagen, als sie bemerkte, daß etwas von dem Silber auf dem Tablett vor ihr fehlte. Sie hielt inne, und ihre Lippen wurden schmal. Mit einer energischen Bewegung drückte sie einen Klingelknopf in der Wand und wartete. Ihr Schweigen war gespannt. Als das Dienstmädchen erschien, sagte Bella zwei Worte. Das Mädchen schnaufte, rannte davon und kam mit einem Teesieb wieder.

»Dieses Personal!« Bella schüttelte den Kopf vor Abscheu. Plötzlich wurde sie lebhaft und sprach ausführlich über die Art von Bediensteten, die man in Rumänien vorfand. Sie teilte sie in zwei Kategorien: die ehrlichen Dummen und die intelligenten Kriminellen, wobei die Worte ›ehrlich‹ und ›intelligent‹ natürlich bloß relativ zu verstehen seien.

»Was für welche haben Sie?« fragte Bella Harriet.

Inchcapes Mann, Pauli, hatte Harriet seine Cousine Despina vermittelt. »Mir erscheint sie«, sagte Harriet, »nicht nur intelligent und ehrlich, sondern auch sehr gutmütig.«

Bella gab widerstrebend zu, daß die Ungarn ›eine Stufe besser als die anderen‹ waren, aber sie habe keinen Zweifel, daß Despina bei allem, was sie zu kaufen ausgeschickt wurde, ›ihren Schnitt machte‹. Harriet beschrieb, wie Despina, als sie ihr den Schrank zeigten, der in der Pringle-Wohnung als Schlafkammer der Bediensteten vorgesehen war, auf die Knie gesunken war und Harriet die Hand geküßt und gesagt hatte, jetzt könne sie endlich mit ihrem Mann zusammenleben.

Bella sah nichts Erstaunliches in dieser Geschichte. »Sie hat großes Glück, daß sie überhaupt irgendeinen Raum hat«, sagte sie, und fast gleichzeitig kehrte sie wieder zum Thema der echten Rumänen zurück, die Harriet wahrscheinlich nie treffen würde. »Sie sind fürchterlich eingebildet«, sagte sie andauernd, als sie Beispiele für ihre Exklusivität nannte.

Harriet wurde an Doamna Flöhrs Behauptung erinnert, daß die Exklusivität der Juden die Exklusivität der Ausgeschlossenen war. Aus welchem Grund, wollte sie wissen, waren die Rumänen so eingebildet? Sie sagte: »Sie müssen unter einem tiefen Gefühl der Minderwertigkeit leiden.«

Solch eine Vorstellung war Bella neu und fremd. Sie schaute verwirrt, als sie fragte: »Aber wem gegenüber sind sie minderwertig?«

»Na, uns gegenüber, natürlich; gegenüber den Ausländern und den Juden, die das Land für sie managen, weil sie zu faul sind, es selbst zu tun.«

Bella dachte offenen Mundes einen Augenblick über diesen Punkt nach und lachte dann: »Ich weiß es nicht. Einige von ihnen haben immer noch eine Menge Geld, aber im Vergleich zu dem, was die Leute in England und in den Staaten haben, ist es so gut wie nichts.« Eine unvermittelte Nachdrücklichkeit, die einer Empörung entsprang, begann die sorgfältige Kultiviertheit ihrer früheren Redeweise abzulösen: »Und wenn man *tatsächlich* einmal in ihre Häuser eingeladen wird – dieses Getue! Ich kann Ihnen sagen! Niemals ein schöner, gemütlicher Abend – nichts als Formalitäten, und alle sind sie aufgedonnert. Dauernd muß man zweimal überlegen, bevor man etwas sagt. Und dann dieses Theater, daß man so tun muß, als ob man die Witze der Männer nicht verstünde. Rumsitzen müssen wie eine Schaufensterpuppe! Meine Güte, es gab Zeiten, wo ich mit dem größten Vergnügen zurück nach Roehampton gegangen wäre. Jeder würde meinen, daß die Frauen hier alle Super-Jungfrauen wären – und das sind sie nicht, *glauben Sie mir*!«

Erheitert von der Schärfe ihrer eigenen Kritik, warf Bella den Kopf zurück, lachte und zeigte all ihre großen, weißen, gesunden Zähne. Harriet lachte ebenfalls und spürte, daß sie endlich einen Kontakt zueinander hergestellt hatten.

»Hier«, sagte Bella, »essen Sie noch einen Kuchen. Sie sind von Capşa. Ich sollte sie eigentlich nicht essen; ich nehme zu, aber ich esse gern.«

»Das Leben hier hat auch seine Annehmlichkeiten«, sagte Harriet.

»Ganz gewiß. Am Anfang, als ich hierher kam, waren die englischen Ehefrauen etwas hochnäsig mir gegenüber. Sie hielten es für einen Abstieg, einen Rumänen zu heiraten. Aber mein Nikko brachte ihnen ein oder zwei Dinge bei. Mir hat er beigebracht, daß Engländerinnen gar nichts können.«

Harriet lachte. »«Etwas werden sie doch können, denke ich.«

»Nicht viel. Jedenfalls diejenigen nicht, die wir hier hatten. Und jetzt kommen sie alle zurück. Die alte Mutter Woolley schrieb mir, und was glauben Sie, was sie sagte? Sie sagte: ›Mein Joe ist genau wie andere Männer. Kaum bin ich weg, leidet seine Gesundheit.‹ *Ich bitte Sie*!« Bella warf wieder ihren Kopf zurück, und ihr Busen wogte vor Lachen. »Mein Nikko sagt, die alten Knaben verbreiten nur deshalb Angst, um ihre Frauen loszuwerden.« Sie wischte sich eine Träne aus dem Auge. »Lieber Himmel, ist das eine Wohltat, mit einer Frau meines Alters zu sprechen – mit einer Engländerin, meine ich – gerade jetzt, wo Nikko weg ist.«

»Er ist weg?«

»Zu seinem Regiment einberufen. Gestern kamen seine Papiere, und schon mußte er weg. Heute morgen ging ich hin, um seinen Vorgesetzten zu sprechen. Wenn es je einen Gauner gegeben hat, dann diesen Mann. Erst im Oktober hatte ich es arrangiert, daß Nikko für ein halbes Jahr vom Wehrdienst freigestellt wurde, und jetzt wird er wieder eingezogen. ›Ach, Doamna Niculescu,‹ sagte der Offizier, ›ich habe auch einen Vorgesetzten.‹ ›Und was verlangt ihr Vorgesetzter?‹ fragte ich. ›Oh, das Übliche. Einhunderttausend *Lei*.‹ Ich sagte ihm direkt: ›Wenn dieser Krieg lange dauert, machen Sie mich bankrott.‹ Er brüllte bloß vor Lachen.«

»Ihr Rumänisch muß sehr gut sein?«

»Man sagt mir, es sei perfekt. Ich habe Sprachen studiert, wissen Sie. Ich traf Nikko, als ich an der London School of Economics war. Ich spreche Französisch, Deutsch, Spanisch und Italienisch.«

»Sophie Oresanu auch. Sie kennen sie vermutlich?«

Bellas Gesicht zog sich bedeutsam zusammen: »Diese kleine... äh!«

»Sie glauben wirklich, sie ist...?«

»Aber sicher.«

Harriet, von den liberalen Ansichten ihrer Generation verwirrt, hätte es nicht fertiggebracht, Sophie so kalt zu verdammen, aber als sie Bella jetzt so kompromißlos reden hörte – sehr ähnlich, übrigens, der Redeweise ihrer Tante – war auch sie überzeugt.

Bella sagte: »Nikko hat mir befohlen, nichts zu sagen, aber alles, was recht ist! Die Art, wie dieses Mädchen hinter Ihrem Mann herrennt! Es ist eine Schande. Ganz ehrlich, ich glaube nicht, daß Sie sich das gefallen lassen sollten.« Sie sprach ziemlich erregt, trotz Nikkos Verbot. »Es spricht eine Menge für Guy, daß es nicht mehr Klatsch gegeben hat.«

»Hat es Klatsch gegeben?«

»Aber natürlich hat es das. Können Sie sich das nicht vorstellen? Ausgerechnet an einem Ort wie diesem.«

»Ich bin mir sicher, daß Guy keine Ahnung hat...«

»Sicher hat er keine Ahnung. Trotzdem sollte er mehr Verstand haben. Sie gehört zu der Sorte Mädchen, die alles für einen britischen Paß tun würden. Wenn ich Sie wäre, würde ich der Sache ein Ende machen.«

Harriet saß schweigend da. Bellas Aussage, daß Guy ›mehr Verstand‹ haben sollte, hatte sie wie eine enthüllte Wahrheit getroffen.

Als es für sie Zeit war zu gehen, kam Bella mit ihr in die Halle, die einen schwarzweißen Mosaikboden hatte. Die weißen Wände waren glatt wie Creme. Harriet sagte: »Dies ist ein sehr guter Block. Unserer ist so schäbig, daß der Wind hindurchzublasen scheint.«

Bella lachte. »Sie sind im Blocşul Cazacul. Der wurde von Horia Cazacu gebaut, dessen Motto lautet: *Santajul etajul*.«

»Was bedeutet das?«

»Er ist ein Finanzier, bezieht aber sein Einkommen hauptsächlich aus Erpressungen. Es bedeutet mehr oder weniger: ›Jede Erpressung baut ein neues Stockwerk‹. Blocşul Cazacul ist sogar für Bukarester Verhältnisse schlimm.«

Harriet fühlte sich Bella für deren Freundlichkeit verpflichtet und fragte sie, ob sie an Weihnachten alleine sei.

»Ich werde ganz alleine sein«, sagte Bella, »und diejenigen austricksen, die mit mir ohne Nikko ausgehen wollen.« Die bittere Amüsiertheit in Bellas Ton enthüllte ihr Bemühen, sich selbst unter den ›echten‹ Rumänen zu etablieren.

Harriet drückte ihren Arm. »Dann kommen Sie und essen Sie mit uns zu Abend«, sagte sie.

Die Gesellschaftsräume des Athénée Palace waren voller Gäste. Jetzt, zur Zeit der ersten Weihnachtssaison des Krieges, war der Krieg vergessen. Die Drohung einer Invasion war sogar aus dem Gedächtnis gelöscht. Das Leben war hier immer unsicher gewesen, und die Leute erholten sich schnell, wie Kaninchen, die der Schlinge entkommen sind. Die rumänischen Gäste, die im Großen Saal saßen und tranken, strahlten, so schien es Harriet, Selbstsicherheit und Selbstgenügsamkeit aus.

Die neue Atmosphäre hatte sich in den Bukarester Zeitungen niedergeschlagen, die die Aufmerksamkeit auf die Niederlage Deutschlands in dem Gefecht am Rio de la Plata lenkten, und auf die Tatsache, daß die Finnen die russischen Invasoren zum Narren hielten. Vielleicht waren die bedrohlichen Mächte letzten Endes gar nicht so mächtig! Vielleicht war die Bedrohung nur ein einziger großer Bluff! Bluff oder nicht Bluff, Rumänien hatte jedenfalls wenig zu befürchten, da es ein reich ausgestattetes Land und von den Zänkereien der anderen durch einen Wall von schneeverwehten Bergen getrennt war.

Diese Haltung der Selbstbeglückwünschung pflanzte sich nicht bis in den Frühstücksraum fort, wo Dobson gerade Commander Sheppy denjenigen vorstellte, die er selbst eingeladen hatte. Dort schien die Stimmung gereizt vor Ungewißheit zu sein. Dobson war, trotz seines Charmes, ein nervöser Gastgeber. Als Harriet eintraf, sagte er: »Sie sollten Sheppy kennenlernen.« Aber Sheppy war umringt. »Etwas später, glaube ich«, sagte Dobson, ließ sie stehen und ging zu Woolley, der nach ihr eingetreten war.

Guy, Inchcape und Clarence waren noch nicht gekommen. Unter den anderen Gästen war niemand, den sie gut genug kannte, um sich dazuzugesellen. Sie nahm einen Drink und ging zu der Glastür. Draußen war der Garten, wo sie erst vor kurzem mit Yakimov in der Sonne gesessen hatte. Jetzt streifte das Licht aus dem Inneraum einen Flaum von Schnee an den Nordostseiten der Bäume. Sie dachte, sie hörte das Plätschern des Wassers, konnte es aber nicht mit Sicherheit sagen. Bald würde sogar fließendes Wasser zu Eis verstummen und der Garten bis zum Frühjahr schweigen.

Ein Kellner, der ihr Interesse an der Welt jenseits des Fensters als einen Tadel auffaßte, kam wichtigtuerisch herüber und zog die Vorhänge vor. Danach gab es für sie nichts mehr zu betrachten als die Männer der Geschäftswelt, die sich um den Mann scharten, der Commander Sheppy sein mußte. Sie hörte seine schroffe und aggressive Stimme: »Das, meine Herren, wird mein Problem sein.« Dann entfernte sich jemand, und sie konnte ihn sehen.

Harriet bemerkte die schwarze Augenklappe, den mit einer Kette am rechten Handgelenk befestigten Spazierstock, der an seiner Seite schwang und klirrte, die künstliche Hand, die er wie eine Verzierung trug, und dachte lächelnd, daß seine Art die von jemandem war, der einen Fernkurs in Führungsqualität absolviert hatte. Als sie sich abwandte, bemerkte sie Woolley an der Bar, ging impulsiv zu ihm hinüber und sagte: »Ich höre, Ihre Frau kommt zurück. Glauben Sie jetzt nicht auch, daß es klug von mir war, in Bukarest zu bleiben?«

Er starrte sie an, bestrafte sie mit langem Schweigen und sagte dann mit Entschiedenheit: »Nein, das tue ich nicht. Wenn Sie wissen wollen, was ich davon halte, daß Sie hiergeblieben sind nach all dem, was es mich gekostet hat, meine Ehefrau heimzuschicken – ich glaube, Sie haben sich nicht an die Spielregeln gehalten.« Ein kurzes Nicken unterstrich seine Meinung, und er schritt von dannen, um sich seinen Kumpanen rings um Sheppy anzuschließen.

In diesem Augenblick kamen Guy, Clarence und Inchcape zusammen herein. Guy und Clarence wurden sofort von Dobson in Beschlag genommen und zu Sheppy gebracht. Inchcape war wie Harriet, sich selbst überlassen. Er schlenderte zu ihr hinüber, eine Braue in einem Runzeln gelangweilter Neugierde gehoben.

»Aus welchem Grund sind wir hierhergeschleppt worden?« fragte er.

»Das scheint niemand zu wissen.«

»Welcher ist Sheppy? Ich hörte, er sei ein komisch aussehender Bursche.«

Harriet deutete auf Sheppy, der jetzt Guy, Clarence und einige andere junge Männer zu einer Ecke des Raumes führte. Als er sie um sich hatte, schien er ihnen einen Vortrag zu halten.

»Was hat er vor?« Inchcape schaute zu der Gruppe hinüber. »Und die Jungs, die er sich herausgepickt hat – was haben die gemeinsam?«

Harriet wollte schon sagen »Jugend«, sagte aber statt dessen: »Sie sprechen wahrscheinlich alle Rumänisch.«

»Ich auch.« Inchcape drehte Sheppy den Rücken zu. »Na gut, ich kann hier keine Zeit verschwenden. Ich erwarte Gäste zum Dinner.«

Sheppy hielt die jungen Männer nicht lange auf. Clarence ging zu Harriet und Inchcape, der ihn sofort fragte: »Was soll das alles?«

Clarence zeigte ein provozierendes Lächeln: »Ich bin nicht berechtigt, es zu sagen.«

Inchcape setzte sein Glas an die Lippen und schluckte den Inhalt hinunter. »Ich muß jetzt weg«, sagte er und ging mit Schritten davon, die länger waren als er groß.

Guy sprach immer noch mit den anderen jungen Männern. Diese waren vier Ingenieure von der Telefongesellschaft, ein Exzentriker namens Dubedat und ein heranwachsendes Mitglied der englischen Familie Rettison, die schon seit Generationen in Bukarest lebte.

Harriet sagte: »Inchcape rätselte, was ihr alle gemeinsam haben könntet.«

»Die Elite der englischen Kolonie«, grinste Clarence affektiert.

»Was *will* Sheppy eigentlich?« Harriet fühlte sich stolz und beunruhigt zugleich, daß Guy unter den Ausgewählten war. »Er sieht wirklich grotesk aus.«

»Tatsache ist, wir wissen es noch nicht. Er ruft uns nach

Weihnachten zu einem Treffen zusammen. Ich würde sagen, er gehört in die ›Mantel-und-Degen-Kategorie‹ – der hundertfünfzigprozentige Agent.«

»Wie kommen Sie darauf?«

»Er deutete an, er sei in geheimer Mission hier. Aber das hätte ich Ihnen nicht sagen dürfen.« Clarence wippte auf seinen Fersen, zeigte schüchterne Flirtansätze und schien suggerieren zu wollen, daß sie etwas Vertrauliches aus ihm herausgeschmeichelt hätte.

Harriet tat es mit einem Lächeln ab, begriff aber, ob es ihr nun gefiel oder nicht, daß sie sich auf Clarence eingelassen hatte. Sie wußte, daß nichts ihn davon überzeugen würde, daß nicht sie den ersten Schritt in seine Richtung getan hatte.

Ungeduldig sagte sie: »Was macht Guy da drüben?« Guy redete in der Tat enthusiastisch auf Debudat ein.

Harriet hatte Debudat schon öfters auf der Straße gesehen. Er war eine bemerkenswerte Gestalt. Es wurde erzählt, er sei Volksschullehrer in England gewesen und sei per Anhalter durch Galizien gereist, als der Krieg ausbrach. Er war über die Grenze nach Bessarabien gegangen. Als die Flüchtlingswagen durch Czernowitz strömten, nahm ihn einer mit. Er nannte sich selbst einen ›simple lifer‹. In Bukarest war er in Shorts und mit offenem Hemd angekommen, und wochenlang trug er nichts anderes. Der *crivat* hatte ihn schließlich in eine ärmellose Schafspelzjacke gezwungen, aber seine Beine und Arme, die ungeschützt blieben, waren vom Wind arg strapaziert. Wenn er auf der Straße ging, schwangen seine großen, schlaffen, malvenfarbigen und geschwollenen Hände umher wie Boxhandschuhe an Schnüren. Jetzt, unter Guys festem Blick, glühte sein hakennasiges, sonst grämliches Gesicht mit dem schmalen Kinn vor Zufriedenheit.

Harriet fragte Clarence: »Hat Dubedat vor, in Bukarest zu bleiben?«

»Er will nicht nach Hause gehen. Er ist Kriegsdienstverweigerer. Guy nimmt ihn als Englischlehrer.«

Bei dieser Nachricht setzte sich Harriet in Bewegung, um Dubedat näher zu betrachten, und sagte: »Ich werde mal nachsehen, worüber sie sprechen.«

Guy bezog in sein Publikum die Ingenieure mit ein, die beieinander standen mit der schüchternen Miene unbedeutender Menschen, denen unerwartet Prominenz zuteil wird. Er war bei seinem Lieblingsthema – den Bauern. Er beschrieb, wie sie im Kreis tanzten, die Arme gegenseitig um die Schultern gelegt, während sie auf ihre Füße schauten und aufstampften, und streckte selbst seine Arme den Ingenieuren entgegen. Als diese näher kamen, veränderte sich Dubedats Gesichtsausdruck und wurde feindselig.

Guy sagte: »Die Bauern gehen immer im Kreis herum und stampfen zum Takt dieser hysterischen Musik, bis sie schließlich völlig durchdrehen. Sie fangen an zu glauben, daß sie auf ihren Feinden herumtrampeln – dem König, dem Landbesitzer, dem Dorfpfarrer, dem Juden, dem der Dorfladen gehört... Und wenn sie erschöpft sind, gehen sie zurück zur Arbeit. Nichts hat sich verändert, aber sie sind nicht mehr voller Zorn.«

Harriet war an Dubedats Seite angekommen und registrierte den saueren Geruch, der von ihm ausging. Er hatte Guys Darbietung mit offenem Mund verfolgt, so daß sie seine gelben, kaputten Zähne sehen konnte. Die Falten an seinen Nasenlöchern waren schmierig und von Mitessern zerfressen; in seinen Haarwurzeln hatte sich Schorfkrusten verfangen, und unter seinen Fingernägeln war Schmutz. Als er sich eine neue Zigarette vom Stummel einer alten anzündete, bemerkte sie, daß der erste und der zweite Finger seiner rechten Hand gelb vom Nikotin waren.

Die Ingenieure, die in Dubedats Aura geraten waren, verdrückten sich langsam wieder. Guy hatte jedoch keine Probleme. Im Gegenteil: Er war wie Radium, das Vitalität in die Außenwelt abstrahlte – nicht, daß er sie als Außenwelt begriffen hätte. Sein Zugang zu ihr war so spontan, daß ihm keinerlei Grenze zwischen ihm und dem Rest der Menschheit bewußt zu sein schien.

Als sie ihn beobachtete, spürte Harriet eine Woge zorniger Liebe für ihn und vernahm als Echo Clarence, der hinter ihr sagte: »Holen wir Guy da weg.«

Sie hatten vereinbart, am Abend im größten Kino einen

französischen Film anzusehen, und sie würden bald gehen müssen. Harriet wollte Guy gerade ansprechen, als der junge Rettison, der am Rand der Gruppe gestanden hatte, mit seinem Akzent unterbrach, der typisch für die Rettison-Familie war. Er war ein geschmeidiger, beherrschter und rechthaberischer junger Mann, der wie ein Rumäne aussah. Er sagte: »Es ist hier immer das gleiche gewesen. Es war das gleiche, bevor der König zum Diktator wurde. Es wird immer das gleiche sein. Die Engländer hier kritisieren den König. Sie vergessen, daß er pro-britisch ist. Wir hätten hier keine so gute Zeit, wenn es ihn nicht gäbe.«

Guy sagte: »Der König ist pro-britisch, weil Britannien für den König eintritt. Das ist die Politik, die uns alle zugrunde richten wird.«

Die Ingenieure schauten nervös zu Dobson hin, einem Vertreter britischer Politik, und Harriet sagte: »Darling, wenn du den Film sehen willst, mußt du jetzt mitkommen.«

Guy wollte den Film sehen, aber er wollte auch dableiben und reden. Er sah aus wie ein Baby, dem man zuviel Spielzeug anbot.

»Na, komm schon«, sagte Harriet, und um ihn zu ermutigen, schlenderte sie mit Clarence aus dem Hotel. Als Guy sie einholte, hatte er auch Dubedat mitgebracht.

Clarence hatte sein Auto dabei. Harriet saß vorne neben ihm, während Guy mit Dubedat auf dem Rücksitz saß. Als sie über den Platz fuhren, fragte Guy Dubedat aus. Er fragte ihn zuerst, woher er stamme.

Schroff und nasal, mit einem leicht nördlichen Akzent kam Dubedats Stimme widerwillig aus einer Ecke. »Ich bin ein Labskaus«, sagte er. »Aus dem Bodensatz der Suppe von Liverpool.«

Er hatte ein Stipendium für ein Gymnasium gewonnen, fand aber, daß an der Schule nicht nur die Jungen sondern auch die Lehrer ihm gegenüber voreingenommen waren. Überall, wo er hingegangen war, war er, so schien es, auf Vorurteile gestoßen.

»Was für Vorurteile?«

»Soziale«, sagte Dubedat.

»Ah!«

Als sie dann beim Kino angekommen waren, war Guy nicht länger an dem Film interessiert. »Geht ihr«, sagte er zu Harriet und Clarence. »Ich will mich mit Dubedat unterhalten. Wir treffen uns hinterher im Doi Trandafiri.«

Clarence protestierte, sehr verärgert, aber Guy war zu hingerissen, um zuzuhören. Dubedat schaute selbstgefällig drein und folgte ihnen über die Straße.

Clarence sagte: »Guy wollte doch den Film sehen, nicht ich.«

»Möchten Sie lieber ins Doi Trandafiri gehen?« fragte Harriet.

»Was! Und Dubedats Bekenntnisse anhören?«

Der Film war ein verwickeltes und beinahe handlungsloses heimisches Drama. Harriets Französisch war ihm nicht gewachsen, und die rumänischen Untertitel halfen ihr nicht viel. Voraus ging ein französischer Nachrichtenfilm, der Aufnahmen von der Maginot-Linie zeigte, wo Loren auf Schienen durch Untergrundarsenale und -unterkünfte fuhren. Man sah riesige Vorräte an gefrorenem Fleisch und Wein. Eine Stimme erklärte: *»Nous sommes imprenables.«*

»Hoffentlich«, sagte Clarence düster.

Hinter den französischen Linien marschierten Soldaten durch Wälder, die weiß vom Reif waren. Sie standen umher, tranken aus Krügen und schlugen sich mit den Armen warm, während sich in der gefrorenen Luft Atemwölkchen kristallisierten.

Es gab ein wenig Applaus, doch die meiste Zeit scharrte das Publikum mit den Füßen und hustete, genauso vom Krieg gelangweilt, wie die müßigen Männer unter Waffen.

Harriet und Clarence verließen das Kino deprimiert. Als sie das Doi Trandafiri betraten, zupfte ein uralter Bettler Clarence und sagte immer wieder: *»Keine Mutter, kein Vater.«*

»Ich auch nicht«, erwiderte Clarence, und, beflügelt von seinem eigenen Witz, wandte er sich zu Harriet: »Ich gebe den Bettlern nie etwas, aus Prinzip.«

»Aus welchem Prinzip?«

»Sie bringen das Schlechteste in mir zum Vorschein. Manchmal fühle ich mich wie ein Faschist wegen ihnen.«

Harriet lachte, aber unbehaglich, da sie in Clarence etwas von sich selbst wiedererkannte. Aber weil sie Guy liebte, konnte sie sich sicher fühlen. Wenn sie sich selbst liebte, wäre sie in der Tat verloren.

Das Innere des Doi Trandafiri, mit seinem gelbgranulierten Holz und den Roßhaarsofas, den Schachbrettern und Dominos auf den Tischen, den Ständern mit den in Halterungen eingespannten Zeitungen, den verblichenen Fotografien von Schriftstellern, Schauspielern und Malern, hatte eine schäbige, komfortable Atmosphäre von *Mitteleuropa*. Es war ein billiges Café. Während des Semesters war es voller Studenten.

Guy und Dubedat hatten sich am Eckfenster niedergelassen. Als sich die anderen setzten, sagte Guy entzückt: »Dubedat hat mir gerade erzählt, daß er an der Dâmboviţa wohnt; eigentlich in der Calea Plevna, bei einer Familie armer Juden.«

»Die Ärmsten der Armen«, sagte Dubedat mit mürrischer Befriedigung, »und die einzig anständigen Menschen in dieser dreckigen, verdorbenen, gottverlassenen Hauptstadt.«

Guy wischte die Verärgerung der Neuankömmlinge beiseite. »Er will niemandem etwas Böses. Ihr müßt das mal anhören, über das Leben an der Câmboviţa.« Guy schwang sich zu Dubedat herum: »Erzähl ihnen von der Nacht, als die Ratten durch das Oberlicht kamen.«

Dubedat sagte nichts. Harriet wollte gerade sprechen, aber Guy erhob seine Hand. Er schaute Dubedat aufgeregt an und redete ihm gut zu: »Erzähl von dem verrückten Bettler, der Silberpolitur getrunken hat.«

Dubedat leerte sein Glas und schwieg weiter. Clarence schnaubte wütend hinter einer Zeitung. Als es offensichtlich war, daß man Dubedat nicht überreden konnte, wiederholte Guy, unbeeindruckt von der Abfuhr, seine Enthüllungen für ihn, während sich Dubedat, ziemlich betrunken, zum Schlafen einrichtete.

Sie waren so interessant, wie Guy angekündigt hatte, aber

Harriet hörte mit Ungeduld zu. Gleichzeitig fragte sie sich, ob sie Dubedat genauso heftig abgelehnt hätte, wenn ihr seine Gesellschaft nicht aufgezwungen worden wäre.

Die Schwierigkeit um Umgang mit Guy, dachte sie, lag in der Tatsache, daß er so oft im Recht war. Sie und Clarence könnten behaupten, daß ihr Abend durch die Anwesenheit von Dubedat verdorben worden war. Sie wußte, daß er tatsächlich nicht durch Guys Großzügigkeit sondern durch ihren eigenen Mangel daran verdorben worden war.

Als es Zeit zu gehen war, mußte Dubedat geweckt und zum Wagen transportiert werden. Sie fuhren hinunter durch den Dâmboviţa Bezirk, der sogar zu dieser Stunde voller Leben war, mit lärmenden Bordellen und Bauern und Bettlern, die umherwanderten und einen Schutz vor der Kälte für die Nacht suchten.

In der Calea Plevna weckten sie Dubedat auf und befragten ihn, und es gelang ihm, seine Adresse zu nennen. Guy sagte, er würde Dubedat zu seinem Zimmer im obersten Stock bringen und wollte, daß Clarence mitkam. Clarence bestand darauf, daß sie Harriet zu einer solchen Stunde und in einem solchen Bezirk nicht allein lassen konnten.

Als Guy und Dubedat gegangen waren, saßen die beiden anderen eine Zeitlang schweigend. Plötzlich lachte Clarence unvermittelt auf und sagte in liebevoller Erbitterung: »Guy ist ein außergewöhnlicher Mensch. All dieses Geben, ohne etwas dafür zurückzuverlangen, verstehen Sie es?«

»Teilweise ist es Stolz«, sagte Harriet, »und eine Auffassung von Unabhängigkeit. Er will derjenige sein, der gibt, denn in der Vergangenheit war er immer zu arm, um zurückzuzahlen.«

Durch diese Rationalisierung von Guys Tugend aus der Fassung gebracht, setzte sich Clarence auf und sagte vorwurfsvoll: »Er ist ein Heiliger. In der Tat, ein großer Heiliger. Ich spüre oft, daß ich ihm gerne etwas geben würde, um ihm zu zeigen, wie sehr ich ihn bewundere. Aber was kann man einem Heiligen schon geben?«

Harriet betrachtete diese Frage von der praktischen Seite und sagte: »Da gibt es sehr viele Dinge, die Sie ihm geben könnten. Da er aus einer armen Familie kommt, hat er niemals jene Geschenke gehabt, die Jungen bekommen, wenn sie älter werden. Sie könnten ihm etwas Nützliches schenken – einen Satz Malpinsel oder einen Füllhalter oder einen Rasierpinsel...«

»Also wirklich!« Clarence unterbrach voller Hohn. »Guy so etwas zu geben! Ich dachte an ein wirkliches Geschenk – zweihundert Pfund, zum Beispiel, so daß er etwas als Rücklage hätte, falls er es bräuchte. Aber natürlich würde er es nicht annehmen.«

»Ich glaube schon, daß er das würde. Es wäre wunderbar.«

»Ich könnte es nicht anbieten.«

»Warum dann darüber reden?«

Weiteres langes Schweigen. Clarence seufzte wieder. »Ich möchte wirklich etwas für jemanden tun«, sagte er, »aber letzten Endes enttäusche ich immer alle meine Freunde.«

»Ja, dann!« Harriet begriff, daß dies alles lediglich eine Übung in Selbsterniedrigung war, und beließ es dabei.

Als Guy zum Auto zurückkehrte, sagte er: »Wir müssen wirklich etwas für Dubedat tun.«

Harriet sagte: »Was könnten wir tun? Er ist ein Exhibitionist. Man sollte nie einem Exhibitionisten seine Art zu leben wegnehmen.«

»Wie sonst kann er leben?« fragte Guy. »Er hat kein Geld.«

»Aber er raucht wie ein Schlot.«

»Oh, Tabak ist notwendig für ihn. Jedem nach seinen Fähigkeiten, aber auch jedem nach seinen Bedürfnissen. Wir sollten ihm unseren Nebenraum anbieten.«

»Das könnte ich nicht aushalten«, sagte Harriet mit solcher Bestimmtheit, daß Guy das Thema fallen ließ. Sie hoffte, nie mehr von Dubedat zu hören, aber am nächsten Morgen erwähnte Guy ihn wieder: »Wir müssen ihn für Heiligabend einladen.«

»Unmöglich, Darling. Am Tisch haben nur sechs Platz. Wir haben Inchcape und Clarence eingeladen, und du hast Yakimov eingeladen.«

»Da bleibt noch Platz für einen.«

»Ich habe Bella eingeladen.«

»Bella Niculescu!«

»Ich nehme an, ich kann eine Freundin einladen?« sagte Harriet. »Nikko ist zu seinem Regiment eingezogen worden. Bella wird alleine sein.«

»In Ordnung.« Guy mußte auf Bellas Situation reagieren, aber er fügte hinzu: »Wie wäre es mit Sophie?«

»Warum sollten wir Sophie einladen?«

»Sie wird auch alleine sein.«

»Sie ist in ihrem eigenen Land. Sie hat Freunde. Bellas Situation ist gravierender als Sophies.«

Man kam schließlich überein, daß Sophie und Dubedat gebeten werden sollten, nach dem Dinner zu kommen. Beide nahmen an, als Guy sie anrief.

11

Yakimov traf am Weihnachtsabend als erster in der Wohnung ein. Er brachte einen dünnen, großen, schmalschultrigen jungen Mann mit, den er als Bernard Dugdale vorstellte. Dugdale war Diplomat, der auf seinem Weg nach Ankara durch Bukarest kam.

Er berührte kaum Harriets Hand und versank gleich im einzigen Sessel und lag da, scheinbar leblos, ausgenommen die Augen, die in kritischer Taxierung der Umgebung umherstrichen.

Yakimov hatte sich mit einem Glas *tuicą* neben dem elektrischen Heizofen niedergelassen. Nach seiner Auseinandersetzung mit McCann war er zunächst zum Athénée Palace zurückgekehrt, wo ihm der Manager eine Rechnung präsentierte und auf prompter Begleichung bestand. Yakimov präsentierte daraufhin die Geschichte seines Wechsels, der jede Minute eintreffen müsse, den er aber in Wahrheit längst in erlesene Mahlzeiten verwandelt hatte. Der Manager zeigte sich ungerührt und drohte mit einer Anzeige bei der Gesandtschaft, was Yakimov in Panik versetzte. Seine Versuche, Spielschulden bei Horvath und der Prinzessin einzutreiben, scheiterten so kläglich, daß er Dobson anflehen mußte, ihn im Hotel auszulösen. Dobson tat es zähneknirschend, Yakimovs Kredit in der English Bar wurde gekündigt, und er mußte das Hotel verlassen. Ohne einen Pfennig und mit Tränen in den Augen, machte er sich auf die Suche nach einer Privatunterkunft, die er bei einer resoluten, englischsprechenden Doamna Protopopescu fand. Das Problem war, daß Doamna Protopopescu, unbeeindruckt von dem Titel ›Weißrussischer Prinz‹, auf Vorauskasse bestand. Statt, wie geplant, den Nachmittag in einem gemütlichen Bett zu verbringen, mußte sich Yakimov wieder aufmachen, um Geld aufzutreiben. Im Verlauf dieser Unternehmung war er auf Guy gestoßen, den er um tausend *Lei* erleichterte und von dem er gleichzeitig freudig die Einladung zum Weihnachtsdinner annahm. Der Zufall schickte ihm dann Clarence über den Weg. Das Ergebnis seiner rührseligen Geschichte war nicht nur ein hervorragendes Essen. Darüber hinaus gab ihm Clarence, gegen Schuldschein, zehntausend *Lei* ›Flüchtlingshilfe‹, rückzahlbar ›sofort nach Eintreffen des Wechsels‹.

Harriet eilte zu Despina in die Küche. Als sie erklärte, man sei zu siebt statt zu sechst beim Dinner, faßte Despina die Katastrophe wie einen Scherz auf. Sie legte eine Hand auf Harriets Arm, drückte ihn liebenswürdig und machte sich über die gefrorene Feuerleiter davon, um vom Koch eines Nachbarn Geschirr auszuleihen. Als Harriet ins Zimmer zurückkehrte, kamen Inchcape und Clarence vom Flur herein. Beim Anblick von Clarence schien Yakimov verlegen.

Clarence sagte bei der Vorstellung: »Wir kennen uns schon.«

»In der Tat, mein Lieber. In der Tat.«

Inchcape, der amüsiert von einem zum anderen blickte, bemerkte Dugdale und wurde plötzlich förmlich. Als er erfuhr, daß dieser Fremde Diplomat war, fragte er: »Sie kamen mit dem Zug?«, voll nervöser Irritation wegen der Möglichkeit, man habe diesem jungen Mann einen Vorzugsflug über Europa gewährt.

Dugdale, müde aber geduldig in seiner Art, bestätigte, daß

er mit dem Zug gekommen war: »Eine etwas riskante Reise im Augenblick.«

»Inwiefern riskant?« fragte Harriet.

»Oh, in mehrerlei Hinsicht, wissen Sie.« Dugdale ließ durchblicken, daß er Gefahren bestanden hatte, von denen die anderen sich keine Vorstellung machen könnten.

Nach Beendigung der Vorstellungen schienen sich sowohl Inchcape als auch Clarence von der Gesellschaft zurückzuziehen. Harriet brauchte erst einige Augenblicke, um zu verstehen, daß sie über die Anwesenheit weiterer Gäste verärgert waren. Die ursprüngliche Idee war die einer ›Familienfeier‹ innerhalb der Organisation gewesen, und niemand hatte sie von der Änderung informiert. Sie standen beide da und starrten auf den Boden. Als sie zum Sitzen aufgefordert wurden, begab sich Clarence an den Rand der Gruppe und schwieg weiter, den Kopf gegen die Wand gelehnt. Inchcape, die Beine über dem Knie gekreuzt, bewegte seine elegante Schuhspitze, starrte sie an und verbarg seinen Ärger hinter dem Anschein von Amüsiertheit.

Bevor noch irgend jemand etwas sagen konnte, eilte Despina durch das Zimmer, knallte die Türen hinter sich, um Bella einzulassen. Bella kam herein, und Nikko hinter ihr.

Ihr Nikko, erklärte sie, sei ihr erst vor einer halben Stunde zurückgegeben worden. Als sie sich dafür entschuldigte, daß sie ihn überraschend mitgebracht hatte, strahlte sie vor Stolz auf ihn. Nikko war weniger gelassen als seine Frau. Er war, zweifellos auf Bellas Rat hin, lässig gekleidet. Er hielt den Kopf gesenkt, während er nervös die Kleidung der anderen Männer betrachtete, danach, beruhigt, wandte er sich Harriet zu, verbeugte sich und überreichte ihr einen Strauß pinkfarbener Nelken.

Als sie wieder saßen, sah Inchcape mit zusammengepreßten Lippen unter seinen Brauen hindurch zu Clarence. Clarence schaute mit großen Augen zurück. Sie waren überrascht, ausgerechnet die Niculescus zu sehen, und waren natürlich gekränkt. Harriet bemerkte interessiert, wie ähnlich die zwei Männer reagierten. So kritisch beide gegeneinander eingestellt waren, jetzt waren sie gemeinsam distanziert, argwöhnisch und schwer zu besänftigen – nicht, daß sie Zeit gehabt hätte, in diesem Augenblick überhaupt irgend jemand zu besänftigen.

Despina erfreute sich an ihrer eigenen Findigkeit, zog den Gästen die kleineren Stühle weg und trug sie zum Tisch; dann verkündete sie: »*Poftiţi la masă*.« Auf dem Tisch, zwischen dem weißen Geschirr und den weißen Servietten der Pringles, standen zwei gelbe Teller mit rosa Servietten. Zwischen den sechs Stühlen waren der Küchenstuhl und die Wäschetruhe mit dem Korbdeckel aus dem Bad. Dies war die erste Dinnerparty, die Harriet jemals gegeben hatte. Sie hätte weinen können über dieses Durcheinander.

Als sie alle saßen, gab es nicht viel Ellenbogenfreiheit am Tisch. Nikko, gegen Yakimov gezwängt, schaute ihn andauernd mit schrägen Blicken an und platzte schließlich heraus: »Ich habe schon von dem berühmten englischen Prinzen gehört, der so *spirituelle* ist.« Alle schauten Yakimov an und hofften auf Unterhaltung, aber seine Augen waren auf Despina gerichtet, die die Suppe herumreichte. Als ihn die Schüssel erreichte, füllte er gierig seinen Teller und leerte ihn, noch bevor Guy bedient worden war. Dann hielt er Ausschau nach mehr.

Guy fragte Nikko, ob es Nachrichten von der Familie Drukker gebe. Nikko, der eine kurze Zeitlang Angestellter in der Drucker-Bank gewesen war, erwiderte mit Befriedigung, daß es keine gab.

»Und der Junge?« fragte Guy. »Ich hoffte die ganze Zeit, von ihm zu hören.«

»Keiner weiß, wo er ist«, sagte Nikko. »Er ist nicht bei Doamna Drucker, das ist sicher. Er ist verschwunden. Aber über Emanuel Drucker wird mir berichtet, daß er in einer gemeinsamen Zelle mit niederen Kriminellen und Perversen ist. Dergleichen muß sehr unkomfortabel sein.«

»Sehr, in der Tat«, murmelte Inchcape mit sardonischem Lächeln.

»Wer ist dieser Drucker«, fragte Dugdale und schaute mit wohlwollender Herablassung auf Nikko hinunter.

Nikko verschluckte sich vor lauter Eifer: »Dieser Drucker«,

sagte er, »ist ein großer Gauner. Eine einflußreiche Dame – deren Namen wir nicht nennen – verlangte von ihm gewisse Anteile an rumänischem Öl. Obwohl er sich selbst als probritisch bezeichnet, macht er sein Geschäft mit Deutschland – so etwas ist hier nicht ungewöhnlich; und er glaubt, Deutschland wird ihn beschützen. Also lehnt er ab. Er wird verhaftet. Er wird eingelocht. Jede Minute wird für ihn eine neue Anklage frisiert – Verrat, Fälschung, Konspiration mit Deutschland, Konspiration mit England, Schwarzmarktgeschäfte und so weiter. Eine wäre schon genug. Er ist Jude, folglich dienen seine Besitzungen sowieso als Faustpfand. Sein Sohn ist verschwunden. Seine Frau reicht die Scheidung ein. Der Mann selbst? Er wird sein Leben lang im Gefängnis sitzen.«

»Ohne Prozeß?« fragte Clarence bestürzt.

»Sicher nicht«, sagte Nikko. »Dies ist ein demokratisches Land. Es wird einen Prozeß geben. Einen *großen* Prozeß. Einen Prozeß, der ihn zerquetschen wird.«

Dugdale stimmte ein hohes Gewieher von einem Lachen an. »Köstlich!« rief er.

Clarence fragte: »Sie amüsieren sich über ein Regierungssystem, das unbegründete Verhaftung, unbegründete Beschlagnahmung von Eigentum und lebenslängliche Haft aufgrund gefälschter Anklagen erlaubt?«

Dugdale drehte sich langsam, um Clarence zu begutachten, und lächelte leicht über das, was er sah: »Sind wir hier nicht in Ruritanien?« sagte er. »Was erwarten Sie?«

Nikko blickte konsterniert von Dugdale zu Clarence und versuchte, beide gleichzeitig zu tadeln: »Dies ist kein schlechtes Land. Viele Menschen kommen als Gäste hierher. Sie machen Geld, leben gut, und trotzdem nörgeln sie. Der eine bewundert England. Ein anderer bewundert Frankreich. Ein anderer Amerika. Aber wer bewundert Rumänien? Keiner. Es ist eine Kuh, die gemolken wird.«

Die Wahrheit und die Vehemenz in Nikkos Augen brachten den Tisch zum Schweigen. Nach einer Weile fragte Harriet Dugdale, ob er glaube, daß ihm Ankara gefallen würde.

»Es könnte schlimmer kommen«, sagte er. »Meine erste Ernennung. Man bot mir Sofia an – ein tödliches Loch. Ich habe dann ein paar Beziehungen spielen lassen und landete in Ankara. Es ist eine Botschaft. Ich bin nicht unzufrieden.«

Yakimov hatte gerade seinen Teller mit Truthahn beladen, und das meiste von der Brust genommen, und sagte: »Machen wir uns nichts vor, mein Lieber. Eine Botschaft ist besser als eine Gesandtschaft.« Nachdem er so zur Konversation beigetragen hatte, machte er sich wieder über sein Essen her.

Guy fragte Dugdale, was er glaube, was Deutschland als nächstes tun würde.

Dugdale antwortete in einem rechthaberischen Ton: »Nach meiner Meinung macht Deutschland nichts mehr. Rußland ist es, das wir fürchten müssen.«

Yakimov murmelte vollen Mundes Zustimmung.

»Das nächste Opfer wird Schweden sein«, sagte Dugdale, »dann natürlich Norwegen und Dänemark. Danach der Balkan, das Mittelmeer, Nordafrika – was sollte sie aufhalten? Die Alliierten und die Achsenmächte werden hilflos zuschauen, jeder unfähig, etwas zu unternehmen, aus Angst, den anderen an die Seite Rußlands zu treiben.«

Guy sagte: »Das ist absurd. Rußland hat genug innerhalb seiner eigenen Grenzen zu tun. Was sollte es bezwecken ...«

Er wurde von Nikko unterbrochen, der bestürzt seine Augenbrauen hob. »Rumänien würde kämpfen«, sagte er. »Und die Türken auch. Sie würden kämpfen. Zumindest glaube ich es.«

»Die Türken!« Dugdale schob eine kleine Kartoffel in den Mund und schluckte sie verächtlich. »Wir geben ihnen Geld, um Waffen zu kaufen, und wofür verwenden sie es? Für das *Erziehungswesen*.«

»Hoffnungsloses Volk!« Inchcape grinste Clarence an, der zurück grinste. Harriet war dankbar, daß sie sich endlich entschieden hatten, sich auf einer schnippischen Ebene zu treffen.

Despina hatte mehr Truthahn aufgeschnitten und reichte die große Platte rund um den Tisch. Als sie bei Yakimov ankam, hielt sie sie so, daß das weiße Fleisch außerhalb seiner Reichweite war.

»Nur ein *soupçon*, mein Kind«, sagte er mit einer Miene

schmeichelnder Vertraulichkeit, streckte seine Arme aus und nahm wieder das meiste von der Brust. Es blieb nur ein wenig Gemüse übrig. Er nahm alles. Despina zischte durch die Zähne, um Harriets Aufmerksamkeit auf die Platte zu richten. Harriet winkte ihr weiterzumachen. Nur Yakimov, voll auf sein Essen konzentriert, bekam nichts von Despinas Indigniertheit mit. Er aß schnell, wischte sich den Mund mit seiner Serviette und schaute sich um, um zu sehen, was als Nächstes kam.

Guy hatte sich auf einen Abend Yakimovschen Witzes gefreut und versuchte jetzt, ihn zum Erzählen zu bewegen, indem er selbst Geschichten erzählte. Als sein Vorrat erschöpft war, begann er mit Limericks und pausierte gelegentlich, um Yakimov zu fragen, ob dieser nicht selbst welche wüßte. Yakimov schüttelte den Kopf. Da Despina gerade eine große Hackfleischpastete hereingebracht hatte, konnte er auf nichts anderes achten.

Guy erforschte sein Gedächtnis nach Limericks, und es fiel ihm einer ein, von dem er glaubte, die Gesellschaft würde ihn besonders lustig finden. Es betraf die Moral eines britischen Diplomaten auf dem Balkan.

»Der«, sagte Dugdale kalt, »scheint mir reichlich geschmacklos zu sein.«

»Absolut meine Meinung«, sagte Yakimov herzlich.

Einige Minuten lang hörte man nur Yakimovs Geräusche beim Hinunterschlingen der Pastete. Er aß seinen Teller leer, noch bevor Despina mit dem Austeilen fertig war. »Hah!« sagte er mit Befriedigung und schaute sie unbeeindruckt an, um mehr zu bekommen.

So bald es möglich war, bedeutete Harriet Bella, sich mit ihr ins Schlafzimmer zurückzuziehen. Dort tobte sie, ohne darauf zu achten, ob sie gehört werden konnte oder nicht: »Wie wagt er es, Guy so abfahren zu lassen! Der ungehobelte Snob, schlingt wie ein Wolf unser Essen hinunter und bringt noch dieses magenkranke Skelett mit. Als er seine tollen Parties gab – wenn er überhaupt je welche gab, was ich bezweifle – hätte er uns nicht einmal im Traum eingeladen. Jetzt unterhält er seine Freunde auf unsere Kosten.«

Bella verstärkte diese Empörung bereitwillig: »Wenn ich Sie wäre, meine Liebe, würde ich ihn nicht mehr einladen.«

»Ganz bestimmt nicht«, sagte Harriet, dramatisch vor Ärger. »Das ist das erste und letzte Mal, daß er einen Fuß in mein Haus setzt.«

Als die Frauen ins Zimmer zurückkehrten, waren die Männer um den elektrischen Heizofen geschart. Guy bediente Yakimov mit Brandy, Dugdale breitete sich gelassen erneut im Sessel aus. Beim Eintritt der Frauen erhob er sich leicht und wollte sich gerade wieder fallen lassen, als ihm Harriet den Sessel wegzog und ihn Bella anbot. Er begab sich zu einem anderen Stuhl mit dem Gesichtsausdruck eines Menschen, der über einen Bruch der guten Manieren hinwegsah.

Inchcape lächelte maliziös Harriet zu, wandte sich dann an Yakimov und fragte ihn: »Gehen Sie später noch zu Prinzessin Teodorescus Party?«

Yakimov hob seine Nase von seinem Glas. »Vielleicht«, sagte er, »aber diese Partys sind ein bißchen stürmisch für euren armen, alten Yaki.«

Zu Harriets Verärgerung versuchte Guy immer noch, Yakimov zum Erzählen zu bewegen. Yakimov schien sich aufzuraffen und in dem Nebel seiner Völlerei nach Schwänken zu suchen, als es an der Haustür läutete. Dubedat wurde hereingelassen.

Er machte keine Zugeständnisse betreffs des Anlasses. Er hatte seine Schaffelljacke angelassen, und zu seiner individuellen Duftnote kam noch der Geruch schlecht verheilter Haut. Er sah schmutziger aus als je, dachte Harriet, und überblickte grimmig den Tisch, als er registrierte, daß die anderen hier zu Abend gegessen hatten, und er nicht.

Beim Anblick dieses Neuankömmlings erhob sich Dugdale und sagte, er müsse gehen.

»Oh, nein.« Guy versuchte, ihn zurückzuhalten. »Sie haben noch viel Zeit, um Ihren Zug zu erreichen. Sie müssen noch einen Brandy trinken.«

Guy begann, die Gläser schnell mit Brandy aufzufüllen, aber Dugdale blieb fest. Er müsse, sagte er, sein Gepäck aus der Garderobe holen.

»Also, bevor Sie gehen«, sagte Guy, »müssen wir ›Auld Lang Syne‹ singen.«

Mehrere Gäste sagten ihm, daß dies an Neujahr gesungen werde, aber Guy sagte: »Macht nichts.« Sein Enthusiasmus war so groß, daß sich die anderen erhoben und Dugdale sich mit in den Kreis ziehen ließ. Als er seine Hände wieder hatte, sagte er in geschäftsmäßigem Ton: »Jetzt meinen Mantel.«

Während er sich einhüllte, setzte sich Yakimov wieder hin und füllte sein Glas von neuem. Harriet, die dies bemerkte, sagte: »Vermutlich werden Sie Ihren Freund zum Bahnhof begleiten.«

»Oh, nein, meine Liebe. Yaki geht es nicht besonders gut.«

»Ich glaube, Sie sollten aber.«

Sogar Yakimov verstand dies als eine Einladung zum Gehen. Mutlos schüttete er den Brandy hinunter und ließ sich in seinen Mantel stecken.

Als er und Dugdale gegangen waren, drückten Harriet und Bella freimütig ihre Entrüstung aus – eine Entrüstung, die Guy vollkommen bestürzte.

»Wovon sprecht ihr zwei eigentlich?« fragte er.

Als sie ihm erzählten, wie er beleidigt worden war, brach er in Gelächter aus. »Ich bezweifle, daß Yaki überhaupt wußte, was er gesagt hatte.«

Harriet und Bella wollten davon nichts wissen, und Nikko unterstützte sie. Während die anderen Männer gleichgültig und unbeteiligt dasaßen, bestanden die zwei Frauen darauf, daß er nie mehr mit Yakimov reden sollte.

Guy saß schweigend, lächelte leicht und ließ den Sturm über seinen Kopf hinwegziehen. Als er sich schließlich legte, sagte Clarence von hinten: »Yakimov kam kürzlich zum Flüchtlingshilfswerk und stellte sich als Flüchtling aus Polen vor. Ich lieh ihm zehntausend.«

»Oh«, sagte Guy leichthin, »er wird sie zurückzahlen.«

Unten auf der Straße sagte Yakimov: »Ich glaube, ich habe einen Tritt in den Hintern bekommen. Kann mir beim besten Willen nicht vorstellen, warum.«

Dugdale zeigte kein Interesse. Er rief ein Taxi und sagte

vorbeugend: »Vermutlich wollen Sie irgendwo abgesetzt werden?«

»Athénée Place, mein Lieber. Glaube, ich sollte bei Prinzessin T. vorbeischauen.« Als sie über den Platz fuhren, fügte er hinzu: »Ob Sie wohl, alter Knabe – Monatsende und so; bißchen knapp bei Kasse – dem armen Yaki einen oder zwei *Leu* leihen könnten?«

»Nein«, sagte Dugdale, »meine letzten Fünfhundert haben wir beim Tee verbraucht.«

»Falls Sie ein paar übrige Pennies oder Francs hätten...«

Dugdale antwortete nicht. Als das Taxi anhielt, öffnete er die Tür und wartete, daß Yakimov ausstieg.

Yakimov sagte auf dem Bürgersteig: »Entzückender Tag. Vielen Dank für alles. Bis bald, wenn Sie wieder mal vorbeikommen. Dann ist Yaki an der Reihe.«

Dugdale knallte die Tür zu, während er redete, und dirigierte das Taxi weiter. Yakimov drückte gegen die Hoteltür: die Tür drehte sich, und er kam wieder heraus. Einen Moment lang stand er da und schaute dem Taxi nach. Hätte er es fertiggebracht, seine Adresse zu verraten, hätte man ihn vielleicht den ganzen Weg bis nach Hause gefahren.

Er machte sich auf, zu Fuß zu gehen. Der sibirische Wind, stürmisch und stechend, biß in seine Ohren und riß an den Zipfeln seines Mantels. Als er seinen Kragen hochschlug und den langen Eiszapfen seiner Nase darin vergrub, murmelte er: »Der arme Yaki wird zu alt für seinen Job.«

Bald nachdem die letzten der Weihnachtsgäste gegangen waren, läutete das Telefon in der Wohnung der Pringles. Guy ging hin. Der Anrufer war Sophie.

Sophie war nicht, wie erwartet, nach dem Essen gekommen. Harriet ging ins Schlafzimmer und überließ es Guy, mit ihr zu sprechen.

Sie saß an ihrem Ankleidetisch und hörte Guys Stimme, betroffen, fürsorglich, offensichtlich flehend, und es erneuerte in ihr den Zorn, den Yakimov erregt hatte. Bella hatte gesagt, wenn sie Harriet wäre, würde sie der Beziehung ein Ende setzen. Dies, so spürte Harriet, war der Augenblick, es zu tun. Sie ging ins Wohnzimmer und fragte: »Was ist los?«

Guy schaute ernst drein. Er legte die Hand über die Muschel und sagte: »Sophie ist in einem depressiven Zustand. Ich soll zu ihr hinüber kommen. Alleine.«

»Jetzt in der Nacht? Sage ihr, das kommt nicht in Frage.«

»Sie droht damit, etwas Verzweifeltes zu tun.«

»Zum Beispiel was?«

»Aus dem Fenster zu springen oder eine Überdosis Schlaftabletten zu nehmen.«

»Laß mich mit ihr reden.« Harriet nahm den Hörer und sprach hinein: »Was ist los, Sophie? Sie benehmen sich reichlich albern. Wissen Sie, wenn Sie tatsächlich vorhätten, so etwas zu tun, dann würden Sie es tun und nicht darüber reden.«

Es gab eine lange Pause, bevor Sophies Stimme wiederkam, tränenreich: »Ich werde springen, wenn Guy nicht kommt. Mein Entschluß ist gefaßt.«

»Dann lassen Sie sich nicht aufhalten.«

»Wobei?«

»Beim Springen, natürlich.«

Sophie würgte vor Entsetzen. Sie sagte: »Ich hasse Sie. Ich haßte Sie von Anfang an. Sie sind ein grausames Mädchen. Ein Mädchen ohne Herz.« Es kam das Geräusch des hingeworfenen Hörers.

»Jetzt«, sagte Guy streng, »werde ich gehen müssen. Man weiß nie, was sie tut, wenn ich nicht hingehe.«

»Wenn du gehst«, sagte Harriet, »wirst du mich hier nicht mehr vorfinden, wenn du zurückkommst.«

»Du benimmst dich absurd«, sagte Guy. »Ich hätte mehr Vernunft von dir erwartet.«

»Warum?«

»Weil ich dich geheiratet habe. Du bist ein Teil von mir. Ich erwarte von dir, was ich von mir selbst erwarte.«

»Du meinst, du nimmst mich als etwas Selbstverständliches? Dann bist du ein Narr. Ich werde nichts mehr von diesem Sophie-Unfug tolerieren. Wenn du gehst, verlasse ich dich.«

»Sei kein Kind.« Er ging in den Flur und begann, seinen Mantel anzuziehen, aber seine Bewegungen waren unsicher.

Als er fertig war, stand er unentschlossen da und betrachtete sie mit bekümmerter Ungewißheit. Sie fühlte eine Spur von Triumph aufflackern, darüber, daß er begriff, daß er sie doch nicht kannte, dann würgte etwas in ihrer Kehle. Sie wandte sich ab.

»Darling.« Er kam zurück ins Zimmer und legte seine Arme um sie. »Wenn es dich beunruhigt, werde ich natürlich nicht gehen.«

Daraufhin sagte sie: »Aber du mußt. Ich kann das nicht zulassen, daß du dir die ganze Nacht Gedanken wegen Sophie machst.«

»Na gut!« Er schaute in den Flur und betrachtete dann Harriet. »Ich spüre, ich sollte hingehen.«

»Ich weiß, was wir machen«, sagte sie und löste das Problem, wie sie es die ganze Zeit schon geplant hatte. »Wir gehen zusammen hin.«

Die Haustür von Sophies Haus war unverschlossen. Die Tür in ihre Wohnung war durch ein Buch offengehalten. Als sie Guys Schritt vernahm, rief sie mit einer traurigen, dünnen Stimme: »Komm herein, *chérie.*« Als er die Tür weiter aufmachte, konnte Harriet, die hinter ihm war, Sophie im Bett sitzen sehen, einen rosa Seidenschal um die Schultern. Auf dem Tisch neben ihr stand das Foto, das bei Harriets erstem Besuch mit der Bildseite nach unten gelegen hatte, jetzt aufrecht. Es war ein Foto von Guy.

Trotz ihres schmalen, nach unten gezogenen Lächelns sah Sophie wieder ganz passabel aus. Sie legte den Kopf zur Seite, schniefte und begann zu sprechen – dann bemerkte sie Harriet. Ihre Miene veränderte sich. Sie wandte sich an Guy.

»Deine Frau ist ein Monster«, sagte sie.

Guy lachte über diese Aussage, aber sie veranlaßte Harriet unter der Türe stehen zu bleiben. Sie sagte: »Ich werde unten auf dich warten.«

Sie wartete ungefähr fünf Minuten lang im Hausflur und ging dann hinaus auf die Straße. Dort begann sie, schnell zu gehen und war sich kaum der Richtung bewußt, in die sie ging. Die ersten paar hundert Meter verspürte sie weder Kälte noch Furcht vor der leeren Straße, und sie wurde von einem Gefühl der Verletztheit fortgetragen, daß sich Guy, nach einer solchen Bemerkung, möglicherweise entscheiden könnte, bei Sophie zu bleiben; daß er, in der Tat, noch bei ihr war.

Harriet war entschlossen, nicht nach Hause zu gehen. Sie fand sich in der Calea Victoriei wieder und ging schnell Richtung Dâmboviţa, dann fragte sie sich selbst, wo sie hingehen könnte. In diesem Land, wo Frauen fast nirgendwohin ohne Begleitung gingen, würde ihre Erscheinung, zu dieser Stunde, ohne Gepäck, in einem Hotel den tiefsten Argwohn erwecken. Möglicherweise würde man ihr sogar ein Zimmer verweigern. Sie dachte an die Menschen, die sie hier kannte – Bella, Inchcape, Clarence – und hatte keine Lust, zu einem von ihnen zu gehen, um sich über Guy zu beklagen. Inchcape wäre vielleicht verständnisvoll, aber er würde nicht mit hineingezogen werden wollen. Clarence würde die Situation mißverstehen. Wo auch immer sie hinginge, würde sie das Schuldgefühl einer Niederlage gegenüber Guys Lebensstil mit sich nehmen. Sie überlegte, daß für sie und für Clarence das Leben ein verwickelter Prozeß war: Sie sparten sich aus – und wozu? Für Guy war es etwas, das gelebt werden sollte.

Nachdenklich fand sie in Clarence ihre eigene Bereitschaft wieder, vor dem Leben davonzurennen, und spürte jetzt einen Umschwung. Sie hatte, das wußte sie, Sophie so schlecht wie möglich behandelt. Sie hatte keinen Versuch gemacht, ihr zu schmeicheln, sie hatte selbst keine Verletzlichkeit gezeigt, sie hatte Sophies Hilfe nicht gewollt. Sie hatte keinen jener Gefühlsappelle an Sophie gerichtet, auf die diese, aus einer Machtposition heraus, mit Gefühl hätte reagieren können.

Hatte es ihr, fragte sie sich, an Nächstenliebe gefehlt? Hatte Sophie irgendeine Berechtigung, sie als Monster zu sehen?

Sie hatte sich zurückgehalten. Jetzt konnte sie sich nicht selbst verteidigen. Sie drehte um und ging langsam zurück zu Sophies Haus. Sie kam an der Türschwelle an, als Guy herauskam. Er nahm ihre Hand und klemmte sie unter seinen Arm.

»Das war schön von dir«, sagte er.

»Was ist passiert?«

»Ich habe ihr gesagt, sie solle sich nicht lächerlich machen. Sie ist ein genauso großer Esel wie Bella, und sie ist eine noch größere Plage.«

Der Schnee

12

Das Neue Jahr brachte schweren Schnee. Tag um Tag verdichtete er die Luft, sanft, geräuschlos, hartnäckig wie die Zeit. Diejenigen, die draußen zu Fuß gingen – und das waren jetzt nur Dienstboten und Bauern – waren in Flocken eingehüllt. Der Verkehr kroch dahin und ertastete seinen Weg wie im Nebel. Als der Schneefall dünner wurde, hatte der wieder sichtbare Horizont die Farbe eines Blutergusses.

Diejenigen, die in den Häusern blieben, waren von der äußeren Stille beunruhigt. Es war, als ob die Stadt aufgehört hätte zu atmen. Nachdem sie dies ein paar Tage erlebt hatte, wagte sich Harriet, von ihrer Umgebung eingeengt, hinunter auf die Straße, aber ihre Klaustrophobie hielt draußen in dem Zwielicht an, und sie verirrte sich. Sie kehrte in die Wohnung zurück und rief Bella an, die vorschlug, zusammen zu Mavrodaphne zu gehen. Bella holte sie in einem Taxi ab.

Die beiden Frauen hatten sich seit Weihnachten mehrmals getroffen, und es begann sich eine Beziehung anzubahnen, wie sie keine von beiden in England in Erwägung gezogen hätte. Harriet gewöhnte sich an die Beschränktheit von Bellas Konversation und maß dem weiter keine Aufmerksamkeit bei. Bella war eine angenehme, wenn auch nicht gerade anregende Gesellschaft, und Harriet war in der noch andauernden Fremdheit froh über eine Bekannte aus einer vertrauten Welt.

In dem Café betrachtete Harriet das Fenster, durch das man nichts als das wirbelnde Schneetreiben sehen konnte, während Bella die jüngsten Untaten ihrer Dienerschaft beschrieb. Ab und zu huschte ein Schatten durch den Schnee, kaum erkennbar als Taxi oder als geschlossene *trăsură* oder als Bauer mit einem Sack über dem Kopf. Meistens hielten die Taxis bei Mavrodaphne. Die Insassen eilten über die Bürgersteige, entflohen dem Lärm der Bettler in der Vorhalle und traten in die zu Kopf steigende Wärme ein, mit dem modischen Gesichtsausdruck von Arroganz. Indem sie ihrer unzivilisierten Stadt den Rücken zuwandten, kamen sie sich selbst wie in Rom oder Paris vor, oder gar wie in New York.

Bella erhob ihre Stimme gegen Harriets Unaufmerksamkeit. »*Und*«, sagte sie, »ich muß alle Speisen wegschließen.«

Von Bellas ärgerlichem Tonfall zurückgerufen, sagte Harriet: »Warum sich aufregen? Nahrungsmittel sind hier so billig. Es ist weniger aufwendig, ihnen zu vertrauen.« Sie bedauerte diese Bemerkung, als sie sie machte. Toleranz sollte schließlich aus Großzügigkeit entspringen, nicht aus Zweckmäßigkeit. Bella war aus einem anderen Grund anderer Ansicht. Sie sagte:

»Diese Einstellung ist unfair anderen Dienstherren gegenüber. Außerdem kriegt man die Nase von ihrer Klauerei voll. Wenn du soviel mitgemacht hättest...«

Bei der Beratung und Information der Neuankömmlinge war Bella so selbstgefällig wie ein älteres Schulmädchen, das ein jüngeres belehrt. Jetzt, in der Gegenwart reicher Rumänen, kehrte sie zur Vornehmheit zurück. Harriet konnte in ihrer Stimme – besonders in Wendungen wie ›man darf ihnen nicht den kleinen Finger reichen‹, und ›je besser man sie behandelt, desto mehr nützen sie einen aus‹ – genau die Töne hören, die einst die Aussprüche ihrer Tante so aufreizend gemacht hatten. Einige Augenblicke lang rief dies ein merkwürdiges Gefühl von Hilflosigkeit zurück, dann unterbrach sie es plötzlich.

»Aber was ist die Ursache von all dem?« fragte sie. »Die Armen werden nicht unehrlicher geboren als wir.«

Bella schaute bestürzt. Dies war das erste Mal, daß Harriet versucht hatte, dagegenzuhalten. Sie streckte ihren Kopf nach hinten und strich sich mit ihren Fingern den vollen, runden Hals. »Ich weiß es nicht.« Sie sprach eher schmollend. »Alles, was ich weiß, ist, wie sie sind.« Sie warf stolz den Kopf zurück, und eine Röte breitete sich über ihren Nacken aus.

In der unbehaglichen Pause, die folgte, sah Harriet Sophie

hereinkommen. Auf Ablenkung hoffend, setzte sie sich auf, bereit, das Mädchen zu begrüßen, da sie spürte, daß sie jetzt mit ihr auskommen könnte; aber als sie eine Hand hob, erkannte sie, daß nur sie dieses Gefühl verspürte. Sophie verspürte es nicht. Sie schwebte vorbei mit dem abgewandten Lächeln von jemandem, der tödlich verwundet worden ist, und ging zu einigen Freundinnen auf die andere Seite des Raums.

Ziemlich außer Fassung wandte sich Harriet wieder Bella zu, die inzwischen Zeit zum Überlegen gefunden hatte und defensiv argumentierte: »Ich weiß, die Verhältnisse hier sind nicht allzu gut. Ich bemerkte das selbst, als ich zum ersten Mal hierher kam, aber man gewöhnt sich dran. Man muß es tun, wenn man hier leben will. Du kannst dich nicht dauernd von den Verhältnissen stören lassen. Man kann nichts dagegen machen, *oder?*«

Harriet schüttelte den Kopf. Bella war keine Reformerin, aber selbst wenn sie bereit gewesen wäre, sich den Kopf über Maßnahmen gegen die Unterdrückung zu zerbrechen, hier hätte sie nichts geändert. Nachdem sie ihre Unsicherheit über ihre Situation offenbart hatte, sah sie ziemlich beschämt drein, und deswegen erwärmte sich Harriet für sie.

»Niemand kann viel tun«, sagte Harriet. »Höchstens eine Revolution könnte diese Leute zwingen, die Verhältnisse zu ändern. Aber warum solltest du ihre absurden Konventionen akzeptieren? Du bist Engländerin. Du kannst tun, was du willst.«

»Weißt du was«, bekannte Bella, »als du an jenem Nachmittag zum Tee kamst und wir uns unterhielten, erinnerte ich mich daran, wie frei ich war, bevor ich herkam. Und am nächsten Tag brauchte ich ein paar Sachen, und ich dachte mir: ›Warum sollte ich nicht selbst zum Einkaufen gehen?‹ Schon nahm ich mir einen Einkaufskorb aus der Küche und ging damit los. Ich traf Doamna Popp, und *wie die geschaut hat!*« Bella ließ einen ihrer kräftigen Lacher hören, und Harriet mochte sie um so lieber. Bella hatte Befriedigung darin gespürt, Harriet zu unterweisen, und Harriet konnte vielleicht Befriedigung darin verspüren, daß sie Bella befreite.

Für Harriet schien es, daß die Tatsache, daß sie eine gesunde Basis für eine Freundschaft mit jemandem gefunden hatte, der so verschieden von ihr selbst war wie Bella, einen Triumph über ihre eigenen natürlichen Zwänge darstellte.

Am ersten Morgen, nachdem es aufgehört hatte zu schneien und die Luft wieder klar war, wurden Guy und Clarence von Sheppy zum Athénée Palace zitiert. Gegen Mittag, als die Zusammenkunft beendet sein sollte, überquerte Harriet nervös und neugierig den Platz, um sie in der English Bar zu treffen.

Als sie diesen Morgen erwachte, hatte sie gesehen, wie das weiße Licht von den schneebedeckten Dächern gegen die Decke geworfen wurde. Abenteuerlustig ging sie hinaus und war vom *crivat* getroffen worden, der die Drähte zum Singen brachte. Im Zentrum des Platzes war der Schnee wie Schwanendaunen aufgehäuft, und die gepuderte Oberfläche wurde vom Wind hochgewirbelt, aber am Rand, wo der Verkehr vorbeiging, war er schon hart wie Zement. Sie ging um die Statue des alten Königs herum, der jetzt ein riesiger Schneemann war, konturlos und wild. Der Schnee quietschte unter ihren Füßen.

Die Kälte schnitt ins Fleisch, doch sogar die verweichlichtesten Rumänen hatten sich hinausgewagt, um zum ersten Mal die Stadt im Schnee zu erleben. Sie stapften mühsam zu irgendeinem Café oder Restaurant, die Männer in pelzbesetzten Mänteln und mit Galoschen, die Frauen in persisches Lamm gehüllt, mit Schneekappen aus Pelz, Handschuhen und Muffs, und hochhackigen Schneestiefeln aus Pelz und Gummi.

Vor dem Hotel stand der Türsteher, kugelrund verpackt gegen die Kälte, aber die Bettler waren, wie immer, halb nackt, und ihre Körper zitterten heftig in der bitteren Kälte.

Als sie an dem großen Fenster des Friseursalons vorbeiging, sah sie drinnen Guy und Clarence auf langen Stühlen zwischen Chrom und Glas lümmeln, um sich die Haare schneiden zu lassen. Sie ging zu ihnen hinein und sagte: »Euer Treffen kann nicht lange gedauert haben.«

»Nicht sehr lange«, pflichtete Guy bei.

»Na, und worum geht es?«

Er blickte warnend in Richtung der Angestellten, und um ihr Interesse abzulenken, sagte er: »Wir laden dich zu einer Überraschung ein.«

»Was für eine Überraschung? Wann? Wo?«

»Warte es ab.«

Als sie den Salon verließen, setzte Guy eine graue, gestrickte Balaclava auf, die, wie er sagte, Clarence ihm geliehen hatte. Sie kam aus dem Bestand einer Kleiderzuteilung für polnische Flüchtlinge.

Clarence sagte: »Sie muß natürlich zurückgegeben werden.«

»Wirklich?« Harriet zog ihn auf. »Sie meinen, die Polen werden sie vermissen?«

»Ich bin für den Bestand verantwortlich.«

»Es ist ein lächerliches Kleidungsstück«, sagte sie, wechselte das Thema und kam auf Sheppy zurück: »Wer war er? Was wollte er? Worum ging es in dem Treffen?«

»Wir sind nicht berechtigt, das zu sagen«, sagte Guy.

Clarence sagte: »Es ist geheim und vertraulich. Ich habe mich geweigert, mitzumachen.«

»Aber wobei mitzumachen?« bohrte Harriet. Sie wandte sich böse Guy zu. »Was *wollte* Sheppy von dir?«

»Er hat irgendeinen verrückten Plan.«

»Ist es gefährlich?« Sie schaute Clarence an, der verlegen und ausweichend sagte: »Nicht mehr als irgend etwas anderes in diesen Tagen. Außerdem wird nichts daraus werden. Ich glaube, der Bursche spinnt.«

Da sie ihr nichts erzählen wollten, beschloß sie, es auf irgendeine Art selbst heraus zu finden.

»Wohin gehen wir?«

»Wir machen eine Schlittenfahrt«, sagte Guy.

»Nein!« Sie war entzückt. Sie vergaß Sheppy und beschleunigte den Schritt. Sie näherten sich der Chaussée, die sich weit und weiß in eine weite Ferne erstreckte. Am Randstein der Chaussée stand eine Reihe der schönsten *trăsurăs* der Stadt. Die Besitzer hatten die Räder entfernt und sie mit Kufen ausgerüstet. Die Pferde waren mit Glocken und Quasten behangen. Netze, mit Troddeln und Schleifen geschmückt, waren über die Hinterteile der Pferde gezogen, um die Passagiere vor hochgeschleudertem Schnee zu schützen.

Menschen verhandelten und feilschten um Schlittenfahrten, und um sie herum waren Neugierige und Bettler, die alle anbettelten.

»Wichtig ist«, sagte Harriet, »ein gut gepflegtes Pferd auszusuchen.« Als sie eines gefunden hatten, das nicht so mager wie der Rest war, sagte sie: »Sag dem Kutscher, daß wir ihn ausgewählt haben, weil er freundlich zu seinem Pferd ist.«

Der Kutscher erwiderte, daß er in der Tat ein freundlicher Mensch sei und sein Pferd fast jeden Tag füttere. Er schwenkte seine Peitsche, die mit einer Rosette verziert war, vor lauter Stolz und Einbildung, scherte aus dem Tumult der Reihe aus und fuhr schnell die Chaussée hinauf, wo alles still und ruhig war. In dieser kristallinen Welt hörte man nur die Schlittenglöckchen.

Auf jeder Seite der Straße blitzten die besprenkelten Skelette der Bäume vor einem Himmel auf, der dunkel war vor noch nicht gefallenem Schnee. Quer über die Schneefelder, die im Sommer die *gradinas* waren, sprang der Wind den Schlitten hart und schneidend an. Seine Insassen verbargen sich zwischen alten Decken, die nach Stroh und Pferdemist rochen, und lugten hinaus auf die große Schneebene, die sich bis zum See und dem Snagov-Wald erstreckte.

Sie passierten den Arc de Triomphe und kamen am entferntesten Ende der Chaussée zu einer riesigen Fontäne, die wie ein Glaslüster zwischen roten, blauen und goldenen Mosaiken erstarrt stand.

Als sie den Golfclub erreichten, rief ihnen der Kutscher etwas zu.

»Er sagt«, sagte Clarence, »er wird uns über den See fahren. Ich bezweifle, ob das sicher ist.«

Aufgeregt sagte Harriet: »Wir müssen über den See fahren.«

Sie glitten hinunter zum Seeufer, und der Wind heulte über ihre Köpfe.

»Wunderbar, wunderbar«, versuchte Harriet auszurufen, aber sie war kaum in der Lage zu atmen. Ihre Ohren klangen, ihre Augen tränten, Hände und Füße taten ihr weh. Ihre Wangen hatten sich in Eis verwandelt.

Das Eis ächzte unter dem Schlitten, und sie waren erleichtert, als sie das gegenüberliegende Ufer hinauffuhren und sich wieder auf festem Boden befanden. Sie hatten einen der Bauernvororte erreicht. Die Häuser waren Holzhütten mit einem Raum, mit Pech angestrichen, mit geglätteten Benzinkanistern gedeckt, und die Eingänge mit Lumpenvorhängen versehen. Trotz der antiseptischen Kälte war die Luft hier schwer vom Abfallgestank. Frauen standen im Freien und kochten. Sie winkten dem Schlitten zu, aber der Kutscher wollte nicht zulassen, daß Ausländer dieses Elend bemerken, und deutete auf die bewölkte Weiße des Waldes und sagte: »Snagov. *Frumosa.*«

Sie kamen wieder auf die Landstraße beim Königlichen Bahnhof, der am Straßenrand stand, weiß und golden bemalt wie ein Messestand auf einer Ausstellung. Die Straße führte zurück zur Stadt, so daß der Wind jetzt hinter dem Schlitten war. Das Klingen in ihren Ohren ließ nach. Das Pferd durfte sich entspannen, und sie kehrten in einem langsamen Trab zum Ausgangspunkt zurück.

Als sie die Reihe mit den Schlitten erreichten, bemerkte Harriet einen jungen Mann, der zu groß für einen Rumänen war, dessen Kopf und Schultern über die Menge hinausragten und der mit amüsiertem Gesichtsausdruck die Aufregung um ihn herum beobachtete.

Guy rief: »Da ist David!« sprang vom Schlitten und ging mit ausgestreckten Armen auf den jungen Mann zu. Der junge Mann bewegte sich nicht, aber sein schmaler Mund verzog sich leicht, als er lächelte und sagte: »Oh, hallo.«

»Wann bist du angekommen?« rief Guy.

»Gestern nacht.«

Harriet fragte Clarence, wer dieser Neuankömmling sei.

»Es ist David Boyd«, sagte Clarence ziemlich mürrisch.

»Aber Sie kennen ihn doch, oder?«

»Na ja. Aber er hat mich vermutlich vergessen.«

Guy schwang sich herum und kommandierte Clarence nach vorn: »Clarence. Erinnerst du dich an David?«

Clarence bejahte.

»Er ist vom Auswärtigen Amt losgeschickt worden«, sagte Guy, »das Beste, was sie je gemacht haben. Jetzt ist wenigstens jemand da, der etwas gegen den Schwachsinn der Gesandtschaft unternimmt.«

Harriet hatte vernommen, daß Guy und David Boyd sich äußerlich bemerkenswert ähnlich seien, jedoch bemerkte sie sofort ihre Unterschiedlichkeit. Sie waren große, junge Männer, identisch im Körperbau, kurznasig, bebrillt und lockig – aber Davids Mund war schmaler als Guys, sein Kinn größer. Er trug eine spitze Schafsfellmütze, die bis zum Rand seiner Brille hinuntergerutscht war, so daß die obere Hälfte seines Gesichtes verschwand, während die untere größer erschien, als sie wahrscheinlich war.

»Wollten Sie eine Schlittenfahrt machen?« fragte Harriet ihn.

»Nein.« Er schaute sie unter seinen Augenlidern an und erklärte, daß Albu, der Barkeeper, gehört hatte, wie sich Domnul Pringle und Domnul Lawson erkundigt hatten, ob die Schlitten schon draußen waren. Guy war erfreut zu erfahren, daß sein Freund tatsächlich nach ihm gesucht hatte. Er sagte: »Gehen wir alle noch irgendwohin zum Mittagessen.«

»Ich habe mich mit einem Mann verabredet...«, begann David.

Guy unterbrach fröhlich: »Dann gehen wir eben alle mit.«

David schaute zweifelnd, und Clarence, der dies auf sich bezog, sagte: »Zerbrecht euch meinetwegen nicht den Kopf. Ich gehe zu einer Party, die von den polnischen Beamten gegeben wird.«

Guy ging mit David voraus, während Harriet mit Clarence hinterdrein folgte. Als sie den Platz überquerten, redeten die zwei vorausgehenden Männer, die in ihrer Winterkleidung übergroß aussahen, in freundschaftlicher Lebhaftigkeit miteinander. Guy wollte wissen, mit welchem Auftrag David losgeschickt worden war.

»Hilfestellung in jeder Beziehung.« Nachdem jetzt seine

erste Schüchternheit vorbei war, zeigte sich David redselig. Seine Stimme, kräftig, ältlich und präzise, die Stimme einer viel früheren Generation, drang bis zu Harriet und Clarence zurück: »Ich traf Foxy Leverett heute morgen – den Burschen mit dem großen, roten Schnurrbart. Ich sagte: ›Wann wird dieser Krieg ausbrechen?‹ Und was glaubst du, was er sagte? ›Oh, die Dinge werden sich bald zuspitzen. Wir werden den Hunnen eins draufhauen. Wir werden ihnen eine blutige Nase verpassen.‹«

Guy mußte vor Lachen stehenbleiben. Harriet und Clarence wichen den beiden aus und gingen nun voraus. Als sie die Calea Victoriei erreichten, ging das Gespräch der beiden anderen im Verkehrslärm unter.

David traf seinen Freund in einem alten Speisehaus in einer Seitenstraße. Als sie die Ecke dieser Straße erreichten, sagte Clarence: »Ich gehe geradeaus weiter«, und blieb mit Harriet stehen, um auf die anderen zu warten.

Eine Drehorgel stand an der Straßenecke. Ein weißbärtiger Bauer, in Schaffell eingehüllt, drehte den Griff und produzierte eine alte, populäre rumänische Melodie, gespenstisch und traurig anzuhören. Harriet hatte dieselbe Orgel schon mehrmals diese Melodie spielen hören, und niemand war in der Lage gewesen, ihr zu sagen, wie sie hieß. Jetzt, als sie sich in einem Hauseingang vor der Kälte schützten, fragte sie Clarence, ob er es wußte.

Er schüttelte den Kopf: »Ich habe kein musikalisches Gehör.«

Harriet sagte: »Das ist die letzte Drehorgel in Bukarest. Wenn der alte Mann stirbt und keiner mehr da ist, um zu spielen, wird diese Melodie für immer verloren sein.«

Clarence stand schweigend da und dachte offensichtlich über die Vergänglichkeit der Dinge nach, wie es Guy nie tun würde. »Ja«, sagte er, und als er mit seinem seltenen und schönen Lächeln auf sie herablächelte, schien es, als ob sie einen Augenblick völligen Einverständnisses miteinander erlebten.

David und Guy kamen heran, und während sie miteinander sprachen, sahen sie aus wie zwei, die von der Diskussion wichtiger Probleme völlig in Anspruch genommen waren. Davids Stimme übertönte Guys Stimme, als er mit Bestimmtheit sagte: »Obwohl Rumänien ein Mais verzehrendes Land ist, baut es nur halb soviel Mais an wie Ungarn. Folglich haben wir hier den üblichen Teufelskreis – die Bauern sind faul, weil sie unterernährt sind, und sie sind unterernährt, weil sie faul sind. Falls die Deutschen *tatsächlich* hierher kommen, glaub mir, dann werden sie diese Leute arbeiten lassen, wie die noch nie in ihrem Leben gearbeitet haben.«

»Clarence geht einen anderen Weg«, sagte Harriet, als sie eine Chance erhielt.

»Nein!« protestierte Guy, der nicht mitbekommen hatte, daß Clarence anderswo verabredet war. Er ergriff Clarence am Arm, nicht willens, irgendwen aus seiner Einflußsphäre entweichen zu lassen. Als Clarence erklärte, wo er hinging, verlangte Guy zu wissen: »Wie lange wird eure Party dauern? Wo wirst du hinterher sein? Wir müssen uns heute abend wiedersehen.«

Clarence hatte sich noch nicht von der abwehrenden Mißbilligung erholt, mit der er auf jede neue Situation reagierte, und murmelte: »Tja, das ist eine Einladung zum Essen. Ich weiß nicht... ich kann es nicht sagen.« Aber bevor er sie verließ, versprach er, abends noch in die Wohnung der Pringles zu kommen.

Jetzt, wo Harriet bei Guy und David war, brach ihre Unterhaltung ab und begann wieder auf einer eher persönlichen Ebene. David stellte Fragen über Leute, die er gekannt hatte, als er zuletzt in Bukarest war. Er sprach von jedem mit einem unkritischen, nachsichtigen Humor, als ob alle menschlichen Wesen ihn mehr oder weniger amüsierten. Guy, der sich nichts aus Klatsch machte, hatte nicht viel zu erzählen. Harriet war still, wie es Fremden gegenüber ihre Art war.

»Und wie geht's unserem alten Freund Inchcape?« fragte David.

Guy sagte: »Dem geht's gut.«

»Ich höre, er hat Karriere gemacht. Kriegt Einladungen zu den Gesandtschaftspartys.«

Guy lachte und sagte, vermutlich sei das richtig.

»Als ich zuletzt in Cambridge war«, sagte David, »traf ich einen Freund von Inchcape – Professor Lord Pinkrose. Sie waren zusammen an der Universität. Er fragte mich über ihn aus. Er sagte, Inch sei ein bemerkenswerter Wissenschaftler gewesen: einer von den Burschen, die so viele Fähigkeiten hätten, daß sie nicht wissen, was sie zuerst tun sollen. Und am Ende täten sie dann meistens gar nichts.«

Das Restaurant war in einer Villa aus dem frühen neunzehnten Jahrhundert untergebracht, mit einem Frontgarten, wo Büsche wie riesige Köpfe ihre Kinnladen auf dem schneebedeckten Rasen aufsetzten.

David sah sich nicht weiter um und redete die ganze Zeit bis zu den Eingangsstufen; dann trat er ein, als ob er nie weg gewesen wäre. Von der eisigen Kälte draußen kamen sie in einen überhitzten Korridor, in dem es nach gegrilltem Fleisch duftete. Ein Strom von Kellnern klapperte und schlurfte aus den vier Räumen heraus und wieder hinein. Einer von ihnen versuchte, die drei in ein Hinterzimmer zu lotsen, aber David ließ sich erst gar nicht auf einen Streit ein und ging in den vorderen Hauptraum voran. Tische und Stühle waren roh. An den Wänden, auf ausgebleichten Streifentapeten, hingen ein paar alte russische Öldrucke. Von einer dunklen Decke hing ein vergoldeter Kronleuchter, beladen mit dem Schmutz eines Jahrzehnts. Das Lokal war für sein exzellentes gegrilltes Kalbfleisch bekannt.

Als sie Platz genommen hatten, begann David sofort zu erzählen: »Heute morgen sah ich auch Dobson – kein schlechter Kerl. Ich habe ihn immer gemocht, aber jetzt merkt man ihm seine Berufskrankheit an. Ich fragte ihn über die hiesige Lage aus. Er sagte: ›Ganz zufriedenstellend. Der Monarch ist mit uns.‹ Ich sagte: ›Was, wenn das Volk nicht mit dem Monarchen ist!‹ – ›Oh, ich glaube, darüber brauchen wir uns keine Gedanken zu machen‹, sagte Dobson. Als ich ihm ein paar weitere Fragen stellte, brummte er nur und sagte jaja und soso, und dann sagte er: ›Die Situation ist ein bißchen komplex für einen Neuankömmling.!‹«

»Wahrscheinlich zweifelte er an deiner Fähigkeit, sie zu verstehen«, sagte Guy und verursachte damit bei David einen Lachkrampf.

In einer Gesprächspause fragte ihn Harriet, wo er wohne, und erfuhr zu ihrer Überraschung, daß er im Minerva war. »Aber das ist doch das deutsche Hotel!«

David sagte: »Ich möchte meine Deutschkenntnisse anwenden.« Zu Guy gewandt, sagte er: »Man kriegt dort allerlei Informationen mit. Dort in der Bar, wo sich die deutschen Journalisten treffen, findet man die gleichen Verbindungsleute, die die Nachrichten in die English Bar bringen. Eine Version geht ins Anthénée Palace, eine andere ins Minerva. Auf diese Weise bleiben die Rumänen gut Freund mit beiden Seiten gleichzeitig.«

Guy, stolz auf seinen Freund, erwähnte jetzt Harriet gegenüber, daß David alle slawischen Sprachen sprach.

David lächelte bescheiden nach unten. »Mein Slowenisch ist etwas holprig«, sagte er, »aber mit dem Rest komme ich gut zurecht. Im Zug habe ich den ersten Band von *Anna Karenina* durchgemacht. Jetzt merke ich, daß ich den zweiten Band nicht dabei habe. Ich werde nach Sofia fliegen müssen, um ihn im russischen Buchgeschäft zu kaufen. Ich wüßte gerne, wie es ausgeht.«

»Haben Sie es nicht auf englisch gelesen?« fragte Harriet.

»Mein Englisch brauche ich eigentlich nicht aufzupolieren.«

Falls er dies als Scherz gemeint hatte, so ließ David es nicht erkennen, sondern saß unerschütterlich auf seinem Sitz und schaute wichtig auf die Speisenkarte hinab. Seine Mütze hatte beim Abnehmen etwas Schnee in seinem gelockten, schwarzen Haar hinterlassen. Als dieser schmolz und über seine Wangen tröpfelte, schob er seine Unterlippe vor und fing die Tropfen auf. Seine nunmehr sichtbaren Brauen waren so massiv wie sein Kinn.

Er legte die Speisenkarte hin und sagte: »Diese Politik der Unterstützung der etablierten Ordnung, ob richtig oder falsch, wird uns nicht nur dieses Land verlieren lassen. Wenn es zum großen Knall kommt, wird sie uns Konzessionen in der ganzen Welt kosten. Kurz, es wird unser Ende sein.«

Wenn er bei seinem Thema war, verlor Davids Art ihre Schüchternheit. Er tendierte dazu, dachte Harriet, in seinen Zuhörern weniger Teilnehmer an einer Unterhaltung als vielmehr Hörer in einer Vorlesung zu sehen – er war ein Dozierer mit vollstem Vertrauen in die Großartigkeit seines Wissens. Seine Eingebildetheit war jetzt offenkundig. Sie erinnerte sich, daß sein Hobby die Beobachtung von Vögeln war. Er sagte gerade:

»Diese AA-Dummköpfe können nicht weiter als bis zu ihrer Nasenspitze sehen. Für sie ist die Lage innerhalb des Landes ohne Bedeutung. Recht oder Unrecht: es ist der König – das ist alles, was sie wissen und wissen müssen.«

Während David redete – und er redete lange und ausführlich – kam ein Kellner und wartete neben dem Tisch. David ließ sich nicht unterbrechen, aber als sich der Mann zum Weitergehen entschloß, ergriff ihn David bei den Rockschößen, hielt ihn fest und sagte:

»Im Zug habe ich erfahren, daß sich deutsche Agenten überall im Land niedergelassen haben. Sie arbeiten über die Eiserne Garde und kaufen insgeheim Getreide auf, zum doppelten Preis. Sie sagten: ›Seht her, wie großzügig wir Deutschen sind! Mit Deutschland als Alliiertem wäre Rumänien reich.‹ Aber habe ich Seine Exzellenz davon überzeugen können? Nicht einen Augenblick lang. Der König sagt, die Eiserne Garde hat aufgehört zu existieren, und der König *muß* recht haben.«

Der Kellner, dessen Geduld erschöpft war, begann an seinen Rockschößen zu ziehen. David wandte sich ihm gereizt zu und rief: *»Stai, domnule, stai«*, und fuhr mit seiner Vorlesung fort.

»Laßt uns doch unsere Bestellung aufgeben«, bat Harriet.

David fuhr ruckartig zu ihr herum und schnappte: »Halt die Klappe.«

»Ich werde meine Klappe nicht halten«, schnappte sie zurück, und David unterdrückte ein plötzliches Kichern, senkte den Blick, und seine ganze Schüchternheit kehrte zurück.

»Natürlich müssen wir bestellen«, sagte er. »Ich denke, wir werden *Fleică de Brașov* essen.« Sie gaben ihre Bestellung auf, und der Kellner war entlassen.

»Sag uns, was hier passieren wird«, sagte Guy.

»Mehrere Dinge könnten passieren.« David schob seinen Stuhl näher an den Tisch. »Es könnte eine Bauernrevolte gegen Deutschland geben, aber wir werden natürlich aufpassen, daß das nicht passiert. Die Bauernpartei steht in Opposition zum Monarchen, also kriegt sie von uns keine Unterstützung. Ich bin der einzige Engländer in diesem Land, der die Bauernführer getroffen hat...«

Guy unterbrach: »Ich war dabei.«

»Na gut, wir zwei sind die einzigen Engländer, die sich die Mühe gemacht haben, sie zu treffen. Aber diese Menschen sind unsere Alliierten. Sie sind unsere wahren Verbündeten. Sie würden unseretwegen einen Aufstand machen, aber man ignoriert und beleidigt sie. Wir haben uns für Carol und seine Bundesgenossen ausgesprochen.«

»Warum werden die Bauern so verachtet?« fragte Harriet.

»Sie leiden an Hunger, Pellagra und sechshundert Jahren Unterdrückung – alles kräftezehrende Krankheiten.«

»Sechshundert Jahre?«

»Eher mehr.« David begann jetzt mit einem Überblick über die Geschichte der rumänischen Unterdrückung, beginnend mit dem Rückzug der römischen Legionen im dritten Jahrhundert nach Christus und dem Auftauchen der Westgoten. Er streifte von den plündernden Hunnen zu den Gepiden, Langobarden und Avaren, zu den Slawen und ›einer Rasse türkischer Nomaden, Bulgaren genannt‹. »Im neunten Jahrhundert«, sagte er, »fegten die Magyaren über Osteuropa.«

»Gehört das nicht alles zur Völkerwanderung?« fragte Harriet.

»Ja. Rumänien ist der Teil Europas, über den die meisten von ihnen wanderten. Natürlich gab es Unterbrechungen – zum Beispiel eine kurze, ruhmreiche Periode unter Michael dem Tapferen. Dies führte zur deprimierendsten und unglückseligsten Periode in der rumänischen Geschichte – die Herrschaft der Phanarioten.«

Der Kellner brachte die Suppe. Während er seinen Teller leerte, verfolgte David das weitere Unglück des rumänischen Volkes bis zur Bauernrevolte von 1784. »Niedergeschlagen«, sagte er und legte seinen Löffel ab, »auf eine Art und Weise, die ich während eines Essens lieber nicht beschreiben möchte.«

Harriet wollte etwas sagen. David brachte sie mit einer Handbewegung zum Schweigen. »Wir kommen jetzt«, sagte er, »ins neunzehnte Jahrhundert, als die türkische Macht abnahm und Rumänien zwischen Rußland und Österreich aufgeteilt wurde...«

Sie hatten gegrilltes Kalbfleisch mit Kräutern bestellt. Es wurde auf einem Brett zum Tisch gebracht und dort mit zwei Hackmessern in kleine Stücke gehackt. Durch den Lärm zum Schweigen verurteilt, runzelte David die Stirn, bis es vorüber war, und begann dann sofort wieder zu reden. Er wurde von der Ankunft eines kurzen, rundleibigen, rundgesichtigen Mannes unterbrochen, der schnell herein und schnell zum Tisch kam und ein strahlendes Lächeln verbreitete.

»Ah!« sagte David und erhob sich, »da ist Klein.« Klein ergriff seine beiden Hände, sprach ein schnelles Deutsch, um ein ekstatisches Vergnügen über ihre Wiedervereinigung zu demonstrieren.

Als er den Pringles vorgestellt wurde, verbeugte sich Klein in der Hüfte und sagte: »Wie nett... wie angenehm, Sie kennenzulernen!« aber er schien sich ihrer nicht recht sicher zu sein, bis David sagte: »Das geht in Ordnung. Es sind Freunde.«

Das Wort ›Freunde‹ hatte offensichtlich einen besonderen Bedeutungsgehalt. »Ach so!« sagte Klein und setzte sich entspannt auf den Stuhl, den Guy für ihn an den Tisch gebracht hatte. Er hatte das frische, stubsnasige, rosa und weiße Gesicht eines Kindes. Wäre es nicht wegen der Tatsache gewesen, daß er kahl und sein verbliebenes Haar grau war, hätte er für einen sehr molligen Schuljungen gehalten werden können – aber für einen superhellen Jungen, der, trotz seines gutgelaunten Lächelns, alles und alle um ihn herum taxierte. Er akzeptierte den Wein, den er in ein Glas goß und mit Mineralwaser mischte, aber er wollte nichts essen. Er sei gerade, sagte er, von der ersten Zusammenkunft eines kürzlich gebildeten Komitees gekommen.

»Ein wichtiges Komitee, wissen Sie. Es ist dazu da, um die große Nachfrage Deutschlands nach rumänischen Nahrungsmitteln zu diskutieren. Und was taten wir in dem Komitee? Wir aßen, tranken und machten spaßige Bemerkungen. Es gab ein solches Büffet – von hier bis da«, er deutete an der Wand etwa sechs Meter an, »mit Braten und Truthahn und Hummer und Kaviar. *Solch ein Essen!* Ich kann Ihnen sagen, in Deutschland hat man heute vergessen, daß solche Speisen je existierten.«

Er lachte laut auf, während David ihn beobachtete und seine Lippe kräuselte in Kenntnis der Rolle der Rumänen in diesem Komitee.

Klein gab Guy ein Lächeln, vertrauensvoll und sympathisch, und sagte: »Verstehen Sie, ich bin wirtschaftlicher Berater des Kabinetts. Ich wurde in dieses Komitee berufen, weil Deutschland jeden Tag mehr haben will – mehr Fleisch, mehr Kaffee, mehr Mais, mehr Speiseöl. Woher soll das alles kommen? Und dann sagen sie: ›Pflanzt Sojabohnen.‹ – ›Was sind Sojabohnen?‹ fragen wir uns gegenseitig. Wir wissen es nicht, aber Deutschland muß sie haben. Jeden Tag kommen diese Anforderungen – und jedes Mal sind es eher Forderungen. Das Kabinett ist nervös. Sie sagen: ›Holt Klein her, Klein muß uns beraten.‹ Ich bin Jude. Ich bin ohne Status. Aber ich verstehe etwas von Wirtschaft.«

»Klein war einer der besten Ökonomen in Deutschland« sagte David.

Klein lächelte und zuckte mit einer Schulter, wies aber diesen Anspruch nicht zurück. »Hier ist es wirklich sehr komisch«, sagte er. »Sie lassen mich holen, um sie zu beraten. Ich sage: ›Produziert mehr, gebt weniger aus.‹ Was antworten sie? Sie lachen mich aus. ›Ach, Klein‹, sagen sie, ›du bist nur ein Jude. Was kannst du schon von der Seele unseres großen Landes wissen? Gott hat uns alles gegeben. Wir sind reich. Unser Land produziert die ganze Zeit für uns. Es kann nicht erschöpft werden. Du bist ein dummer, kleiner Jude ‹«

Als Klein lachte, errötete sein Gesicht vor schelmischer Fröhlichkeit, und Guy lachte mit ihm, entzückt über seinen neuen Bekannten. Und keiner, fing Harriet an zu begreifen, freute sich über einen neuen Bekannten mehr als Guy. Brennend vor Interesse an Klein vernachlässigte er sein Essen, beugte sich vor und befragte ihn über seine inoffizielle Position im Kabinett, danach über seine Abreise aus Deutschland und die Ankunft in Rumänien vor zwei Jahren.

Kleins Geschichte ähnelte ziemlich der anderer jüdischer Flüchtlinge in Bukarest, mit der Ausnahme, daß seine Reputation als Wirtschaftsexperte ihn befähigt hatte, länger in Deutschland zu bleiben als die meisten. Schließlich war er von einem deutschen Freund gewarnt worden, daß seine Verhaftung bevorstand. Er war mit leeren Händen aus seiner Berliner Wohnung gegangen, hatte einen Zug an die rumänische Grenze genommen und hatte, da er keine Zeit fand, die übliche Einreiseerlaubnis zu kaufen, die Grenze bei Nacht zu Fuß überquert. Er war gefaßt worden und hatte ein halbes Jahr in dem berüchtigten Bistriţa-Gefängnis zugebracht, wo Drucker jetzt festgehalten wurde. Freunde hatten ihn freigekauft.

»Aber immer noch«, sagte er, »habe ich keine Arbeitserlaubnis. Ich bin immer noch illegal. Wenn ich nicht mehr nützlich bin, dann marschiere ich zurück ins Bistriţa.« Er lachte herzhaft über diese Aussicht.

David beobachtete Guys eifrige Befragung Kleins, verzog seinen Mund in spöttischer Amüsiertheit und war zufrieden, daß er die beiden so erfolgreich miteinander bekannt gemacht hatte. Harriet war weniger zufrieden. Sie hatte eine Menge über David Boyd gehört, den Guy als besonderen Freund ansah, als einen, dessen Wissen und Unterhaltung beträchtlich mehr boten als die beschränkten, persönlichen Belange von Inchcape und Clarence. Jetzt war David da, David, dessen Interessen wie die seinen waren, unpersönlich, sozial, ökonomisch und historisch. Sie seufzte bei dem Gedanken an soviel Gerede. Es war nicht so, sagte sie sich, daß sie es nicht zu schätzen wüßte, aber das Unpersönlich-Sachliche ermüdete sie schnell. Sie fühlte sich etwas ausgeschlossen, etwas eifersüchtig.

Weil er dies vielleicht spürte, drehte sich Klein lächelnd zu ihr hin, um sie mit einzubeziehen. Er sagte: »So hier sind wir alle linksseitige Männer, he? Und Doamna Priiengel? Sie, auch, ist linksseitig?«

»Nein«, sagte Harriet, »ich kämpfe den einsamen Kampf des Reaktionärs.«

Guy lachte, um zu verhindern, daß Klein dies ernst nahm, und drückte ihre Hand.

Klein sagte: »Sie lieben Rumänien, Doamna Priiengel? Es ist interessant hier, nicht wahr?«

»Ja, aber...«

»Aber es ist interessant«, insistierte Klein. »Und warten Sie! Es wird noch interessanter werden. Glauben Sie, daß die Alliierten dieses Land beschützen können? Ich glaube nicht. Es wird nötig sein, sich von den Deutschen mit immer mehr Nahrungsmitteln freizukaufen – mit so vielen Nahrungsmitteln, daß es eine Hungersnot geben wird. Wenn Sie bleiben, werden Sie den Zusammenbruch eines Landes sehen. Sie werden Revolution sehen, Ruin, Besetzung durch den Feind...«

»So lange will ich nicht bleiben.«

»Aber Sie werden so vieles sehen«, stritt Klein mit ihr, »und alles so interessant.« Er schaute in die Runde, als ob er ihnen allen eine fröhliche Zukunft offenbaren würde. »Ich sage zu diesem Komitee: ›Hören Sie zu! In diesem Land ist es nötig, daß wir 200000 Wagonladungen Weizen in einem Jahr haben. Heuer werden wir durch die Mobilmachung der Landarbeiter vielleicht 20000 haben, vielleicht weniger. Es ist notwendig‹, sage ich, ›daß ihr die Bauern mobilisiert und sie sofort aufs Land zurückschickt. Wenn das nicht geschieht, wird das Volk hungern.‹ Und sie lachen mich aus und sagen: ›Wir kennen dich, Klein, du bist von der Linken. Du kümmerst dich nicht um den Ruhm Groß-Rumäniens, du kümmerst dich um das Wohlergehen der dummen, dreckigen Bauern. Rumänien ist reich. Rumänien kann nicht verhungern. Hier wirft man an einem Tag den Samen auf den Boden, am nächsten Tag ist es Brot. Wenn der Weizen knapp wird, es ist nur nötig, den Export zu stoppen.‹ – ›Wenn Sie das tun‹, sage ich, ›woher werden Sie das Geld kriegen?‹ – ›Alles, was nötig ist‹, sagen sie, ›ist eine neue Steuer.‹ Ich sage: ›Was können wir besteuern? Was ist bis jetzt noch nicht besteuert?‹ Und sie lachen mich aus: ›Ha, Klein, es ist deine Sache, eine Antwort zu finden! Du bist Ökonom.‹«

Klein schüttelte sich vor Lachen bei dem Gedanken an die zukünftigen Schwierigkeiten und legte eine Hand auf Harriets Schulter. »Hören Sie, Doamna Priiengel: Rumänien ist wie eine närrische Person, die ein großes Vermögen geerbt hat. Es wird alles für vulgären Unfug verschleudert. Sie kennen die Geschichte, die die Rumänen über sich selbst erzählen: daß Gott, als Er seine Gaben an die Völker verteilt hatte, sah, daß Er Rumänien alles gegeben hatte – Wälder, Flüsse, Berge, Bodenschätze, Öl und einen fruchtbaren Boden, der viele Ernten hervorbrachte. ›Hah‹, sagte Gott, ›das ist zuviel.‹ Und so, um ein Gleichgewicht herzustellen, setzte er die schlimmsten Menschen hierher, die Er finden konnte. Die Rumänen lachen darüber. Es ist ein wahrer, trauriger Witz!« sagte Klein, aber er erzählte ihn ohne ein Anzeichen von Traurigkeit.

Das Mahl war beendet. Die meisten anderen Gäste hatten das Restaurant verlassen; David, Guy und Klein schienen jedoch bereit, den ganzen Nachmittag zu bleiben. Nach einer Weile ging Klein zu Geschichten aus seinem Gefängnisleben über. Er vermittelte den Eindruck, es sei alles kolossal komisch gewesen.

»Und es war so interessant«, sagte er, »so *interessant!* Mit so einer Menge Leute in einer gemeinsamen Zelle zusammen gepfercht, da war so ein Leben, solche Geschichten, solche Kämpfe, solche Skandale. Es passierte immer etwas. Ich erinnere mich, eines Tages kamen die Wärter herein, um einen Gefangenen zu verprügeln, der etwas verrückt war – im Gefängnis werden viele etwas verrückt – und wie sie ihn verprügelten, schrie er und schrie. Das mochten die Wärter nicht, also taten sie ihm ein Federkissen über den Kopf. Das stoppte das Schreien, aber als sie es abnahmen – was für eine Überraschung! Der Mann war tot. Erstickt! Die Wärter standen so da...« Klein riß seinen Mund auf, und seine Augen quollen hervor, dann lachte er: »Und die Häftlinge – oh, sie lachten so sehr!«

Klein fuhr fort und beschrieb die Zellen, voller Schleim und Feuchtigkeit, die Böden tief in Unrat, die vergewaltigten Jungen, die, erst einmal korrumpiert, sich selbst für ein paar *Lei* verkauften, und all die neuen Verbrechen, die geboren wurden in dieser Gemeinschaft von Männern, zusammengepfercht mit den Haß-, Zorn- und Lustgefühlen der Enge.

»Wie schrecklich!« sagte Harriet.

Klein lachte: »Aber so interessant!« Er erklärte, daß er nie offiziell entlassen worden sondern mit stillschweigender Billigung entflohen war. »Und als sie mir sagten, ich könne fliehen, fast wollte ich nicht weggehen, es war so interessant. Fast wünschte ich, ich könnte bleiben, um das Ende so vieler Skandale und Streitigkeiten zu hören, und Intrigen und Pläne. Es war wie das Verlassen einer Welt.«

Schließlich kam der Oberkellner selbst und knallte ihre Rechnung in die Mitte des Tisches. Als sie nur noch die Wahl zu gehen hatten, lud Guy Klein und David in die Wohnung zum Tee ein, aber sie wollten ins Minerva zu einer privaten Unterredung. David sagte zu, später kurz vorbeizukommen, und Harriet brachte, ziemlich dankbar, Guy alleine nach Hause.

Als sie drinnen waren, übergab er ihr einen versiegelten Umschlag, auf dem ›Streng Geheim‹ geschrieben stand, und sagte: »Sheppy hat die ausgeteilt. Er sagt, sie müssen hinter Schloß und Riegel verwahrt werden. Ich befürchte, meinen zu verlieren. Steck ihn für mich weg, irgendwo, wo er sicher ist.«

Die meisten Schubladen der Wohnung hatten Schlösser, aber kein Schloß hatte einen Schlüssel. Harriet steckte den Umschlag in eine kleine Schublade im Schreibtisch und sagte: »Da sollte er sicher sein. Schließlich sind wir die einzigen Menschen in der Wohnung.«

13

Clarence kehrte von seiner Party mit den polnischen Beamten zurück und stellte sich nach dem Tee ein. Er kam schwankend herein, versuchte, durch das Zimmer zu gehen und fiel statt dessen in den Sessel. Despina, die ihn hereingelassen hatte, ging hinaus und explodierte vor Lachen.

»Ich will mich betrinken«, sagte Clarence.

Harriet sagte: »Du bist betrunken.«

Er fuchtelte vage mit einem Arm in der Luft herum. »Sag Despina, sie soll fortgehen und jede Menge Bier besorgen.«

»In Ordnung, wo ist das Geld?«

»Ha, du verdirbst aber auch alles«, schimpfte Clarence. Er schloß die Augen.

Despina kehrte unter einem Vorwand zurück, um ihn noch einmal zu betrachten. Er schrie sie an: »Hey, Despina, kauf Bier ein«, und gab ihr hundert *Lei*.

»Mit hundert *Lei* wirst du nicht betrunken werden«, sagte Harriet.

»Ich will nicht betrunken werden. Ich *bin* betrunken. Ich will nur betrunken bleiben.«

Guy, der gerade gelesen hatte, legte sein Buch hin und sagte: »Hört auf zu streiten, ihr zwei«, und brachte einen fünfhundert *Lei*-Schein hervor. Er schickte Despina zum Bierholen. Während sie weg war, kam David, seine Mütze und die Schultern weiß vor Schnee. Als er Mantel und Mütze ausgezogen und sich beim Heizofen niedergelassen hatte, sah er Clarence, alle Viere von sich gestreckt, die Augen geschlossen, mürrisch und unbehaglich, und fragte voller Hohn:

»Was ist mit Clarence los?«

»Er ist betrunken«, sagte Harriet.

»Noch nicht richtig betrunken«, Clarences schöne und sanfte Stimme kam wie von sehr weit her, »aber hoffentlich bald.«

Harriet sagte: »Wollen Sie sich auch betrinken, David?«

»Ich habe nichts dagegen.« David sah sich nach einem Drink um.

»Bier ist unterwegs.«

Despina kam zurück mit einem Jungen, der eine Kiste Bier trug. Entzückt von dem Anblick, sprang Guy auf und sagte: »Machen wir eine Party. Laden wir jeden ein, der uns einfällt.«

»Oh, nein.« Clarence rappelte sich auf. »Wir haben nicht genug.« Aber Guy war schon beim Telefon und rief Inchcape an. Inchcape sagte, daß es fürchterlich schneien würde, und er sei nicht in der Stimmung, hinauszugehen. Guy versuchte dann, Dubedat zu erreichen, von dem er aus irgendeinem Grund annahm, er sei im Doi Trandafiri. Während ein Pikkolo das Café nach Dubedat durchsuchte, verkündete Guy, der nichts zu tun hatte, als den Hörer zu halten, noch einmal seine Auffassung, daß man Dubedat anbieten solle, in den Nebenraum zu ziehen.

»Ein Mensch wird von seiner Umgebung geprägt«, sagte Guy. »Wenn man ihn ändern will, muß man die Umgebung ändern.«

Harriet war über Guys Hartnäckigkeit betroffen, fühlte aber einen widerwilligen Respekt dafür. Sie entgegnete scharf: »Er kann seine Umgebung selbst ändern. Er verdient jetzt Geld. Du solltest ihn nicht der Initiative berauben.«

Die beiden anderen fühlten sich durch ihren Ton leicht peinlich berührt, weswegen sie sich sowohl über sich selbst als auch über Guy ärgerte.

Guy erfuhr, daß Dubedat im Doi Trandafiri nicht aufzufinden war, und rief die English Bar an, um zu sehen, wen er dort finden könnte. David, gereizt wegen der unterbrochenen Unterhaltung, fing an von einem Besuch zu erzählen, den er bei dem Bauernführer Maniu machen wollte, der ein Haus in Cluj hatte. Clarence seufzte ostentativ und sagte: »Oh, Gott!« Als David ihn mit überraschter Verwunderung betrachtete, kicherte er und sagte: »Warum lernst du nicht, mit dir selbst zu sprechen, David?«

Davids linke Augenbraue hob sich, sein schmaler Mund verzog sich nach einer Seite. Er musterte Clarence' traurige Gestalt mit belustigter Verachtung und sagte: »Weil, mein lieber Clarence, ich nicht mit mir selbst reden will.«

»Dann hast du mehr Mitgefühl mit anderen.« Als ihm nach einem Augenblick sein eigener Witz aufging, fing er an, hilflos zu lachen.

David beobachtete ihn mit einer Miene, die die Frage an die Welt richtete: »Hat man je einen lachhafteren Anblick gesehen?«

Guy wurde sich plötzlich der gereizten Langeweile im Zimmer bewußt, legte den Hörer nieder, sprang auf und sagte: »Noch Bier?« Seine Rückkehr in das Zentrum der Dinge stellte die Stimmung wieder her, und David fragte mit einem vollen Glas in der Hand: »Na, was ist denn hier passiert, seit der Krieg ausbrach?«

Guy sagte: »Von dem Attentat abgesehen, nichts.«

Clarence rief plötzlich: »Sheppys Kampfgruppe.«

Eine Pause trat ein. David, im Tonfall nicht sehr interessiert, im Blick durchdringend, fragte: »Was ist Sheppys Kampfgruppe?«

Noch eine Pause trat ein, dann sagte Guy, hin und her gerissen zwischen der Notwendigkeit der Diskretion und dem Wunsch, seinen Freund zu unterhalten: »Wir sollen nichts darüber sagen.«

»David wird mit reingezogen werden«, sagte Clarence. »Alle werden sie mit reingezogen werden, mich ausgenommen. Ich habe abgelehnt. Ich sagte ihm«, Clarence fuchtelte mit seinem Glas umher, »ich sagte: ›Ich bin Pazifist. Ich bin nicht bereit zu töten. Ich will genau wissen, was wir für Sie tun sollen.‹ – ›Ich bin nicht befugt, Ihnen zu sagen, was man von Ihnen erwartet‹, sagte Sheppy. Also sagte ich: ›Ich denke, es erspart uns Zeit, wenn ich Ihnen hier und jetzt sage, daß ich nicht befugt bin mitzumachen.‹«

Guy mußte unwillkürlich lachen und bestätigte: »Er hat es tatsächlich gesagt.«

Clarence, vom Bier und seiner eigenen Großartigkeit wiederbelebt, platzte heraus: »Ich sagte: ›Ich bin vom British Council abgestellt. Das Council erlaubt es seinen Angehörigen nicht, an irgend etwas, außer kulturellen Aktivitäten, teilzunehmen.‹ Und Sheppy sagte«, hier warf Clarence einen Finger in die Luft und unternahm eine betrunkene Anstren-

Harriet (Emma Thompson) folgt ihrem Mann in ein fremdes Land, obwohl sie erst eine Woche mit Guy verheiratet ist.

Prinz Yakimov (Ronald Pickup) schlägt sich als verarmter Adeliger auf Kosten anderer durch.

gung, Sheppys Kommandoton zu imitieren, »›Ihr seid als Engländer hierher gerufen worden – junge, robuste, patriotische Engländer, die eigentlich im aktiven Dienst sein sollten und es aus dem einen oder anderen Grund nicht sind. Man braucht Sie, um eine wichtige Mission durchzuführen ...‹ – ›Ich bin nicht robust‹, sagte ich, ›ich habe eine schwache Brust.‹« Daraufhin sank Clarence wieder in sich zusammen und kicherte vor sich hin.

Harriet saß verloren außerhalb des Kreises, sah, wie David Guy in naiver Verwunderung anlächelte: »Wer ist dieser Sheppy?«

»Er ist da, um eine Art Privatarmee zu organisieren.«

»Wozu das ganze?«

»Es ist alles sehr geheim.«

»Hast du den Official Secrets Act unterschrieben?«

»Noch nicht.«

»Warum zerbrichst du dir dann den Kopf? Außerdem kann er euch gar nichts befehlen.«

»Das weiß ich. Aber er hat recht. Wir sollten eigentlich im aktiven Dienst sein, und da wir das nicht sind, sollten wir tun, was wir können.«

»Was ist er für einer, dieser Sheppy?«

Jetzt war schon so viel enthüllt worden, daß Guy klar spürte, daß es wenig Sinn hatte, den Rest zurückzuhalten. Er unterbrach nicht, als Clarence beschrieb, wie Sheppy in das Zimmer vom Athénée Palace marschiert war, in dem sie sich versammelt hatten, eine Landkarte an die Wand hängte und in barschem Ton fragte: »Was haben wir da?« Einer der Telefoningenieure war nach vorne getreten, hatte sie studiert und dann im Ton einer Offenbarung gesagt: »Die Donau.« »Richtig!« Sheppy hatte ihm gratuliert. »Und jetzt«, fuhr Sheppy fort, »erwarte ich von euch Bürschchen bedingungslosen Gehorsam. Zwei oder drei meiner Helfer werden ausgeflogen, und ihr müßt sie als eure Vorgesetzten betrachten. Ihr werdet die Mannschaft sein. Ihr habt nicht nach dem Warum zu fragen, sondern zu sterben, ohne zu klagen. Richtig?« Er hatte eine Pause gemacht, um Zustimmung zu hören, erhielt aber nur Schweigen. Er hatte weitergemacht: »Ich werde euch nicht viel sagen – Geheimhaltung und so – aber ich kann euch dies sagen. Wir werden ein Einsatzkommando bilden, um den Feind dort zu treffen, wo er es am meisten spüren wird. Eine Stelle, an der wir ihn treffen werden, ist der Bauch. Fast vierhunderttausend Tonnen Weizen gingen letztes Jahr von Rumänien nach Deutschland – und wie kamen sie dorthin? Auf der Donau. Große Pläne sind im Gange. Wir werden sie in die Luft sprengen. Eines davon ist das Eiserne Tor. Denkt dran: Dies ist kein Jux. Es ist ein Abenteuer.« Er hatte seine eine Hand auf den Tisch geknallt, und sein eines Auge ging ruckartig von einem zum anderen. »Es wird jede Menge Spaß geben, und wir lassen euch mitmachen.« Danach hatte er Haltung angenommen und wie ein Maschinengewehr gebellt: »Seid bereit. Erwartet die Befehle. Haltet eure Klappen. Rührt euch!«

David wartete das Ende von Clarence' Darbietung ab, bevor er sagte: »Das Eiserne Tor? Was glaubt er denn, was das ist? Wirkliche Tore? Vielleicht glauben sie, sie könnten die Stromschnellen sprengen und die Schiffahrtspassage nahe dem rechten Ufer blockieren. Das hätten die Deutschen bald wieder aufgeräumt.« Er ließ ein näselndes und abfälliges Lachen hören. »Das ist natürlich ›Mantel-und-Degen-Unfug‹. Sie greifen sich diese romantischen, alten Kriegspferde und sagen: ›Wenn Sie Erfolg haben, werden Sie keinerlei Anerkennung erhalten. Wenn Sie scheitern, werden Sie die Konsequenzen tragen.‹ Das läßt sie mit den Zähnen knirschen. So was lieben sie.«

Daraufhin konnte Harriet nicht länger still bleiben. Sie sagte: »Aber Guy wäre bei solchen Sachen hoffnungslos verloren. Wenn er versuchen würde, das Eiserne Tor in die Luft zu sprengen, würde er wahrscheinlich sich selbst in die Luft sprengen. Und was Clarence angeht – das sieht ihm ähnlich, sich da rauszuhalten.«

Guy, der sich an ihre Anwesenheit erinnerte und über ihren Ausbruch bestürzt war, sagte: »Darling, du darfst niemandem gegenüber ein Wort sagen. Versprich es.«

»Wem gegenüber sollte ich denn ein Wort sagen?«

Clarence sagte langsam: »Harriet ist ein Luder.« Fügte

nach einigen Augenblicken nachdenklich hinzu: »Ich mag Luder. Man weiß, woran man mit ihnen ist.«

Harriet gab keinen Kommentar, aber sie sagte sich, daß sie jetzt wüßte, was Clarence von ihr dachte. Die Situation hatte ihren Reiz. Es war, als ob einem eine zweite Persönlichkeit angeboten würde. Gleichzeitig, als sie sah, wie er dort lümmelte, selbstgefällig lächelnd, hätte sie hinüber gehen und ihn aus dem Sessel werfen können.

David mußte auch etwas Derartiges gefühlt haben, denn er sagte: »Machen wir mal was Richtiges.«

Er beugte sich vor und lächelte mit überlegter Bosheit zu Clarence hin: »Zieh'n wir ihm die Hosen runter!« Mit einer plötzlichen, entschlossenen Bewegung stand er auf und ging auf Clarence zu, verstohlen, keineswegs nur spielerisch. Er warf einen Seitenblick auf Harriet, die er dabei als seine Verbündete wußte, und sie sprang sofort auf, vom gleichen Impuls getrieben, Clarence auf irgendeine Art zu malträtieren.

»Los komm«, sagte sie zu Guy, und er wurde in die Attacke hineingezogen.

Clarence, auf dem zurückgekippten Sessel, saß träge und mit geschlossenen Augen da, den Kopf gegen die Wand gelehnt, und schien erst zu begreifen, daß irgend etwas passierte, als sie über ihn herfielen; dann öffnete er erschrocken die Augen; die Sesselbeine rutschten, und er ging rückwärts zu Boden, auf den er mit seinem Kopf aufschlug. Er starrte zu ihnen hinauf, wie aus dem Schlaf erwacht, schloß dann seine Augen wieder und sagte dumpf: »Was geht's mich an?«

Obgleich er auf keinerlei Widerstand traf, preßte David sein Opfer fest zu Boden, als ob er es mit einem Straßenräuber zu tun hätte. In seinen Bewegungen war etwas Rachsüchtiges. Clarence hätte ein alter Feind sein können, den er jetzt endlich in die Ecke getrieben hatte. Harriet warf sich auf ihn und hielt ihn an den Schultern nieder.

»Aber wirklich!« Clarence keuchte und machte eine schwache, fast idiotische Anstrengung zu entkommen. Als er eine Hand freikämpfte und versuchte, Harriet wegzustoßen, biß sie ihm in die Finger, so daß er aufheulte. Nur Guy betrachtete die ganze Sache als einen Spaß.

David begann damit, Clarence die Hosen herunter zu ziehen. Gewichtig und sehr stark, arbeitete er mit dem konzentrierten Ernst eines Exekutors. Auf seine Anweisungen hin zog Guy die Hosen über Clarence' Schuhe. Als sie schließlich herunter waren, grapschte David nach ihnen und hielt sie triumphierend hoch. »Was sollen wir mit ihnen machen?«

»Leg sie auf den Balkon«, sagte Harriet. »Er soll hinausgehen und sie sich holen.«

Clarence lag regungslos und heuchelte Bewußtlosigkeit.

Als David auf den Balkon hinausging, kam die eisige Luft einen Moment lang ins Zimmer, dann drehte er sich um und knallte die Tür zu. Kichernd log er: »Ich habe sie auf die Straße geworfen.«

»Was geht's mich an?« murmelte Clarence wieder.

Der Impuls, der die anderen aktiviert hatte, erstarb so schnell, wie er gekommen war. Sie saßen herum und beobachteten Clarence, wie er in Unterhosen auf dem Fußboden lag. Als er nichts machte und sagte, unterhielten sie sich untereinander und vergaßen ihn.

Nach einer Weile rappelte er sich etappenweise auf. Als er in einer sitzenden Stellung war, schüttelte er den Kopf und stöhnte, stand dann langsam auf und ging auf den Balkon hinaus. Er blieb draußen im Schnee in der Winterkälte, während er seine Hose anzog, kehrte dann ins Zimmer zurück, schloß vorsichtig die Glastüren, verriegelte sie und ging ohne ein Wort in den Flur hinaus. Die anderen hatten aufgehört zu sprechen. Sie lauschten Clarence' Bewegungen im Flur, als er seinen Mantel anzog. Die Wohnungstüre schloß sich leise hinter ihm.

Es herrschte Schweigen, dann sagte Harriet: »Was ist mit uns los? Warum haben wir das getan?«

»Es war nur Spaß«, sagte Guy, aber es klang nicht so, als ob er sich dessen sicher sei.

»Also wirklich, wir haben uns wie Kinder benommen«, sagte Harriet, und ihr wurde klar, daß sie tatsächlich noch nicht erwachsen genug waren für das Leben, das sie lebten. Sie fragte: »Was stimmt bei Clarence nicht? Er erzählte mir einmal, daß er immer alle enttäuscht.«

Mit gewichtiger Ironie sagte David: »Jemand sollte ihn mal auseinandernehmen und nach Belieben wieder zusammensetzen.«

Guy sagte: »Ich könnte es machen, wenn ich die Zeit dazu hätte.«

»Ich glaube, Harriet könnte es machen.« David lächelte ihr listig zu.

Harriet wurde rot, und ihr wurde klar, daß sie eine mitfühlende Sympathie für Clarence empfunden hatte, als sie beobachtet hatte, wie er sich aufgerappelt und sich ruhig und unaufdringlich aus der Wohnung begeben hatte. Sowohl David als auch Guy waren viel jünger als er, und zwischen ihnen herrschte das Einverständnis einer alten Freundschaft. Clarence konnte nicht unberührt von der Tatsache geblieben sein, daß sich die beiden gegen ihn zusammengetan hatten. Er tat ihr leid, aber sie verdrängte dieses Gefühl und sagte beiläufig: »Ich will ihn nicht wieder zusammensetzen. Warum sollte ich?« Und sie fuhren fort, über andere Dinge zu sprechen.

14

Am nächsten Morgen, als sie alleine in der Wohnung war, nahm Harriet den Umschlag heraus, den Guy ihr gegeben hatte, und öffnete ihn, indem sie einen Bleistift unter die Lasche rollte. Drinnen war die Kopie eines Querschnitts durch – was? Ein artesischer Brunnen? Oder, wahrscheinlicher, eine Ölquelle. Noch etwas, Zum-in-die-Luft-sprengen. Eine Blockierung im Rohr war etikettiert mit dem einen Wort: ›Detonator‹. Es gab keine geschriebene Erläuterung zu der Zeichnung. Sie versiegelte den Umschlag wieder und legte ihn zurück in die Schublade.

Sie hörte erst ein paar Wochen später wieder von dem Kommando, als Guy von der Universität aus anrief, um ihr zu sagen, daß er nicht zum Abendessen kommen würde. Er war zu einem Treffen gerufen worden.

»Hoffentlich keines von Sheppys Treffen?« sagte Harriet.

Guy gestand es ein und fügte schnell hinzu, daß Clarence, der sich weigerte hinzugehen, angeboten hatte, Harriet zum Essen auszuführen. Das, sagte Guy, sei doch schön für sie. Clarence würde sie in das neue Resturant, Le Jardin, ausführen, und Guy würde sie beide später in der English Bar treffen.

Clarence holte Harriet ab, als sie gerade die Nachrichten hörte. Die Mannerheim-Linie war durchstoßen worden, aber mit Ausnahme der Kämpfe auf der Karelischen Halbinsel war der Krieg zu einem Stillstand gekommen.

Solche Nachrichten hörte sich Clarence mit einem ziemlich ernsten Gesichtsausdruck an. Er schien unter Streß zu stehen, weil er alleine mit Harriet war, und Harriet, die sich an seiner Verlegenheit erfreute, plauderte munter. Sie sagte, daß, obwohl es Leute gebe, die immer noch glaubten, daß ›bald etwas geschehen müsse‹, doch sehr viele der Meinung seien, der Krieg sei praktisch vorbei. Jedenfalls dachte in diesen Tagen niemand viel darüber nach. Er war wie ein Hintergrundgeräusch geworden, das nur dadurch Aufmerksamkeit erregen konnte, daß es aufhörte. Die Juden waren so selbstsicher, der Schwarzmarktkurs für das Pfund Sterling war niedriger als vor dem Krieg.

Clarence hörte all dem zu und murmelte gelegentlich etwas, dann nahm er das Buch auf, in dem sie gerade gelesen hatte. Es war einer der D. H. Lawrence-Romane, die Guy in diesem Semester in seiner Vorlesung behandelte.

»*Kangaroo*«, las er laut und verächtlich. »Diese modernen Romanciers! Woher kommt es, daß keiner von ihnen wirklich gut ist? Dieses Zeug da, zum Beispiel...«

»Ich würde Lawrence nicht einen modernen Romancier nennen.«

»Du weißt, was ich meine.« Clarence blätterte ungeduldig über die Seiten hinweg. »All diese dunklen Götter, dieses phallische Zeug, dieser – dieser Faschismus! Ich kann es nicht ausstehen.« Er warf das Buch hin und schaute sie anklagend an.

Sie nahm das Buch auf. »Angenommen du überspringst

das, was für dich Quatsch ist! Angenommen du liest das, was dann übrig bleibt, einfach als etwas Geschriebenes.« Sie las einen der Absätze, die Guy angestrichen hatte, laut vor. Es war die Beschreibung des Sonnenuntergangs über Manly Beach: ›Die lange, grüne Brandung des Pazifik‹, ›die sternenweiße Gischt‹, ›die dämmriggrüne See, überschimmert von einem dunstigen Rosa‹.

Clarence ächzte währenddessen, entsetzt über das, was ihm zugemutet wurde. *»Ich weiß!«* sagte er gequält, als sie aufhörte. »Dieses ganze Farbenzeug – es sind einfach viele, aneinandergereihte Wörter. Jeder könnte das.«

Harriet las den Absatz nochmals für sich durch. Aus irgendeinem Grund kam er ihr nicht mehr so lebendig und erregend vor, wie es der Fall war, bevor Clarence ihn verdammte. Sie wollte ihn dafür verantwortlich machen. Sie fuhr ihn an: »Hast du jemals zu schreiben versucht? Weißt du, wie schwer das ist?«

Doch, ja. Clarence gestand ein, daß er einst Schriftsteller hatte werden wollen. Er wußte tatsächlich, daß es schwer war. Er hatte den Versuch aufgegeben, denn was brachte das letztendlich, ein zweitklassiger Schriftsteller zu sein? Wenn man schon kein großer Schriftsteller sein konnte – ein Tolstoi, ein Flaubert, ein Stendhal –, was brachte es dann, überhaupt Schriftsteller zu sein?

Verwirrt sagte Harriet lahm: »Wenn jeder so fühlen würde, dann gäbe es nicht viel zu lesen.«

»Was gibt es denn überhaupt zu lesen? Mist, das meiste. Ich jedenfalls, lese nichts als Kriminalromane.«

»Ich nehme an, du liest schon Tolstoi und Flaubert?«

»Das tat ich mal. Vor Jahren.«

»Du könntest sie wieder lesen.«

Clarence stöhnte erneut auf. »Warum sollte ich mich damit abquälen?«

»Wie steht's mit Virginia Woolf?«

»Ich halte *Orlando* so ziemlich für das schlechteste Buch des Jahrhunderts.«

»Tatsächlich! Und *To the Lighthouse?*«

Clarence wand sich in überdrüssiger Erbitterung. »Es ist

ganz *gut* – aber ihr ganzes Geschreibe ist so diffus, so feminin, so klebrig. Da ist so ein komischer Geruch dran. Es ist genau wie Menstruation.«

Aufgeschreckt von der Originalität seiner Kritik, betrachtete Harriet Clarence mit mehr Respekt. »Und Somerset Maugham?« wagte sie zu fragen.

»Du lieber Himmel, *Harry!* Das ist lediglich höherer Journalismus.«

Niemand sonst hatte Harriet je ›Harry‹ genannt, und ihr gefiel die Verkürzung nicht. Sie reagierte scharf und sagte: »Möglicherweise ist Somerset Maugham nicht sehr gut, aber die anderen sind es. Soviel kreative Arbeit steckt in ihren Werken – und alles, was dir dazu einfällt, ist ›So ein Quatsch!‹ zu sagen und sie kurzerhand zu verdammen.« Sie stand auf und zog ihren Mantel und ihre Pelzmütze an. »Ich denke, wir sollten gehen«, sagte sie.

Le Jardin, kürzlich in einer Biedermeier-Villa eröffnet, war das eleganteste der Bukareter Restaurants und würde es bleiben, bis der erste Glanz seiner Dekorationen vergangen war. Es lag an einem kleinen, schneebedeckten Platz am Ende des Boulevard Brăteanu, und sein blaues Neonzeichen schien kalt auf die kalte, glitzernde Welt. Der Himmel war von einem zarten Graublau und klar, mit Ausnahme einiger Cirruswölkchen. Der Mond ging gerade hinter dem Dach des Restaurants auf, auf dem der Schnee, einen Fuß dick, wie gepudertes Glas schimmerte.

Das *décor* des Restaurants war in der Presse als ›*lux nebun*‹ beschrieben worden – eine Herausforderung an die Kriegszeiten, in denen es eröffnet worden war. Aber, bemerkte Harriet beim Eintreten, es gab den üblichen rumänischen Anblick eines dicken Beamten, der seinen Hut aufhatte und Sahnekuchen in seinen Mund stopfte.

Als Harriet mit Clarence zwischen den Tischen hindurchging, gab es etwas kommentierendes Gemurmel: Erstens, weil sie mit jemand anders als ihrem Mann in der Öffentlichkeit in Erscheinung trat; dann die übliche Klage, daß englische Lehrer – sie wurden alle als ›Lehrer‹ betrachtet – es sich leisten konnten, in ein Restaurant dieser Klasse zu gehen. In

Rumänien war ein Lehrer einer der am niedrigsten bezahlten Angehörigen der unteren Mittelklasse und verdiente vielleicht viertausend *Lei* im Monat. Hier war der Beweis, daß die englischen Lehrer überhaupt keine Lehrer waren, sondern, wie allgemein vermutet, Spione.

Als sich Harriet und Clarence auf einem der blausamtenen Bänkchen niedergelassen hatten, kam Harriet auf Clarence' Schriftstellerei zurück. Wie lange hatte er versucht zu schreiben? Was hatte er erreicht? Bei welchem Verlag hatte er seine Ergebnisse eingereicht? Clarence wand sich unter diesen Fragen, zuckte mit den Achseln und wich aus, gab dann zu, sehr wenig produziert zu haben. Er hatte einen Roman geplant und eine sechsseitige Synopse geschrieben, sehr sorgfältig ausgearbeitet, aber weiter war er nicht gediehen. Er konnte Szenen nicht visualisieren. Er wußte nicht, wie er seine Charaktere zum Leben erwecken sollte.

»Also hast du aufgegeben? Was hast du dann gemacht?« fragte Harriet, denn Clarence war fast dreißig und mußte irgendeine Karriere hinter sich haben.

»Ich bin zum British Council gegangen.«

»Warst du gut?«

»Ganz gut.«

Er war nach Warschau geschickt worden. Harriet fragte ihn über seine zwei Jahre dort aus. Wo Guys Erinnerungen sich vollständig aus den Zuständen im Land und den Lebensbedingungen der Bevölkerung zusammengesetzt hätten, waren Clarence' Erinnerungen persönlich, zärtlich und traurig. Seine Miene wurde wehmütig, während er erzählte. Harriet erkannte, daß da etwas Bitteres und Unerfülltes in ihm war, und fühlte Mitleid mit ihm.

In Polen hatte er sich zum ersten Mal verliebt. Er sagte: »Es ist höchst interessant, zurückzublicken auf die Dinge, die früher für einen wichtig waren. Ich kann mich an eine Nacht in Warschau erinnern... Ich kann mich erinnern, daß ich unter einer Straßenlaterne stand und das Gesicht eines Mädchens so drehte, daß ich Licht und Schatten sehen konnte. Als ich das tat, schien alles bedeutsam zu sein. Ich weiß nicht, warum. Heute hätte es keine Bedeutung. Und ich erinnere mich, wie ich mit ihr an die Weichsel spazierte und das gebrochene Eis auf dem Wasser sah. Und wir gingen durch Straßen, wo sie gerade neue Häuser bauten, alles halbfertig, die Bürgersteige verschmutzt, mit Brettern darüber. Aber sie wollte mich nicht. Eines Tages tauchte sie im Büro auf und sagte, sie sei mit jemand anderem verlobt. Ich glaube, sie hatte diesen anderen Mann schon die ganze Zeit gehabt. Ich werde es nie vergessen.«

»Das tut mir leid«, sagte Harriet.

»Was soll dir da leid tun? Schließlich lebte ich damals. Ich konnte fühlen.« Er dachte darüber nach und sagte dann: »Nie habe ich die Frau gehabt, die ich wollte. Anscheinend will ich immer nur Luder haben, und sie behandeln mich immer schlecht.«

»Was ist mit deiner Verlobten?«

Er zuckte die Schultern. »Sie ist ein gutes Mädchen, aber eigentlich fühle ich für sie nichts. Bei ihr, da ist nichts, wogegen man kämpfen kann. Sie ist wie ein Sandsack. Ich übrigens auch. Egal, wer weiß schon, was passieren wird? Als ich ihr das letzte Mal schrieb, sagte ich: ›Es kann zehn Jahre dauern, bevor ich wieder heimkomme.‹«

»Glaubst du? Und Brenda ist bereit zu warten?«

»Ich denke schon.« Clarence seufzte tief. »Aber ich habe ihr schon geraten, jemand anderen zu heiraten.«

»Nach Polen, wohin bist du da gegangen?«

»Madrid. Ich war dort, als der Bürgerkrieg ausbrach. Die Briten wurden gerade evakuiert, und ich erwischte einen Lastwagen, der nach Barcelona fuhr. Ich hatte mich den Internationalen Brigaden angeschlossen, aber mir ging es ziemlich schlecht. Ich hatte unterwegs eine Erkältung eingefangen. Ich habe schon immer diese Probleme mit meiner Lunge gehabt. Als es mir wieder besser ging, wurde ich mit der Leitung eines Flüchtlingslagers betraut, wo ich nützlicher war, als ich es an der Front gewesen wäre. Aber ich wollte kämpfen. Nicht zu kämpfen, bedeutete irgendwie einen Verzicht.«

»Jedenfalls hast du so deine moralische Integrität aufrechterhalten können.«

Clarence ließ einige Augenblicke lang seinen Kopf hängen

und sagte dann, verletzt und ruhig: »Ich hätte mir denken können, daß du so etwas sagst.« Plötzlich lachte er, halb aus Befriedigung darüber, daß sie seine schlimmsten Erwartungen erfüllt hatte, und sagte dann: »Jemand mußte sich um das Lager kümmern.«

»Eine Frau hätte den Job machen können.«

Er hob die Brauen, überlegte und sagte dann gedehnt: »Nein, eigentlich nicht«, aber er gab keine weiteren Gründe dafür an.

»Es gab dort also keine Luder!«

»Oh, doch, eine war da – ein großartiges Luder. Ein englisches Mädchen, das sich um eine Schar evakuierter Kinder zu kümmern hatte. Sie machte genau, was sie wollte. Sie schlief mit jedem, den sie wollte. Sogar mit mir. Ja, eines Abends deutete sie auf mich und sagte: ›Ich will dich‹, und ich gehorchte.« Clarence saß eine Weile still und lächelte bei der Erinnerung daran.

»Ich nehme an, da ist dann nichts weiter daraus geworden?«

»Was sollte daraus werden? Sie hatte einen Spanier, nach dem sie ganz verrückt war. Einer der englischen Kerle ging auf Urlaub nach Paris, und sie befahl ihm, ihr ein Abendkleid mitzubringen. Als er ihr das Kleid brachte, gab er eine Party und dachte, sie würde mit ihm tanzen; aber sie ignorierte ihn und tanzte den ganzen Abend mit dem Spanier. Ich mag Frauen, die wissen, was sie wollen. Frauen mit Charakter.«

»Du magst es, herumkommandiert zu werden.«

»Nicht notwendigerweise.« Er saß eine Weile in sich gekehrt, bevor er sagte: »In Spanien war eine interessante Atmosphäre von Hitze und Gefahr. Die Dinge waren wichtig dort. So sollte das Leben sein.«

»Hier gibt es auch Gefahr.«

»Oh!« Mit einem Achselzucken drückte er seine Verachtung für die Gegenwart aus.

Während des Essens hing Clarence seinen Erinnerungen nach, die alle ziemlich gleich waren. Über diese Welten der Freuden meditierend, von denen er sich ausgeschlossen fühlte, sagte er mehrmals: »So sollte das Leben sein.« Als er sich ausgesprochen hatte und auf die Rechnung wartete, fragte ihn Harriet: »Du fühlst dich gerne unzufrieden mit dir selbst. Woher kommt das?«

Clarence streckte seine Unterlippe vor, erwiderte aber nichts.

»Du fühlst dich richtig wohl dabei«, insistierte sie. »Dir gefällt es, deine schlechtesten Seiten darzulegen.«

Er sagte: »Wir lassen uns alle korrumpieren. Sogar Guy.«

»Inwiefern ist Guy korrumpiert?«

»Bevor er heiratete, hatte er praktisch nichts. Er hatte kein eigenes Zimmer, nicht einmal einen Schrank. Die Leute haben ihn bei sich aufgenommen; sie hatten ihn gern um sich. Ihm war es egal, wo er schlief. Meist schlief er auf dem Fußboden. Jetzt umgibst du ihn mit bourgeoisem Komfort. Du korrumpierst ihn.«

»Ich dachte, er hätte mit dir zusammen eine Wohnung gehabt.«

»Ja, das war letztes Frühjahr, aber als er zum ersten Mal hierher kam, hatte er buchstäblich nichts. Ich habe noch nie einen Menschen mit so wenig Besitz gesehen.«

»Und jetzt tadelst du ihn, weil er ein Zuhause hat wie jedermann sonst.«

Der Kellner kam. Als er die Rechnung beglich, wiederholte Clarence halsstarrig: »Du korrumpierst ihn.«

Harriet sagte: »Er muß es gewollt haben, korrumpiert zu werden, oder er hätte sich nie verheiratet. Ein alleinstehender Mann kann umherziehen und auf dem Boden schlafen. Ein verheiratetes Paar ist da weniger willkommen.«

Clarence erwiderte nichts. Als sie das Restaurant verließen, bemerkte Harriet, daß er ziemlich betrunken war. Sie schlug vor, das Auto stehen zu lassen und zu Fuß zum Hotel zu gehen. Er antwortete brüsk: »In dem Zustand fahre ich am besten«, und fuhr wild mit ihr um die Ecke und über den Platz. Vor dem Athénée Palace kamen sie ruckartig zum Stehen.

Sie waren spät dran, aber Guy war nicht in der Bar, und Albu hatte ihn nicht gesehen. Harriet und Clarence beschlossen, auf ihn zu warten. Die Journalisten, von denen nur noch eine Handvoll in Bukarest war, standen in den Telefonzellen in der Halle. Harriet, die jetzt ein waches Gespür für beunruhigende Nachrichten hatte, sagte: »Ich glaube, da ist etwas passiert.«

»Was könnte schon passieren?« Schwermütig bestellte Clarence Brandy.

Yakimov stand allein an der Bar und hielt ein leeres Glas. Harriet war darauf bedacht, nicht seinem Blick zu begegnen, aber sie hatte eine Veränderung an ihm wahrgenommen. Er machte einen abgerissenen, ungepflegten Eindruck, sehr verschieden von dem, dem er im Gartenrestaurant erweckt hatte. Damals durfte er die Situation beherrschen, jetzt schien es unmöglich, daß er irgend etwas beherrschen konnte. Er war blaß, verschnupft, verfallen – ein Mann am Boden. Als er sich an Harriet heranschlängelte, sagte er: »Mein liebes Kind, wie schön, ein menschliches Gesicht zu sehen.« Er sah so verloren aus, daß sie nicht das Herz hatte, ihm den Rücken zuzudrehen.

Er hing schlaff gegen die Bar gelehnt und hielt sein leeres Glas in einem solchen Winkel von sich, daß man es unmöglich übersehen konnte, seufzte und sagte: »Fühle mich gar nicht gut. Unfreundliches Wetter. Nimmt Ihren armen, alten Yaki ganz schön mit.«

Harriet fragte kalt, ob er Guy gesehen hatte. Er schüttelte den Kopf.

»Ist irgend etwas passiert?«

»Nicht daß ich wüßte, liebes Kind.« Er warf einen Blick über die Schulter, trat dann einen Schritt näher und bekannte verzweifelt: »Gerade hat mir ein alter Freund, Prinz Hadjimoscos, eine Abfuhr gegeben. Er war zu irgendeiner Party unterwegs. Ich sagte: ›Nehmen Sie mich mit, alter Knabe.‹ Und was glauben Sie, was er sagte? ›Sie sind nicht eingeladen.‹ Nicht eingeladen! Ich bitte Sie! In einer Stadt wie dieser. Aber ich zerbreche mir darüber nicht den Kopf. Da ist eben ein antibritisches Gefühl. Es wird immer stärker, liebes Kind. Ich kann es spüren. Bin nicht umsonst Kriegskorrespondent gewesen. Sie fangen an zu glauben, daß die Alliierten doch zu weit weg sind.«

»Es überrascht mich, daß Sie diese Einsicht nicht schon lange hatten.«

Albu hatte zwei Gläsr mit Brandy auf den Tresen gestellt. Yakimov beäugte sie, und Clarence fragte ihn resigniert und verärgert, ob er einen Drink wolle.

»Würde nicht ›nein‹ sagen, mein Lieber. Für mich Whisky.«

Nachdem er seinen Drink erhalten hatte, begann er zu erzählen. Zwischen Jammern und bereitwilliger Annahme seiner Leiden schwankend, beschrieb er, wie abscheulich sich seine Freunde Hadjimoscos, Horvath und Palu ihm gegenüber benommen hatten. Dafür gebe es nur eine einzige Erklärung: antibritische Gefühle. Als er nach einiger Zeit bemerkte, daß sein verzweifeltes Gerede die Aufmerksamkeit seines Publikums nicht weiter fesselte, unternahm er eine sichtbare Anstrengung, sich zusammenzunehmen und etwas Unterhaltsames für den Drink zu bieten.

»Habe heute früh Dobson besucht«, sagte er. »Hörte eine höchst amüsante Geschichte. Gestern nacht kam Foxy Leverett aus dem Capşa heraus, sah den Mercedes des deutschen Gesandten am Randstein geparkt. Stieg in seinen Dion-Bouton, fuhr rückwärts die Straße hinunter, raste dann vorwärts und rammte den Mercedes. Ein Höllenspektakel, erzählt man. Als die Polizei erschien, sagte Foxy: ›Sie können das provozierte Aggression nennen.‹«

Als er seine Geschichte beendete, kamen die Journalisten zurück. Er schaute das polnische Mädchen an, das mit Galpin hereingekommen war, und sagte halb zu sich selbst: »Das ist ein nettes Mädchen!« Seine großen Augen auf Wanda gerichtet, beugte er sich zu Harriet und sagte: »Haben Sie gehört, daß Galpin sie bei irgendeiner englischen Zeitung untergebracht hat?« Yakimovs Ton drückte eine feine Geringschätzung der Art von Zeitung aus, die Wanda einstellen würde. »Charmantes Mädchen, aber so verantwortungslos. Schickt alle Arten von Gerüchten und Klatsch nach Hause, und es ist ihr egal, wo sie das Zeug herkriegt...« Seine Stimme wurde unhörbar, als die beiden näher kamen.

Harriet, froh, von Yakimov loszukommen, fragte Galpin, ob es etwas Neues gebe.

»Ah-hah.« Galpin nickte mit dem Kopf, seine Miene finster. Unter den Journalisten, die jetzt an der Bar bestellten, machte sich eine Erregung breit, als ob sie sich einer neuen Situation bewußt seien.

»Was gibt es?«

»Hörte gerade, daß Ungarn mobilmacht. Deutsche Truppen marschieren ein. Wir haben den ganzen Abend lang versucht, Budapest zu kriegen, aber die Leitungen sind tot. Ich glaube fest, daß wir diesmal dran sind.«

Harriet spürte den plötzlichen Stich der Angst. Jetzt, nach sechs Monaten in Rumänien, reagierte sie empfindlicher auf Nachrichten dieser Art, als sie es kurz nach ihrer Ankunft getan hätte. Mit schwacher Stimme sagte sie: »Aber sind denn die Pässe nicht durch den Schnee blockiert?«

»Ach, diese alte Theorie! Glauben Sie, Schnee könnte Panzer und Lkw's abhalten?«

»Die Rumänen sagen, sie würden kämpfen.«

»Bringen Sie mich nicht zum Lachen. Haben Sie jemals die rumänische Armee gesehen? Ein Haufen halbverhungerter Bauern.«

Ohne auf die Bestellung zu warten, hatte Albu Galpin einen doppelten Whisky ausgehändigt. Jetzt, nachdem er einen Schluck getrunken hatte, wurde Galpin rot und starrte Harriet an, als ob er böse mit ihr sei: »Was glauben Sie denn, was hier geschehen wird? Aufstände der Fünften Kolonne. Dieser Ort ist vollgestopft mit Leuten der Fünften Kolonne – nicht nur diese deutschen Scheißkerle, sondern Tausende von Pro-Deutschen und Kerlen in deutschem Sold. Und dann die ganzen Herumtreiber der deutschen Gesandtschaft. Die sind nicht wegen ihrer Gesundheit da. Es gibt hier zwei große deutsche Unternehmen – und jedes hat ein regelrechtes Waffenarsenal. Wir sind alle schon notiert. Meine Wenigkeit und alle anderen. Seien Sie sich im klaren. Wir sitzen direkt auf einer Zeitbombe.«

Harriet war bleich geworden. Als sie ihre Hand auf den Bartresen legte, sagte Clarence gedehnt und mit übertriebener Ruhe: »Auf was willst du eigentlich hinaus, Galpin? Sie zu Tod erschrecken?«

Galpin richtete jetzt seinen zornigen Blick auf Clarence, war jedoch von diesem Tadel leicht aus der Fassung gebracht. Er trank, um Zeit zu gewinnen, und sagte dann: »Wir müssen den Tatsachen ins Auge sehen. Und die Frauen sollten hier nicht herumhängen und warten, wenn sie den Tatsachen nicht ins Auge sehen können. Und ihr Burschen werdet euch auch damit abfinden müssen. Alle denken, ihr seid Agenten. Nehmt mich nicht beim Wort, aber es kann durchaus sein, daß ihr eines Nachts mit einem auf euren Bauch gerichteten Gewehrlauf aufwacht.«

»Darüber zerbreche ich mir erst den Kopf, wenn es soweit ist«, sagte Clarence.

Yakimovs Augen waren rund geworden. »Ist das wirklich wahr mit Ungarn?« fragte er mit schockierter Überraschung.

»Wahr genug für meine Zeitung.«

»Was bedeutet«, sagte Clarence, »du und die anderen habt das gerade ausgebrütet?«

»Was nichts dergleichen bedeutet. Frag Screwby hier. He, Screws!«

Screwby trottete langsam von der anderen Seite des Raums herüber, sein Lächeln breit und offen. Aufgefordert, Galpin zu bestätigen, kratzte er eine Backe seines großen, sanften, schwermütigen Gesichts und sagte: »Ja, da ist schon was dran. Budapest ist zu. Kriege keinen Piepser von dort. Irgend etwas wird heute nacht passieren, das ist gewiß.«

Harriet sagte nervös: »Wir müssen Guy suchen.«

»Zuerst«, sagte Clarence, »trink noch einen.«

»Schließlich«, versuchte Yakimov sie zu besänftigen, »können wir nichts tun. Können genausogut noch ein paar trinken, solange wir das können. Bezweifle, ob wir im guten alten Dachau recht viel bekommen werden.« Er kicherte und schaute Clarence an. Clarence bestellte noch eine Runde. Als diese getrunken war, wollte Harriet keinesfalls länger bleiben.

Sie durchquerten die Halle, und die Hoteltür begann sich zu drehen. Harriet schaute hoffnungsvoll hin, aber es war nur Gerda Hoffmann, ›die sich anstrengt‹, dachte Harriet, ›genau so tödlich und clever auszusehen, wie man behauptet, daß sie es sei‹. Die Gruppe von Deutschen, die ihr folgte, schien in allerbester Stimmung zu sein; sie schienen sich gegenseitig zu einem Sieg zu gratulieren.

»Ich wünschte, wir wären sicher aus dem Land draußen«, sagte sie.

»Im Sommer wirst du Urlaub bekommen«, sagte Clarence. »Nur noch fünf Monate.«

Sie fuhren zum Doi Trandafiri. Guy war nicht dort. Sie machten die Runde durch mehrere andere Lokale, trafen ihn aber nicht an. Harriet war wegen seines Verschwindens verwirrt. Schließlich sagte sie, sie würde nach Hause gehen. Als Clarence sich an der Tür des Blocşul Cazacul verabschiedete, sagte er: »Ich vermute, daß er oben auf dich wartet.« Das erschien ihr so wahrscheinlich, daß Harriet um so verstörter war, als sie die Wohnung dunkel und still und das Schlafzimmer leer vorfand.

Sie war plötzlich davon überzeugt, daß Guys Verschwinden etwas mit der Aufregung wegen Ungarn zu tun hatte. Vielleicht hatte Sheppy ihn schon zu irgendeiner Sabotageexpedition mitgenommen. Vielleicht war er schon verletzt oder verhaftet oder von der Fünften Kolonne gefaßt. Vielleicht würde sie ihn nie mehr sehen. Sie schimpfte mit sich selbst, daß sie nicht unverzüglich zu Inchcape gegangen war, um ihn zu bitten, etwas zu unternehmen. Jetzt ging sie zum Telefon und wählte seine Nummer. Als er abnahm, fragte sie, ob Guy bei ihm sei. Er hatte an diesem Abend von Guy weder etwas gesehen noch gehört.

Sie sagte: »Es gibt Gerüchte, daß Deutschland in Ungarn einmarschiert ist. Glauben Sie, das stimmt?«

»Es könnte sein.« Inchcape nahm die Nachricht leicht. »Das heißt nicht, daß sie hierher kommen werden. Strategisch gesprochen, ist Ungarn für die Deutschen wichtiger als Rumänien. Es bedeutet einfach, daß die Deutschen ihre Ostfront begradigen.«

Harriet, die nicht in der Stimmung war, Inchcapes Theorien anzuhören, unterbrach ziemlich ungestüm: »Alle denken, sie kommen hierher. Alle Journalisten denken es. Und Guy ist verschwunden. Ich befürchte, er ist mit Sheppy nach Ploeşti gegangen, wegen eines dieser wahnwitzigen Sabotagepläne.«

»Welche wahnwitzigen Sabotagepläne?« Inchcape sprach mit der geduldigen Nachsicht von jemandem, der etwas herausfinden will, aber Harriet brauchte nicht manipuliert werden. Sie behielt nichts für sich. Alles, was sie jetzt wollte, war, Guy vor der Katastrophe zu bewahren.

Sie antwortete: »Zünder in die Ölquellen stecken. Das Eiserne Tor in die Luft sprengen...«

»*Ich verstehe!* Das hat er also vor! Tatsächlich! Schön, zerbrechen Sie sich nicht den Kopf, meine Liebe. Überlassen Sie das mir, ja?«

»Aber wo ist Guy? Wo ist *Guy?*«

»Oh, der taucht schon wieder auf.« Inchcape sprach jetzt ungeduldig, denn die Frage nach Guys Verbleib war, im Grad ihrer Wichtigkeit, weit hinter der Bedrohung seiner Würde, die darin bestand, daß Sheppy seine Männer benutzte.

Als Harriet den Hörer auflegte, hörte sie Guys Schlüssel im Schloß. Er kam singend herein, sein Gesicht rot vor Kälte. »Nanu, hallo!« sagte er, überrascht, sie untätig neben dem Telefon stehen zu sehen.

»Wo, zum Kuckuck, bist du gewesen?« fragte sie. »Wir haben auf dich in der English Bar gewartet.« Sie war schuldbewußt und ärgerlich vor Erleichterung.

»Ich schaute hinein, und niemand war da, also bin ich mit Dubedat zur Dâmboviţa hinuntergegangen.«

»Hättest du nicht warten können? Kannst du nicht einmal zehn Minuten auf mich warten? Weißt du, daß die deutschen Truppen in Ungarn einmarschieren? Sie könnten noch heute nacht auch in Rumänien einmarschieren.«

»Das glaube ich nicht. Ich wette, das hast du von Galpin.«

»Stimmt; das heißt aber nicht, daß es nicht wahr ist.«

»Diese Gerüchte sind niemals wahr.«

»Eines Tages wird eines wahr sein. Diese Art von Operettenkrieg kann nicht ewig so weitergehen. Irgend jemand wird irgendwann einen Zug machen müssen, und wir werden in der Falle sitzen. Galpin sagte, das Land ist voller Leute der Fünften Kolonne. Er sagt, du wirst eines Nachts aufwachen und einen Gewehrlauf im Bauch haben. Wir werden nach Dachau geschickt werden. Wir werden nie frei sein... Wir werden nie mehr heimkommen...« Als er zu ihr hinüber kam, brach sie in seinen Armen zusammen und weinte hilflos.

»Mein armer Schatz.« Er legte erstaunt die Arme um sie. »Ich habe nicht bemerkt, daß du solche Angst hast.« Er setzte sie in den Sessel und telefonierte mit der Gesandtschaft, wo Foxy Leverett Dienst hatte. Er hörte, daß die Gerüchte keine andere Ursache hätten als einen Zusammenbruch der Leitung nach Budapest. Dies sei nun gerichtet worden. Foxy hatte gerade Budapest angerufen und dort alles ruhig gefunden.

Während er sich auszog, schimpfte Guy auf Galpin, Screwby »und den Rest des Pöbels, den wir hier haben, und die sich selbst Journalisten nennen. Sie sind vollkommen unverantwortlich. Um jeden Preis eine Story. Hauptsache, sie können die Leute so erschrecken, daß sie ihre Zeitung kaufen!«

Harriet saß aufrecht im Bett, rotäugig, schwach und erleichtert, und sagte: »Du hättest nicht mit Dubedat weggehen sollen, ohne eine Nachricht zu hinterlassen. Du hättest wissen müssen, daß ich mir Sorgen machen würde.«

»Darling, du hast dir doch keine Sorgen meinetwegen gemacht? Du weißt doch, ich habe immer recht.«

Sie sagte: »Wenn die Fünfte Kolonne kommt, um dich zu holen, bringe ich sie um, *ich bringe sie um.*«

»Das glaube ich dir«, sagte er nachsichtig, als er sein Hemd über den Kopf zog.

15

In Westeuropa war es ein Winter ungewöhnlicher Kälte. Die Kino-Wochenschauen zeigten Kinder, die unter dem Hadrians-Bogen Schneebälle warfen. Flüsse waren zwischen ihren Ufern erstarrt. Ein Mädchen drehte Pirouetten auf der Seine, und ihr Rock wirbelte um ihre Hüfte. Die Dächer von Paris warfen Schnee in kleinen Wölkchen ab, die wie Rauch aussahen. Die Pariser trugen Gasmasken in Blechzylindern. Eine Luftschutzwarnung ertönte, und sie gingen diszipliniert hintereinander in die Métro hinunter. Die Straßen waren leer. Ein Taxi stand verlassen umher. Dann kamen sie alle wieder herauf und lächelten, als ob alles ein Jux sei. (›Und vielleicht ist es ein Jux‹, dachte Yakimov, ›vielleicht wird dies als der Jux-Krieg in die Geschichte eingehen.‹) St. Paul's erschien kurz, mit einer Federboa aus Schnee. Ein kurzer Blick auf Chamberlain und seinen Schirm war Anlaß zu einem Beifallssturm. Sofort wurde der Film unterbrochen, und ein Hinweis erschien auf der Leinwand, der besagte, daß öffentliche Bekundungen jeder Art verboten seien. Das Publikum betrachtete den Rest des Films mit Schweigen.

Yakimov, der in der billigsten Reihe saß, wurde bei diesen Bildern an die Tatsache erinnert, daß er früher oder später auf die Straßen von Bukarest zurückkehren mußte, wo sich die scharfen Kanten gefrorenen Schnees durch seine Schuhe bissen und der Wind ihm ins Gesicht schlug wie ein Bogen Schmirgelpapier.

Er hatte sich ins Kino begeben, nachdem man ihn endgültig daran gehindert hatte, sich im Athénée Palace einzunisten. Anfangs war es ihm nicht nur gelungen, dort eine Art von gesellschaftlichem Umgang zu pflegen, sondern auch den Anschein eines Wohnsitzes zu erwecken. Nicht willens, jeden Nachmittag die lange Reise bis zu seiner Unterkunft zu machen, pflegte er, wenn die Bar schloß, die Treppen hinauf zu huschen und sich in irgendeinem Schlafzimmer, in dessen Schloß der Schlüssel steckte, niederzulassen. War ein Bad dabei, so pflegte er ein Bad zu nehmen und dann den Nachmittag zu verschlafen. Wurde er, was oft der Fall war, von dem rechtmäßigen Bewohner erwischt, entschuldigte er sich damit, die Zimmernummer verwechselt zu haben. »All diese Zimmer sehen ja gleich aus«, pflegte er zu erläutern. »Ihr armer, alter Yaki gehört ein Stockwrk tiefer hin.«

Jedoch, Argwohn war erregt, Beschwerden wurden vorgebracht. Er wurde von einem der Hausdiener erwischt und erkannt, und der Mann wußte, daß er auch kein Zimmer in dem Stockwerk darunter hatte. Der Manager verwarnte ihn, daß ihm, würde er wieder erwischt, der Zugang zu jedem Teil des Hotels verboten werden würde. Danach fand man ihn ausgestreckt auf einem der Sofas im Großen Saal. Wieder wurde er verwarnt. Dann versuchte er, aufrecht in einem Sessel zu schlafen, aber die Gäste beschwerten sich über sein Schnarchen, und die Kellner weckten ihn unsanft auf.

Mit Hunden, wie er sich ausdrückte, von Pontius zu Pilatus gehetzt, ging er, wenn er es sich leisten konnte, ins Kino. Wenn er es sich nicht leisten konnte, spazierte er umher, um sich wachzuhalten.

Morgens und abends schloß er sich der Bruderschaft der Bettelmönche in Form von Hadjimoscos, Horvath und Palu an und stand mit ihnen am Rand der einen oder anderen Gruppe in der English Bar. Manchmal mußten sie Beleidigungen, verächtliche Blicke und demonstratives Abwenden ignorierend, eine Stunde ohne länger umherstehen, bevor irgend jemand sie, aus Verlegenheit oder Mitleid, zu einer Runde einlud. Von *habitués* wie Galpin und Screwby erwarteten sie nichts und erhielten auch nichts. Am meisten zu erhoffen hatten sie von Gelegenheitskritikern, einem englischen Ingenieur aus Ploeşti oder einem amerikanischen Touristen, der wegen des Schwarzmarktkurses des Dollars in gehobener Stimmung war. Als Galpin die drei an seinem Ellenbogen sah und »Verduftet!« sagte, sagte ein amerikanischer Zeitungsmann: »Oh, ich glaube, wir schulden dem hiesigen Inventar einen Drink.«

Manchmal pflegte einer aus der Gruppe, um Spendierwilligkeit zu provozieren, anzubieten, eine Runde auszugeben, um dann, nachdem die Bestellung aufgegeben war, zu entdecken, daß er ohne Geld gekommen war. Es war erstaunlich, wie oft manche der Umstehenden Geld liehen oder bezahlten, weil sie sich wegen der Tricks der Gruppe genierten. Albu weigerte sich, diese Drinks einzugießen, bevor nicht das Geld dalag, aber was er von all dem hielt, wußte niemand. Während die Pantomime des Taschenabklopfens und der Betroffenheit weiterging, pflegte er reglos dazustehen, den Blick auf einen Horizont außerhalb dieser Welt gerichtet.

Etwas an Albus Haltung störte Yakimow. Yaki war nicht der Tapferste aller Männer und war oft schmerzlich aus der Fassung gebracht von der Unverfrorenheit der anderen, und doch hängte er sich an sie. Nicht, daß sie ihn willkommen hießen – es war ganz einfach so, daß ihn niemand willkommen hieß. Er, der einst das Zentrum von Dollies Clique gewesen war, war nun ohne jeden Freund.

Er konnte es nicht verstehen, warum ihn Hadjimoscos, Horvath und Palu so ›abscheulich‹ behandelten; warum da immer ein Anflug von Verachtung, ja Boshaftigkeit, in ihrer Einstellung ihm gegenüber war. Vielleicht hatte die Tatsache, daß er einst in der Position des Gönners gewesen war, ihn für alle Zeiten herabgesetzt. Einst hatten sie sich vor ihm verbeugt, jetzt brauchten sie sich nicht mehr vor ihm zu verbeugen. Und dann war da noch der Vorfall mit Hadjimoscos' Zähnen. Als er einst betrunken von einer Party kam und wegen Übelkeit die Toilette aufsuchen mußte, hatte Hadjimoscos seine falschen Zähne ausgespuckt. Yakimov, in seiner Begleitung, hatte sie weggespült, bevor er merkte, was passiert war. Zumindest war das Yakimovs Version gewesen – und er hatte sie, unklugerweise, lang und breit in der Bar herumerzählt. Hadjimoscos konnte nicht widersprechen, weil die Zähne immer noch fehlten, und auch weiterhin fehlten, bis ein neues Gebiß angefertigt werden konnte. Er konnte sich nicht daran erinnern, was aus ihnen geworden war. Zu spät wurde sich Yakimov des Unwillens in Hadjimoscos mongoloiden Augen bewußt – eines Unwillens, der ihnen einen wahrhaft furchterregenden Schimmer verlieh. Er murmelte: »Bloß ein kleiner Scherz, alter Junge.« Aber von diesem Zeitpunkt an weigerte sich Hadjimoscos, ihn auf Partys mitzunehmen, jedes Mal mit der Ausrede, daß er nicht eingeladen worden sei.

Es schien weiterhin, daß das Trio auch Yakimovs Versuche übelnahm, Drinks mit amüsantem Geplauder zu begleichen. Direkt vor ihm sagte Hadjimoscos voller Abscheu zu den anderen: »Er *wird* seine schäbigen Stories erzählen! Er *wird* insistieren, daß er nicht so ist, wie er aussieht!«

Die zweite Anschuldigung bezog sich auf die Tatsache, daß Yakimov auf die Frage, was er denn in Bukarest mache, zu antworten pflegte: »Es tut mir leid, mein Lieber, aber ich bin nicht befugt, es zu sagen.« Als Entgegnung auf das, was irgend jemand sagte: »Vermutlich arbeiten Sie für Ihre Regierung?« brummte er mit gespielter Empörung: »Wollen Sie den armen Yaki beleidigen?«

Ein Gerücht hatte die Gesandtschaft erreicht, daß Yakimov für die Deutschen arbeite, und Dobson, der der Sache nachging, verfolgte es bis zu Hadjimoscos zurück. Er schaute in der English Bar vorbei, lud Hadjimoscos zu einem Drink ein und tadelte liebenswürdig: »Das ist eine zu brisante Geschichte, um sie weiterzuerzählen.«

Hadjimoscos, ängstlich wegen der Macht der britischen Gesandtschaft, protestierte: »Aber, *mon ami*, der Prinz ist Angehöriger eines Geheimdienstes – er selbst läßt daran keinen Zweifel. Ich konnte mir nicht vorstellen, daß er für die Briten arbeitet. Sie würden sicherlich nicht einen solchen *imbécile* einstellen!«

»Warum sagen Sie, er ›läßt daran keinen Zweifel‹?« fragte Dobson.

»Weil er zum Beispiel ein Papier herausnimmt – so! – und mit zitternden Fingern ein Streichholz dranhält – so! – und dann zum Beispiel seufzt und sich über die Augenbraue wischt und sagt: ›Gott sei Dank, bin ich das jetzt los!‹«

Yakimov wurde auf die Gesandtschaft befohlen. Als Dobson seine Unterhaltung mit Hadjimoscos wiederholte, zitterte Yakimov vor Angst. Er klagte pathetisch: »Alles im Scherz, mein Lieber, alles in unschuldigem Scherz!«

Dobson war ungewöhnlich ernst mit ihm. »Hier«, sagte er, »sind Menschen schon für weniger als das ins Gefängnis geworfen worden. Die Geschichte hat Woolley erreicht. Er und andere britische Geschäftsleute wünschen, daß Sie zwangsweise in den Nahen Osten verfrachtet werden. Dort würde man Sie auf der Stelle zum Militär einziehen.«

»*Aber mein Lieber!* Das würden Sie doch einem alten Freund nicht antun. Der arme Yaki wollte nichts Böses. Dieser alte Narr von Woolley hat keinen Sinn für Humor. Yaki macht oft solche kleinen Späße. Einmal in Budapest, als ich gut bei Kasse war, kaufte ich einen Käfig voller Tauben und ging eine Seitenstraße entlang, ungefähr so...« Als er eine Telegrammablage von Dobsons Schreibtisch aufhob und mit übertriebener Vorsicht im Zimmer umherging, schlappte die Sohle seines linken Schuhs. »Dann stellte ich den Käfig ab, schaute mich um und ließ die Tauben fortfliegen.«

Dobson lieh ihm tausend *Lei* und versprach, Woolley das Ansinnen auszureden.

Hätte sich Yakimov damit zufrieden gegeben, bescheiden zu essen, hätte er von einem Wechsel zum nächsten überleben können, aber er gab sich nicht damit zufrieden. Wenn seine Zuwendung eintraf, aß er bis zur Besinnungslosigkeit und kehrte dann, wieder ohne einen Pfennig, als Bettler in die English Bar zurück. Es war nicht so, daß er einfaches Essen verschmähte. Er verschmähte keinerlei Essen. Wenn er sich nichts anderes leisten konnte, ging er zum Dâmboviţa und aß das Hauptgericht der Bauern, ein Maisgericht. Aber Essen, reichhaltiges Essen, war für ihn ein obsessives Verlangen. Er brauchte es, so wie andere Alkohol, Tabak oder Drogen.

Oft war er so knapp bei Kasse, daß er nicht einmal das Busgeld zu seiner Wohnung und zurück hatte. Wenn er des Nachts durch die verlassenen Straßen zurückging, in denen nur Bettler und Bauern schliefen und im Schlaf vor Kälte starben, in Hauseingängen oder unter den Ständen der Hausierer, dann dachte er oft an seine Wagen, seinen Hispano-Suiza, und schmiedete Pläne, ihn zurückzubekommen. Alles, was er brauchte, waren ein jugoslawisches Transitvisum und fünfunddreißigtausend *Lei*. Selbstverständlich würde er jemanden finden, der ihm das lieh! Und er spürte, daß, sobald das Auto wieder sein eigen war, sich sein ganzer Status ändern würde. Natürlich verbrauchte es viel Benzin und Öl, doch das war hier billig. Er würde es schaffen. Und mit diesem Traum pflegte er durch die schwarze, tierisch kalte Nacht zu trotten, bis er Zuflucht in der klebrigen Hitze der Protopopescu-Wohnung fand.

Dort hatte er es ziemlich komfortabel, obwohl die Dinge anfangs nicht so gut liefen. Einige Nächte lang nach seinem Einzug war er von Wanzen gebissen worden. Aufgeweckt von ihrem brennenden und juckenden Biß, hatte er das Licht angemacht und die Wanzen zwischen die Falten der Laken verschwinden sehen. Sein zartes Fleisch war zu weißen Beulen geschwollen. Am nächsten Morgen waren die Beulen verschwunden. Als er mit Doamna Protopopescu sprach, nahm sie ihm die Sache übel.

»Hier Wanzer, Sie sagen?« fragte sie barsch. »So etwas ist nicht möglich. Wir sind nette Menschen. Diese Wanzer sind mit Ihnen gekommen.«

Yakimov sagte ihr, daß er geradewegs aus dem Athénée Palace gekommen sei. Sie gab sich nicht einmal den Anschein, als ob sie ihm glauben würde, und zuckte mit den Schultern: »Wenn stimmt, dann Sie haben Halluzinationen.«

Da er seine Miete im voraus bezahlt und kein Geld hatte, um irgendwo anders einzuziehen, blieb ihm keine Wahl als zu leiden. Er produzierte eine oder zwei tote Wanzen, deren Anblick Doamna Protopopescus Spott nur verstärkte. »Wo fanden Sie so etwas?« verlangte sie zu wissen. »In Bus oder Taxi oder Café? An allen Orten sind Wanzer.«

Über die Maßen bekümmert, strengte er seinen Geist an, zog in der folgenden Nacht die Laken ab, sammelte die Wanzen schnell ein und ließ sie, eine nach der anderen, in ein Glas Wasser fallen. Am nächsten Morgen präsentierte er das Glas lächelnd und mit einem angedeuteten Hackenklappen seiner Vermieterin. Sie untersuchte es verwirrt: »Was haben Sie?«

»Wanzen, liebes Kind.«

»Wanzer!« Sie lugte in das Glas, wobei ihr Gesicht in verblüffter Erbitterung noch weiter herabhing, und hatte dann, plötzlich, eine Erleuchtung. Sie steigerte sich in eine Wut, die, Gott sei Dank, nicht gegen ihn gerichtet war. »Dieses«, schrie sie, »sind ungarische Wanzer. Ah, dreckige Leut! Ah, die schmutzige Mensche!« Es wurde klar, daß die Protopopescus, um einen Mieter zu beherbergen, auf dem Trempelmarkt beim Bahnhof ein Bett gekauft hatten. Der Verkäufer, ein Ungar, hatte geschworen, es sei ein sauberes Bett, so gut wie neu, und jetzt, was hatte man gefunden: »Wanzer!«

Normalerweise waren Doamna Protopopescus Bewegungen schleppend. Ihr Körper war schwammig vor Trägheit und Völlerei, doch jetzt, in ihrem Zorn, entfaltete sie die animalische Kraft ihrer bäuerlichen Vorfahren. Sie kippte das Bett auf die Seite und starrte in die Drahtmaschen auf der Unterseite. Yakimov, der mit ihr zusammen hineinschaute, konnte keine Anzeichen von Wanzen entdecken.

»Ha!« drohte sie ihnen, »sie verstecken. Aber vor mir sie können nicht verstecken.«

Sie band Stofflappen um einen Feuerhaken, tauchte ihn in Paraffin und zündete ihn an. Als sie mit den Flammen über die Federn und das Gestell des Bettes strich, zischte sie: »Jetzt ich glaube keine Wanzer mehr. Sterbt also, ihr dreckigen ungarischen Wanzer. Da, Wanzer, das ist für dich, Wanzer!«

Yakimov schaute ihr beeindruckt zu. In dieser Nacht schlief er in Frieden. Der Vorfall brachte sie einander näher. Er riß die Barriere der Fremdheit zwischen ihnen nieder – ein Vorgang, der durch die Tatsache weitergeführt wurde, daß Yakimov durch das Schlafzimmer der Protopopescus hindurch mußte, um das Badezimmer zu erreichen.

Die Protopopescus hatten sich wahrscheinlich gedacht, daß ein Mieter höchstens ein- bis zweimal wöchentlich ein Bad nehmen würde. Weitergehende körperliche Bedürfnisse hatten sie nicht berücksichtigt. Als Yakimov zum ersten Mal, von der Magd geführt, seinen Weg durch das Schlafzimmer fand, lagen die Protopopescus noch im Bett. Doamna Protopopescu schaute trübe vom Kissen hoch und betrachtete ihn mit erstauntem Schweigen. Kein Kommentar wurde zu seinem Eindringen abgegeben, weder damals noch irgendwann danach. Wenn sie im Schlafzimmer waren, wenn er es passierte, benahmen sich die Protopopescus immer auf die gleiche Weise. Auf seinem Gang zum Bad ignorierten sie ihn. Bei der Rückkehr vom Bad pflegten sie ihn plötzlich zu bemerken und zu grüßen.

Oft war Doamna Protopopescu allein in dem Zimmer. Sie verbrachte einen großen Teil ihres Tages auf dem Bett liegend, mit ihrem Kimono bekleidet. Yakimov war entzückt zu bemerken, daß sie all das tat, was eine Frau orientalischen Charakters angeblich tat. Sie aß türkischen Honig; sie trank türkischen Kaffee; sie rauchte türkische Zigaretten; und sie legte immerzu ein Päckchen schmutziger Karten mit merkwürdigen Bildern, aus denen sie stündlich zukünftige Ereignisse vorhersagte. Manchmal blieb er stehen, um ihr zuzusehen, und amüsierte sich, wenn er bemerkte, wie sie, wenn die Karten etwas Unangenehmes vorhersagten, alle ungeduldig und schnell zusammenraffte und sie, auf der Suche nach einer angenehmeren Zukunft, wieder neu legte.

So wurde sie in sein Repertoire von Charaktertypen aufgenommen, und an der Bar erzählte er, wie er aus dem Badezimmer zurückgekehrt war und in Erwartung einer Begrüßung gesagt hatte: »*Bonjour,* Doamna und Domnul Leutnant Propopopescu«, um dann zu spät zu bemerken, daß, obwohl auf dem Stuhl die vertraute, wattierte Uniform und das schmutzige Herrenkorsett lagen und auf dem Boden die gespornten Reitstiefel eines Offiziers standen, die Gestalt neben Doamna Protopopescu die eines viel jüngeren als ihres Ehemannes war.

»Folglich«, sagte er, »sage ich jetzt nur noch ›*Bonjour,* Doamna und Domnul Leutnant‹, und belasse es dabei.«

Die Fenster der Wohnung wurden während des Winters abgedichtet und verschlossen, so daß es stark nach Schweiß und Küche stank. Der Geruch im Schlafzimmer der Protopopescus war überwältigend, doch Yakimov gelang es, ihn zu tolerieren, ja sogar ihn in Relation zu sehen mit den Annehmlichkeiten eines Zuhauses.

Eines Morgens, als er stehen blieb, um seiner Vermieterin beim Legen ihrer komischen Karten zuzusehen, probierte er einen kleinen Scherz. Er überreichte ihr einen *Leu,* mit der

Seite nach oben, auf die ein Maiskolben geprägt war, und sagte: »Ein Porträt unserer großen und glorreichen Majestät, König Carol II. Sie, mein liebes Mädchen, werden die Ähnlichkeit vielleicht nicht erkennen, aber es gibt viele liebe Mädchen, die dies tun.«

Doamna Protopopescus unmittelbare Reaktion war, jene Ausdruckslosigkeit zu entfalten, mit der rumänische Mittelklassefrauen der Unschicklichkeit begegnen. Dann gewann ihr Bauernblut die Oberhand. Sie stotterte, und als sie die Münze zurückgab, machte sie eine Fort-mit-Ihnen-Geste, die ihn aufforderte, sich auf die Bettkante zu setzen. Als er saß, warf sie ihm einen schnellen, berechnenden Blick zu und sagte: »Erzählen Sie mir jetzt einige Dinge über Inklant. Sage ich es richtig: Inklant?«

Eine Art Freundschaft entwickelte sich, trotz der Tatsache, daß Yakimov einen Heidenrespekt vor ihr hatte. Ein paar Tage nach seinem Einzug war er durch einen Tumult vor seiner Tür geweckt worden. Protopopescus Offiziersbursche war zurück zur Hausarbeit geschickt und dabei erwischt worden, wie er eine Zigarette stahl. Doamna Protopopescu schlug ihn mit ihren Fäusten, während er sich krümmte, seinen Kopf mit den Armen schützte und wie ein Wahnsinniger heulte: »Schlagen Sie mich nicht, *coănită*, schlagen Sie mich nicht.« Ergie, die Magd, stand dabei und bemerkte Yakimovs bestürzten Blick und lachte. Die Szene war etwas Alltägliches für sie.

Obwohl er danach noch öfter das Geheule des Burschen oder das von Ergie oder ihrer schwindsüchtigen Tochter, die mit ihr in der Küche schlief, hörte, konnte sich Yakimov nicht an diese Streitereien gewöhnen. Wenn er mit Doamna Protopopescu eine vertrauliche Unterredung hatte, pflegte er oft auf ihre kleine, beringte Kralle zu schauen und über ihre Kraft nachzudenken.

Zuerst betrachtete er das Schlafzimmer als eine Art Refugium von der English Bar, wo er so viele Stunden hungrig, durstig und oft müde umherstehend verbrachte. In Doamna Protopopescus Zimmer konnte er sich setzen; und wenn er lange genug sitzen blieb und mit der Konzentration eines hungrigen Hundes auf alles starrte, was in ihren Mund marschierte, konnte er von ihr ein Stück türkischen Honig, eine Tasse Kaffee, ein Glas *ţuica* oder sogar, jedoch selten, eine Mahlzeit ergattern. Doamna Protopopescu war nicht großzügig. Was immer Yakimov erhielt, mußte er sich mit einer Stunde oder länger von dem verdienen, was sie ›englische Konversation‹ nannte.

Er hatte nichts dagegen, mit ihr zu plaudern. Was er unerträglich ermüdend fand, war die Tatsache, daß von ihm erwartet wurde, ihre Grammatik- und Aussprachefehler herauszupicken und sich mit ihrer Verbesserung abzumühen. Wenn diese Korrekturen nicht häufig kamen, wurde sie argwöhnisch. Sie pflegte ihn dann unendlich lange weiterreden zu lassen, ohne Belohnung.

Er fand ihre Aussprache nicht verbesserungsfähig. Sie hatte kein Ohr. Wenn sie ihm ein Wort nachsprach, dann konnte er für einen Augenblick lang ein Echo seiner eigenen, kultivierten, gedehnten Aussprache vernehmen, aber danach wurde sie sofort wieder rückfällig. Wie bei vielen Angehörigen der rumänischen Mittelklasse war ihre zweite Sprache Deutsch. Yakimov jammerte in der Bar: »Kenne da einen Kerl, der sagt, Englisch sei ein niederdeutscher Dialekt. Seit ich Doamna P. kenne, glaube ich ihm.«

Die Erbarmungslosigkeit, mit der sie ihn bei seiner Aufgabe hielt, beraubte ihre Sitzungen bald des Charmes. Yakimov mußte daran denken, wie grausam man ihn für seinen Lebensunterhalt, der doch gewiß ein Menschenrecht war, zu schuften zwang.

Glücklicherweise wurde nicht mehr als Privatnachhilfe von ihm verlangt.

Doamna Protopopescus Kimono war aus schwarzer Kunstseide und über und über mit flammenfarbigen Chrysanthemen bedruckt. Es war ein abgetragenes und fettig aussehendes Kleidungsstück, das nach dem Körper roch, der darunter war. Manchmal pflegte eine ihrer großen Brüste herauszufallen, und sie stopfte sie dann mit der Gleichgültigkeit einer Gewohnheit zurück. Eindeutig – Gott sei Dank! – sah sie Yakimov überhaupt nicht als Mann an. Sein Kommentar an der Bar war: »Dieses liebe Kind dient ausschließlich der Entspannung des Kriegers.«

Wenn sie erzählte, sprach sie gewöhnlich von sich oder ihrem Mann, der, wie sie sagte, impotent sei. »Aber hier«, sagte sie, »alle Männer sind impotent mit dreißig. In Jugend, sie kennen keine Zurückhaltung.« Sie erwähnte die Tatsache eines zweiten Bettgenossen weiter nicht, sagte aber häufig: »Hier ist es nicht schön, mehr als einen Liebhaber auf einmal zu haben.«

Gelegentlich beschwerte sie sich, auf die übliche rumänische Art, über die zwei verachtenswerten Bestandteile dieses Landes – die Bauern und die Juden.

»Ah, diese Bauern!« sagte sie eines Tages nach einem besonders heftigen Krach mit dem Burschen. »Sie sind nichts als wilde Tiere.«

»So wenig wird für sie getan«, sagte Yakimov in bewährter englischer Manier.

»Wahr.« Doamna Protopopescu seufzte über die Großherzigkeit ihrer Zustimmung. »Die Priester, der alles tun sollte, tut nichts. Er ist der Dorfbulle. Die Frauen wagen es nicht, sich ihm zu verweigern. Aber wäre er anders, würden sie lernen? Ich zweifle. Es ist die Natur der Bauern überall, daß sie der Abschaum sind, der Bodensatz.«

»Na, ich weiß nicht«, sagte Yakimov. »Einige von ihnen sind sehr süß.«

»*Süß!*« Entgeistert über das Wort schaute sie ihn an, so daß er fürchtete, sie würde ihn gleich prügeln.

Was die Juden anging, so waren diese, laut Doamna Protopopescu, für alle Übel dieser Welt zu tadeln. Sie waren insbesondere für den Krieg zu tadeln, der die Preiserhöhungen, die Knappheit der Handwerker und die Stagnation in französischer Mode verursachte.

Yakimov versuchte, den Ton der Unterhaltung aufzuhellen, und sagte: »Ah, meine Liebe, Sie sollten meinen lieben, alten Freund, Graf Horvath, kennenlernen. Er hat die schönste Juden-Jagd in Ungarn.«

Sie nickte. »So, in Ungarn jagen sie die Juden! Die haben Weisheit. Hier jagen sie sie nicht. In Rumänien es ist immer so – die Natur ist zu sanft.« Als sie sprach, hing ihr ganzes Gesicht vor Habgier, Trägheit und Unzufriedenheit herab.

Yakimov, außer Fassung gebracht, sagte: »Sie jagen die Juden nicht wirklich. Es war nur ein Scherz.«

»Ein Scherz, he?« In ihrem Abscheu schob sie ein so großes Stück türkischen Honigs in den Mund, daß es ringsum einen Zuckerrand hinterließ.

Er hatte schon einige Wochen in dem Haus gewohnt, bevor er sich in die Küche wagte. Dann, als er eines Nachts ohne Abendessen in die stille Wohnung zurückkehrte, öffnete er die Tür und machte das Licht an. Rings um ihn wogten die Wände, als Kakerlaken, Küchenschaben und anderes einheimisches Ungeziefer vor dem Licht flüchtete. Er ging gerade auf Zehenspitzen zu einem Schrank, als ihn eine Bewegung aufschreckte. Er sah, daß Ergie und ihre Tochter auf einem Rost lagen, der zwischen dem Gasherd und der Spüle verkeilt war. Ergie hatte ihren Kopf erhoben.

»Ein Glas Wasser, mein Kind«, flüsterte er, zog ein Glas heraus und war gezwungen, das scheußliche Zeug zu trinken, bevor er hungrig zu Bett ging.

16

Ein paar Tage, nachdem Harriet Inchcape von Sheppys Sabotageplänen erzählt hatte, stritten sich die Pringles zum ersten Mal. Guys sichere Rückkehr hatte alle Gedanken an Sheppy aus ihrem Kopf vertrieben. Sie war genauso überrascht wie Guy, als eines Morgens Inchcape wichtigtuerisch in ihre Wohnung stolzierte, seine Handschuhe abstreifte und mit ihnen auf seine Handfläche klatschte und Guy triumphierend anlachte.

»Tja, ich komme gerade von Ihrem Freund: dem mysteriösen Commander Sheppy.« Inchcape bellte die Worte in Sheppys Art heraus: »Ich glaube, ich habe ihm ein paar Dinge klargemacht. Ich habe ihn darüber aufgeklärt, daß er, wer auch immer er sein mag, über meine Männer keine Verfügungsgewalt hat.«

Guy sagte nichts, sondern schaute Harriet an. Harriet schaute zum Fenster hinaus.

Inchcape freute sich, machte eine halbe Drehung auf dem Absatz und dehnte seine Lippen zu einem grimmigen Lächeln. »Unsere Aufenthalts- und Arbeitserlaubnis hier«, sagte er, »wurde unter der Auflage erteilt, daß wir uns nicht auf irgendwelche krumme Geschäfte einlassen. Ich kann Ihren Wunsch, etwas Dramatischeres zu tun, als Vorlesungen zu halten, gut verstehen, aber die Situation erlaubt es nicht. Sie *erlaubt* es einfach nicht. Ob es Ihnen nun gefällt oder nicht, Sie sind hier, um Befehlen zu gehorchen. *Meinen* Befehlen.«

Guy sagte immer noch nichts, sondern stellte die *ţuica*-Flasche hin und begann, Gläser zu suchen. Inchcape hob seine Hand: »Für mich nicht.« Guy stellte die Flasche zurück.

Inchcape zog seine Handschuhe wieder an: »Falls Sie in der Gesandtschaft mit etwas Dechiffrieren oder Büroarbeit aushelfen wollen, wird niemand etwas dagegen haben. Clarence hat seine Polen. Nichts dagegen. Überhaupt nichts dagegen.« Mit übergestreiften Handschuhen stand er einige Augenblicke da, starrte in das plissierte weiße Seidenfutter seiner Melone und fügte dann hinzu: »S. M. Regierung entschied, was unser Job hier ist. Es ist unsere Pflicht, ihn zu machen und hier zu bleiben und ihn zu machen, solange es menschenmöglich ist. Ich bin bereit zu wetten, daß Sheppys Haufen aus Rumänien hinausgeworfen werden wird, bevor sie auch nur Zeit haben, sich umzudrehen. Na gut!« Er hob ruckartig den Kopf, und sein Lächeln entspannte sich. »Es besteht keine Notwendigkeit mehr für Sie, Sheppy zu sehen. Ich habe ihm Bescheid gestoßen. Sie werden keinerlei Benachrichtigungen über seine Zusammenkünfte mehr bekommen. Und ich kann Ihnen eines sagen – Sie haben glücklicherweise nichts mehr damit zu tun.« Er setzte seinen Hut auf, tippte ihn an, schwang graziös herum und machte sich fort.

Guy warf Harriet erneut einen Blick zu. »Ja«, gab sie zu,

»ich habe es ihm erzählt. Es war in jener Nacht, in der du mit Dubedat weg warst. Ich dachte, Sheppy hätte dich in Beschlag genommen. Ich hatte Angst.«

Guy ging wortlos in den Flur zu seinem Mantel. Als sie zu ihm hinging, öffnete er die Türe. »Ich muß mich beeilen«, sagte er.

Harriet war von seiner Kälte verletzt: »Aber machen wir nicht unseren Spaziergang im Park?«

»Ich habe keine Zeit. Ich habe ein Treffen mit Studenten. David wird um eins im Doi Trandafiri sein. Du kannst dorthin kommen, wenn du willst.«

Als er gegangen war, fühlte sich Harriet elender und einsamer als jemals vor ihrer Ehe, hob das rote Kätzchen auf, das ihr jetzt in der Wohnung Gesellschaft leistete, und hielt es sich zum Trost an den Hals.

Das Kätzchen war heimatlos umhergestreunt, und sie hatten es eines Nachts im Schnee gefunden. Guy dachte, es könnte eine von den Wildkatzen sein, die in den halb abgerissenen Gebäuden am Platz lebten, aber bis zu den Gebäuden war es weit. Die Pringles nahmen sie mit nach Hause. Sie wurde sofort Harriets Katze, ihr Baby, ihr Totem, ihr *alter ego*. Wenn irgend jemand sonst sie aufhob, verwandelte sie sich in ein tobsüchtiges kleines Nadelkissen. Guy hatte Angst vor ihr, und das Kätzchen, das spürte, daß es ihm gegenüber in der Oberhand war, pflegte ihn brutal zu beißen. Wenn er saß und es nicht weiter beachtete, sprang es die Lehne seines Stuhls hinauf und landete, nur aus Zähnen und Klauen bestehend, in der Dichte seines Haares. Er mußte dann immer Harriet rufen, es wegzuholen.

Guy gratulierte Harriet, die das Kätzchen voller Vertrauen aufhob und niemals gebissen oder gekratzt wurde. »Der Trick dabei«, sagte sie, »ist, nicht ängstlich zu sein.« Dem Kätzchen sagte sie: »Andere Leute magst du beißen, aber ich bin anders. Mich beißt du nicht«, und das Kätzchen fixierte sie mit einem neugierigen Blick und schien zu verstehen, daß sie beide gleichberechtigt waren.

Obwohl Guy ängstlich blieb, war er stolz auf die kleine Kreatur, die sich unter seinen Händen in eine Furie verwandelte. Er bewunderte ihre rotgoldene Farbe und die Art und Weise, in der sie wie eine fliegende Katze von einem Ende der Wohnung zum anderen sauste. Despina, allzeit bereit, Bewunderung nachzubeten, sagte, sie sei eine höchst außergewöhnliche Katze in jeder Hinsicht. Falls die Pringles Rumänien verlassen müßten, würde sie sie nehmen und sich persönlich um sie kümmern.

Harriet, die jetzt dastand und durch die Glastür auf den schneegekrönten Palast starrte und sich einbildete, von Guy verlassen worden zu sein, fühlte eine leidenschaftliche Zärtlichkeit für das Kätzchen, als ob es die einzige Liebe sei, die ihr geblieben war. Sie sagte zu ihm: »Ich liebe dich. Ich liebe dich von ganzem Herzen.« Das Kätzchen schien einen Blick ernsthafter Besorgtheit anzunehmen. »Weil du wild bist«, fügte sie hinzu, »weil du arm bist; weil du lebendig bist.« Und, natürlich, weil sich Guy gegen sie gewandt hatte.

Sie überlegte, daß sie Klein gebeten hatte herauszufinden, was mit Sascha Drucker geschehen war, und daß sie ihn deshalb mit David im Doi Trandafiri treffen wollte. Er hatte nie, wie sie es eigentlich wollte, die Angelegenheit fallenlassen. Er war loyal seinen Freunden gegenüber, aber (sagte sie sich) ihr gegenüber gleichgültig. All diese Leute – David, Klein, die Druckers, Dubedat und eine Unmenge anderer – waren seine Clique: er band sie an sich. Sie hatte niemanden, außer ihrer kleinen roten Katze.

Fast augenblicklich lehnte sie sich gegen die Situation auf. Sie setzte die Katze ab, wählte Clarence' Nummer im Propaganda-Büro und sagte zu ihm: »Guy wollte mit mir im Park spazierengehen, mußte aber zu einem Treffen. Würdest du mitgehen?«

»Was, aber selbstverständlich.« Clarence klang nur zu froh darüber, eine Ausrede gefunden zu haben, um sein Büro zu verlassen. Er kam sofort bei ihr vorbei und fuhr sie zum Park.

Es war Anfang März. Der Wind ließ etwas nach. Mehr und mehr Menschen gingen draußen spazieren, und wieder einmal nahmen die Kindermädchen die Kinder, um mit ihnen im Freien zu spielen. Seit zwei Wochen war kein frischer Schnee gefallen, aber der alte Schnee, geschwärzt und vereist, blieb liegen. Er blieb nun schon zu lange liegen. Man war ihn leid.

Als Harriet mit Clarence den Weg entlang spazierte, der unter Inchcapes Balkon hindurch führte, schauten sie hinauf und sahen die Sommerstühle und Blumenschalen mit Schneehäufchen bedeckt. Eiszapfen hingen, drohend wie eine Reihe von Schwertern, von jeder Kante herab. Und doch war schon ein Geruch vom nahen Frühling in der Luft. Täglich mußte nun Regen statt Schnee fallen, und das Tauwetter würde einsetzen.

Plötzlich, ganz aufgeregt von dem nahenden Frühling, spürte Harriet, daß ihr Streit mit Guy überhaupt keine Bedeutung hatte. Als sie die Brücke überquerten, von der aus sie das stuabbedeckte Eis des Wasserfalls sehen konnten, hielt sie an, beugte sich über das Geländer und sagte: »Alles ist wunderbar. Ich möchte... ich möchte sein, wie...«

Clarence schlußfolgerte blasiert: »Was bist du nicht?«

»Nein. Wie ich bin. Das ›Ich‹ ist hinter meiner eigenen femininen Dummheit verborgen. In mancher Weise bin ich vermutlich genauso widersprüchlich wie Sophie oder Bella.«

Clarence lachte. »Ich glaube, das stimmt. Frauen sind so, und man mag es, daß sie so sind.«

»Du magst es, zweifellos. Aber ich bilde mir nicht ein, auf der Welt zu sein, um dein Überlegenheitsgefühl zu erhöhen. Ich bin auf der Welt, um meine eigenen Forderungen an mich selbst zu erfüllen, und die sind wahrscheinlich höher als die deinigen. Wenn du mich nicht so magst, wie ich bin, dann ist mir das egal.«

Clarence war unbeeindruckt. »Du meinst, dir ist es nicht egal«, sagte er, »da liegt das Problem. Frauen wollen geliebt werden. Sie können nie sie selbst sein.«

»Und du, mein armer Clarence, kannst nie irgend etwas anderes als du selbst sein.« Sie ging auf die andere Seite und schaute auf den sich ausdehnenden See hinaus, von dem der Schnee weggefegt worden war. Das Restaurant war jetzt nichts weiter als eine Mütze aus Schnee, aber jemand war hinübergegangen – die Fußstapfen waren deutlich sichtbar – und hatte das Radio herausgetragen. Es tönte über das Eis.

Die Musik war ein russischer Walzer, und ein halbes Dutzend Schlittschuhläufer stemmten sich gegen den Wind und drehten sich und hoben die Füße im Walzerrhythmus. Dieses Ende des Sees war so von Bäumen überhangen, daß es abgeschlossen wie ein Raum erschien. Die Zweige, verziert mit Frostspitzen, glitzerten in einem unirdischen Silberweiß gegen die Zinnfarben des Eises und des Himmels.

Clarence ging hinüber zu ihr. Er starrte hinunter auf die gekerbte und gespaltene Oberfläche des Sees und sagte sachlich: »Es gibt Dinge, die kann man nie hinter sich lassen.«

»Wie zum Beispiel?«

»Seine Kindheit. Davon kann man sich nie erholen.«

Als sie in ihren Fußstapfen zurückgingen, wußte sie, daß er ausgefragt zu werden wünschte, und fragte, nicht sehr bereitwillig: »Was für eine Kindheit hattest du?«

»Oh, eine vollkommen normale – zumindest wäre sie jedem Außenstehenden normal erschienen. Mein Vater war Geistlicher.« Nach einer Pause fügte er hinzu: »Und ein Sadist.«

»Meinst du das wirklich? Ein Sadist?«

»Ja.«

Der Wind kam jetzt von hinten. Erlöst von seinem stechenden Ansturm, gingen sie langsam und fühlten sich fast warm. Harriet wußte nicht, was sie Clarence sagen sollte, der jetzt melancholisch und in sich gekehrt dreinschaute, besessen, wie es schien, von der Erinnerung an die Kindheit als einer Erinnerung an eine zurückliegende Ungerechtigkeit. Am liebsten hätte sie gesagt: »Denk nicht darüber nach, sprich nicht darüber.« Aber natürlich war das, was er brauchte, ein Gespräch. Sie hatte ein schmerzliches Gefühl, daß ihr hier etwas aufgebürdet werden sollte.

»Aber noch schlimmer – schlimmer als mein Vater, meine ich – war das Leben in der Schule. Mein Vater schickte mich dorthin, weil der Direktor ein Verfechter körperlicher Züchtigung war. Er war es auch.«

Im Alter von sieben war Clarence verprügelt worden, weil er aus der Schule davonlief. Danach, als er ›heulend‹ im Bett lag, wußte er nicht, welches Unrecht er begangen hatte. Alles, was er gewußt hatte, war, daß er zurück zu seiner Mutter wollte. Harriet stellte sich gerade ein Kind von sieben vor. Es war kaum möglich sich auszumalen, daß irgend jemand ein so kleines Kind schlug, doch Clarence behauptete hartnäkkig, er sei brutal geprügelt worden, geprügelt mit all der Wut und Kraft der Rachsucht.

Nach einer Weile, sagte er, hätte er gelernt, sich zu verstellen. Er hatte seine Ängste und Unsicherheiten hinter einer Fassade versteckt, die er bis jetzt aufrechterhalten hatte, aber die Wahrheit war, daß über die Jahre hinweg sein Lebensmut gebrochen worden war. Sein Zuhause hatte ihm keine Fluchtmöglichkeiten aus seiner Not geboten. Seine Mutter, ein sanftes Geschöpf, das den Vater mehr fürchtete, als Clarence dies tat, war lediglich ein Objekt des Mitleids gewesen, eine Belastung seiner Gefühle – doch, sagte er, sei sie jemand gewesen, mit dem er hätte sprechen können. Sie war gestorben, als er zehn war, und er spürte, daß sie sich davongemacht hatte. Sie hatte ihn verlassen. Seine glücklichsten Zeiten waren jene Sonntage gewesen, wo ihm erlaubt worden war, mit einem Freund auf den Fahrrädern hinaus ins Moor zu fahren.

»Mit anderen Jungen bist du gut zurecht gekommen?« fragte Harriet.

Clarence schaute einen Augenblick verdrossen, durch die Frage abgelenkt, und antwortete dann indirekt: »Es ist immer die gleiche Art von Schule, wo die Jungen schikaniert werden. Sie hatte eine Tradition der Brutalität. Sie wurde über die Lehrer weitergegeben.«

»Aber du bist von den andern Jungen nicht richtig mißhandelt worden?«

Als Antwort zuckte er die Achseln. Sie spazierten den Hauptpfad neben dem *tapis vert* hinunter. Auf dieser vom Wind gepeitschten Fläche, die sie ganz allein für sich hatten, war der Schnee so dicht angetrieben worden, daß man unmöglich sagen konnte, wo die Blumenbeete endeten und die Wege begannen. Clarence strauchelte dauernd über kleine Hecken und paßte nicht auf, wo er hintrat, als er jene Abende beschrieb, wo er, bei der Rückfahrt vom Moor, beim Anblick der Schultore und der vom Sonnenuntergang geröteten Ziegel der Schulgebäude ganz krank geworden war. Beizeiten hatte er sich eine trostlose Resignation gegenüber seiner Lage angeeignet – der unausweichlichen Situation eines Opfers. Sogar jetzt, sagte er, sogar hier in Bukarest konnten das Licht eines Sommersonntags, die geschlossenen Läden, der Klang der Glocke der English Church diese Übelkeit erregende Hoffnungslosigkeit wieder zurückbringen. Sie erfüllte ihn mit einem Gefühl des Versagens, und dieses Gefühl würde ihn sein ganzes Leben verfolgen.

Sie näherten sich der Calea Victoriei. Harriet konnte das Quäken der Autohupen hören, doch als sie so ganz allein auf dem Weg spazierten, hatte sie das Gefühl, mit Clarence in einem Gefängnis zu sein. Wenn sie sich an die Szene erinnerte, schien es ihr, als ob der Schnee von der Trostlosigkeit jener Sonnenuntergänge gerötet gewesen sei. Obwohl seine Kindheitsgeschichte mit der ihrigen nicht zu vergleichen gewesen war, erschien ihr sein Elend nur zu vertraut. Als sie deprimiert wurde, begann er, aus seiner Erinnerung aufzutauchen und zu lächeln. Sie spürte, daß er durch seine Bekenntnisse einen Anspruch auf sie erhoben hatte. Unwillkürlich entfernte sie sich einen Schritt von ihm – nicht nur von Clarence, sondern von der unglücklichen Vergangenheit, die ihn überschattete. Er war, spürte sie, von Furcht deformiert worden.

Er bemerkte ihre Bewegung nicht. Immer noch vertrauensselig, sagte er: »Ich brauche eine starke Frau, eine, die rücksichtslos sie selbst sein kann.«

Also nahm Clarence an, daß sie eine derartige Frau sei! Sie wies seine Annahme nicht als unberechtigt zurück, aber sie wußte, daß sie nichts dergleichen war. Sie war nicht stark, und ganz gewiß fühlte sie keine Veranlassung, einen kaputten Mann zu pflegen. Sie wollte lieber selbst gepflegt werden. Am Tor sagte sie, daß sie Guy im Doi Trandafiri treffen würde.

Guy betrachtete stirnrunzelnd seine Füße und jammerte: »Warum geht Guy bloß in dieses Lokal?«

»Er mag Leute. Er mag es, wenn ihn seine Studenten nerven.«

»Unglaublich!« sagte Claence gedehnt, aber als Harriet weiterging, hielt er sich neben ihr.

Das Café war so voll wie immer. Guy war nirgendwo zu sehen. Harriet sagte: »Er kommt immer zu spät«, und Clarence brummte Zustimmung. Sie mußten einige Minuten warten, bevor ein Tisch frei wurde.

Gerade als sie sich gesetzt hatten, kam David und Klein. Hinter ihnen stürmte Guy herein. Wegen der Mißstimmung betrachtete sie ihn mit neuen Augen: ein gemütlich aussehender Mann von einer harmlosen körperlichen und geistigen Größe. Seine Körpergröße gab ihr eine Illusion von Geborgenheit – denn es war, glaubte sie immer mehr, nichts weiter als eine Illusion. Er war einer von den Häfen, die sich als zu seicht erweisen: man kam nicht in sie hinein. Für ihn waren persönliche Beziehungen nebensächlich. Seine Erfüllung fand er in der Außenwelt.

In der Zwischenzeit hatte Clarence weiter auf sie eingeredet und seine Geschichte fortgeführt, als ob es zwischen dem Park und dem Café keine Unterbrechung gegeben hätte. Als er sie anstarrte, verärgert über ihre Unaufmerksamkeit, wußte sie, daß er jemand war, der, wenn er es könnte, sie in eine private Welt einsperren würde. Was war es, das beide wollten? Ausschließliche Zuwendung, kein Zweifel: die Zuwendung, die jeder in der Kindheit vermißt hatte. Widersinnigerweise wollte sie sie jetzt, wo sie ihr angeboten wurde, nicht haben. Sie war angezogen von Guys geselliger guter Laune und der offenen Welt um ihn herum.

Sie beobachtete ihn, wie er David und Klein einholte, zwischen sie beide trat und seine Arme um ihre Schultern legte. Klein schaute ihn lächelnd an und akzeptierte dies sofort als normale Begrüßung, aber David, obwohl Guys Intimfreund, schaute verwirrt und errötete leicht und begann dann, über seine Verwirrung hinwegzuplaudern. Nach einem Augenblick sah Guy sie, ließ die anderen stehen und eilte zwischen den vollbesetzten, lärmenden Tischen durch die heiße und rauchgeschwängerte Luft auf sie zu. Er steckte seine linke Hand aus, lächelte und drückte ihre Hand. Die Mißstimmung war vergessen.

»Wer ist dieser Klein?« fragte Clarence, als ob der näherkommende Fremde unerträgliche Langeweile mitbringen würde.

»Eine Informationsquelle«, sagte Guy. »Einer von Davids Kontakten.«

Als sie alle saßen, zog sich Clarence, mißtrauisch und argwöhnisch, wie üblich in sein defensives Schweigen zurück, was aber nur von Harriet bemerkt wurde. Guy wollte unbedingt hören, was Klein über die Druckers herausgefunden hatte.

Er hatte nicht viel herausgefunden. Er sagte: »Es scheint, daß Sascha mit seinem Vater weggebracht wurde.«

»Sie meinen, er wurde verhaftet?«

»Das kann man nicht sagen.« Kleins Gesicht zog Falten der Belustigung. »Dies, erinnern Sie sich, bitte, ist ein zivilisiertes Land. Es gab keine Anklage gegen den Jungen.«

»Was glauben Sie dann, was mit ihm geschehen ist?«

»Wer kann das sagen! Er ist nicht im Gefängnis. Wenn er das wäre, würde ich es, glaube ich, herausfinden. Ein Gefängnisinsasse kann nicht hundertprozentig versteckt werden.«

»Vielleicht ist er tot«, sagte Harriet.

»Eine Leiche muß man erst einmal loswerden. Hier ist Geheimhaltung nicht so einfach. Die Leute reden gerne. Außerdem, warum sollten sie den Jungen töten? Sie sind nicht solch schlechte Menschen. Sie würden nicht ohne Grund töten. Alles, was ich sagen kann, ist: Niemand hat ihn seit der Verhaftung seines Vaters gesehen. Er ist verschwunden. Aber etwas, das ich herausgefunden habe, ist sehr interessant. In der Tat, sehr interessant!« Er beugte sich vor und grinste. »Ich habe herausgefunden, daß das Drucker-Geld in der Schweiz – eine große Summe – unter dem Namen von Sascha Drucker verbucht ist. Ist das nicht interessant? Deshalb glaube ich, daß er lebt. In der Schweiz sitzen die Banken sehr fest auf dem Geld. Sogar der König könnte es nicht zurückfordern. Es kann nur mit der Vollmacht dieses jungen Drukker oder seiner gesetzlichen Erben abgehoben werden. Er ist ein wichtiger Junge.«

»Das ist er in der Tat!« stimmte David zu. »Vielleicht wird er irgendwo festgehalten, bis er eine Vollmacht unterschreibt.«

Vor entzückter Wißbegier streckte Klein schnell seine Hände aus: »Falls ja, wo? Wir sind hier nicht im Mittelalter. Für unser Kabinett muß die Situation sehr schwierig sein. Hier ist ein unschuldiger junger Mann – ein Mensch, so einfach, jung und unschuldig, daß keine schwerwiegende Beschuldigung gegen ihn erhoben werden könnte. Ihn ohne Anklage festzuhalten! Das wäre nicht zivilisiert, nicht abendländisch! Dennoch – ein junger Mann von solcher Bedeutung! Wie könnten sie es sich leisten, ihn ausreisen zu lassen?« Klein saß da und bebte vor Lachen über das Dilemma der Behörden.

Guy grübelte vor sich hin, verwundert und betroffen. »Aber was haben sie mit ihm *gemacht?*« fragte er.

»Was soll's?« Klein öffnete seine fahlen Augen. »Was gehen Sie diese Drucker an? Sie haben viel Geld gemacht – illegales Geld. Sie haben gut gelebt. Jetzt geht es ihnen nicht so gut. Brauchen Sie da zu weinen?«

»Sascha war ein Schüler von mir. Die Druckers behandelten mich freundlich. Sie waren meine Freunde.«

Klein lächelte Guy spöttisch ins Gesicht. »Sagen Sie mir«, sagte er, »wie vereinbaren Sie eine solche Freundschaft mit ihren Vorstellungen vom internationalen Finanzwesen?«

David kicherte blasiert bei dieser Frage, und sein Mund kräuselte sich hinauf bis zu den Nasenlöchern. Mit gesenktem Kopf schaute er in ironischer Wißbegier zu Guy hinauf, aber bevor Guy eine Erwiderung gefunden hatte, sagte Klein, wieder milder gestimmt: »All diese Sachen, all diese Menschen – alles ist so interessant.«

Clarence beugte sich vor zu Harriet und sprach sie an, als ob sie alleine wäre. »Ich muß sagen, Guy verschwendet sich an eine Menge Leute, die es nicht wert sind.«

»Na schön, du machst das jedenfalls nicht«, sagte Harriet mit einigem Spott.

»Du auch nicht.«

Harriet hob die Hand, um diese private Kontroverse abzuwehren, so daß sie Klein zuhören konnte, der das Thema Drucker verlassen hatte und jetzt über die innenpolitische Situation des Landes sprach.

»Der König«, teilte er mit, »wird der Eisernen Garde eine Amnestie gewähren.«

David und Guy waren von dieser Nachricht verblüfft. Es hatte keine Hinweise in der Presse gegeben, nicht einmal ein Gerücht, daß dies möglich wäre.

»Die Amnestie ist bereits unterschrieben«, sagte Klein ruhig, »aber noch nicht verkündet. Warten Sie. Morgen oder übermorgen werden Sie davon hören.«

»Aber warum sollte er eine Amnestie gewähren?« fragte David.

»Ah, das ist interessant. Der Krieg in Finnland geht zu Ende. Jeden Tag können die Russen jetzt irgendwo anders vorrücken. Und wohin werden sie vorrücken? Hier ist das Kabinett sehr nervös. Bei wem können sie nach Hilfe Ausschau halten? Würden die Alliierten Rumänien gegen Rußland verteidigen? Falls ja, wie wäre das möglich? Aber Deutschland! Deutschland könnte es tun, und *würde* es tun, für einen Preis. Schon ist die Frage gestellt worden: für welchen Preis? Was fordert Deutschland? Und es hat geantwortet: Gewährt der Eisernen Garde eine Amnestie.«

Clarence sprach gedehnt und mürrisch: »Aber ich dachte, es gibt keine Eiserne Garde mehr.«

»Das glaubten Sie? Mein Freund, hier sind viele Gardisten, aber sie sind versteckt. Und auch in Deutschland sind viele. Sie flohen 1938 dorthin, nachdem Codreanu und seine Legionäre erschossen worden waren. In Deutschland wurden sie willkommen geheißen. Sie sind gedrillt worden. Sie sind in den Konzentrationslagern ausgebildet worden. Sie sind bessere Nazis als die Nazis geworden. Die Deutschen wollen, daß sie hierher zurückkehren, denn hier werden sie nützlich sein.«

»Aber hier«, protestierte Clarence, »will doch bestimmt niemand den Faschismus. Rumänien ist noch pro-britisch. Es würde einen Tumult geben. Es könnte sogar Aufstände geben.«

»Britannien wird geliebt«, sagte Klein. »Die Mehrheit würde eine liberale Regierung wählen, wenn sie durch sie nichts zu verlieren hätte. Aber Rußland wird zu sehr gefürchtet. Große Furcht kann Liebe verdrängen. Bleiben Sie hier, und Sie werden sehen, daß es geschieht.«

David sagte: »Ich sagte der Gesandtschaft vor einem Jahr, daß wir dieses Land verlieren würden, wenn wir unsere Politik nicht ändern.«

Clarence fragte übellaunig: »Welcher Wechsel in der Politik könnte jetzt etwas anderes bewirken?«

»Jetzt, sehr wenig. Wir haben es zu lange aufgeschoben.« Davids Zustimmung war hitzig. »Aber wir brauchen nicht Deutschlands Spiel für Deutschland spielen.« Indem er das Gespräch übernahm, sprach David mit Nachdruck und Engagement: »Wir stützen eine verhaßte Diktatur. Wir stoßen die Bauernführer vor den Kopf. Wir dulden stillschweigend die Unterdrückung der äußersten Linken und die Verhaftung ihrer Führer. Wir unterstützen eine der rücksichtslosesten Ausbeutungen von Menschen in ganz Europa. Wir unterstützen die Unterdrückung von Minderheiten – eine Unterdrückung, die unweigerlich zum Auseinanderbrechen Groß-Rumäniens bei der ersten sich bietenden Gelegenheit führen muß.«

»Vielleicht wird sich die Gelegenheit nicht bieten.«

»Vielleicht nicht. Es hängt vom Verlauf des Krieges ab. Der Krieg wird sich irgendwann fortbewegen müssen. Die Pattsituation kann nicht andauern, und ich glaube nicht, daß es eine Chance für einen Waffenstillstand gibt. Wenn die Alliierten die Siegfried-Linie durchbrechen und in Deutschland einmarschieren könnten, dann könnten sie vielleicht, ohne besondere Beeinträchtigung britischer Interessen, ihre Politik hier ewig fortsetzen. Das heißt, wir machen die Arbeit der Faschisten für sie. Beim ersten Anzeichen eines möglichen deutschen Sieges, würde sich die ganze, große antikommunistische Bewegung gegen uns erheben.«

»Verlangst du von uns, daß wir die Kommunisten unterstützen?« fragte Clarence.

»Bestimmt nicht. Was ich beklage ist, daß wir, als wir die

Möglichkeit hatten, nichts taten, um eine liberale Politik zu etablieren, die das Land vor jeder Art von Extremismus hätte retten können – ob von rechts oder links.«

»Ich glaube, du siehst die Dinge zu schwarz«, murmelte Clarence.

»Du hingegen«, sagte David, »würdest Seiner Exzellenz zustimmen. Der alte Dussel bezeichnet meine Berichte als ›Panikmache‹ und legt sie zu den Akten und vergißt sie.«

»Hmm!« sagte Clarence, verbarg seine Verdrossenheit hinter einem Ausdruck höheren Zweifels, sprang dann auf, behauptete, er hätte eine Verabredung zum Essen, und ging davon, ohne Aufwiedersehen zu sagen.

David schaute ihm nach und lächelte in amüsiertem Mitleid. »Armer, alter Clarence«, sagte er. »Er hat etwas von einem unausgegorenen Intellektuellen, aber er ist ein feiner Kerl, wirklich. Ja, wirklich ein feiner Kerl!« Er kehrte zurück zu seiner Verurteilung der britischen Politik in Rumänien.

Der Fall Trojas

17

Die Amnestie der Eisernen Garde wurde verkündet, als das Tauwetter einsetzte. Das Tauwetter, das spät kam und Überschwemmung und Flut mit sich brachte, wurde weit mehr diskutiert. Die Ankündigung der Amnestie führte nicht, wie Clarence vorausgesagt hatte, zu Aufruhr und Revolte, sondern zu einer Umbesetzung im Kabinett und zur Ernennung des Gardistenführers Horia Sima zu einem der neuen Minister. Der König versicherte den Alliierten, sie bräuchten sich keine Sorgen zu machen. Die Amnestie bedeute nichts. Ein paar neue Witze machten die Runde in den Cafés. Die Rumänen, so schien es, waren jetzt auf alles vorbereitet.

Aber das Tauwetter war etwas anderes. Als der Schnee schmolz und von den Dachrinnen und Balkonen rann, troff die ganze Stadt unter einem bleiernen Himmel. Die meisten Menschen gingen mit Schirmen umher. Als die vereisten Oberflächen auf Straßen und Bürgersteigen aufzuspringen begannen, sanken die Menschen unvermittelt tief in den Matsch ein. Bald waren die Straßen nichts als Matsch, der, eiskalt und schmutzig, von dem Verkehr auf die Vorbeigehenden gespritzt wurde.

Der Himmel wurde dunkler und sank immer tiefer, bis er sich unter seinem eigenen Gewicht auftat und der Regen in Sturzbächen fiel. Flüsse traten über ihre Ufer. Ganze Dörfer ertranken in einer Nacht. Dienstverpflichtete Bauern, die Urlaub erbettelt hatten, um ihren Familien zu helfen, wanderten auf der Suche nach ihren Häusern umher und fanden nichts als eine Wasserwüste. Die mittellosen Überlebenden strömten massenweise in die Stadt, um die Bettler zu ersetzen, die der Winter umgebracht hatte.

Der finnische Friedensvertrag war unterschrieben. Rußland konnte sich für ein weiteres Abenteuer rüsten. Die Bürger Bukarests, eingepfercht in Cafés, beobachteten den Regenguß und gaben Invasionsgerüchte weiter. Ein Aufklärungsflugzeug hatte angeblich Truppen gesichtet, die den Dniester überquerten. Flüchtlinge strömten zur Pruth. Detaillierte Beschreibungen der von russischen Truppen an rumänischen und deutschen Minderheiten begangenen Greuel wurden geliefert. Die Menschen gingen voller Furcht ins Bett und standen wieder auf, um zu sehen, daß alles genauso war wie vorher. Die Gerüchte von gestern wurden dementiert, aber am folgenden Tag wiederholt.

Während dieser Zeit erschien in Bukarest ein englischer Lehrer namens Toby Lush, der erklärte, ganz Bessarabien sei in Aufruhr, und die Russen würden genau diese Nacht erwartet.

Man dachte zuerst, Lush komme von der Universität Jassy. Clarence und die Pringles verspürten viel Mitgefühl für jeden Engländer in einer Grenzstadt, seit sie gehört hatten, daß der British Council-Dozent in Ljubljana eines Nachts auf der Straße von einer deutschen Patrouille ergriffen und über die Grenze nach Österreich gebracht worden war, und daß man seither nie mehr etwas von ihm gehört hatte. Als sie sich jedoch mit Lush unterhielten, fanden sie heraus, daß er nicht aus Jassy sondern aus Cluj kam. Er hatte geglaubt, daß er, unter den gegebenen Verhältnissen, in der Hauptstadt sicherer sei. Nach zwei Wochen, in denen alle Grenzen unangetastet geblieben waren, sagte er, ziemlich einfältig, seinen neuen Bekannten Lebewohl, stieg in seinen Wagen und kehrte zu seinen Schülern nach Cluj zurück.

Am Morgen vor Ostern, als sich ein Lichtschimmer in den Pfützen brach und die Kastanienknospen aufgingen, stand Yakimov in der Calea Victoriei und starrte in das Fenster eines kleinen Restaurants. Er war gleichgültig gegenüber den Vorboten des Frühlings. Er war auch gleichgültig gegenüber den Zigeunern, die scharenweise zurückkehrten und ihren alten Singsang wieder aufnahmen, mit Körben voller Schneeglöckchen, Hyacinthen, Narzissen und Mimosen, und die aufgeregt auf die Vorbeigehenden einschrien, als ob sie alte Freunde seien. Einer von ihnen schlug Yakimov auf den Arm, wirbelte ihn herum und grüßte ihn mit Inbrunst: *»Bună dimineată, domnule«*, und er lächelte und murmelte vage: »Mein liebes Kind«, bevor er sich wieder der Betrachtung der rohen Steaks und Kotelettes hinter dem Glas widmete.

Er war ohne Hut, und sein Haar, schön, blond und eines Friseurs bedürfend, flatterte im kalten Märzwind. Obwohl der Schnee auf dem Bürgersteig jetzt nur noch aus einer dünnen Schicht von so etwas wie feuchtem und schmutzigem Zucker bestand, waren seine Schuhe durchweicht. Der Saum seines Mantels, der sich auftrennte, reichte bis zu seinen Fersen hinunter. Er hatte eine Erkältung; aber nichts von all dem bedeutete etwas im Vergleich zu der Tatsache, daß er von einer Sehnsucht nach Essen gequält wurde.

Guy, der gerade zum Mittagessen heimging, sah ihn, hielt an und sprach ihn an. Er zog seinen Blick langsam von den Kotelettes ab und versuchte, ausdruckslos dreinzuschauen. »Wie schön, Sie zu sehen, mein Junge«, sagte er. Seine Stimme war heiser.

»Geht es Ihnen nicht gut?« fragte Guy.

»Ein Anflug von *la grippe.*« Er versuchte, sich zu schneuzen, ohne einen Handschuh abzunehmen, und das harte, nasse, rissige Leder stach in seine entzündeten Nasenlöcher und trieb ihm eine Träne ins Auge.

Guy sagte: »Wissen Sie schon, wo Sie zum Essen hingehen wollen?«

»Eigentlich nicht, mein Lieber.« Bei der Aussicht auf etwas zu essen, begann Yakimov leicht zu zittern, und eine zweite Träne folgte der ersten. Er schniefte und sagte: »Um nicht zu lügen: Man hat mich ziemlich im Stich gelassen. Sollte mit meinem alten Freund Hadjimoscos zu Mittag essen, aber offensichtlich ist er auf sein Gut gerufen worden.«

»Du lieber Himmel, hat er ein Gut?«

»Schwer verschuldet, natürlich.« Yakimov wechselte hastig wieder vom Thema Gut zurück zum Thema Essen.

»Bin etwas knapp bei Kasse, mein Lieber. Mein Wechsel schon wieder verspätet. Überlegte gerade, wie ich zu einem Bissen kommen könnte.«

»Warum kommen Sie nicht mit und essen mit uns?«

»Entzückend.« Alle Schauspielerei fiel in der Emotion des Augenblicks zusammen, und er strauchelte, als er sich umwandte, und mußte sich auf Guys Arm stützen. Als sie in Richtung Platz gingen, strömten Yakimovs Leiden aus ihm heraus.

»Schwierige Zeiten«, sagte er. »Ihr armer, alter Yaki ist heimatlos. Bin vertrieben worden. Rausgeworfen, in der Tat. Buchstäblich von meiner Wirtin rausgeworfen worden. Eine fürchterliche Frau. Fürchterlich. Und sie hat meine ganzen Sachen behalten.«

»Das kann sie nicht machen.« Guy war entrüstet, sagte aber nach einiger Überlegung: »Es sei denn, natürlich, Sie schulden ihr Miete.«

»Nur ein paar *Lei*. Aber das war nicht das Hauptproblem, mein Lieber. Es war ein Schinkenknochen, den ich dort umherliegen sah. Fühlte mich ein bißchen hungrig und las ihn auf – und sie erwischte mich mit dem Knochen in der Hand. Sie wissen selbst, was an einem Schinkenknochen dran ist, mein Lieber! Kaum ein Mundvoll, aber sie drehte durch. Drehte *völlig* durch. Sie prügelte mich, trat mich, schlug mich auf den Kopf, schrie wie eine Wahnsinnige. Dann öffnete sie die Haustüre und schob mich hinaus.« Er schauderte vor Kälte oder vor Angst und blickte sich um, als ob eine erneute Attacke drohte. »So etwas habe ich bisher noch nicht kennengelernt, mein Lieber.«

»Aber Sie haben Ihren Mantel.«

»Hatte ihn zufällig an. Es geschah letzte Nacht. Ich war gerade nach Hause gekommen.« Er berührte den Mantel liebevoll. »Habe ich Ihnen erzählt, daß der Zar diesen Mantel meinem armen, alten Papa gab?«

»Ja. Wo wohnen Sie jetzt?«

»Nirgendwo. Ich bin die ganze Nacht durch die Straßen vagabundiert, mein Junge. Nur durch die Straßen vagabundiert.«

Als Guy Yakimov mit in die Wohnung brachte, stand Harriet, die am elektrischen Heizofen gesessen hatte, wortlos auf, ging in ihr Schlafzimmer und knallte die Türe zu. Sie blieb so lange, daß Guy zu ihr hineinging. Sie fuhr ihn zornig an und sagte: »Ich habe dir gesagt, daß ich diesen Mann nicht in der Wohnung haben will.«

Guy argumentierte mit ihr: »Schatz, er ist krank; er ist hungrig; er ist aus seiner Unterkunft geworfen worden.«

»Das ist mir gleich. Er hat dich beleidigt. Ich will ihn hier nicht haben.«

»Wann hat er mich beleidigt?«

»Am Heiligen Abend. Er sagte, dein Limerick sei geschmacklos.«

»Also wirklich, Schatz!« Guy lachte über ihren Unsinn. »Hör zu! Ihm geht es nicht gut. Noch nie zuvor habe ich ihn so dünn und krank gesehen.«

»Es ist mir gleich. Er ist ein Schnorrer und ein Vielfraß.«

»Nein, es ist dir nicht gleich.« Guy nahm sie an den Schultern und schüttelte sie liebevoll. »Wir müssen ihm helfen, nicht weil er ein guter Mensch ist, sondern weil er Hilfe braucht. Das verstehst du doch.« Sie ließ ihren Kopf nach vorne gegen seine Brust fallen, und, erfreut über ihre Kapitulation, drückte er sie ein letztes Mal und sagte: »Komm ins Zimmer. Sei nett zu ihm.«

Als Harriet das Wohnzimmer betrat, schaute Yakimov ängstlich zu ihr hin. Er hielt ihre Hand an seine Lippen und sagte: »Wie freundlich von der Schönen, den armen Yaki zu verwöhnen.«

Harriet, die sich ausreichend erholt hatte, um höflich zu sein, war, trotz allem, über Yakimovs Aussehen erschüttert. Er sah krank aus, gealtert und unterernährt.

Er aß hektisch und sagte während des ganzen Essens nichts. Als er zum Platzen voll und wieder lebendig war, schaute er strahlend auf. »Mein lieber Junge«, sagte er zu Guy, »ich könnte Ihnen einen Tip für ein gutes Geschäft geben. Hatte gehofft, ihn meinem alten Freund Dobson zu geben, aber er hat sich in diesen letzten Wochen nicht blicken lassen. Ich schaue dauernd bei ihm vorbei, aber seine Sekretärin sagt, er hätte zu tun, aus irgendeinem Grund. Er soll mir ein jugoslawisches Transitvisum besorgen, dann brauche ich nur noch das Geld für die Fahrkarte, ein paar Riesen und ein CD-Kennzeichen. Sobald ich dort bin, löse ich meinen armen, alten Hispano-Suiza aus und fahre ihn hierher. Jeder, der den Trip finanziert, käme voll auf seine Kosten. Mit einem CD-Kennzeichen kann man einen Haufen Geld machen, indem man Zeug über die Grenzen transportiert. Denken Sie zum Beispiel an Devisen...«

»Ich bin sicher, daß Dobson Ihnen kein CD-Kennzeichen besorgen könnte«, sagte Harriet.

»Aber sicher könnte er das, meine Liebe. Dobson ist ein alter Freund und steht tief in der Schuld des armen Yaki. Und er würde seinen Anteil kriegen. Zu Ihnen, mein Lieber: Falls Sie Yaki ein paar *Lei* leihen könnten – fünfunddreißigtausend, um genau zu sein – würde ich dafür sorgen, daß Sie dabei nicht zu kurz kämen.«

Guy lachte, nahm den Plan nicht ernst und sagte, daß er und Harriet Ostern in die Berge gehen würden. Sie würden alle Ersparnisse für ihren Urlaub brauchen.

Yakimov stöhnte und schluckte seinen Kaffee hinunter.

Guy wandte sich an Harriet. »Die Wohnung wird leer sein, während wir weg sind«, sagte er. »Könnten wir nicht Yaki hier wohnen lassen?«

Sie warf ihm einen Blick zu und sagte kalt: »Was fragst du mich?«

»Er könnte sich um die Katze kümmern.«

»Despina wird sich um die Katze kümmern.«

»Na, jedenfalls ist es immer gut, jemanden in der Wohnung zu haben.«

»Wir reisen erst morgen ab.«

»Da ist das Nebenzimmer.«

»Ohne Bett.«

Yakimov unterbrach eifrig: »Ich bin mit dem Geringsten zufrieden, meine Liebe. Mit dem Sessel, dem Fußboden, einer übrigen Matratze. Ihr armer, alter Yaki wird dankbar sein, wenn er ein Dach über dem Kopf hat.«

Guy schaute Harriet lange an und versuchte, sie mit einer

Einsicht in Yakimovs Not zu erweichen. Sie stand gereizt auf: »Also gut, aber er muß sich eine neue Unterkunft besorgen, bevor wir zurückkommen.«

Sie ging wieder ins Schlafzimmer, von wo aus sie hörte, wie Guy Yakimov Geld lieh, um Doamna Protopopescu auszuzahlen und seine Besitztümer wiederzubekommen.

»Vermutlich haben Sie keine Lust, mit mir zusammen zu ihr hinzugehen?« fragte Yaki.

Nein. Guy würde viele Dinge machen, aber das würde er nicht machen.

Nachdem die beiden Männer die Wohnung verlassen hatten, wanderte Harriet umher und fühlte sich hereingelegt. Sie hatte sich geweigert, Dubedat aufzunehmen, deshalb hatte ihr Guy, inzwischen gerissener geworden, diesmal keine Möglichkeit zu einer Ablehnung gegeben. Er hatte sie mit ihrem eigenen Mitgefühl überlistet. Yakimov war ihr auf unredliche Art aufgezwungen worden. Sie war wütend.

Sie ging zum Sessel, in dem das rote Kätzchen schlief, und, wie um sich zu versichern, daß das Kätzchen das wahre Objekt ihres Mitgefühls war, hielt sie es an ihr Gesicht und sagte: »Ich liebe dich.« Sie küßte es wild. »Und sonst liebe ich niemanden«, sagte sie.

18

Das Tauwetter hatte das Bergdorf Predeal unmittelbar vor den Pringles erreicht. Der Schnee war naß und rutschte naß von den Felswänden über den Häusern herunter. Die Hotels leerten sich, da die Skifahrer in die höheren Regionen gingen. Am Ostersamstag fing der Regen an.

Guy machte das alles nichts aus. Er beabsichtigte, sagte er, ein Drama zu inszenieren, und zur Auswahl standen *Macbeth, Othello* und *Troilus und Cressida,* von denen er Abdrucke mitgebracht hatte. Er hatte zwar von dieser Absicht während des Winters gesprochen, aber Harriet hatte gehofft, daß nichts daraus werden würde. Jetzt erkannte sie, daß er es in die Tat umsetzen würde.

»Ich werde es sogar im National Theater aufführen«, sagte er.

Sie schaute sich *Troilus und Cressida* an und sah, daß es achtundzwanzig Sprechrollen enthielt. Bestürzt, und verfangen in den Schwierigkeiten einer solchen Inszenierung wie in den Netzen eines prophetischen Traums, versuchte sie, mit ihm zu argumentieren, aber er lachte ganz einfach und sah überhaupt keine Schwierigkeiten.

Sie sagte: »Nur sehr wenige Studenten sind gut genug, um Shakespeare zu spielen.«

»Oh, die werden nur kleinere Rollen übernehmen. Da gibt's andere – Freunde, die Burschen in der Gesandtschaft…«

»Glaubst du wirklich, die Leute in der Gesandtschaft werden Zeit für Laienspiele haben?«

Guy antwortete bloß: »Bei meiner Inszenierung wird es nichts Laienhaftes geben.«

»Und die Kostüme! Die Kosten, die Arbeit – und dann kommt vielleicht gar niemand.« Sie sprach mit einer Angst, die ihn veranlaßte, sie auszulachen.

»Es wird fürchterlich Spaß machen«, sagte er. »Alle werden kommen. Warte es nur ab. Es wird ein großer Erfolg werden.«

Seine Selbstsicherheit beruhigte sie, aber gleichzeitig litt sie unter der Möglichkeit eines Mißerfolgs. Sie versuchte, ihn zur Mäßigung zu überreden: »Warum machst du nicht einfach eine Lesung im Hörsaal?«

»O nein. Wir müssen die Sache mit Stil machen. Die Rumänen sprechen nur auf Snob-Appeal an.«

»Und wann hast du vor, damit anzufangen?«

»Sobald wir zurück sind.«

Es war am späten Nachmittag, als die Pringles in ihre Bukarester Wohnung zurückkehrten. Zwei Tage zuvor hatten sie Yakimov eine telegrafische Vorwarnung geschickt. Als sie das Wohnzimmer betraten, war von ihm nichts zu sehen.

»Da hast du es!« Guy beglückwünschte sich selbst. »Er ist weg. Ich wußte, wir würden keine Probleme mit ihm haben.«

Harriet, nicht so sicher, ging ins Schlafzimmer. Als sie eintrat, prallte sie vor einem schweren, fremdartigen Geruch zurück. Die Vorhänge waren fest zugezogen. Sie zog sie zurück. Die Fenster waren geschlossen. Sie öffnete sie. Dann, als sie sich in dem Durcheinander des Zimmers umblickte, sah sie auf dem Bett, eingemummt in Decken, die Knie ans Kinn gezogen und den Kopf vergraben, Yakimov im Tiefschlaf. Sie ging hin und schüttete ihn zornig.

»Aufwachen.«

Er kam langsam zu Bewußtsein. Sie zog ihm die Decken vom Gesicht, ein Auge sah sie mit verletztem Ausdruck an.

»Haben Sie unser Telegramm nicht bekommen?« fragte sie.

Er kam mühselig hoch und versuchte zu lächeln. »Mein liebes Kind, wie reizend, Sie zurück zu sehen! Hat es Ihnen gefallen? Erzählen Sie Yaki alles davon.«

»Wir erwarteten, daß Sie weg wären, bevor wir zurückkommen.«

»Yaki geht, geht heute noch, meine Liebe.« Sein Gesicht, geschwollen und feucht vom Schlaf, die Haut rosa wie Narbengewebe, wandte sich mürrisch dem offenen Fenster zu. »Grauenhaft frisch«, sagte er.

»Dann stehen Sie auf und ziehen Sie sich an. Das Laken wird gewechselt werden müssen.«

Wegen der Kälte zusammenzuckend, kam Yakimov unter den Decken hervor und präsentierte einen Schlafanzug, zerrissen und sehr schmutzig, aus flammenfarbigem *crêpe de Chine* gefertigt. »Kranker Mensch«, murmelte sie, als er einen fleckigen Morgenmantel aus Goldbrokat fand und sich nervös zitternd damit bedeckte. »Nehme besser ein Bad.« Er eilte davon und schloß sich im Badezimmer ein.

In der Zwischenzeit war Despina erschienen, drückte ihre Freude über die Rückkehr der Pringles aus, aber hielt auch gleich ihre Hände hoch, um ihre Herrin darauf vorzubereiten, daß es in ihrer Abwesenheit zu Katastrophen gekommen war. Das rote Kätzchen war tot.

»Nein!« schrie Harriet, und Yakimov und jeder andere Ärger waren angesichts dieser Nachricht vergessen.

Despina nickte aus bedrücktem Mitgefühl und erzählte, wie das Kätzchen gestorben war. Eines Morgens, als sie das Zimmer saubermachte, war es auf den Balkon gegangen und der Balustrade entlang zum Nachbarbalkon gelaufen. Dort hatte die Dienstmagd – »eine Rumänin, natürlich«, sagte Despina bedeutsam – es angezischt und mit dem Wischlappen weggescheucht. Erschreckt, hatte es den Halt verloren und war neun Stockwreke tief auf die Pflastersteine gefallen. Despina ging hinunter und fand es tot. Sie war sicher, daß es auf der Stelle gestorben war.

Harriet weinte. Der Verlust erschien ihr unerträglich. Sie stand zusammengekrümmt da, weinte mit tiefster Bitterkeit, in Agonie, als ob ihr die Grundlagen ihres Lebens genommen worden wären. Guy beobachtete sie hilflos, erstaunt über soviel Schmerz.

»Und das Dienstmädchen ist schuld!« brach es schließlich aus ihr heraus. »Diese viehischen Bauern.«

Guy protestierte. »Darling, also wirklich! Das Mädchen wußte nicht, was es da tat.«

»Das ist ja das Problem. Sie haben die Anlagen von Menschen und den Verstand von Tieren. Das ist es, weswegen man sie haßt.« Sie weinte wieder. »Mein Kätzchen, mein armes Kätzchen!« Nach einer Weile putzte sie sich die Nase und fragte: »Und wo war Yakimov, als es passierte?«

»Ach, der!« sprach Despina voller Verachtung. »Er schlief.«

»Er schlief natürlich.« Harriets Zorn auf das Bauerndienstmädchen übertrug sich nun auf Yakimov, und Despina versuchte, sie dadurch aufzuheitern, daß sie sie ermutigte.

»Was hat er schon gemacht«, fragte sie, »außer essen, essen, essen und schlafen, schlafen, schlafen!« Sie habe, sagte sie, das ganze Haushaltsgeld, das ihr die Pringles zurückgelassen hatten, ausgegeben. Es sei ihr gelungen, in einem Laden Kredit zu erhalten, wo man wußte, daß sie englische Dienstherren hatte, aber der Kredit sei begrenzt. Am Ostersonntag habe Yakimov Gäste eingeladen – einen weiteren

Prinzen und einen Grafen – und hatte ein feines Mahl verlangt. Despina, besorgt um die Ehre der Pringles, war mit ihrem Latein am Ende gewesen. Sie war zu Domnul Professor Inchcape gegangen und hatte zweitausend *Lei* geliehen.

»Hast du ihm gesagt, warum du das Geld brauchst?« fragte Harriet.

Despina nickte.

»Und was hat er gesagt?«

»Er hat gelacht.«

»Darauf wette ich.«

Despina platzte mit einer weiteren Beschwerde heraus und sprach dabei so schnell, daß Harriet ihr nicht folgen konnte. Guy übersetzte in einem mißbilligenden Ton: »Er verlangte von ihr, Wäsche zu waschen. Sie weigerte sich.«

»Sehr gut.«

»Einen Berg Wäsche«, rief Despina.

»Heute zieht er aus«, versprach Harriet und schickte sie zum Teekochen.

Als der Tee gebracht wurde, erschien Yakimov, angezogen. Sein Benehmen war so verängstigt, daß Harriet nichts sagen konnte. Despina hatte für die Heimkehrer Kuchen mit Zuckerglasur gekauft, und er fraß sich mit geistesabwesender Traurigkeit durch sie hindurch. Nach dem Tee blieb er, über den Heizofen gekrümmt, sitzen. Harriet, die sich danach sehnte, ihn von hinten zu sehen, fragte, wo er ein Zimmer gefunden habe.

»Habe bis jetzt noch keines gefunden, meine Liebe.«

»Dann haben Sie das aber sehr lange aufgeschoben.«

»War nicht fit gewesen, um mich durch die Gegend zu schleppen.«

»Wollen Sie jetzt nicht gehen?«

Er antwortete gebrochen: »Wo soll der arme Yaki hingehen?«

Despina arbeitete im Schlafzimmer. Harriet, halb in dem Glauben, Yakimov würde sich in ihrer Abwesenheit fortmachen, ging, um mit ihr zu reden. Nach ein paar Minuten kam Guy herein und sprach sie an, ruhig und drängend: »Darling, sei nachsichtig.«

Bei diesem Wort kippte etwas in Harriet in Selbstanklage um, doch sie sagte: »Dies ist mein Zuhause. Ich kann es nicht mit jemandem teilen, den ich verachte.«

»Er hat kein Geld. Keiner wird ihn nehmen, wenn er nicht im voraus bezahlt. Laß ihn bleiben. Es kostet uns nichts, ihn im Sessel schlafen zu lassen.«

»Doch. Es kostet mich mehr, als du je erraten wirst. Geh hin und werd' ihn los.«

»Darling, das kann ich nicht. Tatsache ist, daß ich ihm schon gesagt habe, daß er bleiben kann.«

Sie drehte ihm den Rücken zu, ging hinüber zum Ankleidetisch und dachte in einer Art von benommenem Erstaunen darüber nach, woher es denn kam, daß Guy, scheinbar einsichtig und der sanfteste aller Männer, immer seinen Willen bekam.

Guy interpretierte ihr Schweigen als Zustimmung und sagte mit zutraulicher Fröhlichkeit: »Weißt du, Schatz, es würde sich wirklich für uns auszahlen, Yaki hierzubehalten, wo wir ihn unter Kontrolle haben.«

»Du meinst, du kannst etwas von dem Geld zurückkriegen, das er dir schuldet?«

»Nein, das Geld ist nicht wichtig. Das Theaterstück ist es. Er ist der ideale Pandarus. Seine Stimme ist genau die Stimme von Pandarus. Er könnte in meiner Aufführung mitmachen.«

»Oh, diese verdammte Aufführung!«

»Wenn wir ihn fortjagen«, sprach Guy glücklich weiter, »wird man ihn umherstreunend finden und ihn des Landes verweisen. Wenn wir ihn bei uns behalten, muß er sich benehmen. Und ich werde ihn dazu bringen, daß er arbeitet. Warte es nur ab.«

Sie erwiderte mit Entschiedenheit: »Ich will ihn nicht hier haben«, und stürmte an Guy vorbei ins Wohnzimmer, wo sie Yakimov vorfand, der sich mit der *ţuica*-Flasche im Sessel niedergelassen hatte.

19

Ein paar Tage später lud Guy seine Freunde zu einer ersten Lesung von *Troilus und Cressida* ein. Bevor sie eintrafen, öffnete Harriet die Glastüren zum Balkon. Draußen schimmerte ein azurblaues Licht über die Pflastersteine und versilberte die Dächer. Die Tage wurden lang und warm, und abends kamen die Menschen wieder massenweise nach draußen. Das Gemurmel des Verkehrs, monatelang durch den Schnee gedämpft, kam ungewohnt klar durch die offenen Fenster. Zum ersten Mal in diesem Jahr ließ sie die Türen offen.

Guy schnitt eine alte Penguin-Ausgabe des Dramas auf. Durch die nüchterne Art, mit der er ihr antwortete, wurde klar, daß er aufgeregt war.

Harriet war gesagt worden, sie könne Cressida lesen. Yakimov, für den ein Feldbett gekauft und im Nebenzimmer aufgestellt worden war, begann zu begreifen, daß Guy ernstlich wünschte, daß er die Rolle des Pandarus übernahm. Man verlangte von ihm, sie auswendig zu lernen. Als ihm der Auftrag zum ersten Mal erteilt worden war, hatte er ihn mit einem Lächeln zurückgewiesen: »Kann ich unmöglich, mein Lieber. War immer ein armseliger Schüler. Konnte mir nie irgend etwas merken.«

»Ich bringe Sie schon zum Lernen«, erwiderte Guy, und als Yakimov die Angelegenheit aus seinem Gedächtnis gestrichen hatte, machte ihm Guy plötzlich und mit erstaunlicher Festigkeit klar, daß, falls Yakimov in der Wohnung zu bleiben wünsche, er auch die Rolle des Pandarus spielen müsse. Dies überredete ihn, die Rolle zu lesen. Vor dem ersten Probenabend ging Guy sie mit ihm ein halbes dutzendmal durch.

Guy, bemerkte er, hatte vollstes Vertrauen in seine Fähigkeiten als Regisseur. Er schien ein gleiches Vertrauen in Yakimov zu haben. Yakimov selbst, mit überhaupt keinem Vertrauen, hätte weinen können, wie er sah, daß sich Guy, sonst recht locker, in einen Zuchtmeister verwandelte – und in einen unnachsichtigen noch dazu. Am Abend der Leseprobe stellte er fest, daß er sich die Zeilen doch merken konnte. Er wußte nicht, ob er erleichtert oder betrübt sein sollte. Er kam ein kleines Stück aus seiner Depression heraus und tat sein Bestes, die Besucher zu begrüßen. Als er entdeckte, daß er wie jemand behandelt wurde, der eine bedeutende Funktion in dem ganzen Ablauf hatte, hob sich seine Stimmung, und er fing an, mit sich zufrieden zu sein.

Als Inchcape eintrat, legte er eine Hand auf Yakimovs Schulter und sagte: »Lieber Pandarus! – Was ist, Pandarus?«

»Müh und Not hatt' ich von meinen Wegen«, erwiderte Yakimov automatisch, und bei Inchcapes amüsiertem Krähen kehrte sein altes, entspanntes Lächeln wieder.

Guy hatte das Drama abtippen und vervielfältigen lassen und verteilte jetzt an jeden der Ankommenden eine Kopie. Bald waren alle Männer da. Bella war eingeladen worden und wollte nach einer Cocktailparty vorbeischauen. Im Zimmer wurde es laut, weil alle redeten. Einer der Männer erzählte gerade eine komische Geschichte über Hitlers Kriegführung, als Guy alle um Aufmerksamkeit bat. Sein Verhalten suggerierte, daß zwar der Krieg ein Scherz sein könne, daß es diese Inszenierung aber nicht war. Sehr zu Harriets Überraschung brachen die Gespräche augenblicklich ab. Die Gesellschaft setzte sich und schaute Guy, um Anweisungen bittend, an. Er sagte: »Cressida liest jetzt ihren ersten Dialog mit Pandarus.«

Harriet trat ruhig vor und meinte, daß sie, im Gegensatz zu den meisten Mädchen, die sie in der Schule gekannt hatte, nie den Ehrgeiz besessen habe, zur Bühne zu gehen.

Guy runzelte die Stirn über den Unernst dieser Arbeitshaltung. Zurückhaltend und geduldig sagte er: »Würdest du bitte anfangen.«

Yakimov las: »Erkennst du nicht einen Mann, wenn du ihn siehst?« worauf Harriet mit dem Frohsinn der Schlagfertigkeit erwiderte: »Nun ja, wenn ich ihn sonst schon sah und kannte.«

Harriet dachte, sie habe es ziemlich gut gemacht. Sie hatten es beide gut gemacht. Yakimov, der kaum etwas anderes zu sein brauchte, als er selbst, sprach mit seiner feinen, einschmeichelnden Stimme, nur ab und zu ihre natürliche

Melancholie oder den Ton komischen Jammerns akzentuierend.

Am Ende sagte Guy nicht mehr als »In Ordnung«, dann deutete er auf Dubedat und sagte: »Thersites.«

Als Dubedat gemächlich nach vorn ging, ertönte das Signalhorn vom Hof des Palastes, und Harriet begann den alten Singsang von »Kommt, tränkt eure Pferde...«

»Bitte!« kommandierte Guy, und, verstummt, hob sie eine Augenbraue zu David, der zu schniefen begann. Guy ignorierte dies und wiederholte: »Thersites«, und Dubedat, seine Beine noch schuppig vom Unbill des Winters, kam in seinem neuen Frühlingsoutfit nach vorne, im T-Shirt mit Turnhosen.

»Fang an mit Akt Zwei, Szene Eins. Ich übernehme den Ajax für den Moment.«

Dubedat las den Thersites mit einem weinerlichen Cockney-Akzent, der nur eine kleine Übertreibung seiner normalen Sprechweise darstellte. Am Ende der Szene wurde ihm applaudiert, doch Guy, nicht so leicht zufriedengestellt, sagte: »Von der Stimme her geht's. Aber die Rolle verlangt Gehässigkeit, nicht Gejammer.«

Dubedat schluckte hektisch und begann von vorne und mit Pathos, aber Guy stoppte ihn: »Genug für jetzt. Ich würde gerne Ulysses hören.«

Inchcape, von dem Harriet mit Sicherheit angenommen hatte, er würde es ablehnen, eine Rolle zu übernehmen, stand jetzt auf mit einem Ausdruck tiefer Befriedigung. Sich räuspernd und seine Kehle einstimmend, machte er einen oder zwei Schritte in die Mitte des Zimmers und, die Füße elegant plaziert, Schultern zurück, sah er sogar jetzt noch mehr wie ein Zuschauer als ein Schauspieler aus, und mit einem Lächeln sagte er: »Ich bin ein alter Routinier, was Laientheater angeht. Ich habe immer die Schulstücke inszeniert. Natürlich haben wir nie so etwas Munteres wie dies versucht.«

»Akt Eins, Szene Drei«, sagte Guy. »Die lange Rede: ›Der Ruhm‹ und so weiter.«

Immer noch lächelnd, seine Stimme dem Lächeln anpassend, trug Inchcape mit einem trockenen und gleichmäßigen

Humor vor, den Guy akzeptierte, zumindest für den Augenblick. »In Ordnung«, nickte er, und Inchcape trat einen Schritt zurück, zog seine Hosenbeine an den Knien hoch und ließ sich sorgfältig wieder auf seinen Sitz nieder.

Clarence und David waren noch nicht verplant. Guy schlug nun vor, David könnte Agamemnon versuchen.

Davids Lippen öffneten sich vor Schreck. Als er langsam in die Mitte des Zimmers trat und auf seine Füße hinunterschniefte, sah Harriet, daß er nicht nur belustigt war über die Position, in der er sich befand: er war höchst zufrieden. Nach einigem Zögern begann er zu lesen und setzte seine ältliche Dozentenstimme so hoch an, daß es quengelig klang.

Guy unterbrach ihn: »Mehr Stimme, David. Vergiß nicht, du bist der General der griechischen Streitkräfte.«

»Ah ja? Na, dann!« Er bewegte nervös seine Füße, schob die Brille die Nase hinauf und fing in einer tieferen Tonlage von neuem an.

Harriet und Yakimov, wie Fixsterne an einem sonst chaotischen Firmament, saßen zusammen auf dem Sessel, Harriet auf dem Sitz, Yakimov auf der Lehne. Sie hatten einander nichts zu sagen, aber sie spürte, daß er entspannt war, jetzt, da das Unmögliche für ihn möglich und vielleicht sogar erfreulich geworden war.

Harriet hatte unter einer schmerzlichen Nervosität um Guys willen gelitten. Sie wäre froh gewesen, wenn die Inszenierung gleich zu Beginn, statt erst am Ende, fehlgeschlagen wäre, so sicher war sie sich, daß sie irgendwann fehlschlagen mußte.

Nun begann sie zu erkennen, daß sie möglicherweise nicht recht hatte. Entgegen ihrer Annahme, waren die Leute nicht nur bereit mitzumachen, sie waren dankbar, mitmachen zu dürfen. Jeder schien ganz einfach auf die Gelegenheit zu einem Bühnenauftritt gewartet zu haben. Sie fragte sich, warum. Vielleicht hielten sie sich selbst für unterbeschäftigt, hier, in einer ausländischen Hauptstadt, in Kriegszeiten. Vielleicht bot Guy ihnen eine Ablenkung an, den Anschein von kreativer Arbeit, ein Ziel, das es zu erreichen galt.

Guys Haltung beeindruckte sie, obwohl sie keineswegs beabsichtigte, sich dies anmerken zu lassen. Er hatte den Vorteil einer fast übernatürlichen Sicherheit im Umgang mit Menschen. Es schien ihm nie der Gedanke zu kommen, sie könnten nicht tun, was er verlangte. Er hatte, bemerkte sie mit Überraschung, Autorität.

In der Vergangenheit war sie irritiert gewesen über den Umfang an geistiger und körperlicher Vitalität, die er auf andere verwandte. Die Art und Weise, wie er seinen Charme versprühte – wie Radium seine Strahlungskraft ausstrahlend –, war ihr vorgekommen, wie ein wahlloses Geben um des Gebens willen. Nun sah sie, wie seine Vitalität dem gleichen Zweck diente. Nur jemand, der fähig war, viel zu geben, konnte auch so viel verlangen und zurückerhalten. Sie war stolz auf ihn.

David kam ans Ende einer langen Ansprache und schaute Guy unsicher an.

»Mach weiter«, sagte Guy. »Du machst das prima.« Und David, der sich in seine Wichtigkeit kleidete wie in einen Umhang, machte weiter mit neuem Schwung.

Bella, die in einem Kostüm von schwarzgerippter Seide und mit Silberfuchs behangen eintraf, wurde gefragt, ob sie die Helena spielen würde.

»Ist es eine lange Rolle?« fragte sie.

»Nein.«

»Dem Himmel sei Dank!« rief sie überschwenglich aus.

Inchcape wandte sich ihr zu und sagte: »Sie sind Helena von Troja. Wir bitten Sie nur, schön zu sein. Ihr Gesicht ist es, das eintausend Schiffe losschickte.«

»Du meine Güte!« sagte Bella. Sie warf ihren Pelz ab, und ihre Wangen wurden rosa.

Sie trat vor, las ihren Wortwechsel mit Pandarus und setzte sich errötet und ernst neben Harriet. Harriet begann zu begreifen, daß Bella eine Frau von beträchtlichen Fähigkeiten war. Sie verstand nichts von Schauspielerei; sie war nie auf einer Bühne gewesen; ihre Bewegungen waren steif, doch sie hatte ihre Sache gut gemacht.

»Was ist mit Troilus?« fragte Inchcape. »Wen können wir dafür kriegen?«

Guy erwiderte, er hoffe, jemandem aus dem Gesandtschaftspersonal die Rolle geben zu können. Er warte nur noch auf die Zustimmung des Gesandten.

»Und Achilles?« fragte Inchcape. »Eine ziemlich verzwickte Rolle!«

»Ich habe da einen der neuen Studenten im Auge, den jungen Dimancescu, ein gutaussehender Junge und Junioren-Fechtmeister. Er ist vor dem Krieg auf eine englische Public School gegangen.«

»Tatsächlich? Auf welche?«

»Marlborough.«

»Ausgezeichnet!« sagte Inchcape. »Ausgezeichnet!«

Harriet brach in ein Gelächter aus. Sie sagte: »Die meisten eurer Schauspieler müssen nur sich selber spielen.«

Guy fuhr sie stirnrunzelnd an. »Jetzt versuch mal, den Mund zu halten«, sagte er.

Sein Ärger ließ sie bestürzt verstummen. Guy ließ die Männer jetzt Szenen mit verteilten Rollen spielen, wobei er selbst die noch nicht besetzten Rollen übernahm und jene Szenen ausließ, in denen Cressida auftrat.

Am nächsten Tag hielt Guy im Gemeinschaftsraum eine Zusammenkunft mit den Studenten ab, die er vorhatte, in seiner Aufführung einzusetzen. Während er fort war, rief Dobson an, um auszurichten, der Gesandte würde jeden aus seinem Personal freistellen, der an der Aufführung teilzunehmen wünschte.

»Er hat also nichts dagegen?« sagte Harriet überrascht.

»Er hält es für eine glänzende Idee«, sagte Dobson. »Flagge zeigen, und so. Den Boche eine lange Nase machen.«

Harriet hatte also wieder unrecht gehabt. Sie sagte zu Guy, als er zurückkam: »Das ist ja wunderbar, Darling.« Aber er ging nicht darauf ein. Er ging, vermutete sie, völlig in seiner Inszenierung auf, und diese Tatsache ließ sie Zweifel spüren, wie ein Kind, dessen Mutter zu beschäftigt mit der Umwelt ist. Dennoch war sie immer noch voller Erstaunen darüber, wie die geplante Aufführung langsam Wirklichkeit wurde.

»Du bist recht ungewöhnlich«, gab sie zu. »Du läßt alles so

einfach ausschauen. Du ignorierst einfach die Schwierigkeiten, die mich schon längst hätten aufhören lassen.«

Seine einzige Antwort war: »Morgen werde ich Yaki mitnehmen. Wir müssen jetzt ernsthaft proben.«

»Und ich?«

»Nein.« Er saß auf der Bettkante und zog an seinen Schuhen, weil er sie ausziehen wollte, ohne die Schnürsenkel zu lösen. Gleichzeitig schaute er mit düsterer Entschlossenheit aus dem Fenster: »Ich glaube, beim Anfertigen der Kostüme wärst du nützlicher.«

»Meinst du, statt die Cressida zu spielen?«

»Ja.«

Zunächst war sie nur verwirrt: »Aber dann ist niemand da, der die Cressida spielt.«

»Ich habe schon jemanden gefunden.«

»Wen?«

»Sophie.«

»Du hast Sophie meine Rolle angeboten, bevor du mit mir gesprochen hast?« Sie war sprachlos. Dieses Verhalten erschien ihr ungeheuerlich, aber sie redete sich ein, daß sie nicht verletzt sei. Ihr war es gleich, ob sie bei der Aufführung dabei war oder nicht. Nach einer Pause fragte sie: »Hast du Sophie erzählt, daß ich die Rolle hätte spielen sollen?«

»Nein, natürlich nicht.«

»Aber jemand anders könnte es ihr erzählt haben.«

»Könnte schon sein. Was macht es schon?«

»Du glaubst, es macht nichts, wenn Sophie erfährt, daß sie mich aus dem Stück verdrängt hat?«

»Sie hat dich nicht aus dem Stück verdrängt. Es hat nichts mit ihr zu tun. Es war mir nur ganz einfach klar, daß wir nicht zusammenarbeiten können. Du hast die Aufführung nie ernst genommen.« Er fing an, seine Pantoffeln zu suchen. »Außerdem kann kein Regisseur richtig arbeiten, wenn seine Frau um ihn herum ist.«

Nachdem sie die Situation begriffen hatte, versuchte sie, sie wegzuargumentieren. Guy, so nahm sie an, empfand ihre Anwesenheit als frustrierend. Sie hatte seine Position nicht eigentlich ins Lächerliche gezogen – aber das war es, was er befürchtete. Sie machte ihn gereizt. Ihre Anwesenheit verdarb die Illusion von Macht.

Nach einer langen Pause sagte sie: »Ich glaube, ich verdiene es.«

»Verdienst was? Was meinst du?«

»Ich unternahm keinen Versuch, Sophie zu verstehen oder mich so zu verhalten, daß das Beste in ihr zum Vorschein gekommen wäre. Ich glaube, ich hätte ihr schöntun können; Mitgefühl zeigen, oder so etwas. Tat ich nicht. Mein Fehler. Nun gibst du ihr eine Möglichkeit, sich zu revanchieren.«

»Darling, das ist absurd!« Obwohl er sie auslachte, war er eindeutig aus der Fassung gebracht worden. »Das kannst du doch unmöglich glauben!« Mit gerunzelter Stirn schaute er auf sie hinab, liebevoll, aber auch verwirrt. Er legte eine Hand auf ihre Schulter und schüttelte sie leicht, als wollte er sie in etwas hineinschütteln, was leichter verständlich war. Er sagte: »Es war nur so, daß ich jemand anderes haben mußte. Sophie ist geeignet. Das mußt du zugeben. Du hättest deine Sache ganz gut gemacht, aber ich wußte, daß ich nicht dein Regisseur sein konnte. Unsere Beziehung wäre dem im Weg gestanden.«

Sie beließ es dabei. Erst später, als jeder, den sie kannte, mitmachte, fing sie an, sich verletzt zu fühlen, weil sie aus der Aufführung ausgeschlossen war. Mehr noch, sie war eifersüchtig, daß Guy Sophie in einer der Hauptrollen des Stücks dirigierte. Unvernünftig, sagte sie sich. Sie konnte nicht länger bezweifeln, daß Guy vollkommen ehrlich über seine Beziehung mit Sophie gewesen war. Naiv und einfältig, wie er war: die Idee, Sophie zu heiraten, war dennoch als Idee interessanter als in Wirklichkeit. Er war tatsächlich nicht der Typ, der eine Ehe aus Selbstaufopferung schließt. Sein Selbstschutz war – vielleicht aus Notwendigkeit – sehr viel wirksamer, als sich die meisten vorstellten. Als sie es sich selbst vorstellte, konnte sie sich nur über die Komplexität dieses scheinbar so einfachen Wesens wundern, das sie geheiratet hatte.

20

Die Regenschauer des Frühlings wuschen die letzten Überbleibsel von Schnee hinweg. Allmählich wurde die Sonne wärmer. Mehr und mehr Menschen gingen abends nach draußen, um in den Straßen zu flanieren. Die Chaussée hinauf, wo die Kastanienzweige grünten, konnte man das Geschnatter der Menge über den Verkehr hinweg hören. Trotz der Freuden der Jahreszeit war es ein verstimmtes Geschnatter.

Das Kabinett hatte innenpolitische Sparmaßnahmen eingeleitet, um die Exporte nach Deutschland ausweiten zu können. Um Benzin zu sparen, durften die Taxis nicht mehr umherfahren, um sich Fahrgäste zu suchen; diese durften nur an festgelegten Punkten aufgenommen werden – eine unerhörte Lästigkeit. Die Preise für Lebensmittel stiegen. Die neue französische Seide wurde zu abenteuerlichen Preisen in den Läden verkauft. Importierte Waren wurden seltener und würden, wie kolportiert wurde, bald völlig verschwinden. In Panik kauften die Menschen viele Sachen, die sie nicht brauchten.

Guy war nicht sehr interessiert, als Harriet ihm das Gefühl von Unzufriedenheit in der Stadt beschrieb. Seine Probleme waren woanders. Da war, dachte sie, eine vornehme Zurückgezogenheit in seiner Art in diesen Tagen. Seine Nachdenklichkeit war die zutiefst selbstzufriedene Nachdenklichkeit eines Schöpfers: Trivialitäten konnten ihn nicht erschüttern. Sogar Inchcape, der eines Morgens zur Frühstückszeit – seiner üblichen Zeit für überraschende Besuche – hereinkam, konnte in Guy wenig Neugierde wekken, obwohl er durchblicken ließ, daß seine Neuigkeiten Guy wahrscheinlich weniger gefallen würden, als ihm selbst.

Er wollte sich nicht setzen, sondern schlenderte statt dessen im Zimmer umher und lachte in höchstem Entzükken über das, was er ihnen zu sagen hatte. »Ja, ja«, sagte er. »Ja, *ja!*«

Die Pringles, die wußten, daß er auf eine Aufforderung

hin die Spannung nur weiter wachsen lassen würde, warteten schweigend.

Schließlich erbarmte er sich. »Sie haben gehört, was mit Ihrem Freund Sheppy passiert ist?« fragte er.

Sie schüttelten den Kopf.

»Ha!« quäkte Inchcape; dann, schließlich zur Sache kommend: »Er ist verhaftet worden.«

»Nein!« sagte Harriet.

»*Doch*. Drunten an der Donau. Der Esel wurde mit Dynamit erwischt.«

»Als er das Eiserne Tor sprengen wollte?«

»So was in der Richtung. Sie wurden in einer Bar am Ufer gefaßt, als sie betrunken herumschrien und ganz offen darüber sprachen, die Donauschiffahrt zum Stillstand zu bringen. Sie bildeten sich ein, daß, weil Rumänien ein britischer Alliierter sein soll, die Donauschiffer nur allzu froh sein würden, bei der Sabotierung ihres eigenen Lebensunterhalts mithelfen zu dürfen. Was für ein Haufen von Narren! Jedenfalls sind sie jetzt alle hinter Schloß und Riegel. Ein schöner Fischzug, sozusagen.«

»Wer wurde mit ihm verhaftet? Jemand, den wir kennen?«

»Nein, keiner der hiesigen Rekruten war dabei; nur die höchsten Offiziere. Dies war Sheppys erste Expedition – und seine letzte.« Inchcape schlug sich auf die Schenkel und krähte bei dem Gedanken daran. »Der erste und letzte Einsatz von Sheppys Fighting Force.«

Harriet lächelte Guy zu, aber Guy hätte auch tausend Meilen von der ganzen Angelegenheit entfernt sein können. Sie fragte Inchcape: »Was wird aus ihnen werden?«

»Oh!« Inchcape verzog seinen Mund zu einem ironischen Lächeln. »Zweifellos wird das AA sie heraus bekommen. Sie sind *viel* zu wertvoll.«

Rumänien wollte damals keinen diplomatischen Zwischenfall. Sheppy und seine ›Helfer‹ wurden nach England zurückgeflogen. Danach kam ein offizielles Dementi, daß er je existiert hatte. Kein Saboteur, so wurde festgestellt, könne durch das Netz schlüpfen, das Rumäniens großartige Sicherheitspolizei ausgelegt hatte. Aber die Geschichte hatte die Runde gemacht und trug zum allgemeinen Gefühl bei, in Zeiten drohender Gefahr ein hilfloses Opfer zu sein. Die Presse begann offen von den Ungerechtigkeiten zu schreiben, unter denen eine friedliche Nation im Krieg anderer Völker zu leiden hatte.

Harriet konnte jetzt genug in den rumänischen Zeitungen lesen, um zu bemerken, wie schnell Rumäniens allzu entfernte Alliierten aus der Gunst verschwanden. Niemand war durch Chamberlains Erklärung beruhigt worden, daß »Hitler den Bus verpaßt« habe. Wenn es wahr wäre, daß England jetzt eine undurchdringliche Festung sei, dann *»tant pis pour les autres«*, schrieb *L'Indpendence Romaine*. Die Tatsache, daß Deutschland jetzt, ohne etwas zu tun, siebzig Prozent aller rumänischen Exporte erhielt, war, schrieb *Timpul*, kein Grund, sich selbst zu beglückwünschen. Deutschlands Forderungen würden mit seinen Bedürfnisen wachsen. Was man ihm nicht gab, würde es sich holen. *Universul* schrieb abschätzig über jene, die Rumänien in Friedenszeiten ausnutzten und es in Kriegszeiten nicht nur schutzlos im Stich ließen, sondern seine Ressourcen zu sabotieren trachteten. Wann, oh, wann, begehrten alle zu wissen, konnte das große, großherzige rumänische Volk, jetzt dazu verdammt, sich vom Feind freizukaufen, so gut es ging, sich wieder auf jene Sommer fröhlicher Unbeschwertheit freuen, die es erlebt hatte, bevor dieser sinnlose Krieg begann?

Harriet, Angehörige einer in Ungnade gefallenen Nation, fühlte sich von Guys Welt ausgeschlossen und sah sich alleine mit der schmerzlichen Situation konfrontiert. Da sie sonst weiter nichts zu tun hatte, schaute sie oft im Athénée Palace vorbei, um einen Blick in die englischen Zeitungen zu werfen. Sie waren ausnahmslos langweilig und meist mit irgendeinem Streit über Minenlegen in norwegischen Gewässern befaßt.

Das Hotel war so langweilig, wie die Zeitungen. Es war eine träge Periode in der Zwischensaison: eine Zeit ohne Nachrichten, wenn die Journalisten weg waren. Nichts passierte in Bukarest. Nichts, so schien es, passierte sonstwo in der Welt. Und trotz all der Besorgnis würde wahrscheinlich gar nichts passieren.

Aber in Bukarest war die Besorgnis jedenfalls nicht grundlos. Die politische Atmosphäre veränderte sich. Eine Notiz erschien unter den Glasplatten der Kaffeehaustische, welche besagte, daß es unter Androhung der Verhaftung verboten sei, über Politik zu diskutieren. Und die Verhaftung, so wurde gesagt, könnte einen in das neue Konzentrationslager bringen, das nach deutschem Vorbild von in Dachau und Buchenwald ausgebildeten Gardisten organisiert werde. Die Leute sagten, das Lager sei irgendwo in den entfernten Karpaten verborgen. Niemand konnte genau sagen, wo.

An einem Morgen voller Regenschauer, als sie vom Hotel kam, fiel Harriet die Erscheinung eines jungen Mannes auf, der unter den Linden, die über die Gartenmauer wuchsen, Schutz suchte.

Der Regen hatte aufgehört. Die jungen Blätter schossen ihr Grün gegen einen Himmel von Indigowolken. Die Bedekkung riß auf. Ein schwacher Schimmer berührte den feuchten Asphalt. Der junge Mann, obwohl weder Bettler noch Bauer, blieb an der Mauer und hatte offensichtlich nichts anderes zu tun, als dort zu stehen. Er war in einen der grauen Cityanzüge gekleidet, wie sie von der rumänischen Mittelklasse getragen wurden, aber er sah nicht so aus, wie irgendeiner der Mittelklasse-Rumänen, die Harriet jemals gesehen hatte. Er war hart und schlank. Er hatte diese neue Art von Gesichtsausdruck, die man jetzt in der Stadt sah. Harriet betrachtete seine eingefallenen Wangen, begegnete seinem unfreundlichen Blick und sagte sich, er müsse einer der neuen Junggardisten sein, die kürzlich aus Deutschland zurückgekommen waren. Im Augenblick sah er weniger gefährlich als unbehaglich drein. Da war er nun, zurückgekehrt in eine Stadt, die ihm fremd geworden war, ein Zerstörer, vielleicht, aber im Moment machtlos.

Nachdem sie diesen gesehen hatte, fielen ihr auch die anderen auf. Sie standen auf der Straße umher, ihre blassen, knochigen Gesichter manchmal mit Narben versehen, wie die Gesichter deutscher Duellanten. Sie betrachteten die verhätschelte Menge mit Verachtung und der Unsicherheit von zu kurz Gekommenen. Sie warteten, als ob sie wüßten, daß ihr Tag kommen würde.

Zu Guy sagte Harriet düster: »Sie sind ein Omen. Die faschistische Infiltration.«

»Sie sind wahrscheinlich nicht einmal Gardisten«, sagte Guy.

»Was sind sie denn?«

»Ich weiß es nicht.«

Er war gerade dabei, in seiner Ausgabe von *Troilus und Cressida* Ulysses' Reden zu kürzen, verwandte alle Konzentration darauf und war entschlossen, sich nicht durch Äußerlichkeiten ablenken zu lassen.

Harriet war etwas durch Clarence' Empörung getröstet worden, als dieser hörte, daß sie nicht länger zu der Besetzung gehörte. Er verließ eine Probe, um sie anzurufen, und verlangte vehement: »*Harry*, was macht dieses kleine Luder in deiner Rolle? Machst du nicht mehr mit?«

»Nein. Ich wurde vor die Tür gesetzt.«

»Warum?«

»Guy sagte, er könne nicht mit mir arbeiten. Er sagte, ich würde ihn nicht ernst nehmen.«

»Warum solltest du? Es ist sowieso nur eine läppische Semester-Abschluß-Show. Wenn du nicht dabei bist, will ich nicht dabei sein.«

Harriet reagierte scharf darauf. Es war ihr wichtig, daß Guys Projekt Erfolg hatte. »Du mußt dabei bleiben«, insistierte sie. »Er wird jeden brauchen, den er kriegen kann. Und wahrscheinlich wird es recht gut werden.«

Clarence, dem man die ansehnliche Rolle des Ajax gegeben hatte, bestritt dies nicht, grummelte aber: »Mit dieser Sophie ist es fürchterlich. Sie fängt jetzt an, auf unerträgliche Art die große Dame zu spielen.« Er sagte, er beabsichtigte nicht, zu allen Proben zu gehen. Wegen seiner Arbeit für Inchcape und seiner Arbeit für die Polen sei er viel zu beschäftigt.

Die Wahrheit war, wie Harriet wußte, daß er im Propaganda-Büro fast nichts machte und daß nur noch sehr wenige Polen da waren. Die Lager waren fast leer. Von den Beamten, die ihn bei mehreren, ausschweifenden Gelegenheiten bewirtet hatten, war kaum noch einer da. Sie waren alle über die Grenze geschmuggelt worden, um sich der kämpfenden Truppe in Frankreich anzuschließen. Clarence, der diese Fluchtrouten organisiert hatte, hatte sich selbst arbeitslos gemacht. Er brauchte Ablenkung. Er lud Harriet für den nächsten Abend zum Dinner ein. In seinem Aussprechen und ihrer Annahme dieser Einladung war eine gewisse Auflehnung gegen Guy und die Bedeutung, die er seiner Inszenierung gab.

Am nächsten Morgen beim Frühstück, als Guy einen weiteren Probentag ankündigte, fragte Harriet: »Mußt du dich wie ein Wahnsinniger da reinstürzen?«

»Das ist die einzige Möglichkeit, es zu machen.«

Seine Methode enthüllte ihr, was sie am wenigsten in ihm zu finden erwartet hatte – neurotische Intensität.

Sie sagte: »Heute abend gehe ich mit Clarence zum Essen aus.«

»Oh, gut! Und jetzt muß ich Yaki aufwecken.«

»Wann können wir hoffen, diesen Alptraum loszuwerden?« fragte Harriet verdrossen.

»Ich vermute, er wird ein Zimmer suchen, sobald sein Wechsel da ist. Zwischenzeitlich muß er gefüttert und beherbergt und akzeptiert werden, wie ein Kind.«

»Ein ziemlich gerissenes Kind.«

»Jedenfalls ist er harmlos. Wenn die Welt aus Yakimovs bestünde, gäbe es keine Kriege.«

»Dann gäbe es gar nichts.«

Es war der Morgen des neunten April. Guy und Yakimov waren gerade gegangen, als das Telefon läutete. Harriet hob den Hörr ab und hörte Bella schreien: »Hast du die Nachrichten gehört?«

»Nein.«

»Deutschland ist in Norwegen, Schweden und Dänemark einmarschiert. Ich habe es gerade im Radio gehört.« Bella sprach aufgeregt und erwartete eine aufgeregte Reaktion.

Als Harriet sie nicht lieferte, sagte Bella: »*Verstehst* du denn nicht! Das heißt, sie kommen nicht hierher.«

»Das heißt nicht, daß sie nicht kommen werden.«

Obwohl betroffen, weil für sie jede Aktion ein Gefahrensignal darstellte, konnte Harriet Bellas Erleichterung verstehen. Der Schlag war anderswo gefallen. Für Rumänien gab es, wenn nicht eine Begnadigung, so doch einen Aufschub der Hinrichtung. Harriet stand an der Balkontür und konnte den Platz und die Dächer perlweiß unter dem weiten, weißen, verhangenen Himmel sehen. Aus verschiedenen Richtungen liefen winzige, dunkle Figuren bei den Zeitungsverkäufern zusammen, wie Ameisen sich um Essenskrümel scharten. Sie konnte das Piepsen der Jungen hören, die eine Sonderausgabe ausriefen. Sie wollte in der Situation nicht allein sein und sagte zu Bella: »Treffen wir uns doch bei Mavrodaphne.«

»Oh, ich kann nicht«, sagte Bella. »Guy hat eine Probe angesetzt. Ich muß hin. Proben sind ein solcher Spaß.«

Harriet ging hinaus und kaufte eine Zeitung. Die Invasion wurde in der Rubrik ›Letzte Meldungen‹ mit einer Erklärung des Ministers für Information bekanntgegeben, des Inhalts, daß die Nachricht in den rumänischen Herzen keine Besorgnis auszulösen brauche. Carol, der Große und Gute, Vater der Kultur, Vater seines Volkes, habe die mächtige Carol-Linie fast vollendet, und bald würde Rumänien von einem Feuerwall umgeben sein, der jeden Aggressor zurückwerfen würde.

Die Menschen standen in Gruppen um die Zeitungsverkäufer herum und unterhielten sich laut. Harriet konnte das erregte Stakkato ihrer Stimmen hören, als sie einander zuriefen: *»Alors, ça a enfin commencé, la guerre?« – Qui, ça commence.«* Ihre eigenen Ängste kamen wieder, sie überquerte den Platz und begann, die Chaussée hinaufzuspazieren. Als sie so ging, kam plötzlich die Sonne, die sich zentimeterweise durch den Nebel gekämpft hatte, heraus, strahlend, und breitete Licht wie goldene Seide zu ihren Füßen aus. In einem einzigen Augenblick wurde der Himmel wolkenlos und blau, das Blau des Sommers. Pikkolos rannten mit Stangen hinaus, um bei Dragomir die Jalousien über die Fenster zu ziehen. Überall wurden an den Häuserfassaden gestreifte Markisen heruntergelassen – gelb und blau-weiß gestreifte, gefranste, gequastete, gerippte – während sich Fenster und Türen öffneten und die Menschen auf ihre Balkone herauskamen. Man konnte jetzt sehen, wie die Balkonpflanzen aufgingen und sich ausbreiteten und grün wurden. Die Zementmauern, die fleckig und grau waren als der Himmel grau war, schimmerten nun wie Marmor.

Auf der Chaussée, wo die Frauen, unvorbereitet auf dieses plötzliche Glänzen, ihre Handtaschen hochhielten, um ihre Augen zu schützen, wurden die Menschen von den Kriegsnachrichten abgelenkt. Die Cafés stellten Stühle in die Gärten hinaus und auf die Bürgersteige. Noch während die Stühle hingestellt wurden, ließen sich die Gäste darauf nieder und begannen unverzüglich mit neuer Fröhlichkeit das Sommerleben im Freien.

Als Harriet an dem Gebäude ankam, das ein Museum für Volkskunst sein sollte, sah sie, daß einige Gemälde ausgestellt waren. Sie ging hinein. Die Rumänen drückten sich in der Malerei nicht gut aus. In der Tat gab es in Bukarest keine sehenswerten Bilder, ausgenommen die El Greco-Gemälde des Königs, neun an der Zahl und für ein Butterbrot gekauft, bevor El Greco wieder Mode wurde, und diese waren nicht für das Publikum zugänglich. Die Exponate im Ausstellungsraum waren mittelmäßig und imitierten jedes Genre der modernen Malerei, aber sie waren zahlreich. Sie konnte sich lange damit aufhalten, sie zu betrachten. Als sie herauskam, ging sie zurück über den Platz in die Calea Victoriei, durch das Papageienland der blumenverkaufenden Zigeuner, und kam zum britischen Propaganda-Büro. Niemand betrachtete die Bilder von britischen Kreuzern, die sich wellten und in der Sonne ausbleichten, aber eine Menge Leute standen beim deutschen Büro gegenüber. Neugierde trieb sie über die Straße.

Im Fenster hing eine Landkarte von Skandinavien. Drei Zoll breite und aus rotem Karton geschnittene Pfeile zeigten die Richtung des deutschen Angriffs. Niemand in der Menge sprach. Die Menschen standen da, erschreckt über die arrogante Prahlerei des Ausgestellten. Harriet versuchte, gleichgültig dreinzuschauen, und begab sich zum Universitätsgebäude. Es war nun fast Lunchzeit, und so könnte sie, mit gutem Grund, Guy abholen.

Der Haupteingang der Universität war offen, doch es war kein Pförtner zu sehen. Das Semester begann erst Ende April. Die gewölbten, leeren Gänge sahen öde aus und rochen nach Bienenwachs und Linoleum. Harriet ging dem entfernten Laut von Guys Stimme nach, die gerade sagte:

»›O gewiß, eines Bierzapfers Rechenkunst würde hinreichen, diese Einheiten in eine Summe zu ziehen.‹« Cressida, fuhr er fort zu erklären, machte sich gerade über Troilus lustig. Da eines Bierzapfers Rechenkunst von berüchtigter Beschränktheit sei, konnten die Einheiten nicht sehr groß sein. »Jetzt noch einmal«, sagte er und begann die Rede in einer scherzhaften Weise.

Die Worte wurden in der gleichen Weise aufgenommen und wiederholt – dieses Mal von einer weiblichen Stimme. Sophies Stimme. Harriet hörte sie und verspürte einen so scharfen Stich der Eifersucht, daß sie wie festgewurzelt stehenblieb. Sie wollte bereits wieder umkehren – aber was hätte das für einen Sinn gehabt? Früher oder später mußte sie sich Sophie stellen, Sophie in ihrer Rolle.

Sie ging langsam weiter. Die Tür am Ende des Korridors stand offen. Sie ging leise hin und erwartete eine Menge Schauspieler, zwischen denen sie unbemerkt eintreten könnte, aber es waren nur Sophie, Yakimov und Guy da.

Der Gemeinschaftsraum, mit dunklem Holz verkleidet und ohne Fenster, war groß und düster. Er wurde von einer zentralen Lichtkuppel erhellt. Die drei standen unter der Kuppel. Guy hatte einen Fuß auf einem Stuhl und seinen Text auf seinem Knie, die beiden anderen posierten vor ihm. Niemand bemerkte Harriet, als sie an der Wand Platz nahm.

Während Sophie und Yakimov Textstelle nach Textstelle durchgingen und Guy dauernd unterbrach und immer neue Wiederholungen verlangte, wurde ihr allmählich klar, daß sie die Monotonie von Probenarbeit nicht auf Dauer hätte ertragen können. Vielleicht wäre es bei ihr nicht nötig gewesen, sie so oft zu unterbrechen oder ihr den Text, den sie sprach, so oft zu erklären – aber diese Unterbrechungen und Erklärungen stellten für Guy keine Mühe dar. Er erfreute sich an ihnen. In der Tat bevorzugte er wahrscheinlich eine Cressida, die vollkommen sein eigenes Geschöpf war.

Und die beiden anderen... Yakimov und Sophie? Sie begriff, daß, was für sie selbst Monotonie war, für die beiden Selbsterhöhung darstellte.

Sophie hatte es noch nie an Eitelkeit gemangelt. Sie hatte das übliche rumänische Gesicht, dunkeläugig, teigig und zu voll in den Wangen, aber die Art und Weise, in der sie saß und sich hielt, beanspruchte für sie die Ehrerbietung, die einer Schönheit gebührt. Jetzt, da ihre Wichtigtuerei eine Rechtfertigung zu haben schien, trug sie ihren Anspruch stolz zur Schau. Alle Aufmerksamkeit mußte auf sie gerichtet sein. Wenn Guy sie auf Yakimov richtete, wollte sie sie wieder zurück haben und unterbrach dann die Probenarbeit für ein paar Minuten, um zu fragen: »*Chérie,* glaubst du nicht, hier sollte ich dies machen?« oder »Hier, während er dies sagt, ich mache so? Du sagst ja? Du sagst ja?« und brachte gleichzeitig ihren kleinen Hintern in Positur und versah alle ihre Bewegungen und *moues* mit einem latenten Anflug von sinnlicher und sehnsüchtiger, liebkosender Zärtlichkeit. Sie schien in einem Zustand totaler, begeisterter, fast ekstatischer Erregung zu sein. Sie vibrierte vor Sex.

Obwohl sie sich nicht zurückhalten konnte, sogar mit Yakimov zu flirten, reservierte sie für Guy einen speziellen Blick, provozierend und verschwörerisch, doch Guy schien sich, wie Harriet bemerkte, davon nicht aus der Fassung bringen zu lassen. Er gewährte Sophie jetzt genau die gleiche freundliche, aber emotional distanzierte Sympathie, die er ihr gewährt hatte, als sie sich selbst vernachlässigt, verletzt und suizidgefährdet vorkam.

Während Sophie sich nicht führen lassen wollte, war Yakimov dafür empfänglich. Obwohl es so schien, als ob er an Format und Substanz zugenommen habe, tat er genau, was Guy von ihm verlangte. Harriet konnte sich Guys Befriedigung vorstellen, während er aus Yakimov genau die Konzeption der Rolle herausholte, die er auch für sich gewählt haben würde. Sie konnte zwischen den beiden Männern eine Wärme gegenseitiger Zustimmung spüren. Yakimov erhielt den Zuspruch, den Sophie suchte, mit dem Ergebnis, daß ihre dauernden, fordernden Unterbrechungen etwas Querulantisches hatten, das Harriets Mitleid erregte. Auch sie begann, sich ausgeschlossen zu fühlen. Plötzlich nahm Guy seinen Text auf und sagte: »Wir werden jetzt abbrechen.«

Als sie sie bemerkten, sagte Harriet: »Ihr habt gehört, daß sie in Norwegen und Dänemark einmarschiert sind?«

Oh, ja, alle hatten es inzwischen erfahren. Guy hatte die Nachricht bereits entschärft. »Das war zu erwarten«, sagte er. »Seit wir begonnen hatten, die norwegischen Gewässer zu verminen, hatte Deutschland nur die Wahl gehabt einzumarschieren.«

»Vielleicht haben wir sie vermint, weil Deutschland Invasionspläne hatte.«

»Vielleicht!« Guy wünschte nicht, das Thema weiter zu diskutieren.

Harriet staunte über seine Fähigkeit, diese Nachrichten zu verdrängen. Sie selbst stellte sich immer ihren Ängsten, da sie glaubte, daß, wenn sie es nicht tat, diese sie anspringen und verschlingen würden. Vielleicht wollte sich Guy Dingen nicht stellen, wenn er nicht in der Lage war, sie aktiv zu bekämpfen. Sie sollte froh sein, daß er diese Inszenierung als Fluchtmöglichkeit hatte.

Was sie ärgerte war, daß Yakimov und Sophie, um sich bei ihm einzuschmeicheln, seine Unbekümmertheit imitierten. Sie waren weit weg von der Invasion und ihren Folgen; sie waren Menschen, die wichtigere Sachen im Kopf hatten. Harriet fühlte sich besonders irritiert durch Sophie, die, wie sie wußte, genauso schnell in Panik geriet, wie jeder andere Rumäne.

Guy sagte: »Gehen wir und trinken wir etwas.« Als sie den dunklen Universitätsgang verließen und in die blendende Helle des Tages hinaustraten, rief er aus: »Ist es nicht wunderbar!«

Sophie lachte kurz: »Wie lächerlich sich die Engländer wegen der Sonne benehmen! In England drehen sie ihre Gesichter so...«, sie glotzte blöde in den Himmel hinauf, »und sagen...«, sie gurrte blöde: »›Oh, die Sonne, die Sonne!‹ Hier, kann ich euch sagen, werden wir von ihrem Anblick krank.«

Harriet fragte sie, wie ihr ihre Rolle in dem Stück gefalle. Ihre einzige Antwort waren ein Achselzucken und ein trotziges Nach-unten-Ziehen ihrer vollen Lippen. War es möglich, daß sie, trotz ihres Vorteils, Harriets Auftauchen hier übelnahm? Hatte sie sich eingebildet, daß sie, nachdem sie Harriet in der Rolle ersetzt hatte, sie auch in jeder anderen Hinsicht ersetzen könnte? »Also wirklich!« dachte Harriet, »das Mädchen ist zum Lachen!«

Als Guy sich anschickte, die Straße zu überqueren, blieb Sophie stehen und fragte, wo sie hingingen. Er antwortete: »Ins Doi Trandafiri.« Quengelnd sagte sie: »Da will ich nicht hin. Da ist es immer so voll.«

»In Ordnung«, sagte Guy. »Bis später dann.«

Als Sophie zornig davonging, sagte Harriet: »Wenn du deine arme Hauptdarstellerin nicht hofierst, wirst du sie bald los sein.«

»Das glaube ich nicht«, sagte Guy leichthin. »Dazu gefällt es ihr viel zu gut.«

Im Café sagte er: »Ich möchte Yakimov ein paar Szenen abhören.« Sie lasen drei Szenen, und nach jeder kaufte Guy Yakimov einen *ţuica*.

Zum Schluß fragte Yakimov: »Wie war ich?« Eine nervöse Angst lag in der Frage.

»Glänzend«, sagte Guy, und sein Lob kam so sehr aus vollem Herzen, daß Yakimovs Wangen rosa wurden.

Mit Genugtuung schnaufte Yakimov: »Mein lieber Mann!« Einen Augenblick lang war er so betäubt wie ein kleines Kind, das sich seiner eigenen Fähigkeiten bewußt wird.

Harriet bemerkte eine Veränderung in ihm, keine großartige, aber eine radikale. Guy hatte in ihm den Willen erweckt, sich auszuzeichnen.

»Weißt du was«, sagte Guy, »du hast die Anlagen zu einem großen Schauspieler.«

»Meinst du?« Yakimovs Frage war bescheiden, aber nicht dementierend. Er schaute Guy lange an und glühte vor bewundernder Dankbarkeit.

»Aber du mußt deinen Text lernen.«

»Oh, verlaß dich darauf, mein Lieber. Keine Angst, *verlaß* dich darauf.«

Als Harriet zusah, schien es ihr, daß sich dieser Nebelhaufen von einem Mann, der so lange eine träge Masse war, langsam zu entwickeln begann.

21

Eine Woche nach der Invasion Dänemarks und Norwegens durch die Deutschen stellte Inchcape im Fenster des britischen Propagandabüros eine Karte der skandinavischen Länder aus, auf der der Verlust der deutschen Zerstörer bei Narvik in zurückhaltendem Blau markiert war. Zu gegebener Zeit wurden die Landungen britischer Truppen bei Namsos und Andalsnes hinzugefügt.

Im Schaufenster gegenüber warfen die roten Pfeile der Deutschen die Norweger immer weiter zurück. Wenn an einem Tag die Alliierten einen Vormarsch verkündeten, verkündeten die Deutschen am anderen einen alliierten Rückzug. Lediglich ein strategischer Rückzug, sagte der britische Nachrichtendienst. Die Deutschen, die das Gudbranstal hinaufmarschierten, behaupteten, sie hätten sich mit ihren Streitkräften in Trondheim vereinigt. Die Briten gaben einen kurzen Rückzug zu.

Die Passanten, angelockt durch diese ersten, weit entfernten Kriegsbewegungen, überquerten jeden Morgen die Straße, um Fenster mit Fenster zu vergleichen; aber es war die aggressive Drohung der riesigen roten Pfeile, die die Menge fesselte. Die pro-britische Fraktion der Presse sagte einen britischen Gegenangriff voraus, der mit den Deutschen ein für alle Mal aufräumen würde. Aber noch während diese Voraussage gemacht wurde, erreichten die Deutschen Andalsnes. Viertausend Norweger hatten kapituliert; die Politiker flohen; die Alliierten begaben sich auf See. Plötzlich war es ein deutscher Sieg.

Die Landkarte mit den roten Pfeilen verschwand. Das Schaufenster blieb leer. Niemand war sonderlich beeindruckt. Die Operation war schließlich nicht der Beginn weiterer Ereignisse gewesen. Die Operation schien ein Schritt in eine Sackgasse gewesen zu sein. Das Publikum wartete auf spektakulärere Unterhaltung.

Anfang Mai mußte Harriet ihre Aufgabe als Kostümschneiderin anpacken. Inchcape hatte das Londoner Büro angeschrieben und einen kleinen Zuschuß für die Inszenierung bekommen. Davon wurde das meiste für die Theatermiete und das Bühnenpersonal benötigt. Was übrigblieb, konnte für Kostüme verwendet werden. Harriet hatte sich eine so prächtige und prunkvolle Inszenierung vorgestellt, wie sie sie in den Londoner Shakespeare-Aufführungen gesehen hatte. Das Geld, das sie jetzt in der Hand hatte, würde kaum dazu ausreichen, die ganze Besetzung in Sackleinen zu stekken.

Sie fand heraus, daß man Kostüme aus dem Theaterfundus leihen konnte, und ging mit Bella hin, um diejenigen zu betrachten, die vor etwa zehn Jahren für eine Aufführung von *Antonius und Cleopatra* angefertigt worden waren. Seither waren sie bei jeder möglichen Gelegenheit eingesetzt worden und waren abgewetzt und außergewöhnlich häßlich.

»Und schmutzig noch dazu«, sagte Bella, die sie genau untersucht hatte. Sie zuckte vor Ekel mit ihren Fingern. »Kannst du dir Helena in diesem bohnengrünen Plüsch vorstellen?«

Da sie sich entmutigt fühlte wie ein Kind, dem eine Aufgabe gestellt worden war, für das es zu jung war, versuchte Harriet, die diese Aufgabe außerdem auch nicht gewollt hatte, sie an Guy zurückzugeben. Guy, ein Meister im Delegieren von Arbeit, lachte sie einfach aus. »Mach keine Schwierigkeiten, Darling. Alles ist ganz einfach. Laß Rüstungen weg – die Schauspieler hassen sie ohnehin. Deute sie nur an. Miete ein paar Helme, Schwerter und so weiter vom Theater. Miete auch die Umhänge. Die Griechen steckst du in

Röcke und Mieder – ganz einfach aus Leinen zu machen. Die Trojaner könnten, da sie Asiaten sind, Strumpfhosen tragen – das ist sowieso das Billigste.«

»Aber die Rumänen werden bestürzt sein.«

»Denen wird es gefallen. Eine neue Idee – das ist alles, was sie wollen.«

Nachdem er mit ein paar Worten ihre schwierige Aufgabe auf etwas lächerlich Einfaches reduziert hatte, fegte Guy davon und ließ sie mit dem Gefühl zurück, eine Menge Lärm um nichts gemacht zu haben.

Clarence bot ihr an, sie überall hinzufahren. Eines Abends, Anfang Mai, fuhren sie in einen Vorort, wo es eine Fabrik gab, die Trikots für das Theater herstellte. Als Harriet abgeholt wurde, fand sie Clarence' Kollegen Steffaneski im Auto vor. Clarence verband die Fahrt zur Fabrik mit einer polnischen Angelegenheit. Die beiden Passagiere begrüßten sich gegenseitig ausdruckslos. Keiner empfand den anderen als angenehme Gesellschaft, und jeder hatte geglaubt, einziger Passagier zu sein. Clarence, der nichts zu sagen hatte, schien mit beiden gleichermaßen unzufrieden. Es war, als ob ihre Gegenwart einen Riß zwischen ihm und dem jeweils anderen verursacht hätte. Harriet kam der Gedanke, daß Clarence sich einsame Persönlichkeiten als Freund wünschte – und daß er der einzige Freund zu sein wünschte. Er war der Freund von Harriet und der Freund von Steffaneski – aber nicht von beiden zusammen. Da er immer für die unangepaßten Eigenbrötler Partei ergriff, hatte er nun das Problem, nicht zu wissen, für wen er Partei ergreifen sollte. Seine Miene war finster.

Als sie durch die langen, grauen Straßen, die sich aufs Land hinauszogen, fuhren, brach Harriet, die den Grafen für den am wenigsten beschäftigten Mann hielt, das Schweigen und schlug vor, er könne doch bei der Inszenierung mitmachen.

Mit mürrischer Geringschätzung wandte er sich ab. »Ich habe«, sagte er, »keine Zeit für solche Sachen. Ich spiele nicht Theater, während im Krieg gekämpft wird.«

»Aber hier können Sie nicht kämpfen.«

Steffaneski, der argwöhnte, aufgezogen zu werden, verzog erbost die Lippen.

In dieser Gegend von Bukarest waren alle Gebäude aus Holz. Dies waren nicht die Hütten der ganz Armen, sondern geräumige, solide gebaute Läden und Häuser, wie die in einer Barackenstadt im Mittleren Westen. Die breite, nicht befestigte Straße, im Frühjahr unter Wasser, war immer noch ein Sumpf, in dem streckenweise das Wasser stand und sich in der Abendsonne rötete.

Das Auto ruckte und gluckerte und bewegte sich dann nicht mehr weiter. Clarence drückte aufs Gas. Die Räder drehten sich im Schlamm, bewegten aber das Auto nicht.

»Wir übernachten hier«, sagte Clarence.

»Vielleicht würde Graf Steffaneski aussteigen und schieben«, sagte Harriet.

Der Graf starrte taub zum Fenster hinaus. Clarence, durch Harriets Humor nicht amüsiert, wurde zusehends gereizter, als die Räder unerwartet griffen und das Auto vorwärtsschoß.

Sie fanden die Adresse, die man Harriet gegeben hatte. Sie hatte eine Bühnenwerkstatt erwartet, vielleicht eine Art Studio, sozusagen einen autarken, kreativen Betrieb, etwas, das sie in Bukarest am meisten vermißte. Was sie vorfand, war eine große, hölzerne Hütte, wie eine Garage. Drinnen gab es einen einzigen Raum, wo ein Dutzend Bauern, einige noch in Bauernkleidung, an Strickmaschinen arbeiteten. Es gab nicht einmal einen Stuhl, um ihn den Besuchern anzubieten. Das Licht war ungenügend. Einige Öllampen hingen von den Balken, und die Luft war schwer von dem Rauch eines Dochts.

Ein hagerer kleiner Mann, in Bauernhosen, aber mit einer Jacke, die von einem alten ›Stresemann‹ stammte, kam nach vorne, ernst, und runzelte die Stirn. Als er neben Harriet stand, schweigend und ausdruckslos, hätte sie nicht sagen können, ob es ihr gelungen war oder nicht, ihm ihre Wünsche darzulegen. Sie hatte die Maße in Metern aufgeschrieben, und jeweils daneben die gewünschte Farbe. Als sie aufhörte zu sprechen, nickte er. Sie konnte nicht glauben, daß er das alles so schnell kapiert hatte. Als sie versuchte, weitere Erklärungen abzugeben, verbeugte er sich, berührte seinen Knöchel und zog seine Hand hoch bis zur Hüfte.

»Da, da, precis«, bestätigte sie.

Er nickte wieder und wartete, daß sie ging.

Sie ging, zweifelnd.

»Alles in Ordnung?« fragte Clarence, als er den Motor wieder anließ.

»Ich weiß es nicht.« Sie konnte nicht glauben, daß der Mann so schnell kapiert hatte, was ihm in sehr dürftigem Rumänisch dargelegt worden war.

Auf dem Rückweg bog Clarence in eine Allee ein und hielt bei einem Lagerhaus, einer anderen Holzhütte, deren Türen mit einem Vorhängeschloß verschlossen waren. Es beherbergte die Waren, die von England herübergeschickt wurden, um die Not der Polen zu lindern. Harriet folgte den Männern hinein und betrachtete verwundert die Stoffballen, die Bettlaken, Decken und Kissen, die Hemden und die Unterwäsche, die Kisten mit Strickkleidung.

»Was macht ihr mit all dem?« fragte sie.

Clarence sagte: »Um das zu entscheiden, sind wir hergekommen.«

Harriet schlenderte umher, untersuchte ein paar Sachen und wartete, daß eine Diskussion stattfand, doch keiner der beiden Männer sagte irgend etwas.

Harriet befingerte einen Stapel Hemden und schlug vor, davon Guy ein paar zu geben. »Er hat nur drei Stück«, sagte sie.

Clarence schob seine Unterlippe vor und schaute wachsam und bedeutsam drein. Nach einiger Überlegung sagte er: »Ich könnte ihm ein paar *leihen.*«

»Ja, bitte.« Harriet suchte die größten Hemden heraus.

»Moment mal.« Clarence schritt mit einer Miene nervöser Entschiedenheit auf sie zu, offensichtlich befürchtend, sie würde ihm den Rang ablaufen, und sagte: »Ich werde ihm zwei leihen.«

Sie lachte auf, in spöttischer Verärgerung. »Wirklich, Clarence, bist du sicher, daß du sie erübrigen kannst?« Clarence schaute noch halsstarriger drein.

Steffaneski, der sich bewußt aus ihrem Streit heraushielt, sagte: »Soll nicht entschieden werden, was wir mit diesem Zeug machen?«

»Man könnte es der rumänischen Armee verkaufen«, sagte Clarence.

Obwohl der Vorschlag eher ein Versuchsballon gewesen war, wurde er ohne Zögern akzeptiert: »Einverstanden. Und jetzt warte ich im Auto.« Steffaneski schritt hinaus und ließ Harriet und Clarence in ihrer Konfrontation zurück, jeder von beiden in einem Zustand funkelnden Zorns.

»Wie steht's mit Unterwäsche?« Harriet begann, einen Stapel Unterhemden umzudrehen.

Clarence schob sie zur Seite: »Ich muß für diese Sachen Rechenschaft ablegen.«

»Guy hat fast keine Unterwäsche.«

Je beharrlicher Harriet bohrte, desto halsstarriger wurde Clarence; je mehr sie seine Halsstarrigkeit spürte, desto beharrlicher bohrte sie. Schließlich sagte Clarence: »Ich leihe ihm zwei Unterhemden und zwei Paar Unterhosen.«

Sie nahm das Angebot trotzig an, wohl wissend, daß er erwartete, daß sie ablehnte.

Als sie das Lagerhaus verließen, schloß Clarence wichtigtuerisch ab. Harriet, lächelnd vor Zorn, trug ihre Siegestrophäen zum Auto, wo Steffaneski, eine Schulter gegen das Fenster gebuckelt, dasaß und die Seite seines linken Daumens beknabberte. Er starrte in die Ferne.

Auf der Rückfahrt zum Stadtzentrum hatte keiner etwas zu sagen. Als sie die Kreuzung und die Statue des Bojaren Cantacuzino erreichten, war es späte Dämmerung. Die Büroangestellten kämpften sich zu den Straßenbahnen durch. In der Calea Victoriei wurde das Auto von der Menge aufgehalten, die sich um das Fenster des deutschen Propaganda-Büros versammelt hatte.

Harriet sagte: »Im Fenster hängt eine neue Landkarte.« Wortlos hielt Clarence an und stieg aus. Sich groß und schlank über die Köpfe der Rumänen erhebend, stand er einige Augenblicke lang da und schaute in das Fenster, drehte sich dann kurzentschlossen um und öffnete die Wagentüre. »Tja, es geht los«, sagte er.

»Was meinst du damit?« fragte Harriet.

»Deutschland ist in die Niederlande einmarschiert. Sie haben Luxemburg überrannt. Sie sind schon in Holland und Belgien. Sie behaupten, sie kommen schnell voran.«

Beim Einsteigen sagten weder Harriet noch Steffaneski ein Wort. Vor ängstlicher Erregung fröstelnd, dachte sie darüber nach, daß, während sie über Hemden und Unterwäsche gestritten hatten, diese Nachricht schon wie ein Tiger auf sie gewartet hatte, um sie anzuspringen.

»Das hat Belgien jetzt von seiner Dummheit«, sagte Steffaneski. »Sie wollten keine Maginot-Linie bis zum Meer genehmigen. Jetzt«, er strich mit einem Finger über seine Kehle, »ist Belgien kaputt.« Er klang völlig aufgebracht.

»Noch nicht«, sagte Harriet.

»Warten Sie's ab. Sie wissen gar nichts. Aber ich – ich habe die Deutschen vorrücken sehen.«

»Ja, aber nicht gegen britische Truppen.«

»Warten Sie's ab«, sagte Steffaneski wieder, mit unbewegter, grimmiger Miene.

Clarence hupte sich durch die Menge. Die Fenster von Inchcapes Büro waren finster. Clarence lächelte Harriet zu, mit ihr wieder versöhnt in einer Gelöstheit, die eintritt, wenn äußere Ereignisse das Leben bestimmen. Sie lächelte zurück.

»Dieses Mal«, sagte er, »wird es ein Kampf bis zum Ende sein. Gehen wir einen trinken.«

22

Für Yakimov waren dies glückselige Tage. Jeden Morgen wurde ihm sein Frühstück ins Zimmer gebracht. Er hatte Guy eingeredet, daß er am besten im Bett ›studieren‹ könne, und Guy hatte Harriet überredet, ihm sein Frühstück dorthin bringen zu lassen. Natürlich wurde er viel zu früh geweckt. Das Tablett wurde von Despina zornig hingeknallt, die dann die Jalousie hochzog, was ihn aus dem Schlaf schreckte, und beim Hinausgehen die Türe zuwarf. Es war jammerschade, daß sie sich so verhielt. Er hätte sie so gut brauchen können, um seine Kleidung zu reinigen und zu bügeln; aber dazu war sie nicht zu bewegen. Loyal spiegelte sie Harriets Mißbilligung ihm gegenüber wider.

Harriet selbst verhielt sich so, als nehme sie seine Anwesenheit in der Wohnung nicht zur Kenntnis. Er war ihr gegenüber immer ängstlich gewesen. Jetzt aber, da er wußte, daß Guy ihn beschützen würde, solange er ihn brauchte, versuchte er nicht länger, sie versöhnlich zu stimmen. Er ging ihr ganz einfach aus dem Weg.

An den Morgen, an denen Guy ihn nicht für eine frühe Probe aus dem Bett jagte, pflegte er nach dem Frühstück liegenzubleiben, dösend, eine Ausgabe von *Troilus und Cressida* aufgeschlagen auf der Steppdecke. Sein Zimmer hatte zwei Türen, eine zum Flur hin, eine ins Wohnzimmer. Durch die süße Apathie des Halbschlafs hindurch konnte er hören, wie Despina ihre Arbeit in der Küche beendete, und er konnte hören, wann sich die Wohnungstür schloß, wenn Harriet die Wohnung verließ. Wenn beide fort waren, pflegte er sich in komfortabler Einsamkeit zu erheben, zu baden und anzukleiden.

Yakimov wollte nicht alleine zum Essen in die Wohnung kommen. Guy verstand dies und, falls er selbst zu beschäftigt mit einer Probe war, um sie zu unterbrechen, pflegte er dann Yakimov loszuschicken, um Sandwiches zu holen. Wenn sie zusammen zum Essen nach Hause gingen, saß Yakimov gewöhnlich schweigend und in Guys Schatten am Tisch. Die Einfachheit des Pringleschen Essens war beklagenswert. In den Läden sah er Dinge, nach denen er sich sehnte – sehr dicke, grüne Spargel zum Beispiel, auf die er eines Tages zart hinzuweisen versuchte: »Höre, daß er ausgezeichnet ist, meine Liebe; und billig im Moment. Jetzt ist Saison dafür.« Aber es gab keinen. Als Ergebnis dieser reduzierten Diät war er permanent hungrig, nicht nach Essen, sondern nach reichhaltigem Essen. Wann immer er sich Geld borgen konnte, ging er in ein Restaurant, um alleine zu essen. Dobson hatte sich geweigert, ihm noch weiterhin Geld zu leihen; aber er konnte gelegentlich einen ›Riesen‹ aus Fitzsimon herauskitzeln, dem gutaussehenden Dritten Sekretär, der Troilus spielen sollte, oder aus Foxy Leverett, der als Hector vorgesehen war.

Guy hatte Yakimov verboten, Geld von Studenten zu leihen, aber als er einmal von einem genervt wurde, er möge seine Brillanz als Schauspieler erklären, ergriff er sofort die Gelegenheit, um schnell zu flüstern: »Hättest du vielleicht, mein Junge, einen oder zwei *Leu* übrig?« Und zu nehmen, was angeboten wurde, und sich mit jener Geschwindigkeit davonzumachen, die Bacon der Verschwiegenheit vorzog.

Er konnte sich auch immer etwas Taschengeld beschaffen, wenn er mit den Pringles im Restaurant aß. Guy, der auf eine Art und Weise zuviel Tringeld gab, die Yakimov für unanständig hielt, ließ immer einen Haufen Kleingeld für den Pikkolo auf dem Tisch zurück. Yakimov, der beim Aufstehen darauf bestand, daß Guy voranging, sackte beim Vorbeigehen alles wieder ein, was er zusammenraffen konnte.

Guy war auf unsinnige Art sorglos im Umgang mit Geld. Eines Mittags, als sie alleine probten, sah Yakimov, wie er mit dem Taschentuch zusammen zwei Tausend-*Lei*-Scheine herauszog. Yakimov hob sie auf und borgte sie sich, unbemerkt, entschuldigte sich sodann und ging zu Çina, wo er sich auf die Terrasse setzte, den Spargel aß, den man ihm vorenthalten hatte, und dem Orchester zuhörte, das in dem eleganten *chinois* Pavillon spielte, der mit blühender, gelber Kapuzinerkresse überzogen war.

Was ihm in diesen Tagen widerfuhr, war das, was ihm mit Dollie widerfahren war: die Tröstungen der Sicherheit. Wenn er nicht wußte, woher seine nächste Mahlzeit kommen würde, wurde er meist zu sehr vom Hunger gepeinigt, um Selbstmitleid zu verspüren. Jetzt, wo er im Bett lag und Betrachtungen anstellte über sein tiefes Bedürfnis nach Fürsorge und Behütetsein, rann ihm oft eine Träne über die Wange; eine verschwenderische Träne der Freude. In Guy hatte er die Figur eines Fürsorgers wiedergefunden. Mehr noch, Guy gab ihm, wie Dollie es nie vermochte, das beruhigende Gefühl, daß er sich seinen Lebensunterhalt selbst verdiente. Und er war nicht nur sicher in der Wohnung, er war sicher im Land. Die Gesandtschaft war auf seiner Seite. Er arbeitete für das britische Ansehen. Sollte sein *permis de séjour* widerrufen werden, würden sich Foxy oder Fitzsimon darum kümmern, daß es erneuert wurde. Vor allem war er wieder das geworden, was er in den alten Zeiten gewesen war – eine Persönlichkeit.

Er war bescheiden bei der Entgegennahme von Lob. Wenn Foxy Leverett sagte: »Du bist großartig, alter Junge. Wie machst du das bloß?« Wenn die großbusigen Studentinnen ihn umringten und quietschten: »Sie sind so gut, Prinz Yakimov; sagen Sie uns, wieso Sie so gut sind.« Dann schüttelte er den Kopf, lächelte und sagte: »Ich weiß es wirklich nicht.« Und das war nichts weniger als die Wahrheit.

Seit Semesterbeginn waren die Anfangssemester Guys Gruppe von Englischlehrern zugewiesen worden; die Älteren waren ins Theaterstück integriert worden. Nur ein paar wenige hatten Sprechrollen; die anderen, eingeplant als Soldaten und Bedienstete, wurden zu allen Proben zitiert, damit sie ihre Aussprache und ihre Kenntnis des Dramas verbessern konnten. Guy referierte oft vor ihnen, um ihnen die schwer verständlichen Passagen zu erhellen. Sie bildeten einen immer präsenten Hintergrund für die Inszenierung – und Yakimov war ihr Held.

Sein Erfolg als Pandarus überraschte ihn weniger als irgend jemand sonst. Er hatte immer den Glauben gehegt, daß, wenn er sich nur wirklich anstrengen würde, das Ergebnis bemerkenswert sein würde. In der Schule, wo er der Spaßvogel der Klasse war, hatte einer der Lehrer gesagt: »Yakimov ist ein solcher Narr, daß er ein Genie sein muß.« Und Dollie hatte oft gesagt: »In Yaki steckt mehr, als ihr glaubt.«

Er hatte schon immer vermutet, daß Erfolg Anstrengung voraussetzte, und Anstrengung war etwas, das er besonders verabscheute. Es war die Leichtigkeit seines Triumphes, die ihn überraschte. Guy hatte ihn nicht mehr als angestubst, und er war direkt in seine Leistungen hineingestolpert. Er war von seinem Erfolg verzaubert und überzeugt. Er begann, nicht nur an die Gegenwart zu glauben, sondern auch an die Zukunft. Irgend etwas, dessen war er sich sicher, würde sich aus seiner Darstellung des Pandarus ergeben. Er würde für den Rest seines Lebens davon zehren.

Hätte man ihn gezwungen, näher zu bestimmen, was sich daraus ergeben würde, hätte er nicht weiter zurückgeblickt als bis zu jenen Tagen, in denen er Kriegskorrespondent gewesen war. Er hatte eine Sehnsucht nach den Privilegien und der sozialen Bedeutung jener Position, und, am allermeisten, nach einem Spesenkonto, das es ihm noch einmal erlauben würde, unbegrenzt in Essen und Trinken zu schwelgen. Vielleicht würde ihm jemand anbieten, wieder Kriegskorrespondent zu werden!

Währenddessen stand er bescheiden an Guys Ellenbogen und akzeptierte Drinks von seinen Bewunderern mit einem Gemurmel der Dankbarkeit. Yakimov sagte sich: ›Der liebe Junge steht gern im Rampenlicht‹ – eine Bemerkung, die nicht kritischer gemeint war als jene, die er einmal über Dollie gemacht hatte: ›Das liebe Mädchen hat's gern nach ihrem Willen.‹ Er warnte sich nur selbst: er wollte seinen Platz behalten. Aus diesem Grund sprach er in jenen Tagen ganz ernsthaft und mit Bewunderung von Guy als ›dem Impresario‹, und schmeichelte ihm mit der exotischen Bedeutung der Bezeichnung.

Für gewöhnlich ging die Gruppe auf einen Drink ins Doi Trandafiri. Aus irgendeinem Grund war Guy nicht bereit, in die English Bar zu gehen, die Yakimov bevorzugte. Der einzige Vorteil, den er im Doi Trandafiri sehen konnte, war, daß die Drinks billiger waren – und das war kein Vorteil, wenn man sie nicht bezahlen mußte.

Einen Tag vor der deutschen Machtergreifung war er zu etwas Geld gekommen und konnte nicht widerstehen, in der English Bar vorbeizuschauen, um sich gegenüber Hadjimoscos, Horvath und Cici Palu als sehr in Eile vorzuführen, als ein Mann, der überall sehr gefragt war. Die drei bedachten sein Auftauchen mit kaltem und knappem Nicken. Er hatte gerade genug bei sich, um eine Runde *ţuica* ausgeben zu können und ihnen auf diese Weise ein dürres Anzeichen von Freundlichkeit zu entlocken. Hadjimoscos fragte: »Und wo, lieber Prinz, sind Sie gewesen, die ganze Zeit von uns weg?«

»Ich mache bei einem Theaterstück mit«, erwiderte er mit Befriedigung.

»Einem Theaterstück!« Hadjimoscos' Lächeln wurde breit vor Heimtücke. »Haben Sie folglich eine Anstellung im Theater gefunden?«

»Ganz bestimmt nicht«, sagte Yakimov schockiert. »Es ist eine Laieninszenierung. Mehrere bedeutende Angehörige der britischen Gesandtschaft spielen mit.«

Die anderen schauten sich gegenseitig an. Sie gaben vor, ihren Hohn hinter einer Miene der Verblüffung zu verbergen. Wie äußerst grotesk doch die Engländer waren! Schließlich fühlte sich Yakimov genötigt anzudeuten, daß das Theaterstück nur Tarnung für etwas Bedeutsameres sei – etwas in Verbindung mit dem Geheimdienst. Hadjimoscos hob die Augenbrauen. Horvath und Palu blickten ausdruckslos. Yakimov öffnete den Mund, wurde aber vor weiteren Dummheiten durch den Eintritt von Galpin bewahrt, der ganz angespannt und nervös vor Neuigkeiten war. Es gab eine allgemeine Unruhe der Wißbegierde. Alle Anwesenden, ausgenommen Yakimov, wurden munter vor Erwartung. Yakimov war verwirrt, Hadjimoscos, Horvath und Palu vereint mit den anderen zu sehen.

»Sie sind über die Maas«, verkündete Galpin. »Die holländische Armee hat soeben kapituliert.«

Yakimov wußte nicht, wer über die Maas gegangen war, aber da er Gerüchte über ihren raschen Vormarsch durch Holland gehört hatte, nahm er an, ›sie‹ müßten die Deutschen sein. Er sagte: »Warum so bestürzt, mein Lieber? Bei uns kommen sie nicht vorbei.«

Niemand nahm von dieser Bemerkung Notiz. Yakimov fühlte sich vollkommen außerhalb der Bargesellschaft, die mit den Operationen einer weit entfernten Armee befaßt war und kein Interesse an Yakimov oder seiner Darbietung in einem Drama hatte. Voller Unbehagen ging er, ohne den Wunsch zurückzukommen, und verstand nun, warum es

Guy vorzog, sich seine eigene Welt im Doi Trandafiri einzurichten und sich seiner Inszenierung zu widmen.

Die Probenarbeit wurde jetzt intensiv. Guy hatte bekanntgegeben, daß das Theater für den Abend des vierzehnten Juni gemietet war. Das gab den Akteuren einen Monat, sich in Bestform zu bringen. Sie hatten keine Zeit, über aktuelle Befürchtungen zu grübeln. Jetzt lebten sie, um einen Krieg der Vergangenheit nachzuvollziehen. Zur Probenzeit war der Gemeinschaftsraum immer voller Studenten. Einige kamen, die in dem Stück nicht mitspielten; andere waren noch nicht einmal Angehörige der Englischen Abteilung. Die Inszenierung war für sie zur fixen Idee geworden. Überall, in der ganzen Universität, sprach man von Yakimov. Seine Ankunft im Gemeinschaftsraum pflegte eine Woge des Raunens auszulösen. Manche Studenten brachen in Rufe aus, wie beim Eintritt eines Helden. Er pflegte in die Runde zu lächeln, sein Wohlwollen über seine Bewunderer zu versprühen, ohne einen von ihnen deutlich zu sehen.

Die einzigen von den anderen, denen von den Studenten ein ähnlicher Empfang bereitet wurde, waren Guy, Sophie und Fitzsimon. Guy war nicht nur der Regisseur, sondern auch eine populäre Figur kraft eigener Leistung. Sophie war eine von ihnen. Fitzsimon wurde wegen seines ungewöhnlich guten Aussehens und seiner leichten, lockeren Art von den Mädchen bejubelt, mit denen er mit übertriebenen Augenbewegungen schäkerte, wann immer Sophie ihre Aufmerksamkeit abschweifen ließ. Als er bekanntgab, daß er beabsichtige, sich ›für den Abend‹ sein Haar zu vergolden, stießen die Mädchen kleine Schreie schockierter Erregung aus. Er nahm seine Rolle ernster, als irgend jemand erhofft hatte.

Die meisten Mitglieder dieser geschlossenen Bruderschaft hatten den Krieg völlig vergessen, aber sogar hier drang die Wirklichkeit manchmal ein. Der eine oder der andere Gesandtschaftsangehörige pflegte die schlechten Nachrichten – in jenen Tagen gab es keine guten – vorbeizubringen, mit dem Humor von jemandem, dessen Pflicht es ist, Ruhe zu bewahren: »Hörte gerade, die Bastarde haben Boulogne eingenommen.« Oder: »Diese Scheißkerle haben jetzt Calais.«

»Calais!«

Sogar für Yakimov war dies der Fall eines Nachbarn. Doch was konnte man da schon machen? Nichts. Für sie alle stellte es eine Erleichterung dar, ihre Aufmerksamkeit dem Fall Trojas zuzuwenden.

Vor Ende Mai hatte Yakimov seinen ganzen Text auswendig gelernt. Guy ließ ihn seine Stellen ohne Unterbrechung aufsagen. Nach dem ersten, vollständigen Durchlauf blickte Guy in die Runde der siebenunddreißig männlichen und weiblichen Darsteller und sagte, als sie ängstlich zurückblickten: »Es nimmt Gestalt an. Cressida ist gut. Helena, Agamemnon, Troilus, Ulysses, Thersites – gut. Pandarus – sehr gut. Der Rest von euch wird zu arbeiten haben.«

Eines Tages platzte Harriet mit der ganzen Nervosität der äußeren Umgebung herein und holte sie in die Gegenwart zurück.

Guy, sich mit den Fingern durchs Haar fahrend, hatte vor seinem Publikum über den Charakter des Achilles referiert, der, als er die Alternative zwischen einem langen Leben in friedvoller Bedeutungslosigkeit und einem kurzen Leben des Ruhms gehabt habe, sich für das letztere entschied. Bei Homer, sagte Guy gerade, sei Achilles der ideale Kriegsheld gewesen; Shakespeare jedoch, dessen Sympathien mit den Trojanern gewesen seien, habe ihn als Faschist gezeichnet, dessen Heldentaten von faschistischen Schlägern vollbracht wurden. Der junge Dimancescu stand, eine Hand an der Hüfte, lässig mit einem Florett spielend, mit einem matten und verzerrten Lächeln da, befriedigt über diese Interpretation seiner Rolle. Er vollendete sein Lächeln und hob vor Überraschung etwas die Brauen, als Harriet in die Mitte des Raums ging, Clarence hinter ihr her. Irgend etwas in ihrer Art veranlaßte Guy zu unterbrechen. Er fragte: »Was gibt's?«

Sie sagte: »Die britischen Truppen haben Europa verlassen. Sie haben es geschafft.«

Was sie überbracht hatte, war die Nachricht von der Evakuierung Dünkirchens.

»Sie sagen, es sei ein Wunder gewesen«, sagte sie. »Wie ein Wunder.« Ihre Stimme brach.

Yakimov schaute Guy vollkommen verwirrt an. »Was heißt das, mein Lieber?« fragte er. »Ein Sieg?«

»Eine Art Sieg«, sagte Clarence. »Wir haben unsere Armee gerettet.«

Aber die Studenten, die sich um Harriet und den Kreis um sie herum scharten, schauten einander an und begannen, untereinander zu flüstern. Offensichtlich war es für sie kein Sieg. Die alliierten Armeen, die, unter anderem, Rumänien schützen sollten, waren zusammengebrochen. Die Franzosen waren vernichtend geschlagen; die Engländer waren auf ihre Insel geflohen; der Rest hatte kapituliert. Wer sollte Rumänien jetzt beschützen?

Harriet, in der Mitte des Raums, bewegte sich nicht, bis Guy sie mit der Hand am Ellenbogen faßte und ihr einen leichten, sanften, ungeduldigen Schubs gab. »Wir müssen weitermachen«, sagte er.

Einen Moment lang stand sie da, sah ihn stirnrunzelnd an, anscheinend unfähig, ihn richtig anzusehen, und sagte dann »Vermutlich wirst du irgendwann heimkommen.«

Als sie ging, wollte ihr Clarence folgen, aber Guy rief: »Clarence, ich brauche dich.« Clarence blieb stehen, wollte sich gerade entschuldigen, war dann aber wieder von Guys Einfluß gefangen. Er sagte: »Natürlich«, und Harriet ging allein auf die ungemütlichen Straßen zurück.

23

Inchcapes Diener Pauli fertigte ein Sandkastenmodell des Britischen Expeditionskorps an, wie es sich zur Ausschiffung an den Stränden von Dünkirchen formierte. Die kleinen Schiffe standen in einem Meer aus blauem Wachs. Inchcape stellte es ins Schaufenster des Propaganda-Büros. Obwohl es geschickt gemacht war, sah das Modell traurig aus. Die wenigen Menschen, die sich die Mühe machten, einen Blick darauf zu werfen, mußten gedacht haben, daß die Briten nunmehr nichts weiter als den Mut der Verzweiflung anzubieten hatten.

In Bukarest war die herausragendste Auswirkung der Ereignisse der Wechsel in den Wochenschauen. Französische Filme trafen nicht mehr ein. Vielleicht gab es niemanden mehr, der den Mut hatte, sie zu machen. Englische Filme waren durch das Chaos in Europa blockiert. Was mit triumphierender Regelmäßigkeit eintraf, waren UPA-Wochenschauen.

Die Menschen, die sie betrachteten, saßen aufgerichtet, entgeistert, überwältigt von der Inbrunst der jungen Männer auf der Leinwand. Hier fand man nichts von dem platten Realimus der englischen Nachrichten, nichts von der gelangweilten Untätigkeit, die die Besucher eigentlich erwartet hatten. Alle Kameratricks wurden eingesetzt, um das Drama der deutschen Kriegsmaschinerie eindrucksvoller zu gestalten, als sie beim Vorbeimarschieren die Städte niederwalzte. Ihre Zerstörungswut war wie ein Blick zurück in finstere Zeiten. Die Brände von Rotterdam schossen wildlodernd in den mitternächtlichen Himmel hoch. Sie brüllten von der Leinwand herunter. Die Kamera fuhr zurück, wich gerade noch einem Hagel von Mauerwerk aus, als große Fassaden, jedes Fenster in Flammen, auf das Publikum zustürzten. Ziegelsteine wirbelten durch die Luft. Die Türme von Kathedralen, die einem Dutzend anderer Kriege widerstanden hatten, großartige Bauwerke, die jahrhundertelang als Wunderwerke galten, stürzten zu Staub zusammen.

Clarence, der neben Harriet saß, sagte in seiner langsamen, nuancenreichen Stimme: »Ich wette, diese Filme sind manipuliert.«

Die Menschen rutschten nervös auf ihren Sitzen. Die ihm am nächsten saßen, blickten ihn scheel an, erschreckt von seiner Kühnheit.

Die Kamera fuhr zwischen den Pappeln einer flämischen Straße entlang. Auf beiden Straßenseiten standen Lastwagen, kaputt oder verlassen, die Türen aufgerissen und der Inhalt – Brot, Wein, Kleidung, Medikamente, Munition – hinausgeworfen und in achtloser Unordnung zurückgelassen. In den Hauptstraßen der Städte, aus denen die Einwohner geflohen waren, räkelten sich die Invasoren und schliefen in der Sonne. Dies waren die goldenen Tage, der Frühling des

Jahres. Außerhalb einer Stadt lagen in dem jungen Getreide kaputte Panzer umher. Auf jedem stand, in weißer Farbe, sein Name: *Mimi, Fanchette, Zephyr.* Einer, der umgekippt und dessen Kanonen verwegen schräggestellt waren, hieß *Inexorable.*

An dem Tag, an dem die Nachricht von der Bombardierung von Paris eintraf, erreichte ein letzter französischer Film Bukarest, ein letzter Schrei Frankreichs. Er zeigte Flüchtlinge, die eine lange, gerade Straße entlangtrotteten; Füße, die Räder von Kinderwagen, Gesichter, die verstohlen zurückblickten; Kinder am Straßenrand, die reihum aus einem Krug tranken; die Tragfläche eines herabstürzenden Flugzeugs, einen Kugelhagel, ein Kind, das mit ausgebreiteten Armen auf der Straße lag. Der französische Film schrie: »Erbarmt euch unser!« Der deutsche Film, der folgte, verhöhnte jedes Erbarmen.

Aus dem Rauch irgendeiner verlorenen Stadt erschienen die deutschen Panzer. Sie folgten einander in einem endlosen Strom ins Sonnenlicht und fuhren von Ypern nach Ostende. Auf einem Wegweiser stand: *Lille – 5 kilomètres.* Es schien keinen Widerstand zu geben. Die Maginot-Linie wurde umfahren. Der Durchbruch war so einfach gewesen, es war wie ein Witz.

Und die blonden, jungen Männer, die in ihren Panzern standen, kamen unversehrt und lachend aus den Ruinen. Sie hielten ihre Gesichter der Sonne entgegen. Sie sangen: »Was macht es schon, wenn die Welt ist zerstört? Wir bauen sie wieder auf, wenn sie uns gehört.«

Die Panzer, durch die Kameraperspektive ins Monströse verzerrt, fuhren zu Tausenden vorbei – so schien es zumindest. Das Publikum – ein Publikum, das noch in den Dimensionen der Kavallerie dachte – saß da und starrte, bewegungslos, schweigend. Diese Gewalt der Waffen war etwas Neues; etwas Furchteinflößendes und Erbarmungsloses. Die goldenen Jungs wechselten ihr Lied. Jetzt, als die riesige Prozession vorbeifuhr, sangen sie:

»Wir wollen keine Christen sein,
Weil Christus war ein Judenschwein.

Und seine Mutter, welch ein Hohn,
Die heißt Marie, gebor'ne Kohn.«

Jemand schnaufte. Es gab kein anderes Geräusch.

Harriet, diesmal alleine in einer Matinée und umgeben von Frauen, spürte, wie sie alle vor Entsetzen gelähmt waren. Doch, als sie mit der Menge hinausging, hörte sie in deren entsetztem Geflüster ein Geschnatter der Erregung. Eine Frau sagte: »Solche schönen, jungen Männer!« Und eine andere entgegnete: »Sie waren wie die Götter des Krieges!«

Es war seltsam, in die Straßen hinauszugehen und zu sehen, daß die Gebäude noch fest standen. Harriet mußte jetzt irgendwo hingehen. Sie ging geradewegs zum Athénée Palace Garten, der ein Treffpunkt der Engländer geworden war, seit man sie aus der English Bar vertrieben hatte.

Die Bar selbst war eines Morgens, Ende Mai, von den Deutschen besetzt worden. Der Schachzug war offensichtlich wohlüberlegt. Es war ein symbolischer Akt, jubelnd geplant und ausgeführt von einer Gruppe von Journalisten, Geschäftsleuten und Mitgliedern des umfangreichen Botschaftspersonals. Die Engländer – zu dem Zeitpunkt waren nur drei anwesend – ließen sich ohne Kampf hinausbugsieren. Die Deutschen hatten den Vorteil ihrer aggressiven, schlechten Manieren; die Engländer den Nachteil ihrer Abscheu vor Szenen.

Galpin war der erste der drei, der sein Glas aufnahm und ging. Bevor er ging, sagte er seine Meinung: »Genau jetzt«, sagte er, »vertrage ich weder das Gesicht noch das Getöne noch den Gestank eines Nazis.« Er ging hinaus, und seine Landsleute folgten ihm.

Im Vestibül gab es noch weitere Deutsche. Deutsche bewegten sich massenweise durch die Gesellschaftsräume in den Speisesaal. Eine Art Festessen fand gerade statt. Galpin, der versuchte, ihnen zu entkommen, marschierte mit dem Glas in der Hand weiter, bis er den Garten fand – ein Zufluchtsort der Geschlagenen.

Am nächsten Tag waren die Deutschen wieder in der Bar. Diesmal wollten sie offensichtlich bleiben. Galpin kehrte in den Garten zurück: Jedem, der etwas von ihm wollte, wurde gesagt, man könne ihn dort finden. Die meisten, die auf der Suche nach Nachrichten kamen, hatten zuvor nicht gewußt, daß der Hotelgarten existierte.

Galpin verbrachte jetzt den größten Teil des Tages dort. Dorthin brachten ihm seine Agenten die Nachrichten der alliierten Niederlagen und gelegentlich eine rumänische Neuigkeit, zum Beispiel die vom erzwungenen Rücktritt von Gafencu, dem pro-britischen Außenminister, dessen Mutter Engländerin gewesen war. Andere Menschen kamen und gingen. Als die sich verschlechternde Lage ihr Hauptanliegen wurde, begannen sie, sich hinzusetzen und auf Neuigkeiten zu warten; jeden Tag blieben sie länger. Sie waren von der einen Sache, die sie gemeinsam hatten, zueinander hingezogen – ihrer Nationalität. Ihretwegen ertrugen sie die Spannung gemeinsam. Die Kellner, die ihre Situation verstanden, belästigten sie nicht weiter.

Clarence, Inchcape, Dubedat und David schauten zwischen Arbeit und Proben hinein, aber Guy und Yakimov natürlich nicht. Man hielt es für ein Merkmal jener seltsamen Zeiten, daß sich die Engländer, die bewunderten und privilegierten, die dominierende Kraft in einer kosmopolitischen Gemeinde, ausgerechnet an solch einem Ort trafen.

Der Sommer war jetzt endgültig da. Die Stadt war, in Vorfreude auf drei oder mehr Monate ununterbrochen schönen Wetters, aus den Häusern gekommen. Die Hitze würde sie schließlich wieder zurücktreiben, aber im Augenblick waren die Freiluft-Cafés den ganzen Tag über voll.

Galpin hatte einen großen, rauhen, weiß gestrichenen Tisch, der bei der Fontäne in der Mitte des Gartens stand, mit Beschlag belegt. Als Harriet von ihrer Kinomatinée kam, hatten sich dort bei Galpin und Screwby drei alte Damen niedergelassen, die stets den nachmittäglichen Kern der Gruppe bildeten. Sie waren Gouvernanten im Ruhestand, die vom Englischunterricht lebten. Sie übernahmen Guys Unterricht am Morgen und hatten den Rest des Tages nichts anderes zu tun, als sich den Katastrophen zu stellen. Sie begrüßten Harriet wie eine alte Freundin.

Als sie sich setzte, fragte sie, wie sie alle beim Eintreffen fragten: »Irgend etwas Neues?«

Galpin sagte: »Es gibt ein Gerücht, daß Churchill eine Erklärung abgegeben hat. Sie wird vielleicht später übertragen.«

Die drei alten Damen hatten Tee bestellt. Harriet auch. Sie saß, wie gewöhnlich, neben dem steinernen Jungen, der seinen Krug Wasser in ein Steinbasin schüttete. Zuerst war sie von dem monotonen Geplätscher irritiert gewesen, dann, als sie darin ein Symbol ihrer eigenen Ängste erkannte, hatte sie es in sich aufgenommen – als Instrument der Entspannung. Es war ein Teil dieses heißen, nach Lindenblüten duftenden Sommers geworden, in dem sie von einer Niederlage nach der anderen erfuhren. Sie wußte, sie würde es nie vergessen.

»Sehr guter Tee«, sagte Miß Turner, die älteste Dame, die gewöhnlich nur sprach, um den Haushalt eines reichen Rumänen zu erwähnen, dessen Kinder sie erzogen hatte. Sie erwähnte ihn jetzt: »Wir tranken immer solchen Tee in den alten Zeiten. Der Prinz war höchst großzügig in jeder Beziehung. Er knauserte nie bei der Kindererziehung – und das ist selten, kann ich Ihnen sagen. Als ich mich zurückzog, gab er mir eine Pension – keine große Pension, das ist richtig; das konnte ich auch nicht erwarten. Aber angemessen. Er war ein höchst rücksichtsvoller, scharfsichtiger Mann für einen Rumänen. Er pflegte immer zu mir zu sagen: ›Miß Turner, ich kann sehen, daß Sie als Lady geboren wurden.‹« Sie wandte ihr blasses, unscheinbares, kleines Gesicht ihrer Nachbarin zu, Miß Truslove, und nickte vor Befriedigung über die Scharfsichtigkeit des Prinzen. Dann warf sie der dritten Frau einen mitleidsvollen Blick zu, der ›armen Mrs. Ramsden‹, wie sie sie immer hinter ihrem Rücken nannte, denn sie hatte schon seit langem jedermann klar gemacht, daß die Tatsache, daß sie ›als Lady geboren‹ wurde, sie in eine höherstehende Kategorie menschlicher Wesen plazierte als die, die Mrs. Ramsden belegte, die ganz offensichtlich nicht so geboren war.

Galpin (Desmond McNamara) ist Journalist und verfolgt gespannt die politische Entwicklung in Bukarest.

Der rumänische Premierminister Călinescu ist ermordet worden. Galpin (Desmond McNamara, links) nimmt Prinz Yakimov (Ronald Pickup) mit zum Tatort.

Die Kriegserfolge der Deutschen spiegeln sich bereits im Bukarester Straßenbild wider. (Emma Thompson als Harriet Pringle).

Mrs. Ramsden flüsterte Harriet zu: »Die Pension bringt natürlich nur hier etwas. Sie wird keinen Pfennig haben, wenn wir hier verduften müssen.«

Nachdem sie eine Woche lang der Unterhaltung dieser Frauen zugehört hatte, wußte Harriet, daß das, was sie am meisten fürchteten, der Zusammenbruch ihrer adoptierten Welt war. Alles, was sie besaßen, war hier. Sollten sie Verwandte in England haben, so waren sie von diesen vergessen worden. Sollten sie aus Rumänien vertrieben werden, würden sie ohne Freunde, Heim, Status oder Geld dastehen.

»Ich habe keine Pension«, sagte Mrs. Ramsden, »aber ich habe meine Ersparnisse. Alles hier investiert. Ich bleibe hier. Was immer auch passiert, ich lasse es darauf ankommen.« Sie war eine stämmige Frau, bekannt für ihre enormen gefiederten Hüte, und sie war die munterste von den dreien. Sie war nach dem Ersten Weltkrieg als Witwe nach Bukarest gekommen. Sie war nie wieder nach Hause gegangen. Sie erzählte dem Tisch oft: »Ich bin neunundsechzig. Sie werden es nicht glauben, aber so ist es.«

Jetzt sagte sie: »Als Woolley uns letzten September fortschickte, hatte ich solches Heimweh, daß ich mir jede Nacht die Augen ausheulte. Istanbul ist ein dreckiges Loch. Ich würde mich nie mehr dorthin trauen. Zum Schluß ende ich noch in einem Harem.« Sie ließ ihre Hand schwer auf das Knie von Miß Truslove fallen und schrie plötzlich: »Hoppla!«

Miß Truslove schaute perplex. Mit ihrer traurigen, dünnen Stimme sagte sie: »Ich bin nicht darauf versessen hierzubleiben, wenn viele Deutsche da sind.«

»Oh«, sagte Mrs. Ramsden, »man weiß nie, was das Glück einem bringt.«

Galpin hatte sich anfangs verärgert über Mrs. Ramsden und ihre Vitalität gezeigt. Als sie sich zuerst am Tisch niederließ, der Hut hin- und herwackelnd, als ob er überhaupt nicht auf dem Kopf befestigt sei, die Seidenbluse knisternd, als ob sie reißen würde, hatte er mißbilligend gefragt: »Heute nachmittag keine Privatschüler, Mrs. Ramsden?« Sie antwortete brüsk: »Nicht einen. Englisch ist ›out‹ in diesen Tagen. Alle lernen sie Deutsch.«

Jetzt fuhr er sie voller Hohn an: »Sie bilden sich doch nicht etwa ein, Sie könnten unter deutscher Besatzung hier bleiben, oder? Jeder Engländer, der dumm genug wäre, es zu probieren, würde sich doppelt schnell in Belsen wiederfinden.«

Bei diesen Worten begann Miß Truslove zu schniefen, aber als sie nach ihrem Taschentuch suchte, wurde sie, genau wie Galpin, von dem Erscheinen des polnischen Mädchens Wanda abgelenkt.

Wanda hatte mit Galpin Schluß gemacht. In letzter Zeit war sie gesehen worden, wie sie mit Foxy Leverett in seinem Dion Bouton umher fuhr. Diejenigen, die von diesem Anblick überrascht waren, suchten nach einer Erklärung. Foxy, immer noch regelmäßiger Gast bei Prinzessin Teodorescu, hatte, so sagten sie, den Auftrag erhalten, eine Beziehung zu Wanda anzuknüpfen, um sie dazu zu bringen, den unverantwortlichen Unsinn, den sie an ihre Zeitung als Nachrichten weitergab, abzumildern. Wie auch immer ihre Beziehung war, sie war viel alleine gewesen, seit Foxy seine Zeit dem Drama gewidmet hatte. Nun war sie da und tauchte im Garten auf, wie alle anderen auch.

»Zum Teufel!« sagte Galpin und starrte Wanda in einem Maße an, daß man seine schokoladenbraunen Pupillen ganz sehen konnte, die oben und unten mit dem blutunterlaufenen Gelb verschmolzen.

Sie hatte ihren Auftritt in einem enganliegenden, schwarzen Kleid und Schuhen mit sehr hohen Absätzen inszeniert. Ihr nackter Rücken und die Arme waren bereits braungebrannt. Sie ignorierte Galpin und begrüßte Screwby. »Irgendwelche Neuigkeiten?« fragte sie. Es gab keine.

Die Frauen, die in ihr das gleiche gespannte Bewußtsein kommenden Unheils spürten, das sie alle vereinte, rückten zusammen, um Platz für sie zu schaffen. Sie saß da, vorwärts über den Tisch gebeugt, die Hand an der Stirne, das glatte Haar lang herunterfallend, und starrte Screwby an. Sie war ein stilles Mädchen, deren Gewohnheit es war, jeden Mann, der sie interessierte, auf diese Art zu fixieren. Sie fragte: »Was wird geschehen? Was machen wir?« Als ob Screwby nur den

Mund zu öffnen brauchte, und ihrer aller Dilemma wäre gelöst.

Screwby unternahm keinen Versuch, die ihm zugeteilte Rolle zu spielen. Er grinste vor Ignoranz. Galpin fing an, ziemlich aufgeregt zu erzählen, um dadurch den Eindruck zu erwecken, daß Wandas Auftritt eine seiner Geschichten unterbrochen habe. Er begann mitten in einer Geschichte, die Harriet schon einige Male von ihm gehört hatte – wie er, als Zeitungsmann in Albanien, versucht hatte, in den Sommerpalast einzubrechen und die Königin zu interviewen, die gerade ein Kind entbunden hatte.

»Ich war entschlossen, mich nicht von dieser lächerlichen, kleinen Spielzeugarmee vor den Toren abhalten zu lassen«, sagte er.

»Und haben Sie sie gesehen?« Mrs. Ramsden spielte ihm den Ball zu.

»Nein. Sie warfen mich dreimal raus. Mich – der in ganz Sussex herumgefahren ist und täglich zwei Liter Muttermilch für die Ickleford-Vierlinge gesammelt hat.«

Wandas schweigende Anwesenheit ließ Galpins Erzählungen aggressiver und grotesker erscheinen. Er beobachtete sie, während er erzählte, und seine Augen standen aus seinem Kopf wie Anissamenkugeln. Sie ignorierte ihn eine Stunde lang, stand dann auf und ging. Er schaute ihr verdrießlich nach. »Armes Ding«, sagte er. »Sie tut mir leid. Wirklich. Sie hat hier keinen Freund.«

Sie blieben im Garten bis zum Abend, wenn der Duft der Linden am stärksten war. Galpin hatte sein Kofferradio bei sich und versuchte wiederholt, den angekündigten Bericht über Churchills Rede zu bekommen. Die Fledermäuse schossen über ihre Köpfe hinweg. Mrs. Ramsden bückte sich und hatte Angst um ihren Hut.

»Sie gehören ausgemerzt, wenn sie sich einnisten«, sagte sie und fügte hinzu: »Aber es sind nicht nur *sie:* Es ist das, was sie hinterlassen.«

Die Bäume wurden dunkel unter einem Himmel, der wie ein silberner Teller glänzte. Anders als die meisten andern Cafégärten war der Hotelgarten nicht beleuchtet. Das einzige

Licht kam von den Hotelfenstern. Die Möglichkeiten des Gartens waren nie ausgeschöpft worden. Gras wuchs büschelweise aus dem mit Kies belegten Boden. Niemand machte sich die Mühe, die verwelkten Lindenblüten von den Tischen zu fegen. Mit Ausnahme einiger weniger rumänischer Paare, die heimlich taten und sich dorthin setzten, wo sie am wenigsten beobachtet werden konnten, hatten die Engländer den Ort meist für sich.

Schließlich begann die Rede. Die rumänischen Paare kamen aus dem Schatten heraus und gingen schweigend nach vorn, um zu hören, wie Churchill versprach, daß England niemals aufgeben werde. »Wir werden an den Stränden kämpfen«, sagte er. »Wir werden auf den Feldern kämpfen.«

Mrs. Ramsden barg ihr Gesicht in den Händen. Ihr Hut fiel herunter und rollte unbemerkt unter den Tisch.

Jeden Tag sah die Menschenmenge vor dem Schaufenster des deutschen Büros die breiten Pfeile des deutschen Vormarsches sich weiter nach Frankreich hinein erstrecken. Einer überquerte die Somme und schwenkte nach Süden, Richtung Paris. Die Betrachter sagten, daß es gewiß nicht mehr lange so weitergehen konnte. Niemand konnte sich den Verlust von Paris vorstellen.

Harriet ging auf dem Weg zu Bellas Wohnung an dem Schaufenster vorbei. Sie hätte nicht die Calea Victoriei hinaufgehen müssen, oder, wenn sie diesen Weg schon ging, hätte sie auf dem anderen Bürgersteig bleiben können. Statt dessen schob sie sich durch die Menge, warf einen flüchtigen und blasierten Blick auf die Pfeile, und ging dann hoch erhobenen Hauptes weiter.

Als Harriet ihren Salon betrat, rief Bella aus: »Was meinst denn du?« und versetzte Harriet damit für eine Sekunde einen hoffnungsfrohen Stich, aber Bellas Erregung war lediglich eine Gemütsverfassung, die durch ihren Erfolg als Helena hervorgerufen wurde. Alles, was sie zu sagen hatte, war: »Sie haben immer noch dieses Porträt von Chamberlain im Club hängen. Ihn und seine Blume Sicherheit. Ich habe die Diener herbeizitiert und ihnen befohlen, es sofort abzunehmen. Ich ließ es mit dem Gesicht zur Wand in der Toilette aufhängen.«

Die Damenschneiderin hatte gerade die Frauenkostüme angeliefert, und Bella hatte darauf bestanden, daß Harriet bei der letzten Anprobe dabei war.

Das Kostüm, aus billigem, weißem Voile gemacht, aus dem auch Bauernfrauen ihre Blusen anfertigten, war von klassischer Einfachheit. Bella war nicht damit einverstanden gewesen, daß alle weiblichen Darsteller gleich gekleidet sein sollten. Sie wollte sich ihr eigenes Kostüm machen lassen und dachte an etwas sehr Feines aus mattiertem Satin. Jetzt, da sie das Voile-Kostüm anziehen mußte, schob sie die Unterlippe vor und spazierte vor dem Spiegel ihrer riesigen Garderobe auf und ab und zupfte ungeduldig da und dort ein bißchen am Mieder und am Rock herum.

Die Schneiderin kniete vor ihr und setzte sich jetzt beobachtend auf die Fersen. Sie war die billigste gewesen, die Harriet finden konnte – ein winziges Persönchen, sehr dünn, das nach verschimmeltem Brot roch. Ihr Gesicht, in dem die eine Backe voll und die andere, wie ein deformierter Apfel, eingefallen war, war dunkelgelb, mit einem deutlichen Oberlippenbart. Wenn Bella in ihrer Nähe stehenblieb, zuckte sie nervös, hob flehentlich die Hände und begann zu sprechen. Bella ignorierte sie und sagte: »Na ja, alles, was ich sagen kann, ist, daß wir aussehen werden wie ein Haufen jungfräulicher Vestalinnen. Natürlich habe ich jede Menge Schmuck – aber die anderen! Ich weiß wirklich nicht!«

»Mußt du Schmuck tragen?«

»Meine Liebe, ich bin Helena von Troja. Ich bin eine Königin.« Sie drehte sich seitwärts, warf den Kopf zurück und betrachtete mit edler und nachdenklicher Miene das Profil ihres schönen Busens und ihren nackten, runden, weißen Arm. Das Kostüm besaß eine Eleganz und Vollkommenheit, wie man sie kaum bei der besten englischen Anfertigung hätte finden können: »Ich denke, wir bräuchten ein wenig Farbe – ein viereckiges Stück Chiffon. Ein großes Taschentuch vielleicht. Ein hübsches blaues für mich, oder vielleicht ein goldenes. Andere Farben für die anderen Mädchen.«

Bellas Gesicht war weicher geworden, aber Harriet fühlte sich deprimiert. Ihre Entwürfe kamen ihr jetzt steif und einfallslos vor. Sie spürte, daß sie die Aufführung verdorben hatte. Die Schneiderin versuchte wieder zu sprechen. Harriet fragte:

»Was will sie?«

»Sie will bezahlt werden.«

Harriet suchte das Geld heraus. Bella sagte: »Sie verlangt tausend *Lei.* Gib ihr achthundert.«

»Aber tausend ist nichts. Das sind kaum zehn Shilling.«

»Das weiß sie ja nicht. Sie wird die achthundert nehmen. Eine Rumänin würde ihr halbsoviel geben.«

Harriet hatte nichts Kleineres als einen Tausend-*Lei*-Schein. Die Frau akzeptierte ihn mit gespielter, scheuer Zurückhaltung, aber sobald sie ihn in der Hand hatte, schoß sie zur Tür. Bella, die an der Tür stand, schloß sie, bevor sie sie erreichen konnte, und verlangte dann streng die zweihundert *Lei* Wechselgeld. Die Frau, mit verzerrtem Gesicht, greinte wie eine professionelle Bettlerin und begann dann zu weinen. Bella hielt unerbittlich die Hand auf.

Harriet sagte: »*Bella!* Sie hat das Geld verdient. Wir wollen doch keinen Streit wegen der paar Kröten. Laß sie gehen.«

Bella, von diesem Appell erschreckt, ging von der Türe weg, und die Frau floh. Sie konnten hören, wie sie sich mit einem Türschloß abmühte, und dann, als sie hinausging und die Wohnungstür offen ließ, hörten sie das Geräusch ihrer Absätze die Marmortreppe hinuntereilen.

»Also wirklich!« nörgelte Bella rechthaberisch. »Man kann ihnen keinen Zentimeter trauen. Immer nützen sie die Ausländer aus. Wenn du so viel mit ihnen zu tun hättest wie ich, dann hättest du genauso von ihnen die Nase voll.«

Bevor Harriet ging, sahen sie, daß die Schneiderin ein Paket mit Kostümen, die sie den anderen Darstellerinnen hätte bringen sollen, zurückgelassen hatte.

»Da, schau dir das an!« sagte Bella. »Wir müssen jemanden kommen lassen, der es zur Universität trägt.«

»Das mache ich«, sagte Harriet.

»Nein, nein.« Bella hielt es fest. »Das mache ich schon«,

sagte sie, »ich schäme mich nicht, gesehen zu werden, wie ich ein Paket trage.«

Als Clarence sie zurück zur Stickerei fuhr, fand sie die Trikots fertig und genauso vor, wie sie sie bestellt hatte. Auf dem Rückweg hielt er wieder bei dem polnischen Lagerhaus und kam mit einem Armvoll Hemden und Unterwäsche heraus. Er packte sie ihr auf den Schoß. »Für Guy«, sagte er.

»Warum hast du mir das nicht zuvor gegeben?«

»Weil du so verdammt dickköpfig warst. Merkst du denn nicht – wenn du mich richtig behandelst, kannst du von mir alles auf der Welt kriegen, was du willst.«

An diesem Nachmittag, als Harriet mit den anderen im Athénée Palace Garten saß, wurde die Nachricht der italienischen Kriegserklärung an die Alliierten von einem italienischen Kellner überbracht, der sie manchmal bediente. Er strahlte die englische Fraktion am Tisch an und sagte mehrfach: »Sie sind übergerascht? Sie sind übergerascht, he?«

Galpin erwiderte: »Wir sind nicht überrascht. Wir sind nur darüber überrascht, daß es nicht mehr von euch hungrigen Hyänen gibt, die bei anderer Leute Schlachtfest abstauben wollen.«

Der Kellner verstand es nicht oder aber, falls er es verstand, tat ungerührt. Er sagte lediglich: »Nun, es sind wir die Italiener, die ins Ausland fahren und Gemäldegalerien ansehen.« Er wischte kurz mit seinem Tuch über die Lindenblüten auf dem Tisch und ging dann, triumphierend ein paar Takte trällernd, davon.

24

Die Kostümprobe von *Troilus und Cressida* sollte am Donnerstag, den dreizehnten Juni, nach Theaterschluß stattfinden. Das Theater und sein Personal waren von da an bis

Freitag Mitternacht von den englischen Schauspielern gemietet. Harriet war zu dieser Hauptprobe eingeladen, die um elf Uhr abends stattfinden sollte.

Clarence, der sie zum Essen ausführen wollte, holte sie am frühen Abend ab. Er sagte: »Da ist irgendein blinder Alarm im Gange. Die Polizei hält Leute an und überprüft die Papiere.«

»Wonach suchen sie?«

»Vermutlich nach Spionen.«

Die Menschen gingen wie gewöhnlich in den Straßen spazieren. Die Polizei bewegte sich in himmelblauen Dreier- oder Vierergruppen zwischen ihnen. Polizeitransporter standen an den Randsteinen. Niemand schien allzu besorgt. Die Lage war zu hoffnungslos, um Aufregung zu verursachen.

Für Bukarest war der Fall Frankreichs gleichbedeutend mit dem Fall der Zivilisation. Frankreich war ein Ideal für all jene, die gegen ihre Bauernherkunft ankämpften. Kultur, Kunst und Mode, liberales Gedankengut und Freiheitsentwürfe, all dies schien seinen Ursprung in Frankreich zu haben. Jetzt, nach der Niederlage Frankreichs, würde es kein Halten oder keine Gegenkraft gegen die Barbarei geben. Mit Ausnahme von ein paar eingefleischten Faschisten glaubte niemand wirklich an die neue Ordnung. Die Wahrheit war sogar für jene klar erkennbar, die in Deutschland investiert hatten: der Sieg Nazi-Deutschlands wäre der Sieg der Finsternis. Abgeschnitten von Westeuropa, wäre Rumänien der Verfolgung, Bigotterie, Grausamkeit, dem Aberglauben und der Tyrannei preisgegeben. Jetzt war niemand mehr da, um es zu retten.

Die *grădinăs,* die den ganzen Winter über eine einzige Schneewüste gewesen waren, lebten jetzt auf mit Lichtern und Musik. Hier unternahm man den Versuch, sich einzubilden, das Leben ginge weiter wie gewöhnlich. Die Menschen schlenderten unter den Kastanien und Linden, die in vollem Grün und noch unversehrt von der Sommerhitze waren. Harriet und Clarence stiegen aus dem Wagen, schlossen sich der Menge an und spazierten bis zum Arc de Triomphe. Um sie herum konnten sie, in verschiedenen Sprachen, die Bestürzung vernehmen, die sie selbst spürten. Man fragte sich gegenseitig, was innerhalb Frankreichs geschehen war. Welches Durcheinander in den französischen Streitkräften, welche mangelhafte Einstellung hatte den Feind zu einem derartig raschen Vormarsch befähigt? »Das ist das neue Deutschland«, sagte eine Frau. »Dem kann niemand widerstehen.«

Clarence lachte kurz und sagte: »Steffaneski ist ein bißchen schadenfroh. Er sagte, er hätte sich wegen des Drei-Wochen-Kriegs in Polen genug anhören müssen. Nun könnten wir über die Tatsache nachdenken, daß Holland und Belgien kapituliert haben und die englischen Streitkräfte innerhalb von achtzehn Tagen vollständig vom Kontinent vertrieben wurden. Er gibt Frankreich keine Woche mehr.«

»Was glaubst du?« fragte Harriet.

»Ich weiß es nicht.« Clarence sprach langsam und stellte nachdenkliche Ruhe zur Schau. »Im letzten Krieg erreichten die Deutschen die Marne. Die Franzosen kämpften wie die Verrückten, um Paris zu retten. Sie fuhren mit Taxis an die Front; jeder Mann in Paris rückte aus; und die Front hielt. Es könnte wieder geschehen.«

Als sie sich dem Arc de Triomphe näherten, wurden die Menschen weniger. Plötzlich erschienen drei kleine Bauernmädchen vor ihnen, noch nicht einmal Teenager, mit bestickten Kleidern und Blumen im Haar, und tanzten rückwärts und bedachten Clarence mit irgendeinem Singsang. Harriet nahm an, sie würden betteln, aber das war nicht das Gegreine von Bettlern, und ab und zu warfen sie Harriet lebhafte, bösartige Blicke zu.

»Was wollen die?« fragte sie.

»Tja«, sagte Clarence, »sie bieten sich selbst an, natürlich. Es sind Huren.«

»Das kann nicht sein. Es sind Kinder.«

Clarence zuckte mit den Schultern. Mit dem Kinn nach unten, der Unterlippe nach vorn, betrachtete er unter den Brauen hervor die Mädchen, die vor ihm tanzten, manchmal auseinander gingen, sich dann wieder trafen und über das kicherten, was sie anboten.

»Sie sind wesentlich lustiger als die meisten Bauern«, sagte Harriet lachend.

Clarence brummte. »Sie haben noch nicht erfahren, was das Leben ist.«

»Es ist komisch, daß sie dich ansprechen, während ich dabei bin.«

»Sie sind unerfahren. Sie können es noch nicht richtig.«

Als sie bemerkten, daß man über sie diskutierte, schrien die Mädchen vor Lachen, aber sie hatten bereits begonnen, sich nach vielversprechenderer Kundschaft umzusehen. Sie sahen in der Ferne eine Gruppe Männer beisammen, rannten plötzlich davon und zwitscherten wie eine Schar von Staren.

Harriet sagte gedankenverloren: »Das war ziemlich amüsant.«

»Findest du?« fragte Clarence finster.

Sie gingen in eines der kleineren Gartenrestaurants, wo die Abenddämmerung in den Bäumen hing. Es war die Zeit des Jahres, wo die Abende so wunderschön waren – warm wie im Sommer, aber immer noch duftend und feucht vor Vegetation. Hier draußen, jenseits der Häuser, wurde das ganze Spektrum des Himmels sichtbar, vom Irisblau des Horizonts bis hinauf zum Zenit, der das volle, glänzende Purpurrot einer Traube zeigte. Man sah einige wenige Sterne, groß und funkelnd.

Im Garten spielte ein kleines Orchester. Wenn es pausierte, konnte man andere Orchester in der Nachbarschaft hören, die klagend und schluchzend antworteten wie Vögel. Irgendwo in der Ferne kletterte Floricas Stimme zu ihren höchsten Tönen hinauf. Doch die Musik besänftigte niemanden. Die Speisegäste schauten von einem Tisch zum andern und waren sich bewußt, daß sie selbst und die anderen um sie herum hier in einer Zeit der Katastrophen hilflos beisammen waren. Nur die Liebespaare an abgesonderten Tischen blieben von den Zeitläuften außerhalb ihrer privaten Welt unberührt.

Clarence seufzte und sagte: »Ich möchte wissen, was aus uns einmal wird. Vielleicht kommen wir nie mehr nach Hause. Ich kann mir vorstellen, daß sich deine Eltern ziemliche Sorgen machen.«

»Ich habe keine Eltern«, sagte Harriet. »Zumindest keine

nennenswerten. Sie ließen sich scheiden, als ich sehr klein war. Beide heirateten sie wieder, und beide fanden es unbequem, mich bei sich zu haben. Meine Tante Penny zog mich auf. Für sie war ich ebenfalls eine Last, und wenn ich etwas angestellt hatte, sagte sie immer: ›Kein Wunder, daß dich deine Mammi und dein Papi nicht lieben.‹ Das heißt, alles, was ich habe, ist hier.«

Sie überlegte, was sie überhaupt hatte. Sie schaute durch die Blätter zu dem vollen und strahlenden Himmel hinauf und verspürte einen Groll gegen Guy, weil dieser nicht hier war. Sie sagte sich, daß er eben ein Mann war, der nie da sein konnte, wenn man ihn brauchte. Dies war eine Situation, wo sie zusammen sein sollten. Während sie die knospenden Canna-Lilien betrachtete und den Duft des Buchsbaums einatmete, dachte sie, daß sie diese Freuden eigentlich mit Guy teilen sollte.

Sie hatten etwas zu essen bestellt. Als der Weinkellner kam, sagte Clarence: »Also, wenn wir schon morgen sterben, können wir wenigstens gut trinken.« Er wählte einen teueren Tokajer.

Harriet dachte, daß sie wenigstens nicht alleine war. Sie hatte jemanden. Es war schade, daß sie für Clarence nicht mehr empfand als das. Es war, dachte sie, die Parodie einer Beziehung, die eine zusätzliche Dimension erhielt durch die Ungewißheit, in der sie existierte. Sie mußte für das herhalten, was sie bei Guy vermißte. Und merkte Guy überhaupt, daß sie etwas vermißte?

Sie überlegte, ob er wohl eine richtige Vorstellung von den Realitäten des Lebens hatte. Diesen Morgen hatte Dobson in der Wohnung angerufen, um zu sagen, daß sich britische Staatsbürger Transitvisas für alle angrenzenden Länder besorgen müßten, um für den Fall einer plötzlichen Evakuierung gewappnet zu sein. Guy sagte: »Das mußt du besorgen. Ich bin mit dem Drama zu sehr beschäftigt.« Sie hielt seine Flucht vor der Wirklichkeit für um so weniger entschuldbar, als er es in ihren wenigen gemeinsamen Vorkriegstagen gewesen war, der einem antifaschistischen Krieg das Wort geredete, einem Krieg, von dem er wußte, daß er wie ein Messer zwischen ihn und seine Freunde in England fahren würde. Oft hatte er zitiert: »So trinke ich auf euer Wohl, bevor der Gewehrkolben an die Türe schlägt.« Tja, der Gewehrkolben war jetzt hier – aber wo war Guy? Man würde ihn nach Belsen verschleppen, und er würde protestieren, daß er nicht mitkommen könne, weil er zu beschäftigt sei.

Clarence, der sie beobachtete, fragte, worüber sie lächelte. Sie sagte: »Ich dachte gerade an Guy.« Nach einer Pause fragte sie ihn: »Wußtest du, daß Guy einmal daran dachte, Sophie zu heiraten, um ihr einen britischen Paß zu verschaffen?«

»Aber doch nicht im Ernst?«

»Er *dachte* daran. Aber ich bezweifle, daß er es je gemacht hätte. Er mag ein begnadeter Lehrer sein, aber er akzeptiert kein Lehrer-Schüler-Verhältnis als Basis auf Dauer. Nein, als es ans Heiraten ging, suchte er sich jemanden, von dem er glaubte, er würde nicht zu viele Forderungen stellen. Vielleicht ist das Problem das, daß ich zu wenige stelle.«

Clarence betrachtete sie scharf, aber als einzigen Kommentar sagte er in einem Ton bewegter Klage: »Guy liest die außergewöhnlichsten Leute auf. Nimm zum Beispiel Yakimov. Jetzt ist er eine Molluskel auf der Hülle des Lebens, ein Niemandsland der Seele. Ich bezweifle, daß Guy ihn je abschütteln wird. Ihr habt ihn jetzt euer ganzes Leben lang.«

Harriet weigerte sich, sich zu ärgern, und sagte: »Ich glaube, Guy sah ihn als ein verbesserungsfähiges Subjekt an. Er konnte etwas aus ihm machen, und wenn es nur ein Schauspieler war. Du weißt, wie Guy ist. Dich habe ich sagen hören, er sei ein Heiliger.«

»Vielleicht ist er eine Art Heiliger, aber er ist auch eine Art Narr. Du glaubst mir nicht? Du wirst sehen, daß ich recht habe. Er kann Menschen nicht durchschauen, wie du es kannst. Laß dich von ihm nicht täuschen.«

Harriet sagte: »Er ist kein Narr, aber es ist richtig, daß er Narren ertragen kann. Das ist seine Stärke. Deshalb wird er auch nie zu wenig Freunde haben.«

»Da ist ein exhibitionistischer Zug in Guy«, sagte Clarence. »Er mag es, sich im Mittelpunkt zu fühlen. Er mag es, eine Gefolgschaft zu haben.«

»Aber ganz bestimmt hat er eine Gefolgschaft.«

»Eine Gefolgschaft von Narren.«

»Das ist die einzige Art, die man hoffen kann zu haben. Die Wählerischen sind einsam. Schau mich an. Wenn Guy beschäftigt ist, habe ich keinen, außer dir.«

Clarence lächelte und faßte es als Kompliment auf.

Der Geiger des Orchesters wanderte umher und spielte abwechselnd an jedem Tisch. Als er Clarence und Harriet erreichte, verbeugte er sich mit bedeutungsvollem Lächeln, denn gewiß waren sie ein Liebespaar. Er strich seinen Bogen über die Saiten, steigerte sich augenblicklich in eine Raserei hinein und produzierte ein durchdringendes Jaulen auf seinem Instrument. In einem Augenblick war alles vorbei, ein schneller Orgasmus, dann verbeugte er sich wieder, und Clarence gab ihm ein Glas Wein. Er prostete zuerst Clarence zu, dann Harriet, und gratulierte ihnen – wozu? Wahrscheinlich zu ihrer nicht vorhandenen Leidenschaft.

Clarence' schöner, sanfter Mund versank in Traurigkeit, als er in sein Glas schaute. Wenn er genug getrunken hatte, bemerkte Harriet, nahm Nachsichtigkeit die Stelle von Selbstkritik ein. Jetzt fühlte er Liebe und Mitleid mit seinen eigenen Gebrechen.

Sie sagte: »Du solltest heiraten.«

»Man kann nicht heiraten, bloß um verheiratet zu sein.«

»Da gibt es immerhin Brenda.«

»Brenda ist zwölfhundert Meilen weit weg«, sagte er. »Ich weiß nicht, wann ich sie wiedersehen werde, und ich weiß nicht, ob ich es will. Sie ist nicht das, was ich brauche.«

Harriet fragte ihn nicht, was er brauchte, aber er war jetzt betrunken genug, um es ihr zu sagen: »Ich brauche jemanden, der stark, unbeherrscht, intolerant und edel ist.« Er fügte hinzu: »Jemanden wie dich.«

Sie lachte, eher unbehaglich wegen eines so direkten Anbiederungsversuchs. »Ich erkenne mich nicht wieder. Ich bin nicht stark. Vermutlich bin ich intolerant – ein böser Fehler.

Ich habe keine Geduld mit Menschen. Sophie sagte Guy, er habe ein Monster geheiratet.«

»Ach, Sophie!« Clarence sprach den Namen mit Verachtung aus.

Harriet sagte: »Manchmal denke ich, ich werde als einsame, heruntergekommene, übergeschnappte alte Frau enden, die sich in der Gosse herumtreibt.«

»Warum solltest du?« fragte Clarence säuerlich. »Du hast Guy. Vermutlich wirst du Guy immer haben.«

»Und er wird immer den Rest der Welt haben.«

Als sie die Calea Victoriei hinauffuhren, sahen sie, daß die Beleuchtung im Cişmigiu ausgeschaltet worden war. Der Park, in dem die Leute im Sommer bis in die frühen Morgenstunden umherspazierten, war jetzt still und verlassen, ein Stück Finsternis im Herzen der eingeschüchterten Stadt.

Clarence sagte: »›Das Paris des Ostens‹ betrauert sein Gegenstück.«

Als Kontrast war das Schaufenster des deutschen Büros mit weißem Neonlicht hell erleuchtet und zog immer noch Publikum an. Sie sahen im Vorbeigehen die roten Pfeile, die, wie die aufgerissenen Greifbacken einer Zange, beinahe das gesamte Gebiet um Paris umfaßten.

Als sie das Theater betraten, betraten sie eine Atmosphäre, die so weit weg war von der Spannung der Außenwelt, daß sie die eines anderen Planeten hätte sein können. Im Foyer brannten alle Lichter. Menschen eilten hin und her, alle, so schien es, von Guy und seiner Inszenierung so hypnotisiert, daß Wirklichkeit für sie substanzlos geworden war. Sie waren von einer kreativen Erregung besessen, die auf Erfüllung, nicht auf Niederlage, ausgerichtet war.

Als er eintrat, wurde sogar Clarence von dieser Atmosphäre gefangengenommen. Er sagte: »Ich muß dich jetzt verlassen. Guy möchte, daß wir bis elf Uhr kostümiert und bereit sind.« Er eilte in das Labyrinth der Gänge davon, um den Umkleideraum zu finden, der ihm zugeteilt worden war.

Harriet stand eine Weile unsicher da und ging dann auf die Suche nach einem vertrauten Gesicht; aber die Leute, die sie traf, fegten an ihr vorbei, viel zusehr von ihrer Bühnenwelt in Anspruch genommen, um sie zu erkennen. Nur Yakimov, der gerade zur Bühne unterwegs war, in pinkfarbenen Strumpfhosen und einem Umhang aus rosa Samt, hielt an und sagte: »Was ist los, meine Liebe? Sie schauen bekümmert drein.«

»Alle sind bekümmert«, sagte sie. »Die Deutschen haben beinahe Paris erreicht.«

»Tatsächlich!« Einen Moment lang sah er betroffen aus, dann wurde er gerufen, sein Gesicht hellte sich auf, und er verließ sie um bedeutenderer Dinge willen.

Sie hoffte, sie würde gebraucht werden, um beim Tragen der Kostüme beratend mitzuwirken, aber sie war nur die Designerin. Das Garderobengirl, eine Studentin mit Stecknadeln im Mund und Nadel und Faden in der Hand, war von Fragen und Beschwerden umringt. Harriet stellte sich eine Zeitlang neben sie und hoffte, um Rat gefragt zu werden aber das Mädchen deutete mit einem kurzen, scheuen Lächeln an, daß sie auch so ganz gut zurechtkomme.

Harriet hatte die Studenten nie ermuntert oder unterstützt. Sie hatte sich eher über ihren Besitzanspruch an Guys Zeit geärgert, so daß sie jetzt wußte, daß es rein ihre Schuld war, wenn sie von ihnen eher mit Respekt als mit Herzlichkeit aufgenommen wurde.

Schließlich landete sie bei Bella, die eine Garderobe mit Andromache und Cassandra teilte. Die Mädchen zogen sich unauffällig im Hintergrund an, während Bella, bereits angekleidet, vor dem Spiegel saß und kritisch, aber selbstgefällig, ihr Gesicht examinierte, das reichlich mit Creme-, Haut-, Pink- und Brauntönen geschminkt war. Ihr Haar, das goldener geworden war, seit Harriet sie das letzte Mal gesehen hatte, wurde von einem Goldring zusammengefaßt und hing in einem Schwanz auf den Rücken hinunter.

Harriet sagte: »Ich habe die Chiffons mitgebracht.«

»Oh, Darling!« Ohne ihre Augen vom Spiegel zu nehmen, streckte Bella eine Hand in Harriets Richtung und bewegte die Finger. »Wie süß von dir!« Sie richtete ihre Stimme an die Mädchen im Hintergrund: »*Atenţiune!* Doamna Pringle hat uns ein paar tolle Chiffons gebracht.« Mit ihrem Status als

Schauspielerin schien Bella auch die gehobenere Kameraderie der Künstlergarderobe angenommen zu haben.

Als Harriet die Chiffons verteilt hatte, begab sie sich zurück in das riesengroße Auditorium mit seinem gold- und bordeauxfarbenen Plüsch, das jetzt nur vom Bühnenlicht beleuchtet wurde. Sie setzte sich in die Reihe hinter Fitzsimon, Dobson und Foxy Leverett, die für ihren Auftritt kostümiert waren. Dobson und Foxy berieten Fitzsimon gerade dahingehend, daß er sich seinen Erfolg als Hauptakteur dadurch sichern müsse, daß er die Vorderseite der Oberschenkel auspolsterte.

»Und da muß unbedingt noch etwas Watte reingestopft werden«, sagte Foxy fröhlich bei dem Gedanken. »Die Mädchen hier sehen gerne Teekannen.«

Auf der Bühne schwang Guy, als Nestor kostümiert, aber noch nicht geschminkt, eine flammende Rede vor einer Reihe von Bauern, die verschüchtert in die Rampenlichter blinzelten.

Harriet flüsterte Dobson zu: »Was geschieht da?«

»Sie sind Bühnenarbeiter«, sagte Dobson. »Guy hat ihnen den ganzen Nachmittag erklärt, was von ihnen erwartet wird, und hat ihnen alles gezeigt; aber genau jetzt, als er mit der Probe anfing, haben sie hoffnungslos versagt. Es ist ihnen eben alles egal. Sie denken, für das Ausländerpack reicht's allemal.«

In einem seiner seltenen Zornesanfälle hatte Guy die Männer in einer Linie vor sich aufgestellt. Einige steckten in dunklen, schäbigen Anzügen, wie mittellose Angestellte, andere in einer Mischung aus Cityanzug und Bauernkleidung; ein Mann, der so dünn war, daß er den Eindruck fantastischer Körpergröße vermittelte, trug auf seinem Kopf eine spitz zulaufende Bauernmütze. Einige standen da und grinsten in verschwommenem Erstaunen darüber, daß ein Ausländer sie in ihrer eigenen Sprache ansprach, und noch dazu energisch. Einer oder zwei schauten geehrt und schmerzlich berührt drein; der Rest stand stumpfsinnig da und war für keine Sprache, nicht einmal ihre eigene, zu erreichen.

Harriet verstand aus Guys Worten so viel, daß er den Männern eindringlich klar machte, morgen abend würde eine große Gesellschaft rumänischer Prinzen, Aristokraten und Staatsmänner, ausländische Diplomaten und bedeutende Persönlichkeiten jeder Art und Nationalität anwesend sein. Dies sei ein so enorm wichtiger Anlaß, daß jeder Mann nicht nur sein Bestes, sondern mehr noch als sein Bestes geben müsse. Es gelte, einen Triumph zu erzielen, der die Welt vor Bewunderung erstarren lassen würde. Die Ehre dieses großen National Theaters stehe auf dem Spiel; die Ehre Bukarests stehe auf dem Spiel – ach was, die Ehre von ganz Rumänien liege in ihren Händen.

Als Guys Stimme lauter wurde, hörten die drei Männer der Gesandtschaft auf, sich zu unterhalten, und lauschten.

Die Bühnenarbeiter scharrten etwas mit den Füßen und hüstelten, als ihnen das ganze Ausmaß ihrer Verantwortung enthüllt wurde. Einer, ein kleiner, kräftiger, zerlumpter Bauer mit einem Blick angeborener Idiotie, grinste, unfähig, Guy ernst zu nehmen. Guy deutete auf ihn: »Du!« schrie er. »Was hast du zu tun?«

Der Mann war Kulissenschieber.

Ein Job höchster Wichtigkeit, sagte Guy. Ein Job, von dem Erfolg oder Mißerfolg der ganzen Inszenierung abhängen. Guy schaute ihn an, um sich seiner vollen Unterstützung zu vergewissern. Der Bauer grinste nach allen Seiten, aber sein Grinsen schwand, als seine Kumpane nicht reagierten.

»Und jetzt«, sagte Guy, streng aber zufrieden, daß er sie mit der Kraft seiner Persönlichkeit gezwungen hatte, ihm zuzuhören: »Jetzt...« und mit seiner Körpergröße und Massigkeit sogar den längsten von ihnen überragend, ging er noch einmal den Ablauf der einzelnen Szenen und der Beleuchtungseinstellungen durch, wie er es ausgearbeitet hatte.

Harriet starrte hinauf zu Guy, ihr Herz zerschmolz schmerzhaft in ihrer Brust, und sie fragte sich, was dies alles sollte – diese Verschwendung von Energie und kreativem Geist. Um eine Laienaufführung zu inszenieren, die das Theater einen Nachmittag und einen Abend lang füllen und in einer Woche vergessen sein würde. Sie wußte, sie könnte sich nie für etwas derartig Kurzlebiges verausgaben. Wenn es nach ihrem Kopf ginge, würde sie von Guy Besitz ergreifen und seinen Eifer so kanalisieren, daß er ein Zeichen für die Ewigkeit setzen würde. Aber er war ein Mensch, der dazu geboren war, sich wie ein Wirbelwind zu verschwenden – und, in der Tat, was konnte man da schon machen, außer ihn zu lieben?

Um Mitternacht, während die Bühnenarbeiter immer noch mit ihren Pflichten vertraut gemacht wurden, ging Harriet nach Hause und ins Bett. Irgendwann, mitten in der Nacht, hörte sie Guy und Yakimov nach Hause kommen. Noch vor dem Frühstück waren sie schon wieder fort. Diesen Morgen sollte im Theater eine letzte Probe stattfinden.

Als sie das Haus verließ, schienen die Menschen in einem Zustand bedrückter Verwirrtheit zu sein. Sie gingen umher und fragten einander, was denn eigentlich geschehe. Die roten Pfeile im Schaufenster des deutschen Büros waren zum Stillstand gekommen. Waren die deutschen Streitkräfte zum Stillstand gekommen? Einige meinte, es handle sich um eine strategische Ruhepause. Andere sagten, die Franzosen hätten sich zusammengerissen und hielten die Linie um Paris. Was immer auch die Neuigkeiten tatsächlich waren, die rumänischen Behörden hielten, ›um Panik zu vermeiden‹, Informationen zurück und hatten die internationalen Verbindungen unterbrochen.

Harriet ging zum Athénée Palace-Garten. Keiner hatte dort viel zu sagen. Sogar Galpin verstummte aus dem Gefühl heraus, daß man sich einem Ende nähere.

»Was wird mit uns allen geschehen?« fragte Miß Truslove aus der großen Nichtigkeit ihrer Gedanken heraus.

»Das«, sagte Galpin, »ist alles reine Spekulation.«

Nach einer Pause, in der das Geplätscher des Brunnens genauso monton war wie die Stille, sagte Mrs. Ramsden: »Na, heute abend gibt es die Vorstellung. Das ist etwas, auf das man sich freuen kann.«

»Glauben Sie, daß jemand hingehen wird?« fragte Harriet und hatte plötzlich Angst, daß überhaupt kein Publikum da sein könnte.

»Natürlich werden sie hingehen«, sagte Mrs. Ramsden.

»Sir Montagu wird da sein. Die Woolleys kommen. Oh, alle werden sie erscheinen. Es ist *die Sache*, kann ich Ihnen verraten.«

Miß Truslove sagte: »Es ist schön, etwas zu haben, das uns ablenkt.«

Die anderen nickten Zustimmung. Sogar Galpin und Screwby hatten Plätze reservieren lassen.

»War schon monatelang nicht mehr in einem Theater«, sagte Galpin.

Screwby sagte: »Ich war schon jahrelang in keinem mehr.«

»Ein englisches Drama«, sagte Mrs. Ramsden. »Für uns hier ist das schon ein intellektuelles Bonbon.« Sie seufzte und sagte: »Ich genieße einen Abend im Theater.«

Der Morgen war heiß und wurde immer heißer. Die Sonne erhob sich, bis sie direkt über den Linden stand. Die englische Gruppe an dem Tisch war eingefangen von einem sich bewegenden Muster aus Licht und Schatten und war benebelt vor Hitze und Halbschlaf.

Harriet rekelte sich in ihrem Stuhl neben dem Brunnen, vergaß die Atmosphäre des Gartens vollkommen und schien in eine englische Landschaft hinüberzugleiten, mit Feldern, manche fahl, manche gefurcht, alles farblos im Dunst. Ein paar Ulmen erhoben sich aus den Hecken in einen milchigen Himmel. Sie erlebte die Szene so lebhaft, daß sie leicht in der englischen Luft schauerte, dann fiel eine Lindenblüte vor sie auf den Tisch, und sie kehrte, aufgeschreckt, wieder ins Sonnenlicht zurück.

Sie erinnerte sich an ihre Ankunft in Rumänien und an die ersten, langen Sommertage. Das war eine schwierige Zeit gewesen, doch sie dachte mit Nostalgie daran, da der Krieg noch kaum begonnen hatte. Sie sah sich selbst, wie sie gewesen war, nervös, argwöhnisch und isoliert unter Fremden; eifersüchtig auf Guys Freunde und auf seinen Glauben, daß seine hauptsächliche Loyalität der Außenwelt gehöre. Unverheiratet war sie eine Persönlichkeit aus sich selbst heraus gewesen. Verheiratet sah sie sich, falls überhaupt, irgendwo in Guys Kielwasser schaukelnd.

Ihr fiel auf, daß sie sich erst während dieser letzten Wochen mit dem Ort ausgesöhnt hatte. Sie hatte sich der Ungewißheit gestellt, ohne Guy. Jene, die das mit ihr zusammen getan hatten, waren, durch den ekstatischen Einklang ihrer gemeinsamen Ängste, dicke Freunde geworden.

Sie blieb bis zum frühen Abend bei ihnen und ging dann zu ihrer Wohnung zurück, um sich für die Abendvorstellung anzuziehen.

25

Nur Studenten waren bei der Matinée von *Troilus und Cressida* eingelassen worden; die Plätze waren billig. Für die Abendveranstaltung waren die Preise für die Plätze derartig, daß Verwunderung entstand; denn es erschien eine große Anzahl reicher Rumänen und Juden, die es sich nicht leisten konnte, nicht im Publikum gesehen zu werden. Die Gewinne sollten einem Projekt zufließen, das von Guy und Dubedat zur Unterbringung mittelloser Studenten geplant worden war. Diese Tatsache erregte mehr Verwunderung als die Preise für die Sitzplätze, denn wenige Rumänen konnten glauben, daß eine Gruppe von Menschen, und seien es auch Engländer, so hart und so lange ohne jeden Profit für sich selbst arbeiten würde.

Nikko, der formell Guys Erlaubnis erbeten hatte, Harriet zu der Vorstellung zu begleiten, holte sie um halb acht ab. In seinem taillierten Dinnerjacket, mit seiner hübsch gebundenen Schleife, sah er wie ein dunkler, zorniger, kleiner Kater aus. Er schien schon beinahe zu fauchen. Statt dessen lächelte er strahlend und küßte ihre Hand.

»Harry-ott, zum Zeichen meiner Wertschätzung!« Er überreichte ihr eine Rose aus dem königlichen Blumenladen. »Ich gehe nicht oft dorthin. Ich möchte nicht einen König unterstützen, der nicht nur ein Gangster, sondern auch ein gewöhnlicher Ladenbesitzer ist; aber als ich heute abend an den Schaufenstern vorbeiging, sah ich die Rose und dachte an Harry-ott.«

Er lächelte immer noch, war aber gereizt; und als ihm Harriet einen Drink einschenkte, platzte er heraus: »Ich rede nicht gerne über Geld. Wie die Engländer halte ich es nicht für *chic,* über Geld zu reden, aber...« Er zog seine Schultern hoch und breitete seine Hände wie Flossen aus. »Wochenlang bin ich Strohwitwer. Ich habe keine Frau – und was sagen sie jetzt? ›Domnul Niculescu, bitte bezahlen Sie fünftausend *Lei,* um Doamna Niculescu auf einer Bühne umhergehen zu sehen.‹« Er unterdrückte ein angewidertes Lachen und versuchte, belustigt zu erscheinen. »Das ist spaßig, nicht?«

Harriet sagte: »Es gab keine Freikarten. Die Einkünfte dienen einem guten Zweck.«

»Den armen Studenten, meinen Sie? Ah, Harry-ott, werfen Sie einen kurzen Blick um sich. Es gibt zu viele arme Studenten. Jeder Sohn eines Bauernpfarrers oder Bauernlehrers muß zur Universität gehen. Alle wollen sie Anwälte werden. Glauben Sie mir, es gibt bereits zu viele Anwälte. Die Arbeit für sie ist nicht da. Was wir brauchen, sind Handwerker.« Hier unterbrach er sich selbst: »Aber dies ist nicht die Zeit für ernste Reden. Ich führe eine schöne Dame zu einem großen Ereignis aus. Es ist vielmehr die Zeit für Fröhlichkeit. Kommen Sie, das Taxi wartet.«

Im Taxi fragte er: »Sie haben die Neuigkeiten gehört?«

»Nein. Gibt es Neuigkeiten?«

»Madame hat eine Beschleunigung des Drucker-Verfahrens verlangt. Sie fürchtet, der deutsche Einfluß könne es niederschlagen. Ein Prozeß könnte lästig sein für Deutschland.«

»Das heißt, der deutsche Einfluß könnte Drucker retten?«

»Eigentlich nicht. Nichts kann Drucker retten. Wenn es für ihn nicht Bistriţa ist, wird es Dachau sein. Er ist jetzt nicht von Nutzen, weder für Deutschland noch für jemand anderes.«

»Dann verstehe ich nicht – wovor fürchtet sich Madame?«

»Ohne Prozeß können seine Ölanteile nicht vom Staat beschlagnahmt werden. Sie würden das Eigentum von Doamna Drucker bleiben.«

Dankbar sah Harriet, daß das Theaterfoyer voll war. »Ein

glänzendes Publikum«, sagte Nikko, als sie ihre Plätze einnahmen. Er erhob sich häufig, um sich aus der Hüfte in diese und jene Richtung zu verbeugen, seine Zähne weiß unter dem schwarzen Schnurrbart. Zwischen den Verbeugungen erklärte er Harriet die Titel und Ränge. Unter ihnen waren eine ganze Anzahl Prinzen und Prinzessinnen. »Aus großer Familie«, flüsterte Nikko, »aber fast alle auf den Hund gekommen. Ich möchte wissen, wer ihre Karten bezahlt hat!« Unter ihnen war Prinzessin Teodorescu mit ihrem Baron.

»Ah, Harry-ott«, sagte Nikko, »Sie können stolz sein. Und überlegen Sie auch, Harry-ott, wir sind jetzt sogar der Alliierte von England. Wir kommen, um Sympathie zu zeigen.«

Alle Plätze waren besetzt, bevor sich der Vorhang hob. Harriet lächelte um sich, aus Erleichterung über den Anblick. Sie lächelte sogar Woolley zu, der dasaß, die Arme hoch über der Brust verschränkt, das Kinn zur Schulter drehte und ihr ein kurzes Nicken gewährte.

Sir Montagu und seine Gefolgschaft erschienen in der königlichen Loge. Das Publikum erhob sich, als ›Gott schütze den König‹ wie ein Grabgesang gespielt wurde. Darauf folgte die rumänische Nationalhymne, und danach glitt das Orchester in einen Walzer hinüber, der mit dem Erlöschen des Lichts ebenfalls erlosch. Die karmesinroten Vorhänge glühten. Zwischen ihnen erschien ein Student, bis zum Kinn in einen schwarzen Umhang eingehüllt, der den Prolog sprach. Er war gut einstudiert worden. Als er nach hinten abtrat, wurden den Eltern aus dem Publikum heraus Glückwünsche zugeflüstert. Der Vater erhob sich halb, um sich zu bedanken. Harriet betrachtete diese Unterbrechung mit nervöser Anspannung. Glücklicherweise hob sich der Vorhang und beendete sie – und da stand, reglos, Hand auf der Hüfte, Fitzsimon in Weiß und Gold, ausgepolstert, wie Foxy Leverett geraten hatte, sein Aussehen noch durch eine goldene Perücke verschönt.

Das Publikum hielt den Atem an. Köpfe fuhren zusammen. Ein Geschnatter der Aufregung ging wie eine Brise durchs Parkett. Der Eindruck war derart, daß einige der Frauen zu applaudieren begannen, bevor sie merkten, weswegen sie applaudierten. Fitzsimon stand da mit einem feinen Ausdruck untröstlicher Männlichkeit und wartete, daß Ruhe eintrat. Seine Augen strichen langsam über die Frauen in den vorderen Reihen. Von dem erwartungsvollen ›Psst‹ zufriedengestellt, richtete er seinen Blick fest auf Prinzessin Teodorescu, seufzte und sagte:

»Ruft meinen Knappen her, mich zu entwaffnen!
Was soll ich vor den Mauern Trojas fechten,
Dem hier im Innern tobt so wilder Kampf?«

Keiner bemerkte Yakimov, bis er fragte: »Stets noch das alte Lied?« und während seine helle, androgyne Stimme Unzucht und Laster insinuierte, ging er mit einer sanften Zutraulichkeit, die von verwirrender Unschuld war, nach vorne ans Rampenlicht.

Das Publikum wurde unruhig, weil es nicht wußte, was es davon halten sollte, und erst als Sir Montagu Zustimmung signalisierte, entspannten sich die Rumänen. Jetzt, da sie beruhigt waren, akzeptierten sie Yakimov voll und ganz. Er, für seinen Teil, hatte sich von Anfang an selbst gespielt und nicht einen Augenblick lang an ihrer Reaktion gezweifelt. Nach wenigmehr als einem Moment liebten sie ihn. Nach seinen ersten Versen wagten sie kaum zu atmen, aus Angst, eine unschickliche Nuance zu verpassen. Die Frauen amüsierten sich in der Dunkelheit, während das männliche Gelächter immer wieder hemmungslos herausbrach.

Harriet beobachtete ihn angespannt und war unwillkürlich fasziniert. Dies war ›euer armer, alter Yaki‹ – derselbe, der die Dinnergesellschaft an jenem ersten Abend in Bukarest in Entzücken versetzt hatte. ›Euer armer, alter Yaki‹, dachte sie. ›Mein armer, alter Yaki. Jedermanns armer, alter Yaki, vorausgesetzt, man bezahlte‹, aber das war nicht ganz gerecht, denn jetzt war es Yakimov, der zurückzahlte. Guy hatte ihm seine Freundschaft erwiesen, und Guy wurde jetzt belohnt. Yakimov hatte seine Rolle gelernt; er gab sie mit vollem Einsatz. Er half mit, Guys Inszenierung zu realisieren, und Harriet war ihm dankbar.

Sein Abgang führte zu einem Tumult von Applaus und

Kommentaren, der den Fortgang der Handlung einige Augenblicke lang aufhielt. Harriet blieb konzentriert und beobachtete Fitzsimon, der die Verzögerung gutgelaunt hinnahm. Als er schließlich die Hand hob und mit einem Lächeln sagte: »Still, rauhe Töne! still, unholder Klang!« ließ der Lacherfolg keinen Zweifel daran, daß das Publikum auf der Seite der Darsteller war. Harriet fühlte um sich herum die Bereitschaft, angenehm zufriedengestellt zu werden. Wenn nicht irgend etwas Schlimmes passierte, gab es nichts zu befürchten.

Sie entspannte sich allmählich, als Szene um Szene vorüberging, nicht nur ohne Mißgeschick, sondern zusehends zügiger. Der Erfolg der Darbietungen lag in ihnen selbst, und sie empfand eine Wärme gegenüber all denen, die ihre Sache so gut machten: Dubedat, Inchcape, David – und die Männer aus der Gesandtschaft, von denen sie angenommen hatte, sie würden die ganze Sache als einen Witz betrachten.

Und erst Sophie! Sophies Darbietung war jenseits aller Erwartungen. Wie sie da umherschlenderte und sich mit kleinen, bedeutungsvollen Blicken und Gesten wiegte, ihren pinkfarbenen Chiffon wehen ließ wie ein Symbol ihres eigenen, sexuellen Aromas, Troilus oder ihren Diener oder überhaupt jedes männliche Wesen, das zufällig in ihrer Nähe war, damit betörend – da wurde Harriet klar, daß das Mädchen eine geborene Cressida war, ein ›Kind der Fröhlichkeit‹. Sogar in ihren Szenen mit Pandarus wurde sie nicht in den Hintergrund gedrängt. Die zwei bereicherten und ergänzten sich gegenseitig, eine intrigante Partnerschaft von Nichte und Onkel, dazu da, den arglosen und romantischen Troilus zu verschlingen.

Nikko verdrehte sich aufgeregt in seinem Sitz und versuchte, ihren Namen auf dem Programm zu lesen. »Wer ist sie?« fragte er. »Ist das Sophie Oresanu?«

»Ja.«

»Aber sie ist ja *bezaubernd.*«

Die Pause kam, nachdem Pandarus die Liebenden zu einer ›Kammer mit einem Bett‹ geleitet hatte.

In der Bar, wo Nikko sich die Drinks erkämpfen mußte, begab sich Harriet in die Menge und nahm die Kommentare um sie herum auf. Sie hörte, wie Clarence erwähnt wurde (»Man würde nicht meinen, wenn man ihn auf der Straße sieht, daß Mr. Lawson so komisch sein kann«); Dubedat, aus dessen weinerlichem Getue Bösartigkeit geworden war, wurde als *»très fort«* empfunden.

»Und dieser junge Dimancescu!« rief eine Frau aus. »So ein schönes Englisch! Und im Benehmen ganz der englische Aristokrat, nicht?« Sie rief sich Dimancescus wegwerfende Gleichgültigkeit ins Gedächtnis zurück und die vor Überdruß schweren Augenlider, die sich nur einmal, in jäher Wut, hoben, als Patroclus seinen Einsatz verpaßte.

»Und Menelaus!«

»Ah, ha, Menelaus!« Ein Geschnatter ging durch die Männer, da Dobson, nicht in der Lage, in seinem griechischen Kostüm eines berockten Mieders die Wirkung zu erzielen, die von Foxy Leverett und Fitzsimon erzielt worden war, es gelungen war zu suggerieren, daß, sogar wenn es ihm sein Kostüm gestattet hätte, seine Rolle eine solche Darbietung nicht vorgesehen hätte. Mit einem kläglichen und schüchternen Lächeln, das dem rumänischen Sinn für Humor entgegenkam, drückte er seine wenig beneidenswerte Position aus.

Als Nikko, mit zwei Gläsern Whisky, zu Harriet zurückkam, wurde er zu Bellas Leistung beglückwünscht. Ihre Erscheinung hatte eine nicht geringe Sensation ausgelöst.

Einer der Männer sagte: »Sie sah aus wie Venus in Person.« Sie hatte in der Tat, dachte Harriet, ausgesehen wie eine Venus aus einer verderbten Periode; eine große, grelle Blume ohne Duft.

Der Student, der – nicht sehr gut– den Paris gespielt hatte, war vollkommen verkümmert neben seiner eindrucksvollen Geliebten, als diese in die Mitte der Bühne schwebte und dabei ihr Profil gut zur Geltung brachte. Yakimov, der sich in dieser Szene ausgezeichnet hatte, hatte das Gewicht von Bellas Ausgelassenheit aufgefangen und dem Wortwechsel mit überschäumendem Witz Glanz verliehen.

Jemand im Publikum hatte sein Programm zu Rate gezogen und verwundert geflüstert: »Ist es möglich, daß diese Dame eine Rumänin ist?«

»Doch, doch«, antwortete ein zweites Geflüster, und Nikko war kaum in der Lage gewesen, seinen Stolz zu verbergen.

Jetzt, als er die Glückwünsche entgegennahm, war sein Gesicht so zusammengekniffen vor Seligkeit, daß es aussah, als wollte er gleich weinen.

Gratulationen wurden Harriet überbracht, als die um sie Herumstehenden Guys Leistung in der nicht sehr dankbaren Rolle des Nestor diskutierten. Jemand lobte ihn mit den Worten: »Er war durch und durch klassisch«, während Nikko voller Erstaunen sagte: »Aber, Harry-ott, Ihr Mann kann wirklich schauspielern!«

Harriet wurde gedrängt, ihre Expertenmeinung zu dieser und jener Leistung zu sagen, und erkannte, daß sie ihre Eindrücke nicht auseinanderhalten konnte. Sie hatte zuviel Angst vor dem Mißerfolg gehabt, und aus Dankbarkeit für den Erfolg sagte sie jetzt nur: »Sie waren alle gut.«

Es herrschte allgemeine Zustimmung.

»Die Inszenierung eines Genies«, schloß Nikko. »Wir bekommen, darf ich sagen, für unser Geld etwas geboten.«

Im zweiten Teil, als sich Inchcape mit der ganzen Wucht seiner theatralischen Ironie in den Wortwechsel mit Achilles stürzte, wieherte der Vize-Konsul in der Reihe hinter Harriet und sagte: »Bei Zeus, der alte Inchcape ist der leibhaftige Ulysses.«

Und darin, dachte Harriet, lag die Stärke der Aufführung. Mit Ausnahme von Yakimov und Guy mußte keiner bewußt schauspielern. Jeder Darsteller spielte sich selbst. Sie erinnerte sich, daß sie diese Art der Rollenbesetzung kritisiert hatte, doch: was sonst wäre, unter den gegebenen Umständen, möglich gewesen? Und das Publikum akzeptierte es, schien tatsächlich diese Form sublimen Verhaltens beeindruckender zu finden als Schauspielkunst. Als der Schlußvorhang fiel, erhielten diejenigen Darsteller den größten Applaus, die am meisten sie selbst gewesen waren. Für Yakimov war der Beifall schon fast hysterisch. Der Vorhang hob sich und fiel ein Dutzendmal, und es fand erst ein Ende, als Guy vortrat und allen dankte – dem Publikum, den Darstellern und, vor allem, den Bühnenarbeitern, die ›so großartig mitgearbeitet‹ hatten. Als er abtrat, ging das Publikum langsam und geordnet hinaus.

»Bei Zeus«, sagte der Vize-Konsul wieder, »habe nie gewußt, daß Shakespeare so lustiges Zeug geschrieben hat. Das Stück hatte eine tolle Handlung.«

Auf einer Woge bester Stimmung, lachend, einander zurufend, begaben sich die Menschen aus dem Publikum auf die Straße. Den Vorübergehenden müssen sie wie Verrückte erschienen sein.

Hoffnungslose Mienen starrten in das erleuchtete Foyer. Jemand sprach in die glückliche Menge, die herauskam: »Paris ist gefallen.«

Die ganz vorne verstummten. Das Schweigen folgte der Nachricht durch die Menge. Noch ehe die meisten auf dem Bürgersteig waren, hatte sie Mutlosigkeit ergriffen.

Der Vize-Konsul war nun vor Harriet. Seine Begleiterin, eine Jüdin, wandte sich an ihn, machte Boxbewegungen mit ihren kleinen Fäusten und fragte traurig: »Woher kommt, daß ihr Alliierten nicht könnt kämpfen besser?«

Harriet sagte: »Ich hatte Paris vergessen.«

»Ich auch«, sagte Nikko.

Alle hatten sie Paris vergessen. Geläutert gingen sie in die Sommernacht hinaus, um der Realität zu begegnen, vermieden es, einander anzusehen, schuldig, weil sie vor den letzten, unheilvollen Stunden davongelaufen waren.

26

Inchcape gab in seiner Wohnung eine Party für die englischen Darsteller und jene Studenten, die Sprechrollen hatten. Harriet und Nikko trafen als erste in seiner Wohnung ein und wurden von Pauli begrüßt, der, falls er die Nachrichten gehört hatte, unbeeindruckt schien.

Der Raum, voller Lampen mit goldfarbenen Schirmen und Arrangements von Nachthyazinthen, war heiß und hatte einen stechenden Geruch. Zu trinken gab es nur *ţuica* und rumänischen Wermut. Das Essen umfaßte einige Schnitten Toast, belegt mit Kaviar. Harriet bat Pauli, ihr einen Amalfi zu machen. Während er die Mixtur schüttelte, erzählte er den Gästen, daß Domnul Professor Inchcape ihm eine Karte für die Matinée gegeben hatte. Obwohl er nicht viel von dem Stück verstanden hatte, hielt er es für ganz wunderbar, wunderbar, wunderbar. Er begann, umherzustolzieren und einen Darsteller nach dem anderen nachzumachen – den Professor, Domnul Boyd und Domnul Pringle. Er tat, als sei er ein großer Mann, wie Guy oder David, ein General im Umhang eines Generals. Er machte eine ganze Zeit damit weiter und unterhielt Inchcapes Gäste in Inchcapes Abwesenheit.

Harriet lachte und klatschte, aber in Gedanken war sie beim Fall von Paris. Sie verspürte ein Gefühl der Isoliertheit von den Darstellern, als diese in fröhlichster Stimmung eintrafen und immer noch von der Erregung gefangen waren, die sie durch den Abend getragen hatte.

Nikko rannte sofort zu seiner Frau und ergriff ihre beiden Hände. »*Dragă*«, rief er, »du warst ja großartig. Alle sagten sie zu mir: ›Wie schön sie ist, Ihre Bella! Wie sehr sie ihren Namen zu recht trägt!‹«

In dem Lachen, mit dem Bella dieses Lob entgegennahm, war etwas Fiebriges. Sie wandte sich Harriet zu, bereit, mehr entgegenzunehmen, und Harriet sagte: »Hast du die Nachrichten gehört?«

»Oh, ja, meine Liebe. Ist es nicht schrecklich!« Sie sprach mit hoher Stimme und schwebte davon, und sie ließ Harriet mit der Gewißheit zurück, daß sie das Falsche gesagt hatte.

Guy, in der Mitte der Gesellschaft, strahlte jene Güte aus, die aus Zufriedenheit und körperlicher Erschöpfung kommt. Harriet ging zu ihm hin, schlang ihre Arme um ihn und umfaßte ihn um die Hüfte, aus Liebe und aus Dankbarkeit, daß das Stück vorbei war und sie ihn wieder für sich haben würde.

Sie sagte: »Die Aufführung war ein Riesenerfolg. Das Publikum hatte Frankreich voll und ganz vergessen.«

»Es war nicht schlecht«, stimmte er zu, mit der Bescheidenheit eines Mannes, der mit seiner Leistung voll zufrieden ist. Er fuhr fort und kritisierte die Inszenierung. Seiner Meinung nach war sie voller kleinerer Fehler gewesen, aber man müsse aus der Erfahrung lernen. »Beim nächsten Mal...«, begann er.

»Oh, nein, kein nächstes Mal.«

Bestürzt über ihren Einspruch sagte er: »Aber ich dachte, dir hätte es gefallen.« Er wandte sich ab, auf der Suche nach aufmunterndem Zuspruch. Er fand ihn sofort. Er wurde ihm von allen Seiten gegeben. Harriet gab ihr Bestes, um sich anzuschließen, aber sie war außerhalb ihrer Gemeinschaft, die in den Wochen engen Kontakts zustandegekommen war; außerdem war sie in der wirklichen Welt, die anderen waren es nicht. Sie konnte mit ihrer Hochstimmung nicht mithalten.

Sie sah sich nach Nikko um, aber er versah seinen Dienst bei seiner Frau und war ganz trunken von den überschäumenden Gratulationen. Sie zog sich zur Terrassentür zurück, blieb dort stehen, halb im Zimmer, halb draußen, und beobachtete den Tumult drinnen.

Yakimov wanderte umher, seine Miene frei und glücklich, streckte sein Glas zum Nachschenken aus, nahm die Glückwünsche mit einem »Wie freundlich, meine Liebe« – »Was für nette Sachen du sagst, alter Knabe!« entgegen, aber eigentlich registrierte er sie nicht. Er sah aus, als sei er vom Erfolg etwas betäubt; und so sahen auch die anderen aus. Sie waren wie Reisende, die unwillig aus den Sphären der Großartigkeit zurückkehrten und sich mit ihrer Rückkehr noch nicht abgefunden hatten.

Der Raum teilte sich in zwei Gruppen auf, die eine mit Sophie im Mittelpunkt, die andere um Bella herum. Bella hatte sich in einem Sessel niedergelassen, mit Nikko auf einer Lehne. Sie zupfte Yakimov, und er ließ sich auf ihre andere Seite hinunterziehen. Sie hatte die Studenten in einen Halbkreis zu ihren Füßen gruppiert und schien wieder Hof zu halten, aber eigentlich war es Yakimov, dem alle Aufmerksamkeit galt. Die Studenten schauten ihn an und warteten, daß er etwas sagte, und als Dubedat, der finster am Kaviar kaute, angeekelt fragte: »Was ist das für Zeug?« und Yakimov antwortete: »Fischmarmelade, mein Lieber«, wälzten sie sich vor Entzücken. Ermutigt, erhob er sich langsam und begann zu erzählen. Harriet konnte nicht hören, was er sagte, aber sie sah, wie Bella den Applaus unterbrach, indem sie ihm einen Klaps gab und mit gespielter Strenge sagte: »Benimm dich.«

Sophie hatte sich umgezogen und trug jetzt ein schwarzes Samtkleid, aber immer noch das Bühnen-Make-up, und wurde von allen Männern der Gesandtschaft belagert, einschließlich, wie Harriet eifersüchtig bemerkte, Clarence.

Guy, David und Inchcape standen zwischen diesen Gruppen beieinander. Als Inchcape sah, daß Harriet alleine war, ging er zu ihr hinüber und sagte: »Gehen wir auf die Terrasse.«

Draußen wehte ein kühles und feuchtes Lüftchen von den Bäumen herüber, und man roch die Geranien. Der Park trug immer noch Trauer, eine undeutliche Finsternis, mit den Lichtern des See-Restaurants als Sterne im Zentrum.

Als sie das Geländer erreichten und hinunterschauten, bemerkte Harriet ein Rascheln auf dem Pfad unter ihnen, Menschen, die schweigend in der Finsternis spazierten. Sie wollte über sie reden, aber Inchcape zeigte keine Neigung zuzuhören.

»Natürlich ist die Lage ernst«, sagte er, »aber wir brauchen uns den Kopf nicht allzusehr zerbrechen. Die Deutschen sind viel zu beschäftigt, um uns zu belästigen. Ich glaube, wir haben Glück, daß wir hier sind.« Und noch bevor Harriet diesen Optimismus in Frage stellen konnte, wollte er ihre Meinung über jede einzelne Leistung in dem Stück hören.

Als Yakimov, Sophie, Guy, David, Dimancescu gebührend gewürdigt worden waren, blieb Inchcape immer noch erwartungsvoll.

»Und Dubedat war gut«, sagte Harriet.

»Bemerkenswert!« stimmte Inchcape zu. »Er versteht es gut, seine natürliche Widerlichkeit umzusetzen.«

Inchcape wartete immer noch, und als Harriet plötzlich bemerkte, was noch fehlte, sagte sie: »Und Ihr Ulysses war natürlich umwerfend – diese leicht säuerliche Art, gepaart mit Witz: die Toleranz der Erfahrung. Man war sehr beeindruckt.«

»War man das?« Inchcape lächelte auf seine kleinen Füße hinunter. »Natürlich hatte ich nicht viel Zeit für die Proben.«

Pauli kam auf die Terrasse heraus, um diensteifrig seinen Herrn zu holen. Sir Montagu war eingetroffen. Inchcape schnaubte verächtlich und schenkte Harriet ein verzerrtes Lächeln, das seine Befriedigung nicht verbergen konnte: »Also ist der alte Charmeur doch noch gekommen!«

Er eilte hinein, und Harriet folgte ihm. Sir Montagu stand, auf seinen Stock gestützt, in der Mitte des Raums. Sein dunkles, hübsches, geistreiches Gesicht hatte dicke Hautfalten beiderseits eines vollen Mundes und war wie das Gesicht eines distinguierten, alten Schauspielers. Er lächelte die Mädchen ringsum an.

Fitzsimon hielt auf dem Sofa Sophie in einem lockeren Clinch, den sie wie eine Umarmung aussehen lassen wollte, sah plötzlich seinen Chef und sprang auf. Sophie rutschte auf den Boden. Sie sah wütend aus, bis sie erkannte, wer die Ursache für ihren Fall war, und fing dann an, mit kläglichem Humor ihren Hintern zu reiben.

»N'Abend, Sir«, sagte Fitzsimon. »Schön von Ihnen, daß Sie die Schirmherrschaft über die Aufführung übernommen hatten, Sir.«

»Ich muß sagen, es hat mir gefallen.« Sir Montagu betrachtete Sophie und lächelte dann Fitzsimon an. »Sehr nett«, sagte er. »Nette, mollige, kleine Rebhühner. Gefallen mir selbst ganz gut. Tut mir leid, daß ich so spät komme. Mußte den Franzosen unser Beileid aussprechen.«

»Und in welcher Verfassung waren die Franzosen, Sir?« fragte Dobson.

»Kleinlaut. Die Rumänen haben uns ihr Beileid überbracht. Sie glauben, der Krieg sei vorbei. Ich sagte ihnen, daß er erst begonnen hat. Haben jetzt keine verdammten Alliierten mehr am Hals. Jetzt kann der richtige Kampf beginnen.«

Während des nachfolgenden Gelächters und Beifalls näherte sich Inchcape dem Gesandten, der seine Hand ausstreckte. »Glückwunsch, Inchcape. Feine Aufführung. Clevere Burschen haben Sie da unter Ihren Leuten; sehr clevere Burschen! Und ich muß sagen«, er warf einen langen Blick zuerst auf Fitzsimon, dann auf Foxy Leverett, »ich bewunderte den Mixed Grill, der von der Gesandtschaft aufgebaut worden war.«

»Alles selbst gemacht, Sir«, sagte Fitzsimon mit einem affektierten Lächeln.

»In der Tat!« Sir Montagu lächelte mit sanftem Unglauben. »Sehr beneidenswert, wenn ich das sagen darf.«

Inchcape war zu einem Eckschrank gegangen. Nach einigem geräuschvollen Hantieren mit verborgenen Flaschen kam er mit einem halbgefüllten Whiskyglas zurück, das Sir Montagu, von allen respektvoll beobachtet, in zwei Zügen leerte. Danach entschuldigte er sich, nickte und hinkte hinaus.

»Bringe Sie zum Auto, Sir.« Dobson folgte ihm auf den Fersen.

»Oh«, kreischte Sophie, solange der Gesandte noch in Hörweite war, »*was* für ein Süßer!«

Jetzt, nachdem er den Besuch seines Chefs sicher überstanden hatte, wurde Fitzsimon lebendig. Er ging ans Klavier und begann, die Melodie des ›Lambeth Walk‹ zu klimpern.

Guy und David standen da und spielten auf dem Klavierdeckel Schach mit wertvollen Elfenbeinfiguren, während Inchcape um sie herumturnte und offensichtlich befürchtete, es könne etwas kaputt gehen.

Clarence, mit sanftem und benebeltem Gesichtsausdruck, sah Harriet und ging zu ihr hinüber. Sie bemerkte, daß er ziemlich betrunken war. Er legte einen Arm um ihre Hüfte und führte sie von dem zunehmenden Tumult weg und auf die Terrasse hinaus.

Die Studenten waren aufgestanden und tanzten, während Dubedat laut und falsch eine Münchener Version des ›Lambeth Walk‹ grölte.

»Adolf we say, that's easy.
Do as you darn well pleas-ee.
Why don't you make your way there,
Go there, stay there?

When the bombs begin to fall,
Behind our blast-proof, gas-proof wall,
You'll find us all,
Having a peace-time talk.

If you walk down Downing Street,
Where the Big Four always meet,
You'll find us all,
Having a peace-time talk.«

Harriet spähte über das Geländer am Ende der Terrasse und sagte: »Weißt du, daß jetzt immer noch Leute im Park spazierengehen? Sie wissen nicht, was als nächstes geschieht. Sie haben Angst, nach Hause zu gehen.«

Clarence schaute in die sich bewegende Dunkelheit und sagte: »Dies ist eine schlechte Zeit, um allein zu sein«, und fügte nach einer Pause hinzu: »Ich brauche jemanden. Ich brauche dich. Du könntest mich retten.«

Gerade jetzt verspürte sie keine Neigung, Clarence' persönliche Probleme zu diskutieren. Sie sagte: »Was glaubst du, wird mit uns geschehen? Ich wünschte, wir hätten diplomatischen Schutz, wie die von der Gesandtschaft.«

Clarence sagte: »Laut meinem Vertrag ist das Council verpflichtet, mich so oder so nach England zurückzubringen.«

»Du hast Glück«, sagte sie.

»Du könntest mit mir kommen.«

Der Lärm aus dem Zimmer wurde stärker. Der Tumult der Party, der sich in einem unsicheren Gleichgewicht gehalten und einige Augenblicke lang die Grenze zur Depression hin überschritten hatte, erhob sich nun wieder. Eine neue Ausgelassenheit hatte eingesetzt. Einige Studenten stampften eine *horă*, während die anderen im Takt klatschten und sie mit Zurufen anfeuerten. Fitzsimon war immer noch am Klavier und versuchte, *horă*-Musik zu produzieren, während neben ihm Sophie eine schrille und spitze Imitation von Florica sang.

Harriet sagte: »Gehn wir hinein und schauen zu.« Sie wollte gehen, doch Clarence erwischte ihren Ellenbogen und war entschlossen, ihre Aufmerksamkeit zu erzwingen. Er sagte immer wieder: »Du könntest mich retten.«

Sie lachte ungeduldig: »Rette dich selbst, Clarence. Du sagtest, Guy sei ein Narr. Aber auf manchen Gebieten ist dir diese Sorte von Narren überlegen. Du zeigst deine Klugheit dadurch, daß du an nichts glaubst. Die Wahrheit ist, daß du nichts anzubieten hast als eine Wildnis.«

Clarence blickte sie mit düsterer Befriedigung an. »Du hast vielleicht recht. Ich habe gesagt, Guy sei eine Art Heiliger. Die Welt ist nicht in der Lage gewesen, ihn zu verführen. Er ist vielleicht etwas – aber ich werde mich nie ändern können.«

»Du bist wie Yakimov«, sagte Harriet. »Du gehörst der Vergangenheit an.«

Er zuckte die Achseln. »Was spielt das für eine Rolle? Wir sind sowieso alle verloren. Wohin gehen wir, wenn wir England verlieren?«

»Heim. Und wir werden England nicht verlieren.«

»Wir werden nicht heimkommen. Wir stecken hier auf der falschen Seite Europas fest. Ziemlich bald wird das Geld ausgehen. Wir werden arme Leute sein. Niemand wird für uns ein Hilfswerk organisieren. Wir werden ...«

Als sich Clarence' Stimme in Mutlosigkeit verlor, wurde der Lärm aus dem Zimmer derartig laut, daß Harriet ohnehin kaum hören konnte, was er sagte. Plötzlich wurden sowohl Clarence als auch die Musik von einer rumänischen Stimme unterbrochen, die über allem in einer Rage kreischte, die nahe an Hysterie war: *»Linişte! Linişte!«*

Erschreckt ließ Clarence Harriet los. Während sie ihm entwischte, hörte sie ihn hinter sich herjammern: »Ich glaube, du hast mich ziemlich schlecht behandelt.«

Als sie den Raum erreichte, sah sie die kleine Kugel von einer Frau, im Nachthemd und mit Lockenwicklern, die hereingekommen und auf Inchcapes erstaunte Gäste losgestürmt war:

»Was ist das da, was macht ihr, ihr Engländer? Ihr habt den Krieg verloren, ihr habt euer Empire verloren, ihr habt alles verloren – doch, wie eine Weltmacht haltet ihr das Haus wach!«

Einen Moment lang waren die Engländer von der Attacke verblüfft, dann drängten sie vor und riefen: »Wir haben noch nichts verloren.« – »Und wir werden nicht verlieren.« – »Wir werden den Krieg gewinnen, warten Sie's nur ab.«

Bellas Stimme, indigniert zwar, aber immer noch lady-like, erhob sich von hinten. »Die Engländer haben noch nie eine Schlacht verloren«, rief sie.

David ergänzte in spöttischer Sachlichkeit: »Das stimmt nicht ganz. Wir verlieren Schlachten, aber wir verlieren keine Kriege.«

Diese endgültige Feststellung wurde von den anderen aufgegriffen. »Wir verlieren keine Kriege, niemals«, riefen sie. »Wir verlieren keine Kriege, niemals.«

Die Frau trat entnervt einen Schritt zurück und ging dann schnell davon, so wie es die Rumänen gerne vor einem Angriff machten. Als sie die Korridortür erreichte, schoß sie hindurch, und Pauli schlug sie lachend hinter ihr zu.

»Rule Britannia«, kommandierte Fitzsimon, als er sich wieder ans Klavier setzte.

Es gab keine weiteren Unterbrechungen mehr. Die Party ging bis Tagesanbruch weiter. Um diese Zeit war der Park verlassen, und in Inchcapes Raum war Stille eingekehrt. Eine Anzahl Gäste war gegangen. Der Rest wurde von Inchcape ermuntert, es ihnen gleichzutun. Yakimov war aus seinem Sessel gerutscht und lag bewußtlos auf dem Boden. Inchcape willigte ein, ihn dort liegenzulassen, bis er aufwachte, und so gingen die Pringles mit David weg.

Als sie auf die Straße kamen, bleichte die Morgendämmerung die Dächer. Mit großen Augen, und überwach aus Mangel an Schlaf, schlug Harriet vor, hinauf zum deutschen Büro zu spazieren und nachzusehen, was mit der Landkarte von Frankreich geschehen war. Am Schaufenster angekommen, sahen sie den Punkt von Paris unter einem Hakenkreuz versteckt, das, schwarz wie eine Spinne, über dem Herzen des Landes hockte.

Sie standen da und schauten eine Weile. Ernüchtert fragte Guy: »Was glaubst du, wird hier geschehen? Was sind unsere Chancen?«

David schürzte den Mund, wollte sprechen, und lachte dann sein nasales Lachen. »Wie Klein sagt, es wird sehr interessant werden! Die Rumänen hatten gehofft, sie könnten das tun, was sie letztes Mal taten – sich auf beide Stühle setzen. Aber das haben die Deutschen endgültig verhindert. Die organisieren hier jetzt eine gigantische Fünfte Kolonne. Der König hoffte, die allgemeine Unterstützung des Volkes zur Verteidigung des Landes mobilisieren zu können, aber zu spät. Er hat jedes Vertrauen von allen verloren. Das Regime kann nicht überleben.«

»Du glaubst, hier gibt es eine Revolution?«

»Etwas in dieser Art. Aber, viel schlimmer noch, das Land selbst wird auseinanderbrechen. Rumänien kann seinen großen Reichtum nicht bewahren. Sie sind zu töricht und zu schwach gewesen. Und was unsere Chancen angeht...« Er lachte wieder. »Die hängen davon ab, ob man den richtigen Zeitpunkt zum Verschwinden kennt.«

Guy nahm Harriets Arm. »Wir schaffen das schon.«

Sie sagte: »Wir schaffen das, weil wir es müssen. Der große Reichtum ist das Leben. Das müssen wir bewahren.«

Sie wandten sich von der Landkarte Frankreichs mit dem Hakenkreuz in seiner Mitte ab und gingen durch die leeren Straßen nach Hause.

Teil II

STADT OHNE MORAL

Für Ivy Compton-Burnett

Das Erdbeben

1

Die Landkarte Frankreichs war aus dem Schaufenster des deutschen Propagandabüros verschwunden, und die der Britischen Inseln hatte ihren Platz eingenommen. Die Menschen entspannten sich. Es wurde bedauert, daß es als nächstes ihren alten Verbündeten treffen sollte, aber es hätte ja schließlich auch Rumänien selbst sein können.

Die letzten Tage des Juni brachten eine trockene und staubige Hitze nach Bukarest. Das Gras in den öffentlichen Gärten verdorrte. Entlang der Chaussée rollten sich die Blätter der Linden und Kastanien ein, von der Brise wie vom Atem eines Hochofens gefächelt, wurden braun und papieren und begannen abzufallen, als sei der Herbst gekommen. Jeder Tag begann mit demselben glühenden, weißen Licht, das zwischen Jalousien und Fensterläden eindrang. Wenn die Menschen auf ihren Balkonen frühstückten, konnten sie den Geruch der Hitze wahrnehmen. Bis Mittag hatte sich die flüssige Glut der Sonne am Himmel wie in einem großen Bottich von geschmolzenem Silber aufgelöst. Die Straßen verströmten Teergeruch und flimmerten vor Luftspiegelungen. Der Glanz tat den Augen weh.

Im Lauf des Nachmittags sammelte sich die heiße Luft zwischen den steilen Gebäudefassaden und schien sichtbar und greifbar im ockerfarbenen Staubnebel zu sein. Wie betäubt schliefen die Menschen. Als die Büros zu Mittag schlossen, waren die Straßenbahnwagen übervoll mit Angestellten, die sich ihren Weg nach Hause in ihre verdunkelten Schlafzimmer bahnten. Um fünf, als die Luft wie Filz war, öffneten die Büros wieder, doch die Reichen und Arbeitslosen blieben untätig bis zum Abend.

Es war abends, als sich Gerüchte über ein Ultimatum verbreiteten.

Die Straßen waren voll mit Menschen, die im Licht des frühen Sonnenuntergangs bummelten.

Passanten, die wachsam die Landkarte im Fenster des deutschen Propagandabüros registrierten, spekulierten darüber, wie lange England wohl durchhalten würde; als sie von der russischen Forderung hörten, war England vergessen.

Natürlich war die Forderung nicht offiziell ausgesprochen worden. Die Abendzeitungen erwähnten sie nicht. Wie bei jedem Anlaß zu einer möglichen Beunruhigung üblich, versuchten die Behörden, es geheimzuhalten, doch in Bukarest konnte nichts lange geheim bleiben. Der russische Gesandte hatte kaum das Ultimatum überreicht, als Einzelheiten davon den ausländischen Journalisten im Athénée Palace Hotel zugetragen wurden. Rußland verlangte die Rückgabe Bessarabiens und dazu ein Teilstück von der Bukowina, auf das es keinen echten Anspruch hatte. Das Ultimatum lief um Mitternacht des folgenden Tages aus.

Innerhalb von Minuten nach Eintreffen der Nachricht im Hotel erreichte sie die überfüllten Straßen und drang weiter in die Restaurants und Cafés. Besorgnis verwandelte sich direkt in Tumult, denn Panik war ein Dauerzustand dieser Hauptstadt.

Eine Hysterie der Angst ergriff Besitz von den Menschen.

An jenem Abend saß Guy Pringle, ein Englischdozent an der Universität, mit seiner Frau Harriet im Mavrodaphne. Jemand betrat das große, glitzernde Café von der Seite und rief etwas quer durch den Raum, der sofort von einer Woge der Unruhe – wie von einer Flutwelle – erfaßt wurde. Die Menschen sprangen auf und schrien schrill vor Besorgnis nach allen Seiten. Die Pringles konnten hören, wie sie die Juden, die Kommunisten, die besiegten Alliierten, Madame Lupescu, den König und den verhaßten Kammerherrn des Königs, Urdureanu, beschuldigten – aber wessen beschuldigten?

Harriet, ein dunkelhaariges, dünnes Mädchen, das während der Monate in dieser sich auflösenden Gesellschaft noch schlanker geworden war, wurde nun durch jede außergewöhnliche Aufregung an die Grenzen ihrer nervlichen Belastbarkeit gebracht. Sie sagte: »Es sind sicher die Deutschen.

Wir werden in der Falle sitzen«, denn es gab dauernd Gerüchte einer deutschen Invasion.

Guy versuchte, Auskunft am Nebentisch einzuholen. Sofort begann der Mann, den er ansprach und der den Engländer in ihm erkannte, ihn auf englisch zu beschuldigen: »Sir Stafford Cripps hat diese Sache angerichtet.«

»Welche Sache?«

Der Mann sagte: »Er hat die Russen dazu gebracht, uns Bessarabien wegzunehmen.«

»Und dazu«, fügte seine weibliche Begleitung hinzu, »uns unsere Bukowina mit ihren wunderschönen Buchenwäldern zu stehlen.«

Guy, ein großgewachsener, junger Mann, dessen sanftes und aufrichtiges Aussehen durch Brillengläser noch verstärkt wurde, antwortete mit seiner üblichen Gutmütigkeit und hob hervor, daß Cripps, der gerade erst diesen Morgen in Moskau angekommen war, kaum Zeit genug gehabt haben dürfte, um irgendwen zu irgend etwas zu veranlassen. Der andere aber wandte sich ungeduldig von ihm ab.

Harriet sagte: »Man könnte meinen, daß kein Mensch je die Russen für eine Gefahr gehalten hat.« Doch in Wirklichkeit wurden die Kommunisten, mit ihrem gottlosen marxistischen Glaubensbekenntnis, hier mehr gefürchtet als die Nazis.

Ein älterer Mann sprang von seinem nahe gelegenen Tisch auf, als er hörte, daß Englisch gesprochen wurde, und erinnerte jedermann daran, daß England die Sicherheit Rumäniens garantiert hatte. Was würden die Engländer nun machen, da Rumänien bedroht war? »Nichts, nichts«, schrie er wütend. »Sie sind besiegt.« Und er führte mit seinem Regenschirm aus indischer Seide einen Stoß in Richtung der Pringles.

Harriet sah sich unbehaglich um. Als sie vor zehn Monaten in Bukarest angekommen war, waren die Briten geachtet gewesen, nun, auf der Verliererseite, wurden sie nicht länger respektiert. Halb befürchtete sie einen tätlichen Angriff – aber es kam keiner. Eine gewisse Gefühlsregung, vielleicht sogar Zuneigung, hielt für die einst so große Schutzmacht an, die jetzt dem Untergang geweiht schien.

Die Pringles, die keine Angst dadurch zeigen wollten, daß sie sich davonmachten, blieben inmitten des Stimmengewirrs sitzen, dessen Tenor sich plötzlich änderte. Ein Mann, der durch die besonnene Ruhe seiner Ansprache Aufmerksamkeit erweckte, hatte sich erhoben und fragte, ob ihre Furcht nicht voreilig sei. Es sei zwar richtig, daß die Engländer nichts für Rumänien tun konnten, aber wie stand es mit Hitler? Hatte der König nicht kürzlich die Seiten gewechselt? Er konnte nun um deutsche Hilfe anhalten. Sobald der Führer von diesem Ultimatum hören würde, würde er Stalin zwingen, es zurückzunehmen.

Ah! Das Geschrei verstummte. Die Menschen nahmen diese Versicherung in sich auf und nickten einander zu. Jene, die sich am meisten geängstigt hatten, wurden augenblicklich fröhlich und voller Hoffnung. Die, die sich am lautesten beschwert hatten, waren nun laut in ihrer Zuversicht. Noch war nichts verloren. Hitler würde sie beschützen. Dieses eine Mal stand der König in ihrer Gunst. Seine Verschlagenheit, unter der das Land so lange gelitten hatte, wurde nun beklatscht. Er hatte sich gerade im richtigen Moment für die Achse entschieden. Da gab es keinen Zweifel; er würde sich als Retter seines Landes erweisen.

Diese plötzliche Euphorie verbreitete sich ebenso rasch, wie zuvor die Panik. Die Pringles gingen nach Hause durch Straßen, in denen sich die Menschen gegenseitig beglückwünschten, wie nach einem Sieg. Aber am nächsten Morgen begannen die Autos mit den Flüchtlingen aus dem Norden anzukommen. Grau vom Staub und überhäuft mit Gepäck, sahen sie sehr wie die polnischen Autos aus, die vor zehn Monaten in Bukarest eingetroffen waren.

Sie brachten die deutschen Grundbesitzer Bessarabiens, die von der deutschen Gesandtschaft gewarnt worden waren und jetzt flohen, nicht aus Angst vor den Russen, aber aus Angst vor den Bauern, von denen sie gehaßt wurden. Ihr Erscheinen erzeugte eine neue Welle der Unruhe, denn falls irgend jemand von Hitlers Absichten unterrichtet war, mußten sie es sein.

Die Wohnung der Pringles überblickte den Großen Platz.

Im Verlauf des Morgens begann sich der Platz mit Menschen zu füllen, die schweigend dastanden und auf den Palast starrten.

Prinz Yakimov, ein Engländer russischer Abstammung, den Harriet widerstrebend als Gast in ihrer Wohnung duldete, kam von seinem Lieblingsplatz, der English Bar, zurück und sagte:

»Alle sind sehr optimistisch, mein liebes Mädchen. Ich bin sicher, eine Lösung wird gefunden werden.« Und als er gegessen hatte, zog er sich zu einem sorglosen Schlaf zurück.

Guy beaufsichtigte die Semesterabschlußprüfungen und kam zum Mittagessen nicht heim. Als Harriet am Nachmittag auf den Balkon trat, sah sie die Menschenmenge, die immer noch in der sengenden Sonne stand. Die Mittagsruhe war die traditionelle Tageszeit für die Liebe, aber niemand war in der Gemütsverfassung, zu schlafen oder zu lieben. Es gab immer noch keine offizielle Bestätigung des Ultimatums, aber es war bekannt geworden, daß der König den Kronrat einberufen hatte. Die Minister waren in ihren weißen Uniformen nicht zu übersehen. Jedermann sah sie ankommen.

Unmittelbar unter Harriets Balkon befand sich eine kleine byzantinische Kirche mit vergoldeten Kuppeln und Kreuzen, die von Rosenkränzen umwunden waren. Ihre Tür knarrte ohne Pause, da die Menschen in dieser Zeit der Krise um göttlichen Beistand beteten.

Die Kirche war von teilweise abgerissenen Gebäuden umgeben, die als solche belassen worden waren, als der Krieg die ›Erneuerungen‹ des Königs zum Stillstand brachte. Jenseits dieser Ruinen lag der sonnenversengte Platz mit den wartenden Massen und dem Palast, wo die Würdenträger des Staates kamen und gingen. Autos standen dichtgedrängt innerhalb der Palastumzäunung. Neuankömmlinge mußten außerhalb parken.

Harriet konnte riechen, wie ihr Haar von der Sonne geröstet wurde. Die Hitze lastete auf ihrem Kopf. Doch blieb sie noch eine Weile stehen und beobachtete einen Bauern, wie er genau unter ihr das Pflaster überquerte. Es war ein Geflügelverkäufer. Von einem Joch über seinen Schultern hing zu beiden Seiten ein Korb mit lebenden Vögeln. Alle paar Minuten hob er seinen Kopf und gackerte wie ein Huhn. Von einem der unteren Balkone schrie ein Bediensteter zu ihm hinunter und tauchte alsbald unten auf der Straße auf. Verkäufer und Käufer begutachteten gemeinsam die Hühner, indem sie deren Flügel aufspannten und sie an den Brüsten befühlten. Nachdem eines ausgewählt war, drehte ihm der Bauer, inmitten von Gegacker und fliegenden Federn, den Hals um.

Harriet ging zurück ins Zimmer. Als sie wieder herauskam, saß der Bauer mit dem gerupften Huhn auf den Kirchenstufen, von Federn umgeben. Bevor er sich wieder auf den Weg machte, zog er ein Stück Sack über jeden der Käfige, um seine Vögel vor der Sonne zu schützen.

Um fünf Uhr gab es Bewegung in der Masse, da die Büroangestellten in ihre Büros zurückkehrten. Ein bißchen später, als die Zeitungsjungen eine Sonderausgabe ausschrien, erwachte der gesamte Platz zum Leben. Harriet rannte hinunter, um die Neuigkeiten zu erfahren. Die Leute umdrängten die Jungen, schnappten sich die Zeitungen und blätterten sie wie rasend durch. Ein Mann schüttelte, als er auf der letzten Seite angekommen war, die Zeitung in der Luft, warf sie dann auf den Boden und trampelte wie wild darauf herum.

Harriet fürchtete, dies müsse bedeuten, daß Bessarabien verloren war, aber als sie sich eine Zeitung kaufte, verkündeten die Schlagzeilen, daß der Prinz sein Bakkalaureus mit 98,9 von hundert möglichen Punkten bestanden hatte. Der König, obwohl bleich und offensichtlich ängstlich, hatte die Ratsversammlung verlassen, um seinem Sohn zu gratulieren. Überall um sie herum konnte sie die Worte *›bacalaureat‹*, *›printul‹*, *›regeul‹* mit verächtlichem Ärger gesprochen hören, aber es gab keinerlei Neuigkeiten aus Bessarabien.

Als der Sonnenuntergang den Himmel rot und purpurn überzog, wurde die wartende Menge unruhig. Die Zeit verging. Jene auf dem Platz waren hauptsächlich Männer der Arbeiterklasse gewesen. Mit dem Abend erschienen Frauen, deren helle Kleider in der Dämmerung leuchteten. Der erste Hauch kühler Luft lockte die wohlhabenden Rumänen auf die Promenade heraus. Obwohl sie aus Gewohnheit auf der

Calea Victoriei und auf dem Boulevard Carol flanierten, wurden sie immer wieder zum Großen Platz zurückgezogen, der das Zentrum der Spannung darstellte.

Als Guy von der Universität zurückkehrte, sagte ihm Harriet, sie müßten schnell essen und dann hinausgehen, um zu erfahren, was vorging.

In den Straßen hörten sie von Bekannten, daß der König an Hitler appelliert habe, der versprochen hatte, eine persönliche Botschaft zu senden, noch bevor das Ultimatum auslief. Alle waren wieder voller Hoffnung. Innerhalb des Palastes erwarteten der König und seine Minister die Botschaft.

Der König sollte angeblich gesagt haben: »Wir müssen auf den Führer blicken. Er wird uns in der Stunde unserer Not nicht im Stich lassen.«

Die Dunkelheit brach herein. Im Palasthof wurde ein Hornsignal geblasen. Als ob es sich um einen Ruf zu den Waffen handelte, begann ein Mann auf dem Platz, die Nationalhymne zu singen. Andere stimmten ein, aber es waren nur vereinzelte, unsichere Stimmen, und bald verstummten sie. Innerhalb des Palastes wurden die Leuchter angezündet. Jemand rief nach dem König. Man stimmte in den Ruf ein, aber der König erschien nicht.

Der Mond ging auf, sanft und groß, und schwebte über der Stadt. Die ganze Zeit über war das Zuschlagen von Autotüren zu hören, von Menschen, die ankamen und zum Palast gingen. Einer der Ankömmlinge war eine Frau. Sofort verbreitete sich das Gerücht, daß ein Anschlag auf das Leben von Madame Lupescu unternommen worden und daß sie aus ihrer Villa in der Alea Vulpache geflohen sei, um beim König um Schutz nachzusuchen.

Es gab erneut Aufregung bei der Ankunft von Antonescu, einem stolzen Mann, der in Ungnade gefallen war, da er den Führer der Eisernen Garde unterstützt hatte. Es wurde gesagt, daß der General um eine Audienz beim König gebeten hatte, weil er erkannt hatte, daß die Lage verzweifelt war. Die Spannung auf dem Platz nahm zu.

Alle glaubten, nun würde etwas geschehen. Aber nichts geschah, und der General fuhr wieder weg.

Als sie das nächstemal in die Nähe des Athénée Palace kamen, sagte Guy: »Gehen wir rein und trinken etwas.« Falls es überhaupt echte Nachrichten gab, würden sie unmittelbar dorthin gebracht werden.

Die Umgebung des Hotels war mit den Autos aus Bessarabien vollgestopft, viele davon immer noch mit Truhen und Koffern, eingerollten Teppichen und kleinen, wertvollen Möbelstücken beladen. In der Halle, unter den glitzernden Lichtern, waren noch mehr Truhen, Kästen, Teppiche und andere Besitztümer aufgehäuft. Als sich die Pringles ihren Weg hindurch bahnten, sahen sie sich plötzlich Baron Steinfeld gegenüber, einem der Bessarabier, die öfter in Bukarest als auf ihren Ländereien anzutreffen waren. Die Pringles, die ihn nur einmal zuvor getroffen hatten, waren überrascht, als er sie ansprach. Sie hatten ihn für einen charmanten Mann gehalten, aber jetzt war er überhaupt nicht mehr charmant. Sein kantiges, rostbraunes Gesicht war verzerrt, seine großen Zähne entblößt; er sprach mit solch gequälter Wut, daß er seine Worte förmlich hinausschleuderte: »Ich habe alles verloren. Aber auch alles! Mein Gut, mein Haus, meinen Apfelhain, mein Silber, mein ganzes Meißener, meine Aubusson-Teppiche. Sie können sich keine Vorstellung davon machen, was ich alles verloren habe. Sie sehen diese Sachen hier – all dies wurde von denen hierhergebracht, die Glück hatten. Aber ich – ich war in Bukarest, so verliere ich alles. Ihr Engländer, weshalb kämpft ihr gegen die Deutschen? Gegen die Bolschewiken müßt ihr kämpfen. Ihr müßt euch mit den Deutschen vereinen, die gute Menschen sind. Zusammen müßt ihr gegen diese russischen Schweine kämpfen, die mir alles gestohlen haben.«

Schockiert von der Veränderung, die den Baron erfaßt hatte, wußte Guy nicht, was er sagen sollte. Harriet begann: »Bessarabien ist noch nicht verloren...«, hielt aber verwirrt inne, als der Baron zusammenbrach und unter Tränen hervorbrachte: »Ich habe sogar meinen kleinen Hund verloren.«

»Das tut mir leid«, sagte Harriet, aber der Baron hob die Hand und wehrte das Mitleid ab. Was er wollte, waren Taten: »Man muß kämpfen. Gemeinsam müssen wir die Russen vernichten. Seid keine Narren. Schließt euch uns an, bevor es zu spät ist.« Mit dieser dramatischen Anmerkung schob er sich durch die Drehtür nach draußen und ließ die Pringles allein.

Halle und Vestibül waren verlassen. Sogar der Empfangsportier war hinausgegangen, um die Ereignisse auf dem Großen Platz zu verfolgen, aber aus dem Nebenraum kam der Klang englischer Stimmen.

Guy sagte: »Die Journalisten sind zurück in der Bar.«

Die Bar – die berühmte English Bar – war bis vor einem Monat das Reservat der Engländer und ihrer Verbündeten gewesen. Sie hatten den Feind draußen halten können. Dann, am Tag als Calais fiel, war eine riesige Menge deutscher Geschäftsleute, Journalisten und Gesandtschaftsangestellter hereingekommen und hatte von der Bar Besitz ergriffen. Die einzigen anwesenden Engländer – Galpin und sein Freund Screwby – hatten sich vor dieser triumphierenden, aggressiven Bande zurückgezogen und sich in den Hotelgarten begeben. Nun waren sie wieder zurück.

Galpin war einer der wenigen Journalisten, die auf Dauer in Bukarest wohnten. Als Angestellter einer Agentur, der im Athénée Palace wohnte und es selten verließ, beschäftigte er einen Rumänen, der für ihn Nachrichten und Neuigkeiten sammelte und sie ihm ins Hotel brachte. Die anderen Journalisten in der Bar waren von benachbarten Hauptstädten eingeflogen, um über die Bessarabienkrise zu berichten.

Als die Pringles eintraten, bemächtigte sich Galpin ihrer und begann sofort zu beschreiben, wie er an der Spitze der Neuankömmlinge in die Bar marschiert war und dem Barkeeper zugerufen hatte: »Vodka, *tovarish.*«

Wahr oder auch nicht, jedenfalls trank er jetzt Whisky. Er erlaubte, daß Guy ihm sein Glas nachfüllte, dann blickte er zu den niedergedrückt wirkenden Deutschen, die abgedrängt in einer Ecke saßen, und stieß auf das Ultimatum an: »Ein Schlag ins Gesicht der verdammten Boche«, wobei er die russische Aktion offensichtlich als einen englischen Triumph ansah.

Sicherlich, dachte Harriet, sind es eher die Alliierten, die zum Gespött wurden. 1918 hatten sie die Besetzung der russischen Provinz durch Rumänen sanktioniert, und nun, im Jahre 1940, war es ihre Schwäche, die die Russen veranlaßte, sie zurückzufordern.

Als sie anhob, dies auszusprechen, wurde sie vom alten Mortimer Tufton unterbrochen, der herablassend über sie hinweg starrte: »Die Friedenskonferenz von Paris hat nie die Annektierung Bessarabiens anerkannt.«

Tufton, nach dem eine Straße in Zagreb benannt worden war, war eine berühmte Figur auf dem Balkan. Es wurde ihm nachgesagt, daß er kommende Ereignisse riechen könne und immer zur Stelle war, bevor sie eintraten. Er war informiert, trocken, bewußt einschüchternd und hatte das Benehmen eines Mannes, der Ehrerbietung gewohnt war, doch Harriet wollte sich nicht von ihm den Mund verbieten lassen.

»Sie meinen, Bessarabien war niemals wirklich ein Teil von Großrumänien gewesen?«

Sie erweckte, nach außen hin, den Eindruck von Selbstvertrauen, und Tufton, der sie wegen ihres Geschlechts und wegen ihrer Unverfrorenheit kurz abfertigte, antwortete nebenbei: »Man könnte das beinahe so sagen«, und drehte sich von ihr weg.

Nicht überzeugt, aber ohne das nötige Wissen, um gegen ihn anzukommen, suchte sie Unterstützung bei Guy, der sagte: »Die Russen hatten Bessarabien niemals als rumänisches Gebiet anerkannt. Sie sind absolut dazu berechtigt, es zu nehmen.« Und getragen von der plötzlichen, ungewöhnlichen Popularität des Landes, in dem er seine Ideale verwirklicht sah, fügte er hinzu: »Abwarten und Tee trinken. Am Ende wird Rußland diesen Krieg noch gar für uns gewinnen.«

Tufton lachte: »Es wird vielleicht den Krieg gewinnen«, sagte er, »aber nicht für uns.«

Dies war den Journalisten zuviel, die die Idee als lächerlich empfanden, Rußland könne irgendeinen, geschweige denn diesen Krieg gewinnen. Ein Mann, der in Helsinki gewesen war, sprach ausgiebig über das ›finnische Fiasko‹. Dann erzählte Galpin, daß die anerkannte Stärke der russischen Waffen ein einziges Gerücht sei, und beschrieb, wie einer seiner Freunde während des Spanienkriegs bei einer Autofahrt mit einem russischen Panzer zusammengestoßen war, der sich daraufhin verbogen hatte wie ein Pappdeckel.

Guy sagte: »Das ist Unsinn, eine alte Geschichte. Jeder Schreiberling, dem der Stoff ausgegangen war, verbreitete sie.«

Jetzt, wo seine Ideale angegriffen wurden, war er in der Defensive und nicht mehr der Sanfte, sondern gewillt, sich mit jedermann zu streiten. Harriet war bereit, für ihn Partei zu ergreifen, obwohl für sie seine Ideale zu politisch und zu uneigennützig waren; Galpin jedoch zuckte mit den Schultern und erweckte den Eindruck, als ob er die ganze Sache für unwichtig hielt.

Bevor Guy wieder anfangen konnte, unterbrach Mortimer Tufton, der keine Geduld mit den Hirngespinsten unerfahrener junger Leute hatte, mit einer historischen Darlegung der russisch-rumänischen Beziehungen und wies nach, daß ausschließlich der Einfluß der Alliierten Rußland davon abgehalten hatte, den Balkan schon längst zu verschlingen. Rumänien, so sprach er, war von Rußland bei acht verschiedenen Gelegenheiten überfallen worden und hatte eine Reihe ›freundlicher Besetzungen‹ erlitten, von denen keine einzige jemals vergeben oder vergessen worden war. »Tatsache ist«, schloß er, »daß die Freundschaft Rußlands für Rumänien verheerender war als die Feindschaft der restlichen Welt.«

»Das war das zaristische Rußland«, sagte Guy. »Mit den Sowjets ist es eine andere Sache.«

»Sie sind aber keine andere Rasse. Als Beweis dient dieses allerletzte Beispiel ihres Opportunismus.«

Als ihr Blick seine kleinen, eitlen, arroganten Augen traf, die streng auf sie fixiert waren, entschloß sich Harriet ihn für sich einzunehmen, lächelte und fragte: »Wem würden *Sie* denn Bessarabien zusprechen?«

»Hmmm!« äußerte Tufton. Er schaute weg und erweckte den Anschein, als ob er etwas, das sich in seiner Kehle zusammenzog, hinunterschlucken wollte, dann aber, besänftigt durch ihre Aufforderung, dachte er über die Frage nach.

»Rußland, die Türkei und Rumänien streiten sich um genau diese Provinz schon seit fünfhundert Jahren«, sagte er. »Rußland hat sie schließlich 1812 bekommen und sie bis 1918 behalten. Ich schätze, sie hatten sie länger im Besitz als sonst jemand. Das heißt also, wenn ich so darüber nachdenke . . .« Er machte eine Pause, stockte nochmals und verkündete eindrucksvoll: »Ich wäre geneigt, es ihnen zu lassen.«

Harriet lächelte Guy zu, gab den Schiedsspruch damit an Guy weiter, und Galpin nickte bestätigend.

Galpins dunkles, schmales Gesicht hing in Falten über seinem durchscheuerten Kragen. Die Ellenbogen auf der Bar, mürrisch, doch in gehobener Stimmung, hervorgerufen durch die Rückkehr in seine angestammte Position, hielt er mit seinen umherschweifenden Augäpfeln, die so gelb waren, wie der Whisky in seiner Hand, weiterhin Ausschau nach einem Publikum. Beim Trinken stach sein gelbes Handgelenk mit dem Knochen, der einer Eihälfte nicht unähnlich war, nackt aus seinem Anzug hervor, der zerknittert, eingelaufen und voller Asche war. Ein feuchter Zigarettenstummel hing vergessen an der nach vorn geschobenen, weichen Unterlippe und zitterte beim Reden.

»Die Russkis riskieren einiges, wenn sie diese Gebiete gerade jetzt fordern, wo Carol sich für die Achse erklärt hat.«

Guy sagte: »Ich vermute, daß eben diese Erklärung sie dazu veranlaßt hat. Sie stecken ihr Gebiet ab, bevor die Deutschen hier zu stark werden.«

»Möglich.« Galpin schaute unbestimmt. Er spielte gerne den Theoretiker. »Und trotzdem riskieren sie einiges.« Er suchte Tuftons Zustimmung, brummte, als er sie bekam, pflichtete sich selbst bei und fügte hinzu: »Sollten die Deutschen jemals angreifen, würde ich den Russkis keine zehn Tage geben.«

Gerade als sie das russische Kriegspotential diskutierten, in das Guy als einziger Vertrauen setzte, schlängelte sich ein kleiner Mann im heruntergekommenen Baumwollanzug herein, einen alten Filzhut gegen seine Brust gepreßt, und stieß Galpin verstohlen an. Es war Galpins Kundschafter, ein Schatten, der davon lebte, Nachrichten aufzuspüren, deren eine Version er den deutschen Journalisten ins Minerva brachte und deren andere den englischen Journalisten ins Athénée Palace.

Als sich Galpin niederbeugte, wisperte der Kontaktmann ihm ins Ohr. Galpin lauschte mit angespanntem Interesse. Alle warteten darauf zu hören, was ihm gesagt wurde, er aber hatte keine Eile, es ihnen zu erzählen. Mit zynisch amüsiertem Gesichtsausdruck zog er ein Bündel schmutziger Geldscheine hervor und überreichte den Gegenwert eines Sixpence als Lohn, der mit ehrerbietiger Dankbarkeit angenommen wurde. Dann machte er eine Pause und betrachtete die Gesellschaft um sich herum.

»Die ungeduldig erwartete Nachricht ist angekommen«, sagte er schließlich.

»Nun, was ist es?« fragte Tufton ungeduldig.

»Der Führer hat Carol gebeten, Bessarabien gütlich abzutreten.«

»Hah!« Tufton gab einen Lacher von sich, der ausdrücken sollte, er habe dies erwartet. Screwby, Galpins enger Gefährte, fragte: »Ist dies eine Weisung?«

»Weisung? Nichts dergleichen«, sagte Galpin. »Es ist ein Befehl.«

»Damit ist der Fall erledigt«, sagte Screwby traurig. »Keine Aussicht auf eine Keilerei?«

Tufton antwortete voller Hohn: »Rumänien soll es mit Rußland allein aufnehmen? Nicht die kleinste Chance. Ihre einzige Hoffnung wäre die Unterstützung der Achse, falls sie hart bleiben wollen. Aber Hitler hat keinerlei Absichten, gegen Rußland in den Krieg zu ziehen, jedenfalls nicht wegen Bessarabien.«

Die Journalisten tranken aus, bevor sie sich zu den Telefonen in der Halle begaben. Niemand zeigte Anzeichen von Eile. Die Nachricht war schlecht. Rumänien würde sich ohne Kampf unterwerfen.

Als sie das Hotel verließen, waren die Pringles von der Ruhe draußen überrascht. Der Befehl des Führers mußte nun eigentlich allgemein bekannt sein, aber es gab keine Anzeichen von Aufruhr. Falls es öffentliche Unmutsäußerungen gegeben hatte, so waren sie jedenfalls vorüber. Die Stimmung war gedrückt. Ein paar Menschen standen weiterhin vor dem Palast, als ob es noch Hoffnung geben könnte, aber die meisten hatten sich still verzogen, als sie merkten, daß nichts mehr getan werden konnte.

Nach den angespannten Stunden der Ungewißheit hatte die Annahme des Ultimatums wahrscheinlich ebensoviel Erleichterung wie Enttäuschung gebracht. Was immer es sonst noch zu bedeuten hatte, es bedeutete vor allem, daß das Leben in Bukarest weitergehen würde wie zuvor. Niemand würde gezwungen werden, für eine verlorene Sache zu sterben.

Am nächsten Tag versuchten die Zeitungen, das Beste daraus zu machen. Rumänien, schrieben sie, hätte zwar zugestimmt, Bessarabien und die nördliche Bukowina aufzugeben, aber Deutschland hätte versprochen, daß diese Gebiete nach dem Krieg zurückgegeben werden würden. Inzwischen würde Rumänien, dem Wunsch des Führers entsprechend, sich selbst opfern, um den Frieden in Osteuropa zu bewahren. Es sei ein moralischer Sieg, und die Offiziere, die ihre Männer aus den aufgegebenen Gebieten zurückriefen, könnten dies mit geschwellter Brust und erhobenen Hauptes tun.

Die Fahnen waren auf Halbmast. Die Kinos waren angewiesen, drei Tage wegen Staatstrauer geschlossen zu bleiben. Und es gab Gerüchte, daß die rumänischen Offiziere, die nun nach Süden eilten, ihre Einheiten, ihre militärische Ausrüstung und sogar ihre eigenen Familien in panischer Flucht vor den vorrückenden Russen im Stich gelassen hatten. Ende Juni waren Bessarabien und die nördliche Bukowina ein Teil der Sowjetunion geworden.

Als die Pringles das nächstemal wieder in die English Bar kamen, sagte Galpin: »Habt ihr bemerkt, daß die russische Grenze weniger als hundertzwanzig Meilen entfernt ist? Die Schweine könnten mitten unter uns sein, noch bevor wir merken, daß sie überhaupt losmarschiert sind.«

2

Harriet hatte sich vorgestellt, daß sie nach Semesterende die Möglichkeit hätten hinzugehen, wohin sie wollten. Sie sehnte sich danach wegzukommen, wenn auch nur für ein paar Wochen, und zwar nicht nur von der Unruhe der Hauptstadt, sondern auch von ihrer unsicheren Situation. Sie dachte, sie könnten Rumänien vielleicht verlassen. Ein Schiff ging von Konstanza nach Istanbul und weiter nach Griechenland. Erregt von der Aussicht auf eine solche Reise, flehte sie Guy an, der sagte: »Ich fürchte, daß ich gerade jetzt nicht gehen kann. Inchcape hat mich gebeten, einen Sommerkurs zu organisieren. Jedenfalls denkt er, daß im Augenblick niemand von uns das Land verlassen sollte Es würde einen schlechten Eindruck erwecken.«

»Aber niemand verbringt den Sommer in Bukarest.«

»Dieses Jahr werden sie es tun. Die Leute befürchten, in ihrer Abwesenheit könnte etwas geschehen und sie könnten nicht mehr zurückkehren. Tatsächlich haben sich bereits zweihundert Studenten eingeschrieben.«

»Rumänen?«

»Ein paar. Die Juden drängen herein. Sie sind sehr loyal.«

»Ich würde meinen, daß es nicht nur Loyalität ist. Sie möchten sich in englischsprachige Länder absetzen.«

»Du kannst es ihnen nicht verübeln.«

»Ich nehme es ihnen nicht übel«, sagte Harriet, aber in ihrer Enttäuschung hatte sie Lust, jemandem etwas übelzunehmen, und zwar vermutlich Guy selbst.

Nun, da sie Guy besser kennenlernte, begann sie, ihn zu beurteilen. Als sie vor zehn Monaten geheiratet hatten, hatte sie ihn unkritisch als Hort aller Tugenden akzeptiert. Sie hatte keine Einwände erhoben, als Clarence ihn als ›Heiligen‹ beschrieb.

Auch jetzt würde sie keine Einwände erheben, aber sie wußte nun, daß eine Seite seiner Heiligkeit aus menschlicher Schwäche bestand.

Sie sagte: »Ich glaube nicht, daß Inchcape dabei an Sommerkurse gedacht hat. Er hat das Interesse an der Englischen Abteilung verloren. Ich glaube, dies alles ist deine Idee.«

»Ich hab' es mit Inchcape diskutiert. Er stimmte mit mir darin überein, daß man nicht den ganzen Sommer über faulenzen kann, während andere Männer im Krieg kämpfen.«

»Und was hat Inchcape vor zu tun? Ich meine, außer im Büro zu sitzen und Henry James zu lesen?«

»Er ist ein alter Mann«, sagte Guy, indem er die Kritik von sich ebenso wie von seinem Vorgesetzten abwälzte. Seit Professor Inchcape zum Direktor für Propaganda ernannt worden war, hatte Guy die Englische Abteilung geleitet, lediglich mit Hilfe von drei ältlichen Gouvernanten und von Dubedat, einem Volksschullehrer, der durch den Krieg auf den Balkan verschlagen worden war. Geduldig und voller Enthusiasmus machte Guy viel mehr, als von ihm erwartet wurde; aber er war keineswegs überbeansprucht. Er tat, was er tun wollte, und Harriet glaubte, er tat es, um sich die Realität vom Leib zu halten.

Während der Tage von Frankreichs Niederlage hatte er sich in eine Aufführung von *Troilus und Cressida* gestürzt. Jetzt, wo ihre rumänischen Freunde begannen, sie zu meiden, widmete er sich ganz dem Sommerkurs. Er war nicht nur zu beschäftigt, um ihre Vereinsamung zu bemerken, sondern auch zu beschäftigt, um sich darum zu kümmern. Sie wollte ihn des Davonlaufens beschuldigen – aber wie konnte man jemanden beschuldigen, der allem Anschein nach unerschütterlich war angesichts der Gefahr, ein potentieller Märtyrer also?

Es sah so aus, als ob sie es sei, die weglaufen wollte.

Sie fragte: »Wann fangen die Kurse an?«

»Nächste Woche.« Er lachte über ihren resignierenden Ton, legte einen Arm um sie und sagte: »Schau nicht so verdrießlich. Wir werden noch vor Ende des Sommers wegkommen. Wir werden nach Predeal gehen.«

Sie lächelte und sagte: »In Ordnung«, aber sobald sie allein war, ging sie zum Telefon und rief die einzige Engländerin an, die sie hier kannte und die etwa so alt war wie sie, um Trost zu suchen. Es war Bella Niculescu, die wenig zu tun hatte und die gewöhnlich zum Plaudern nur allzu bereit war. Diesen Morgen jedoch war sie gegenüber Harriet kurzangebunden und sagte, daß sie sich zum Ausgehen anziehen müsse. Sie schlug vor, Harriet solle am Nachmittag zum Tee kommen.

Harriet wartete beinahe bis fünf Uhr, bevor sie sich hinaus in die Hitze wagte. Um diese Zeit warfen die Häuser ein wenig Schatten, aber auf dem Boulevard Breteanu, wo Bella wohnte, waren die Gebäude abgerissen worden, um Platz zu schaffen für Apartmenthäuser, von denen nur zwei oder drei fertiggestellt waren, als der Krieg die Arbeiten unterbrach. Die Gehsteige führten ohne Schatten zwischen der weiß gebackenen Erde der leeren Bauplätze hindurch.

Im Sommer war diese Gegend ein Schlafplatz für Bettler und arbeitslose Bauern, und die stauberfüllte Luft übertrug einen seltsam süßlichen, unreinen, doch flüchtigen Geruch, der von der Sonne aus der urin- und kotgesättigten Erde herausdestilliert wurde.

Bellas Wohnblock erhob sich steil vom Boden wie ein Schiffsbug aus dem Wasser. An seiner Flanke hatte ein Bauer eine Hütte zum Verkauf von Gemüse und Zigaretten aufgeschlagen. Mehrere Bettler, die im Schatten der Hütte schliefen, machten einen halbherzigen Versuch sich aufzuraffen und jammerten, als sie Harriets Schritte vernahmen. Einer von ihnen war ihr noch gut bekannt. Sie hatte ihn an ihrem ersten Tag in Bukarest gesehen: ein aggressiver, schlecht gelaunter Bursche, der ihr, als er sie als Ausländerin erkannt hatte, sein eitriges Bein wie eine Drohung entgegengestreckt und sich geweigert hatte, mit dem, was sie ihm gab, zufrieden zu sein. Zu jener Zeit war sie entsetzt gewesen über die Bettler, besonders über diesen. Sie war gerade drei Tage unterwegs gewesen zum östlichen Rand Europas und hatte in ihm ein schlimmes Omen für ihr Leben in dieser fremden, halb orientalischen Stadt gesehen, in die sie durch ihre Ehe geraten war.

Guy hatte gesagt, sie müsse sich an die Bettler gewöhnen, und sie hatte es, auf eine gewisse Weise, getan. Sie hatte sich sogar mit diesem Mann versöhnen können, und er sich mit ihr. Nun gab sie ihm die gleichen Münzen, die ihm ein Rumäne gegeben hätte, und er akzeptierte sie verdrossen, aber ohne zu protestieren.

Die Gerüche des Boulevard drangen nicht bis in den Apartmentblock vor, der voll klimatisiert war. In seiner gemäßigten, geruchlosen Atmosphäre klärte sich Harriets Kopf, und angeregt und fröhlich dachte sie an Bella, die ihr während der leeren Sommermonate, die vor ihr lagen, Gesellschaft leisten konnte. Sie freute sich auf ihr Treffen mit Bella, aber als sie den Salon betrat, merkte sie, daß etwas nicht stimmte. Sie fühlte sich so unwillkommen, daß sie in der Tür anhielt.

»Na, dann nimm Platz«, sagte Bella grob, als ob Harriet im Unrecht wäre, daß sie eine solche Einladung erwartete.

Harriet, die auf dem Rand des großen blauen Sofas saß, sagte: »Es ist wunderschön kühl hier drinnen. Draußen scheint es heißer zu sein, als jemals zuvor.«

»Was erwartest du? Es ist Juli.« Bella zog an einer Klingelschnur und starrte dann ungeduldig zur Tür, als ob sie, die sonst so mit Leichtigkeit plaudern konnte, nun nicht wüßte, wie sie ihren Gast unterhalten sollte.

Zwei Dienerinnen traten ein, die eine mit Tee, die andere mit Gebäck. Bella beobachtete sie und runzelte unzufrieden die Stirn, als sie die Tabletts hinstellten. Harriet, die aus der Fassung gebracht war, wußte ebenfalls nichts zu sagen und betrachtete die erste Ausgabe der Abendzeitung, die neben ihr auf dem Sofa lag. Als die Mädchen gegangen waren, machte sie eine Bemerkung über die Schlagzeile: »Wie ich sehe, soll nun Drucker doch noch angeklagt werden.«

Bella neigte ihren Kopf und sagte: »Ich persönlich würde ihn krepieren lassen. Er gab vor, auf britischer Seite zu sein, aber seine Devisengeschäfte machte er völlig zugunsten Deutschlands. Eine Menge Leute sagen, seine Bank habe das Land ruiniert.« Sie sprach mit Schärfe, aber in einem kultivierten Ton, der Harriet an ihre erste Teegesellschaft erinnerte, wo Bella befürchtet hatte, ihre Gäste könnten sehr anspruchsvoll in Hinsicht auf Familie und Reichtum sein, und wo sie Harriet mit ihrer Affektiertheit überschüttet hatte. Später, nachdem Bella ungezwungener geworden war, hatte sie einen herzhaften Appetit auf Klatsch und Zoten offenbart, an dem Harriet, die eine Freundin brauchte, Gefallen zu finden begann. Nun saß Bella da wie eine große, klassische Frauenstatue in unnatürlicher Haltung und verbarrikadierte sich wieder hinter ihrem besten, versilberten Teeservice. Aus irgendeinem Grund waren sie wieder dort angelangt, wo sie einmal angefangen hatten.

Harriet sagte: »Ich habe Drucker einmal getroffen. Sein Sohn war einer von Guys Studenten. Er war ein warmherziger Mann, sehr gut aussehend.«

»Pah!« sagte Bella. »Sieben Monate im Gefängnis werden sein Aussehen nicht gerade verbessert haben.« Unfähig, überlegenes Wissen zu unterdrücken, nahm sie eine bequemere Haltung ein und nickte wissend: »Er war ein Frauenheld, wie die meisten gutaussehenden Männer. Und das hat ihn auch in gewisser Hinsicht zu Fall gebracht. Hätte ihn Madame nicht für Freiwild gehalten, hätte sie nie versucht, ihn dazu zu überreden, seine Ölaktien zu verkaufen. Als er sie abwies, nahm sie es als persönliche Beleidigung. Sie war wütend. Jede Frau wäre es gewesen. So ging sie zu Carol, der eine Chance witterte, an Bargeld zu kommen, und diese Anklage wegen Handels mit Devisen künstlich aufblies. Drucker wurde verhaftet, und seine Familie türmte.«

Angetan von ihrer eigenen Zusammenfassung der Umstände, die zu Druckers Fall geführt hatten, konnte Bella ein Lächeln nicht unterdrücken. Harriet, die spürte, wie sich die Stimmung entspannte, fragte: »Was glaubst du, werden sie mit ihm machen?«

»Oh, er wird für schuldig befunden werden – selbstverständlich. Seine Ölaktien werden eingezogen werden, natürlich; aber da ist noch das Vermögen, das er in die Schweiz geschafft hat. Carol kann da nicht herankommen, doch falls Drucker es ihm übereignen würde, käme er mit einem blauen Auge davon. Rumänen sind nämlich sehr human.«

Harriet sagte: »Aber Drucker kann es ihm nicht vermachen, das Geld läuft unter dem Namen seines Sohnes.«

»Wer hat dir denn das erzählt?« Bella sprach mit Schärfe,

und Harriet, nicht in der Lage, die Quelle zu verraten, wünschte, sie hätte ihr Wissen für sich behalten.

»Ich hab' es vor einiger Zeit gehört. Guy mochte Sascha sehr gern. Er versuchte herauszufinden, was aus ihm geworden war.«

»Der Junge ist doch sicher mit dem Rest der Familie auf und davon?«

»Nein. Er wurde weggebracht, als sie seinen Vater verhafteten, aber anscheinend befindet er sich nicht im Gefängnis. Keiner weiß, wo er ist. Er ist einfach verschwunden.«

»Was du nicht sagst!« Gewohnt, die alleinige Autorität in Sachen Rumänien zu sein, schaute Bella bei Harriets Erzählung von den Druckers gelangweilt drein, und so wechselte Harriet zu einem Thema über, das bisher immer von Interesse gewesen war. »Wie geht es Nikko?« fragte sie.

Bellas Mann war eingezogen, wie die Mehrzahl der Rumänen, war aber die meiste Zeit auf Urlaub. Es war Bellas Geld, das seine Freiheit erkaufte.

»Er wurde zurückgerufen«, sagte sie traurig. »Sie haben natürlich alle Schiß, wegen Bessarabien.«

Früher hätte Harriet diese Nachricht bei ihrer Ankunft erfahren, und Bella hätte sich darüber eine Stunde lang oder länger beklagt.

»Wo ist sein Regiment zur Zeit?« ermunterte Harriet sie.

»An der ungarischen Front. Diese verdammte Carol-Linie, nicht daß es da irgend etwas gäbe, was irgend jemand eine Linie nennen könnte. Es wäre wirklich toll, wenn die Hunnen einmarschieren würden.«

»Ich nehme an, du kannst ihn zurückbekommen?«

»O ja. Ich werde wieder blechen müssen.«

Bella hatte nichts mehr zu sagen, und Harriet, die versuchte, eine Art Unterhaltung in Gang zu halten, sprach von der sich ändernden Einstellung der Rumänen den Engländern gegenüber und sagte: »Sie behandeln uns wie einen Feind – einen besiegten Feind: schuldig, doch bemitleidenswert.«

»Ich könnte nicht sagen, daß ich es bemerkt hätte«, sagte

Bella zurückhaltend. »Aber natürlich ist es bei mir etwas anderes.«

Es entstand eine lange Pause. Harriet, die von ihren Versuchen ermüdet war, Bellas Widerstand zu durchbrechen, stellte ihre Teetasse nieder und sagte, sie müsse Einkäufe tätigen. Sie erwartete, daß Bella über ihren Aufbruch erleichtert sein würde, doch statt dessen warf Bella ihr einen besorgten Blick zu, als ob zwischen ihnen beiden noch etwas geklärt werden müßte.

Sie gingen gemeinsam in die Halle, wo Harriet einen letzten Versuch unternahm und vorschlug, sie könnten sich zum Kaffee im Mavrodaphne treffen, wie sie es oft getan hatten. »Wie wär's mit morgen früh?« sagte sie.

Bella legte ihre große, weiße Hand an ihre Perlen und starrte auf den karierten Marmorfußboden. »Ich weiß nicht«, sagte sie ausweichend und plazierte ihren weißen Schuh in die Mitte eines schwarzen Quadrats. »Es ist schwierig.«

Da Harriet wußte, daß Bella so gut wie nichts zu tun hatte, fragte sie ungeduldig: »Was ist schwierig? Was ist denn nur los, Bella?«

»Also...« Bella machte eine Pause und betrachtete die Spitze ihres Schuhs, den sie von einer Seite zur anderen drehte. »Als Engländerin, die mit einem Rumänen verheiratet ist, muß ich vorsichtig sein. Ich meine, ich muß an Nikko denken.«

»Aber natürlich.«

»Also, ich glaube, es ist besser, nicht zusammen im Mavrodaphne gesehen zu werden. Und was unsere gegenseitigen Anrufe angeht, ich denke, wir sollten damit aufhören, solange die Dinge sind, wie sie sind. Wahrscheinlich wird mein Telefon überwacht.«

»Bestimmt nicht, die Telefongesellschaft ist britisch.«

»Aber sie beschäftigt Rumänen. Du kennst dieses Land nicht so gut wie ich. Irgendein Vorwand, und sie würden Nikko verhaften, nur um ein Bestechungsgeld zu kassieren und ihn dann wieder freizulassen. So haben sie es immer gemacht.«

»Ehrlich, ich sehe keinen...«, begann Harriet, unterbrach

sich aber, als sie Bellas erbärmlichen Blick sah. Sie sagte: »Aber du wirst mich manchmal besuchen kommen?«

»Ja, bestimmt.« Bella nickte. »Ich verspreche es. Aber ich muß vorsichtig sein. Ich muß sagen, ich wünschte, ich wäre nie in *Troilus* aufgetreten. Es war so eine Art öffentliche Erklärung.«

»Worüber? Über die Tatsache, daß du Engländerin bist? Alle wissen das.«

»Ich bin mir nicht sicher.« Bella zog ihren Fuß zurück. »Mein Rumänisch ist praktisch perfekt. Alle sagen das.« Sie riß ihren Kopf hoch, rot von der Anstrengung, das zu sagen, was sie gesagt hatte, und ihre Augen blickten herausfordernd.

Vor sechs, sogar noch vor drei Monaten hätte Harriet Bellas Ängste verachtet; jetzt konnte sie diese Ängste nachvollziehen. Die Zeit mochte bald kommen, da die Engländer gehen mußten, und Bella würde hier ohne Landsleute zurückgelassen werden. Sie mußte sich für diese Zeit wappnen. Harriet berührte ihren Arm: »Ich verstehe, wie dir zumute ist. Mach dir keine Sorgen. Du kannst mir vertrauen.«

Bellas Gesicht entspannte sich. Mit einem nervösen Kichern nahm sie die Hand von ihren Perlen und legte sie auf Harriets Hand. »Aber ich werde vorbeikommen«, sagte sie. »Ich glaube nicht, daß mich irgend jemand bemerken wird. Und schließlich können sie mich nicht meiner Freunde berauben.«

3

An jenem Abend trafen die Pringles auf ihrem Weg zum Cismigiu Park auf Clarence Lawson.

Clarence war kein Angehöriger der Organisation. Er war vom English Council in die Englische Abteilung abgestellt worden und bei Ausbruch des Krieges mit Inchcape ins Propagandabüro gegangen. Gelangweilt von seiner Arbeit, oder vom Mangel an Arbeit dort, hatte er einen Job in der Verwaltung des Hilfswerks für Polen angenommen, wo er die Flucht internierter polnischer Soldaten organisierte.

Guy sagte zu ihm: »Wir gehen im Park einen trinken. Warum kommst du nicht mit?«

Clarence, ebensogroß wie Guy, aber viel schlanker, ließ traurig den Kopf hängen, als er über diesen Vorschlag nachdachte, und rieb zweifelnd mit der Hand über sein schmales Gesicht: »Ich weiß nicht, ob ich das kann.«

Als er ein klein wenig von ihnen abrückte und so tat, als ob er anderswo etwas Wichtiges zu erledigen hätte, sagte Harriet: »Komm mit, Clarence, ein Spaziergang wird dir guttun.«

Clarence warf ihr einen schrägen, mißtrauischen Blick zu und murmelte etwas von Arbeit. Harriet lachte. Sich seines Verlangens, mit ihr zusammenzusein, bewußt, nahm sie seinen Arm und führte ihn die Calea Victoriei hinauf. Er ging mit und murmelte: »Oh, in Ordnung, ich kann aber nicht lang bleiben.«

Sie gingen durch Menschenmengen hindurch, die den Verlust Bessarabiens akzeptiert hatten und lebhaft wie zuvor waren. Harriet hatte sich an die schnelle Genesung dieser Menschen gewöhnt, die mehr als ein Dutzend Eroberer überdauert und achthundert Jahre Unterdrückung überlebt hatten, aber nun dachte sie, daß sie beinahe selbstzufrieden wirkten. Sie sagte: »Sie scheinen sich selbst zu etwas zu gratulieren.«

»Sie tun's wahrscheinlich«, sagte Clarence. »Das neue Kabinett hat die englisch-französische Garantie für nichtig erklärt. Der neue Außenminister war einmal Führer der Eisernen Garde gewesen. Jetzt wissen sie genau, wo sie stehen. Sie haben sich wahrhaftig Hitler ausgeliefert, und er muß sie nun beschützen. Sie glauben, das Schlimmste sei vorbei, und«, er zeigte auf das Plakat des *Bukarester Tageblattes*, auf welchem stand: FRIEDEN IM HERBST, »die glauben auch, der Krieg sei vorbei.«

Am Eingang des Parks zögerte er und murmelte: »Tja, wißt ihr, ich glaube wirklich, ich ...« Aber als die Pringles weitergingen und seine Launen ignorierten, folgte er ihnen.

Sie kamen von der eleganten Straße in den weniger eleganten Park und gerieten damit vom Trubel in die Stille. Hier, wo der Lärm der Straße verebbte, war nichts anderes zu hören als das Zischen der Rasensprenger. Die Luft war süßlich vom Duft feuchter Erde. Nur ein paar Bauern standen umher und bewunderten das Schauspiel des *tapis vert*. Die einzigen Blumen, die in der Hitze gediehen, waren die Canna Lilien, die nun mit ihren roten, gelben und flammengleichen Farben die prächtige Vielfalt des Abendhimmels widerspiegelten.

Unten am Teich standen die Verkäufer von Sesamkuchen und türkischem Honig, so wie sie den ganzen Tag über dagestanden hatten, schweigend und anspruchslos unter den Kastanienbäumen. Unter den Bäumen führte ein kleiner Durchgang zum Café, das hauptsächlich von Ladengehilfen und kleinen Angestellten besucht wurde. Hier hatte sich Guy mit seinem Freund David Boyd verabredet.

Als sie die sich biegenden Bretter zur künstlichen Insel überschritten, konnte Harriet David an der Brüstung des Cafés sitzen sehen, in Begleitung eines jüdischen Wirtschaftswissenschaftlers namens Klein.

Guy und David hatten sich zuerst im Jahre 1938 getroffen, als sie noch beide Neulinge in Bukarest waren. David, ein Student der Geschichte des Balkans und der Sprachen, hatte gerade Rumänien besucht. Er tauchte im folgenden Winter wieder auf und war zum Spezialisten für rumänische Angelegenheiten der Britischen Gesandtschaft ernannt worden. Beide Männer, Angehörige derselben Generation und von vergleichbarem Körperbau, ähnelten einander im Aussehen, und beide glaubten, daß die Planwirtschaft das einzige Heilmittel für die feudale Mißwirtschaft in Osteuropa darstellte.

Als er die Neuankömmlinge erblickte, sprang Klein auf und kam ihnen zur Begrüßung mit weit ausgebreiteten Armen entgegen. Die Pringles hatten ihn nur zweimal vorher getroffen, aber sofort ergriff Guy, wie ein Bär, den kleinen, untersetzten Mann, und die zwei klopften sich liebevoll auf den Rücken. David schniefte vor Belustigung, als er diese Umarmung beobachtete.

Nachdem er losgelassen wurde, drehte sich Klein aufgeregt herum, um Harriet zu begrüßen, und sein Erröten stieg von den Wangen zum kahlen Kopf. »*Und* Doamna Priiengel!« rief er. »Das ist aber nett.« In seiner Begeisterung wollte er Clarence miteinbeziehen, aber Clarence hielt sich mit einem unbehaglichen Grinsen zurück.

»Zu schön, aber auch *zu schön*!« wiederholte Klein, als er Harriet seinen Stuhl an der Brüstung anbot.

Der Abend war sehr warm. Guy war mit seinem Jackett über dem Arm und hochgerollten Hemdsärmeln unterwegs, ein Zustand der Bekleidung, der von den Rumänen als ungebührlich empfunden wurde. Die Gäste des Cafés, obwohl schäbig, verschwitzt und erst seit einer oder zwei Generationen dem Bauerntum entwachsen, waren alle ordentlich zugeknöpft im dunklen Anzug, der ihren Status dokumentierte. Sie bedachten Guy mit scheelen Blicken, doch Klein zog sein Jackett aus und enthüllte Hosenträger und Armbänder, die die Ärmel seines gestreiften Hemdes hochhielten. Er nahm auch die Krawatte von seinem steifen Kragen ab und lachte über sich selbst, als er sagte: »In diesem Land zieht man sich nicht an, um dann den Rock wieder auszuziehen, aber ich bitte Sie, was soll's?«

Inzwischen war David, der sich zur Begrüßung leicht erhoben hatte, in seinen Stuhl zurückgesunken, um anzudeuten, daß es Zeit war, mit diesen Scherzen aufzuhören und wieder mit ernsthafter Unterhaltung zu beginnen. Stühle wurden gebracht. Jeder hatte schließlich Platz gefunden.

David, dessen Größe durch seinen Leinenanzug, der beim Waschen eingegangen war, noch betont wurde und dessen großes, kantiges Gesicht vor Schweißtropfen glitzerte, schob seine Brille die feuchte Nase hoch und sagte zu Klein: »Sie sagten ...?«

Zur Ordnung gerufen, musterte Klein die Gesellschaft und sagte: »Zu allererst müssen Sie wissen, daß Antonescu ins Gefängnis geworfen wurde.«

»Weil er wieder die Wahrheit gesagt hat?« fragte David.

Klein grinste und nickte.

Harriet wußte nicht, welche Aufgabe David in der Gesandtschaft hatte, und falls es Guy wußte, behielt dieser sein

Wissen für sich. David war oft weg von Bukarest. Er sagte, er würde das Leben der Vögel im Donaudelta studieren.

Inchcape behauptete, daß er David einmal in Brasov in der Verkleidung eines griechisch-orthodoxen Priesters erkannt habe. Er hatte gesagt: »Was zum Teufel treiben Sie da?« und hatte, als der andere vorbeirauschte, die Antwort erhalten: *»Procul, o procul este, profani.«* Ob diese Geschichte und all das, was daraus geschlossen werden konnte, stimmte oder nicht: David, dessen Spezialgebiet die Geschichte des Balkans war, war jedenfalls bekannt für seine Kenntnisse der rumänischen Angelegenheiten aus erster Hand, die er zum Teil von Bekannten wie Klein bezog.

»Das ist vielleicht eine Geschichte!« sagte Klein und bestellte eine weitere Flasche Wein. Während die Gläser gefüllt wurden, machte er eine Pause, aber seine leuchtenden Augen hüpften von einem seiner Begleiter zum anderen. Nachdem der Ober verschwunden war, fragte er: »Wer bin ich? Ein illegaler Einwanderer, aus dem Gefängnis entlassen, um das Kabinett zu beraten? Was weiß ich denn schon? Warum sollten sie mir ihre Aufmerksamkeit widmen? ›Klein‹, sagen sie, ›du bist ein dummer Jude.‹ «

Ziemlich ungeduldig unterbrach David und fragte: »Aber was war die Ursache für Antonescus Verhaftung?«

»Ah, die Verhaftung! Nun – Sie wissen, daß er in der Nacht des Ultimatums zum Palast kam. Er verlangte, den König zu sehen und wurde daran gehindert. Urdureanu verhinderte es. Die zwei Männer wurden handgreiflich. Sie haben das natürlich gehört? Ja, Handgreiflichkeiten innerhalb des Palasts. Ein Riesenskandal.«

»Wurde er deswegen verhaftet?«

»Nicht deswegen, nein. Gestern erhielt er eine Vorladung vom König persönlich. Da er befürchtete, vor Ergriffenheit nicht sprechen zu können, schrieb er einen Brief. Er schrieb: ›Majestät, unser Land zerfällt um uns herum.‹ Nun, hab' ich nicht gesagt, das Land würde zerfallen? Sie erinnern sich, ich beschrieb Rumänien als Person, die großen Reichtum geerbt hat und aus Torheit alles verliert.«

»Was hat Antonescu noch gesagt?« fragte Clarence, und

seine langsame, tiefe Stimme veranlaßte Klein, sich verwundert umzudrehen.

Entzückt darüber, daß Clarence sich am Gespräch beteiligte, fuhr Klein fort: »Antonescu sagte: ›Majestät, ich flehe Sie an, unser Land zu retten‹, und bat den König, er möge sich von den falschen Freunden befreien, die den Thron umringten. Als der König den Brief las, ordnete er umgehend die Verhaftung an. Es ist ein gewaltiger Sieg für Urdureanu.«

Kleins Stimme klang bedauernd, und Guy fragte: »Spielt es eine Rolle? Urdureanu ist ein Gauner, aber Antonescu ist ein Faschist.«

Klein streckte seine Unterlippe hervor und wiegte seinen Kopf von einer Seite zur anderen. »Es ist wahr«, sagte er. »Antonescu unterstützte die Eiserne Garde, aber auf seine Art ist er ein Patriot. Er möchte mit der Korruption aufräumen. Wie er sich verhalten würde, wenn er an der Macht wäre, kann man nicht sagen.«

»Er wäre ein Diktator wie alle anderen«, sagte Guy.

Das Gespräch wandte sich der Kritik der Diktatur des Königs zu, als Clarence plötzlich sagte: »Der König hat seine Fehler, aber er ist nicht ohne Gefühl. Als er erfuhr, daß Bessarabien verloren ist, brach er in Tränen aus.«

»Über die Goldgrube hat er geweint – über die Goldgrube die er ausgeplündert hat – und die er jetzt wieder hergeben muß«, sagte David und prustete vor Freude über seinen eigenen Witz.

»Jeder kann weinen«, sagte Harriet, »in diesem Land bedeutet es nicht viel.«

Clarence warf ihr einen gequälten Blick zu, kippte seinen Stuhl nach hinten, weg von dieser teilnahmslosen Gesellschaft, und sprach schleppend: »Ich bin mir dessen nicht so sicher.«

Nach einer Pause, in der niemand sprach, fügte er hinzu: »Er ist unser einziger Freund. Wenn er geht, gehen wir mit ihm – falls wir Glück genug haben davonzukommen.«

»Das ist wahr«, stimmte David zu, »und wir können uns selbst dazu gratulieren. Hätten wir das Land gegen den König verteidigt statt den König gegen das Land, hätte die Situation hier sehr anders ausgesehen.« Klein streckte seine kurzen, plumpen, hemdsärmeligen Arme aus und strahlte. »Hab' ich Ihnen nicht gesagt, daß es noch spannend werden würde, falls Sie länger blieben? Sie haben noch nicht die Hälfte erlebt. Schon hat das neue Kabinett Vorbereitungen getroffen, Fleisch und Benzin zu rationieren.« Als die anderen ihn erstaunt anblickten, warf er seinen Kopf zurück und lachte: »Dieses neue Kabinett! Noch nie hab' ich soviel gelacht. Zuerst einmal weisen sie die englisch-französische Garantie zurück. Das ist einfach, jeder hat das Gefühl, als ob etwas geleistet worden wäre – aber danach, was tun? Einer hat eine Idee. ›Laßt uns‹, sagt er, ›für jeden von uns einen großen Schreibtisch, einen Drehstuhl und einen schönen Teppich bestellen!‹ ›Gut, gut!‹ stimmen alle zu. Dann erhebt sich der neue Außenminister. Früher war er ein Niemand, jetzt ist er ein großer Mann. Er fordert mich auf, näher zu kommen. Er sagt: ›Klein, gib mir eine Liste unserer Dichter.‹ Ich verbeuge mich. ›In welcher Reihenfolge möchten Sie diese Liste erstellt sehen?‹ fragte ich. ›Manchmal wird so eine Liste entsprechend der Verdienste um die Literatur erstellt. Wie naiv! Welch eine Willkür! Warum nicht entsprechend der Körpergröße, des Gewichts, des Einkommens oder entsprechend des Jahres des Eintritts in den Militärdienst?‹ ›So‹, sagt der Außenminister, ›genauso werden wir es machen: das Jahr, in dem sie ihren Militärdienst leisteten. Ich schlage nun vor, daß diese Dichter Gedichte über den großen Führer der Eisernen Garde, Codreanu, schreiben, der zwar tot ist, aber im Geiste immer noch unter uns weilt. Domnul Premierminister, was halten Sie von dem Vorschlag?‹ ›Hm, hm‹, murmelt der Premierminister. Was soll er sagen? War nicht Codreanu ein Feind des Königs? ›Ich vertrete die Meinung... ich vertrete die Meinung... oh!‹ Er sieht mich und schaut sehr finster. ›Klein‹, sagt er, ›welche Meinung habe ich zu diesem Vorschlag?‹ ›Sie denken, er ist gut, Domnul Premierminister‹, sag' ich ihm.«

Kleins Geschichten gingen weiter. Die anderen waren es zufrieden, ihn reden zu lassen.

Das Abendrot verblaßte. Elektrische Glühbirnen unterschiedlicher Farbe gingen entlang der Balustrade des Cafés an. Ein letzter Glanz, wie von Teerosen, färbte den westlichen Himmel und verlieh der olivfarbenen Dunkelheit des Wassers ein Schimmern. Harriet betrachtete die Bäume auf der anderen Seite des Sees, wie sie sich im Zwielicht zusammenzogen, düster und gewichtig, wie die Bäume auf einem alten Wandteppich.

»Des anderen Tags«, sagte Klein, »kam Seine Majestät hereinmarschiert. ›Ich habe beschlossen‹, sagte er, ›dem Land meine Sommerresidenz in der Dobrudscha zu verkaufen. Es wird quasi ein Geschenk an die Nation sein, denn ich verlange lediglich eine Million Millionen *Lei.*‹ ›Aber‹, ruft der Premierminister aus, ›wenn Bulgarien die Dobrudscha nimmt, wird es den Palast ebenfalls nehmen.‹ ›Was!‹ schreit der König. ›Sind Sie ein Verräter? Niemals wird Bulgarien unsere Dobrudscha nehmen. Wir werden kämpfen, bis der letzte Rumäne tot ist. Ich selbst werde sie anführen auf meinem weißen Pferd.‹ Und alle springen auf und jubeln, und sie singen die Nationalhymne. Aber nachdem alles vorbei ist, stellen sie fest, daß sie den Palast für eine Million Millionen kaufen müssen.«

Harriet, die mit den anderen lachte, hielt ihren Kopf zum See hin gedreht, von dem das Ächzen der Ruder und das Plätschern vorbeiziehender Boote kam.

Sie begann, an England zu denken und an ihren letzten Blick auf die weißen, geschwungenen Klippen, das reine Weiß und Blau des Himmels und die vom Wind gepeitschte See. Sie hätten von dem Anblick gerührt sein sollen, voll des Bedauerns, doch sie kehrten ihm den Rücken zu, erregt von der Veränderung und ihrem zukünftigen Leben zu zweit. Guy sagte, sie würden zu Weihnachten heimkehren. Gefragt, wie sie das Leben nahmen, würden sie geantwortet haben: »Wie es kommen mag.« Zufall und Unsicherheit waren ein Teil davon. Das Letzte, was sie sich für sie gewünscht hätte, wäre ein seßhaftes Leben gewesen. Ihre Einstellung hatte sich geändert. Sie fing an, sich nach Geborgenheit zu sehnen.

»...und dann hielt der neue Premierminister eine große

Ansprache.« Klein erhob die Hand und blickte feierlich in die Runde. »Er sprach: ›Nun ist die Zeit gekommen, die wirklich wichtigen Probleme zu diskutieren. Wir kümmern uns nicht um Nichtigkeiten ...‹, dann, plötzlich, schweigt er. Er deutet auf die Sachen auf seinem Tisch. Seine Augen sprühen Feuer. ›Zigaretten‹, schreit er, ›Pastillen, Mineralwasser, Verdauungstabletten, Aspirin. Auguste‹, ruft er, ›komm sofort hierher. Wie oft muß ich dir noch sagen, was alles auf dem Tisch sein soll? Sprich, Auguste, wo ist das Aspirin? Ah, so! Jetzt spreche ich weiter. Dies, sage ich, ist die Zeit, die wirklich wichtigen Probleme zu diskutieren ...‹.«

Eine Blumen verkaufende Zigeunerin, in ein altes Abendkleid aus resedagrünem Chiffon gehüllt, kam zum Tisch und legte einige kleine, volle Blumensträuße an Davids Ellenbogen. Schweigend hielt sie die Hand auf. Er schob sie auf die Seite und sagte ihr, sie solle gehen. Sie blieb, wo sie war, schweigend wie ein müdes Pferd, das froh ist, stehen zu können und nicht laufen zu müssen, und streckte weiterhin ihre Hand hin. Wenn man sie ignorierte, konnte sie so die ganze Nacht dastehen. »Oh, in Gottes Namen«, sagte David plötzlich in jähem Zorn und gab ihr einige *Lei*. Schüchtern, ironisch grinsend, schob sie die Blumen zu Harriet hinüber.

Der Park lag nun in Dunkelheit. Während des Frühsommers war er erleuchtet gewesen, aber die Lichter waren abgeschaltet worden, als Paris fiel, und danach wurden sie nie wieder angeschaltet. Das schwimmende Café, eine glitzernde Insel auf dem Wasser, zog die Boote an. Obwohl es armselig ausgestattet war, hatte es seinen Anspruch. Bauern in ihrer Tracht waren nicht zugelassen, aber es war ihnen gestattet, die billigen und schäbigen Boote zu mieten. Sie hielten knapp jenseits der beleuchteten Grenze auf dem Wasser an und blickten mit neidvollem Respekt auf die Gäste in ihren Stadtanzügen.

Klein erzählte gerade: »... dann sagte der Premierminister: ›Hier ist der Bericht. Er darf auf keinen Fall dem Herrn Dorf gezeigt werden, Domnul Sekretär. Verstehen Sie?‹ Der Sekretär schreibt quer über den Bericht: Darf keinesfalls Herrn Dorf gezeigt werden. Eine Minute später öffnet sich die Tür, und Herr Dorf kommt herein. Der Sekretär drückt den Bericht an seine Brust. Nie würde er ihn herzeigen, lieber würde er sterben. Aber was macht der Premierminister? ›Nein‹, sagt er, ›Herr Dorf darf den Bericht sehen. Ich spiele immer mit offenen Karten.‹«

Bei Guys Lachen bemerkte die Bootsbesatzung, die am nächsten bei ihnen war, daß hier Ausländer waren. Solch eine Gelegenheit war zu selten, um sie zu verpassen. Ihre Ruder berührten das Wasser, und sie trieben ins Licht. Der Mann auf dem Mittelsitz begann mit einigen einfachen Kunststückchen und schaffte es dann, unbeholfen auf seinen Händen zu stehen. Währenddessen starrten seine Begleiter erwartungsvoll auf die Engländer. Als sie mit der Akrobatik fertig waren, fingen sie an, gemeinsam ein trauriges, kleines Lied zu singen, nachdem sie schüchterne Versuche unternahmen zu betteln. Harriet war die einzige, die die Aufführung wahrgenommen hatte und warf ihnen einige Münzen zu. Sie trieben sich noch eine Weile herum, hofften auf mehr, brachten aber den Mut nicht auf zu fragen und machten sich schließlich davon.

Das Gespräch hatte sich nun dem Drucker-Prozeß zugewandt. Es war Klein gewesen, der Guy die Information über das Verschwinden von Sascha Drucker beschafft hatte. Er zog Grimassen, als ihn die anderen nun über den Prozeß ausfragten, und sagte, er sei nicht sonderlich an diesem Drucker interessiert, »der gut gelebt hatte und dem es nun nicht mehr so gut ging.«

»Werden ihn die Deutschen beschützen?« fragte Guy.

Klein schüttelte den Kopf.

»Da er Geschäfte mit den Deutschen gemacht hatte«, sagte Clarence, »könnte dann der Prozeß nicht als antideutsche Geste interpretiert werden?«

Klein lachte. »Als Geste vielleicht, aber nicht als antideutsche. Sie versuchen zu zeigen, daß Rumänien immer noch ein freies Land ist. Es fürchtet sich nicht vor der Welt, einen reichen Bankier vor Gericht zu bringen. Und der Prozeß lenkt die Menschen ab. Er lenkt ihre Gedanken von Bessarabien ab. Aber die Deutschen, was kümmert es sie? Drucker ist momentan für sie ohne Wert. Ah, Doamna Priien-gel...« Als Klein sich zu Harriet hinbeugte, färbte ein rosafarbenes Licht seine Wangen. »Hab' ich nicht recht? Ich sagte, falls Sie blieben, würde es interessant werden. Immer notwendiger wird es, die Deutschen mit Nahrungsmitteln abzufinden. Glauben Sie mir, der Tag wird kommen, wo dies...« – er berührte die kleinen Teller mit Schafskäse und Oliven, die mit dem Wein gekommen waren – »dies ein Festmahl sein wird. Sie beobachten Geschichte, Doamna Priien-gel. Bleiben Sie, und Sie können ein Land sterben sehen.«

»Werden Sie auch bleiben?« fragte sie ihn.

Er lachte erneut – vielleicht, weil Lachen die einzige Antwort auf das Leben war, so wie er es sah. Zum ersten Mal kam ihr der Gedanke, daß sein Lachen das Lachen eines Mannes war, der nicht ganz normal war.

David fragte ihn ernst: »Können Sie bleiben? Sind Sie hier sicher?«

Klein zuckte die Achseln. »Ich bezweifle es. Die alten Minister sagen zu mir: ›Klein, du bist ein Jude und ein Gauner. Gleiche den Haushalt aus!‹ Und sie scherzen mit mir. Aber die neuen Männer scherzen nicht. Sobald ich nutzlos für sie bin, was werden sie mit mir machen?«

»Fürchten Sie sich nie?« fragte Harriet.

»Aber ich fürchte mich immerzu«, lachte Klein, nahm Harriet bei der Hand und betrachtete sie. »Vielleicht«, sprach er, »sollte Doamna Priien-gel nicht zu lange bleiben.«

Etwa eine Stunde später war Clarence immer noch mit ihnen zusammen, obwohl er seit seiner Bemerkung über den Drucker-Prozeß nichts mehr zu sagen gehabt hatte. Als sie das Café verließen, ließ er Guy mit David und Klein vorausgehen und blieb zurück in der Hoffnung, Harriet würde sich zu ihm gesellen. Sie hatte ihn sehr selten gesehen seit der Party, die für Guys Inszenierung von *Troilus und Cressida* gegeben worden war und bei der sie nicht in der Lage gewesen war, seinen Vorschlag ernst zu nehmen, sie könne mit ihm nach England zurückkehren. Nun war ihre Freundschaft am Ende, wie sie befürchtete, und sie bemerkte, daß sie es bedauerte. Gewöhnlich schweigsam in der Hektik von Streitgesprächen, schätzte sie die Gesellschaft nicht, die Guy so gerne um sich scharte. Mit einem einzelnen Begleiter sprach sie jedoch gern, und als Kind geschiedener Eltern, von denen es keiner als der eigenen Bequemlichkeit dienlich erachtet hatte, ihr ein Heim anzubieten, empfand sie etwas widerwillig Mitleid mit Clarence, dessen Kindheit erbärmlich gewesen war. Sie wollte sein Mißtrauen der Welt gegenüber nicht teilen. Sie hatte ihn aufgezogen, ihn verspottet, aber das Mitgefühl war nichtsdestoweniger vorhanden. Jetzt, wo sie neben ihm ging, spürte sie sein Mißtrauen gegen sie gerichtet. Er hatte sie beschuldigt, ihn zuerst ermutigt und dann zurückgewiesen zu haben – und vielleicht hatte sie das auch getan. Schweigend schritten sie unter den Kastanien dahin, versuchten, den Bauern auszuweichen, die sich hier für die Nacht niedergelassen hatten, und bogen in einen Seitenweg ein, der von aromatischen Bäumen überhangen war, wo die feuchte und kühle Luft gelegentlich von unsichtbaren Blumen parfümiert wurde.

Um ihn zum Reden zu bewegen, fragte sie, ob er sehr beschäftigt sei, obwohl sie wußte, daß er es nicht war. Ziemlich verdrossen antwortete er: »Nein«, und fügte nach einer langen Pause hinzu: »Ich weiß nicht, was ich hier überhaupt mache.«

»Seit Dünkirchen ist im Büro nichts zu tun. Das stört Inchcape wenig, natürlich. Er hat nie viel getan. Was hatten wir schon groß Propaganda zu machen, abgesehen von der Evakuierung des Kanals und dem Verlust Europas?« Er lachte bitter.

»Wie steht's mit den Polen?«

»Die sind praktisch alle weg. Ich hab' mich selbst arbeitslos gearbeitet.«

»Warum gehst du nicht zurück in die Englische Abteilung? Guy braucht Hilfe.«

»Oh!« seufzte Clarence. Sie konnte sich sein Gesicht, nach unten gezogen in schuldbewußter Niedergeschlagenheit, vorstellen, als er sagte: »Ich verabscheue es zu unterrichten. Und die Studenten langweilen mich zu Tode.«

»Was willst du dann machen?«

»Ich weiß es nicht. Vielleicht werde ich in der Gesandtschaft etwas zum Dechiffrieren bekommen.«

»Ich dachte, du haßt die Gesandtschaft und alle Leute darin?«

»Irgend etwas muß man ja tun.«

Clarence, der Abstand von ihr hielt, während sie den schmalen Pfad entlanggingen, inszenierte eine Schau der Gleichgültigkeit ihr gegenüber – eine unglaubhafte Aufführung. Aus reiner Not war sie versucht, eine Geste zu machen, um ihn wiederzugewinnen, aber sie unternahm nichts. Als Romantiker wäre er wahrscheinlich nie mit der prosaischen Kameradschaft zufrieden gewesen, die alles war, was sie anbieten konnte.

Sie näherten sich dem Parktor und konnten den Verkehr der Hauptstraße hören. Clarence verlangsamte seinen Schritt, unwillig – jetzt, wo er angefangen hatte zu reden –, den ermunternden Schutz des Parks zu verlassen, um diesen gegen die Unterbrechungen und das Gestoße auf der Straße einzutauschen.

Er seufzte abermals und sagte nachdenklich: »Ich weiß es nicht!« Er ließ seine Gedanken in die metaphysischen Seitenwege abschweifen, die sein Selbstmitleid und seine Selbstverachtung einsäumten. »Wie viel leichter muß das Leben sein, wenn man über das Etwas verfügt, das einen auf die manische statt auf die depressive Seite hinüberbringt.«

»Du glaubst, es ist lediglich eine Angelegenheit der Chemie?«

»Ja, ist es denn nicht so? Was sind wir anderes als eine Mixtur von Chemikalien?«

»Sicherlich mehr als das.«

Er wollte nicht das Besondere um des Allgemeinen willen verlassen und sagte: »Die Wahrheit ist, daß ich mein gesamtes Leben lang frustriert war. Ich werde daran sterben. Aber ich sterbe ja bereits jetzt. Der Beginn des Todes ist das nachlassende Bedürfnis zu leben.«

»Oh, wir alle sterben bereits«, antwortete ihm Harriet ungeduldig.

»Einige von uns sind lebendig – jedenfalls im Augenblick. Sieh dir Guy an!«

Beide blickten sie nach vorn zu Guy, dessen weißes Hemd durch die Dunkelheit schimmerte. Seine Stimme drang zu ihnen. Er war bei seinem Lieblingsthema – dem Leid der Bauern, dem Leid der Welt. Leid, dachte Harriet, wird noch lange, nachdem sich Guy ins Grab gelegt hat, existieren. Als sie das Wort ›Rußland‹ aufschnappte, lächelte sie.

Clarence hatte es ebenfalls vernommen. In einem hohen, klagenden, wissensdurstigen Ton fragte er, als ob ihm die Frage noch niemals zuvor gekommen sei: »Was ist denn bloß die Grundlage seiner romantischen Liebe zu Rußland?«

»Ich glaube, es ist das Bedürfnis, an etwas zu glauben. Sein Vater war ein Radikaler der alten Schule. Guy war als Freidenker erzogen worden, aber er besitzt eine religiöse Leidenschaftlichkeit. Deshalb glaubt er an Rußland. Das ist wie eine Heimat für kleine Kinder, ganz oben hinter dem blauen Himmel.«

»In Wahrheit«, sagte Clarence, »ist er, wie die Psychologen sagen, einfach der ›rebellische Sohn eines rebellischen Vaters‹.«

Dieser Gedanke war neu für Harriet. Sie wollte später darüber nachdenken, war aber nicht gewillt, Guy von Clarence auf so simple Art abgetan zu sehen. Sie sagte: »Da steckt mehr dahinter als nur dies.« Und wahrscheinlich war es auch so. Als Guy aufwuchs, standen die Mühlen und Minen still. Die Mehrzahl der Männer, die er kannte, lebten wie sein Vater von der Arbeitslosenunterstützung. Er hatte den Abstieg seines Vaters beobachtet, eines hochintelligenten Facharbeiters, der durch Verzweiflung und durch die Krankheit, die mit der Verzweiflung kam, arbeitsunfähig geworden war. Er war über diese Vergeudung menschlicher Energie aufgebracht gewesen und engagierte sich zusehends für die Probleme der ausgebeuteten Region und das Schicksal der ausgebeuteten Menschen.

Leicht spöttisch fuhr Clarence fort: »Und David ist auch so einer. Sie glauben beide, daß der dialektische Materialismus das Leben vollkommen macht.«

Sie sagte: »David ist realistischer und wahrscheinlich dogmatischer.«

»Und Guy?«

»Ich weiß es nicht.« Es entsprach der Wahrheit, sie wußte es nicht.

Sie hatte in Guys Lebensstil den mangelnden Sinn für das Praktikable erkannt, konnte ihn sich aber noch nicht erklären. Sie sagte: »Ich sagte ihm einmal, daß ich, als ich ihn heiratete, geglaubt hatte, den Felsen der Ewigkeit geheiratet zu haben. Ziemlich bald fand ich heraus, daß er zum absoluten Wahnsinn fähig ist. So dachte er zum Beispiel daran, Sophie zu heiraten, nur um ihr einen englischen Paß zu verschaffen.«

Harriets Ton der Kritik veranlaßte Clarence, sofort seine Einstellung zu ändern. Er sagte mißbilligend: »Immerhin ist Guy nicht wie die meisten dieser linken Idealisten. Er redet nicht nur, er tut auch etwas. Zum Beispiel hat er die politischen Gefangenen im Vacaresti-Gefängnis besucht. Eine ziemlich riskante Sache in einem Land wie diesem.«

»Wann hat er das gemacht?« fragte Harriet erschreckt.

»Vor dem Krieg. Er hat ihnen Bücher und Essen gebracht.«

»Ich hoffe, er tut es jetzt nicht mehr?«

»Ich weiß nicht. Er sagt es mir nicht.«

Er hatte es auch Harriet nicht gesagt. Sie stellte fest, daß er sich über ihr Eindringen in seine Aktivitäten ärgerte und verschwiegen sein konnte. Sie ärgerte sich ebenfalls, wenn sie daran dachte, daß er, wenn er nicht zu Hause war – was häufig vorkam – irgend etwas vorhaben könnte.

»Er ist ein Idealist, natürlich«, sagte Clarence.

»Ich fürchte, das ist er wirklich.«

»Du wirst kritisch ihm gegenüber.«

»Es ist nicht etwa, daß ich nicht länger für seine Tugenden dankbar bin, aber sie dehnen sich mir zu weit aus. Er ist zu großzügig, zu nachsichtig, zu bereitwillig. Die Leute glauben, sie können alles von ihm fordern, aber wenn ich ihn brauche, ist er immer woanders.«

»Hättest du etwas Besseres finden können?«

Sie versuchte nicht, diese Frage zu beantworten. Sie hatte

das Gefühl, hereingefallen zu sein, und das zu leicht: vielleicht, weil er so anders war als sie. In ihrer frühen Jugend war sie dürr und ohne Charme gewesen. Sie hatte sich ungeliebt gefühlt und war aggressiv und gleichzeitig zurückgezogen gewesen, und so hatte ihre Tante an ihr herumgenörgelt:

»Warum kannst du dich nicht bei den Leuten beliebt machen? Willst du nicht, daß sie dich mögen?« Ob sie es wollte oder nicht, sie lernte früh, es nicht zu erwarten. Machte sie eine Anstrengung zu gefallen, erschien es ihr, als ob sie nicht Liebe, sondern Mißtrauen erweckte. Da sie selbst in der Welt nicht zurechtkam, mußte sie jemanden finden, der an ihrer Stelle erfolgreich war. Und wer war besser geeignet als Guy Pringle, diese große, gemütliche, großzügige und umarmenswerte Person? Aber sie hätte die Warnsignale sehen können. Da war zum Beispiel die Tatsache, daß er wenig Besitz hatte. Sie hatte das auf die Armut geschoben, erfuhr aber bald, daß er alles, was er bekam, schnell wieder verlor. Sie gewann den Verdacht, daß er Besitz als Bürde empfand. Besitz definierte seinen Besitzer und schränkte ihn somit ein. Guy wollte nicht definiert oder eingeschränkt oder von jemandem besessen werden.

Es gab, mußte sie sich eingestehen, eine gefühlsmäßige Scheu um Guy, aber sein Ausweichen hatte einen tieferen Grund. Und doch, wie Clarence gefragt hatte, was konnte sie Besseres finden? Sie stellte sich ein ähnliches Wesen vor, jemanden, den sie erreichen konnte, der ihr eigener Besitz war, ein Kind, vermutete sie. Das mochte ihr eines Tages gestattet sein, aber Guy bestand darauf, daß im Augenblick ihre Umstände für ein Kind zu unsicher seien. War das ein Grund oder eine Ausrede? Schließlich sind Kinder ein Besitz. Auch sie definierten ihren Besitzer und schränkten ihn ein.

Inzwischen sagte Clarence: »Ich glaube an Guy. Ich glaube, du hattest Glück, ihn zu finden. Er ist integer, aber ich vermute, das ist genau das Problem. Du versuchst, diese Integrität zu zerstören.«

»Was meinst du damit?«

»Du stopfst ihn mit bürgerlichen Ideen voll. Du bist daran schuld, daß er sich täglich badet und sich die Haare schneidet.«

»Er muß erwachsen werden«, sagte Harriet. »Hätte er mich nicht geheiratet, hätte er wahrscheinlich sein Leben als ewiger Student vergeudet und aus dem Rucksack gelebt. Ich glaube, er war mir sogar dankbar für die Ausrede zum Kompromiß.«

»Das ist genau der Punkt. Durch Kompromisse wird man korrumpiert. Schau mich an. Ich habe eine teure Schule besucht, wo ich geschlagen wurde wie ein wildes Tier. Ich wollte aufbegehren, hatte aber nicht den Mut. Ich wollte in Spanien kämpfen und hatte nicht den Mut. Ich hätte die Wahl gehabt, jeden Beruf zu ergreifen: Ich hab' keinen gewählt. Das war ein Aufstand gegen meine Selbstachtung – und führte zu nichts. Ich hab' einen Kompromiß geschlossen und wurde korrumpiert.«

»Ich denke, es wäre immer dasselbe gewesen, was auch geschehen wäre. Du bietest dich selbst der Korruption an.«

Er bedachte ihre Worte einige Augenblicke in Schweigen und schloß dann: »Jedenfalls bin ich verloren. Ich enttäusche jeden. Ich würde sogar Guy enttäuschen.«

»Das bezweifle ich.«

»Warum bist du so sicher?«

»Du bedeutest ihm nicht genug.«

»Hah!« rief Clarence in düsterer Befriedigung, als sie ihn auf diese Weise herabsetzte.

Die anderen hatten am Tor angehalten. Als sie Clarence und Harriet kommen sahen, waren sie gerade dabei hindurchzugehen; da stürzte jemand aus dem Schatten auf sie zu und sprach sie an. David und Klein gingen weiter, aber Guy blieb stehen und sprach mit dem Fremden.

Clarence fragte voller Abneigung: »Welche lahme Ente hat Guy nun wieder aufgelesen? Einen Bettler?«

»Er sieht nicht nach einem Bettler aus«, sagte Harriet. Trotz ihrer Meinungsverschiedenheit waren sie und Clarence sofort in ihrer Mißbilligung von Guys Bereitschaft vereint, sich von jedem, aber auch jedem, ansprechen zu lassen.

Sobald sie in Hörweite waren, rief Guy aufgeregt Harriet zu: »Wer glaubst du, ist das?«

Harriet wußte es nicht und konnte keinen Grund zur Aufregung sehen. Der Mann, der ihr durch nichts vertraut erschien, trug die heruntergekommene, dreckige Uniform eines Wehrpflichtigen. Als sie aus der Entfernung ihn sich bewegen sah, dachte sie, er sei jung. Jetzt, im schwachen Licht der Hauptstraße, machte er den Eindruck der Gebrechlichkeit, erzeugt von Armut und hohem Alter.

Er war groß, skelettartig, schmalschultrig und gebeugt wie ein Schwindsüchtiger. Sein Kopf, grauweißlich, mit eingefallenen Wangen zu beiden Seiten der hervorstehenden Nase, hätte wie der Kopf einer Leiche gewirkt, wären nicht die eng zusammenstehenden, dunklen Augen auf sie gerichtet gewesen, lebendig in ihrer qualvollen Angst und Not.

Sie war abgestoßen von solch großem Elend. Sie wollte sich dem Anblick entziehen. Sie schüttelte den Kopf.

»Aber Darling, das ist Sascha Drucker.«

Sie wußte nicht, was sie sagen sollte. Sascha war der wohlgenährte, gutgekleidete Sohn eines reichen Mannes gewesen, als sie ihn das letztemal vor neun Monaten gesehen hatte. Nun roch er nach Tod.

»Was ist ihm zugestoßen? Wo war er gewesen?«

»In Bessarabien. Als sie seinen Vater verhafteten, wurde er zum Militärdienst eingezogen. Er wurde an die Front geschickt. Als die Russen einmarschierten, sind die rumänischen Offiziere abgehauen. In dem Durcheinander konnte Sascha fliehen. Seitdem ist er auf der Flucht. Er verhungert. Darling, er muß mit uns kommen.«

»Ja, natürlich.«

Zu schockiert, um irgend etwas anderes zu sagen, entzog sie sich der Ausstrahlung von Saschas Verzweiflung und ging bestürzt mit Clarence davon. Wenn Sascha beköstigt war, wohin würde er gehen?

Als sie den Platz in Richtung des Pringleschen Blocks überquerten, bat Harriet, die die Gegenwart eines anderen brauchte, um die Last von Saschas Zustand zu teilen, Clarence, mit hereinzukommen.

»Wirklich nicht«, sagte er und wies damit jeden Versuch, Verantwortung zu teilen, von sich.

»Was, um Himmels willen, sollen wir mit dem Jungen machen?« fragte sie hilfesuchend, aber an diesem Abend konnte sie von Clarence weder Hilfe noch Mitgefühl erwarten. Er lachte: »Steck ihn mit Yakimov zusammen«, und machte sich davon.

In der Küche gab es nichts zu essen außer Brot und Eiern. In dieser Hitze, in einem Land, in dem Kühlschränke so gut wie unbekannt waren, mußten frische Lebensmittel täglich gekauft werden. Während sie ein Omelett zubereitete, konnte sie aus dem winzigen Raum nebenan das Schnarchen von Despina, dem Dienstmädchen, und von deren Mann hören.

Während Sascha das Omelett in schüchterner Eile verzehrte, kam etwas Farbe in sein Gesicht. Er sah, dachte Harriet, wie ein vom Sturm gebeutelter Schößling aus. Sie hatte Sascha als dunklen, sanften, behüteten Jungen in Erinnerung, als Liebling einer großen Familie, der das liebenswürdige und arglose Wesen eines Haustiers hatte. Wenn er sie jetzt anschaute, tat er dies mit den wachsamen Augen des Gejagten.

Guy saß ihm gegenüber, beobachtete und verzog sein Gesicht vor Sorge um den Jungen. Er war von Saschas Zustand tief bewegt. Er wandte sich an Harriet und sagte in dem einschmeichelnden Ton, der inzwischen ihren Argwohn erweckte: »Wir können ihn doch irgendwo unterbringen, nicht wahr? Er kann doch bleiben?«

Sie sagte: »Ich weiß nicht«, erzürnt darüber, daß Guy vor anderen in dieser Weise mit ihr sprach. Sie fühlte, daß die Gegebenheiten dieser Situation zwischen ihnen beiden besprochen werden sollten, bevor irgendwelche Entscheidungen getroffen wurden. Wohin, zum Beispiel, sollte man Sascha stecken?

Sascha selbst saß schweigend da. Unter gewöhnlichen Umständen hätte er sicherlich Widerstreben gezeigt, sich ihrer Gastfreundschaft in dieser Art aufzudrängen, aber jetzt waren sie seine einzige Hoffnung. Als er gegessen hatte, sah er sie mit qualvoller Leere an.

Guy bot ihm einen Sessel an. »Mach dir's bequem.«

Sascha rutschte schüchtern hin und her, ohne sich zu erheben. »Ich würde diesen Holzstuhl bevorzugen. Sie müssen wissen... ich habe Läuse.«

»Wollen Sie ein Bad nehmen?« sagte Harriet.

»Ja, bitte.«

Als sie ihm Handtücher gegeben und ihm das Badezimmer gezeigt hatte, kehrte sie ins Zimmer zurück und sagte ohne Umschweife zu Guy: »Wir können ihn unmöglich hierbehalten. Unsere Lage ist unsicher genug. Was passiert, wenn sie entdecken, daß wir einen Deserteur beherbergen, noch dazu Druckers Sohn?«

Guy starrte sie an und fragte mit Leidensmiene: »Wie können wir ablehnen? Er kann nirgendwo anders hin.«

»Hat er keine anderen Freunde?«

»Keinen, der es wagen würde, ihn aufzunehmen. Er ist am Ende. Wir können ihn nicht auf die Straße setzen. Wir müssen ihn hier schlafen lassen, jedenfalls heute nacht.«

»Und wo?«

»Auf dem Sofa.«

»Und Yakimov?«

Guy war verwirrt. Ein wenig aufbrausend, sagte er: »Oh, Yaki ist in Ordnung.« Aber er wußte, daß Yakimov nicht in Ordnung war. Sie trauten ihm nicht.

Als Harriet die Bestürzung auf Guys Gesicht sah, tat er ihr leid, aber in diese Sackgasse war er selbst geraten. Er hatte Harriet gegen ihren Willen überredet, Yakimov aufzunehmen; und sie konnte sich eines gewissen Gefühls der Befriedigung nicht entziehen, als sie darauf wartete, daß er eine Lösung anbot. Er hatte keine anzubieten.

Unglücklich fragte er: »Fällt dir jemand ein, der ihn aufnehmen würde?«

»Und dir?« Es gab eine lange Pause, während der Guys Gesicht noch besorgter wurde, dann sagte sie: »Du könntest Yakimov bitten zu gehen.«

»Wohin könnte er gehen? Er besitzt keinen Penny.«

Während des nachfolgenden Schweigens dachte Harriet über ihre Verschiedenheit nach. Guy wollte Sascha in der

Wohnung behalten, ohne irgendeinen Gedanken an die Probleme zu verschwenden, die dies mit sich bringen würde. Sie hingegen war sich der Schwierigkeiten überdeutlich bewußt. Falls es allein nach Guy gegangen wäre, hätte es keinerlei Probleme gegeben. Er hätte Yakimov vertraut, und Yakimov hätte sich möglicherweise als vertrauenswürdig herausgestellt. Gleichzeitig war sie verärgert, da sie seine Bereitschaft, Sascha aufzunehmen, als Symptom einer geistigen Flucht ansah – der Flucht aus der undramatischen Verantwortung gegenüber einer einzigen Person, einer Verantwortung, wie sie in einer Ehe nun einmal gegeben war.

Guy warf ihr einen flehentlichen Blick zu, als ob sie eine Lösung offenbaren könnte, wenn sie nur wollte. Und es gab eine Lösung. Sie erbarmte sich schließlich und sagte: »Da gibt es so etwas wie ein Zimmer oben auf dem Dachboden, eine zweite Bedienstetenkammer.«

»Sie gehört uns?«

»Sie gehört zur Wohnung. Wir könnten sie aber nicht benutzen, ohne es Despina zu sagen. Sie bewahrt einige ihrer Sachen dort auf.«

»Darling!« In seiner Erleichterung glühte sein Gesicht vor liebevollem Entzücken. Er sprang auf und nahm sie heftig in die Arme. »Was für eine Frau! Du bist wunderbar!«

Das, dachte sie, ist ja alles sehr schön: »Er kann aber nur für eine Nacht bleiben. Du mußt woanders jemand für ihn finden. Ich bin mir nicht sicher, ob wir Despina trauen dürfen.«

»Natürlich können wir Despina trauen.«

»Was veranlaßt dich, das zu glauben?«

»Sie ist eine anständige Seele.«

»Na, wenn du glaubst, es ist in Ordnung, mußt du sie wekken. Sie weiß, wo das Zimmer ist. Ich nicht.«

Guy war gerade im Begriff, zu Sascha zu gehen, um ihm zu sagen, daß alles in Ordnung sei, zögerte, völlig überrascht, eine derart lästige Aufgabe übertragen zu bekommen.

»Weck du sie auf«, schmeichelte er, aber sie schüttelte den Kopf.

»Nein, du mußt sie wecken.«

Als er widerstrebend zur Küche ging, wollte sie schon sagen: ›In Ordnung, ich tu's‹, aber sie hielt sich zurück und war zum erstenmal in ihrer Ehe standhaft.

4

Yakimov hatte den Pandarus in Guys Aufführung von *Troilus und Cressida* gespielt. Jetzt, wo das Stück vorüber und sein Triumph vergessen war, litt er unter einem Gefühl des Absturzes aus lichten Höhen und unter Unzufriedenheit. Guy, der ihn die ganze Zeit lang gehätschelt hatte, hatte ihn nun verlassen. Und was habe ich jetzt von all den Stunden, fragte er sich, die ich bei den Proben zugebracht habe? Nichts, überhaupt nichts.

Er ging in der immer stärker werdenden Mittagshitze zu Fuß durch die Calea Victoriei, und sein trauriges Kamelsgesicht triefte vor Schweiß; er trug einen Panamahut, einen Anzug von gerippter Seide, ein pinkfarbenes Seidenhemd und eine Krawatte, die einstmals die Farbe von Parmaveilchen hatte. Seine Kleidung war sehr schmutzig. Der Hut war zerknautscht und altersgelb. Sein Jackett war zerknittert und braun unter den Achseln und so weit eingelaufen, daß es ihn wie ein Stützkorsett zusammenhielt.

Im Winter hatte er durch die Löcher in seinen Schuhen die Kanten des gefrorenen Schnees spüren können; jetzt spürte er, ebenso schmerzhaft, die Weißglut der Steinfliesen. Ständig an den Straßenrand gedrängt vom Trubel um ihn herum, spürte er den warmen Wind der Autos, die an seinem Ellenbogen vorbeifuhren. Er war nervös von dem Klingeln der Straßenbahnen, dem Blitzen der Windschutzscheiben, dem Getöse der Hupen und vom Kreischen der Bremsen – und das alles zu einer Zeit, in der er sich normalerweise sicher im Schutz des Schlafs hätte befinden sollen.

Er war diesen Morgen vom erbarmungslosen Klingeln des Telefons geweckt worden. Obwohl er aus dem Stand der Sonne schloß, daß es nicht später als zehn sein konnte, war offenbar sogar Harriet schon ausgegangen. Naßgeschwitzt und träge lag er unter einer einzigen Decke, ohne die Kraft, sich zu bewegen und wartete, daß das Klingeln aufhören würde. Es hörte nicht auf. Es marterte ihn solange, bis er sich schließlich aufraffte und feststellte, daß der Anruf für ihn war. Der Anrufer war sein alter Freund Dobbie Dobson von der Gesandtschaft.

»Nett, deine Stimme zu hören«, sagte Yakimov. Er machte es sich bequem in der Vorfreude auf eine angenehme Unterhaltung über ihre gemeinsamen Tage bei *Troilus,* aber Dobson hatte, wie jeder andere auch, das Stück längst vergessen.

»Hör mal, Yaki«, sagte er, »wegen dieser Transitvisa...«

»Welcher Transitvisa, alter Junge?«

»Du weißt, wovon ich rede.« Dobson sprach mit der Gereiztheit eines gutmütigen Mannes, der über das erträgliche Maß hinaus genervt war. »Jeder britische Staatsangehörige ist verpflichtet, in seinem Reisepaß gültige Transitvisa zu haben, wegen der Möglichkeit einer plötzlichen Evakuierung. Der Konsul hat es überprüft und herausgefunden, daß du keine hast.«

»Sicher, mein Junge, das war doch keine ernst zu nehmende Anordnung? Es gibt keinen Grund zur Aufregung.«

»Eine Anordnung bleibt eine Anordnung«, sagte Dobson, »ich habe für dich Entschuldigungsgründe vorgetragen, aber Tatsache ist, daß du zwangsweise nach Ägypten verbracht werden wirst, wenn du dir die Visa nicht heute noch beschaffst.«

»Mein lieber Junge! Aber ich hab' keinen Pfennig.«

»Sag ihnen, daß ich das übernehme. Ich werde die Kosten von deiner nächsten Überweisung abziehen.«

Bevor Yakimov diesen Morgen die Wohnung verließ, kam ihm die Idee, sich umzusehen, ob er etwas Brauchbares für sich finden könnte. Guy ging sorglos mit Geld um. Mehr als einmal hatte Yakimov Geldscheine aufgehoben und behalten, die sein Gastgeber mit dem Taschentuch herausgezogen und verloren hatte. Nie zuvor hatte er gezielt nach Geld gesucht, aber jetzt, in seiner mißlichen Lage, fühlte er, daß ihm Guy alles schuldete, was er nur finden konnte. Im Schlafzimmer der Pringles durchsuchte er Hosen und Handtaschen, fand aber nichts. Im Wohnzimmer zog er die Schubladen des Schranks und des Schreibtisches heraus und verbrachte einige Zeit damit, durch die Kontrollabschnitte von Guys alten Scheckbüchern zu gehen, die die Einzahlungen registrierten, die für hiesige Juden in Banken in London gemacht wurden. Angesichts der Tatsache, daß Drucker seinen Prozeß aufgrund einer formellen Anklage wegen Schwarzmarktgeschäften erwartete, zog er die Möglichkeit einer Erpressung in Erwägung. Aber die Chancen waren nicht sehr gut. Schwarzhandel war so weit verbreitet, daß die Juden ihn sogar jetzt noch auslachen würden.

Im kleinen Mittelschub des Schreibtisches stieß er auf einen versiegelten Umschlag mit der Aufschrift ›Streng geheim‹. Dies erregte ihn auf der Stelle. Er war nicht der einzige, der geneigt war, den Verdacht zu hegen, daß Guys Beschäftigung in Bukarest nicht so harmlos war, wie es den Anschein erweckte. Liebenswürdig, sympathisch, leicht zu durchschauen, würde Guy, nach Yakimovs Meinung, einen idealen Agenten abgeben.

Der Umschlag des Kuverts, das nur unvollständig versiegelt war, öffnete sich, als er es berührte. Darin war die Zeichnung eines Querschnitts durch – was? Durch ein Rohr oder einen Brunnen. Er hatte in der English Bar soviel über Sabotage reden hören, daß er auf eine Ölquelle tippte. Eine Engstelle im Rohr war mit ›Detonator‹ markiert. Es handelte sich hier um eine einfache Darstellung, wie und wo der Amateursaboteur sein Gelatinedynamit plazieren sollte.

Das war ein Fund! Er versiegelte den leeren Umschlag aufs neue und legte ihn zurück, steckte aber den Plan in die Tasche. Er wußte noch nicht, welchen Nutzen er später daraus ziehen würde, aber es würde ihm Vergnügen bereiten, ihn in der English Bar herumzuzeigen als Beweis dafür, welch gefährliche Aufgaben ihm von König und Vaterland abverlangt wurden. Er verspürte einige Momente der Erheiterung. Dann aber, als er sich auf den mühseligen Marsch zu den Konsulaten machte, war der Plan vergessen und die Heiterkeit dahin.

Die Konsulate, von den Zeitumständen profitierend, verlangten hohe Preise. Yakimov, angewidert von dem Gedanken, Geld auf solche Dinge zu verschwenden, erhielt Visa für Ungarn, Bulgarien und die Türkei. Es fehlte nur Jugoslawien, das Land, das ihn vor neun Monaten hinausgeworfen und sein Auto wegen seiner Schulden beschlagnahmt hatte. Widerwillig betrat er das Konsulat, händigte seinen Paß aus, und – er hatte es nicht besser erwartet – man ließ ihn eine halbe Stunde lang warten.

Als der Beamte den Paß zurückgab, machte er eine Bewegung, als ob er einen Rollo herablassen würde. »*Zabranjeno*«, sagte er.

Man hatte Yakimov das Visum verweigert.

Er hatte immer den Gedanken im Hinterkopf gehegt, daß er, wenn er genug Geld borgen könnte, um seine Schulden zu bezahlen, die Herausgabe seines Hispano-Suiza betreiben würde. Nun begriff er, daß sie ihn genau davon abhalten wollten.

Als er die Calea Victoriei hinunterschlenderte, wuchs seine Empörung in ihm wie nervöse Magenbeschwerden. Er begann, über sein Auto nachzugrübeln – das Abschiedsgeschenk seiner lieben alten Freundin Dollie; das letzte Andenken – abgesehen von seiner zerfallenden Garderobe – an ihr wunderbares Leben zu zweit. Plötzlich verwandelte sich der Verlust in Schmerz. Er beschloß, Dobson zu besuchen. Aber zuvor mußte er sich mit einem Drink trösten.

Während der Proben hatte ihm Guy, um ihn bei Laune zu halten, Drinks im Doi Trandafiri spendiert, aber Guy war eine naive Seele. Er trank Bier und *ţuică* und sah keine Veranlassung, warum Yakimov nicht dasselbe tun sollte. Yakimov hatte sich nach der eleganten Atmosphäre der English Bar gesehnt. Sobald die Aufführung vorüber war, war er in die Bar zurückgegangen, in Erwartung von Ehre und Applaus. Was er dort vorfand, bestürzte ihn. Nicht nur, daß sein Erscheinen ignoriert wurde, es wurde von Fremden ignoriert. Die Bar war voller, als er sie jemals vorher erlebt hatte. Sogar die Luft hatte sich verändert und roch jetzt nicht mehr nach Zigaretten, sondern nach Zigarren.

Er bahnte sich seinen Weg hinein und hörte, wie an allen

Ecken und Enden Deutsch gesprochen wurde. Gott sei mir gnädig, Deutsch in der English Bar! Er reckte den Hals, um Galpin oder Screwby zu entdecken, aber es dämmerte ihm bald, daß er der einzige Engländer im Raum war.

Er versuchte, die Bar zu erreichen, wurde aber mit offener Feindseligkeit abgedrängt. Als er einen großgewachsenen Mann mit »Ruhig, mein Junge!« anhauchte, stieß ihn das Muskelpaket mit einem verärgerten *»Verfluchter Lümmel!«* zur Seite.

Yakimov bemerkte, daß er sich allein auf vom Feind besetztem Gebiet befand, und wollte sich gerade davonmachen, als er Prinz Hadjimoscos am entfernten Ende der Bar bemerkte.

Der Rumäne, der mit seinem wächsernen Gesicht, seinem feinen, schwarzen Haar und seinen schwarzen Augen an eine kleine, mongoloide Puppe erinnerte, stand auf Zehenspitzen in seinen weichen Kinderschuhen und lispelte auf deutsch einem Begleiter etwas zu. Erleichtert und erfreut, ein bekanntes Gesicht zu sehen, rannte Yakimov nach vorn und ergriff ihn beim Arm. »Mein lieber Junge«, rief er aus, »wer *sind* all diese Menschen? So viele Deutsche in der Bar! Sie werden bald eine Volksabstimmung verlangen.«

»Sie haben ebensoviel Anrecht, hier zu sein wie Sie. Tatsächlich sogar mehr, denn sie haben uns nicht verraten. Persönlich finde ich sie ganz reizend.«

»Oh, genau wie ich, alter Junge«, versicherte ihm Yakimov. »Hatte eine Menge Freunde in Berlin '32«, und wechselte zu einem interessanteren Thema über: »Haben Sie zufällig das Stück gesehen?«

»Das Stück? Meinen Sie die Wohltätigkeitsveranstaltung im Nationaltheater? Man hat mir erzählt, Sie hätten ziemlich albern gewirkt.«

»Bin hineingezwungen worden, alter Junge«, entschuldigte sich Yakimov und wußte sich verachtet, da er den Verhaltenskodex der Müßiggänger verletzt hatte. »Der Krieg, wissen Sie. Pflichterfüllung und so.«

Hadjimoscos zog die Lippen nach unten. Ohne weiteren Kommentar ging er fort, um eine gewinnträchtigere Gesellschaft zu finden. Er schloß sich einer deutschen Gruppe an und wurde zu einem Drink eingeladen. Yakimov sah voller Neid zu und fragte sich, ob er, Sohn eines russischen Vaters und einer irischen Mutter, andeuten könnte, daß seine Sympathien mit dem Reich seien. Er verscheuchte den Gedanken aus seinem Hirn. Die britische Gesandtschaft hatte zwar hier ihre Macht verloren, leider aber nicht über ihn.

Nun war die English Bar wieder sie selbst. Die englischen Journalisten hatten sich erneut etabliert, und die Deutschen, gelangweilt von den Rangeleien, strömten zurück ins Minerva. Die paar, die zurückgeblieben waren, verloren langsam ihre Dreistigkeit.

Hadjimoscos war wieder bereit, Yakimovs Gesellschaft zu akzeptieren, wenn auch mit Vorsicht. In einer englischen Gruppe schloß er sich ihm nicht an – das wäre eine zu eindeutige Aussage in einer sich verändernden Welt gewesen – aber wenn Yakimov Geld hatte, stellte er sich mit ihm ins Niemandsland und half ihm, es auszugeben.

Yakimov, obwohl nicht nachtragend von Natur, fühlte sich gelegentlich ein wenig betroffen von diesem Benehmen. Erfahrener Schnorrer, der er war, war er bei weitem nicht so routiniert wie Hadjimoscos. Hatte er Geld, gab er es aus. Hadjimoscos, ob er welches hatte oder nicht, gab es nicht aus. Mit seiner sanft hinterhältigen und anschmiegsamen Art beeinflußte seine Gegenwart die Männer, wie es die Gegenwart einer Frau tat. Sie erwarteten nichts von ihm. Indem er lange genug umherstand, erst auf dem einen Fuß, dann auf dem anderen, blieb er so geduldig und so nachdrücklich anwesend, daß ihm jene, an die er sich angehängt hatte, Drinks spendierten und sich so die Freiheit erkauften, ihn zu ignorieren.

Als Yakimov diesen Morgen die Bar betrat, sah er Hadjimoscos mit seinem Freund Horvath und Cici Palu, die alle mit leeren Gläsern darauf warteten, daß sie jemand ihnen nachfüllte.

Er kaufte sich seinen eigenen Drink, bevor er sich ihnen näherte. Als er sah, wie sie den Whisky in seiner Hand beäugten, begann er aus Selbstverteidigung, sich über die hohen

Kosten der Visa zu beschweren, die er zu kaufen gezwungen war. Hadjimoscos, bösartig lächelnd, glitt einen Schritt nach vorn und legte seine Hand auf Yakimovs Arm. »*Cher prince*«, sagte er, »was spielt es schon für eine Rolle, wofür man sein Geld ausgibt, solange man es für sich selbst ausgibt!«

Palu wieherte. Horvath blieb ausdruckslos. Yakimov wußte, hatte es immer gewußt, daß sie seine Gesellschaft nicht schätzten. Sie mochten sich nicht einmal gegenseitig. Sie standen beieinander, gelangweilt von ihrer eigenen Ziellosigkeit, weil niemand anders sie mochte. Yakimov kam in den Sinn, daß er einer von ihnen war – er, der einmal das Zentrum der Belustigung eines munteren Zirkels gewesen war. Er versuchte nun, unterhaltsam zu sein: »Habt ihr gehört? Als der französische Gesandte, der arme Junge, ins Vichy-Frankreich zurückbeordert wurde, hatte Prinzessin Teodorescu zu ihm gesagt: ›*Dire adieu, c'est mourir un peu.*‹«

»Ist es möglich, daß ausgerechnet die Prinzessin so taktlos sein würde?« Hadjimoscos drehte ihm den Rücken zu und versuchte, Yakimov vom Gespräch auszuschließen, als er sagte: »Die Dinge haben sich derart zugespitzt! Was habe ich heute früh beim *cordonnier* erfahren? Drei Wochen Wartezeit und fünftausend für ein paar handgemachter Schuhe.«

»Beim *tailleur*«, sagte Palu, »ist es dasselbe. Der Preis für engliches Kammgarn ist ein Skandal. Und nun rufen sie fleischlose Tage aus. Was, frage ich, soll ein Mann essen?« Er sah ausgerechnet Yakimov an, als ob die Briten und nicht die Deutschen das Land ausplünderten.

Yakimov versuchte, sich am Gespräch zu beteiligen: »Ein wenig Fisch«, schlug er bescheiden vor, »ein wenig Wild in der Saison. Ich persönlich sage nie nein zu einem Stück Truthahn.«

Hadjimoscos schnitt ihm mit Verachtung das Wort ab: »Das sind alles nur *entrées*. Wie kann ein Mann seine Potenz bewahren, ohne Fleisch?«

Besiegt und im Geiste nach einem Plan suchend, wie er die Aufmerksamkeit, die er so sehr liebte, erregen könnte, fiel ihm die Zeichnung ein, die er diesen Morgen gefunden hatte. Er zog sie hervor. Seufzend studierte er sie. Die Unterhaltung stockte. Sich ihres Interesses bewußt, hielt er das Papier tiefer, so daß es für alle sichtbar war. »Was werden sie als nächstes von mir verlangen!« fragte er die Welt.

Hadjimoscos wandte seinen Blick ab. »Ich rate Ihnen, *mon prince*«, sagte er, »falls Sie irgend etwas zu verbergen haben, jetzt ist die Zeit dazu.«

Yakimov begriff, daß er an diesem Morgen durch nichts gefallen konnte, steckte den Plan weg und ließ seinen Blick umherschweifen. Er bemerkte, daß ein Fremder in der Nähe versucht hatte, den Plan zu entziffern. Der Fremde lächelte. Seine schäbige, zerzauste Erscheinung gab wenig Grund zur Hoffnung, aber Yakimov, immer liebenswürdig, ging einen Schritt nach vorn und streckte seine Hand hin. »Alter Junge«, sagte er, »wo sind wir uns schon einmal begegnet?«

Der junge Mann nahm die Pfeife aus seinem großen, buschigen Schnurrbart und röchelte wie eine Siphonflasche, der das Sodawasser ausgeht; schließlich gelang es ihm, zu sagen: »Lush ist mein Name. Toby Lush. Ich habe Sie einmal bei Guy Pringle getroffen.«

»Tatsächlich«, stimmte Yakimov zu, der sich nicht daran erinnern konnte.

»Lassen Sie mich Ihnen einen Drink ausgeben. Was nehmen Sie?«

»Na, Whisky, mein Junge. Kann den einheimischen Fusel nicht runterbringen.«

Wild wiehernd über Yakimovs Humor, ging Lush an die Bar. Yakimov, der entschieden hatte, daß sein neuer Bekannter ein ›ziemlicher Esel‹ war, war überrascht, als er zielstrebig zu einem der Tische an der Wand geführt wurde. Er erhielt sein Glas erst, als er sich niedergesetzt hatte, und er bemerkte, daß als Gegenleistung etwas von ihm verlangt werden würde.

Die Ellenbogen eng anliegend, seine Knie zusammengepreßt, saß Lush da, als ob er von seiner bauschigen Sportjacke und der Flanellhose zusammengedrückt werden würde. Er saugte an seiner Pfeife und keuchte, keuchte und röchelte und sagte dann: »Als die Russen Bessarabien nahmen, sagte ich mir: ›Toby, alte Seele, jetzt wird's Zeit, deine

Knochen zu verlagern.‹ Es ist immer gefährlich, zu lange an einem Ort zu verweilen.«

»Wo kommen Sie her?«

»Cluj. Transsylvanien. Hab' mich dort nie sicher gefühlt. Ich bin mir nicht sicher, ob ich es hier bin.«

Es fiel Yakimov ein, daß er den Namen Toby Lush schon zuvor gehört hatte. War der Bursche nicht im Frühjahr für ein paar Tage aufgetaucht, ausgerissen aus Cluj wegen eines Gerüchts über einen russischen Vormarsch? Yakimov, der für Angst immer Verständnis hatte, sagte beruhigend:

»Oh, hier sind Sie sicher. Ruhiges, kleines Seitengewässer ist das hier. Die Deutschen bekommen alles, was sie wollen. Sie werden uns nicht belästigen.«

»Ich hoffe, Sie haben recht.« Lushs blasse, hervorstehenden Augen überblickten die Bar. »Sind aber doch ein paar von denen hier. Ich spüre es, sie mögen uns hier nicht besonders.«

»Es ist die alte Geschichte«, sagte Yakimov: »Zuerst infiltrieren, dann sich über die Einheimischen beschweren. Letzte Woche war es noch schlimmer. Ich sagte zu Albu: ›Dry Martini‹, und er gab mir drei Martinis.«

Seine Knie zusammenpressend, schwankte Lush hin und her, keuchend vor Lachen. »Sie sind ein Spaßvogel«, sagte er. »Noch einen?«

Als er mit dem zweiten Whisky zurückkam, war Lush sachlich und entschlossen, das anzusprechen, was ihm am Herzen lag: »Sie sind ein Freund von Guy Pringle, nicht wahr?«

Yakimov stimmte zu. »Sehr alter und lieber Freund. Wußten Sie, daß ich in seiner Aufführung den Pandarus gespielt habe?«

»Ihr Ruhm ist bis nach Cluj vorgedrungen. Und Sie wohnen bei den Pringles?«

»Wir teilen uns ein Apartment. Schöne, kleine Wohnung. Sie müssen mal zum Essen kommen.«

Lush nickte, wollte aber mehr als das. »Ich suche nach einer Arbeit«, sagte er. »Pringle leitet die Englische Abteilung, nicht wahr? Ich werde ihn natürlich aufsuchen, aber ich dachte, Sie würden vielleicht ein Wort für mich einlegen. Sagen Sie nur: ›Ich habe heute Toby Lush getroffen. Netter Bursche‹, oder so was Ähnliches.«

Toby schaute Yakimov ernst an, der ihm sofort versicherte: »Wenn ich nur ein Wort sage, bekommen Sie den Job noch morgen.«

»Falls es da überhaupt einen Job gibt.«

»Diese Dinge lassen sich immer arrangieren.« Yakimov leerte sein Glas und stellte es nieder. Lush erhob sich, sagte aber mit unerwarteter Entschlossenheit: »Noch einen, dann muß ich aber rüber zur Gesandtschaft fahren. Muß meine Aufwartung machen.«

»Sie haben ein Auto? Sie könnten mich nicht vielleicht ein Stück mitnehmen?«

»Mit Vergnügen.«

Lushs Auto war ein alter, schlammfarbener Humber, hochbeinig und überdacht wie eine Sänfte.

»Nette kleine Kiste«, sagte Yakimov. Er setzte sich in den unbequemen Sitz, aus dem die Polsterung quoll und dachte an die Schönheit seines eigenen Hispano-Suiza.

Die Gesandtschaft, eine Backsteinvilla in einer Seitenstraße, war ringsum von parkenden Autos umgeben. Auf dem trockenen, fleckigen Rasen vor dem Eingang stand eine Anzahl von Männern – großgewachsen, im Khakidrillich und aussehend wie Männer, die zupacken können – jeder mit dem gleichen Gesichtsausdruck sinnlosen Wartens. Sie beobachteten die Ankunft des Humber, als ob er ihnen etwas bringen würde. Yakimov ging durch sie hindurch und bemerkte, daß sie Englisch sprachen. Er erkannte keinen von ihnen.

Lush wurde zur Kanzlei vorgelassen. Yakimov wurde, wie schon manchmal zuvor, von einer Sekretärin abgefangen.

»Oh, Prinz Yakimov, kann ich Ihnen behilflich sein?« sagte sie, einen ältlichen Charme verbreitend, »Mr. Dobson ist so beschäftigt. All die jungen Herren sind zur Zeit so überlastet, die armen Jungs. In ihrem Alter sollte der Dienst nur aus Partys und Bällen bestehen, aber wegen dieses schrecklichen Kriegs müssen sie arbeiten, wie jedermann sonst auch. Ich vermute, es handelt sich um Ihr *permis de séjour*?«

»Es ist eine persönliche Angelegenheit. *Ziem*-lich wichtig. Ich fürchte, ich muß Mr. Dobson sehen.«

Sie schnalzte mit der Zunge, aber er wurde zu Dobson vorgelassen.

Dobson, den er seit der Nacht der Aufführung nicht mehr gesehen hatte, hob den Kopf von seiner Arbeit und erkundigte sich müde: »Hallo, wie geht's?«

»Ziemlich schlecht, wegen des Kriegs«, antwortete Yakimov. Dobson zeigte die Andeutung eines Lächelns, aber sein unförmiges, gewöhnlich ausdrucksloses Gesicht war ermattet, seine Augen rosa umrändert; seine ganze Haltung entmutigend. »Wir haben eine anstrengende Woche hinter uns, wegen der Krise. Und nun, zu allem Übel, sind die Ingenieure von den Ölfeldern entlassen worden.«

»Die Burschen da draußen?«

»Ja. Man hat ihnen acht Stunden gegeben, das Land zu verlassen. Ein Sonderzug soll sie nach Konstanza bringen. Arme Teufel, sie treiben sich hier herum in der Hoffnung, wir könnten etwas für sie tun!«

»Tut mir leid, armer Junge.«

Bei dem aufrichtigen Mitgefühl in Yakimovs Stimme ließ Dobson den Stift fallen und rieb sich mit den Händen über den Kopf. »Seine Exzellenz hat während der letzten zwei Stunden pausenlos herumtelefoniert, es hat aber nichts genützt. Die Rumänen tun dies, um den Deutschen zu gefallen. Einige der Ingenieure waren zwanzig Jahre lang hier. Sie alle haben Häuser, Autos, Hunde, Katzen, Pferde... was weiß ich noch alles. Es bereitet uns eine Menge Extraarbeit.«

»Du liebe Zeit, ja.« Yakimov glitt in einen Stuhl und wartete, bis er seine eigenen Sorgen vorbringen konnte. Als Dobson eine Pause machte, wagte er einen Vorstoß: »Ich will dich in einer Zeit wie dieser nicht belästigen, aber...«

»Geld, vermute ich?«

»Nein, überhaupt nicht. Du erinnerst dich an meinen Hispano-Suiza. Die Jugos versuchen, ihn zu stehlen.« Er erzählte seine Geschichte. »Alter Junge«, bettelte er, »das kannst du doch nicht zulassen. Der Hispano ist eine Menge wert. Das Fahrgestell allein hat zweieinhalbtausend Mäuse gekostet. Die Karosserie von Fernandez – der Himmel weiß, was Dollie dafür bezahlt hatte. Herrliches Stück Arbeit. Alles, was ich auf der Welt besitze. Besorg mir ein Visum, alter Junge. Leih mir ein paar Tausend. Ich werde das Auto holen und es verscheuern. Wir werden ein Freudenfest veranstalten, eine königliche Nacht bei Cina – Schampus und so weiter. Was sagst du dazu?«

Dobson, der mit finsterer Geduld zugehört hatte, sagte: »Vermutlich weißt du, daß die Rumänen Autos requirieren.«

»Doch sicher keine englischen Autos?«

»Nein.« Dobson mußte zugeben, daß die Tradition britischer Privilegien trotz allem noch anhielt. »Hauptsächlich jüdische Wagen. Die Juden haben immer Pech, aber sie besitzen nun einmal die größten Autos. Was ich sagen wollte, ist, daß es nicht die beste Zeit zum Verkaufen ist. Die Leute sind nicht daran interessiert, ein teueres Auto zu kaufen, das beschlagnahmt werden könnte.«

»Aber eigentlich will ich es gar nicht verkaufen, alter Junge. Ich liebe diese alte Kiste... Sie könnte nützlich sein, falls es eine Evakuierung geben sollte.«

Dobson zog seine Wange herunter und zupfte an seinem runden, rosigen Mund. »Ich werde dir etwas sagen! Einer von uns wird nächste Woche nach Belgrad gehen – wahrscheinlich Foxy Leverett. Hast du Quittung, Autoschlüssel und so weiter? Dann werde ich ihn das Auto in Empfang nehmen und es zurückfahren lassen. Ich nehme an, es ist in Ordnung?«

»Es war in erstklassigem Zustand, als ich es zurückließ.«

»Nun, wir werden sehen, was wir tun können.« Dobson erhob sich und verabschiedete ihn.

Außerhalb der Gesandtschaft standen die Ölmänner immer noch umher, aber der Humber war verschwunden. Als sich Yakimov anschickte, in der schwülen Mittagshitze zu Fuß zurückzugehen, sagte er zu sich selbst: »Nie mehr auf meinen armen, alten Füßen dahinlatschen müssen. Und«, fügte er nach einiger Überlegung hinzu, »er ist Geld wert. Ich könnte ein Vermögen machen, wenn ich ihn verkaufe.«

5

Eine Woche nach ihrem Besuch im Parkcafé wurde Harriet vom rauhen Gesang einer Doppelreihe Männer, die unmittelbar unter ihr an der Kirche vorbeimarschierten, auf den Balkon gelockt. Sie überquerten den Großen Platz.

Aufmärsche und Umzüge waren nichts Ungewöhnliches in Bukarest, aber dieser hier unterschied sich von allen anderen. Es gab keinerlei Prachtentfaltung, sondern nur die strenge Atmosphäre der Zielgerichtetheit. Die Anführer trugen grüne Hemden. Das Lied war ihr unbekannt, aber sie fing ein Wort auf, das immerzu wiederholt wurde, in immer höherer Tonart:

»Capitanul, Capitanul…«

Der Hauptmann. Wer der Hauptmann war, wußte sie nicht.

Sie beobachtete, wie die Kolonne einen scharfen Schwenk nach rechts in die Calea Victoriei machte, dann verschwanden die Marschierer paarweise aus ihrem Blickfeld. Als sie alle gegangen waren, blieb sie auf dem Balkon stehen mit dem Gefühl, nichts zu tun zu haben, als hier zu stehen.

Die Wohnung hinter ihr war still. Despina war zum Markt gegangen. Yakimov lag im Bett. Sascha – er weilte immer noch unter ihnen, trotz ihrer Bedingung: ›nur eine Nacht‹ – war irgendwo oben auf dem Dach. Guy war natürlich in der Universität beschäftigt. Das ›natürlich‹ drückte eine zunehmende Resignation aus. Sie hatte sich auf das Ende der Inszenierung gefreut und sich vorgestellt, sie würde seine Gesellschaft und seine Unterstützung gegen ihre anwachsende Unsicherheit haben. Im Gegenteil, sie sah nicht mehr von ihm als zuvor. Der Sommerkurs, als eine Art Teilzeitbeschäftigung geplant, hatte so viele Juden, die auf ihre Visa in die Vereinigten Staaten warteten, angezogen, daß Guy Extraklassen einrichten mußte. Nun lehrte und unterrichtete er sogar während der Mittagspause.

An dem Tag, an dem die Ölingenieure aus Ploesti ausgewiesen wurden, erhielten die Pringles, wie die anderen englischen Staatsangehörigen auch, ihre erste Aufforderung, das Land zu verlassen. Guy war gerade im Begriff, aus der Wohnung zu gehen, als ihm vom Boten der *Prefectura* ein Zettel ausgehändigt wurde. Er gab ihn weiter an Harriet. »Bring ihn zu Dobson«, sagte er. »Er wird sich darum kümmern.«

Er sagte es in einem Ton der Nebensächlichkeit, aber Harriet war von dieser Anordnung, zu packen und zu gehen, beunruhigt. Sie sagte: »Aber angenommen, wir müssen in acht Stunden gehen?«

»Das werden wir nicht müssen.«

Seine Unbekümmertheit hatte die Sache noch schlimmer für sie erscheinen lassen, doch stellte sich heraus, daß er recht hatte. Dobson hatte den sie und die anderen britischen Staatsbürger betreffenden Befehl wieder aufheben lassen, aber die Ölfachleute mußten gehen.

Trotz der rumänischen Entschuldigung, daß die Ausweisung auf deutschen Befehl hin erfolgt sei, hatte der deutsche Gesandte angeblich gesagt: »Nun wissen wir, wie Carol uns behandeln würde, wenn wir die Verlierer wären.«

So unwillig die Ingenieure auch gegangen sein mochten, sie gingen jedenfalls in die Sicherheit. Harriet wünschte beinahe, Guy und sie wären gezwungen gewesen, mit ihnen zu gehen.

Während sie mit diesen Gedanken auf dem Balkon stand, erzitterte die Stadt. Einen Moment lang erschien es ihr, als ob der Balkon hinabstürzen würde. Sie glaubte, die Pflastersteine vor der Kirche zu sehen. Vor Entsetzen streckte sie eine Hand aus, um, sich an etwas festzuhalten, aber es war, als ob sich die Erde aus ihrer Bahn im Weltall gelöst hätte. Alles bewegte sich mit ihr, und es gab nichts, um sich daran festzuhalten. Ein Augenblick – dann war das Erdbeben vorbei.

Sie eilte in die Wohnung zurück und ergriff Handtasche und Handschuhe. Sie hielt es hier im neunten Stock nicht länger aus. Sie mußte den Erdboden unter ihren Füßen spüren. Als sie das Pflaster, das wie Saharasand brannte, erreichte, war es ihr erster Impuls, es zu berühren.

Allmählich, als sie den Platz überquerte und die Gebäude intakt und reglos sah, und die vertrauten Massen, die keine ungewöhnliche Bestürzung zeigten, verflog das Gefühl der übernatürlichen Fremdartigkeit des Bebens. In der Calea Victoriei stieß sie auf Bella Niculescu, vergaß die getrübte Beziehung und rief: »Bella, hast du das Erdbeben gespürt?«

»Wie sollte ich nicht?« Bella antwortete, wie sie es gewohnt war zu antworten: »Es hat mich zu Tode erschreckt. Alle sprechen sie darüber. Jemand hat gerade erzählt, es wäre kein Erdbeben gewesen, sondern eine Explosion in Ploesti. Es kursiert ein Gerücht, demzufolge englische Agenten die Ölquellen in die Luft sprengen wollen. Hoffentlich stimmt es nicht. Die Lage ist auch ohne das kompliziert genug für uns.«

Nachdem die erste Aufregung ihrer Begegnung vorüber war, blickte Bella verstört drein und schaute um sich, ob sie jemand gesehen haben könnte. Harriet fühlte, daß sie einen Fehler begangen hatte, indem sie ihre Freundin ansprach. Da keine von beiden etwas zu sagen wußte, machten sie Anstalten, Vorwände zu erfinden und auseinanderzugehen, als sie von einem lautstarken Gesang aus der Ferne abgelenkt wurden. Harriet erkannte den Refrain ›*Capitanul*‹. Die Männer in ihren grünen Hemden kehrten zurück.

»Wer sind sie?« fragte Harriet.

»Die Eiserne Garde natürlich. Unsere einheimischen Faschisten.«

»Aber ich dachte, die wären ausgelöscht worden?«

»Das hat man uns *erzählt.*«

Harriet fragte: »Wer ist dieser ›*Capitanul*‹?«

»Na ja, der Führer der Garde – Codreanu: derjenige, der ›auf der Flucht erschossen‹ wurde, auf Carols Befehl, selbstverständlich. Viele seiner Anhänger wurden mit ihm erschossen. Einigen gelang die Flucht nach Deutschland, aber die gesamte Bewegung war zerschlagen. Wer hätte gedacht, daß sie die Frechheit besitzen würden, auf diese Art zurückzukehren? Die Sache scheint Carol aus der Hand zu gleiten.«

»Oh, übrigens, wir sprachen neulich über diesen Drucker-Sohn. Komisch, daß du ihn erwähnt hattest. Einen oder zwei Tage danach bekam ich einen Brief von Nikko, und er hatte ebenfalls von ihm gehört. Offenbar hatten sie ihn nur zum Militärdienst geholt. Der Junge desertierte, und das Militär sucht nach ihm. Sie haben Anweisung, ihn unter allen Umständen zu finden. Ich vermute, es hat mit diesem Vermögen unter seinem Namen zu tun. Sie werden ihn zwingen, das Geld zu überschreiben.«

»Angenommen, er weigert sich?«

»Würde er nicht wagen. Nikko sagt, er würde als Deserteur erschossen werden.«

»Rumänien befindet sich nicht im Krieg.«

»Nein, aber es ist eine Zeit des nationalen Notstands. Das Land hat mobil gemacht. Jedenfalls sind sie entschlossen, ihn zu bekommen. Und ich wette, daß er, wenn sie ihn finden, für immer verschwinden wird. Nun gut!« Bella ließ das Thema Sascha mit einer Geste fallen. »Ich überlege, nach Sinai zu gehen. Ich bin es leid, in dieser Hitze zu schmoren und darauf zu warten, bis etwas passiert. Meiner Meinung nach wird nichts geschehen. Du solltest Guy dazu bringen, dich in die Berge zu fahren.«

»Wir können nicht weg. Er hat mit dem Sommerkurs angefangen.«

»Wird er um diese Jahreszeit überhaupt Studenden bekommen?«

»Er hat eine ganze Menge.«

»Juden, wette ich?«

»Ja, größtenteils Juden.«

Bella zog den Mund nach unten und runzelte die Stirn. »Ich würde das nicht unterstützen. Falls sich die Eiserne Garde wieder austoben sollte, kann man nicht wissen, was passieren wird. Letztesmal haben sie die jüdischen Studenten zusammengeschlagen. Aber sie sind nicht nur antisemitisch, sie sind auch antibritisch.« Sie nickte ernst und bedeutungsschwer, und als sie mit dem Eindruck, den sie gemacht hatte, zufrieden war, klärte sich ihr Gesicht auf. »Ich muß weg«, sagte sie fröhlich. »Ich hab' einen Termin beim Friseur.«

Das britische Propagandabüro in Bukarest wird von Professor Inchcape (James Villiers) geleitet.

Harriet (Emma Thompson) fühlt sich zunehmend unsicher in Bukarest.

Foxy Leverett (Glyn Grain), Mitglied der Britischen Gesandtschaft, wird tot aufgefunden.

Harriet konnte sich nicht von der Stelle rühren. Die Menschenmenge drängelte und schob sich um sie herum, und sie stand entmutigt und verwirrt von den Gefahren da. Da gab es die Gefahr, die von Sascha ausging, gemeinsam unter einem Dach mit dem potentiellen Informanten Yakimov – sie wußte nicht, was die Strafe für das Beherbergen eines Fahnenflüchtigen sein würde, aber sie stellte sich Guy in einem der berüchtigten Gefängnisse vor, die Klein beschrieben hatte; und dann war da noch die unmittelbarere Bedrohung, die von den marschierenden Garden ausging.

Instinktiv wollte sie sofort zu Guy eilen und ihn bitten, die Sommerkurse sofort zu schließen, aber sie wußte, daß sie das nicht tun durfte. Guy hätte ihre Einmischung nicht begrüßt. Er hatte sie von seiner Aufführung ferngehalten mit der Begründung, daß kein Mann ›seine Arbeit ordentlich ausführen kann, wenn seine Frau in der Nähe ist‹.

Als sie die Britische Gesandtschaft erreichte, hielt sie an und dachte an Inchcape, der, falls er es wollte, das Ende der Sommerkurse herbeiführen konnte. Warum sollte sie ihn nicht darum bitten?

Sie zögerte, nicht aus Angst vor Inchcape, sondern aus Angst vor Guy. Schon einmal hatte sie das Ende von einer von Guys Aktivitäten durch ein Gespräch mit Inchcape bewirkt, und damit ihr erstes Zerwürfnis. War sie gewillt, ein weiteres in Kauf zu nehmen?

Sicher, sagte sie sich, war der entscheidende Punkt gewesen, daß sie damals durch ihre Einmischung Guy aus einer gefährlichen Lage befreit hatte. So könnte es wiederum sein.

Sie betrat das Büro. Inchcapes Sekretärin, die hinter ihrer Schreibmaschine strickte, versuchte sie mit vagen Auskünften abzuwimmeln. Domnul Direktor könnte zu beschäftigt sein, um irgend jemanden zu empfangen.

»Ich werde ihn keine Minute aufhalten«, sagte Harriet und rannte die Treppen hoch, noch bevor die Frau durchwählen konnte. Sie fand Inchcape auf dem Sofa liegend, die Bände von *A la Recherche du Temps Perdu* um sich verstreut. Er trug Hemd und Hose. Als er sie sah, erhob er sich widerstrebend und zog sein Jackett an, das über der Stuhllehne hing.

»Hallo, Mrs. P.«, sagte er mit einem Lächeln, das seinen Ärger über die Störung nicht verbarg. »Was bringt Sie hierher?«

»Die Eiserne Garde.«

Er betrachtete sie in seiner gereizten Laune: »Sie meinen diese Ansammlung von Neurotikern und Nullen, die gerade am Fenster vorbeizogen? Erzählen Sie mir nicht, daß die Ihnen Angst eingejagt haben.«

Harriet sagte: »Die Nazis begannen als Sammlung von Neurotikern und Nullen.«

»Tatsächlich!« sagte Inchcape und lächelte, als ob sie scherzen würde. »Aber in Rumänien ist der Faschismus nur eine Art Zeitvertreib.«

»Es war 1937 kein Zeitvertreib, als die jüdischen Studenten durch die Fenster der Universität geworfen wurden. Ich sorge mich um Guy. Er ist dort allein, abgesehen von den drei alten Damen, die ihm behilflich sind.«

»Da ist noch Dubedat.«

»Wozu würde Dubedat taugen, wenn die Garden hineinstürmen?«

»Ich bin allein hier, außer wenn Clarence mal auftaucht, was nicht oft vorkommt. Ich lass' mich nicht beunruhigen.«

Sie wollte sagen: ›Wen kümmert schon das Propagandabüro‹, unterbrach sich aber rechtzeitig und sagte: »Die Sommerkurse sind eine Provokation. Alle Studenten sind jüdisch.«

Obwohl Inchcape den Anschein weltmännischer Unbesorgtheit aufrechterhielt, zogen sich die Linien um seinen Mund zusammen. Er zupfte seine Manschetten zurecht und studierte die granatfarbenen Manschettenknöpfe. »Ich glaube, Guy kann auf sich selber aufpassen«, sagte er.

Sein hübsches, napoleonisches Gesicht hatte einen entfernten Ausdruck versteckter Verärgerung angenommen. Harriet verstummte. Als sie hierherkam, war sie davon überzeugt, daß die Idee der Sommerkurse von Guy ausging – nun sah sie ihren Fehler. Inchcape war ein mächtiges Mitglied der Organisation, in der Guy hoffte, Karriere zu machen. Obwohl sie ihn mochte – sie kamen von Anfang an gut miteinander zurecht –, war er für sie noch immer eine unbekannte Größe. Jetzt hatte sie seine Eitelkeit herausgefordert. Man wußte nicht, was er nicht alles über Guy schreiben würde in den Berichten, die er nach Hause schickte.

Da ihr klar war, daß sie ihn nicht überreden konnte, die Kurse zu schließen, entschloß sie sich, ihn zu besänftigen. »Ich vermute, sie *sind* wichtig«, sagte sie.

Er schaute befriedigt auf und wechselte sofort den Ton: »Das sind sie ganz bestimmt. Sie sind ein Symbol dafür, daß wir hier noch nicht besiegt sind. Unsere Moral ist sehr gut. Und wir werden es noch besser machen. Ich habe große Pläne für die Zukunft...«

»Denken Sie, wir haben eine Zukunft?«

»Natürlich haben wir eine Zukunft. Niemand wird sich mit uns anlegen. Es war immer die rumänische Politik gewesen, mit beiden Lagern auf gutem Fuß zu stehen. Und was die Deutschen betrifft, was kümmert es sie, solange sie das bekommen, was sie wollen? Ich bin zuversichtlich, daß wir hier weitermachen können. Ich bin sogar so zuversichtlich, daß ich Vorbereitungen dafür treffe, einen alten Freund von mir, Professor Pinkrose, einfliegen zu lassen. Er hat zugestimmt, die Cantecuzene-Vorlesung zu halten.«

Als er Harriets erstauntem Blick begegnete, grinste er zufrieden. »Dies ist eine Zeit, wo man Flagge zeigen muß«, sagte er. »Gewöhnlich behandelt die Vorlesung Aspekte der englischen Literatur. Sie wird die Rumänen daran erinnern, daß wir über eine der besten Literaturen der Welt verfügen. Und es ist ein großes gesellschaftliches Ereignis. Das letztemal hatten wir acht Prinzessinnen in der ersten Reihe.« Er führte sie zur Tür. »Natürlich verlangt das eine Menge Organisation. Ich muß einen Saal finden, und ich muß Pinkrose in einem Hotel einquartieren. Ich bin mir noch nicht sicher, ob er allein kommen wird.«

»Bringt er seine Frau mit?«

»Guter Gott, er hat keine Frau.« Inchcape sprach, als ob Heirat irgendein lächerlicher Brauch primitiver Stämme sei. »Aber er ist nicht mehr der Jüngste. Vielleicht verspürt er den Wunsch, sich begleiten zu lassen.«

Inchcape öffnete die Tür und sagte zum Abschied: »Mein liebes Kind, wir müssen unsere Balance bewahren. Nicht so einfach bei diesem Wetter, ich weiß, wenn einem der Körper in den Kleidern zu schmelzen scheint. Nun denn, auf Wiedersehen.«

Er schloß die Tür hinter ihr, und sie ging zur Straße hinab mit dem Gefühl, nichts erreicht zu haben.

Harriet ging nach Hause, mit all ihren unverminderten Ängsten, die sie mit dem Entschluß, morgen zu handeln, zu beschwichtigen suchte. Wenn sie die eine Gefahr nicht beseitigen konnte, mußte sie die andere angehen. Da war die Situation zu Hause – wenigstens die brauchte sie nicht zu tolerieren.

Sie mußte es Guy klarmachen, daß sie nicht Yakimov *und* Sascha behalten konnten. Er hatte sie in die Wohnung gebracht. Nun war es seine Sache zu entscheiden, welcher der beiden bleiben sollte, und den anderen loszuwerden.

Als sie jedoch das Wohnzimmer betrat und Yakimov antraf, der auf sein Abendessen wartete, entschied sie selbst. Sascha war derjenige, der ihrer Hilfe und ihres Schutzes bedurfte. Was Yakimov anging, so war es reinste Trägheit, die ihn davon abhielt, für sich selbst zu sorgen. Und sie konnte seinen Anblick nicht länger ertragen. Ihr Entschluß stand fest. Er mußte gehen. Sie würde es ihm geradewegs sagen.

Yakimov hatte es sich im Sessel bequem gemacht und trank *tuica* aus einer Flasche, die Harriet am Morgen mitgebracht hatte. Er fühlte sich unbehaglich, als sie so vor ihm stand, und indem er die Flasche berührte, entschuldigte er sich: »Hab' mir die Freiheit herausgenommen, sie zu öffnen, mein liebes Kind. Kam heim, zum Umfallen müde. Die Hitze bringt mich um. Warum nehmen Sie nicht auch ein Schnäpschen?«

Sie lehnte ab, setzte sich aber zu ihm. Daran gewöhnt, von ihr ignoriert zu werden, wurde er nervös, und seine Hand zitterte, als er sich einen neuen einschenkte.

Sie hatte sich vorgenommen, ihn zum Packen und Gehen aufzufordern, hier und jetzt, aber sie wußte nicht, wie sie es anfangen sollte.

Seine Beine hingen über Kreuz, und einer seiner schmalen Schuhe baumelte in ihre Richtung. Sein Fuß zitterte. Durch den Spalt zwischen Sohle und Schuh konnte sie seine Zehenspitzen und die Lumpen seiner violetten Seidenstrümpfe sehen. Seine Heruntergekommenheit war ein stummer Vorwurf. Er lehnte sich zurück, Unbekümmertheit vorschützend, aber seine großen, flach wirkenden, grünen Augen flackerten ängstlich, schauten zu ihr hin und dann wieder weg; so konnte sie nicht reden.

Er versuchte, Konversation zu machen und fragte: »Was steht heute auf dem Speiseplan?«

Sie sagte: »Heute ist fleischloser Tag. Despina hat irgendwelche Flußfische gekauft.«

Er seufzte: »Heute morgen«, sagte er, »hab' ich über *blinis* nachgedacht. Wir haben sie gewöhnlich bei Korniloff bekommen. Sie gaben einem einen Haufen Pfannkuchen. Man bestrich den unteren mit Kaviar, den nächsten mit saurer Sahne, und so fort. Dann wurde das Ganze durchgeschnitten. Aah!« Er produzierte ein Geräusch in seiner Kehle, als ob er solch eine köstliche Erinnerung kaum ertragen könnte. »Ich verstehe nicht, warum wir es hier nicht bekommen. Jede Menge Kaviar. Die frische, graue Sorte ist natürlich die beste.« Er warf ihr einen erwartungsvollen Blick zu. Als sie keine Anstalten machte, den Tisch zu decken, sah er beiseite, als ob er ihre mangelnde Gastfreundschaft entschuldigen wollte: »Ich gebe zu, es geht nichts über russischen Beluga. Oder auch Osetrova.« Er seufzte wieder mit einem sehnsuchtsvollen Unterton: »Können Sie sich an den Geschmack von Gartenammern erinnern? Köstlich, nicht wahr?«

»Ich weiß nicht. Ich halte jedenfalls nichts davon, kleine Vögel umzubringen.«

Er blickte erstaunt auf. »Aber Sie essen doch Hähnchen! Vögel bleiben Vögel. Was spielt die Größe für eine Rolle? Das Wichtige daran ist doch der Geschmack, oder?«

Sie wußte nichts auf diese Art von Logik zu erwidern und schaute auf die Uhr, was ihn veranlaßte zu sagen: »Der Junge ist spät dran. Wo treibt er sich dieser Tage auch nur herum?« Sein Ton verriet Harriet, daß er sich von Guy vernachlässigt und von seinen Unternehmungen ausgeschlossen fühlte.

Sie sagte: »Er hat mit den Sommerkursen an der Universität begonnen. Sie vermissen vermutlich den Spaß der Probenarbeit?«

»Spaß macht es, natürlich, aber der Junge nahm uns ganz schön ran. Doch was ist letzten Endes daraus geworden?«

»Was hätte daraus werden können? Ich meine, so weit weg von zu Hause und mitten im Krieg, konnten Sie da erwarten, eine Schauspielerkarriere zu machen?«

»Karriere! Hab' nie an so was gedacht.«

Seine Überraschung war so groß, daß sie begriff, daß er wahrscheinlich nach keiner größeren Belohnung Ausschau gehalten hatte, als nach lebenslanger freier Verköstigung.

Er sagte: »War glücklich, dem lieben Jungen helfen zu können.«

»Sie haben nie zuvor auf der Bühne gestanden, nicht wahr?«

»Nie, liebes Kind, niemals.«

»Was haben Sie vor dem Krieg gemacht? Hatten Sie irgendeinen Beruf?«

Er sah leicht beleidigt drein bei dieser Frage und protestierte: »Ich hatte meine monatliche Überweisung, wissen Sie.«

Sie vermutete, daß er von der Zurschaustellung von Reichtum lebte, also von reinster Hochstapelei.

Sich ihrer Mißbilligung bewußt, versuchte er zu beschönigen: »Ich habe tatsächlich hin und wieder etwas gearbeitet. Ich meine, wenn ich etwas knapp bei Kasse war.«

»Welche Art von Arbeit war das?«

Er wurde nervös bei dieser Befragung. Sein Fuß begann wieder zu zittern. »Verkauf von Automobilen«, sagte er, »nur die besten Autos natürlich: Rolls-Royce, Bentley ... das meiner alten Freundin war ein Hispano-Suiza. Das feinste Auto auf der Welt. Ich muß es zurückbekommen.«

»Was haben Sie sonst noch gemacht?«

»Gemälde verkauft, Antiquitäten ...«

»Wirklich?« Harriet war interessiert. »Kennen Sie sich mit Gemälden aus?«

»Kann ich nicht wirklich behaupten, mein Kind. Geb' nicht vor, ein Experte zu sein. Hab' einem Burschen hie und da ausgeholfen. Hatte ein kleines Apartment in der Clarges Street. Hing mal ein Gemälde auf, zog ein antikes Stück hervor, machte mich an einen reichen Grünschnabel heran und deutete meine Bereitschaft zum Verkauf an: ›Armer alter Yaki muß sich von Familienschätzen trennen.‹ Sie wissen Bescheid. Keine wirkliche Arbeit. Eher ein kleiner Nebenverdienst.« Er sprach, als würde er einen reputierlichen Lebensstil beschreiben. Als dann aber sein unstetes Auge ihrem Blick begegnete, löste sich sein ganzes Getue in nichts auf. Er kämpfte sich im Sessel hoch, und mit hängendem Kopf starrte er in sein leeres Glas und murmelte: »Erwarte meine Überweisung täglich. Sorgen Sie sich nicht. Werde jeden Penny, den ich schulde, zurückzahlen...«

Beide waren sie erleichtert, als sie hörten, wie Guy die Wohnungstür aufsperrte. Er betrat den Raum, breit lächelnd, als ob er Harriet eine herrliche Überraschung bereiten würde: »Du erinnerst dich an Toby Lush?« sagte er.

»Es ist wunderbar, Sie wiederzusehen! Wunderbar!« sagte Toby und schaute Harriet an, wobei seine Augen in aufgeregter Bewunderung hervortraten und er den Anschein erweckte, daß dies ein sehnlich erwartetes Wiedersehen war.

Sie hatte ihn einmal zuvor getroffen und erinnerte sich kaum an ihn. Sie tat ihr Bestes, freundlich zu reagieren, war aber nie sonderlich von ihm beeindruckt gewesen. Er war Mitte Zwanzig, knochig und unbeholfen in seinen Bewegungen. Seine Gesichtszüge waren markant, seine Haut grob, doch schien sein Gesicht aus etwas gemacht zu sein, das für eine Haut zu weich und geschmeidig war.

Er zog an seiner Pfeife, drehte sich zu Guy um und brachte angestrengt hervor: »Weißt du, an was sie mich immer denken läßt? An jene Zeilen von Tennyson: ›In Schönheit wandelt sie, wie die Nacht in sternenlosen Sphären, himmelwärts‹.«

»Baron«, sagte Guy.

»O Gott!« Toby legte in übertriebener Scham seine Hand vor die Augen. »Es passiert mir immer wieder. Nicht, daß ich es nicht wüßte: Ich kann mich nur manchmal nicht daran erinnern.« Plötzlich bemerkte er Yakimov und schrie: »Hallo, hallo, hallo«, und stürzte mit ausgestreckter Hand auf ihn zu.

Harriet ging in die Küche, um Despina zu sagen, daß sie zum Abendessen einen Gast hätten. Als sie zurückkam, beschrieb Toby mit zusammenhanglosem Lachen gerade die Situation in der transsylvanischen Hauptstadt, aus der er geflohen war.

Obwohl seit zwanzig Jahren unter rumänischer Herrschaft, war Cluj immer noch eine ungarische Stadt geblieben. Die Bürger warteten nur darauf, daß dieses verhaßte Regime am Ende war.

»Nicht etwa, daß sie prodeutsch wären«, sagte er, »sie wünschen sich nur die Ungarn zurück. Sie verschließen ihre Augen vor der Tatsache, daß, wenn die Ungarn zurückkommen, die Deutschen ihnen folgen werden. Wenn man sie darauf hinweist, machen sie Ausflüchte. Eine Frau, die ich kenne, eine Jüdin, sagte: ›Wir wollen es nicht für uns, wir wollen es für unsere Kinder.‹ Sie rechnen jetzt jeden Tag damit.«

Toby stand an der geöffneten Glastür, so daß sein unregelmäßiges Profil von draußen erhellt wurde. »Ich kann euch sagen«, sagte er, »als einziger Engländer in dem Haufen mußte ich ganz schön aufpassen. Und was glaubt ihr, ist passiert, bevor ich ging? Die Deutschen setzten einen Gauleiter ein – einen Grafen Frederich von Flügel. ›Raus hier, solange es noch geht‹, sagte ich mir.«

»Freddi von Flügel!« platzte Yakimov überrascht und entzückt dazwischen. »Er ist ein alter Freund von mir. Ein guter alter Freund.« Glücklich schaute er um sich. »Sobald ich den Hispano habe, fahren wir alle nach Cluj und besuchen Freddi. Ich bin sicher, er wird uns königlich bewirten.«

Toby starrte Yakimov offenen Mundes an, dann bebten seine Schultern wie in einer possenhaften Imitation von Gelächter. »Sie sind vielleicht ein Witzbold«, sagte er, und

Yakimov, obwohl überrascht, schien dankbar zu sein, für einen solchen gehalten zu werden.

Während sie aßen, fragte Harriet Toby: »Werden Sie in Bukarest bleiben?«

»Falls ich irgendwo als Lehrer arbeiten kann«, sagte er. »Ich bin freischaffend, ohne Organisation hinter mir. Bin auf eigene Faust hierhergekommen, hab' die alte Kiste den ganzen Weg über gefahren. Etwas abenteuerlich. Tatsache ist: Wenn ich nicht arbeite, gibt's nichts zu essen. So einfach ist das.« Er blickte Guy an, demütig und fragend. »Als ich erfuhr, du wärst unterbesetzt, bin ich erschienen.«

Die Frage seiner Anstellung war offensichtlich schon vorher erörtert worden, denn Guy sagte bloß: »Muß erst hören, was Inchcape dazu sagt, bevor ich jemanden einstelle.«

Harriet betrachtete sich Toby aufs neue und sah in ihm weniger den Lehrer als vielmehr eine mögliche Unterstützung in Zeiten der Not. Sie hatte seine schweren Wanderschuhe bemerkt. Er trug graue Flanellhosen, ausgebeult an den Knien, und ein ausgeleiertes Tweedjackett, das an vielen Stellen mit Leder ausgebessert war. Es war die Uniform vieler junger englischer Zivilisten, und doch wirkte es an ihm wie eine Verkleidung. Als er das letztemal nach Bukarest gekommen war, war er während einer der üblichen Invasionsängste in Panik aus Cluj geflohen; aber sie war um so weniger geneigt, seine Panik zu verurteilen, als sie sie selbst schon erfahren hatte. Wie würde er bei einem plötzlichen Angriff der Gardisten reagieren? All diese pfeifensaugende Männlichkeit und diese lässige Kostümierung würden sich sicherlich noch zu beweisen haben, wenn es soweit war. Sie sah Guy an, der gerade sagte: »Falls Inchcape zustimmt, könnte ich dir zwanzig Stunden pro Woche geben. Das sollte dich über Wasser halten.«

Toby zog dankbar den Kopf ein und fragte dann: »Wie steht es mit Vorlesungen?«

»Ich bräuchte dich nur zum Unterrichten.«

»Ich hab' in Cluj Vorlesungen gehalten – ›Moderne englische Literatur‹. Muß sagen, daß mir die komische Vorlesung Spaß macht.« Toby schaute Guy an wie ein alter Schäferhund, der sicher wußte, daß man eine Verwendung für ihn finden würde. Harriet hatte Mitleid mit ihm. Er bildete sich wahrscheinlich ein, wie es andere vor ihm getan hatten, daß Guy leicht zu überreden war. Die Wahrheit war, daß Guy in Ausübung seiner Autorität unnachgiebig sein konnte. Selbst wenn er dringend einen Dozenten brauchte, würde er keinen wählen, der Byron mit Tennyson verwechselte.

Als das Mittagessen vorüber war und Yakimov sich in sein Zimmer zurückgezogen hatte, wartete Harriet auf Tobys Aufbruch, der aber, als er Anstalten dazu machte, von Guy zurückgehalten wurde: »Bleib zum Tee. Auf meinem Weg zurück zur Uni werde ich dich zum Büro bringen, wo du Inchcape treffen kannst.«

Harriet ging ins Schlafzimmer. Entschlossen, ihn zum Handeln anzuspornen, solange die Kraft dazu in ihr anhielt, rief sie Guy herein, schloß die Tür zum Wohnzimmer und sagte: »Du mußt mit Yakimov sprechen. Du mußt ihm sagen, daß er gehen soll.«

Verblüfft von der Dringlichkeit ihrer Art und nicht gewillt zu gehorchen, sagte er: »Schon gut, aber nicht jetzt.«

»Nein, *jetzt.*« Sie stand zwischen ihm und der Tür. »Geh hinein und sprich mit ihm. Es ist zu riskant, ihn zusammen mit Sascha hier zu haben. Er muß gehen.«

»Na gut, wenn du darauf bestehst.« Die Zustimmung Guys war nur eine vorläufige, ein Spiel um Zeitgewinn. Er wartete und sagte dann: »Es wäre besser, wenn du mit ihm sprichst.«

»Du hast ihn hergebracht, du mußt ihn wieder loswerden.«

»Das ist nicht so einfach. Ich war froh, ihn während der Proben hier gehabt zu haben. Er hat hart gearbeitet und half mir, daß die Aufführung zu einem Erfolg wurde. Auf eine Art bin ich ihm verpflichtet. Ich kann ihm nicht einfach befehlen zu gehen, jetzt, wo der Spaß vorbei ist; aber für dich ist es etwas anderes. Du kannst streng mit ihm sein.«

»Was du meinst ist, daß du es immer dann, wenn es etwas Unangenehmes zu tun gibt, vorziehst, es von mir tun zu lassen?«

In die Enge getrieben, reagierte er mit seltener Erbitterung: »Schau her, Liebling, ich muß mich um andere Dinge sorgen. Sascha ist oben auf dem Dach. Es ist nicht wahrscheinlich, daß Yakimov ihn sieht, und wenn, würde er sich wahrscheinlich nicht für ihn interessieren. Worüber sich also aufregen? Jetzt muß ich zurück und mit Toby reden.«

Sie ließ ihn gehen, da sie wußte, daß durch Reden nichts mehr erreicht werden konnte. Und sie realisierte, daß es immer so sein würde. Wenn Taten vonnöten waren, war sie diejenige, von der sie ausgehen mußten. Das war der Preis, der für eine Beziehung bezahlt werden mußte, die ihr mehr Freiraum ließ, als ihr lieb war. Schließlich war Freiheit normalerweise kein grundlegendes Konzept für eine Ehe. Soweit es Guy betraf, so wollte dieser kein Privatleben. Er zog es vor, in aller Öffentlichkeit zu leben. Sie sagte sich selbst: ›Er ist auf krasse Art selbstsüchtig‹ – eine Anklage, die seine Bewunderer überrascht hätte.

Sie ging zum Fenster hinüber und lehnte sich hinaus. Sie sah die neun Stockwerke zum Pflaster hinunter und dachte an das junge Kätzchen, das vor fünf Monaten vom Balkon gefallen war. Die Umgebung verschwamm zu einem blaugoldenen Kaleidoskop, als sich ihre Augen mit Tränen füllten; sie durchlitt wieder jenen ungeheuren Schmerz, mit dem sie vom Tod des Kätzchens erfahren hatte. Es war ihr Kätzchen gewesen. Es hatte sie anerkannt. Es hatte sie nicht gebissen. Sie war die einzige gewesen, die sich nicht vor ihm fürchtete. Ergriffen von der Erinnerung an diese rotgoldene Flamme von einer Katze, die – eine Kugel aus Fell und Krallen – ein paar Wochen lang in der Wohnung umhergetollt war, weinte sie: »Mein Kätzchen, mein armes Kätzchen«, und fühlte, daß sie es so geliebt hatte, wie sie niemals wieder irgend etwas oder irgendwen würde lieben können. Guy würde sich jedenfalls nicht auf diese Weise lieben lassen.

Sie kehrte erst ins Wohnzimmer zurück, als sie Despina das Teeservice hineintragen hörte. Toby sagte gerade: »Aber irgendwer wird sicher hier einmarschieren, früher oder später. Ich hoffe, die Gesandtschaft wird uns rechtzeitig warnen?«

Guy wußte es nicht und schien sich nicht sehr darüber zu sorgen. Er sagte: »Das wichtigste ist, nicht in Panik zu geraten. Wir müssen die Kurse weiter abhalten.«

Toby nickte in stürmischer Zustimmung. »Trotzdem muß man wachsam sein.«

Yakimov war in seinem zerschlissenen Brokat-Hausmantel zum Tee erschienen und war, als Guy und Toby gingen, um Inchcape zu besuchen, immer noch da und fraß sich – seine Vorahnungen vergessend – entspannt seine Bahn durch die Kuchen und Sandwiches, die übriggeblieben waren. Jetzt war ihre Gelegenheit gekommen, um es loszuwerden: »Sie haben seit Ostern von uns gelebt. Ich habe jetzt genug von Ihnen. Bitte packen Sie Ihre Sachen und gehen Sie.« Daraufhin sagte Yakimov mit seiner mitleiderregenden Miene: »Aber wohin soll der arme Yaki gehen?« Auf diese Frage hatte es schon vor vier Monaten keine Antwort gegeben, und jetzt auch nicht. In Bukarest war sein Kredit erschöpft. Keiner würde ihn aufnehmen. Falls sie ihn loshaben wollte, würde sie seine Sachen selbst packen und ihn vor die Tür sperren müssen. Und falls sie das tat, würde er wahrscheinlich vor der Tür sitzen bleiben, bis Guy ihn wieder mit hereinbrachte.

Nachdem er die Teller geleert hatte, streckte er sich und seufzte: »Denke, ich werde ein Bad nehmen.« Er ging, und sie hatte immer noch nichts gesagt. Da sie wußte, daß sie ebenso unfähig wie Guy sein würde, ihn hinauszuwerfen, hatte sie sich eine andere Strategie zurechtgelegt. Sie würde mit Sascha reden. Der Junge stellte sich wahrscheinlich vor, daß sie sich, ähnlich wie Diplomaten, außerhalb der rumänischen Rechtsprechung befänden. Sie konnte ihm erklären, daß Guy das gleiche Risiko einging, wie jeder andere auch, der ihn beherbergte. Was würde Sascha daraufhin tun?

Der einzige Auswege bestand in der Möglichkeit, daß Sascha ein Freund einfiel, der ihn unterbringen konnte, vielleicht ein jüdischer Schulfreund. Oder da gab es noch seine Stiefmutter, die ihren Unterhalt aus dem Drucker-Vermögen forderte. Irgend jemand würde ihn sicher aufnehmen.

Sie ging in die Küche hinaus. Despina war auf der Feuerleiter und schwatzte mit anderen Dienerinnen, die gerade ein Stündchen frei hatten, bevor es Zeit wurde, das Abendessen vorzubereiten. Harriet fühlte sich ungewohnt in dieser Umgebung, schlüpfte hinter ihr vorbei und begann, die eiserne Leiter hinaufzuklettern; aber Despina entging nichts. »Das ist recht«, rief sie aus. »Besuchen Sie den armen Jungen. Er fühlt sich einsam dort oben.«

Despina hatte Sascha adoptiert. Obwohl man Despina gesagt hatte, daß er nicht in die Wohnung kommen durfte, hatte Harriet sie mehrere Male in der Küche zusammen lachen hören. Despina machte sich über ihre Ängstlichkeit lustig und sagte, sie könne den Jungen jedermann gegenüber als ihre Verwandtschaft ausgeben. Sascha gewöhnte sich an den Lebensalltag hier und würde bald, wie Yakimov, ein unverrückbarer Bestandteil des Haushalts werden.

Das Dach, hoch über den benachbarten Dächern, lag im vollen Licht der untergehenden Sonne. Die Sonne war immer noch sehr warm. Die Hitze ergoß sich nicht nur auf den Beton, sondern sie stieg auch von ihm auf.

Eine Reihe hölzerner Hütten, Umkleidekabinen ähnlich, stand an der nördlichen Umrandung, eine für jede Wohnung. Am Rand des Daches angekommen, sah Harriet Sascha vor seiner Hütte sitzen, ein Stück eines Steckens in der Hand haltend, das er einem Hund zum Apportieren zuwarf. Der Hund, eine struppige, weiße Promenadenmischung, lebte anscheinend hier oben.

Sobald Sascha sie erblickte, erhob er sich, aber der Hund blieb weiter erwartungsvoll sitzen und wedelte mit dem Schwanz wie mit einer schmutzigen Feder.

Sie erklärte ihren Besuch, indem sie fragte: »Wie kommen Sie hier oben zurecht? Kümmert sich Despina um Sie?«

»O doch«, versicherte er eifrig und fügte seinen Dank für all das hinzu, was für ihn getan wurde. Der Gedanke, daß die Tatsache seiner Anwesenheit eine Gefahr für sie alle darstellte, schien ihm nicht gekommen zu sein.

Während er mit ihr sprach, blickte sie durch die offene Tür hinter ihm in die Hütte, in der er lebte. Die Hütte hatte kein Fenster und wurde durch ein Loch in der Tür belüftet. Auf dem Boden lagen ein Strohsack, den Despina für ihn geborgt haben mußte, eine Decke, einige Bücher, die Guy heraufgebracht hatte, und ein Kerzenstummel.

Daheim in England hätte sie es für unmöglich gehalten, daß ein menschliches Wesen den eisigen Winter oder den sengenden Sommer in einem Verschlag wie diesem überleben konnte. Hier hatte sie herausgefunden, daß es in Rumänien Millionen gab, für die eine solche Zuflucht ein Luxus gewesen wäre. Sie kam einen Schritt näher, blieb aber, von dem Geruch und der Hitze drinnen abgestoßen, stehen und sagte: »Es ist sehr eng.«

Sascha lächelte, als ob es an ihm sei, sich zu entschuldigen. Er war erst seit einigen Tagen hier und hatte schon zugenommen. Als sie ihn in der Nacht seines Wiederauftauchens gesehen hatte, war sie von seiner totalen Verwahrlosung abgestoßen gewesen. Jetzt aber war er sauber, hatte Hemd und Hose an, die ihm Guy gegeben hatte, die Angst aus seinem Gesicht war verschwunden, und mit dem wiedereinsetzenden Haarwuchs, der sich wie ein Schatten auf dem Kopf zu zeigen begann, war er schon wieder der Junge, den sie anfangs in der Wohnung des Druckers kennengelernt hatte.

Er war eher ein häßlicher Junge mit seiner langen Nase, den dicht beieinander liegenden Augen und dem langen, schlaffen Körper, aber da war jene Anziehungskraft, ausgehend von seiner äußerst sanften Art, die sie bei ihrem ersten Zusammentreffen an ein scheues Tier erinnert hatte, das in Gefangenschaft zutraulich geworden war. Von daher schien er ihr völlig vertraut zu sein.

Da sie sich ihm gegenüber keinen Zwang auferlegen mußte, streckte sie die Hand aus und sagte: »Setzen wir uns auf die Mauer«, sprang hinauf und ließ sich auf der niedrigen Umrandung nieder, die das Dach umgab. Von hier aus konnte sie beinahe die gesamte Ausdehnung der Stadt übersehen; die Dächer glänzten durch den Hitzenebel, der mit zunehmendem Abend dicht und golden wurde. Sascha kam und lehnte sich an die Mauer neben ihr. Sie fragte ihn, für wen ihn die anderen Dienstleute hielten, die in den übrigen Hütten schliefen.

»Despina sagt, ich stamme aus ihrem Dorf.«

Er sah überhaupt nicht wie ein Bauer aus, sondern hätte eher der Sohn eines jüdischen Buchhalters sein können. Jedenfalls schien niemand viel Notiz von ihm zu nehmen. Despina sagte, daß die Küchenviertel in Bukarest Tausende von Deserteuren beherbergten.

»Wie lange waren Sie schon in Bukarest gewesen, als wir Sie trafen?« fragte sie.

»Zwei Nächte.« Er erzählte ihr, daß er sich in Czernowitz von seiner Einheit getrennt und daß ihn ein Güterzug als blinden Passagier in die Hauptstadt gebracht hatte. Die Nacht nach seiner Ankunft hatte er unter einem Marktstand in der Nähe des Bahnhofs geschlafen, war aber bald nach Mitternacht von einigen Bettlern vertrieben worden, deren gewohnter Schlafplatz dies war. Die folgende Nacht hatte er versucht, im Park zu schlafen, aber da war gerade einer der üblichen Razzien im Gange gewesen. Die Polizei war in ihrem Eifer die ganze Nacht umhergestapft und hatte ihn wiederholte Male gezwungen, seinen Platz zu verlegen.

Er hatte nicht gewußt, was aus seiner Familie geworden war. Aus Bessarabien hatte er an seine Tanten geschrieben, aber keine Antwort erhalten. Als er in Bukarest angekommen war, hatte er zu den Fenstern der Familienwohnung hinaufgesehen, und da er neue Vorhänge gesehen hatte, war ihm klargeworden, daß die Druckers nicht mehr da waren. Auf den Straßen hatte er Leute erblickt, die er kannte, hatte aber in seiner Furcht vor einer Wiederverhaftung nicht gewagt, sie anzusprechen, bis er Guy traf.

Während er sprach, blickte er schüchtern seitwärts, lächelte, und alle Not war aus seinem Blick verschwunden.

Sie sagte: »Sie wissen, daß Ihre Familie Rumänien verlassen hat?«

»Guy hat es mir erzählt.« Falls er wußte, daß sie augenblicklich geflohen waren und ohne sich um sein Schicksal oder das seines Vaters zu kümmern, schien es ihn nicht sehr zu bedrücken.

Sie entschied, es sei an der Zeit, die Möglichkeit zu erwähnen, daß er sich nach einem anderen Zufluchtsort umsehen sollte. Sie sagte: »Ihre Stiefmutter ist sicher immer noch hier. Glauben Sie nicht, daß sie Ihnen helfen könnte? Sie würde Sie vielleicht bei sich wohnen lassen.«

Er flüsterte: »O nein«, überrascht und entsetzt von dem Vorschlag.

»Sie würde Ihnen doch nicht schaden wollen? Sie würde Sie doch nicht verraten?«

»Bitte sagen Sie ihr nichts von mir.«

Sein Ton war der einer völligen Ablehnung. Sie kam also nicht in Frage. Wie stand es dann mit möglichen Freunden? Sie sagte: »Sie haben sicher eine Menge Leute in Bukarest gekannt. Gibt es da niemand, der Ihnen ein besseres Versteck als dieses hier geben könnte?«

Er erklärte ihr, daß er als Schüler einer englischen Privatschule keine alten Freunde hatte. Sie fragte, wie es mit seinen Bekannten an der Universität stand. Er schüttelte einfach den Kopf. Er hatte Leute gekannt, aber nicht gut. Es schien niemanden zu geben, dem er sich hätte aufdrängen können. Juden schlossen nicht leicht Freundschaft. Sie waren mißtrauisch und vorsichtig in einer antisemitischen Gesellschaft, und Sascha war von einer großen Familie behütet gewesen. Die Druckers hatten ihre eigene Gesellschaft gebildet, eine Gemeinschaft, deren Sicherheit von Druckers Macht abhing. Seine Verhaftung war das Signal zur Flucht gewesen. Falls sie gezögert hätten, hätten sie wahrscheinlich alle darunter leiden müssen.

Während sie ihn beobachtete und sich fragte, was sie mit ihm anfangen sollten, begegnete Harriet dem Blick Saschas und sah, daß ihre Fragen ihn beunruhigt hatten. Er hatte wieder den furchtsamen, wachen Blick des Verfolgten, und sie wußte, daß sie nicht besser als Guy war, wenn es darum ging, die Heimatlosen zu vertreiben. Tatsächlich war sie noch weniger dazu geeignet, denn im Unterschied zu Guy war sie dazu entschlossen gewesen und hatte versagt.

Sie sagte zu Sascha: »Da lebt jemand bei uns in der Wohnung, ein Prinz Yakimov. Wir müssen ihn im Augenblick bei uns wohnen lassen, da er nirgendwohin kann, aber ich traue ihm nicht. Sie müssen vorsichtig sein. Lassen Sie sich nicht von ihm blicken.« Sie glitt von der Mauer herab und sagte, als sie ihn verließ: »Dies ist eine schäbige Hütte. Aber es ist das Beste, was wir im Augenblick tun können. Wenn Yakimov geht – und ich hoffe, er wird gehen – können Sie sein Zimmer haben.«

Sascha lächelte ihr nach, seine Ängste waren vergessen, und er war zufrieden wie ein herrenloses Tier, das einen Ruheplatz gefunden und keine Klagen hatte.

Am nächsten Morgen erwähnte nur die *Timpul* das ›Rinnsal des Pöbels in den grünen Hemden, das Gelächter in der Calea Victoriei hervorgerufen hatte‹. Bis zum Abend hatte sich diese Zurückhaltung geändert. Alle Zeitungen berichteten über den Umzug in brüsker Ablehnung, denn der König hatte angekündigt, daß im Falle der Wiederholung das Militär gerufen würde, um auf die Marschierer zu schießen.

Die Gardisten gingen wieder in Deckung, aber nicht, wie die Leute sagten, wegen der Drohung des Königs, sondern aufgrund einer Ansprache, die ihr Führer Horia Sima gehalten hatte, der vor kurzem aus dem deutschen Exil zurückgekehrt war. Er riet ihnen, die grünen Hemden auszuziehen und ›*Capitanul*‹ nur in ihren Herzen zu singen. Die Zeit für Aktionen sei noch nicht gekommen.

Ihre führenden Geister trieben sich wieder beschäftigungslos in den Straßen umher, düster, heruntergekommen, mit finsteren Gedanken, und warteten auf den Ruf. Diese Männer, die, wie es schien, im Frühjahr nur von Harriet bemerkt worden waren, waren über Nacht für jedermann sichtbar und bedeutsam geworden und waren die Ursache für frische Aufregung und Angst und erneutes Entsetzen unter den Juden.

›Capitanul‹ – Der Anführer

6

Als Harriet das nächstemal hinaufging, um Sascha zu besuchen, brachte sie eine Schale Aprikosen und ein Exemplar der *L'Indépendence Romaine* mit. Die Zeitung enthielt das Datum, an dem der Druckerprozeß beginnen sollte, eine Ankündigung, die von der Nachricht, daß der ungarische Premier und sein Außenminister vom Führer empfangen worden waren, überschattet wurde. Was wollten die Ungarn erreichen?

Harriet, die allein zu Abend aß, las den Leitartikel über Transsylvanien durch: *›le berceau de la Nation, le cœur de la Patrie‹*. Kein Hinweis auf Ungarns alten Anspruch auf dieses Gebiet, aber am Ende fragte der Artikel: Hatte das rumänische Volk nicht genug gelitten in seinem Bemühen, den Frieden auf dem Balkan zu bewahren? Würde noch ein weiteres Opfer von ihnen verlangt werden? Und antwortete: Nein, nochmals nein. Falls Gerüchte dieser Art zirkulierten, müßten sie sofort unterdrückt werden.

Die Pringles waren an diesem Tag eingeladen gewesen, mit einem jüdischen Ehepaar zu Abend zu essen, dem ein Visum in die Vereinigten Staaten ausgestellt worden war und das wissen wollte, wie man sich in der englischsprechenden Welt verhält. Einladungen dieser Art gab es häufig. Obwohl Guy nicht mehr über die Staaten wußte, als er aus amerikanischen Filmen gelernt hatte, war er immer beglückt, Ratschläge zu erteilen, aber Harriet begann, sich beim Zuhören zu langweilen. Sie sagte: »Geh du nur. Mich wollen sie ja doch nicht wirklich dabeihaben.« Denn im Hinterkopf hatte sie die Absicht, Sascha wiederzusehen.

Als sie die eiserne Leiter zum Dach emporstieg, war sie von der Großartigkeit des Himmels überrascht, aus dem braunrote und karmesinrote Wolkenfedern von der untergehenden Sonne mit nach unten gezogen wurden. Der Beton erglühte wie Marmor, aber trotz all der farbigen Vielfalt des Lichts war die Luft schwer, beinahe gewitterträchtig, obwohl Gewitter hier selten waren.

Sascha saß auf der Brüstung, eine konzentrierte und einsame Gestalt, die etwas auf den Stein kritzelte. Als sie auf das Dach trat, sah sie ihn den Kopf heben und in Richtung Dom schauen, der auf erhöhtem Grund gebaut war und die Stadt überblickte. Seine goldenen Kuppeln sahen nun aus, als ob sie in Flammen stünden, und der ganze Bau hob sich, wie ein emailliertes Relief, von dem leuchtenden Tiefblau des Himmels ab.

Beim Klang ihrer Schritte warf er den Kopf herum, und sein Gesicht erstrahlte bei der Aussicht auf Gesellschaft; so verspürte sie keine Notwendigkeit mehr, ihren Besuch zu rechtfertigen.

Sie fragte nach dem Hund.

Er sagte: »Er hat nicht hier gelebt. Despina hatte sich nur vorübergehend um ihn gekümmert. Nun ist er nach Hause zurückgekehrt.«

»Schläft irgend jemand aus der Dienerschaft auf dem Dach?«

»Nein, da ist niemand außer mir.«

Sie fühlte Mitleid mit dem Jungen, der ganz allein hier oben lebte. Sie stellte die Aprikosen auf die Brüstung und sagte: »Die sind für Sie«, dann blickte sie auf seine Zeichnung der Domkuppel, die er mit einem Stück grober Holzkohle, das Despina irgendwo für ihn gefunden hatte, auf den Beton gemacht hatte. Sie sagte: »Es ist nicht schlecht.«

»Wirklich?« fragte er eifrig. »Gefällt es Ihnen wirklich?« Er fragte so überrascht und voller Vertrauen in ihr Urteil, daß sie sich wegen ihres unreflektierten Lobes schämte und es sich noch einmal besah. Die Zeichnung zeigte einen kühnen Strich, und die rauhe Oberfläche der Mauer verlieh ihr eine seltsame Verfremdung.

»Ja, sie ist gut«, bestätigte sie ihre Beurteilung und lächelte in naivem Vergnügen.

»Falls Ihnen dies hier gefällt«, sagte er, »hätten Ihnen auch einige Sachen gefallen, die ich in Bessarabien zu Gesicht bekam. Die waren prima.«

Als sie sich auf die Mauer hochzog, fragte sie: »Wo in Bessarabien waren Sie?«

Er war an der Front gewesen, in einer Festung, die so dürftig ausgestattet, kalt und schlecht beleuchtet war wie im Mittelalter. In dem ganzen Gebiet gab es überhaupt nichts außer einem Dorf, das aus zwei Reihen verfallender Hütten bestand, mit einem von Löchern übersäten, dreckigen Weg dazwischen. Das gesamte Gebiet war so oft verwüstet worden, daß es wie die Umgegend eines Vulkans wirkte; nur die Verzweifeltsten ließen sich hier nieder. Im Winter wurde es von Stürmen und Schneestürmen gepeitscht, und im Frühjahr, wenn der Schnee schmolz, verwandelte es sich in einen Sumpf.

»Das Dorf war vielleicht seltsam«, sagte er. »All die Leute, die dort wohnten, waren Juden.«

»Warum haben sie sich ausgerechnet dort angesiedelt?«

»Ich weiß nicht. Vielleicht waren sie von überall sonst verjagt worden.«

Sie hatte sich vorgestellt, daß sie Schwierigkeiten haben würde, ihn dazu zu bringen, über seine Erlebnisse zu reden, aber es schien ihr, als hätte er bereits Distanz dazu gewonnen.

»Und was war mit den Sachen, die Sie gesehen hatten? Waren es Zeichnungen?«

»Nein, Gemälde. Es waren die Schilder der Kaufläden.«

Er beschrieb die Juden der Dörfer – die Männer, hagere Gespenster in ihren zerfetzten Kaftans, und die Frauen, die schwarze, wollene Perücken über den kahlen Schädeln trugen, da sie unter einer Hautkrankheit litten, die andernorts ausgestorben war. Sie waren verschlagen und unterwürfig, und Sascha, der immer nur Juden kannte, die die reichsten Mitglieder der Gesellschaft waren, war überrascht, Juden so heruntergekommen wie diese zu entdecken.

»Sie konnten nicht einmal lesen«, sagte er. »Sie waren fürchterlich arm – aber sie machten diese Gemälde.«

»Wie waren sie?«

»Oh – fantastisch auf eine Art. Menschen, Tiere und Dinge, in den tollsten Farben. Wann immer ich konnte, bin ich hingegangen, um sie zu betrachten.«

Er sprach, als ob die Ladenschilder seine einzige Unterhaltung gewesen seien, und sie fragte: »Hatten Sie irgendwelche Freunde in der Armee?«

»Ich kannte einen Jungen im Dorf. Sein Vater hatte das Lokal, wo die Soldaten immer hingingen, um *tuica* zu trinken. Es bestand nur aus einem Raum und war sehr schmutzig, aber alle Soldaten sagten, der Mann sei ein fürchterlicher Gauner, der eine Menge Geld machte.«

Sascha beschrieb den Jungen als dürr, weißgesichtig, mit einem schwarzen Käppchen und Knickerbockern, die unterhalb der Knie zugebunden wurden, und mit schwarzen Strümpfen und Stiefeln. Haarbüschel von rotem Flaum erschienen auf seinen glatten, weißen Wangen, und rote, rituelle Locken hingen vor den Ohren. »Ich hab' noch niemanden gesehen, der so komisch ausgesehen hat«, sagte Sascha

»Aber alle orthodoxen Juden sehen so aus«, sagte Harriet. »Sicher haben Sie sie unten an der Dâmboviţa gesehen?«

Sascha schüttelte den Kopf. Er war niemals in der Nähe des Gettogebiets gewesen. Seine Tanten hatten ihm nicht erlaubt, dorthin zu gehen.

»Haben Sie mit dem Jungen gesprochen?« fragte Harriet.

»Ich hab' es versucht, aber es war nicht einfach. Er sprach nur Jiddisch und Ukrainisch, und er war sehr scheu. Manchmal ist er davongelaufen, wenn er mich auf der Straße erblickte.«

»Aber hatten Sie keine Freunde unter den Soldaten?«

»Nun...« Sascha saß einige Augenblicke lang in Schweigen da, starrte nach unten und rieb sich die Handfläche an der rauhen Kante der Mauer. »Ja, ich hatte einen Freund.« Er sprach, als ob er ein schmerzhaftes Eingeständnis zu machen hätte. »Er war auch Jude gewesen. Er hieß Marcovitch.«

»Ist er mit Ihnen davongelaufen?«

Sascha schüttelte den Kopf und sagte dann nach einem Moment: »Er starb.«

»Wie ist er gestorben?«

Sascha sagte einige Minuten lang nichts, und sie bemerkte, daß es sich um einen Erfahrungsbereich handelte, der seiner natürlichen Unschuld auf unnatürliche Weise aufgezwungen worden war und zu dem er nur widerwillig zurückkehren mochte. Sie versuchte, ihn zum Weitererzählen zu überreden: »Erzählen Sie, was geschehen ist.«

»Also...« Er sprach unterkühlt, wie ein alter Erfahrener. »Sie wissen, wie es hier so ist. Wenn irgend etwas passiert, sagen sie: ›Die Juden sind schuld.‹ In der Armee war es dasselbe. Sie machten die Juden für Bessarabien verantwortlich. Sie sagten, wir hätten die Russen hereingeholt, wegen der neuen Gesetze, die gegen uns erlassen worden sind. Als ob wir das könnten!« Er sah sie an und lachte: »Einfach albern, natürlich.« Sein krampfhafter Versuch, intellektuell zu sein, zeigte ihr, wie jung er war.

»Wurden Sie mißhandelt?« fragte sie.

»Nicht sehr. Einige von ihnen waren ganz anständig, wirklich. Es war für jeden brutal gewesen, eingezogen zu werden. Die Kasernen waren voller Ungeziefer. Am Anfang wurde ich so gebissen, daß ich aussah, als ob ich die Masern hätte. Und jeden Tag Mais oder Bohnen, und davon nicht viel. Zwar gab es Geld für Nahrungsmittel, aber die Offiziere behielten es für sich.«

»Sind Sie deshalb weggerannt?«

»Nein.« Er ergriff seine Holzkohle und begann, die Umrisse seiner Zeichnung, die mit dem Licht zu verschwinden begann, nachzuziehen.

»Es war wegen Marcovitch.«

»Derjenige, der starb? Wann ist er gestorben?«

»Nachdem wir aus Bessarabien abkommandiert worden waren. Wir waren im Zug, und er ging den Gang entlang und kam nicht mehr wieder. Ich hatte jeden gefragt, aber sie sagten, sie hätten ihn nicht gesehen. Als wir in Czernowitz warteten – wir blieben drei Tage auf dem Bahnsteig, weil es keine Züge gab –, sagten sie, eine Leiche sei am Bahndamm entdeckt worden, halb aufgefressen von den Wölfen. Dann sagte einer von ihnen zu mir: ›Hast du gehört, was mit deinem Freund Marcovitch geschehen ist? Das war seine Leiche.

Paß nur auf, du bist auch Jude.‹ Und ich wußte, sie hatten ihn aus dem Zug gestoßen. Ich fürchtete mich. Es konnte mir ebenso passieren. In der Nacht, als alle schliefen, bin ich dann die Gleise entlang gerannt und habe mich in einem Güterzug versteckt. Der hat mich nach Bukarest gebracht.«

Sie dachte, daß sie Sascha nun ausreichend zum Reden gebracht hatte und daß Guy bald zurück sein würde. Sie glitt von der Mauer herunter und sagte: »Ich muß gehen, aber ich komme wieder.« Bevor sie ging, gab sie Sascha die Zeitung. »Da drin steht, daß der Prozeß gegen Ihren Vater am 14. August beginnt. Je früher er vorbei ist, desto besser. Er könnte schließlich auch freigesprochen werden.«

Sascha nahm die Zeitung, die er bei diesem Licht nicht lesen konnte und sagte: »Ja.« Aber seine Zustimmung war reine Höflichkeit. Er wußte ebensogut wie sie, daß die Gesetze Druckers Verurteilung verlangten, bevor seine Ölanteile an die Krone fallen würden. Welche Hoffnung blieb da für einen Freispruch?

Sie überquerte das Dach, und Sascha ging in seine Hütte. Als sie sich umdrehte, um hinunterzusteigen, konnte sie sehen, wie er bereits seine Kerze angezündet hatte und sich kniend über die Zeitung beugte, die vor ihm auf dem Boden ausgebreitet war.

7

Yakimov sah das große, gelbe Auto vor der Gesandtschaft stehen, sobald er in die Straße eingebogen war. Das Verdeck war zurückgeklappt, unter einer Verkleidung verborgen, so daß nichts die lange, schöne Linie von der Nase bis zum Heck unterbrechen konnte. Seine Augen füllten sich mit Tränen. »Das alte Mädchen in Person«, sagte er. Als er hinzufügte »Ich liebe sie«, wußte er kaum, ob er den Hispano-Suiza oder Dollie meinte, die ihn ihm geschenkt hatte.

Das Auto war nun sieben Jahre alt, aber er hatte es in einem Maß gepflegt, wie er sich selbst nie gepflegt hatte. Er öffnete die Motorhaube und untersuchte den Motor. Als er sie schloß, tätschelte er den Storch, der mit hängenden Flügeln auf dem Kühler stand. Er umrundete das Auto und stellte fest, daß die Karosserie zwar leicht staubig, sonst aber in Ordnung war und daß das Schweinsleder der Sitze in ›guter Form‹ war. ›Gott segne die alten Jugos‹, dachte er. ›Sie haben sie gar nicht so schlecht behandelt.‹

Er verweilte so lange in Verzückung vor dem Auto, bis ihn Foxy Leverett vom Fenster aus bemerkte und herauskam, um ihm die Schlüssel zu geben.

»Er ist eine Schönheit«, sagte Foxy.

Nicht einmal während der Tage seines Triumphs in *Troilus* hatte Yakimov soviel Aufmerksamkeit von Foxy erhalten, der jeden auf die gleiche spontane Art begrüßte. Nun akzeptierte er den Eigentümer eines Hispano-Suiza als Standesgenossen und wurde redselig: »Lief wie ein Uhrwerk. Die schlimmste Straße in Europa, aber er hat beständige Hundert gemacht. Hätte ich den Dion-Bouton nicht, ich würde Ihnen ein Angebot machen.«

»Würde ihn nicht für eine Million verkaufen, guter Junge«, sagte Yakimov und fügte mit einer Spur von Hochmut hinzu: »In diesem Teil der Welt würde ich nie das bekommen, was er wert ist. Das Fahrgestell allein kostet zweieinhalbtausend Mille, und zwar Sterling. Karosserie von Fernandez. Wunderbare Arbeit. Hatte zuvor schon einen. Reizendes Stück Arbeit. Ganz aus dem Holz eines Tulpenbaums gemacht. Sie hätten es sehen sollen. Hatte damals natürlich einen Burschen. Er pflegte ihn wie ein Stück Chippendale.«

Yakimov redete einige Zeit lang, viel zu begeistert, um die drückende Hitze zu verspüren. Foxy, mit blondem Haar und Schnurrbart, die Augen so blau, wie die einer Porzellanpuppe, wurde in der Hitze rosa wie eine Pfingstrose. Als Yakimov eine Pause machte, unterbrach er seine Erinnerungen, indem er sagte: »Ich habe zweihundert Liter getankt in Predea. Ist nicht viel übrig.«

»Ich stehe in Ihrer Schuld, lieber Junge.« Yakimov wurde bescheidener. »Weiß nicht, wieviel ich schulde, wird aber alles geregelt werden, sobald mein Wechsel eintrifft.«

»Ist in Ordnung«, sagte Foxy.

Seine Nonchalance veranlaßte Yakimov, sein Glück zu versuchen: »Würde ihn gerne saubermachen lassen, alter Junge. Sie hätten nicht vielleicht einen Tausender übrig?«

Foxys Schnurrbart zuckte, aber ihm blieb nur die Wahl, das Beste aus der Situation zu machen, und so zog er einige Scheine hervor und überreichte einen davon.

»Lieber Junge!« Yakimov nahm ihn mit Dankbarkeit. »Wissen Sie«, sagte er, »falls Sie mir ein CD-Schild besorgen könnten, könnten wir wahnsinnig viel Zeug über die Grenze bringen. Und nicht nur Devisen, wohlgemerkt. Es gibt hier eine Nachfrage nach Rhinozeroshorn – ein Aphrodisiakum, wissen Sie. Man kann es in der Türkei bekommen. Und Haschisch...«

Mit einem verächtlichen Lachen machte Foxy auf dem Absatz kehrt und schoß zurück in die Gesandtschaft.

Yakimov kletterte ins Auto und startete es. Der Hispano war eine einzige Extravaganz; trotz seiner Größe und Kraft war er nur für zwei Personen konzipiert. Und als er über die zwei Meter lange Motorhaube blickte, sah er seinen Status wiederhergestellt, und sein alter Stolz kehrte zu ihm zurück. Er war seit elf Monaten nicht mehr gefahren. Er begab sich auf die Chaussée zu einer Probefahrt. Zunächst verstört vom irrsinnigen Geheul der vorbeifahrenden Autos, gewann er stetig seine alte Sicherheit zurück und fühlte den Drang, es den anderen zu zeigen. Er umrundete den Brunnen am äußersten Ende der Chaussée, drehte dann um, drückte das Gaspedal durch und stellte mit Zufriedenheit fest, daß er hundertvierzig Sachen machte. Ungerührt vom Hupen, das um ihn herum bellte wie das Geheul einer hungrigen Meute, bog er auf den Platz ein, umrundete ihn und hielt vor dem Wohnblock der Pringles. Da er noch keinen Tee gehabt hatte stellte er fest, daß er ein wenig hungrig war.

Nach dem Tee zog er die besten Sachen an, die ihm noch verblieben waren. Er hatte am Morgen bemerkt, daß im Athenée Palace die Räume für einen Empfang dekoriert wurden.

Die Rumänen waren dieser Tage gehobener Stimmung,

denn die ungarischen Abgesandten hatten München verlassen, offensichtlich ohne etwas erreicht zu haben. Als dies berichtet wurde, sagte Hadjimoscos trocken zu seinen Getreuen: »Der Führer sagte ihnen: ›Vergeßt nicht, daß ich auch der Vater Rumäniens bin.‹ Eine derartige Gesinnung ist sehr erfreulich, nicht wahr? Baron Steinfeld sagt mir, es ist wegen der netten Burschen von der Eisernen Garde, daß wir so hoch in Deutschlands Gunst stehen.«

In Yakimovs Augen waren die Gardisten lediglich Calinescus Mörder. Es hatte ihn amüsiert, daß sie immer noch behaupteten, von einem jungen Mann angeführt zu werden, der bereits seit zwei Jahren im Grab lag. Er benutzte dies, um einen Witz zu machen: »Ich verstehe, alter Junge, Sie spielen auf die nichtexistierenden Mitglieder einer völlig ausgelöschten Partei an, die von einem Geist geführt wird?«

Hadjimoscos starrte Yakimov einen Moment lang kalt an und sagte dann: »Solche Witzeleien sind nicht *de rigueur* in dieser Zeit«, und machte eine eindrucksvolle Pause, bevor er hinzufügte: »Sie werden nämlich manchmal nicht verstanden.«

Yakimov war an die Stimmungsschwankungen Hadjimoscos' gewöhnt und mußte sie akzeptieren. Er hatte schweigend zugehört, wie der Empfang mit einer Ehrfurcht diskutiert wurde, die er als verwirrend empfand angesichts der Tatsache, daß keiner der Anwesenden eingeladen war. Es sollte ein Empfang der Eisernen Garde werden, der zur Herausforderung des Königs gegeben wurde, um die wachsende Macht der Partei öffentlich kundzutun.

»Unter diesen Umständen«, sagte Hadjimoscos mit wissender Selbstgefälligkeit, »ist es nicht überraschend, daß Leute wie wir, Angehörige der alten Aristokratie, keine *offiziellen* Einladungen erhalten hatten, aber ich bin zuversichtlich, es wird uns bedeutet werden, daß unsere Gegenwart erwünscht ist.«

Yakimov war überrascht, daß man überhaupt eine Versammlung abhalten konnte, um den König herauszufordern, sagte sich aber: »Hadji ist ziemlich schlau. Hadji weiß, woher der Wind weht«, und obwohl selbst nicht eingeladen, bereitete er sich am Abend darauf vor, dem Empfang beizuwohnen.

Das Hotel war zwar nur hundert Meter entfernt, aber als er sich aufmachte, nahm er den Hispano als Reminiszenz vergangenen Überflusses mit, und als Visum für bessere Zeiten. Er fuhr vor dem Hotel vor, als Baron Steinfeld gerade mit Prinzessin Teodorescu ankam. Beide waren in voller Abendkleidung, und Yakimov war ein wenig aus der Fassung gebracht, nicht daran gedacht zu haben, daß der Anlaß solch eine Aufmachung verlangte, war aber zufrieden als er bemerkte, wie der Baron seinen Hispano mit Interesse begutachtete.

Die Prinzessin hatte Yakimov seit letzten September, als Hadjimoscos ihn auf ihre Party mitgenommen hatte, nicht mehr beachtet; jetzt aber hob sie den Schwanz einer ihrer Silberfuchspelze und schwenkte ihn spielerisch, als sie ihm zurief: »Ah, *cher prince*, Sie waren so lange verschwunden.« Yakimov stürzte auf sie zu und küßte ihre Hand im rosafarbenen Handschuh. Die Prinzessin war bekannt dafür, kein Blatt vor den Mund zu nehmen und sagte ohne Umschweife: »*Cher prince*, ich hätte gern Eintrittskarten zum Drucker-Prozeß.«

In dem schwindenden Licht schienen die Falten ihres hübschen, aber hageren Gesichts mit Tinte ausgefüllt zu sein. Ihre Augen waren unter den stark getönten Lidern gierig auf Yakimov fixiert, als sie erklärte: »Ich habe natürlich meine zwei oder drei Karten erhalten, aber immerzu quälen mich meine Freunde: ›Bitte, besorg mir eine Eintrittskarte.‹ Was kann ich machen? Nun Sie, *mon prince*, sind *Journalist*. Sie verfügen über viele Karten, nicht wahr? Tun Sie mir den Gefallen und geben Sie mir zwei, drei!«

Die Eintrittskarten zum Prozeß waren an Persönlichkeiten von Rang verteilt worden und wurden nun zu ungeheueren Summen an Persönlichkeiten minderen Ranges verkauft. Yakimov hatte keine, aber er lächelte beglückt. »Meine Liebe, aber natürlich, ich werde sehen, was sich machen läßt. Fürchte, ich habe die meinigen schon verschenkt, werde aber neue bekommen. Es gibt Mittel und Wege. Überlassen Sie es Ihrem Yaki.«

»Ach, wie freundlich von Ihnen!« sagte die Prinzessin und lud, als Zeichen ihrer Gunst, ihren Fuchspelz in Yakimovs Armen ab. Entzückt von dieser heißen und schweren Bürde, sagte er: »Wir müssen eine Leine für die Füchse besorgen, meine Liebe«, und die Prinzessin lächelte.

Als sie auf das Hotel zuschlenderten, sagte der Baron: »Ist es nicht erstaunlich, daß die Deutschen immer noch nicht ihre Invasion der Britischen Inseln durchgeführt haben?« Sein Ton ließ vermuten, daß es nicht nur erstaunlich, sondern auch bedauerlich war. Als Yakimov nichts darauf sagte, fuhr der Baron fort: »Es gibt bereits schlimme Nachrichten aus England. Es heißt, daß die Pferderennen nicht mehr entsprechend den Regeln des Jockey Clubs durchgeführt werden. Klar, daß dort nicht alles in Ordnung ist.« Er appellierte an Yakimov: »Sicher ist es an der Zeit, diese dummen Unstimmigkeiten zwischen unseren großen Nationen zu beenden. Sie sind ein Prinz des alten Rußland: Können Sie Ihre englischen Freunde nicht dazu bringen, ihre Waffen gegen die Sowjets zu richten?«

Yakimov schaute drein, als ob er es könnte, aber nicht wollte. »Wir wollen doch nicht noch mehr Probleme verursachen, nicht wahr?« sagte er. Sie hatten den roten Teppich erreicht, und damit konnte er das Thema wechseln. »Große Sache hier, wie ich feststelle.«

»Ein Empfang der Führer der Eisernen Garde«, sagte Steinfeld. »Ein wichtiges Ereignis. Horia Sima wird anwesend sein.«

Das Vestibül war von Nelken, Nachthyazinthen und Farnen umsäumt. Ein Hinweis informierte das Publikum, daß nur Karteninhaber in den Hauptsaal eingelassen werden würden, der durch die Glastüren zu sehen und bereits sehr voll war. In der Hoffnung, bei dieser Gelegenheit seinen wahren Rang demonstrieren zu können, sagte Yakimov: »Ich höre, daß mein lieber, alter Freund Freddie von Flügel zum Gauleiter in Cluj ernannt worden ist. Er hat mich zu sich eingeladen.«

»Gauleiter? In der Tat! Eine Position mit Macht«, sagte Steinfeld, aber die Prinzessin war weniger beeindruckt: »Sie sind doch«, sagte sie, »Engländer? Ist es korrekt, in Kriegszeiten den Feind zu besuchen?«

Der Baron wischte diese unangenehme Frage zur Seite: »Leute unserer Position können auf solche *convenances* verzichten«, sagte er, und Yakimov stimmte mit Enthusiasmus zu.

Sie näherten sich dem Eingang zum Salon, an dem einige junge Männer Wache standen. Yakimov, der sich eng an seine Begleiter hielt, hatte immer noch Hoffnung, er könnte unter ihren Fittichen hineinschlüpfen, die Prinzessin wollte aber nichts dergleichen zulassen. Er war genug belohnt worden. Sie hielt an, nahm den Pelz aus seinen Armen und sagte: »Well, bye-bye, wie ihr Engländer sagt. Vergessen Sie nicht meine zwei, drei Karten«, und übergab den Pelz an Steinfeld. Yakimov sah sich entlassen.

Er beobachtete, wie das Paar den Eingang zum Salon erreichte. Dort wurden sie angehalten, und man verlangte ihre Einladung zu sehen. Drinnen gab es keine Anzeichen eines Büfetts, und die Gäste tranken Wein. Yakimov entschied, daß die ›große Sache‹ eigentlich ziemlich armselig wirkte und ging in die English Bar.

Zu diesem Zeitpunkt überquerten die Pringles gerade den Großen Platz, als sie hinter sich das wilde, anhaltende Tuten einer altmodischen Autohupe vernahmen. Sie gingen auf das Trottoir. Das Hupen hielt an. Da sie annahmen, es handle sich um eine Art antibritischer Demonstration, drehten sie sich nicht um. Es ging das Gerücht, daß Großbritannien seine Ölanteile an Rußland verkaufen wollte, und das rumänische Kabinett hatte erklärt, es würde eine solche Perfidie zu verhindern wissen. Das antibritische Ressentiment verstärkte sich. Das Hupen kam näher und erheischte Aufmerksamkeit. Die Pringles drehten sich um und sahen einen schlammfarbenen Wagen, der von Toby Lush auf sie zugesteuert wurde. Toby grinste. Inchcape hatte seiner Anstellung zugestimmt, und er hatte die Arbeit an der Universität bereits aufgenommen. Er hielt das Auto an. Ein Willkommen erwartend, streckte er seinen verwirbelten, strohfarbenen Kopf heraus und rief: »Hallo, da drüben!«

»Ja, hallo«, sagte Guy.

Neben Toby saß Dubedat. Zwischen den beiden Hilfslehrern war eine jener spontanen Freundschaften entstanden, die alle, außer das betroffene Paar, überraschte. Harriet war nicht nur überrascht, sondern ziemlich verärgert. Sie war gewillt gewesen, ihn als Kamerad in der Gefahr in ihren Kreis aufzunehmen, aber sie war nicht gewillt, Dubedat zu akzeptieren.

Dubedat, der nun in dem tiefen Autositz saß, begrüßte die Pringles nicht, sondern starrte geradeaus, sein Profil mit der dünnen, gebogenen Nase und dem fliehenden Kinn angespannt und mißbilligend wie immer.

Sie hatten im Zentrum des Platzes neben der Statue des alten Königs, der ein zu großes Pferd ritt, angehalten. Autos waren rund um den Steinsockel geparkt. Toby sagte: »Ich werde die Kiste hier stehen lassen und mir die Füße vertreten.«

Die Pringles waren von David in die English Bar eingeladen worden, und die zwei Hilfslehrer wollten nun offenbar mitkommen. Harriet sah Guy an und wußte, als er ihrem Blick auswich, daß er Toby eingeladen hatte, sie zu begleiten. Hätte sie gefragt, ›warum‹, hätte er wahrscheinlich geantwortet ›warum nicht‹. Sicher würde doch jeder zustimmen, daß es besser war, mit mehreren Leuten zu trinken, als nur mit einem oder zweien?

Guy, entzückt davon, eine umfangreichere Begleitung zu haben, ging mit Toby voraus, während sie mit Dubedat folgte und sich nicht zum erstenmal fragte, ob das Leben mit Guy nicht öfter ein Ärgernis als ein Vergnügen war.

Sie sah Dubedat an und bemerkte ein Lächeln um seine Lippen – »wie die Schmutzreste, die vom Badewasser zurückbleiben«, sagte sie sich – und war sich sicher, daß er sich ihres Ärgers bewußt war. Das ärgerte sie noch mehr. Er hatte nichts zu sagen. Sie unternahm nichts, das Schweigen zu brechen.

Dubedat, ein Volksschullehrer aus Liverpool, war bei Kriegsausbruch durch Galizien getrampt und hatte eine Mitfahrgelegenheit in einem der Flüchtlingsautos gefunden, die nach Bukarest strömten, als Polen zusammenbrach. Er beschrieb sich selbst als einen Anhänger des ›einfachen Lebens‹ und war in kurzen Hosen und im Hemd mit offenem Kragen in Bukarest umhergelaufen, bis der Winter ihn in einen Schafspelz zwang.

Sein Erscheinungsbild hatte sich seit jenen Tagen verbessert. Er hatte nun ein Jahr lang an der Universität unterrichtet und hatte die Uniform des ›einfachen Lebens‹ aufgrund zunehmenden Wohlstands abgelegt; er trug nun einen Anzug aus Khakitwill. Er sah sehr schmutzig aus. Er lebte nicht mehr in der Gegend der Dâmboviţa, sondern hatte eine moderne Wohnung im Stadtzentrum gemietet. Toby war bei ihm eingezogen. Früher hatte Guy Dubedat immer mit dem Hinweis in Schutz genommen, daß ihm seine alte Unterkunft keine Gelegenheit zum Waschen gegeben hatte. Harriet aber kam es so vor, als ob sein persönliches Aroma unverändert sei. Oder war es nur eine Ausdünstung ihrer eigenen Abneigung ihm gegenüber?

Vorneweg gab Toby, der sich mit übertriebenen Schritten vorwärtsbewegte, Krähenschreie nervösen Gelächters von sich. Trotz der Hitze trug er immer noch sein Tweedjackett mit den aufgenähten Lederflecken. Sie hörte ihn sagen: »Will nicht mein ganzes Leben ein Flaschenwäscher bleiben.«

»Sogar in Zeiten wie diesen«, erwiderte Guy, »müssen wir von einem Dozenten einen akademischen Grad verlangen.«

Dubedat, an Harriets Seite, verlieh bei dieser Bemerkung seiner Verachtung durch wütendes Schnauben Ausdruck.

Sie hatten das Hotel erreicht, dessen gestreifte Markisen aufgespannt, dessen Teppichläufer ausgerollt waren und von dessen Fassade eine riesige Flagge Rumäniens über die ganze Länge herunterhing. Menschen hatten sich versammelt, um das Geschehen zu beobachten. Ein Lastwagen kam an, und ein Dutzend junger Leute in dunklen Anzügen sprangen herab und begannen sofort, die fügsamen Zuschauer zurückzustoßen und einen Kordon von sechs Männern auf jeder Seite des Gehsteigs zu bilden. Noch bevor sich jemand dieses Verhalten erklären konnte, fuhr ein Mercedes vor, und ein Mann stieg aus – ein kleiner, schlanker Mann von ungewöhnlicher Erscheinung. Die Absperrkette riß sofort den Arm zum faschistischen Gruß hoch, zackig, diszipliniert und unrumänisch, und der Neuankömmling erwiderte, indem er den Gruß dramatisch einige Sekunden lang ausdehnte, mit zurückgeworfenem Kopf, so daß jeder sein hohles, knochenfahles Gesicht und sein glattes schwarzes Haar sehen konnte.

Guy flüsterte: »Ich glaube, das ist Horia Sima.«

Wer auch immer er war, er war deutlich ein Intellektueller und Fanatiker, vollkommen anders als die sanften und verwöhnten rumänischen Männer, die gerade die Calea Victoriei entlangschlenderten. Er ließ den Arm sinken und schritt zur Drehtür. Er gab ihr einen Stoß, behandelte sie wie ein unwichtiges Hindernis, aber die Tür ließ sich nicht nötigen. Sie quietschte und drehte sich langsam, und er war unwillkürlich gezwungen, in ihrem Tempo hineinzuschlurfen. Den jungen Männern, die ihm nachfolgten, erging es nicht besser.

Während Harriet zuschaute, konnte sie Toby nervös an seiner Pfeife ziehen hören. »Niemals dergleichen gesehen«, sagte er, und die englische Gruppe ging sehr ernüchtert in die Halle des Hotels, wo die Gardisten gerade den Salon betraten.

David war in der Halle. Guy fragte ihn: »War das Horia Sima?«

David nickte. »Er wird Mitglied des Kabinetts. Das ist natürlich der offizielle Anlaß für den Empfang, aber in Wahrheit ist es eine Geste der Herausforderung. Ich bin gespannt, wie es Seine Majestät aufnehmen wird.« David widmete Dubedat ein müdes ›Hallo‹ und sah dann ausdruckslos auf Toby, den er noch nie zuvor gesehen hatte.

Guy stellte sie einander vor, indem er sagte: »Toby kommt von Cluj. Ich dachte, dich interessiert vielleicht, wie es dort zugeht.«

»Oh!« sagte David und dann nichts weiter.

Sie gingen in die Bar, wo Guy eine Runde bestellte.

Toby hatte offenbar von David gehört, denn er hielt sich dicht bei ihm und fragte mit vor Erregung großen Augen: »Ist es wahr, daß sie in den Karpaten KZs einrichten?«

»Ich hab' sie nie selber gesehen«, sagte David und starrte weiterhin in sein Glas.

Toby fuhr fort, Fragen zu stellen über die Situation des Landes und ihre Gefährlichkeit und erhielt Antworten, die kurz und entmutigend waren, während Dubedat daneben stand und offensichtlich verärgert war über Tobys Eifer und Davids Mangel desselben.

Sobald sich Guy an dem Gespräch beteiligte, benutzte Dubedat die Gelegenheit, seinen Freund am Ärmel zu zupfen, worauf sich Toby mit einem Ruck umdrehte und, als er Dubedats Stirnrunzeln bemerkte, mit einem Flüstern fragte: »Worum geht's, alter Junge, was ist los?« Durch die Zähne zischend, so daß er wie eine gereizte Ratte aussah, machte Dubedat eine Bewegung mit dem Kopf, um mit Toby einen Schritt zur Seite zu gehen. Paffend und spuckend vor Besorgnis, ließ Toby sich wegführen.

»Wo hast du diesen unmöglichen Esel aufgegabelt?« fragte David Guy.

Guy wirkte überrascht. »Er arbeitet für mich, er ist kein schlechter Bursche.«

David senkte die Stimme: »Ich muß dir etwas sagen. Klein ist verschwunden.«

»Hat er das Land verlassen?«

»Niemand weiß es. Er könnte verhaftet worden sein, ich glaube es aber nicht. Ich glaube, er hat die Grenze nach Bessarabien überschritten. Es gibt da einen geheimen Weg über den Pruth: Tausende gehen hin, wie ich erfuhr. Jedenfalls bezweifle ich, daß wir ihn jemals wiedersehen werden.«

Guy nickte traurig, hieß aber seine Flucht gut, und Harriet dachte daran, wie Klein ihr mehrere Male geraten hatte, zu bleiben, um den Zusammenbruch eines Landes zu beobachten: »Revolution, Ruin, Besetzung durch den Feind – alles so interessant«; er hatte es aber selbst nicht abgewartet. Sie fühlte sich untröstlich angesichts seiner Flucht, als ob ein Verbündeter sie im Stich gelassen hätte.

Während die anderen sich unterhielten, sah sie sich in der Bar um und erblickte Yakimov, der mit seinen rumänischen Freunden zusammen war, vermied es aber, zu ihm hinzusehen. Clarence saß allein an einem der Tische. Sie hatte nichts von ihm gehört seit jenem Abend im Park, und als sie ihn nun anblickte, vermied er es, ihrem Blick zu begegnen.

Etwas am seltsamen Drehen seines Kopfes erinnerte sie an jene Knaben, die, wie von Klein beschrieben, während ihrer ersten Tage im Gefängnis vergewaltigt worden waren, Geschmack an der Demütigung entwickelt hatten und sich hinterher jedem, der hereinkam, anboten. Clarence war auch vergewaltigt worden. Sein Lebensmut war durch physische Gewalt gebrochen worden. Als Harriet eine Bewegung auf ihn zu machte, glitt sein Blick zur Seite, und sein Ausdruck signalisierte Abwehr, wie bei einer insgeheim erwünschten und doch gefürchteten Züchtigung.

Galpin kam flott hereinmarschiert, mit seiner Freundin Wanda auf den Fersen. Er hatte eine Miene schalkhafter Selbstzufriedenheit, was Nachrichten bedeutete. Harriet kehrte zurück, um zu hören, was er zu sagen hatte.

An diesem Abend war Hadjimoscos niedergedrückter Stimmung, ebenso wie Palu und Horvath. Niemand hatte ihnen eine Andeutung gemacht, daß ihre Gegenwart beim Empfang erwünscht war. Yakimov hatte den größten Teil seiner tausend *lei* für Drinks für seine Begleiter ausgegeben, aber ihr Trübsinn hielt an. »Hat mir wie eine ziemlich müde Party ausgesehen«, sagte Yakimov.

Yakimov ignorierend, stöhnte Hadjimoscos zu Palu und Horvath: »Wir sollten es hinnehmen, daß wir als Angehörige der alten Aristokratie nicht in ihrer Gunst stehen.«

»Oh, das würde ich nicht sagen«, sagte Yakimov, »die Prinzessin war eingeladen.«

Aus irgendeinem Grund verärgerte diese Bemerkung, die als Trost gedacht war, Hadjimoscos, der sich zu Yakimov umdrehte und sagte: »Die Prinzessin, das kann ich Ihnen versichern, war nur als Begleitung des Baron Steinfeld eingeladen worden. Seit seiner Verluste in Bessarabien hat sich der Baron mit Haut und Haaren den Nazis verschrieben, mit dem Ergebnis, daß er, im Gegensatz zu uns alten Aristokraten, *très bien vu* bei der Garde ist.«

»Wirklich, alter Junge«, protestierte Yakimov aus seiner Bestürzung heraus. »Ich weiß nicht, worum Sie sich alle so sorgen. Offensichtlich waren diese Gardisten vom König niedergeworfen worden – eine Menge von ihnen wurden erschossen oder sonst was. Wie konnten sie plötzlich so wichtig werden? Was kümmert es Sie, ob Sie zu ihrem Fest eingeladen werden oder nicht?«

»Glauben Sie mir«, sagte Hadjimoscos, »der Tag kommt schnell näher, an dem jene, die sie nicht leiden können, schon so gut wie tot sind.«

Beeindruckt durch die Feierlichkeit von Hadjimoscos' Feststellung, begann Yakimov zum erstenmal, ernsthaft über die Eiserne Garde nachzudenken. Er erinnerte sich nun, daß er während seiner kurzen Zeit als Journalist auf Galpins Rat hin Berichte geschrieben hatte, in denen er mit starken Worten die Mörder Calinescus verurteilt hatte. Der Oberschurke war jemand namens Horia Sima gewesen. Die Berichte waren nicht außer Landes gelassen worden. Was war aus ihnen geworden? Eine kalte, aufschießende Angst traf seine Magengrube, und als er wie die anderen mit einem leeren Glas in der Hand dastand, fühlte er sich ebenso schwermütig wie sie.

»Ja, ja«, sagte Galpin und deutete mit seinem Daumen rückwärts über die Schulter, »falls dieses Pack wüßte, was ich weiß, würde es heute abend keinen Empfang geben.«

Alle schauten sie ihn voller Erwartung an.

David fragte lächelnd: »Was ist denn geschehen?«

»Die rumänischen Minister sind nach Salzburg zitiert worden – die von Ungarn und Bulgarien ebenfalls. Herr Hitler befiehlt ihnen, ihre Grenzprobleme zu lösen.«

»Ist das alles?« sagte Harriet.

»Das reicht ja wohl«, sagte Galpin scharf. »Worin bestehen denn Rumäniens Grenzprobleme? Ganz einfach in den Forderungen anderer Völker. Alles, was es will, ist, das zu behalten, was es hat. Na, wartet nur ab! Es wird hier bald ein paar Probleme geben.«

Davids Lächeln hatte sich in einen Ausdruck überraschter

Interesses verwandelt. »Wann haben Sie das gehört?« fragte er.

»Vor einem Augenblick. Das Kabinett ist zusammengerufen worden. Ich habe meinen Informanten auf dem Platz getroffen. Er hat einen Kontakt im Palast. Es sind heiße Nachrichten, aber ich brauche gar nicht zu versuchen, sie zu übermitteln. Die Behörden wollen es geheimhalten. Seht sie euch an«, sagte er, und alle blickten durch die offene Tür der Bar auf die Gäste, die auf ihrem Weg zum großen Salon vorbeizogen. »Arme Schweine! Denken, sie hätten sich der siegreichen Seite angeschlossen. Sie nennen es die Neue Morgenröte. Und da fordert ihr Führer aufs neue ein Opfer von ihnen, im Interesse des Friedens auf dem Balkan.«

David kicherte in sein Glas. »Vielleicht findet der Führer am Ende die Weltdiktatur gar nicht so einfach. Ich denke, er würde am liebsten all diese Probleme ins Regal stellen und warten bis der Krieg zu Ende ist, um sie dann auf seine eigene Art zu lösen. Aber Ungarn und Bulgarien werden das nicht zulassen. Sie verlangen prompte Bezahlung für ihre Unterstützung.«

»Und Rumänien?« fragte Harriet.

»Es ist nicht in der Position, irgend etwas zu verlangen.«

Clarence hatte sich ihnen angeschlossen, um zu fragen, woher die ganze Aufregung kam. Als sie ihm erzählte, daß die Rumänen zu einer Konferenz nach Salzburg vorgeladen worden waren, zuckte er leicht die Schultern, da er Schlimmeres erwartet hatte. Auch sie fühlte, daß man in einer Welt, die so voller Gefahren war, diejenigen, die einen nicht unmittelbar bedrohten, durchaus ignorieren durfte.

Er blieb am Rand der Gruppe stehen, und Harriet bemerkte, daß er noch niedergedrückter als sonst war und sagte: »Was ist los?«

Er sah auf und reagierte sofort auf ihr Mitgefühl: »Steffaneski ist heute früh gegangen. Er versucht, sich Weygand anzuschließen. Das war der letzte meiner Polen.«

»Wir müssen alle früher oder später gehen.«

»Er ist mein Freund gewesen.« Clarence ließ den Kopf hängen und wies diesen Trost zurück.

Harriet sagte: »Du hast andere Freunde.« Er antwortete nicht, nickte aber nach einem Moment zu Guy und David hin und sagte: »Sie werden die ganze Nacht lang diskutieren. Warum gehst du nicht mit mir zum Essen?«

Sie erkannte es zwar als Friedensangebot an, lehnte aber bedauernd ab: »David hat uns eingeladen, deshalb fürchte ich...«

»Oh, du brauchst dich nicht zu entschuldigen.« Clarence drehte das Gesicht zur Seite. »Wenn du nicht mitkommen willst, wird es jemand anders tun.«

Harriet lachte. »Wer zum Beispiel?« sagte sie.

Clarence schniefte und grinste dümmlich, und sie stellte nicht ohne einen Anflug von Gekränktsein fest, daß er wirklich einen Ersatz in petto hatte. Sie sah, daß er auf ihre Frage wartete, wer es sei. Statt dessen ging sie von ihm weg, richtete ihre Aufmerksamkeit anderswohin und ertappte sich, wie sie Dubedat zuhörte, der inzwischen einige Drinks intus hatte.

Schweigsam wenn nüchtern, geschwätzig wenn angetrunken, hielt er Toby durch einen Schwall von Gerede von den anderen entfernt. Sein Thema war gerade die Armut, und zwar seine eigene Armut, ein Zustand, den er einstmals als Tugend zur Schau gestellt hatte.

Harriet bemerkte, daß sich seine Einstellung wie seine Kleidung verändern konnte. Nun sagte er: »Gott, wie ich die Armut hasse. Sie ist nicht nur ein Unglück, sie ist eine Krankheit, und wenn man sie nicht los wird, wird es eine unheilbare Krankheit. Sie frißt dich richtig auf. Du wirst mutlos. Du kriechst. Du wirst dir selbst völlig gleichgültig. Wenn du arm bist, kannst du es dir nur leisten, Menschen zu treffen, die genauso arm sind. Sind sie dumm, langweilen sie dich. Sind sie intelligent, sind sie unzufrieden und deprimieren dich. Das heißt, du kommst nie raus. Deine Nase wird fest ins schmutzige Wasser der Realität getaucht. Sie ist die mächtigste zerstörerische Kraft auf der Welt, die Armut. Die Hälfte des Intellekts der Welt wird von ihr abgestumpft oder kaputtgemacht. Niemand von uns kommt da unversehrt raus. Sogar die Elefantenhäute tragen ihre Narben.

All dies wurde schnell gesprochen, in einem prahlenden Tonfall, den Harriet als den Ton erkannte, mit dem er den Thersites in Guys Inszenierung von *Troilus* gespielt hatte. Er hatte geglänzt in dieser Rolle, und etwas davon schien er verinnerlicht zu haben. Dies, dachte sie, ist ein verwandelter Dubedat, ein Dubedat, der das Reden gelernt hat.

Der große Salon quoll offenbar über, denn nun konnte man die Gäste in der Halle herumstehen sehen. Bald war die Halle ebenfalls überfüllt. Plötzlich vernahmen die überraschten Gäste der Bar einen Chorgesang, und zwar aus der Halle und aus dem Salon. Gemeinschaftssingen bei einem Empfang im Atheneé Palace!

Die Menschen blickten einander an, als sie das Lied erkannten, das man den Mitgliedern der Eisernen Garde empfohlen hatte, ›nur in ihren Herzen zu singen‹.

»Capitan-ul, Capitan-ul«, kam es von den schillernden Gästen draußen.

Bevor noch einer der Engländer etwas sagen konnte, erschien der Mann, den Galpin seinen Informanten nannte, und kämpfte sich seinen Weg durch die Presse am Eingang zur Bar. Als er es geschafft hatte, hielt er inne, um sein zerknittertes Baumwolljackett in Ordnung zu bringen, und schlängelte sich dann zu Galpin hinüber. Galpin beugte sich nieder, um die Neuigkeit zu erfahren, und rollte mit den Augen vor angestrengter Aufmerksamkeit.

»Nun«, sagte er, als alles berichtet war, »das ist wirklich etwas! Hab' ich euch nicht gesagt, es wird Schwierigkeiten geben? Eine Stimme hat sich erhoben, eine einsame, aber bedeutungsvolle Stimme – und sie hat die Abdankung des Königs gefordert.«

Seine Zuhörer starrten ihn an, zu erschreckt, um etwas dazu zu sagen. Er fuhr fort zu erklären, daß die Menschen sich vor dem Palast versammelt hatten, als sie die Kabinettsmitglieder ankommen sahen. »Dann sickerte die Nachricht langsam durch. Den Leuten war klar, daß die nächste Frage Transsylvanien heißen mußte – und plötzlich brüllte jemand: *›Abdicati‹*.«

David sagte: »Guter Gott!«

»Was ist dann geschehen?« fragte Guy.

»Nichts – das ist ja das Außergewöhnliche dabei. Natürlich liefen alle weg. Sie erwarteten wahrscheinlich, daß die Wachen schießen würden, aber sie unternahmen nichts. Nicht ein Laut kam aus der Richtung des Palastes ...«

Wanda unterbrach aufgeregt: »Aber der König wird nicht zurücktreten? Ja?« Sie sprach so selten, daß jeder sie anstarrte, und sie schaute von einem zum anderen mit einem dramatischen Ausdruck großer Angst.

Akkreditiert bei einer englischen Sonntagszeitung, die es mit der Wahrheit von dem, was sie druckte, nicht so genau nahm, hatte sie kürzlich ihren Job verloren, da die Nachrichten, die sie übermittelte, absolut keine Ähnlichkeit mit den Nachrichten aufwiesen, die von anderen Journalisten berichtet wurden. Das Ergebnis war, daß sie sich an Galpin um Hilfe gewandt hatte, und ihre bereits beendete Beziehung war dadurch wieder aufgenommen worden.

Sie trug einen schwarzen Schiaparelli-Anzug, ähnlich einem Smoking, und als Krönung eine hellrosa Krawatte. Die Absätze ihrer Schuhe waren ebenfalls rosa und so ausgetreten, daß ihre Füße auf die Seite kippten. Sie hatte einen Miniaturzylinderhut schräg über ein Auge gezogen, und ihr Haar floß wie Pech bis zu ihren Hüften hinunter. Sie war leicht schmutzig wie immer und dramatisch schön, und als sie Clarence ansah, blickte dieser traurig-lüstern und mit düsterem Gebrumm zurück: »Ich weiß es nicht«, was bedeutete, wie Harriet wußte: ›Wie kommt es, daß andere Männer Frauen kriegen, und ich nicht?‹

Als sie David ansah, kicherte dieser und antwortete: »Wer weiß? Ich höre, er hat ein Flugzeug startbereit im Hinterhof, für alle Fälle. Man kann diese Balkankönige nicht ernsthaft tadeln, wenn sie ein wenig langfingerig sind. Sie wissen nie, was von einem auf den anderen Tag geschehen wird.«

Wanda gab bei Davids Frivolität ein Schnauben der Entrüstung von sich und wandte ihren tragisch-fragenden Blick Galpin zu, der sagte: »Es besteht kein Anlaß, sich um Carol zu sorgen. Er und seine Freundin haben Riesensummen im Ausland auf die Seite gebracht. Auf jeden Fall werden ihn die

Deutschen hierbehalten. Denn nur ein Gauner kann dieses Land zusammenhalten.«

Davids Mund verzog sich vor Verachtung über Galpins Vorhersagen, und er widersprach ihm energisch: »Die Deutschen werden ihn nicht halten. Sie sind von seinem neuen Bekenntnis zur Diktatur überhaupt nicht beeindruckt. Sie wissen, daß es reiner Pragmatismus ist. Die neuen Männer in Deutschland sind, auf ihre Art, Idealisten. Sie sind nicht wie die Diplomaten der alten Schule, die sich nichts darum scheren, wie unehrlich einer ist, solange er ihr Spiel mitspielt. Sie sind ihrer Sache ergebene Männer, die Carol, ohne mit der Wimper zu zucken, dem Erschießungskommando übergeben würden.«

»Aber das ist ja schrecklich«, stöhnte Wanda. »Er ist solch ein strahlender König, mit seinem Helm, seinem weißen Umhang und seinem weißen Pferd.«

»Es mag schrecklich sein«, stimmte David nachsichtig zu, »aber er hat es sich selbst zuzuschreiben. Er hat versucht, die Großmächte gegeneinander auszuspielen – und er scheiterte. Und was uns betrifft, wir waren auch nicht viel erfolgreicher. Wir hätten die Eiserne Garde jederzeit kaufen können. Hätten wir der Bauernpartei gegenüber nur eine Geste der Anerkennung gemacht, sie wäre auf unserer Seite gewesen. Es ist noch nicht zu spät. Maniu könnte immer noch einen probritischen Aufstand in Transsylvanien inszenieren. Aber sogar jetzt interessiert die Gesandtschaft ausschließlich die Frage, wie man mit dem blutrünstigen Monarchen weiterhin gut Freund bleibt.«

Wanda sprühte vor Empörung: »Sie sind Engländer«, warf sie ihm vor. »Ihr habt ein großes Reich und einen guten König, und doch wollt ihr, daß eure Gesandtschaft einen Aufstand des Pöbelhaufens von Bauern anzettelt! Ist denn das möglich?« Sie blickte ringsum von einem zum anderen und rief: »Die letzten Worte, die ich an meine Zeitung schrieb, waren: ›Auf einen Befehl hin wird jeder Mann in Rumänien aufstehen, um den Thron zu verteidigen.‹«

David kicherte beglückt in sich hinein und murmelte

Guy zu: »Genau, was man von den Polen erwartet. Sie singen immer noch ›Noch ist Polen nicht verloren‹!«

Ob die Nachrichten der Salzburger Konferenz die Feier erreicht hatten oder nicht, das Singen dauerte an. Harriet sah, daß der Blick von der Bartür durch Männerrücken blockiert war, die Schulter an Schulter den Eingang versperrten.

Draußen gab es eine Pause, dann erhoben sich die Stimmen der Gardisten zum ›Horst-Wessel-Lied‹. Jemand gab einen Befehl, und allmählich stimmten die Gäste in das Lied ein.

Vom anderen Ende der Bar erhob sich Hadjimoscos' Stimme in bewundernder Ehrfurcht: »Solch eine Demonstration von Loyalität habe ich noch nie vernommen.«

»Ich glaube, wir sollten gehen«, sagte Harriet.

David stimmte zu: »Es wird ein bißchen unheimlich.«

Sie verabschiedeten sich von Galpin und gingen zur Tür. Guy, der sich umsah, ob all seine Grüppchen beisammen waren, sah Clarence, wie er unschlüssig zögerte. »Kommst du mit uns?« fragte er.

»Ich weiß nicht. Ich...« Clarence sah Harriet an, aber als sie seine Antwort nicht abwartete, ging er ihr nach.

Sie erreichten die Reihe der Körper, die den Eingang blockierten. Dahinter konnte man das Glitzern der weiblichen Gäste erspähen und die weißen Hemdbrüste der Männer. Hier stand Bukarests reichste und lebenslustigste Gesellschaft, mit ernsten Gesichtern, beinahe in Habachtstellung, und sang die Nazihymne.

David beugte sich zum Ohr der mittleren Figur, die die Tür versperrte, und sagte: *»Scuză, domnuli.«* Die Figur rührte sich nicht. David wiederholte seine Bitte, und als sie ignoriert wurde, legte er die Hand auf die Schulter des Mannes und schüttelte sie.

Verärgert drehte sich der Mann halb um und sagte auf deutsch: *»Hier ist nur eine private Gesellschaft. Der Eintritt ist nicht gestattet.«*

Amüsiert und beherrscht antwortete David: *»Wir wollen einfach hinaus.«*

Der Mann drehte heftig das Gesicht ab mit dem Wort: »*Verboten*.«

David sah sich um. »Wir sind – wie viele?« Als er Clarence, Dubedat und Toby am Ende bemerkte, machte er eine Grimasse gespielter Resignation und sagte: »Viel Feind, viel Ehr'. Los, auf geht's. Preßt eure Schultern gegen diese Kerle, und wenn ich ›drücken‹ sage, drücken wir alle gleichzeitig.«

»Wartet«, sagte Harriet, »ich weiß eine bessere Methode.« Sie öffnete eine große Brosche aus indianischem Silber und zückte die Nadel. Bevor noch jemand eingreifen konnte – Clarence hauchte entsetzt »*Teufel, Teufel!*« – stieß sie die Nadel in den Hintern in der Mitte. Sein Besitzer jaulte auf, machte einen Satz nach vorn und öffnete eine Lücke, durch die Harriet ihre Gesellschaft hinausführte.

Als die Rumänen den Zwischenfall bemerkten, geriet das ›Horst-Wessel-Lied‹ ins Stocken, aber niemand lächelte.

Nachdem sie das Vestibül erreicht hatten, wollten die Männer schnell verschwinden, aber Harriet verspürte das Bedürfnis, noch etwas auf dem Schauplatz ihres Triumphs zu verweilen. Die Gelegenheit, fühlte sie, rief nach einer Art Demonstration. Sie ging zum Tisch, auf dem die Zeitungen lagen.

Guy sagte warnend: »Harriet!«, aber sie ging weiter.

Früher einmal hatte der Tisch Ausgaben aller englischen Zeitungen beherbergt; nun war unter den deutschen und rumänischen Zeitungen nur noch das letzte Exemplar der *Times*, das Bukarest erreicht hatte. Sie trug das Datum vom 12. Juni 1940. Harriet ergriff sie und begann, einen Bericht über den Rückzug der Franzosen über die Marne zu lesen, aber die Zeitung war zu lappig und zu zerfleddert. Als die Seiten zusammenfielen, fand sie sich von einer Frau beobachtet, deren Gesicht ihr bekannt vorkam.

Guy ergriff ihren Ellbogen. »Komm mit«, sagte er, »du wirst albern.«

Die Frau, einfach in Schwarz gekleidet, hielt ein Glas, aber so, als ob sie sich dessen nicht bewußt wäre. Ihr flaches, verwelktes und farbloses Gesicht schien den Abdruck eines Absatzes zu tragen. Sie strahlte eine solche Aura von Elend aus, daß sie die Luft mit ansteckenden Keimen zu durchsetzen schien.

Harriet sagte: »Ja, ich bin albern…« Als sie sich von Guy wegführen ließ, erinnerte sie sich, wer diese Frau war: Doamna Ionescu, die Frau des Ex-Informationsministers, der probritisch gewesen war, aber jetzt nicht mehr probritisch war.

Das Singen hatte wieder an Lautstärke gewonnen, aber jeder beobachtete die englische Gesellschaft, als sie ging.

»Tja«, sagte Clarence draußen auf dem Platz, »dies mag ja Ruritanien sein, aber es ist längst keine lustige Erfindung mehr.«

Guy sah sich nach Dubedat und Toby um. Die zwei hatten nicht gewartet, um Harriet zu unterstützen; sie waren geflohen. Man konnte Dubedat schon jenseits der Mitte des Platzes mit ungebührlicher Geschwindigkeit dahinstolzieren sehen, wohingegen Toby, die Schultern hochgezogen und hängenden Kopfes, die Hände in den Taschen, sich zwischen den eigenen Ellbogen einzwängte und wie ein Mann unter Beschuß davonhastete.

8

Wenn Yakimov den Nachmittag verschlief, wachte er gelegentlich auf und stellte fest, daß die Pringles ausgegangen waren und daß Despina, um ihn zu ärgern, die Teesachen weggeräumt hatte. Als dies einmal an einem der überheißen Tage im Juli geschah, fühlte er plötzlich bis in die tiefste Tiefe den Verfall seines Lebens und hätte darüber weinen können. Es hatte eine Zeit gegeben, in der die Welt ihm alles gegeben hatte: Luxus, Essen, Unterhaltung, Liebe. Er war ein anerkannt geistreicher Mensch gewesen, der Mittelpunkt der Gesellschaft. Nun bekam er nicht einmal mehr seinen Tee.

Voller Protest warf er sich in den Sessel. Niemand hatte ihn seit dem Tod Dollies geliebt. Vielleicht würde niemand ihn jemals mehr lieben – aber warum sollte er so leiden müssen, wie er litt, in dieser erbärmlichen Wohnung, in dieser auszehrenden Hitze? Er wollte weg.

Ein Hornsignal vom Palasthof verkündete: ›Offiziersfrauen essen Pudding und Kuchen, Soldatenfrauen müssen Haferschleim kochen‹, und er dachte: ›Herzlich wenig Pudding und Kuchen bekommen wir dieser Tage.‹ Er machte nicht ausschließlich Harriet dafür verantwortlich. Essen war zur Zeit überall in Rumänien abscheulich.

Er schob den Stuhl zurück, als die länger werdenden Finger der Sonne seine Schienbeine versengten, und fragte sich: Warum hier leben – warum lebt überhaupt jemand hier – hier, auf dieser der Unbill der Natur ausgesetzten Ebene, wo man im Sommer gebraten wurde und im Winter erfror? Und nun auch noch verhungerte! Nichts zu essen da, außer Obst.

Aprikosen! Er konnte sie nicht mehr ausstehen.

Am Morgen hatte er einen Karren mit Himbeeren gesehen – einen großen, gebirgigen Brei aus Himbeeren – und den Bauern schlafend darunter.

Der Mann war vermutlich die ganze Nacht gegangen, um sein Produkt in die Stadt zu bringen, aber der Markt war übersättigt. Die Himbeeren verfaulten in der Hitze, und das Hemd des Mannes war rot von ihrem tropfenden Saft.

In seiner Jugend, in einem nicht sehr reichen Land, hatte Yakimov einmal gesagt, er könne von Himbeeren leben. Nun träumte er von Fleisch. Falls man hier welches bekam, war es das Fleisch eines alten Mutterschafs oder das eines so jungen Kalbs, daß es aus nichts als Knorpeln bestand. Was er wollte, war ein Steak oder Roastbeef oder Schweinebraten! – und er glaubte zu wissen, wo er etwas Derartiges bekommen könnte.

Als er dem Baron erzählt hatte, daß Freddi von Flügel ihn zu sich eingeladen hatte, war es nur ›ein kleiner Scherz‹ gewesen. Er hatte nichts von Freddi gehört, aber das war kein Grund, warum Yakimov ihn nicht besuchen sollte. Freddie hatte Dollies Gastfreundschaft reichlich genossen. Warum sollte er sich nicht revanchieren, jetzt, da er sich in einer ›Position der Macht‹ befand und der arme, alte Yaki pleite war?

Yakimov hatte sich praktisch schon entschlossen zu fahren

– das einzige, was ihn zurückhielt, war der Mangel an Geld. Er hatte Landkarten Transsylvaniens studiert und festgestellt, daß die Reise von Bukarest nach Cluj eine lange war. Er würde die Nacht auf der Straße verbringen müssen. Er würde essen müssen. Kurz, er würde warten müssen, bis sein Wechsel eintraf.

Als er Hadjimoscos gegenüber erwähnt hatte, er plane nach Cluj zu fahren, hatte ihm Hadjimoscos abgeraten. Anscheinend war Cluj, aufgrund irgendeiner verdammten Konferenz in Salzburg, zum umstrittenen Gebiet geworden, das jeden Tag den Besitzer wechseln konnte. Nachdem er das vernommen hatte, hatte Yakimov bei Galpin und Screwby Informationen über den Fortschritt der Konferenz eingeholt, und kam bald zu dem Schluß, daß überhaupt nichts geschehen würde. Und er hatte recht behalten. Sogar Hadjimoscos stimmte jetzt mit ihm überein, daß die Konferenz sich hinziehen würde, bis der Krieg dem ganzen ein Ende bereiten würde.

Inzwischen mußte er hier in dieser unbequemen Wohnung ausharren, wo er von der Gastgeberin geschnitten wurde und vom Gastgeber, der jetzt kaum mehr Zeit fand, ein Wort mit ihm zu wechseln, ausgenutzt worden war. Seine sensible Leidensbereitschaft wurde plötzlich noch verstärkt durch den Klang von Gelächter, das aus der Küche kam; seine Neugierde war geweckt.

Das Lachen war nicht das übliche Kichern der Dienerschaft gewesen. Er hatte Despina lachen gehört, er hatte ihren Ehemann gehört. Doch dies war ein unbekanntes Lachen. Wen hatte sie da drinnen? Es kam ihm der Gedanke, den Kopf in die Küche zu stecken und eine scherzhafte Anspielung auf den Tee zu machen.

Die Küchentür hatte eine Glasscheibe. Er näherte sich leise und schaute hinein. Er selbst war unsichtbar wegen des Spitzenvorhangs, und so konnte er Despina, die das Gemüse für das Abendessen vorbereitete, mit einem jungen Mann am Tisch sitzen sehen. Ein junger Mann, hoppla! Despina war mit einem Taxifahrer verheiratet, der öfters abwesend als anwesend war. Da schau einer an! Die zwei am

Tisch schwatzten auf rumänisch. Der junge Mann fing wieder an zu lachen.

Yakimov öffnete die Tür. Als er Yakimov erblickte, hörte das Gelächter des jungen Mannes schlagartig auf. Yakimov hatte das seltsame Gefühl, daß der Junge wußte, wer er war, und Angst vor ihm hatte. Überrascht, versuchte er es auf englisch – sein Rumänisch war schlecht – mit einer suggestiven Fragestellung: »Sind wir uns nicht schon einmal begegnet, mein Lieber?«

Der junge Mann stammelte: »Ich glaube nicht.« Totenbleich gelang es ihm, auf die Beine zu kommen, und er stand da, zitternd und wie vor Angst betäubt. Er war ebenso groß und schlank wie Yakimov und unverwechselbar jüdisch.

»Wohnen Sie bei den Pringles?« fragte Yakimov.

»Nein«, sagte der junge Mann und fügte dann hinzu: »Ich meine, ja.« Nach einem Augenblick, ermutigt durch Yakimovs höfliche Art, sagte er: »Ich bin zu Besuch.«

Yakimov war erstaunt, nicht darüber, daß der Junge Englisch sprach – Englisch wurde unter den Juden Bukarests häufig gesprochen –, sondern weil er es mit dem Akzent einer englischen Privatschule sprach. Wo kam er her? Was machte er hier? Aber bevor er weitere Erkundigungen einziehen konnte, unterbrach Despina mit ihrem hohen, beleidigenden Ton, den sie Yakimov gegenüber immer annahm. Er verstand, daß sie behauptete, der junge Mann sei ihr Neffe.

Despinas Neffe ein gebildeter Jude! Eine unwahrscheinliche Geschichte. Sie erweckte Yakimovs Argwohn. Er blickte auf den Jungen, der nickte und dessen Farbe zurückkehrte, als ob durch diese Erklärung seiner Gegenwart eine Last von ihm genommen worden sei.

Yakimov sagte: »Sie sprechen äußerst gut Englisch.«

»Ich habe es auf der Schule gelernt.«

»Na so was!« Da er keinen Vorwand hatte, um noch länger zu bleiben, bat Yakimov um den Tee und zog sich zurück. Despina rief ihm nach: »*Prea târziu pentru ceai*«, und bevor er das Wohnzimmer erreicht hatte, hörte er sie johlen vor Lachen. Sie glaubte, sie hätte ihn genarrt. Sein Verdacht verstärkte sich.

Er ging ins Bad und ließ Wasser in die Wanne. Im Wasser liegend überdachte er die Anwesenheit des jungen Mannes in der Küche. Er konnte nur vermuten, daß es sich um jemanden handelte, der vor den schwierigen Verhältnissen geflohen war und den Guy versteckt hielt. Er fühlte eine vage Eifersucht, doch dann, als ihm der Plan der Ölquelle, den er in Guys Schreibtisch gefunden hatte, einfiel, kam ihm die Idee, daß der junge Mann in der Küche ein englischer Spion sein könnte. Seine Eifersucht verwandelte sich in Mißfallen und Besorgnis.

Er machte oft selber die Andeutung, daß er im Spionagegeschäft tätig sei, aber jeder wußte, daß das nur ein kleiner Scherz war. Dies aber war eine ernste Angelegenheit. Er dachte: ›Wenn Guy erwischt wird, wird er nichts zu lachen haben.‹ Dann wurde ihm mit wachsender Besorgnis klar, daß sie alle nichts zu lachen hätten. Der arme, alte Yaki, unschuldig verwickelt in dieses zwielichtige Geschäft, würde mit den anderen leiden müssen.

Spione wurden erschossen. Sogar wenn er nicht wirklich erschossen werden würde, würde er des Landes verwiesen werden. Und wohin könnte er gehen? So schlecht die Dinge hier auch standen, Bukarest war der letzte Außenposten europäischer Küche.

Levantinische Gerichte ruinierten seinen Magen. Er konnte das lauwarme Essen Griechenlands nicht ausstehen

Schlimmer noch, er würde nie nach Cluj kommen, zum lieben alten Freddi. Er würde nicht einmal den Hafen dieser Wohnung hier haben; alt und ohne Pfennig würde er der feindlichen Welt gegenübertreten müssen.

Die Freuden des Bades waren verschwunden, er setzte sich auf und erwog die Möglichkeit, sich dadurch abzusichern, daß er als Informant agierte. Das kam natürlich nicht in Frage. ›Glück für den lieben Jungen‹, sagte er sich, ›daß Yaki keiner ist, der andere verpfeift.‹

Die Salzburger Konferenz überlebte den Krieg nicht, sondern lief sich im Versagen aller Parteien tot, eine Übereinstimmung zustande zu bringen. Yakimov, wie beinahe jeder in

Bukarest, entschied, daß dies das Ende der Angelegenheit war.

»Was habe ich euch nicht gesagt?« sagte er zu den wenigen, die gewillt waren zuzuhören. »Ich bin Journalist gewesen, wißt ihr. Ich habe einen Riecher dafür, wie sich diese Dinge entwickeln.« Und er war glücklich, daß nichts zwischen ihm und dem Besuch bei Freddi stand, außer ein bißchen Bargeld.

Die transsylvanische Frage war vergessen, und das Interesse am Druckerprozeß kehrte wieder. *L'Indépendence Romaine* sagte voraus, daß der Prozeß *›l'évènement social le plus important de l'été* sein würde.

In jedem Café und Restaurant, die Harriet besuchte, hörte sie über Drucker reden. Die Leute diskutierten seine Herkunft und die Herkunft seines Vermögens und seine Schwäche für Frauen. Sie hörte, wie Frauen seine junge, zweite Frau beneideten, die, nachdem sie ihren Mädchennamen wieder angenommen und eine Affäre mit dem deutschen Militärattaché begonnen hatte, fünfzig Prozent vom Besitz ihres Ehemannes beanspruchte und sie wahrscheinlich auch bekommen würde.

Galpin hatte eine Story parat, wie Drucker, als er das erste Mal in die Gemeinschaftszelle kam, festgehalten wurde und von alten Knastschiebern vergewaltigt worden war. Es gab eine Menge ähnlicher Geschichten. Harriet bemerkte, daß unter all dem Geschwätz Druckers Persönlichkeit verlorenging. Niemand bezweifelte die Unschuld dieses Mannes ohne Freunde, aber dieser Faktor gab keinen Diskussionsstoff ab. Keiner konnte ihm helfen. Er war ein Opfer der Umstände.

Was den Krieg betraf, so war dieser zu einem Stillstand gekommen. Die Ereignisse, schien es, wurden von der bedrükkenden, staubigen, windlosen Hitze des Mittsommers eingeschläfert. Die Menschen glaubten, daß das Schlimmste vorüber war. Eine Euphorie, eine der periodischen Unterbrechungen ihrer chronischen Angstneurose, ergriff die Stadt. Fröhlichkeit kehrte zurück.

Dann änderte sich die Stimmung schlagartig. Die Pringles,

die nach dem Abendessen einen Spaziergang machten, vernahmen aus der Menge die schrillen Rufe der Panik. Die Zeitungsjungen kamen durch die Straßen und riefen eine Sonderausgabe aus. Jene, die es nicht bereits wußten, erfuhren, daß der Führer eine zweite Konferenz einberufen hatte. Es wurde von den ungarischen und rumänischen Ministern, die nach Rom befohlen worden waren, erwartet, daß sie eine schnelle Übereinkunft erreichten.

Das Gefühl der Schmach war um so heftiger, weil gerade diesen Morgen der neue Außenminister eine Rundfunkansprache voll Optimismus gehalten hatte. Er hatte darauf hingewiesen, daß 1918 die Deutschen ebenso schwach wie Rumänien gewesen waren und daß sie heute, durch ihre Energie und Entschlossenheit, die Welt beherrschten. Die Folgerung war gewesen, daß es Rumänien genauso machen könnte – aber jetzt wurden sie aufgefordert, mit dem Feind, dessen einzige Absicht es war, sie zu verschlingen, eine Übereinkunft zu erzielen.

Überschäumend vor Wut, schrien sich die Leute gegenseitig zu, daß sie betrogen worden seien. Rumänien sollte zwischen Rußland, Ungarn und Bulgarien aufgeteilt werden. Die ganze Provinz Moldau würde als Preis für Rußlands Neutralität den Russen übergeben werden. Die Dobrudscha würde natürlich an Bulgarien fallen. Und gerade jetzt marschierten die Ungarn in Transsylvanien ein.

Das Gerücht machte die Runde, daß das Kabinett zusammengetreten sei, dann, daß der König seine Generale zu sich beordert hätte. Plötzlich waren die Menschen davon überzeugt, daß Rumänien um seine Gebiete kämpfen würde, und begannen, nach Krieg zu schreien. Als sie zu einer spontanen Demonstration trotzigen Widerstands auf den Großen Platz schwärmten, waren Guy und Harriet gerade auf dem Weg in die English Bar, wo Galpin sich in einem Zustand der Aufregung befand. Sein Kundschafter hatte ihm die Nachricht gebracht, daß Maniu, der Anführer der transsylvanischen Bauern, eine Rede gehalten hatte, in der er den König aufforderte, Hitler zu trotzen und das, was von Großrumänien noch übriggeblieben war, zu verteidigen.

»Das bedeutet Krieg«, sagte Galpin, »das bedeutet Krieg.«

Auf dem Nachhauseweg sagte Harriet: »Glaubst du, daß sie kämpfen werden?«

»Ich bezweifle es«, sagte Guy, aber der Gefühlsüberschwang um sie herum war so groß, daß sie halb mit der Erwartung zu Bett gingen, beim Erwachen das Land in Waffen vorzufinden.

Am nächsten Morgen war alles ruhig, und als Guy mit David telefonierte, erfuhr er, daß Maniu tatsächlich eine leidenschaftliche Ansprache gehalten hatte, in der er gefordert hatte, Transsylvanien mit Waffengewalt zu verteidigen, aber ausgelacht worden war. Die neuen Minister der Garde hatten darauf hingewiesen, daß, während die rumänische Armee die Westfront verteidige, Rußland von Norden einmarschieren würde. Es war ihre Überzeugung, daß sie nur durch bedingungslose Unterwerfung unter Hitler Hoffnung auf Schutz vor ihrem Erzfeind Rußland haben könnten. Ein alter Politiker war daraufhin in Tränen ausgebrochen und hatte jedermann schockiert, indem er ausrief: »Besser unter den Sowjets vereinigt, als von der Achse zerstückelt.«

Aber die Rumänen, selbst gequält, entschieden, jemand anderes zu quälen. Am nächsten Morgen, als Guy zur Universität aufbrach, übergab ihm ein Bote die zweite Aufforderung, das Land binnen acht Stunden zu verlassen.

Er gab sie Harriet mit den Worten: »Ich hab' keine Zeit, mich darum zu kümmern. Geh zu Dobson.«

»Aber angenommen, wir müssen gehen?« protestierte sie.

Er sagte wie beim letztenmal: »Wir werden nicht gehen müssen.«

Als sie Dobsons Büro mit dem Zettel betrat, seufzte er und sagte: »Zur Zeit bekommen wir eine Menge von diesem Papierkram.« Er strich sich mit der Hand über seine babyweichen Haarbüschel und gab ein Lachen von sich, das über seine eigene Müdigkeit hinwegtäuschte. »Ich frage mich«, sagte er, so als ob die Angelegenheit so oder so nicht sehr wichtig sei, »*wollen* Sie wirklich bleiben? Die Lage wird nämlich kitzlig. Es gibt eine stetige Unterwanderung durch die Deutschen. Ob Sie es bemerken oder nicht, sie übernehmen dieses Land. Ich bezweifle sehr, daß die Englische Abteilung die Erlaubnis zur Wiedereröffnung erhalten wird, wenn das Herbstsemester beginnt.«

Harriet sagte: »Wir sollen das Land nicht ohne Anweisung aus London verlassen.«

»Theoretisch, natürlich. Aber falls Guys Arbeit hier beendet ist...«

»Er betrachtet sie nicht als beendet. Im Augenblick leitet er die Sommerkurse und ist äußerst beschäftigt.«

»Ja, dann!« Dobson strich ein letztesmal über seinen Kopf und sagte: »Ich werde sehen, was sich machen läßt. Aber seien Sie nicht zu hoffnungsvoll.«

Sie kehrte in die Wohnung zurück, um seinen Telefonanruf zu erwarten, ohne viel Hoffnung, sondern eher darauf vorbereitet, daß ihnen keine andere Wahl bleiben würde, als zu gehen. Ob es ihr gefiel oder nicht, ihr Gehen würde ein Knäuel von Ängsten durchschneiden.

Sie ging im Zimmer umher, prüfte ihre Besitztümer, überlegte, was mitzunehmen wäre, was zu bleiben hätte, blickte in den Schreibtisch und fand den Umschlag mit der Aufschrift ›Streng geheim‹. Als sie ihn in die Hand nahm, öffnete sich der Deckel, und sie sah, daß nichts darin war. Einige Augenblicke vergingen, bevor sie sich erinnern konnte, was er enthalten hatte.

Letzten Winter war ein gewisser Commander Sheppy – von David als ›Mantel-und-Degen-Held‹ beschrieben – nach Bukarest gekommen, um die jungen Männer der britischen Kolonie in einem Sabotagetrupp zu organisieren. Sein Vorhaben endete jäh mit seiner Verhaftung und Deportierung. Alles, was von ›Sheppys Einsatzgruppe‹ übrig blieb, war ein Plan, den er den Männern ausgehändigt hatte, wovon eine Kopie in diesem Umschlag gewesen war; ein Querschnitt durch eine Ölquelle, die dem unerfahrenen Saboteur zeigen sollte, wo der Sprengsatz anzubringen war. Sowohl Guy als auch Harriet hatten seine Existenz vergessen. Nun war der Umschlag geöffnet und leer.

Diese Tatsache bestürzte sie, fing dann in ihrer Fantasie zu arbeiten an und ließ sie erschauern.

Sobald Guy zum Mittagessen hereinkam, sagte sie: »Jemand hat den Plan der Ölquelle gestohlen, den dir Sheppy gegeben hatte.«

Während sie sprach, fiel ihr ein, daß sie gar nicht hätte wissen sollen, was in dem Umschlag war, aber Guy hatte es vergessen. Er sagte bloß: »Aber wer nimmt so was weg?«

»Vielleicht Yakimov.«

»Das ist unwahrscheinlich.«

»Wer dann? Sicher nicht Despina oder Sascha. Es bedeutet, daß jemand hier war, während wir weg waren. Der Vermieter vielleicht. Despina sagt, er ist Mitglied der Eisernen Garde. Und hat wahrscheinlich einen Schlüssel.« Diese Feststellung erzeugte ein schmerzliches Gefühl drohenden Verderbens in ihr, und Guy, der ihre Bestürzung sah, änderte seine Meinung und sagte: »Es *könnte* Yakimov gewesen sein...«

»Dann sprichst du besser mit ihm.«

»O nein, das würde dem Ganzen eine falsche Bedeutung verleihen. Besser, wir sagen nichts, aber du könntest versuchen, netter zu ihm zu sein. Zeig ihm, daß wir ihm vertrauen.«

Außer sich vor Angst, sagte sie: »Denkst du, das macht einen Unterschied? Wenn Yakimov jetzt noch nicht weiß, was Dankbarkeit ist, wird er es nie wissen. Tatsache ist, daß er voller Groll ist, weil du keine Notiz von ihm nimmst. Warum hast du es nicht ihm überlassen, sich allein durchs Leben zu schlagen? Du mischst dich in das Leben anderer Leute ein. Du gibst ihnen eine falsche Vorstellung von sich selbst, eine Illusion von Leistung. Wenn du jemanden betrunken machst, macht er garantiert dich dafür verantwortlich, daß er mit einem Kater aufwacht. Warum machst du das?«

Getroffen von diesem Angriff, protestierte er: »Um Himmels willen! Der Plan kann schon vor Monaten gestohlen worden sein. Wir können nicht sagen, wer ihn genommen hat – wer auch immer es war, falls derjenige Schwierigkeiten machen wollte, hätten wir inzwischen davon gehört.«

Sie hielt das für einen sehr fragwürdigen Trost.

Nachdem Guy in die Universität gegangen war, warf sie

sich aufs Bett, bedrückt von der Vorstellung, daß die Ereignisse zuviel für sie werden könnten. Ein paar Tage vorher hatte Despina die Entdeckung von Sascha durch Yakimov in der Küche beschrieben und die ganze Sache als Witz abgetan. »Ich war auf ihn vorbereitet«, sagte sie. Sie habe ihm erzählt, der Junge sei ihr Neffe, und er habe es geglaubt. »Der Dummkopf!« rief sie, Lachtränen in den Augen, aber Harriet konnte nicht glauben, daß Yakimov so leicht zu täuschen war. Sie hatte gehofft, er würde den Vorfall von sich aus erwähnen, so daß sie ihm hätte erzählen können, daß Sascha einer von Guys Studenten war; aber er erwähnte es nicht, und dieses Schweigen verstörte sie mehr, als jede Befragung es hätte tun können.

Mit dem Gedanken an Sascha im Kopf setzte sie sich plötzlich auf, schockiert von der Feststellung, daß sie, wenn sie gingen, Sascha zurücklassen mußten. Was würde aus ihm werden? Wohin konnte er gehen?

Als sie an Saschas Vertrauen in sie, an seine anhängliche Unschuld und seine Not dachte, wurde sie von ihrer eigenen Zuneigung zu dem Jungen überrascht. Sie konnte ihn genauso wenig im Stich lassen, wie sie ein Kind oder Kätzchen im Stich lassen konnte. Aber er war kein Kind oder Kätzchen das man in die Sicherheit tragen konnte, sondern ein erwachsener Mann ohne Paß, Ausreisevisum und Transitvisa, und er war ein Mann, nach dem jeder Grenzbeamte Ausschau hielt.

Ursprünglich hatte sie gedacht, daß ihr Gehen, falls sie gehen mußten, wie ein Schnitt durch ein Knäuel von Problemen sein würde. In ihrer Sorge um Sascha waren all diese Ängste vergessen.

Mit dem Impuls, zu ihm hinaufzustürzen, darauf zu bestehen, daß er noch einmal über jemanden, irgend jemanden nachdachte, den sie seinetwegen ansprechen konnten, stand sie auf, hielt sich aber zurück. Das hatten sie schon ausdiskutiert. Es gab niemanden, warum also den armen Jungen erschrecken?

Sie saß immer noch auf der Bettkante und grübelte über diesem Problem, als das Telefon läutete. Dobson sagte:

»Geht in Ordnung. Ich bin bis zur *Prefectura* durchgedrungen und habe ihnen gesagt, daß Seine Exzellenz Guys Anwesenheit hier verlangt. Die Anordnung ist aufgehoben.«

»Gott sei Dank«, sagte sie mit einer Inbrunst, die ihn überrascht haben mußte.

»Übrigens«, sagte er, bevor er auflegte, »man will Sie im Konsulat sehen. Nur eine Formalität. Hat keine besondere Eile. Kommen Sie vorbei, wann es Ihnen gerade paßt.«

Am nächsten Nachmittag hatte Guy keinen Unterricht, und sie gingen zum Konsulat.

Der Vizekonsul, Tavares, rief: »Kommen Sie herein, herein, herein.« Mit ausgesuchter Nebensächlichkeit und Freundlichkeit sagte er: »Es ist folgendes...« Er öffnete den Schub und zog einige Formulare hervor, die er vor Guy und Harriet hinwarf. »Jeder britische Staatsbürger ist verpflichtet, eines davon auszufüllen. Man weiß heutzutage nie, nicht wahr? Nur der Ordnung halber, wir brauchen einige Details: Religion, nächste Angehörige, wer im Fall des Todes zu benachrichtigen ist, wohin das Gepäck zu senden ist, usw., usw. *Sie* verstehen!«

»Ja«, sagte Harriet.

Als die Formulare ausgefüllt waren, bemerkte Tavares, daß Guy versäumt hatte, seine Religionszugehörigkeit anzugeben. Guy sagte, er habe keine Religion. Tavares tat diese Enthüllung als Scherz ab: »Als was wurden Sie getauft?«

»Ich bin nicht getauft worden.«

Tavares schnalzte mit den Fingern, um zu zeigen, daß ihn nichts überraschen konnte. »Muß irgendwas reinschreiben«, sagte er. »Sie wollen doch nicht ohne Zeremonie beerdigt werden. Warum nicht ›Baptist‹? Baptisten werden nicht getauft.«

Schließlich setzte Guy ›Congregationalist‹ ein, da er gehört hatte, daß Soldaten, die diese Konfession angaben, vom Zwang zum Kirchgang verschont blieben.

Auf dem Nachhauseweg fragte Harriet: »Warum hast du mir nicht erzählt, daß du nie getauft worden bist?«

»Ich hab' nie daran gedacht. Du hast aber gewußt, daß ich Atheist bin.«

»Aber niemand wird als Atheist *geboren.*«

»Auf eine Art wurde ich es. Mein Vater hatte es nicht zugelassen, daß ich getauft werde.«

»Das bedeutet, daß wenn wir beide sterben, wir an verschiedenen Plätzen sein werden. Du wirst in die Vorhölle kommen.«

Lachend sagte Guy: »Ich glaube nicht. Wir werden am gleichen Ort sein, keine Angst. In hundert Jahren werden wir exakt dort sein, wo wir uns vor hundert Jahren befanden – was nämlich nirgendwo bedeutet.«

Aber Harriet war nicht zufrieden. Die ganze Zeit während des Tees grübelte sie über ihre Trennung nach dem Tod nach, dann plötzlich, als Yakimov gegangen war, um ein Bad zu nehmen, hob sie die Teekanne und goß kalten Tee über Guys Haupt. Während er stoisch dasaß und ihre Narretei erduldete, sagte sie: »Ich taufe dich, Guy, im Namen des Vaters und des Sohnes und des Heiligen Geistes«, was alles war, was sie von der Taufzeremonie wußte.

9

Harriet hatte das Wort ›abdica‹ in der Nacht des Empfangs der Gardisten zum erstenmal gehört, jetzt hörte sie es überall. Der König war schon einmal zuvor wegen seiner Untaten abgesetzt worden. Die Idee der Absetzung war nicht neu, aber die Menschen griffen sie auf, als ob sie eine wundersame Lösung ihrer Probleme bedeutete. Während der angsterfüllten Tage der Konferenz in Rom sprachen sie über nichts anderes.

Der König hatte immer seine Feinde gehabt – falls er jemals aus dem Palast auftauchte, tat er es in einem kugelsicheren Auto – aber für die meisten Menschen war er nur ein Spitzbube unter vielen, und ein gerissener und amüsanter Spitzbube noch dazu, der Held der Hälfte aller zirkulierenden Witze. Diese Einstellung veränderte sich über Nacht. Plötzlich amüsierte er niemanden mehr. Er war der Ruin des Landes. Es stimmte, er war raffiniert gewesen: er hatte sich für die Achse entschieden – aber zu spät. *Zu spät.* Er war zu raffiniert gewesen. Er hatte ein Doppelspiel gespielt und verloren. Jedenfalls verabscheute Hitler ihn und mißtraute ihm. Das Land bezahlte jetzt für seine Sünden. Er mußte abdanken, denn mit einem solchen Mann auf dem Thron konnte die Zukunft nichts als Unglück bringen.

Diese Meinung war so weit verbreitet, daß sie sogar bis in die königlichen Gemächer vordrang.

Man hatte ihn überredet, eine Rundfunkansprache zu halten, eine Sache, die er selten tat und nie sehr gut. Die Funkwagen waren bereits vor dem Palast, als die Pringles frühstückten. Ein weiterer Lastwagen mit einem Lautsprecher auf dem Dach stand neben dem Denkmal Carols des Ersten. Es war angekündigt worden, daß der König um zehn sprechen würde; kurz vor Mittag trat er ans Mikrofon.

Während der Morgenstunden hatten sich ein paar Dutzend Müßiggänger um den Lautsprecherwagen versammelt, und als die Ansprache begann, zog er noch ein paar mehr an. Die Zuhörer zeigten keinerlei Enthusiasmus, wirkten, als ob sie nichts Besseres zu tun hätten als zuzuhören, und Harriet, die sie vom Balkon aus beobachtete, schaltete ihr Radio aus dem gleichen Grund ein. Vor einem Jahr hatte sie eine Ansprache des Königs gehört, als er versprochen hatte, daß sich Rumänien niemals geschlagen geben würde, und sie hatte wenig Hoffnung, sein stockendes Rumänisch zu verstehen, aber als er anfing zu sprechen, bemerkte sie, daß er sehr gründlich auf diesen Auftritt vorbereitet worden war.

Während er sprach, beobachtete sie eine Reihe von jungen Männern, die aus der Calea Victoriei kamen und den Platz überquerten, Spruchbänder mit sich trugen und Flugblätter verteilten. Was immer ihre Botschaft war, sie erweckten mehr Interesse als der König, der, wie sie sich zusammenreimte, seinem Volk versprach, daß er, welche Opfer auch immer von ihnen verlangt werden würden, bei ihnen sein würde, und was immer sie zu erleiden hätten, er mit ihnen leiden würde. Dramatisch – seine Stimme versagend vor Gefühl –, versprach er, daß er niemals abdanken würde.

Als er die Worte *»Nu voi abdică niciodată«* sprach, erreichten die jungen Männer die Palastumzäunung, wo sie anhielten und mit ihren Plakaten in Sichtweite der Palastfenster stehenblieben.

Harriet hatte keine Zweifel darüber, wer diese jungen Männer waren. Sie waren Mitglieder der Eisernen Garde. Die Gardisten trugen weder Uniform noch marschierten sie in Formation oder sangen *›Capitanul‹*, doch hatten sie begonnen, die Straßen zu beherrschen. Da Harriet die ersten paar beobachtet hatte, die nach der Frühjahrsamnestie aus Deutschland gekommen waren, wunderte sie sich nun über die große Zahl, die sich da zusammendrängte, ausgestattet mit allem Selbstvertrauen der Welt, und sie zogen immer mehr Anhänger an – die Mittellosen und die Gequälten. Früher in die Nebenstraßen abgedrängt, schritten diese Männer nun durch die Calea Victoriei, und furchtsame Passanten traten zur Seite, um sie vorbeizulassen.

Als die Rede zu Ende war, entschloß sich Harriet, einen genaueren Blick auf die Spruchbänder der Gardisten zu werfen. Die Sonne stand hoch. Der Platz entvölkerte sich unter dem Ansturm der Mittagshitze, aber die jungen Männer blieben standhaft. Harriet, die gute Augen hatte, blieb in der Nähe des Denkmals stehen und sah, daß eines der Spruchbänder die Abdankung des Königs verlangte. Ein anderes forderte die Verhaftung der Lupescu und die von Urdureanu, dem Polizeipräsidenten, und anderen Ausplünderern des Landes. Ein drittes versprach, wenn der König und seine Anhänger erst einmal rausgeworfen wären, Bessarabien dem rumänischen Volk von der Achse wiedergegeben werden würde.

Harriet war nicht die einzige, die es vorzog, diese Forderungen aus sicherer Entfernung zu lesen. Menschen um sie herum murmelten vor sich hin, in Erstaunen und Bestürzung. Auch sie war erstaunt, daß diese Demonstration direkt vor dem Palast abgehalten werden konnte, ohne daß die Wachen eingriffen.

Im Palast zog jemand die cremefarbenen Rollos herunter und verhängte so die Fenster, eines nach dem anderen –

vielleicht gegen die Sonne, vielleicht gegen den Blick nach unten. Sonst geschah nichts.

Bevor sie zurückkehrte, ging Harriet an den jungen Männern vorbei, um ein Flugblatt in Empfang zu nehmen – ein Manifest mit der Überschrift ›*Corneliu Zelea Codreanu*‹, –, das sie schnell heimbrachte, um es zu lesen, während sie auf Guys Heimkehr wartete. Mit einem Lexikon machte sie sich darüber her.

Die Wahrheit – sagte das Manifest – mußte nun gesagt werden. Codreanu war nicht auf der Flucht erschossen worden. Er war auf Anordnung des Königs ermordet worden. Sein Tod war auf folgende Weise eingetreten.

Die Eiserne Garde, auch die Legion des Erzengels Michael genannt, hatte in der Wahl von 1937 sechsundsechzig Sitze gewonnen. Der König, wahnsinnig eifersüchtig auf Codreanus Macht, hatte sofort alle Parteien aufgelöst und sich zum Diktator erklärt. Dies hatte Hitler so kommentiert: »Für mich gibt es nur einen Diktator in Rumänien, und das ist Codreanu.« Codreanu hatte die Liebe und das Vertrauen gewonnen, die der König als korrupter Anführer eines korrupten Regimes verloren hatte. Jung, adelig, groß, von göttlicher Schönheit, war Codreanu direkt vom Erzengel Michael inspiriert worden, die Eiserne Garde zu bilden, um dieses Land zu erlösen. Er besaß eine mysteriöse Macht, die jeder verspürte, der in seine Nähe kam. Wenn er erschien, ganz in Weiß auf seinem weißen Pferd, erkannten ihn die Bauern sofort als den Abgesandten des Erzengels auf Erden. Seine Aufgabe war es, alle Rumänen in Brüderschaft zu vereinen, nicht nur die Lebenden, sondern auch die Seelen der Ungeborenen und der Toten...

Harriet beeilte sich, ans tragische Ende zu gelangen. Sie übersprang die Unterdrückung der Eisernen Garde, den Beweis für den gefälschten Brief und den Schauprozeß, in dem Codreanu des Hochverrats für schuldig befunden und weswegen er eingesperrt wurde; sie kam zu der kalten Novembernacht, in der Codreanu und seine dreizehn Getreuen auf Lastwagen verladen und gebunden und geknebelt in den Wald von Ploesti gebracht wurden, wo sie der Reihe nach mit einem Lederriemen erwürgt wurden. In Port Jilava wurde Säure über die Leichen gegossen; sie wurden verbrannt und die Überreste in einem Grab bestattet, das mit einem mächtigen Betonklotz versiegelt wurde.

Doch all diese Vorsichtsmaßnahmen waren vergeblich gewesen, Codreanu war unsterblich. Sogar jetzt zog sein Geist durch das Land, neue Anhänger gewinnend... inspirierend... ermunternd... führend... und so weiter.

Harriet hatte genug gelesen. Ihre Fantasie war angeregt von diesem romantischen Märchen von einem jungen Anführer, der von einem eifersüchtigen König ermordet wird, und sie dachte an die Männer, die ihr auf dem Platz das Flugblatt gegeben hatten. Bloßen Hauptes und dunkelhäutig, in Unterhemden oder billige Hemden ohne Kragen gekleidet, hätten sie Handwerker sein können. Sie waren kaum mehr als Bauern. Guy hatte gesagt, als er die Gruppen der Gardisten sich durch die Straßen schieben sah: »Wie schnell sie ihresgleichen sammeln: die Hoffnungslosen, die Unfähigen, die Brutalen.« Und doch, dachte sie, waren sie die einzigen Menschen in dieser Stadt ohne Moral, deren Ideale über Geld, Essen und Sex hinausgingen. Warum sollte man den Brutalen keine Ideen einflößen, den Hoffnungslosen Hoffnung geben und den Unfähigen Kraft?

Auch die Offenbarung eines mystischen Zuges in diesem vergnügungssüchtigen Volk beschäftigte sie. Es war leicht zu verstehen, daß ein Visionär wie Codreanu die halbverhungerten und abergläubischen Bauern begeistern konnte, aber man hätte doch vermuten können, daß für die Stadtmenschen der König mit seinen Mätressen, seinen juristischen Finessen und seiner Liebe zum Geld eine wahrscheinlichere Projektion ihrer selbst hätte sein müssen. Oder waren alle Menschen mit sich selbst uneins? Jedenfalls war es hier in Bukarest gewesen, und zwar während einer Beerdigung von Gardisten, die in Spanien getötet worden waren, daß die Menschen Codreanu ein solch spektakuläres Willkommen bereitet hatten, daß der König sich veranlaßt sah, seinen Rivalen umzubringen und die ganze Bewegung der Gardisten auszulöschen.

Als Guy hereinkam, wollte Harriet unbedingt über Codreanu reden, er aber zeigte kein Interesse. Er hatte all die Geschichten schon früher gehört.

»Du mußt zugeben«, sagte sie, »daß die Vorstellungen der Eisernen Garde nicht so sehr verschieden von deinen eigenen sind.«

Guy blickte streng auf und deutete mit einer Geste an, daß er hier und jetzt anhand der Absurdität dieser Feststellung die Wurzel der Weltprobleme darlegen könne. »Codreanu«, sagte er, »war ein Mörder, ein Judenhetzer und Halsabschneider. Er hatte eine Gefolgschaft von Nullen, die nur eines wollten: Macht um jeden Preis.«

»Aber wenn sie die Macht hätten, könnten sie das Land erneuern...«

»Meinst du das wirklich? Die Inkompetenz von Carols Bande wäre nichts im Vergleich zur Inkompetenz von Codreanus Mörderhaufen.«

»Immerhin, man könnte ihnen eine Chance geben.«

»Vor dem Krieg gab es eine Menge sentimentaler Menschen wie dich. Sie bemerkten nicht, daß, während sie vom romantischen Aspekt des Faschismus hypnotisiert und irregeleitet wurden, sie dazu gebracht wurden, ihre Seelen zu verkaufen...«

Da er diesen Satz unüberlegt ausgesprochen hatte, zögerte er, und Harriet, die sich dumm und ein bißchen wie ein Narr vorkam, warf dazwischen: »Wenn die Faschisten dich dazu bringen, deine Seele zu verkaufen, so bringen dich die Kommunisten dazu, deine Seele zu verleugnen.«

Guy brummte und griff zur Zeitung. Sie wußte, daß er mit Religion nichts anfangen konnte, die er als Teil der Verschwörung betrachtete, die die Reichen an der Macht und die Armen fügsam hielt. Er war nur sehr beschränkt gewillt, etwas zu diskutieren, das nicht zu praktischen Verbesserungen der Lebensbedingungen der Menschheit führte. Harriets eigene Theorien waren selbstverständlich zu naiv, um von Bedeutung zu sein.

Er hielt die Zeitung hoch, um sich von weiterem Unsinn ihrerseits abzuschirmen. Um ihn zu provozieren, sagte sie:

»Clarence sagt, du bist lediglich der rebellische Sohn eines rebellischen Vaters.«

»Clarence ist ein Esel«, sagte er, legte aber die Zeitung nieder. »Die Wahrheit ist vielmehr, daß ich gegen meinen Vater opponiert habe. Der arme Alte hatte etwas von einem Romantiker. Er bildete sich ein, die begüterte Klasse sei der Hort der Kultur. Er sagte immer: ›Das ist ihre Funktion, nicht wahr? Wenn sie nicht die Mäzene von Kunst und Wissenschaft sind, warum zum Teufel haben wir sie dann?‹ Als ich zum erstenmal reiche Leute traf, war ich schockiert von ihrer Unwissenheit und Vulgarität.«

»Wann hast du diese reichen Leute getroffen?«

»An der Universität – Söhne der örtlichen Fabrikbesitzer. Sie waren keine Aristokraten, das ist wahr, aber sie waren reich. Aber auch nicht neureich. Sie waren die landhausbesitzende Klasse der Midlands. Sie sprachen andauernd über ›Parvenüs‹, aber sogar die intelligentesten unter ihnen zogen das Modische dem Guten vor.«

Sie lachte. »Sie sind wie alle anderen auch. Wie viele Menschen lieben schon das Wahre, Schöne und Gute, wenn sie es sehen? Gerade noch, daß sie es tolerieren, wenn man ihnen oft genug gesagt hat, daß es die wahre Sache sei.«

Er stimmte zu und wollte sich gerade wieder seiner Zeitung widmen, als sie sagte: »Aber hast du diese Leute gut gekannt? Warst du in ihren Häusern?«

»Ja. Ich vermute, daß ich von ihnen auf eine Art vereinnahmt worden bin. Zuerst wollten sie es nicht glauben, daß ich ein echtes Mitglied des Proletariats war. Ich war zu groß und zu unordentlich. Wenn es nach ihnen gegangen wäre, hätte ich ein knochiger, kleiner Mann im dunklen Anzug und andauernd gemütskrank sein müssen. Als sie herausfanden, daß ich wirklich echt war, adoptierten sie mich als ihr Lieblingsmitglied, den Sohn der Arbeiterklasse.«

»Und du hast nichts dagegen gehabt? Hast du sie gemocht? Hast du die Druckers gemocht?«

Er mußte zugeben, daß es so war. Er konnte nicht anders, als Menschen zu mögen, die ihn mochten. Sie wurden und blieben seine Freunde.

»Aber«, sagte er, »ich weiß, daß die Überlegenheit der Menschheit von wenigen Personen mit intellektueller und moralischer Substanz abhängt: von Leuten wie meinem Vater zum Beispiel, die beinahe nie Geld oder Macht und überhaupt keine Ahnung von ihrer eigenen Bedeutung haben.«

Damit ging Guy zu seinen Studenten zurück, und Harriet machte sich, sobald die Hitze nachließ, auf den Weg zum Dach, um mit Sascha zu plaudern.

Guy hatte einmal gesagt, daß sie, obwohl sie beinahe dreiundzwanzig war, immer noch die Mentalität einer Heranwachsenden hätte. Vielleicht war ihre Beziehung zu Sascha eine Beziehung unter Heranwachsenden.

Guys Allwissenheit, sein Mangel an jeder Art von Fantasie, enttäuschte sie. Sie fühlte sich geknebelt. Sascha auf der anderen Seite hatte uneingeschränkt Zeit. Er sagte selbst nicht viel, sondern hörte ihr mit der gespannten Aufmerksamkeit von jemandem zu, der neu in der Welt war. Er freute sich darauf, unterhalten zu werden, beobachtete sie mit warmen, aufmerksamen Augen und gab ihr das Gefühl, daß alles, was sie auch sagte, wichtig und aufregend war.

Nun hatte sie einen Ort, wohin sie gehen konnte, wenn Guy weg war. Während des Tages hatte sie genug zu tun. Es war an den Abenden, zur Zeit der Entspannung, wenn das sich ändernde Licht dem Stadtbild eine neue Dimension verlieh und ein Gefühl der Einsamkeit erregte, daß sie an Sascha dachte, der ebenfalls einsam war.

An diesem Abend, als sie ihn nach dem Tee besuchen ging, sprach sie von Codreanu und sagte: »Er hat die Bauern geliebt. Er gab ihnen diese Idee einer Nation, vereinigt in Brüderlichkeit. Entscheidend war vermutlich, daß die Menschen an ihn geglaubt haben?«

Sascha hörte unbehaglich zu. »Aber er hat schreckliche Dinge getan«, sagte er. »Er hat mit den Progromen begonnen. Mein Cousin an der Universität wurde durch ein Fenster geworfen. Er hat sich das Rückgrat gebrochen.«

Das war, in der Tat, die Realität. »Aber warum mußte die Realität so sein?« sagte sie. Die Ideale waren gut gewesen. Sie waren formuliert worden, um ein korruptes Regime zu bekämpfen, in dem die Faulenzer, die Egoisten und die Gauner gediehen. Warum also, wollte sie wissen, endete die Verwirklichung dieser Ideale in Erpressung, Verfolgung und Mord? Waren menschliche Wesen so fehlbar und eigennützig, daß sie zwangsläufig degenerierten?

Guy, der ziemlich heftig jeden Anflug einer Sympathie für die Legion des Erzengels Michael abgelehnt hatte, wußte die Antwort auf menschliche Fehlbarkeit: Es war eine unter einem linksgerichteten Sozialismus vereinigte Welt. Sascha wußte keine Antwort.

Um ihr einen Gefallen zu tun, versuchte er, das Problem aus der Distanz zu betrachten; als er sie aber mit seinen weichen, verletzlichen und liebenden Augen ansah, war sein Blick gequält.

Sie erinnerte sich an den Augenblick am Tisch der Druckers, als eine seiner Tanten gefragt hatte: »Warum hassen die uns?« Drucker hatte die kleinen Mädchen aus dem Zimmer geschickt, nicht aber Sascha. Sascha mußte auf die Realität vorbereitet werden. So sehr ihn sein Reichtum auch beschützen mochte, so konnte er doch nicht vor Vorurteilen bewahrt werden. Aber er war unvorbereitet. Umhegt und geliebt, wie er war, konnte er ihre Geschichten von Verfolgungen in keinen Zusammenhang mit sich selbst bringen.

Er sagte: »Die Bauern sind sehr einfache Leute. Es ist nicht sehr schwer, sie an Codreanu glauben zu lassen. Sie würden an alles glauben.« Er blickte sie bittend an, als ob er sagen wollte: »Laß damit den mysteriösen Einfluß der Garden und all das, was daraus hervorkam, erklärt sein. Laß uns von etwas anderem reden.« Wahrscheinlich wollte er über die Bauern reden, die ihm gelegentlich ihre rauhe Freundlichkeit erwiesen hatten. Sie hatten ihn respektiert, weil er Englisch sprach, obwohl sie kaum glauben konnten, daß er wirklich in England gewesen war. England war für sie eine Art Paradies der Wohnsitz der Titanen.

Er beschrieb, wie sie den ganzen Tag über in der hochsommerlichen Hitze Wache standen, geduldig wie ihr eigenes Vieh und in Wintersachen gekleidet. Geld zum Kauf von Baumwolluniformen war zwar zugeteilt worden, aber ingendwo versickert. Wer waren sie, daß sie sich beschweren durften?«

»Was haben sie bewacht?« fragte Harriet.

»Oh, eine Brücke oder eine Bahnstation oder einen Viadukt. Es war albern. Als die Russen kamen, drängten sich die Offiziere haufenweise in die Autos und fuhren davon. Wir wußten nicht, was wir tun sollten...«

Sie sah, wie sich sein Gesichtsausdruck veränderte, da er sich bei der Erwähnung der Flucht der Armee an Marcovitch erinnerte. Inzwischen hatte sie andere Geschichten gehört, die von dem orthodoxen Juden, dessen Schädel eingetreten worden war wie ›ein zerbrochener, irdener Topf‹; und die von dem berühmten Volkskundler, der von seinem Sergeanten geschlagen worden und am nächsten Tag mit einem Orden erschienen war. »Du hast dich also selbst ausgezeichnet!« sagte der Sergeant. »Nein«, antwortete der Gelehrte, »der König hat mich ausgezeichnet.« Er wurde für diese Unverschämtheit brutal ins Gesicht geschlagen.

Sascha selbst war nichts außergewöhnlich Schlimmes zugestoßen, aber unvorbereitet wie er war, war er entsetzt gewesen über die Behandlung seiner Sündenbockrasse. Er war davongelaufen.

Er sagte: »Ich kann mich an einige der Lieder erinnern, die die Bauern sangen. Der Volkskundler hatte sie gesammelt.«

Während er sprach, schaute sie über die Brüstung und sah Guy auf seinem Weg nach Hause den Platz überqueren. In den frühen Tagen ihrer Ehe wäre sie sofort die Treppen hinuntergeeilt; nun saß sie ruhig da, beobachtete ihn und dachte an Saschas Theorie, daß die Garden nicht aus der Macht ihres Gründers, sondern aus der Leichtgläubigkeit ihrer Gefolgschaft gediehen waren.

Sie sagte: »Ich fürchte, ich muß gehen.«

Er lächelte, ohne zu klagen und ohne zu fragen wie die Bauern, sagte aber hilflos, als sie ging: »Ich wünschte, ich hätte mein Grammofon hier.«

»Sie sollten ein bißchen studieren«, sagte sie, denn Guy hatte ihm, auf ihren Vorschlag hin, einige Aufgaben gegeben: einen Aufsatz zu schreiben, Bücher zu lesen. Die Bücher lagen verstreut am Boden. Er hatte sie aufgeschlagen, doch zweifelte sie, ob er viel mehr damit getan hatte. »Warum nicht etwas arbeiten?«

»In Ordnung«, sagte er, aber als sie sich umdrehte, um die Leiter hinunterzusteigen, sah sie, daß er seine Holzkohle ergriffen hatte und gelangweilt auf die Mauer kritzelte.

10

Eines Morgens, die Stadt zitterte unter der Hitze wie eine Luftspiegelung, traf Harriet in der Calea Victoriei direkt auf Bella. Bella lächelte und eilte in ein Geschäft. So war sie also doch nicht nach Sinai gegangen, sondern war hier geblieben, wie alle anderen auch, gefangen in Unsicherheit und Angst.

Die Konferenz von Rom war gescheitert. Diesesmal glaubte niemand, daß damit die Angelegenheit erledigt war. Es würde eine weitere Konferenz geben. Als sie angekündigt wurde, war von Aufruhr oder Widerstand nichts zu sehen oder zu hören. Das neue Kabinett hatte absolute Treue gegenüber dem Führer verkündet, und der Führer verlangte eine friedliche Lösung. Jegliche Art von Übereinkunft konnte für Rumänien nur Nachteile bringen. In den Cafés und Bars wurde diese Tatsache langsam mit halb humorvoller Resignation akzeptiert. Was konnte man sonst tun? Yakimov, inspiriert von der Stimmung um sich herum, hatte sich einen kleinen Witz ausgedacht. »*Quel débâcle!*« sagte er, wann immer sich die Gelegenheit dazu bot: »Im Eisernen Garten der Nation rosten die Blumen.« Und sogar Hadjimoscos brachte es nicht über sich, ihn abblitzen zu lassen.

Die jungen Männer standen immer noch mit ihren Spruchbändern auf dem Gehsteig vor dem Palast, jetzt aber unterstützt von einer bewundernden Menge. Was den König betraf, so hatte dieser seine Ansprache gehalten – eine Deklaration der Standhaftigkeit – und sich dann schweigend zurückgezogen; ein Lied wurde gesungen, mit dem David sich abmühte, um es in eine gereimte Übersetzung zu bringen:

»Bessarabien soll'n sie haben. Wir mögen keinen Mais.
In uns'rer neuen Ordnung gibt's nicht solchen Scheiß.

Die Dobrudscha soll'n sie haben. Im Palast will keiner wohnen.
Hab' ihn dem Volk verkauft für eine Million Millionen.

Wer will Transsylvanien? Wer ist darauf erpicht?
Soll'n sie nehmen, was sie wollen. Abdanken tu' ich nicht!«

Die letzte Verszeile ›*Eu nu abdic*‹ war der Slogan des Tages. Witze wurden erzählt mit der Pointe ›*Eu nu abdic*‹. Rätsel wurden aufgegeben mit der unausweichlichen Lösung ›*Eu nu abdic*‹. Wie abstrus auch immer, sie war die geistreiche Erwiderung auf jede Forderung oder Frage. Sie führte unfehlbar zu einem Gelächter.

Angesichts der Bedrohung von Transsylvanien kümmerte sich niemand so recht um die südliche Dobrudscha, doch es kursierte die Geschichte, daß der alte Minister, der schon wegen Bessarabien geweint hatte, wieder geweint habe – vermutlich aus Gewohnheit –, als die bulgarische Forderung eintraf. Er erinnerte das Kabinett daran, daß das Herz der Königin Marie im Palast von Balcic begraben war und daß die Königin geglaubt hatte, ihre Untertanen würden es unter Einsatz ihres Lebens beschützen. Er stand auf und rief weinend »Zu den Waffen, zu den Waffen.« Aber nicht einer, nicht einmal der alte Herr selbst, mochte diesen Aufruf ernst nehmen. Die Königin, obwohl kaum zwei Jahre tot, symbolisierte ein Zeitalter der Ritterlichkeit, das ebenso überholt war wie der Begriff der Ehre und so altmodisch wie die Wahrheit.

Die Übergabe der südlichen Dobrudscha wurde für den siebenten September angekündigt.

Das, dachte Harriet, war ein Grenzproblem, das friedlich beigelegt wurde, aber als sie einige Bemerkungen dieser Art gegenüber Galpin machte, sah er sie an mit der eisigen Ironie von jemandem, der guten Grund hatte, es besser zu wissen.

Sie hatten sich auf dem Trottoir vor dem Athénée Palace

getroffen, und Galpin trug einen Koffer. »Ich für meinen Teil«, sagte er, »hab' die Koffer gepackt und den Tank voll Benzin.«

»So?«

Er ging hinüber zu seinem Auto, verstaute den Koffer im Kofferraum und bemerkte dann in einem milderen Ton: »Ich fände es verdammt komisch, sollten sie sich mit diesem vergammelten Flecken im Süden zufriedengeben, wo sie sich doch leicht die ganze Küste schnappen könnten.«

»Und Sie glauben, sie *werden* sich die ganze Küste schnappen?«

»Sie und noch jemand anders. Ich glaube, es wurde schon vor Monaten arrangiert. Wenn die Bulgaren den Süden übernehmen, werden die alten Russkis den Norden besetzen. Sie werden die gesamte Küstenebene für sich haben. Es ist eine slawische Verschwörung.«

Als Harriet nicht so alarmiert dreinblickte, wie sie es nach seiner Meinung hätte tun sollen, sagte er übellaunig: »Sehen Sie denn nicht, was das bedeutet? Rumänien wird vom Meer abgeschnitten sein. Der Plan der Gesandtschaft ist es, die britischen Staatsangehörigen von Konstanza aus zu evakuieren. Sie werden eine derjenigen sein, die es ausbaden müssen. Es wird keinen Fluchtweg geben.«

»Wir können nach Belgrad gehen.«

»Mein liebes Kind, wenn die Deutschen hier einmarschieren, werden sie Jugoslawien *im Vorübergehen* mitnehmen.«

»Gut, wir können fliegen.«

»Was, die ganze gesegnete englische Kolonie? Das möchte ich sehen. Jedenfalls wird der Flugdienst das erste sein, was dicht macht, wenn's losgeht. Ich hab' es immer wieder erlebt. Na, ich geh' kein Risiko ein. Sobald ich Wind von der Invasion bekomme, sitze ich in der Blechkiste, und ab geht die Post.«

»Na gut«, sagte Harriet und versuchte, die Situation ein wenig zu entspannen, »vielleicht nehmen Sie uns mit?«

Galpins Augen traten hervor. »Davon weiß ich nichts. Ich hab' Gepäck. Ich hab' Wanda. Der Austin ist alt. Die Straßen durch den Balkan sind schlecht. Wenn eine Feder bricht, sind wir geliefert.« Er schaute drein, als ob sie versucht hätte, für sich einen unfairen Vorteil herauszuholen, stieg ins Auto, schlug die Tür zu und fuhr davon.

Als sie in die Wohnung kam, läutete das Telefon. Inchcape suchte Guy. »Sagen Sie ihm, ich bin nach dem Essen im Büro«, rief er, und sie konnte direkt spüren, wie er den Hörer auf die Gabel warf.

Inchcape erschien, als die Pringles und Yakimov noch beim Essen saßen. Guy hatte sich über Galpins Geschichte von der slawischen Verschwörung lustig gemacht und sagte, die Russen würden keine Gebiete besetzen, auf die sie keinen Anspruch hatten. Sogar wenn sie die nördliche Dobrudscha besetzen sollten, würde das die britischen Untertanen nicht daran hindern, von Konstanza aus abzureisen.

Yakimov brachte seinen ›Quel-débâcle!‹-Witz und war in der Stimmung, dazusitzen und zu reden, aber Inchcape lief mit einer derart demonstrativen Ungeduld im Raum umher, daß es Yakimov schließlich dämmerte, daß er nicht erwünscht war. Nachdem er gegangen war, drehte Inchcape seinen Stuhl herum, setzte sich rittlings darauf und sagte: »Sie versuchen, uns loszuwerden. Sie wollen, daß wir gehen.«

»Wer will, daß wir gehen?« fragte Guy. »Die *Prefectura* oder die Gesandtschaft?«

»Die Gesandtschaft. Sie wollen die britische Kolonie ausdünnen. Sie wollen die ›Kulturknaben‹, wie sie uns nennen, loswerden.«

»Wegen dieser Dobrudscha-Angelegenheit?« fragte Harriet.

»Unter anderem deswegen. Dobson hatte die Stirn zu äußern, wir seien hier nicht mehr nützlich. Er sagte: ›Sie müssen begreifen, daß es für uns Extraarbeit bedeutet, Sie hier zu haben.‹ Das ist alles, was ihnen Sorgen macht.«

»Glauben Sie, es ist eine definitive Anordnung?«

»Ein Versuch dazu.« Inchcape zündete sich eine Zigarette an und zerbrach vor Ärger das Streichholz. »Aber sie können uns nicht ohne guten Grund ausweisen. Ihr erster Schritt besteht darin, daß wir die Englische Abteilung schließen sollen.

Danach können sie sagen: ›Was hat es für einen Sinn, daß ihr noch hier seid?‹ Ich bin entschlossen, die Abteilung offen zu halten.«

Guy nickte zustimmend, und Harriet fragte sich, ob das Propagandabüro irgendwie erwähnt worden war, das schon in seinen Glanzzeiten untätig und jetzt dem Tode nahe war. Bevor sie fragen konnte, hatte Inchcape seine Zigarette in einer Untertasse ausgedrückt, zu zwei Drittel ungeraucht, und sagte: »Als ich heute früh in die Gesandtschaft zitiert wurde, bestand ich darauf, mit Sir Montagu zu sprechen.«

»Und was ist dann geschehen?« fragte Guy.

Mit zittriger Hand zündete sich Inchcape eine neue Zigarette an. Der Krieg zwischen den Nationen war vergessen. Er führte seinen alten Krieg gegen die Gesandtschaft. »Ich wurde angeblich wegen dieser ständigen Aufforderungen zu gehen vorgeladen. Dobson sagte: ›Wir dachten, es wäre besser, wenn die Sommerkurse schließen würden.‹ Ich weigerte mich, mit ihm darüber zu diskutieren. Ich verlangte, einen der Oberen zu sehen. Sie versuchten, mich mit Wheeler abzuspeisen. Schließlich, glaubt es oder nicht, bin ich zum alten Charmeur persönlich vorgelassen worden. Und was glauben Sie, hat er gesagt? ›Sommerkurse‹ sagte er, ›was für Sommerkurse?‹ Ich sagte ihm, daß wir eine direkte Anweisung aus London kriegen müßten, bevor wir zu arbeiten aufhören könnten. Es ist unwahrscheinlich, daß da in nächster Zeit etwas kommt. Niemand zu Hause hat eine wirkliche Ahnung von dem, was hier vorgeht.«

»Und...?«

»Der alte Knabe polterte ein bißchen. Ich blieb fest. Schließlich sagte er: ›Wenn Sie bleiben, tun Sie das auf Ihre eigene Verantwortung. Ich garantiere nicht dafür, daß ich einen Ihrer Burschen lebend hier rausbekomme.‹«

»Und Woolley und die anderen Geschäftsleute?«

»Er sagte, die würden sich um sich selber kümmern. Sie haben Autos. Wenn es soweit ist, können sie nach Bulgarien fahren. Er sagte: ›Für euch Burschen ohne Auto wird es nicht so leicht sein. Die Züge werden Truppen an die Grenze bringen. Die zivilen Flugzeuge werden von der Armee beschlagnahmt werden. Es wird nicht einmal ein Schiff geben, wenn sich Konstanza in russischen Händen befindet.‹ Ich sagte, daß dies ein Risiko sei, das wir auf uns nehmen würden.« Inchcape sah Guy an, um seine Zustimmung zu erhalten.

Guy sagte: »Selbstverständlich.«

»Warum?« fragte Harriet.

»Weil wir hier eine Aufgabe zu erfüllen haben«, sagte Guy. »Solange wir hier nützlich sein können, müssen wir bleiben.«

»Genau«, sagte Inchcape. Er setzte sich wieder, beruhigt durch Guys Unterstützung. »Übrigens«, sagte er, »die Cantecuzeno-Vorlesung steht bevor. Pinkrose wird gerade ausgeflogen. Ihm wird ein Vorzugsflug nach Kairo garantiert. Das wird nicht jedem gewährt. Ich werde sicher hier sein, um ihn zu begrüßen.«

»Was hat Montagu sonst noch gesagt?«

»Er versuchte es mit Überredung. ›Sie können nur für sich selbst sprechen‹, sagte er. ›Die anderen Männer sollten befragt werden.‹ Ich sagte: ›Ich kenne meine Männer. Ich kann in ihrem Namen sprechen.‹ ›Trotzdem‹, sagte er, ›sollten sie sich treffen und die Situation diskutieren. Geben Sie Dobson Gelegenheit, ein Wort mit ihnen zu reden!‹ Der alte, verschlagene Hund dachte, ich würde euch im unklaren lassen. Also sagte ich: ›Wie Sie wollen. Ich werde ein Treffen für heute abend einberufen. Jeder kann teilnehmen. Ich kenne meine Leute, ich weiß, was sie sagen werden.‹« Inchcape schaute Guy scharf an, der nochmals zustimmend nickte. Inchcape stand zufrieden auf. »Dann um sechs im Dozentenzimmer.«

»Kann ich auch kommen?« fragte Harriet.

Inchcape drehte sich um, überrascht, daß sie daran interessiert sein könnte.

»Wenn Sie wollen«, sagte er und wandte sich wieder an Guy. »Sagt den anderen Bescheid. Dubedat, Lush und den alten Damen. Ich glaube, Sie werden sehen, daß sie alle hinter uns stehen. Niemand möchte seine Stellung verlieren.«

Um sechs war der Dunst leblos und gelblich wie dünner

Rauch in den trägen Straßen. Die Hitze war abgestanden und ohne Glut. Die Geschäfte waren zwar geöffnet, schienen aber im Schlaf zu liegen.

In der Calea Victoriei briet das eine Trottoir in der honiggelben Sonne, das andere war preußischblau. Harriet ging im Schatten, bis sie das deutsche Propagandabüro erreichte, und hielt dort an, bevor sie die Straße überquerte. Die Landkarte Frankreichs war innerhalb eines knappen Monats aufgetaucht und wieder verschwunden, aber die Karte Englands war schon so lange da, daß die Leute das Interesse daran verloren hatten. Harriet war die einzige, die ins Fenster schaute. Sie sagte zu sich selbst: »Dort werden sie nie hinkommen«, und bemerkte, daß unter den Städten, die von Flammen umringt waren, sich ihr Geburtsort befand – eine Stadt, die sie haßte. Ihre Augen füllten sich mit Tränen.

Auf der anderen Straßenseite bespritzten Zigeuner, die sich mühsam hinter ihren großen Körben aufrafften, ihre Blumen mit Wasser aus alten Klistierspritzen. Der süße und schwere Geruch der Nachthyazinthen hing über den Stufen der Universität. »Doamna, doamna«, kreischten die Zigeuner, als sich Harriet die Treppen hinauf begab.

Sie betrat die unwirkliche Düsternis des Gebäudes und konnte Guys Stimme hören. Er war immer noch im Vorlesungssaal. Sie ging zurück, um auf der Balustrade zu sitzen und die Straße erwachen zu sehen. Als die Studenten herauskamen, war sie überrascht, daß sie sich so schnell zerstreuten. Sie erwartete noch weitere, doch statt dessen erschien Guy, der sie suchte.

Sie sagte: »Warum habt ihr so wenig Studenten?«

»Die Anzahl ging zurück«, gab er zu. »Das ist ganz normal. Manche verlieren die Lust. Komm mit, das Treffen hat begonnen.«

Er eilte ihr den langen Hauptgang, der für seine Höhe zu schmal war, voraus und öffnete die Tür zum Gemeinschaftsraum. Inchcape sagte gerade: »...ein lächerlicher Zustand. Tatsache ist, daß die Gesandtschaft versucht, die Sommerkurse zu schließen. Ich habe Sie alle hierher gebeten, um darüber zu diskutieren. Schließlich geht es um Ihren Job und Ihr Geld.«

Elegant und in einem grauen Seidenanzug saß er auf dem Tisch des Gemeinschaftsraums, einen Fuß in die Sprosse eines Stuhls eingehakt. Er lächelte, als er die Unverschämtheit der Gesandtschaft erwähnte. Anscheinend war sein Groll verflogen, aber seine Hände ergriffen die Stuhllehne, und er beobachtete streng, wie die Pringles ihre Plätze einnahmen.

Clarence, der in seinem Sessel ausgestreckt war, warf Harriet einen schiefen Blick zu, als sie sich neben ihn setzte. Stirnrunzelnd rutschte er im Stuhl tiefer und begann, an der Seite seines rechten Zeigefingers zu knabbern. Toby fing ihren Blick auf und grinste, als ob es zwischen ihnen ein spezielles Einverständnis gäbe. Die drei Frauen blickten Guy voller Wärme an. Dubedat hielt seinen Blick starr auf Inchcape gerichtet, der, sobald der Raum wieder ruhig war, sagte: »Ich habe zufällig eine gute Nachricht auf Lager. Sie traf gerade ein, als ich das Büro verließ.« Als ihn alle erwartungsvoll ansahen, lächelte er und hielt eine Weile die Spannung, bevor er sagte: »Wenn unser Freund Dobson eintrifft, werden wir wahrscheinlich von seiten der Gesandtschaft einen veränderten Ton vernehmen.«

Harriet fragte sich, ob es möglich war, daß der Krieg zu Ende war? Es wäre wunderbar, aber auch unbefriedigend. Nein, der Krieg durfte nicht enden ohne Niederlage des Gegners.

»Ich habe gerade vernommen«, fuhr Inchcape fort, »daß letzte Nacht Berlin von der Royal Air Force bombardiert worden ist.«

»Das ist ja großartig!« sagte Guy. Zwar murmelten alle zustimmend, doch hatten sie ganz eindeutig mehr erwartet.

»Es *ist* großartig. Es bedeutet, daß wir zurückschlagen«, sagte Inchcape. »Dies ist das erstemal, daß der deutsche Zivilist den Krieg zu spüren bekommt. Es ist nur eine Frage der Zeit, bis wir sie im Westen so unter Druck setzen, daß dann eine Ostfront nicht mehr zur Diskussion steht.«

Mrs. Ramsden äußerte ein »Ah!« der Zustimmung.

»Eine Menge kann geschehen, bevor dieser Tag kommt«, sagte Dubedat finster.

»Ich bin mir nicht sicher«, Inchcape schob den Stuhl von sich und verschränkte die Arme. Sein Lächeln ließ vermuten, daß er, falls er es wollte, seine Zuversicht begründen könnte. Die anderen warteten, doch er sagte nichts mehr.

Als Guy fühlte, daß sich das Schweigen hinziehen würde, stand er auf. Die Lehrerinnen wandten sich ihm zu, als ob er die Lösung eines Problems parat hätte. Er sagte: »Das Wichtigste für uns ist hierzubleiben. Ich meine, wir sollten nicht davonlaufen. Es sind zu viele Leute hier, die unsere Unterstützung brauchen.«

»Ich stimme dem zu«, kam Clarence' Stimme wohltönend und großmütig aus der Tiefe des Sessels.

Die Tür öffnete sich. »Ich bitte, mich zu entschuldigen«, sagte Dobson, als er hindurch eilte, sein Leinenanzug zerknittert und mit einem großen Schweißfleck zwischen den Schulterblättern. »Sie halten uns Tag und Nacht auf Trab.« Er sah niemanden an, sondern betrachtete amüsiert die Lage und suchte nach einem Taschentuch. Sein Gesicht und sein Kopf waren rosa. Schweißtropfen standen zwischen den flaumigen Haaren, die seinen Kopf bedeckten.

Inchcape streckte die Füße aus und setzte sich ruckartig auf. »Das Podium gehört Ihnen«, sagte er.

»Nun gut!« sagte Dobson, »es gibt nicht viel, das gesagt werden muß. Unnötig zu sagen, daß ich im Namen Seiner Exzellenz spreche.« Damit hörte er auf zu lächeln und wurde ernst. »Die Lage hier gerät außer Kontrolle. Sie können es selbst sehen. Sogar Seine Majestät fühlt sich nicht mehr allzu sicher auf seinem Thron. Keiner weiß, was als nächstes geschehen wird. Wir vermuten, daß die Deutschen vorhaben, den Ort hier zu überrennen. Es läuft immer nach dem gleichen Schema ab. Eine fünfte Kolonne – in diesem Fall die Eiserne Garde – verursacht Schwierigkeiten und gibt damit den Truppen der Achse Grund einzumarschieren, um für Ordnung zu sorgen. Falls dies hier geschieht, können Sie eine Chance zum Entkommen haben oder auch nicht. Wenn Sie tatsächlich eine Vorwarnung bekommen sollten, ist damit noch lange nicht sicher, ob Sie eine Transportmöglichkeit finden. Jedenfalls müßten Sie all Ihre Habe zurücklassen. Es kann jederzeit passieren – nächste Woche, morgen, sogar heute nacht...« Er blickte ernst um sich, begegnete verzagten Blicken, lächelte gegen seinen Willen. »Ich will Ihnen keine Angst einjagen« – er verschluckte sein Lächeln –, »aber es hat nicht viel Sinn zu warten, bis es zu spät ist. Die Englische Abteilung hat ihr Soll erfüllt. *Troilus und Cressida* war einfach ein glänzender Erfolg. Die Aufführung hat die Moral gestärkt, gerade in dem Moment, wo es nötig war. Ich könnte sagen« – er kicherte –, »Sie haben wie Trojaner auf Ihren Posten ausgeharrt. Doch« – er glättete sein Gesicht wieder –, »Ihre Aufgabe hier ist erfüllt. Das müssen Sie einsehen. Seine Exzellenz meint, die Abteilung sollte schließen, das Personal zusammenpacken und sich in gesitteter Ordnung nach Haus begeben.«

Als er gesprochen hatte, schaute er Inchcape an und rückte ihn damit wieder ins Zentrum der Aufmerksamkeit. Inchcape bewegte sich nicht. Er starrte auf seine weißen Leinenschuhe hinab, die Hände vor sich gefaltet, und verbreitete die bescheidene Absicht, niemanden beeinflussen zu wollen. Nach einer langen Pause sah er auf und von einer Seite zur anderen, unabhängige Meinungen erbittend. Mrs. Ramsdens breiter und mit Fasanenfedern geschmückter Hut schwang herum, als sie nach dem nächsten Sprecher Ausschau hielt, und ihr Taft rauschte. Als niemand sonst sprach, sagte Miß Turner, die älteste von den dreien, mit ihrer klagenden, schwachen Stimme: »Wir wissen, daß die Dinge hier schlecht stehen, aber jetzt, nachdem unsere Flugzeuge Berlin angegriffen haben... ich meine, das macht doch sicher einen Unterschied?«

Dobson beugte sich höflich zu ihr hin und erklärte wie einem Kind: »Wir alle begrüßen den Angriff, aber die Situation hier hat sich viel zusehr verschlechtert, um davon beeinträchtigt zu werden. Die Wahrheit ist – und wir müssen ihr ins Gesicht sehen – Rumänien befindet sich praktisch in der Hand des Feindes.«

Miß Turner sah sorgenvoll Inchcape an und hoffte auf einen günstigeren Kommentar, aber Inchcape hatte nichts zu sagen. Guy stand erneut auf. »Wir alle wissen seit einiger

Zeit, daß unsere Situation hier prekär ist. Trotz allem haben wir uns entschlossen zu bleiben. Wahrscheinlich sind wir der Gesandtschaft ein Dorn im Auge, aber der entscheidende Punkt ist...«

»Mein lieber Junge«, wies ihn Dobson zurecht, »wir sind besorgt um Ihre Sicherheit.«

»Ich bin eben vierundzwanzig geworden«, sagte Guy, »Clarence, Dubedat und Lush sind alle im wehrpflichtigen Alter. Unsere Altersgenossen tragen die Uniform. Ich glaube nicht, daß wir uns hier in einer größeren Gefahr befinden als in der Wüste in Nordafrika.«

Guy wußte, was er sagen wollte, und sagte es mit fester Direktheit, aber Harriet, die ihn beobachtete, sah, daß er unter einer Spannung stand. Er preßte den unteren Rand seines rechten Handtellers gegen seine Augenbraue und hielt ihn wie zur Unterstützung dort. Er kam von einer Provinzuniversität und aus ärmlichen Verhältnissen, und daher war es für ihn nicht leicht, einem britischen Gesandten Seiner Majestät zu widersprechen.

Er machte eine Pause und sagte dann schnell, beinahe aggressiv: »Ich glaube, wir sollten in Bukarest bleiben, solange es hier noch etwas für uns zu tun gibt.«

»Hört, hört!« sagte Mrs. Ramsden.

»Aber *gibt* es denn noch etwas zu tun?« Clarence' Tonfall hatte sich nun in matte Unentschlossenheit verwandelt. »Was können wir tun – oder auch die Gesandtschaft – als Überbleibsel einer unglaubwürdig gewordenen Macht in einem praktisch vom Feind besetzten Land?«

Guy sagte: »Es ist wahr, daß die Briten hier versagt haben; aber wenn wir bis zum Ende ausharren, können wir manchen Leuten etwas geben, an das sie in den kommenden Zeiten glauben können. Es gibt hier viele Menschen, die sich in viel größerer Gefahr befinden als wir. Für jene stellen wir alles dar, was von westlicher Kultur und demokratischen Idealen übriggeblieben ist. Wir können sie nicht im Stich lassen.«

»Seien Sie doch vernünftig, Pringle!« sagte Dobson liebenswürdig: »Was haben Sie denn hier? Eine Handvoll jüdischer Studenten.«

Guy antwortete: »Solange die jüdischen Studenten uns gegenüber loyal sind, müssen wir ihnen gegenüber auch loyal bleiben.«

Dubedat kratzte mit ausdruckslosem Gesicht mit einem seiner langen, schmutzigen Fingernägel an seinem Eckzahn herum. Toby saß genau hinter ihm, nuckelte an seiner Pfeife und beugte sich vor, um ihm etwas zuzuflüstern. Dubedat brachte ihn durch Stirnrunzeln zum Schweigen.

Inchcape schlenderte ausdruckslos und lächelnd nach vorn und sagte: »Wir dürfen auch die Catecuzeno-Vorlesung nicht vergessen. Professor Lord Pinkrose wird gerade herübergeflogen.«

»Wer zum Teufel ist Professor Lord Pinkrose?« fragte Clarence. Er lag zurückgelehnt auf seinem Sitz, schwankte unschlüssig zwischen wildem Trotz und Sentimentalität hin und her und war, wie Harriet bemerkte, mehr betrunken als nüchtern.

Immer noch lächelnd, sah Inchcape um sich. »Muß ich diese Frage beantworten?« fragte er.

»Den Studenten gelten unsere primären Erwägungen«, sagte Guy, der nun hartnäckig war im Kampf gegen die Gleichgültigkeit der Gesandtschaft seinem Anliegen gegenüber.

Harriet spürte ein wenig Stolz für ihn, empfand aber gleichzeitig eine gewisse Abneigung, weil seine erste Sorge nicht ihrer eigenen Sicherheit galt. Sie wußte, wenn es nicht um Sascha gegangen wäre, hätte sie nichts anderes im Sinn gehabt, als Guy rechtzeitig von hier wegzubekommen. Gefangen in ihrem Verantwortungsgefühl ihm gegenüber, war sie nahe daran, auch gegenüber Sascha aufgebracht zu sein. Und, dachte sie, es war Guys leichtfertige, beinahe unsinnige Bereitschaft gewesen, Gott und die Welt aufzunehmen, die den Jungen ins Haus gebracht hatte.

Eigentlich war sie nicht der Meinung, die Gesandtschaft könnte sie überreden, in ›gesitteter Ordnung‹ zu gehen. Sie glaubte an Inchcapes Entschlossenheit zu bleiben, solange es einen Vorwand fürs Bleiben gab, aber sie sah nun, daß das Problem Sascha irgendwie gelöst werden mußte. Sie mußten gegebenenfalls die uneingeschränkte Möglichkeit haben, ohne Gewissensbisse zu gehen.

Inchcape hatte die Mitte des Raumes wieder eingenommen und sagte gerade: »Pinkrose ist erste Garnitur. So eine Sache kommt bei den Rumänen gut an.«

Anscheinend kam es auch bei Dobson gut an. Er war schon im Aufbruch begriffen. Guys Appell zur Loyalität den Studenten gegenüber hatte ihn nicht beeindruckt, aber jetzt nickte er in ehrfurchtsvoller Zustimmung, als Inchcape die gesellschaftliche Bedeutung der Vorlesung und des Vortragenden hervorhob. Harriet war überrascht, daß Dobson kein Wort über die Tatsache verlor, daß das Londoner Büro nichts Besseres zu tun hatte, als diesen Professor hierher zu fliegen. Natürlich hatte Inchcape sie in Unwissenheit über die wahre Lage hier gehalten – nicht aus Böswilligkeit, sondern aus reinem Widerwillen, die Tatsachen zu sehen. Sie lächelte traurig, als ihr der Gedanke kam, daß, dank Inchcapes Eitelkeit, Lord Pinkrose zusammen mit ihnen allen in einem deutschen Konzentrationslager enden könnte.

»Die Vorlesung ist ein Argument, da stimme ich zu«, sagte Dobson, »doch bin ich sicher, daß Seine Exzellenz Ihnen raten würde, Lord Pinkrose vor dem, was er hier zu erwarten hat, zu warnen. Wenn er die Risiken kennen würde, würde er es sich vielleicht nochmals überlegen, ob er hierher kommen…«

»Das möchte ich bezweifeln, das bezweifle ich«, unterbrach Inchcape umgänglich.

»Na gut«, schloß Dobson, »wenn Ihre Leute darauf bestehen hierzubleiben, werden wir sie wohl hierlassen müssen, jedenfalls für eine Weile. Aber« – er wandte sich an Mrs. Ramsden, Miß Turner und Miß Truslove –, »mit den Damen ist es eine andere Sache. Seine Exzellenz kann nicht die Verantwortung für unverheiratete englische Ladys übernehmen, um die sich kein Mann kümmert.« Ein Seufzer ging durch die Reihe der drei Frauen. Die Federn auf Mrs. Ramsdens Hut zitterten, als ob sie an Drähten befestigt seien. Sie sahen zu Dobson hin, der sie freundlich anstrahlte, wandten sich dann an Inchcape um Beistand, aber Inchcape, bester

Dinge wegen seines Sieges, war gewillt, wegen der Lehrerinnen nachzugeben. »In diesem Punkt«, sagte er, »stimme ich mit Seiner Exzellenz überein. Ich bin sicher, daß Sie, meine Damen, nicht das Gefühl haben wollen, im Wege zu stehen. Abgesehen davon, Ihre Arbeit nähert sich dem Ende. Wie viele Studenten hatten sich für die Sommerkurse eingeschrieben? Um die zweihundert. Wie viele haben wir augenblicklich?« Fragend schaute er Guy an, der zögernd antwortete:

»Ungefähr sechzig. Aber sie sind in fünf verschiedenen Klassen.«

»Das kann alles organisiert werden. Tatsache ist«, Inchcape sah die Lehrerinnen an, »Ihre Arbeit wird sich bald erübrigt haben. Sie wären woanders besser aufgehoben.«

»Wir wollen nicht gehen«, sagte Mrs. Ramsden.

»Es liegt natürlich bei Ihnen«, sagte Dobson liebenswürdig, »aber wenn Sie das nächstemal eine Aufforderung zur Ausreise bekommen, werde ich nicht mehr in der Lage sein zu behaupten, Ihre Anwesenheit hier sei erforderlich. Es wäre für Sie besser, freiwillig und in Ruhe zu gehen.«

»Aber sehn Sie her!« sagte Mrs. Ramsden energisch, »wir hatten dies alles schon einmal, als der Krieg begann. Mr. Woolley erließ seine allgemeine Anordnung für die Damen, Rumänien zu verlassen. Er schickte seine Frau nach Hause. Dutzende anderer gingen zur gleichen Zeit und kamen nie mehr wieder. Wir drei sind nach Istanbul gegangen. Wir mußten in einer *Pension* wohnen – einem Loch, heruntergekommen, dreckig *und* teuer. Uns ging's miserabel. Wir saßen nur herum und konnten nirgendwo hin und hatten nichts zu tun. Wir verbrauchten all unsere Ersparnisse – für die Katz', wie sich herausstellte. Am Ende waren wir wieder hier. Hier gehören wir her. Unser Zuhause ist hier. Wir sind nur alte Jungfern. Die Deutschen würden uns nicht anrühren.«

»Und ich habe mein kleines Einkommen hier«, sagte Miß Turner, deren Hautfarbe die bläuliche Blässe von Magermilch hatte. »Der Prinz gewährt es mir nämlich. Zwanzig Jahre lang habe ich mich um seine Kinder gekümmert. Ich kann dieses Geld nicht außer Landes mitnehmen. Das würden sie nicht zulassen. Wenn ich gehe, stehe ich ohne einen Penny da.«

»Wir bleiben lieber und lassen es drauf ankommen«, sagte Mrs. Ramsden.

»Meine werte Dame«, erklärte Dobson geduldig, »wenn die Deutschen hierher kommen, werden Sie nicht in Ihrem Zuhause bleiben dürfen. Sie werden in Gefangenenlager gesteckt werden, zum Beispiel in das grauenhafte Dachau. Unter Umständen jahrelang. Sie würden es nie überleben.«

Miß Truslove betupfte die Augen mit ihrem Baumwollhandschuh. Sie sprach mit Anstrengung: »Falls ich noch einmal weg muß, wird mich das umbringen... umbringen.« Ihre Rede verebte in einem Schluchzen.

Inchcape klopfte ihr auf die Schulter, ließ sich aber nicht rühren. »In Kriegszeiten müssen wir alle Dinge tun, die wir nicht mögen.«

Miß Turner zupfte ihn am Ärmel: »Aber Sie sagten doch... dieser Angriff auf Berlin...«

»Ojeh, das bedeutet doch nicht das Ende des Krieges.« Er machte eine Handbewegung, um das ganze Thema zu beenden.

Miß Truslove war den Tränen nahe und begann, mit ihren Handschuhen zu kämpfen. Sie stöhnte: »Ich komme nicht hinein, ich komme nicht hinein.«

Harriet beobachtete die bedauernswerten alten Damen, wußte aber, daß Dobson recht hatte. Mrs. Ramsden hätte sich vielleicht einige Jahre in einem Gefangenenlager durchschlagen können, aber Miß Turner und Miß Truslove, zerbrechliche und nervöse Geschöpfe, hätten keine Chance gehabt. Sie sahen nicht so weit in die Zukunft. Mrs. Ramsden suchte Harriets Blick und sagte: »Ich bin sicher, Mr. Pringle will nicht, daß wir gehen. Ich würde gern mit ihm sprechen, aber« – sie blickte sehnsüchtig zu Guy hin, der gerade mit Dobson sprach –, »aber vielleicht sollte ich ihn jetzt lieber nicht belästigen.«

Harriet sagte: »Professor Inchcape ist immer noch Leiter der Abteilung. Ich fürchte, er hat das letzte Wort.«

Als sie weggingen, warfen sie einen Blick zurück auf Guy

und hofften, er würde ihn erhaschen und sie irgendwie retten. Aber was konnte er schon machen? Er drehte ihnen immer noch den Rücken zu, wahrscheinlich in dem schmerzlichen Bewußtsein ihrer Not; da sie nun keinen Vorwand mehr hatten, länger zu bleiben, gingen sie.

Hinter Harriet erzählte Toby von Cluj – über die Gefahren, die er dort vorausgesehen hatte, und von seiner eigenen Klugheit, sich rechtzeitig davongemacht zu haben, bevor die jetzige Krise sich entwickelte. Er behauptete. daß der Professor ›Schindluder‹ mit ihm treiben und ihn mit allerlei Drohungen zum Einhalten seines Vertrages zwingen wollte, aber Toby wußte, daß er als Ausländer auf *force majeure* plädieren konnte. Es war typisch für Tobys Geschichten. Er ließ einen glauben, daß er immerfort in solchen Abgründen von Universitätsmachenschaften verwickelt war, daß nur ein sehr gerissener Bursche überleben konnte. Als sie sein weiches, fleischiges Gesicht mit dem weichen fliehenden Kinn unter dem Schnurrbart betrachtete und ihn, sich selbst beglückwünschend, sagen hörte: »Ein Mann muß überleben«, kam ihr der Gedanke, daß er wohl auch dort überleben könnte, wo der Rest von ihnen es nicht könnte.

Plötzlich trat Dubedat forsch auf Dobson zu und unterbrach dessen Gespräch mit Guy. »Wegen dieses slawischen Komplotts«, sagte er, als ob er keine Zeit zu vergeuden hätte, »gibt es da irgendeinen Grund für die Annahme, wir würden von Konstanza abgeschnitten werden?«

Dobson war nur einen Augenblick lang überrascht und antwortete dann leichthin: »So weit wir wissen, überhaupt keinen«, wandte sich dann von dieser Einmischung ab und setzte sein Gespräch mit Guy fort: »Hitler kümmert sich nicht um Balkanpolitik. Er interessiert sich ausschließlich für die Wirtschaftskraft des Balkans. Er hat die Rumänen angewiesen, ihre Grenzprobleme zu regeln, einfach um sie beschäftigt zu halten, bis seine Truppen Zeit haben einzumarschieren. Das kann nun täglich soweit sein.«

Dubedat schaute Toby an und machte eine Bewegung mit dem Kopf. Er verließ den Raum. Toby folgte ihm wortlos.

Der Hausmeister erschien und fragte, ob er absperren

könne. Inchcape führte Dobson, Clarence und die Pringles aus dem Gebäude. Dobson erbot sich, jemanden in seinem Auto mitzunehmen, aber die anderen zogen es vor, zu Fuß zu gehen. »Muß jetzt fahren«, sagte er und rannte trotz seines Bauches leichtfüßig die Stufen hinunter.

Inchcape wartete, bis er außer Hörweite war, und lachte dann. »Das wäre geschafft!« sagte er.

Guy reagierte nicht. Sein Gesicht lag in Falten aus Sorge um die Opfer ihres Sieges. Er sagte: »Vielleicht könnten wir Mrs. Ramsden und die anderen unserem Vertreter in Ankara empfehlen? Sie sind gute Lehrerinnen. Er könnte Verwendung für sie haben.«

»Warum nicht? Warum nicht?« sagte Inchcape und fügte sofort hinzu: »Also, was machen wir mit Pinkrose? Ich fürchte, er ist etwas steif.«

Harriet lehnte sich über die Balustrade und blickte in die Blumenkörbe. Wie sie erwartet hatte, kam Clarence zu ihr herüber, langsam und, wie sie fühlte, unwillig. Als er sie erreicht hatte, sagte sie: »Werden wir jemals hier rauskommen?«

Clarence war nicht in mitfühlender Stimmung. »Du kannst ja jederzeit gehen«, sagte er. »Du hast nicht einmal einen Beruf, der dich hier hält.«

»Ich habe einen Ehemann. Sogar wenn ich gewillt wäre, ohne ihn zu gehen, könnte er es sich nicht leisten, zwei Wohnsitze zu unterhalten.«

»Du könntest irgendeine Arbeit annehmen.«

»Nicht so einfach in einem fremden Land. Jedenfalls bleibe ich solange, wie Guy bleibt.«

Die Zigeuner, aufgeregt durch die zunehmenden Menschenmassen, schwirrten in ihren Chiffontüchern umher und näherten sich den Menschen mit ihrem Domnuli-Geschrei.

Harriet bemerkte Sophie, die zwischen den Blumen stand, in einem gelben Kleid, das ihre großen Brüste und ihre schmale Taille betonte. Auf wen wartete sie? Sie blickte auf, und als sie Clarence oben auf der Balustrade bemerkte, ging sie von Korb zu Korb, mit der eigentümlichen Präzision von jemandem, der sich des Rampenlichts bewußt ist. Bewundernd lächelte sie in alle Richtungen und blieb dann an einem der Körber voller Rosenknospen stehen. Sie nahm eine heraus, roch an ihr in Ekstase und hielt sie dann mit ausgestrecktem Arm. Harriet erwartete halb, daß sie auf der Fußspitze stehend eine Pirouette drehen würde. Statt dessen ging sie zum Verkäufer.

Harriet sah Clarence an. Clarence beobachtete mit einem eigenartigen Lächeln Sophie. »Wartet sie auf dich?« fragte Harriet.

»Ich denke schon.« Clarence grinste in dem Bewußtsein, sie überrascht zu haben: »Aus irgendeinem Grund scheint sich Sophie an mich gehängt zu haben. Neulich sagte sie, ich hätte einen gefährlichen Blick, wenn ich betrunken bin.«

»Was du nicht sagst!« Harriet lachte mehr aus Gereiztheit als vor Belustigung: »Ich hab' dich oft genug betrunken erlebt, hab' dich aber nie gefährlich gesehen.«

Clarence grunzte und sagte nach einer Weile: »Sophie sagt, du hättest kein Herz. Ich bin mir sicher, daß sie unrecht hat.«

»Möchtest du denn eine Frau mit Herz?«

»Nein. Ich möchte jemanden, der so zäh wie ein alter Stiefel ist. Das heißt, ich will dich. Ich wußte schon beim ersten Blick, den ich auf dich warf, daß du mein Typ von Frau bist. Du könntest mich retten.«

»Mit Sophie würdest du besser fahren.«

Guy rief nach Harriet, und er und Inchcape gingen die Stufen hinab. Sie folgte mit Clarence. Unten auf dem Trottoir zeigte sich Sophie überrascht, Clarence zu sehen, es wurde ihr aber alles durch Clarence' Widerwillen, sie zu treffen, verdorben. Sie mußte seinen Arm ergreifen. »Ich hatte«, sagte sie, »ein kleines Gespräch mit Mr. Dubedat und Mr. Lush. Ah, wie nett Mr. Lush ist! So geradlinig, so ehrlich, so einfach und so gutherzig. Ein wahrer Vertreter Englands, würde ich sagen.« Ihr Blick auf Guy und Inchcape sollte andeuten, daß beide sich wohl an Mr. Lush ein Beispiel nehmen könnten, dann lächelte sie Clarence an. Brummelnd und verlegen fragte er, wohin sie gingen.

»Ich hab' das Capsa so gern«, sagte Sophie. »Der Garten dort ist so schön.«

Clarence schaute Inchcape und die Pringles an, aber es gab kein Entkommen. Während sie in die eine Richtung gingen, wurde er in die andere abgeführt.

11

Der Drucker-Prozeß war zweimal verschoben worden, dann plötzlich, Ende August, wurde er für den darauffolgenden Tag angekündigt.

Unter den Karteninhabern, die nun weniger als vierundzwanzig Stunden Zeit hatten, die Essen und Cocktailpartys vorzubereiten, die solch ein Ereignis begleiteten, brach Bestürzung aus. Prinzessin Teodorescu, mit so vielen Freunden, die es galt, zum Gerichtsgebäude zu transportieren war gezwungen, selbst im Foyer der Athénée Palace zu erscheinen, um jeden Autobesitzer, den sie kannte, abzukommandieren. Unter ihnen befand sich Yakimov. Entzückt, in den Spaß mit einbezogen zu werden, wenn auch nur in der Funktion des Chauffeurs, hatte er seine letzten hundert *Lei* für die Reinigung des Hispano ausgegeben

Es waren die Hundstage des Sommers, wo zur Mittagszeit der Himmel wie ein offener Hochofen war, aber Yakimov zeigte sich von der Hitze nicht weiter betroffen. Nirgendwohin ging er zu Fuß. Er pflegte die Strecke von den Pringles bis zum Hotel zu fahren, obwohl der Hispano so schnell beschleunigte, daß er, kaum in Fahrt gekommen, bereits wieder abgebremst werden mußte. Er genoß den Verkehr in Bukarest, speziell das, was er ›schneiden und drängeln‹ nannte. Er hatte seine alte Geschicklichkeit als Fahrer vollständig wiedergewonnen. Foxy Leverett, der ihn am Athénée Palace vorfahren sah, sagte: »Sie fahren dieses Auto, alter Junge, als ob Sie ein Teil von ihm wären.« Obwohl er zugeben mußte, daß Trinken und Unglück seine Nerven strapaziert hatten, konnte er, wenn er wollte, das ›alte Mädchen‹ auf konstanten Hundertsechzig halten.

Am ersten Morgen des Prozesses stand er früh auf, badete, warf sich in Schale und ließ sich in der Lobby des Hotels sehen.

Galpin war da, um die Vorbereitungen zu beobachten. »Geh'n Sie zum Prozeß?« fragte er.

»Klar doch, alter Junge«, lächelte Yakimov.

Die englischen Journalisten waren die einzigen, die nicht eingeladen worden waren, und Galpin sagte verdrießlich: »Eine Zeitverschwendung, dieser ganze Klamauk. Seine Majestät wird keinen Pfennig herausholen.«

»Sie meinen, er kann die Ölanteile nicht konfiszieren?«

»Ich meine, daß er abblitzen wird.«

Bevor Yakimov Zeit hatte, sich durch die Prophezeiung verwirren zu lassen, wurde er von Baron Steinfeld mit Beschlag belegt, der ihn beauftragte, die Prinzessinnen Mimi und Lulie zu eskortieren. Die zwei Mädchen waren merklich gekränkt darüber, Yakimov zugeteilt worden zu sein, der nur hoffen konnte, daß der Anblick des frisch polierten und chromblitzenden Hispano sie trösten würde. Tatsächlich schenkte ihm Mimi ein kaltes Lächeln, aber Lulie hielt ihr schmales, bläßliches Gesicht abgewandt und ihre Augen in die Ferne fixiert. Sogar als sie sich mit ihm zusammen auf den Sitz drängten, bewahrten sie ihr abweisendes Schweigen. Er betätigte den Anlasser. Der Motor surrte und starb ab. Er betätigte ihn wieder. Wieder surrte der Motor und starb ab, surrte und verstarb.

Die Mädchen starrten ausdruckslos durch die Windschutzscheibe.

Der Anzeiger mit dem Aufdruck ›Benzin‹, vor Jahren schon kaputtgegangen, stand ständig auf ›halb‹, aber der Tank war leer. Er war mit Foxys zweihundert Litern gefahren und hatte die Notwendigkeit des Nachtankens völlig vergessen.

Lulie senkte die Augenlider und murmelte: »*Quel ennui!*«

»Wir müssen ein Taxi nehmen«, sagte Mimi und schaute Yakimov an, aber Yakimov hatte kein Geld für ein Taxi. Er sprang aus dem Auto, versprach, in einer Sekunde zurück zu sein und eilte in die Bar, wo er sich daran machte, Geld zu borgen. Galpin verlieh kein Geld. Auch kein anderer hatte Geld zu verleihen. Um diese Zeit war die Lobby entvölkert. Die anderen Wagen waren schon abgefahren. Als Yakimov ohne einen Pfennig wieder erschien, waren die Prinzessinnen verschwunden.

Eine ganze Weile lang stand er betrübt neben dem Auto und bat jeden, der das Hotel betrat oder verließ und den er kannte, um Hilfe – aber derzeit gab es in ganz Bukarest niemanden, der gewillt gewesen wäre, ihm irgend etwas zu leihen.

Schließlich mußte er das Auto stehenlassen, wo es stand, unmittelbar vor dem Hoteleingang, und nach zwei Tagen verlangte der Direktor von ihm, es zu entfernen.

Er hatte Dobson gebeten, ihm einen Vorschuß auf seinen Wechsel zu geben und war daran erinnert worden, daß die gesamte Summe für seine Visa und für die Kosten, den Hispano bei den Jugoslawen auszulösen, verbraucht worden war. Yakimovs Hoffnung schwand. Wie konnte er jemals zu Freddi gelangen?

»Könnten Sie Ihrem Yaki nicht eine Mille oder zwei borgen?«

»Nein«, sagte Dobson. Guy sagte ebenfalls nein. Das war das Ende. Die Tage seines Glanzes waren endgültig dahin. Er war nicht nur ohne einen Pfennig, er ging beinahe in Lumpen. Nur zwei Dinge waren ihm in der Welt verblieben – sein Auto und der zobelgefütterte Mantel, den der Zar seinem Vater geschenkt hatte.

Er würde das Auto verkaufen müssen. Als er diese Entscheidung getroffen hatte, war er plötzlich freudig erregt. Er würde wieder Geld haben. Er würde einen ›Haufen Geld‹ machen. Mit diesen Gedanken begab er sich auf den Weg, um Kraftfahrzeughändler mit Ausstellungsräumen zu besuchen; diese bestätigen, was Dobson gesagt hatte. Nur ein paar wenige Leute konnten es sich leisten, ein Auto von der Art eines Hispano zu unterhalten, und das waren alle Juden. Da jüdische Autos von der Armee requiriert wurden, war es unwahrscheinlich, daß überhaupt jemand ihn kaufen würde.

Zuletzt lieh ihm ein Automobilhändler, dessen Schaufenster an der Kreuzung der Calea Victoriei mit dem Boulevard Breteanu gelegen war, einen Kanister Benzin, mit dem Yakimov das Auto zum Laden bringen konnte. *»C'est beau«*, gab er zu, als er ihn sah, wollte ihn aber nicht kaufen. Er erklärte sich bereit, das Auto auszustellen und zu versuchen, es für Yakimov zu verkaufen. So wurde es in das große, spitz zulaufende Schaufenster gefahren und dort belassen.

Yakimov traf in der Bar auf keinerlei Mitgefühl für den Verlust seines Hispano. Als der Wagen zum ersten Mal in Bukarest aufgetaucht war, hatte sich Hadjimoscos geweigert, hinauszugehen und ihn anzusehen, und hatte mit einer Geste angedeutet, daß es in seinem Leben vor solcherlei Autos nur so gewimmelt habe. Nun sagte er: »Sogar wenn es keine Requirierungen gäbe, würde nur ein Idiot einen Hispano kaufen. Er säuft das *Benzin* und hat keinen Komfort. Zweifellos werden jetzt viele solcher Autos zum Verkauf angeboten werden. Die Engländer, die dabei versagt haben, uns zu beschützen, rennen nun davon, um sich selbst zu beschützen.«

Yakimov sagte ziemlich bestürzt: »Es ist wahr, alter Junge, daß ein paar alte Damen gegangen sind – Mrs. Ramsden und die anderen – aber...«

»Ich spiele nicht auf diese alten Damen an«, sagte Hadjimoscos sehr prononciert und sprühend vor Bösartigkeit. »Ich meine Mr. Dubedat und Mr. Lush.«

»Dubedat und Lush? Ich bin sicher, Sie täuschen sich, alter Junge.«

»Ich denke nicht. Sie wurden gesehen, wie sie mit sehr viel Gepäck die Stadt verließen. Man sagt, sie seien nicht mehr an der Universität.«

Da er nichts davon wußte, konnte Yakimov nur mit dem Kopf schütteln. Als er zum Mittagessen zurückkehrte, sagte er zu Guy: »Da kursiert die Ente, daß Lush und Dubedat ihre Siebensachen gepackt hätten und verduftet seien. Bestimmt gelogen.«

Guy sagte nichts.

»Sie sind noch hier, nicht wahr?« fragte Harriet.

Guy schüttelte den Kopf. »Ich fürchte, sie *sind* gegangen.«

»Du hast nichts davon erwähnt. Wann sind sie gegangen?«

»Ich hatte erwartet, daß sie zum Dienst kommen würden. Sie sagten mir, sie würden übers Wochenende wegfahren. Ich übernahm ihre Klassen am Montag, dann, als sie am Mittwoch nicht zurück waren, schickte ich den Hausmeister zu ihrer Wohnung hinüber. Es war niemand da, aber der Pförtner sagte ihm, daß sie ihren Diener ausbezahlt und ihre gesamten Sachen weggetragen hätten. Heute früh hat man im Konsulat gehört, daß Tobys altes Auto verlassen am Kai in Konstanza aufgefunden worden ist.«

»Sie sind abgehauen! Sie sind nach Instanbul gegangen.«

Nach einer Pause sagte Guy: »Ich glaube, man kann ihnen keinen Vorwurf machen.«

»Warum kann man ihnen keinen Vorwurf machen?«

»Sie gehören nicht zu unserer Organisation. Für sie war es ein Gelegenheitsjob. Warum sollten wir erwarten, daß sie solch ein Risiko eingingen?«

»Und nun hast du gar keine Unterstützung mehr? Du bist allein an der Universität!«

»Ich werd' schon irgendwie zurechtkommen«, sagte Guy.

Das war alles, was im Beisein Yakimovs gesagt wurde. Als er sich zurückgezogen hatte, fragte Harriet: »Bei all dem, was geschieht, bekomme ich das Gefühl, daß wir nicht mehr lange hier sein werden.«

»Oh, ich weiß nicht. Die Lage könnte sich beruhigen.«

»Ich sorge mich zunehmend wegen Sascha.«

Guy antwortete geistesabwesend: »Es ist doch alles in Ordnung mit ihm da oben, oder?«

»Ja, ihm geht's soweit gut. Aber was wird aus ihm werden, wenn wir gehen?«

»Wir werden darüber nachdenken müssen. Würde Bella ihn nicht aufnehmen?«

»Bella? Du bist verrückt.«

»Du hast gesagt, sie sei in Ordnung.«

Sie lachte über Guys Naivität und sagte: »Auf eine Art ist sie es, aber man kann nicht erwarten, daß sie einen jüdischen

Deserteur aufnimmt, den sie noch nie zuvor gesehen hat. So ganz allein hier, wird sie ihre eigenen Sorgen haben. Wie steht es denn mit deinen Studenten? Gibt's da keinen, der ihn verstecken würde?«

»Mehrere, da bin ich sicher«, sagte er, fügte dann aber nach einigem Nachdenken hinzu: »Aber wäre es fair, sie zu bitten? Außerdem wollen sie selbst alle weg. Er würde lediglich den einen vorübergehenden Zufluchtsort gegen einen anderen tauschen.«

»Was schlägst du dann vor?«

»Im Augenblick nichts.« Leicht verärgert über ihre Hartnäckigkeit, fügte er hinzu: »Jetzt, wo Lush und Dubedat gegangen sind, muß ich alle Klassen neu einteilen. Wir können das Problem mit Sascha diskutieren, wenn wir mehr Zeit haben.«

»In Ordnung«, sagte sie und fragte sich gleichzeitig, ob er jemals einen Gedanken verschwendet hatte. Wie groß war seine Zuneigung Sascha gegenüber? Er war begeistert gewesen von dem Knaben, als sie Lehrer und Schüler waren. Er war den Druckers dankbar dafür, daß sie ihn in ihre Freundschaft einbezogen hatten, während er hier allein war. Aber wie engagiert war er jetzt? Sie spürte, das Problem für Guy war, daß er von zu vielen Menschen begeistert war. Man konnte nicht gegenüber allen Menschen gleichzeitig loyal sein. Sie hatte beinahe aufgehört, Loyalität von ihm zu erwarten. Es würde ebenso schwierig sein, ihn wegen Sascha festzulegen, wie es ihr gegenüber der Fall war.

Ihr langes Schweigen veranlaßte ihn zu sagen: »Mach dir keine Sorgen, wir werden nicht schon morgen gehen. Wir werden uns etwas ausdenken.« Als sie immer noch nichts sagte, ging er um den Tisch herum, nahm ihre Hände und zog sie hoch. »Du vertraust mir nicht genug«, sagte er.

Sie legte ihre Arme um seine Hüften und fühlte sich von der Nähe seines warmen, muskulösen Körpers aufs neue beruhigt. »Natürlich vertraue ich dir«, sagte sie. Sie vergaßen ihre Mißstimmung und gingen in ihr Zimmer. Aber Guy konnte nicht längere Zeit abschalten. Jetzt, da die ganze Arbeit der Sommerkurse in seinen Händen lag, wollte er nicht einmal auf den Tee warten.

Als er sich anzog, fragte sie: »Könnte ich nicht einige Klassen für dich übernehmen?«

Er schüttelte zweifelnd den Kopf: »Du hast keine Lehrerfahrung, du bist gänzlich unqualifiziert, und es ist schwieriger, als du dir vorstellst.«

12

Nachdem Guy gegangen war, ging Harriet auf den Balkon, genervt von der eigenartigen Fadheit des Lebens zu dieser Tageszeit, und blickte über den leeren Platz. Die Luft war wie mit Hitze getränkt. Auf dem Gehsteig standen junge Gardisten mit ihren Parolen und Pamphleten und versuchten immer noch, die Revolution zu entfachen.

In diesem Augenblick fiel Harriet ein, daß Sascha sie gebeten hatte, etwas für ihn zu tun. Er hatte sie gebeten, seinen Vater zu sehen.

Drucker war im Moment der Mann in Bukarest, über den am meisten geredet wurde; das ›u‹ in seinem Namen schien beständig in der Luft zu hängen. Despinas Ehemann hatte die Information gebracht, daß man zu gewissen Tageszeiten den Angeklagten sehen konnte, wie er den Hintereingang zum Gerichtsgebäude betrat oder verließ. Despina, die immer begierig darauf war, Neuigkeiten mitzuteilen, war sofort zu Sascha hinaufgeeilt, um es ihm zu erzählen.

Das war gestern früh gewesen. Obwohl sie Sascha nichts versprochen hatte, hatte sie seine Bitte auch nicht abgeschlagen. Sie fand heraus, daß Drucker das Gerichtsgebäude gegen Mittag verließ, um drei Uhr zurückkehrte und es um sechs wieder verließ, aber sie machte keinerlei Versuche, ihn zu sehen. Falls sie es doch tun würde, wußte sie, daß sie nicht mit ihm sprechen würde. Zum einen würden die Wächter so etwas wahrscheinlich nicht zulassen. Zum anderen waren die Engländer hier verdächtig. Sie durfte der Umwelt keinen

Grund geben, sie mit den Druckers in Verbindung zu bringen. Abgesehen von all dem verspürte sie keinen Wunsch, einen Mann zu begaffen, der neun Monate lang die Qualen eines rumänischen Gefängnisses erduldet hatte.

Trotzdem ging sie unmittelbar nach dem Tee los. Als sie den Großen Platz überquerte, bemerkte sie, wie die Rollos im Palast hochgezogen wurden und Autos durch die Palasttore fuhren. An den weißen Uniformen der Neuankömmlinge konnte sie erkennen, daß es die Mitglieder des Kronrats waren. Der Platz belebte sich langsam. Menschen kamen aus den Nebenstraßen geschlendert und versammelten sich auf den Bürgersteigen vor der Palastumzäunung. Ihr Tempo ließ weniger ein Ereignis als solches, als vielmehr die Hoffnung darauf vermuten.

Als sie die Hauptstraße erreicht hatte, waren die Zeitungsjungen unterwegs. Sie kaufte die *L'Indépendence Romaine* und schaute kurz in die ›Letzten Meldungen‹. In Wien war Einigung erreicht worden. Die Bedingungen würden bekanntgegeben werden. Die Konferenz in Wien war einberufen worden, nachdem eine dritte Konferenz gescheitert war. Für die Bekanntmachung wurde kein Zeitpunkt genannt.

Der Prozeß war wieder einmal von untergeordnetem Interesse. Am Hintereingang des Gerichtsgebäudes standen lediglich sechs bis acht Menschen. Sie diskutierten die Nachricht von der Übereinkunft über Transsylvanien und nahmen keine Notiz von Harriet. Ein fensterloser Lastwagen stand am Gehsteig und wartete mit geöffneten Türen auf Drucker, der jede Minute erscheinen sollte.

Die Tür des Gerichtsgebäudes wurde aufgerissen, und zwei Wächter erschienen.

Harriet, die Drucker nur einmal vor zehn Monaten gesehen hatte, erinnerte sich an ihn als einen Mann im frischen mittleren Alter, groß, gewichtig, elegant und gut aussehend, der sie mit einem warmen Blick der Bewunderung willkommen geheißen hatte.

Was nun erschien, war ein ältliches, vornübergebeugtes Skelett, ein Krüppel, der die Treppen hinabstieg, ein Bein hinterher ziehend. Das Gemurmel ›Drucker‹ sagte ihr, daß er es war, ob sie es glauben wollte oder nicht. Dann bemerkte sie den Anzug aus englischem Tweed, den er trug, als er die Pringles zum Mittagessen eingeladen hatte. Der Anzug war kaum mehr ein Anzug zu nennen. Als er herankam, sah sie, daß seine Hosen an den Knien so abgetragen waren, daß der weiße Knochen seiner Kniescheibe durchschimmerte.

Von der untersten Stufe lächelte er ein wenig wie zur Entschuldigung zu den Zuschauern hin, dann aber, als er Harriet erblickte, die als einzige Frau anwesend war, sah er verwirrt aus. Er blieb kurz stehen, und einer der Wächter gab ihm einen Fußtritt, der ihn bäuchlings auf den engen Bürgersteig fallen ließ. Als er sich wieder aufgerafft hatte, kam von ihm ein Gestank wie von einem Aasvogel. Der Wärter trat ihn erneut, und er fiel vornüber, hielt sich am Trittbrett des Lastwagens fest und murmelte »Da, da«, in diensteifrigem Gehorsam.

Harriet eilte zurück in die Calea Victoriei, und als sie deren Ende erreichte hatte, hatte sie entschieden, daß sie sich sicher genug fühlte, um Sascha zu täuschen. Es war äußerst unwahrscheinlich, daß er seinen Vater je wiedersehen würde.

Eine beträchtliche Menschenmenge war jetzt auf dem Platz. Sie näherte sich ihrem Wohnblock, schaute nach oben und sah Sascha auf der Brüstung des Daches sitzen und zu ihr herunterschauen. Oben bei ihm angekommen, konnte sie mit Überzeugung sagen: »Ihr Vater hat sehr gut ausgesehen.«

»Sie haben ihn wirklich gesehen? Und hatten Sie Gelegenheit, mit ihm zu sprechen? Haben Sie ihm gesagt, daß ich hier wohne?«

»Ja, natürlich.«

»Ich bin sicher, es hat ihm gefallen.«

»Es hat ihm sehr gefallen. Ich kann leider nicht bleiben. Guy bringt einen Freund zum Abendessen mit.« Sie ging, um weitere Fragen zu vermeiden.

Der Freund war David Boyd, den Harriet seit ihrem letzten Treffen in der English Bar nicht mehr gesehen hatte. Er war ein Wochenende zum ›Vogelstudium‹ weggewesen, das sich so in die Länge gezogen hatte, daß Guy schließlich die Gesandtschaft angerufen hatte, um sich nach ihm zu erkundigen. Foxy Leveretts Sekretärin hatte nichts weiter gesagt als: »Die Gesandtschaft ist wegen Mr. Boyds Abwesenheit nicht beunruhigt.«

Während sie auf die Männer wartete, hörte sie aufgeregte Unruhe auf dem Platz und wollte gerade Despina hinunterschicken, um der Ursache auf den Grund zu gehen, als Guy und David hereinkamen. David sagte gerade laut: »Es ist genauso, wie es Klein vorhergesagt hat. Du erinnerst dich an sein Bild vom großen Reichtum? Jetzt ist auch der letzte Rest futsch. Das Land zerfällt.«

Guy sagte: »Die Bedingungen der Vereinbarung sind bekanntgegeben worden. Rumänien muß ganz Nordtranssylvanien abtreten – den reichsten Teil davon.«

»Ein ganz schönes Stück Land«, sagte David und schniefte vergnügt: »Ungefähr siebzehntausend Quadratmeilen, Bevölkerung zweieinhalb Millionen. Aber es ist mehr als das. Die Rumänen haben einen emotionalen Bezug zu Transsylvanien, ›der Wiege der Nation‹. Das bedeutet Unruhe – wie Seine Majestät bald bemerken dürfte.«

Harriet fragte: »Was geschieht da draußen?«

»Die Menschen jammern und weinen in den Straßen.«

Harriet sagte: »Werden die Rumänen diese Teilung hinnehmen?«

»Was können sie sonst tun?« fragte David. »Die Bedingungen wurden von Ribbentrop und Ciano diktiert. Den rumänischen Ministern wurde gesagt, daß, wenn sie nicht akzeptierten, ihr Land sofort von deutschen, ungarischen und russischen Truppen besetzt werden würde.«

»Die Rumänen könnten kämpfen«, sagte Harriet.

»Ein Krieg zwischen Rumänien und Deutschland wäre wie das Leben der Urmenschen: schmutzig, viehisch und kurz.«

»Warum werden die Rumänen auf diese Art behandelt?«

»Das fragen sie sich sicher selbst. Ich vermute, man läßt sie für ihre alte Freundschaft mit England bezahlen. Es kursiert auch die Geschichte, daß Carol nur vorgab, mit Hitler zusammenzuarbeiten, während er heimlich mit Stalin einen Militärpakt schließen wollte.«

Nach dem Essen tranken sie Kaffee auf dem Balkon, wo sich die Dämmerung schon fast in Dunkelheit verwandelt hatte. In den Sälen des Palastes strahlten die Lüster. Eine große Menschenmenge füllte den Platz. Die lähmende Stille wurde von einer zunehmenden Unruhe abgelöst. Die Schatten unten kamen in Bewegung; jemand hielt eine Rede; dann erhob sich eine vereinzelte Stimme und sang die Nationalhymne, die mit ›*Treasca Regili*‹ begann – Heil dem König!

Die ersten Silben waren kaum verhallt, als das Singen in einem Durcheinander von ärgerlichen Schreien unterging. Das Wort ›*abdica*‹ erhob sich über den Tumult, und an verschiedenen Stellen des Platzes stimmte man ein. Es gewann an Lautstärke, bis es schien, daß der gesamte Protest des Landes in der einzigen Forderung gipfelte, der König solle nicht länger König sein.

13

Die darauffolgende Woche war eine sehr anstrengende für Yakimov. Wann immer er auf seinem Weg von und zur Bar den Platz zu überqueren versuchte, wurde er belästigt und gestoßen von Leuten, die für oder gegen den König demonstrierten – meist gegen ihn. Flugblätter wurden ihm in die Hand gedrückt, auf denen Carol als Verräter verurteilt wurde. Die Gardisten erklärten, sie hätten Beweise, daß er eine Allianz mit Rußland bilden wollte. Dieser schockierende Akt des Verrats, sagten sie, hätte ihre deutschen Freunde entfremdet. Angesichts dessen sei die Entscheidung der Achse über Transsylvanien eine gerechte gewesen. Das Land habe für die Sünden seines Regenten bezahlt.

Die Gardisten waren jedoch in diesen Tagen die einzigen, die ein gutes Wort für die Achse übrig hatten. So also, sagten die Rumänen, behandelte der Führer seine Kinder! Dies war die Belohnung dafür, daß sie ihre Tiere, ihr Getreide und ihr Öl nach Deutschland schickten! Die Wahrheit war, daß Hitler mit seinem Versuch, England zu besetzen, gescheitert war und sich aus Boshaftigkeit gegen Rumänien gewandt hatte! Yakimov hatte tatsächlich gesehen, wie von einem Auto ein Hakenkreuz gerissen und mit Füßen getreten worden war, aber der Anblick hatte seine Bestürzung über diese Vorkommnisse lediglich vergrößert. »*Quel débâcle!*« sagte er, »*quel débâcle!*« Und es war kein kleiner Scherz mehr.

Hadjimoscos regte ihn speziell auf, indem er die furchterregenden Folgen einer Absetzung des Königs beschrieb. Von den Gardisten ignoriert und nichts mehr von ihnen erhoffend, war Hadjimoscos ein glühender Royalist geworden. Die Abdankung des Königs, erklärte er, würde die ›absolute Anarchie‹ nach sich ziehen. »Wir von der alten Aristokratie«, sagte er zu Yakimov, »wären die ersten, die zu leiden hätten. Ihnen als Mitglied der herrschenden Klasse Englands, würde sofortige Verhaftung bevorstehen. Die Gardisten sind auf fanatische Art antibritisch. Ich würde ihnen zutrauen, daß sie die Guillotine aufstellen. Wir werden *la Terreur* wieder überall haben, versichere ich Ihnen. Wir sitzen in einem Boot, *mon prince*«, und er drückte Yakimovs Arm, denn in ihrer Bitterkeit gegenüber Deutschland erinnerten sich die Rumänen wieder ihrer Zuneigung zu ihrem alten Alliierten.

Großbritannien war gegen die Teilung Transsylvanien gewesen, und plötzlich sprach jeder davon, daß England trotz allem den Krieg gewinnen und Rumänien alle Besitztümer zurückgeben würde.

Als Galpin in der English Bar eine Runde Drinks kaufte, geriet ein Glas zufällig zu Yakimov, der in der Nähe stand und es hinunterschüttete, bevor irgend jemand es ihm nehmen konnte. Da ein Drink fehlte, drehte sich Galpin um, um danach zu suchen; als er Yakimov bemerkte, streckte er den Arm aus und hielt ihn fest. »Ich habe nach Ihnen gesucht«, sagte er.

Tief erschrocken, rief Yakimov: »Ich habe es nicht absichtlich getan. Ich dachte, es wäre für mich gewesen.«

»Halten Sie die Luft an. Ich werde Sie nicht fressen.« Ihn immer noch festhaltend, führte ihn Galpin aus der Bar in die

Lobby. »Ich möchte, daß Sie einen kleinen Auftrag für mich übernehmen.«

»Ein *Job,* alter Junge?«

»Sie hatten einmal einen Job für McCann übernommen, erinnern Sie sich? Nun, ich möchte, daß Sie mir helfen. Sie haben wahrscheinlich gehört, daß die Ungarn am fünften März in Transsylvanien einmarschieren. Ich sollte eigentlich nach Cluj, um das Ganze zu beobachten, muß aber hierbleiben für den Fall, daß es hier richtig losgeht. Daher möchte ich, daß Sie für mich nach Cluj gehen.«

Sein erster Gedanke galt Freddi, aber dennoch sagte Yakimov mutlos und zögernd: »Ich weiß nicht, alter Junge, es ist eine lange Reise, und jetzt wo das Land in Aufruhr ist...«

»Sie werden dort viel sicherer sein als hier«, versicherte ihm Galpin. »*Hier* wird es unangenehm werden. Es ist alles um den Palast herum konzentriert. Cluj ist davon nicht betroffen. Gutes Essen, reizender Ort, nette Leute. Erholsame Reise. Alle Unkosten werden beglichen. Können Sie noch mehr verlangen?«

»Was hätte ich zu tun?«

»Oh, halten Sie nur Augen und Ohren offen. Fangen Sie die Atmosphäre dort ein. Schauen Sie sich um und sagen Sie mir, was vorgeht.« Als Yakimov immer noch keinen Enthusiasmus zeigte, fügte er hinzu: »Ich hatte Ihnen geholfen, als Sie Hilfe brauchten. Nun wollen Sie mir helfen, nicht wahr?«

»Natürlich, alter Junge.«

»Also, dann... Sie werden nur ein paar Nächte weg sein. Ich muß die Nachrichten heiß haben.«

Yakimov erholte sich zusehends, je mehr ihn der Reiz der Reise packte, und sagte: »Bin natürlich entzückt, fahren zu dürfen. Entzückt zu helfen. Und ich darf vielleicht sagen, daß Sie sich an den richtigen Mann gewandt haben. Ich hab' einen Freund dort in einer sehr wichtigen Position. Graf Freddi von Flügel.«

»Guter Gott! Der blutrünstige Gauleiter?« Galpins gelbe Augäpfel traten hervor. »Sie können doch *ihn* nicht besuchen.« Dann, als Yakimovs Gesicht zusammenfiel, fügte er schnell hinzu: »Es liegt natürlich bei Ihnen. Schließlich ist er

Ihr Freund. Das macht einen Unterschied. Suchen Sie ihn auf, aber lassen Sie mich aus dem Spiel.« Galpin zog die Brieftasche hervor. »Ich werde Ihnen fünftausend für Spesen vorschießen. Sollte das die Unkosten nicht decken, werden wir das regeln, wenn Sie zurück sind.«

Yakimov hielt die Hand hin, aber Galpin steckte nach einigem Nachdenken die Brieftasche wieder weg. »Ich werde es Ihnen geben, wenn Sie abreisen. Das wird am Mittwoch sein. Sie nehmen am besten den Mittagszug. Ich werde Sie um halb zwölf abholen und Sie selbst zum Bahnhof bringen. Kommen Sie mit.« Er ergriff Yakimov, als ob er die Absicht hätte, ihn in Gewahrsam zu behalten, bis er abfuhr: »Ich werde Ihnen noch einen Drink spendieren.«

14

Mittwoch morgens erwachte Yakimov vor Aufregung, stand auf und zog sich noch vor zehn Uhr an. Die Idee ›Cluj‹ hatte nun von ihm Besitz ergriffen. Seine einzigen Gedanken waren, sich in Sicherheit zu bringen. Freddi und gutes Essen. Seine einzige Furcht war, daß die Zugverbindungen unterbrochen wurden, bevor er aufbrach.

Die Tumulte der letzten Tage waren eine Qual für ihn gewesen. Ständig gab es Unruhen auf dem Platz. Schüsse waren auf den Palast abgefeuert worden. Gerüchte jeder Art kursierten. Antonescu war zum Palast beordert und mit der Bildung einer Regierung beauftragt worden. Er hatte gesagt, er würde nicht unter einer Monarchie ohne Verfassung dienen. Daraufhin war er wieder ins Gefängnis zurückgeschickt worden.

Yakimov hatte kaum gehofft, den Mittwoch zu erleben. Und nun war es doch schließlich Mittwoch geworden. Der Platz lag ruhig. Der König war noch in seinem Palast, und soweit es Yakimov betraf, war alles in Ordnung.

Harriet saß noch am Frühstückstisch, als er seine frühe Aufwartung machte. Sie hatte eben im Radio gehört, daß der

Harriet (Emma Thompson) und Guy (Kenneth Branagh, rechts) treffen in Athen Lord Pinkrose (Alan Bennett).

Der britische Gesandte Dobson (Charles Key) beschließt, mit dem Ehepaar Pringle Athen zu verlassen.

Charles Warden (Teremy Brudenell) ist Mitarbeiter im Büro des Militärattachés und rechnet damit, jeden Augenblick abberufen zu werden.

Druckerprozeß am späten Vorabend zu Ende gegangen war. Drucker war schuldig befunden und zu drei Gefängnisstrafen wegen verschiedener Währungsdelikte verurteilt worden: sieben Jahre, fünfzehn Jahre und fünfundzwanzig Jahre, die nacheinander abzusitzen waren. Sie addierte dies am Rand der Zeitung auf und fand heraus, daß der Bankier für siebenundvierzig Jahre eingesperrt werden sollte. Und niemanden kümmerte es, niemand war interessiert. Der Gerichtssaal war beinahe leer gewesen, als das Urteil verkündet wurde. Der Prozeß, der das ›gesellschaftliche Hauptereignis des Sommers‹ werden sollte, war eine hastige, fadenscheinige Angelegenheit geworden, überstürzt wegen der Krise und der Angst vor einer Invasion.

Harriet war erstaunt, als Yakimov ihr erzählte, daß er nach Cluj fuhr. Der Gedanke, daß er sich irgendwohin begeben könnte, wenn auch nur für ein paar Tage, war ihr nie gekommen.

Sie sagte: »Denken Sie, es ist ein guter Einfall, Bukarest in einer Zeit wie dieser zu verlassen?«

»Mit Yaki wird alles in Ordnung sein. Tatsache ist, daß ich in einer wichtigen Angelegenheit unterwegs bin. Könnte es sogar eine Mission nennen.«

»Was für eine Mission?«

»Ich darf leider nicht ins Detail gehen, liebes Mädchen. Geheim, Sie verstehen? Aber unter uns gesagt, man hat mir aufgetragen, Augen und Ohren offenzuhalten.«

»Nun, ich hoffe, Sie werden nicht in der Bistrita enden.«

Yakimov lachte nervös. »Jagen Sie Ihrem armen, alten Yaki keine Angst ein.«

Als er mit dem Frühstück fertig war – eine dieser üblen Geizhalsmahlzeiten, die ihn ungeduldig Freddis Gastfreundschaft erwarten ließen –, ging er zurück in sein Zimmer, um zu packen. Der Großteil seiner Kleidung war nun jenseits jeder Reparaturmöglichkeit. Er zog das Beste davon hervor und stopfte es in seinen krokodilledernen Koffer. Als er seinen Paß aus der Schublade nahm, fand er darin den gefalteten Plan der Ölquelle, den er aus Guys Schreibtisch genommen hatte. Da er nicht wußte, was er sonst damit tun sollte, steckte er ihn in die Tasche. Aus Angst, Galpins Argwohn zu erwecken, war er gezwungen, seinen zobelgefütterten Mantel zurückzulassen; aber, falls nötig, konnte sein alter Freund Dobbie ihn mit dem Diplomatengepäck nachsenden.

Yakimov reiste im Speisewagen. Sogar wenn er woanders hätte sitzen wollen, wäre kein Platz für ihn gewesen. Er hatte jeden Waggon des Mittagszugs überfüllt vorgefunden, und die Gänge waren durch dichtgedrängte Bauern, die sich mit den Füßen in ihren Sachen verwickelten, unpassierbar gemacht. Der Speisewagen war versperrt. An jedem Eingang standen wohlhabend aussehende Männer mit Aktentaschen, die auf Einlaß warteten. Kurz vor zwölf wurden die Türen geöffnet. Die Männer stießen sich gegenseitig mit den Ellenbogen hinein, und Yakimov ging mit ihnen. »Na also«, sagte Galpin, »Sie reisen mit Stil.« Yakimov fand einen Platz und war es wohl zufrieden.

Das Mittagessen wurde umgehend serviert; ein übles Mahl. Ein Ungar beschwerte sich, und der Oberkellner schrie ihn an: »Sie werden überhaupt nichts bekommen, wenn Ihre deutschen Freunde Ihnen nach Transsylvanien folgen werden.«

Ein jämmerlicher Kaffee folgte; Zucker gab es nicht. Jetzt, wo Runkelrüben nach Deutschland exportiert wurden, wurde Zucker rar in Rumänien. Als das Mahl zu Ende war, wurde die erdrückende Hitze des Waggons vom Rauch der Zigaretten noch drückender. Es war nach drei Uhr. Der Zug stand immer noch in Bukarest. Es gab keine Erklärung für die Verspätung, und niemand schien sich dadurch gestört zu fühlen. Die Passagiere waren damit zufrieden, daß sie in einem Zug saßen, der sich irgendwann einmal bewegen mußte, während draußen eine große und aufgeregte Menge derer war, die in gar keinem Zug waren.

Die Mahlzeiten wurden bezahlt, die Tische abgeräumt. Gespräche kamen in der bedrückenden Hitze nicht auf, und einer nach dem anderen – Yakimov eingeschlossen – legten die Arme auf die weinbesudelten, zerknitterten Tischtücher, legten die Köpfe darauf und schliefen inmitten von Brotkrumen ein. Die meisten bemerkten nicht, wie der Zug abfuhr.

Irgendwie kletterte er hoch in die Berge. Yakimov erwachte, als die Kellner Kaffee und Kuchen brachten. Jeder, der diese Erfrischungen ablehnte, wurde aufgefordert, seinen Platz zu verlassen.

In Brasov wurde ein Sitzplatz frei, und der erste von denen, die warteten, nahm ihn eilig ein. Mit einem Knall stellte er einen Aktenkoffer und einen schweren, gewichtigen Sack nieder, nahm seinen silberfarbenen Homburg ab und setzte sich: ein wichtig aussehender Jude. Trotz seiner Wichtigkeit konnte er nicht umhin, seinen Koffer nervös auf- und zuzumachen, Papiere herauszunehmen, einen Blick darauf zu werfen, sie dann wieder wegzutun und auf diese Art Yakimov endgültig aufzuwecken. Yakimov setzte sich auf, gähnte und blinzelte, und der Jude, der ihn kritisch musterte, fragte auf deutsch: *»Sie fahren die ganze Strecke, ja?«*

Als er entdeckte, daß Yakimov Engländer war, änderte sich sein Verhalten, wurde vertraulich, doch auf übertriebene Art. Er nahm einen rumänischen Paß heraus und fuchtelte damit vor Yakimov herum. »Sehen Sie dies?« sagte er. »Er gehört mir seit zwei Jahren. Ich habe eine Million *Lei* dafür bezahlt. Und jetzt« – er schlug verächtlich mit der Rückseite der Finger dagegen –, »was ist er jetzt? Eine Fahrkarte in ein Konzentrationslager.«

»So schlimm wird's wohl nicht sein?« sagte Yakimov.

Der Jude schnaufte vor Verachtung. »Ihr Engländer seid so naiv. Ihr könnte die Dinge nicht glauben, die anderen zustoßen. Haben Sie nicht diese Verrückten der Eisernen Garde gesehen? Was haben sie 1937 getan? Sie brachten die Juden ins Schlachthaus und hingen sie an Fleischerhaken auf.«

»Aber Sie fahren nach Cluj«, sagte Yakimov. »Wenn die Ungarn kommen, können Sie einen ungarischen Paß kriegen.«

»Was!« Der Jude blickte ihn nun voller Ärger und zusätzlich mit Verachtung an. »Denken Sie, ich möchte dort leben? Wirklich nicht. Ich fahre dorthin, um meine Filiale zu schließen und renne dann im Laufschritt davon. Die Ungarn sind schreckliche Leute – sie sind unersättliche Bestien. Es ist jetzt sehr gefährlich in Cluj.«

»Gefährlich?« Yakimov schreckte auf.

»Was denken denn Sie?« höhnte der Jude: »Glauben Sie, die Rumänen übergeben das Gebiet wie gesittete Leute? Natürlich ist es gefährlich. Es gibt Schießereien in den Straßen. Die Läden sind verbarrikadiert. Keiner hat zu essen...«

»Wollen Sie sagen, die Restaurants haben geschlossen?«

Der Jude lachte. Er schlug gegen seinen Sack und sagte: »Hier bringe ich mein Fleisch und mein Brot mit.«

Als er Yakimovs finsteren Gesichtsausdruck sah, sprach er mit Genuß von Vergewaltigung, Plünderung, Blutvergießen und Hungersnot. Die Rumänien hatten die Landreform eingeführt. Unter den Ungarn würden die Bauern ihr kleines Stückchen Land wieder hergeben müssen.

»Daher«, sagte der Jude, »laufen sie Amok in den Straßen. Es sind bereits Menschen getötet worden, und die Ärzte schließen ihre Hospitäler und verschwinden. Sie behandeln niemanden. Es ist eine schreckliche Zeit. Haben Sie sich nicht gefragt, warum der Zug so spät aus Bukarest abgefahren ist? Der Grund war, daß es so viele Unruhen gegeben hat. Sie fürchteten, der Zug könnte verwüstet werden.«

»O Gott!« sagte Yakimov, dem nun klar war, daß Galpin den ungefährlicheren Teil übernommen hatte.

»Fahren Sie vielleicht geschäftlich?«

»Nein, ich bin Journalist.«

»Und Sie wissen nicht, wie die Dinge in Cluj stehen?« Der Jude lachte und blickte Yakimov mitleidig an, während draußen ein düsteres Zwielicht auf die Landschaft fiel, in der es kein Zeichen von Leben gab. Das Abendessen wurde serviert, das schlechteste, das Yakimov jemals gegessen hatte. Ihn reute das Geld, besonders da er kaum genug hatte, um die Kosten einer Übernachtung zu bezahlen.

An der dreckigen Decke des Waggons leuchteten ein paar schwache Glühbirnen auf. Die Landschaft verschwand im Dunkeln, und nun gab es nichts anderes mehr zu betrachten, als die müden Gesichter der Mitreisenden.

Ungefähr um Mitternacht begannen sie, in der Hoffnung auf ein Ende der Reise, sich fertig zu machen. Seit dem Abendessen war kein Kaffee mehr serviert worden. Die Küche war geschlossen, doch schleppte sich der Zug noch zwei weitere Stunden dahin.

Als sie Cluj erreichten, erhob sich Yakimov, um seinem Begleiter Lebewohl zu sagen, aber der Jude, der schon längst alle seine Besitztümer zusammengepackt hatte, war bereits aufgestanden und kämpfte sich seinen Weg aus dem Zug. Die meisten Speisewagenpassagiere taten das gleiche, so daß sich Yakimov in wenigen Minuten allein fand. Als er auf den Bahnsteig trat, war dieser dunkel, und man sah weder Bedienstete noch Gepäckträger. Die Wirtschaftsräume waren zu und mit Vorhängeschlössern gesichert. Ein Soldat mit Gewehr am Bahnhofseingang erweckte Yakimovs Befürchtungen aufs neue.

Draußen vor dem Bahnhof sah Yakimov den Grund dafür, warum die anderen den Zug so schnell verlassen hatten. Es gab keine Taxis sondern nur ein halbes Dutzend altertümlicher *trăsurăs,* die alle schon besetzt waren und sich davon bewegten. Jene, denen es nicht gelungen war, eine zu ergattern, mußten zu Fuß gehen. Es war überraschend, wie wenig Menschen hier waren. Der Zug mußte an den Stationen entlang der Strecke immer leerer geworden sein, denn Yakimov machte sich mit nur einer Handvoll anderer Passagiere auf den Weg in die Stadt. Sie zerstreuten sich in unterschiedliche Richtungen, so daß er bald aus der Stille schließen konnte, daß er allein war.

Er hatte Pöbel und Aufruhr erwartet, jetzt aber fürchtete er die Leere der Straßen. Es war eine lange Straße, die in der Mitte mit weißen Lampenkugeln behangen war, die vom schimmernden Asphalt reflektiert wurden. Die Gehsteige lagen im Dunkeln. Alles mögliche konnte in den Hecken lauern. Er war erleichtert, als er die ersten Häuser erreichte. Beinahe sofort befand er sich auf dem Platz vor dem Dom, der, wie Galpin ihm gesagt hatte, das Stadtzentrum bildete. Das größte Hotel war hier. Galpin hatte versprochen, anzurufen und ihm ein Zimmer zu reservieren. Er sah das Vestibül erleuchtet und sagte sich dankbar, daß sie auf ihn gewartet hatten.

Als er es betrat und seinen Namen nannte, machte der junge deutsche Angestellte eine Geste der Hoffnungslosigkeit. Niemand hätte telefonieren können, da die Telefonanlage gerade abmontiert wurde; nicht, daß ein Anruf etwas genützt hätte. Das Hotel war seit Tagen ausgebucht. Alle Hotels in Cluj waren voll. Viele Rumänen kamen hierher, um ihre transsylvanischen Angelegenheiten zu regeln. Ungarn drängten herein, um die Geschäfte zu beschlagnahmen, die von anderen aufgegeben wurden. »Das ist alles wegen der Übernahme«, sagte der junge Mann. »Es gibt kein Bett in der ganzen Stadt.« Er sah traurig aus wegen Yakimov, der traurig aussah wegen sich selbst, und fügte hinzu: »Am Bahnhof könnten Sie auf einer Bank schlafen.«

Yakimov hatte eine andere Idee. Er fragte nach dem Weg zum Haus des Grafen Freddi von Flügel. Zufrieden, daß Yakimov eine Zuflucht hatte, ging der junge Deutsche mit ihm zum Hoteleingang und zeigte ihm ein weißes, ungarisches Haus aus dem achtzehnten Jahrhundert, das keine hundert Meter entfernt stand.

Trotz der Hitze der Nacht waren aller Fensterläden des Hauses geschlossen. Seine massive, eisenbeschlagene Tür ließ es wie eine Festung aussehen. Yakimov hämmerte fünf Minuten oder länger gegen diese Tür, bis sich ein Gitter öffnete und der Pförtner ihm auf deutsch befahl, zu verschwinden und am Morgen zurückzukommen, falls er überhaupt zurückkommen mußte. Yakimov steckte seine Hand in das Gitter, um zu verhindern, daß es geschlossen wurde, und sagte ebenfalls auf deutsch: *»Ich bin ein Freund des Gauleiters, ein sehr geschätzter Freund. Er wird erfreut sein, mich zu begrüßen.«* Er wiederholte diese Sätze mehrere Male, wurde dabei weinerlich, doch zeigte sein Lamentieren langsam Wirkung. Die Tür öffnete sich.

Der Pförtner wies ihn an, auf einem Steinsitz in der steinernen Halle Platz zu nehmen, in der es kalt wie in einem Keller war. Hier saß er zwanzig Minuten lang. Da er aus der Sommernacht kam und nur mit seinem Seidenanzug bekleidet war, begann er zu frösteln und zu niesen. Es gab nichts, was ihn hätte ablenken können, außer einigen Riesenporträts von Hitler, Göring, Goebbels und Himmler, die er mit Gleichmut betrachtete. Für ihn waren sie nichts weiter als Requisiten, die jemand anders für seine Lebensweise brauchte. Falls Freddi ›auf gutem Fuß mit diesem Haufen‹ stand, um so besser für sie beide.

Schließlich, endlich, erschien eine Gestalt oben auf der Steintreppe. Yakimov sprang auf und rief: »Freddi.«

Der Graf, zweifelnd, stirnrunzelnd, stieg langsam herab, dann, als er Yakimov erkannte, breitete er die Arme aus und kam mit schnellen Schritten die Treppe heruntergesegelt, wobei sein gelber Brokatmantel hinter ihm herflatterte. »Ist es möglich?« fragte er. »Yaki, *mein Lieber!*«

Tränen der Erleichterung füllten Yakimovs Augen. Er wankte nach vorn und fiel in Freddis Arme. »Lieber Junge«, schluchzte er, »so viel Whisky ist den Bach hinuntergeflossen, seit wir uns das letzte Mal sahen!« Inbrünstig hielt er sich an seinem alten Freund fest und atmete den starken Geruch von Gardenien ein, der von seiner Person ausging. »Freddi«, murmelte er, »Freddi!«

Als der Gefühlsausbruch des Wiedersehens vorbei war, trat von Flügel zurück und betrachtete Yakimov mißtrauisch. »Aber ist das klug, *mein Lieber*? Wir sind jetzt, wie du weißt, in feindlichen Lagern.«

Yakimov wischte Überlegungen solcher Art mit einer Geste beiseite.

»Verzweifelte Lage, alter Junge. Bin gerade von Bukarest angekommen und fand alle Hotels belegt. Nicht ein Bett zu haben in Cluj. Konnte schwerlich auf der Straße schlafen.«

»Wohl kaum«, stimmte von Flügel zu: »Ich hoffe nur um deinetwillen, daß man dir nicht hierher gefolgt ist. Hast du gegessen?«

»Nicht einen Bissen, alter Junge. Kein bißchen den ganzen Tag. Der arme alte Yaki ist ganz verhungert und zum Umfallen müde.«

Der Graf ging die Treppe nach oben voraus, öffnete eine Tür und knipste Schalter um Schalter an. Leuchter aus Muranoglas versprühten ihr Licht überall in diesem riesigen Raum.

»Wie gefällt dir meine ›Lounge‹?« Er sprach das Wort aus, als ob es einen exotischen Chic hätte. Yakimov, der nicht besonders an solchen Dingen interessiert war, sah sich in dem purpurnen und gelben Raum um, mit seinem großen, vergoldeten Kaminsims, eingesäumt von lebensgroßen Gipsnegerinnen, die nackt bis auf Lendentücher aus Chiffon waren, die neckisch über ihre immens weibliche Scham drapiert waren.

»Entzückend!« Yakimov humpelte zu einem Sofa und versank in den Kissen. »Kampfunfähig«, sagte er, »kampfunfähig vor Müdigkeit.«

»Ich habe alles selbst entworfen.«

»Und hungrig wie ein Löwe«, erinnerte ihn Yakimov.

Während sein Gastgeber umherging und seine eigenen Besitztümer bewunderte und befühlte, besah Yakimov, der ungeduldig auf einen Drink wartete, Freddi kritischer. Wie er sich verändert hatte! Sein Haar, das früher wie Seide in seine Augen gefallen war, war nun *en brosse* geschnitten. Seine Gesichtszüge, die nie besondes markant gewesen waren, verfielen jetzt vollständig in einer blaurosa Fleischmasse; und er hatte sich einen schockierenden kleinen Schnurrbart stehen lassen, der wie gelber Wundschorf auf der Oberlippe hervorstand. Seine berühmten blauen Augen waren nicht mehr blau: sie waren rosa. Doch war Freddi sofort an seinen Bewegungen zu erkennen gewesen, die, wie früher, merkwürdig fließend waren.

Als er Yakimovs Blick begegnete, kicherte von Flügel. Yakimov erkannte das Kichern ebenfalls. Das und die Gesichtszüge waren alles, was von dem Sonnyboy von 1931 übriggeblieben war.

»Wie gut du aussiehst!« sagte Yakimov.

»Auch du, *mein Lieber*. Nicht einen Tag älter.«

Sehr zufrieden, öffnete sich Yakimov die Schuhe und sagte: »Sie bringen mich um.« Er schüttelte sie ab, blickte auf seine Füße, sah, daß seine Socken zerfetzt und dunkel vor Schweiß waren, und schlüpfte wieder hinein. »Bin ein bißchen hungrig«, sagte er, als Freddi sich nicht bewegte.

Freddi zog an einer bestickten Glockenschnur. Während sie warteten, bemerkten Yakimovs suchende Augen ein Tablett mit Flaschen. »Wie wär's mit einem klitzekleinen Drink?« sagte er.

»Wie nachlässig von mir!« Von Flügel goß einen großen Brandy ein. Yakimov nahm ihn als etwas, das ihm gebührte. Freddi hatte schließlich sehr gut von der alten Dollie gelebt, als ihr Glücksstern hoch stand und der seinige niedrig.

»Und was bringt dich nach Cluj?« fragte von Flügel.

»Ah!« sagte Yakimov, seine Aufmerksamkeit auf sein Glas gerichtet.

»Ich vermute, ich sollte nicht fragen?«

Yakimovs Lächeln bestätigte seine Vermutung.

An der Tür wurde scharf geklopft. Von Flügel setzte sich auf, nahm die Schultern zurück und sagte: »*Herein.*«

Ein junger Mann kam hereinmarschiert, uniformiert, muskulös, ohne erkennbaren Gesichtsausdruck, ein virulentes Ärgernis. Yakimov mochte sein Gesicht nicht, aber von Flügel sprang auf, wieder mit fließenden Bewegungen und kichernd, und sagte: »Axel, *mein Schatz!*« ging nahe zu dem jungen Mann hin und überredete ihn flüsternd zu irgend etwas. Als sich Axel türenschlagend nach draußen begab, erklärte von Flügel: »Der arme Junge ist ein wenig verärgert. Wir haben ihn aus dem Bett geholt. Der Koch ist ein Mann von hier. Er geht nach dem Dinner, und ich hänge dann von dem Knaben ab.«

Als Axel zurückkehrte, brachte er ein Tablett mit belegten Broten herein, das er mit barschem Widerwillen hinstellte, und ging dann weg, nicht ohne mit den Türen zu knallen. Yakimov, herrlich beflügelt vom Brandy, machte sich über die Brote her, die einfach waren, doch einige erkennbare Stücke Truthahn enthielten. Er brachte Freddis Entschuldigungen zum Schweigen, indem er sagte: »Der arme Yaki ist Grobheiten gewöhnt.«

Als er gegessen hatte, ging der Graf, der ihn mit einem schalkhaften Ausdruck beobachtet hatte, hinüber in eine Ecke, die von einer Recamiercouch abgeteilt wurde. »Ich hab' einige amüsante Kuriositäten hier, die ich dir unbedingt zeigen muß«, sagte er.

Yakimov erhob sich müde aus den Kissen. Von Flügel, der die Couch beiseite gezogen hatte, winkte seinen Freund in die Ecke und drückte ihm ein Vergrößerungsglas in die Hand. An jeder Wand hing eine persische Miniatur. Yakimov untersuchte sie, kicherte und sagte: »Junge! Junge!« Er hatte aber kein Interesse an diesen Dingen und hoffte, daß er damit nicht auf ein entsprechendes Nachtprogramm vorbereitet werden sollte.

»Da hinüber, da hinüber«, sagte von Flügel, führte ihn quer durch den Raum zu einem hohen Kabinett, das mit flachen Schubläden ausgestattet war. »Du mußt meine japanischen Drucke sehen.«

»O Gott!« sagte Yakimov und nahm den Druck, der ihm überreicht wurde: »Man muß sich hinsetzen, um solche Dinge genießen zu können.«

Er versuchte zum Sofa zurückzukehren, aber von Flügel blieb dicht bei ihm, zog ihn hierhin und dorthin zwischen den purpurnen und gelben Sesseln, öffnete chinesische Lackschränke, um seine Sammlung von ›ergötzlichen Objekten‹, wie er es nannte, zu zeigen.

Als die Wirkung des Brandys nachließ, wurde Yakimov nicht nur gelangweilt, sondern auch ärgerlich. Er hatte vergessen, was Freddi für ein Dummkopf war.

»Da ich mich in einer offiziellen Position befinde«, sagte von Flügel, »wird mir Zurückhaltung aufgezwungen, aber ich hoffe, daß ich eines Tages alle meine Sachen offen in der ›Lounge‹ ausstellen kann.«

»Lounge!« sagte Yakimov: »Wo hast du denn diesen schrecklichen Jargon eines Häusermaklers gelernt?«

»Bin ich vulgär?« fragte von Flügel, viel zu aufgeregt, um näher darauf einzugehen. »Ich *muß* dir meine mexikanischen Keramiken zeigen.«

Als Yakimov alles gezeigt worden war, schien von Flügel der Meinung zu sein, daß er derjenige war, der eine Belohnung verdient hatte. Mit gespieltem Vorwurf sagte er: »Du hast mir immer noch nicht erzählt, was du in Cluj machst.«

Yakimov sank auf seinen Platz und sagte: »Zuerst brauche ich einen Drink, alter Junge.« Er nippte an dem nachgefüllten Glas und war sofort besserer Laune. »Wenn ich dir sage, daß ich Kriegskorrespondent war«, sagte er, »wirst du es mir nicht glauben.«

Freddi schaute überrascht. »Kriegsberichterstatter! In welchem Gebiet?«

»Tja, in Bukarest, alter Junge.«

»Aber Rumänien ist nicht im Krieg.«

Yakimov hielt dies für Haarspalterei. »Jedenfalls«, sagte er, »war ich ein Zeitungsmann.«

»Tatsächlich!« Von Flügel lächelte aufmunternd.

Mit seinen im Schoß gefalteten Händen sah er aus, dachte Yakimov, wie ein gutmütiges, altes Tantchen, und sein Herz erwärmte sich für seinen Freund. Er kicherte: »Du und Dollie habt immer gedacht, daß Yaki nicht besonders helle ist. Tja, ich habe für eine wichtige Zeitung über diese Calinescu-Geschichte berichtet.«

Von Flügel hob eine Hand in erstaunter Bewunderung. »Und jetzt kommst du hierher, um über die Rückkehr der Ungarn in ihr Gebiet zu berichten?«

Yakimov lächelte. Hocherfreut über den Eindruck, den er machte, verspürte er die Notwendigkeit, ihn noch zu verbessern. Er sagte: »Ich könnte dir ebensogut sagen, daß dieser Auftrag lediglich eine Tarnung ist. Der wahre Grund meiner Anwesenheit... nun, es ist ziemlich geheim.«

Von Flügel beobachtete ihn genau, und als Yakimov dieser Enthüllung nichts mehr hinzufügte, sagte er: »Du bist offenbar zur Zeit eine wichtige Person. Aber sag mir, *mein Lieber*, was genau *machst* du?«

Da er auf diese Frage keine Antwort wußte, versuchte es Yakimov mit einer alten Rückzugsmasche: »Bin nicht beauftragt, darüber zu sprechen, alter Junge.«

»Darf ich mal raten?« fragte von Flügel verschmitzt. »Dann würde ich sagen, daß du mit der Britischen Gesandtschaft zu tun hast.«

Yakimov runzelte erstaunt die Stirn über die Genauigkeit der Vermutung von Flügels. »Unter uns«, sagte er, »von einem alten Freund zum anderen, ich bin ein *Insider*. Ich weiß ein oder zwei Dinge. Tatsache ist, daß es sehr wenig gibt, was ich nicht weiß.«

Von Flügel nickte langsam. »Du arbeitest zweifellos mit diesem Mr. Leverett zusammen?«

»Old Foxy!« Yakimov bedauerte diesen Ausruf sofort, der, wie er begriff, eine Offenbarung seiner Dummheit war. Von Flügel lächelte und sagte nichts. Yakimov wurde unbehaglich zumute, und er starrte einige Augenblicke in sein leeres Glas, bevor ihm einfiel, daß er etwas besaß, was das Interesse an ihm wiederherstellen konnte. Er zog aus der Gesäßtasche den Plan, den er in Guys Schreibtisch gefunden hatte. »Hab' hier etwas«, sagte er, »gibt dir eine Vorstellung davon ... soll es eigentlich nicht herumzeigen, aber unter alten Freunden ...«

Er reichte Freddi den Zettel, der ihn lächelnd nahm, ihn betrachtete und zu lächeln aufhörte. »Wo hast du das her?« fragte er.

Verstört durch den veränderten Tonfall Freddis, streckte Yakimov die Hand nach dem Zettel aus. »Kann ich nicht sagen.«

»Ich würde dies gern behalten.«

»Unmöglich, alter Knabe. Gehört mir eigentlich gar nicht. Muß es zurückgeben ...«

»An wen?«

Diese Frage wurde in einem barschen Kommandoton gestellt, der Yakimov schmerzlich berührte und bestürzte. Wenn er auch vergessen hatte, daß Freddi ein Dummkopf war, so hatte er doch nie gewußt, daß Freddi eklig sein konnte. Mit verletzter Würde sagte er: »Dies ist alles sehr vertraulich, alter Junge. Fürchte, ich kann dir nicht mehr darüber sagen. Muß diesen Zettel wirklich zurückhaben.«

Von Flügel erhob sich. Ohne Yakimov eine Antwort zu geben, ging er hinüber zu einem seiner Kabinette, legte den Plan hinein und verschloß die Tür.

Nicht sicher, ob dies ein Scherz war oder nicht, protestierte Yakimov: »Aber das kannst du nicht machen, alter Junge. Ich muß ihn zurückhaben.«

»Du bekommst ihn vielleicht, bevor du abreist.« Von Flügel steckte den Schlüssel in die Tasche. »Inzwischen werden wir herausfinden, ob er echt ist.«

»Natürlich ist er echt.«

»Wir werden sehen.«

Während dieses Wortwechsels, war von Flügels Verhalten streng und geschäftsmäßig gewesen, jetzt änderte es sich wieder. Als er auf Yakimov zuging, hielt er seine Hände unter dem Kinn gefaltet, und sein Gang wurde zur Karikatur seiner selbst. Yakimov, der ihn beobachtete, war verwirrt durch ein Benehmen, das er nur als seltsam bezeichnen konnte. Seine Verwirrung verwandelte sich in Angst, als von Flügel zu ihm herüberkam und mit dem bösartigen Glotzen eines alten Krokodils über ihm stand.

»Was ist denn nur los, alter Junge?« fragte Yakimov mit bebender Stimme.

»Was soll dieses Spiel? Hältst du mich vielleicht für einen Einfaltspinsel?«

»Wie kommst du denn darauf?«

»Geht man in die Höhle des Löwen und sagt: ›Friß mich. Ich bin ein saftiges Steak‹?«

Von Flügels ganze Haltung war eine einzige Drohgebärde, aber auf Yakimov machte es den Eindruck eines so jämmerlichen Schauspiels, daß er glaubte, das Ganze würde sich augenblicklich in einem Ausbruch von Gelächter auflösen. Statt dessen fuhr Flügel mit zunehmender Unnachgiebigkeit fort: »Geht man zu einem Nazifunktionär und sagt: ›Ich bin ein Spion des Feindes. Hier ist mein Sabotageplan. Bitte übergeben Sie mich der Gestapo.‹«

»Aber wirklich, alter Junge, der *Gestapo*!«

»Ja, der *Gestapo*!« Von Flügel imitierte gereizt Yakimovs empörten Tonfall. »Was soll ich sonst mit einem englischen Spion anfangen?«

Zum ersten Mal verspürte Yakimov echte Angst. Nichts von seinem alten Freund Freddi schien mehr übriggeblieben zu sein. Was er neben sich sah, war in der Tat ein Nazifunktionär, der ihn sehr wohl der Gestapo ausliefern konnte. Bei diesem Gedanken brach er beinahe vor Angst zusammen. »Alter Freund!« flehte er schluchzend.

Freddi, ein Fremder, ein gefährlicher Fremder, war zum Vernehmungsbeamten geworden. »Welchen kleinen Trick willst du hier anbringen? Wie nennt ihr ihn? Den Doppelbluff? Das können wir sehr schnell herausfinden. Wir haben in diesem Haus eine Reihe starker Männer mit Fäusten.«

»Oh, Freddi«, wimmerte Yakimov, »sei nicht so unfreundlich. Es war nur ein Spaß unter Freunden.«

»Dieser Plan war kein Spaß.«

»Ich sagte doch, er gehört mir nicht. Ich hab' ihn geklaut. Nur um dich zu amüsieren, alter Junge.«

»Du hast gesagt, du gehörst zum britischen Geheimdienst.«

»Nein, mein Junge, so war das nicht gemeint. Kannst du dir den armen Yaki als Geheimagenten vorstellen? *Ich bitte dich!*« In der Sofaecke zusammengekauert und mit einer Empfindung blanken Schreckens, sah Yakimov Ungewißheit von Flügels, aber keine Überzeugung. Wenn sich von Flügel in einen Nazifunktionär verwandeln konnte, was könnte dann nicht alles aus Yakimov werden, in diesen seltsamen Zeiten. Langsam, voller Verachtung, entspannte sich von Flügels Gesicht. Er setzte sich nieder. Mit dem Ton von jemandem, der keinen weiteren Unsinn dulden wird, fragte er: »Woher hast du diesen Plan?«

Yakimov war in seiner Erleichterung nicht nur gewillt zu antworten, sondern sogar mehr zu beantworten, als er gefragt wurde.

Er war, erklärte er, Untermieter in der Wohnung der Pringles, eines Engländers, der an der Universität lehrte. Er hatte den Plan in der Wohnung gefunden und ihn geborgt, nur so zum Spaß. »Habe es nicht böse gemeint«, sagte er. »Habe wirklich nicht gewußt, was es ist, hatte aber einen Verdacht. Merkwürdiges Kommen und Gehen in dieser Wohnung, muß ich sagen ...« Als er einige Zeit lang über seinen Verdacht geredet hatte und über die ›merkwürdigen Typen‹, die bei den Pringles verkehrten, erinnerte er sich, wie er für Guys Aufführung gearbeitet hatte und wie er von ihm im Stich gelassen worden war, nachdem alles vorüber war. Er sagte: »Wenn du mich fragst, Pringle ist ein Bolschi.«

Von Flügel nickte ruhig und fragte: »Was für ›merkwürdige Typen‹?«

»Da ist dieser Bursche David Boyd. *Er* arbeitet für Leverett und niemand weiß, was er macht. Und da ist dieser äußerst merkwürdige Bursche, der sich in der Küche herumtreibt. Er behauptet, ein Verwandter der Dienerin zu sein, aber er spricht Englisch wie ein Gentleman. Die Pringles halten ihn versteckt. Er hatte Mordsschiß, als ich ihn entdeckte.«

Von Flügel biß sich in die Unterlippe und schien nachzudenken. Schließlich frage er: »Was machst du in der Wohnung von solchen Leuten?«

»Ging dorthin in aller Unschuld, alter Junge. Hab' sie am Anfang für sehr nett gehalten.«

Von Flügel nickte und sprach unheilverkündend: »Charme gehört zum Repertoire solcher Leute. Damit wollen sie dich in deiner Wachsamkeit ablenken.«

Yakimov nickte. Er war in der Tat von seiner Wachsamkeit abgelenkt worden, und wer wäre dazu besser geeignet gewesen als dieser Guy Pringle? Er begann zu fühlen, daß sein Verrat gerechtfertigt war. Freddi war ein Freund, ein lieber alter Freund, und Yaki hatte nicht mehr getan, als ihn zu warnen. »Als ich diesen Plan sah, spürte ich, daß ich ihn dir zeigen mußte«, und Yakimov plapperte glücklich weiter, über den verdächtigen Charakter von allen, die er dort gesehen hatte, über die verdächtige Natur von allem und jedem, das je vorgefallen war.

Von Flügel, immer noch kühl und streng, hörte ohne großen Kommentar zu, sagte aber schließlich: »Eines möchte ich dir sagen: Zieh zum frühestmöglichen Zeitpunkt aus dieser Wohnung aus. Ich würde sogar sagen, verzieh dich aus Bukarest. Ich sag' dies zu deinem eigenen Besten.«

Yakimov nickte unterwürfig. Er verspürte nicht den Wunsch, irgend etwas anderes zu machen. Er fühlte nun, daß er sich die Gunst von Flügels wieder erworben hatte und daß er es sich hier sehr bequem einrichten konnte. Er lehnte sich zurück und schloß die Augen. Physisch und seelisch erschöpft, fühlte er sich wie eine Feder auf die weiche Erde niederschweben. Er hörte von Flügel sagen: »Komm, ich bring' dich zu deinem Zimmer«, war aber schon eingeschlafen, bevor er Zeit zum Antworten hatte.

Am nächsten Morgen bestätigte sich sein Glaube, daß das Leben mit Freddi seinen Bedürfnissen entsprechen würde. Nachdem er ein Bad genommen hatte, lagen er und Freddi in Morgenmänteln in Liegestühlen auf dem Balkon, um das Frühstück einzunehmen. Der Kaffee war Vorkriegskaffee, das Essen ausgezeichnet. Freddi war wieder sein altes, charmantes Selbst. Leider waren da immer ein paar von jenen schrecklichen jungen Männern, aber Axel war der einzige, den Freddi nachsichtig behandelte. Gegenüber den anderen war er der strenge Befehlshaber des *Braunen Hauses.*

Seine Erinnerung an die vergangene Nacht hinterließ bei ihm das unbehagliche Gefühl, daß er ein klein bißchen unfair gegenüber dem guten, alten Guy gewesen war, aber als matter Rekonvaleszent konnte er sich darüber keine großartigen Sorgen machen. Schließlich war Guy *ihm* gegenüber unfair gewesen.

Nach dem Frühstück verblieben die beiden Männer im morgendlichen Sonnenschein und sahen hinunter auf einen altertümlichen Citroën, überhäuft mit Möbeln und Bettzeug, der von einem Maultier zur Bahnstation gezogen wurde. Das gesamte Benzin, erklärte Freddi, war von den davonlaufenden Rumänen geplündert worden, die sich nun weigerten, Nachschub zu schicken. »Ein hoffnungsloses Volk!« sagte Freddi. In einer Querstraße konnte man vor einer verbarrikadierten Bäckerei eine Menschenschlange sehen. In der Ferne konnte man Schüsse vernehmen. Yakimov machte eine Bewegung, als ob er aufstehen wollte. »Ich sollte mich anziehen«, sagte er. »Man erwartet von mir, daß ich mich hier gründlich umsehe.«

»Dann bist du also wirklich Journalist?« sagte Freddi.

»Sozusagen. Nicht gerade die Beschäftigung für eine Aristokraten, fürchte ich.«

»Dies ist kein Krieg für Aristokraten.«

Yakimov kämpfte sich mühsam in eine sitzende Position hoch.

»Mußt du hier wirklich in der Stadt herumschnüffeln?«

fragte Freddi. »Die Straßen sind unsicher. Ich würde dir nicht empfehlen umherzuwandern. Sollte es Neuigkeiten geben, so können wir sie von den Jungs kriegen.« Er läutete die Glocke, und sofort trat ein junger Mann ein. »Ah, hier ist Filip. Filip, was gibt's Neues?«

Filip rezitierte die jüngsten Vorkommnisse. Ein Mann, der dem ungarischen Konsul ähnlich sah, war von rumänischen Bauern angegriffen und bewußtlos und mit einem eingeschlagenen Auge liegengelassen worden. Einige Leute, die sich den ganzen Tag vor einem Krämerladen angestellt, den Laden leer und den Besitzer auf und davon nach Braşov gefunden hatten, hatten den Laden angezündet, und die Familie, die drüber wohnte, war bei dem Brand ums Leben gekommen. Im Krankenhaus hatte es Schwierigkeiten gegeben, weil ungarische Ärzte rumänische Ärzte beschuldigt hatten, Ausrüstungsgegenstände zu entfernen, die ursprünglich ungarisch waren. Ein Arzt war über den Balkon gestoßen worden und hatte sich das Genick gebrochen.

Als diese Aufzählung von Unruhen weiterging, zuckte Yakimov nervös mit den Zehen und sagte: »Meine Güte!«

»Du brauchst nicht zu erschrecken«, sagte von Flügel. »Dies sind die kleinen Unanehmlichkeiten des Machtwechsels. Keine Nahrungsmittel, kein Benzin, kein Telefon und keine öffentlichen Verkehrsmittel. Die Cafés haben geschlossen. Bald werden die Lichter ausgehen, Wasser und Gas abgestellt werden – aber hier ist alles in Ordnung. Wir haben einen schönen Vorrat an Essen und Getränken. Wir haben einen großen Küchenherd, der mit Holz befeuert wird. Es gibt einen Brunnen im Hof. Wir könnten einer Belagerung trotzen.« Er betrachtete Yakimov. »Vielleicht machst du dir ein paar Notizen.«

»Hab' mein kleines Notizbuch vergessen.«

Von Flügel befahl Filip, Federhalter und Papier zu bringen. Als Yakimovs dies in Händen hatte, erklärte von Flügel, wie notwendig es gewesen sei, Transsylvanien den schwächlichen, inkompetenten Rumänen wegzunehmen und es den zähen, hart arbeitenden Ungarn zu übergeben.

Nach einer Stunde hatte Yakimov in seiner ungeübten Schrift über das Blatt geschrieben: ›Der Machtwechsel – eine gute Sache.‹

Als dies erledigt war, sagte von Flügel: »Es ist doch bestimmt nicht zu früh für einen Aperitif?«

Yakimov stimmte inbrünstig zu.

Er war sich über seine Zukunft immer noch im unklaren und erwähnte nun die unangenehme Tatsache, daß er noch diesen Abend mit dem Orient Express nach Bukarest zurückkehren sollte. »Um nicht zu lügen, alter Junge«, fügte er vertraulich hinzu, »ich will eigentlich nicht wirklich dorthin zurück. Das Essen ist grausam, und es gibt immerfort irgendeinen Krawall. Du hast mir geraten, Rumänien zu verlassen, also hab' ich mich entschieden, daß ich gern hierbleiben würde.«

»Hier? In Cluj?« Von Flügel starrte ihn an. »Das kommt nicht in Frage. Sobald die Rumänen abgezogen sind, wird dies faktisch ein Territorium der Achse sein.«

Yakimov lächelte einschmeichelnd. »Du könntest dich um den alten Yaki kümmern.«

Einen Augenblick lang sah von Flügel bei diesem Vorschlag entsetzt aus, sagte dann aber entschieden: »Ich könnte nichts dergleichen tun. Als Angehöriger des alten Regimes muß ich selbst sehr vorsichtig taktieren. Ich könnte unmöglich einen feindlichen Ausländer beschützen.« Er drehte sich mit einem entschlossenen Gesichtsausdruck um, aber als er Yakimovs düsteres Gesicht sah, entspannte er sich. »Nein, nein, *mein Lieber*«, sagte er freundlicher, »du kannst nicht hierbleiben. Kehr wie geplant heute abend nach Bukarest zurück. Ich werde Axel losschicken, daß er dir einen *waggon-lit* besorgt. Sobald du ankommst, bringst du deine Angelegenheiten in Ordnung und dich auf der Stelle in Sicherheit.«

»Aber wo kann ich denn bloß hingehen?« fragte Yakimov, den Tränen nahe.

»Dies, fürchte ich, mußt du selber entscheiden. Europa kommt für dich natürlich nicht mehr in Frage. Nordafrika wird als nächstes dran sein. Vielleicht Indien. Es wird einige Zeit dauern, bis wir dorthin kommen.«

Den Rest des Tages aß und trank Yakimov mit einem trauernden Gefühl des Abschieds von dem, was alles hätte sein können. Gegen Abend deutete von Flügel an, daß sein Freund sich wohl für die Abreise vorbereiten müsse und sagte, daß Axel ihm Proviant mitgeben würde. Von Flügel selbst war diesen Abend zu einem Diner eingeladen, das ihm zu Ehren von der ungarischen Gemeinde gegeben wurde, deshalb konnte er Yakimov nicht selbst zum Bahnhof bringen.

»Noch etwas, *mein Lieber*«, sagte er, als Yakimov traurig auf die Beine kam. »Du kennst das Teppichgeschäft gegenüber vom Mavrodaphne? Als ich das letzte Mal in Bukarest war, sah ich da eine sehr schöne Oltenia-Brücke. Dachte, sie sei etwas zu teuer und hatte unklugerweise den Kauf hinausgezögert. Jetzt wollte ich, ich hätte sie genommen. Ich frag' mich, ob du sie nicht für mich kaufen und an die deutsche Botschaft liefern lassen könntest?«

»Ja, sicherlich, alter Junge.«

»Du kannst sie nicht verwechseln: es ist eine schwarze Brücke mit einem Muster aus Kirschen und Rosen. Erwähne meinen Namen, und sie werden sie dir zeigen. Sie kostete ungefähr fünfundzwanzigtausend. Soll ich dir das Geld gleich mitgeben?«

»Wie du willst, mein Lieber.«

Von Flügel öffnete eine Schublade, die mit Bündeln von neuen Fünftausend-*Lei*-Scheinen gefüllt war. Sorgfältig zog er fünf Scheine heraus und hielt sie gerade noch außer Reichweite von Yakimov. Er sagte: »Ich laß' mir besser deine Adresse in Bukarest geben, nur für den Fall...«

Yakimov gab sie ihm bereitwillig, und die Banknoten wurden übergeben. »Übrigens«, sagte er, »du hast noch den Plan, den ich dir letzte Nacht gezeigt habe.«

»Den werd' ich dir morgen mit der Post schicken. Vergiß nicht die Brücke. Eine *schwarze* Brücke mit Kirschen und Rosen, ein entzückendes Stück. Und halte dich nicht zu lange in Bukarest auf. Ich kann dir im strengsten Vertrauen sagen, daß Rumänien als nächstes auf der Liste steht.«

Die Freunde schieden freundschaftlich, Yakimov voller Bedauern, von Flügel mit lässiger Weltgewandtheit. Er mußte sich eilends umziehen und befahl dem Chauffeur, Yakimov zum Bahnhof zu bringen und unverzüglich zurückzukehren.

Als das Auto den Platz im Abendlicht überquerte, tauchte ein Flugzeug mit schwarzen Flügeln und der Aufschrift ›Romania Mare‹ über dem Turm des Doms auf. Massen von Bauern versammelten sich an den Straßenecken, rannten in Gruppen hierhin und dorthin, voller Tatendrang, aber sie hatten keine Führung. Sie schrien angesichts des Mercedes von Flügels und schwangen die Fäuste.

Der Chauffeur, ein Sachse, lachte über diese Gesten. Er erzählte Yakimov, daß die Bauern geglaubt hatten, Maniu würde kommen, um eine Revolte gegen den Wiener Schiedsspruch anzufachen. Eine Abordnung hatte den ganzen Tag über am Bahnhof gewartet, dann aber erfahren, daß sich Maniu in seinem Haus außerhalb Clujs befand und mit dem Auto gekommen war. Sie eilten hin, um ihn aufzusuchen, fanden ihn aber gerade beim Packen. Er sagte, er könne nichts machen und riet ihnen, friedlich in ihre Häuser zurückzukehren und die Situation zu akzeptieren.

»Jetzt sind sie enttäuscht«, sagte der Chauffeur gleichmütig, »und Domnul Maniu ist zweifellos traurig.«

»Zweifellos ist er das«, sagte Yakimov, der selber traurig war.

Die lange Straße zum Bahnhof war mit Städtern und Bauern verstopft, die sich ihren Weg zu den Zügen bahnten. Sie schwärmten mit ihren auf Karren und Wagen geladenen Habseligkeiten vor dem Auto umher und ignorierten das Hupen des Mercedes, der nur noch langsam dahinkriechen konnte.

»Ha, diese Rumänen!« sagte der Chauffeur voller Verachtung. »1918 vertrieben sie die Ungarn mit großer Brutalität, jetzt fürchten sie die Rache.«

Der Orient Express, in dem Yakimov sein Schlafabteil hatte, sollte kurz nach acht ankommen. Der Chauffeur gratulierte Yakimov, daß er rechtzeitig angekommen war, gab ihm sein Gepäck und überließ es ihm, sich seinen Weg durch die Menschenmassen zu stoßen, die vor dem Bahnhofseingang wogten und kämpften.

Als er schließlich den Bahnsteig erreicht hatte, konnte er ihn kaum betreten. Er war mit Möbeln überhäuft, zwischen denen sich die Bauern häuslich niedergelassen hatten. Mehrere hatte Spirituskocher auf Tischen und Kommoden aufgestellt und kochten Mais oder Bohnen. Andere schliefen zwischen Teppichrollen. Die meisten wirkten, als ob sie hier schon stundenlang warteten. Es gab ein dauerndes Feilschen um vergoldete Stühle und Sofas, die wertvollen Besitztümer von entlassenen Beamten. Jetzt, kurz vor der fahrplanmäßigen Abfahrt des Zuges, spielten sich dramatische Szenen ab. Ungarische Mädchen hatte Rumänen geheiratet, und während die Paare darauf warteten abzureisen, lamentierten die Eltern wie bei einem Todesfall. Yakimov stieg über zwei Frauen, die sich gegenseitig anheulten und umarmten und dabei schon fast auf dem Gleis lagen. Er kämpfte sich seinen Weg durch die *melee,* bis sie am Ende des Bahnsteigs lichter wurde; dort wartete er.

Die Zeit verging. Der Express kam nicht. Nach einer Stunde oder länger versuchte er herauszufinden, wann er erwartet wurde, aber welche Sprache er auch immer versuchte, es war die falsche. Sein Rumänisch wurde mit »*Beszélij magyarul*«, sein Ungarisch mit »*Vorbeşte romaneşte*» und sein Deutsch mit Schweigen beantwortet. Umherwandernd, traf er auf den Juden, dessen Bekanntschaft er im Speisewagen gemacht hatte und erfuhr, daß der Zug mit zwei Stunden Verspätung angekündigt war. Er würde vielleicht um zehn eintreffen. Damit begab sich Yakimov ans Ende des Bahnsteigs, wo er einen leeren Sessel fand, eine Imitation eines Louis XIV.-Stückes, nicht gerade bequem, aber besser als nichts, und aß seine Brote.

Die Dunkelheit brach herein. Zwei oder drei Lampen gingen an, die aber weite Teile im Dunkeln ließen, das dann nur von den blauen Flammen der Spirituskocher erhellt wurde. Plötzlich fuhr erstaunlicherweise ein Zug ein – ein Lokalzug der niedrigsten Klasse. Sofort ergriff eine wilde Energie die Bauern. Ihre Besitztümer zusammenklaubend, warfen sie sich gegen die Türen, die sie verschlossen vorfanden. Ohne zu zögern begannen sie, die Fenster einzuwerfen. Einmal drinnen, hievten die Männer ihre Frauen, Kinder und das Gepäck hinein, mit einem Gebrüll, das jeden Beamten, der sie zurückhalten wollte, mit dem Tod bedrohte. Die Luft war voll von Schreien des Ärgers und der Angst und dem Splittern von armseligen Möbelstücken.

Yakimov blickte voller Entsetzen um sich. Er wußte, daß dies nicht der Express sein konnte, aber er litt unter akutem Zittern, als er sich vorstellte, was erst geschehen würde, wenn der Express einfuhr.

Der Lokalzug füllte sich innerhalb einer Minute, dann begannen die Bauern, auf die Dächer der Waggons zu klettern und ihre Familien hinterherzuziehen. Der Tumult übertönte das Warnsignal. Der Zug kam in Bewegung, mit Frauen und Kindern an Armen und Beinen hängend, die die Kraft nicht hatten, weiter hinaufzuklettern. Deren Schreie übertönten noch den Lärm der Zurückgelassenen, die die Gleise entlang rannten, Schreie der Verzweiflung und der Drohung ausstoßend, bis sie durch Gewehrfeuer von einer Brücke zum Stehen gebracht wurden. Als der Zug verschwunden war, gab es Wehklagen und Gestöhn, aber niemand schien ernsthaft verletzt worden zu sein und alle kletterten zurück auf den Bahnsteig, um aufs neue zu warten.

Eine Uhr schlug in der Ferne. Es war elf. Yakimov stand auf, in der Gewißheit, daß der Express nun jeden Moment kommen würde, aber eine halbe Stunde später setzte er sich wieder hin und wurde immer ängstlicher, je mehr Zeit verstrich. Ein zweiter Lokalzug fuhr ein und wurde gestürmt wie der zuvor. Während dieser noch auf dem Bahnsteig stand, kam ein zweiter Zug an und hielt außer Sichtweite auf dem Nebengleis. Die Menschen schrien sich gegenseitig zu, daß dies der Express sei.

Yakimov zitterte vor nervlicher Anspannung und wartete darauf, daß der Lokalzug abfuhr, aber er fuhr nicht ab; dann gab es einen Schrei, daß der Express abfahren würde. Die Menschen rannten in beide Richtungen entlang des Zuges, der den Weg versperrte, und Yakimov lief mit. Über Schlakkehaufen und Gleise stolpernd, umrundete er die heiße, feuerspeiende Lokomotive des Lokalzugs und erreichte den Express. Die Lokomotive war abgekoppelt, nur die Waggons waren übrig. Er fand den *wagon-lit,* kletterte hoch, doch die Tür war verschlossen. Er trommelte gegen die Scheibe und schrie auf deutsch die Leute an, die im Korridor standen: *»Lassen Sie mich hinein.«* Sie betrachteten ihn, aber niemand rührte sich. Sich an den Türgriff klammernd, den Koffer zwischen den Beinen, wurde Yakimov in die Dunkelheit gefahren. Der Zug hielt mit einem Ruck, der ihn beinahe hinuntergeschleudert hätte. Sie waren draußen auf der kahlen, windigen Strecke. Da er wußte, daß er verloren war, wenn er hinunterklettern würde, klammerte er sich wie elektrisiert an den Stufen fest, als der Waggon zurückfuhr. Er war dankbar, als er wieder den Bahnhof sah. Der *wagon-lit* hielt: er kletterte hinab, zwischen die beiden Züge. Sofort fuhr der Lokalzug ab. Der Tender streifte ihn, die Zugmaschine passierte ihn mit einem Funkenregen, und er schrie in Panik. Der Express war neu zusammengestellt worden. Er rannte an den Schluß, wo er das Licht einer geöffneten Tür sehen konnte. Er erreichte sie, warf sein Gepäck hinein und kletterte hinterher. Er hatte schreckliche Angst, daß ihn jemand vom Betreten abhalten würde, aber niemand war da, der es versuchte. Dies war der Hintereingang in den Speisewagen. Er blickte in die Küche. Der Koch, eine kleine Vogelscheuche von einem Menschen, schnitt gerade Fleisch. Verstört und bescheiden, wie einer, der aus einem wütenden Sturm in die Stille kam, stand Yakimov da und lächelte den Mann an. Das Fleisch sah dunkel, faserig und zäh aus, aber der Koch bearbeitete es mit der Selbstvergessenheit eines Künstlers. Sanft und liebenswürdig fragte Yakimov ihn, ob er vorbei dürfe. Der Mann winkte ihn vorbei, ohne aufzublicken.

Die Jalousien im Waggon waren herabgelassen. Einige Sitzplätze waren frei. Die Speisegäste, wiederum nur Männer, saßen da und unterhielten sich, unberührt von dem Gekreische draußen. Als Yakimov in Sicherheit saß, zog er die Jalousie hoch und beobachtete die Menschenmengen, die hilflos an den Schienen entlang liefen. Jemand sprach mit einem Kellner, der erklärte, der Zug sei abgesperrt, weil der Morgenexpress von Bauern besetzt worden war, die kein Geld hatten, den Fahrpreis zu bezahlen. Sie hatten sich geweigert auszusteigen und mußten nach Brasov gebracht werden. Das durfte sich nicht wiederholen.

Jemand auf den Schienen, der Yakimov hinausschauen sah, klopfte gegen die Scheibe und flehte ihn mitleiderregend an, hineingelassen zu werden. Er fühlte sich nun so losgelöst von dem Geschehen draußen, wie die anderen Speisegäste zuvor. Was konnte *er* schon machen?

Dann gab es weitere Schüsse und Schreie und das schwere Getrappel von Füßen. Gesichter schienen sich gegen die Scheibe zu pressen, verblieben dort für einen Moment, wie feuchte Blätter, bevor sie wieder verschwanden. Der Zug fuhr langsam an. Menschen rannten neben ihm her, gestikulierend, die Münder öffnend und schließend, aber es gab keine Hoffnung für sie. Etwas – wahrscheinlich ein Stein – traf das Fenster neben Yakimov. Er zog die Jalousie herunter und gab beim Kellner seine Bestellung auf. Nachdem er gegessen hatte, stand er auf, um seine Koje zu suchen, und fand, daß die Tür zum Rest des Zuges versperrt war. Er fragte den Kellner, aber niemand war berechtigt, aufzusperren. Schließlich kehrte er zu seinem Platz zurück, legte den Kopf auf den Tisch und schlief.

Die Rückreise dauerte noch länger als die Reise hinwärts. Fahrplanmäßig wurde der Express am nächsten Morgen in Bukarest erwartet. Tatsächlich erreichte er die Hauptstadt bei Einbruch der Dunkelheit. Yakimov mußte die gesamte Zeit im Speisewagen zubringen, wiederum Mahlzeit um Mahlzeit einnehmend, die er mit Freddis Geld bezahlte.

Am Bahnhof von Bukarest gab es keine Gepäckträger. Niemand kontrollierte die Fahrkarten. Der Ort war leer bis auf die neu angekommenen Fahrgäste, die am Eingang stehenblieben, miteinander flüsterten und zögerten hinauszutreten. Yakimov sah hinaus. Die Straße, um diese Zeit gewöhnlich voller Menschen und erfüllt mit glänzenden und flakkernden Lichtern, war verlassen, aber er konnte nichts entdecken, wovor man hätte Angst haben müssen. Das

Schlimmste war, daß es keine Taxis oder *trăsurăs* gab. Wieder ein langer Fußmarsch! Er wartete eine Weile und hoffte, daß ihm jemand die Angst der anderen erklären würde, aber keiner sprach mit ihm und nichts geschah. Er entschied sich aufzubrechen. Er ging allein los.

Die Verkaufsstände in der Calea Grivitei waren leer und verlassen. Die Gehsteige waren leer. Gelegentlich sah er Gestalten in Toreinfahrten, die ins Dunkle zurückglitten, bevor er sie erreichte.

Schließlich, an der Kreuzung der Calea Victoriei, traf er auf eine Gruppe von Militärpolizisten mit schußbereiten Revolvern. Einer von ihnen befahl Yakimov anzuhalten. Voller Angst ließ er seine Tasche fallen und hob die Hände. Ein Offizier kam nach vorn und fragte ihn streng, was er auf der Straße zu suchen hatte. Die Frage erschreckte ihn; ihm wurde klar, daß seine Mitreisenden mehr gewußt hatten als er. Er fing an, auf deutsch zu erklären – in diesen Tagen die sicherste Sprache –, daß er mit dem Orient Express angekommen war und sich auf dem Weg nach Hause befand. Was war los? Was war geschehen? Er erhielt keine Antwort, sondern es wurde ihm befohlen, sein *permis de séjour* vorzuzeigen. Er gab es dem Offizier zusammen mit seinem Paß. Beides wurde unter eine Laterne gehalten und untersucht und diskutiert, während ein Soldat ihn bewachte. Die Diskussion dauerte lange. Zwischendurch drehte sich der eine oder andere der Männer um und schaute ihn an, so daß Yakimov befürchtete, eingesperrt oder kurzerhand erschossen zu werden. Schließlich wurden ihm die Papiere zurückgegeben. Der Offizier salutierte. Yakimov durfte weitergehen, aber er mußte einen Umweg machen und durfte den Großen Platz nicht überqueren.

Gehorsam ging er eine Nebenstraße zum Boulevard Breteanu entlang, was ungefähr eine halbe Meile Umweg bedeutete, erreichte den Block der Pringles und war immer noch ganz aufgeregt. Die Halle lag in Dunkelheit. Der Pförtner war vor einiger Zeit eingezogen und nie ersetzt worden. Als Yakimov im Lift nach oben fuhr, war er plötzlich davon überzeugt, daß die Invasion begonnen hatte. Die Stadt schien nicht nur leer zu sein, sondern sie war leer. Er würde feststellen, daß die Pringles mit den anderen gegangen waren.

Bei dem Gedanken, daß er sich alleingelassen und in einem von Deutschland besetzten Land vorfinden könnte, brach er beinahe zusammen. Ganz zu schweigen davon, daß er im Express hätte bleiben können und direkt in Sicherheit gebracht worden wäre!

Er zitterte so, daß er kaum seinen Schlüssel ins Schloß brachte. Die Wohnung war dunkel, als er sie betrat, aber drinnen waren Stimmen. Sofort wieder beruhigt, schaltete er das Wohnzimmerlicht an.

»Mach das Licht aus, du verdammter Narr«, flüsterte jemand vom Balkon.

Er schaltete das Licht aus, aber in dem kurzen Lichtschein hatte er Harriet am Pfosten der Balkontür stehen sehen, während Guy und David Boyd am Boden lagen und durch die Steinstreben der Balustrade hinunterspähten. Es war David gewesen, der gesprochen hatte.

Yakimov kam auf Zehenspitzen herein. »Was geht hier bloß vor, mein Junge?«

David antwortete: »Schnauze! Wollen Sie, daß die uns abknallen?«

Yakimov kauerte sich gegenüber von Harriet auf dem Boden nieder und blickte auf den Platz hinunter. Zuerst konnte er nichts sehen. Der Platz war ebenso wie die Straßen verlassen, die Lichter schienen auf Pflastersteine und Teile der Fahrbahn, auf denen man nur die Bremsspuren von Autos erkennen konnte.

Nach einer langen Pause des Schweigens flüsterte Yakimov Harriet zu: »Liebes Mädchen, sagen Sie doch Ihrem Yaki, was vor sich geht!«

Sie sagte: »Die Armee wurde gerufen. Sie erwarten einen Angriff auf den Palast. Wenn Sie dort hinüberblicken« – sie zeigte auf die Einmündung der Calea Victoriei –, »können Sie die Spitze eines Maschinengewehrs erkennen. Überall sind Soldaten.«

Als er hinausspähte, konnte er eine Bewegung von mehreren Schatten wahrnehmen. Das erste Geschäft in der Calea

Victorei war zu sehen, und aus seinem Eingang wurden Köpfe gestreckt. Da waren noch andere Bewegungen in den Gerüsten und halb abgerissenen Gebäuden auf dem Platz. Diese Bewegungen wurden alle vorsichtig und schweigend ausgeführt. Er hörte ein entferntes Singen.

»Wer will den Palast angreifen?«

Yakimov sprach weinerlich, da er spürte, daß keiner ihm etwas erzählen wollte.

»Wir wissen es nicht«, antwortete Harriet. »Wir glauben, daß es die Eiserne Garde ist, aber es gab nur die üblichen Gerüchte und Ungewißheiten.«

»Es könnte die Revolution sein, nicht wahr?«

»Es könnte alles Mögliche sein. Es gab ein großes Geschrei, daß der König abdanken solle, dann kam die Polizei und räumte die Straßen, und dann wurde das Militär gerufen. David kam und erzählte, daß es ein Gerücht vom Angriff auf den Palast gibt. Das ist alles, was wir wissen.«

»Der König wird doch nicht abdanken, oder?«

Seine Frage überhörend, näselte David frohlockend. »Abwarten und Tee trinken«, sagte er.

Yakimov hob seine Tasche auf und ging in sein Schlafzimmer. Er sank aufs Bett nieder, müde, doch unfähig sich zu entspannen. Seine Betroffenheit rührte nicht nur von Hadjimoscos' Vorhersage über Anarchie und Guillotine her, sondern von der Tatsache, daß das Wort Revolution ihn schon immer in Aufregung versetzt hatte. Revolution hatte das Vermögen seiner Familie zerstört und seinen armen, alten Vater ins Exil geschickt. Er war mit den Geschichten seines Vaters vom Untergang der russischen Monarchie und dem schrecklichen Ende der russischen Königsfamilie aufgewachsen. Yakimov stellte sich vor, daß binnen einer Stunde die Arbeiter Züge, Flugzeuge und Schiffe im Stich lassen würden. Das Militär würde das Benzin requirieren. Sie würden alle hier festsitzen.

Freddi hatte ihn gewarnt, nicht zu lange in Bukarest zu verweilen, und Freddi hatte gesagt, daß Rumänien als nächstes an der Reihe sei.

Alle hatten immerzu gesagt, daß sich die Deutschen hier

keine Schwierigkeiten leisten konnten. Ein Aufstand wäre das Signal für eine sofortige deutsche Besetzung. Es fiel Yakimov ein, daß er, indem er ziemlich niederträchtig Verdacht auf Guy gelenkt hatte, sich wahrscheinlich auch selbst Schwierigkeiten bereitet hatte, denn schließlich war er Mitglied eines in Verruf geratenen Haushalts, und er könnte vielleicht keine Zeit haben zu beweisen, daß er nicht betroffen war.

Seine Gedanken schweiften zum Orient Express, den er gerade verlassen hatte und der immer mindestens eine Stunde im Bahnhof von Bukarest wartete. Warum nicht zu ihm zurückeilen? Er war sicher hierher gekommen und könnte ebenso sicher zurückkehren. Und zudem war er mit Freddis Geld ja ›gut gepolstert‹.

Indem er sich sagte: ›Jetzt oder nie, alter Junge‹, stand er auf und begann, die Überbleibsel seiner Kleidung, die in den Schubladen zurückgeblieben waren, herauszuziehen. Er stopfte seine Tasche voll.

Er tat alles sehr ruhig. Er verspürte die Notwendigkeit, seine Abreise geheimzuhalten, nicht aus Angst, zurückgehalten zu werden, sondern aus einem nervösen Gefühl der Scham, daß er, nachdem er den ›lieben Jungen‹ Guy verraten hatte, sich nun selbst aus dem Staub machte. Würde er versuchen, sein Gehen zu erklären, würde er irgendwie seinen Verrat preisgeben.

Sein Fenster öffnete sich zum Balkon. Als er so umherkroch, konnte er David wispern hören: »Da kommen sie. Gleich werden wir etwas zu sehen bekommen.« Draußen gab es einen Lärm. Er ging zum Fenster hinüber und sah auf den Platz hinunter. Eine Reihe von Soldaten stand da und blokkierte jede Straße, die vom Platz wegführte. Ihre Gewehre waren schußbereit erhoben.

Der Lärm nahm zu. Offensichtlich bewegte sich irgendein Mob auf den Palast zu. Yakimov konnte nur hoffen, daß das Spektakel hier die Aufmerksamkeit von den Seitenstraßen abziehen würde, auf denen er den Bahnhof zu erreichen hatte.

Bevor er ging, nahm er seinen zobelgefütterten Mantel herunter, der hinter der Tür hing. Mit Mantel, Tasche und dem, was von Freddis fünfundzwanzig ›Mille‹ übriggeblieben war, schlich er sich auf Zehenspitzen aus der Wohnung. Unten auf der Straße hörte er Gewehrschüsse und lief zum Boulevard Breteanu.

Er erreichte den Bahnhof unbehelligt und unverletzt. Der Orient Express, der nichts von den Ereignissen wußte, die Yakimov hinter sich gelassen hatte, wartete immer noch auf die Passagiere, die seltsamerweise nicht eintrafen. Als er Yakimov aufgenommen hatte, schien er zufrieden zu sein und machte sich beinahe sofort auf den Weg nach Bulgarien. An der Grenze gab es einen leichten Wortwechsel, weil er kein rumänisches Ausreisevisum hatte, aber eintausend *Lei* brachten die Angelegenheit in Ordnung.

Er erhielt ein Abteil im beinahe leeren Schlafwagen und erwachte am nächsten Morgen in der Sicherheit von Istanbul.

Die Revolution

15

In den ersten Tagen des September war das Gemurmel des mit Menschen gefüllten Platzes für Harriet ebenso vertraut geworden wie das Gemurmel des Verkehrs. Kurz nachdem Yakimov nach Cluj aufgebrochen war, verwandelte es sich plötzlich in einen Tumult, es gab erneut Rufe nach ›*Abdica*‹ und das Geräusch splitternden Glases. Das, dachte sie, war endlich der Aufstand. Als sie hinausging um nachzusehen, war die Masse in Aufruhr, und die Polizei bereitete ihre Wasserschläuche zum Einsatz vor. Die bloße Androhung war jedoch genug. Der Aufruhr erstarb, aber die Menschen zerstreuten sich nicht. Dieses Mal waren sie nicht dazu zu bewegen, den Platz zu verlassen. Wenn sie schon nicht sprechen durften, dann konnten sie wenigstens ausharren, als stummer Vorwurf gegen die Ausplünderer des Volkes drinnen im Palast.

Harriet erinnerte sich, daß sie, als sie in die Wohnung einzogen, zu Guy gesagt hatte: »Wir befinden uns im Zentrum der Ereignisse.« Nun schien es, als ob sie sich im Zentrum der Unruhen befänden.

Ein wenig später, als sich die Büroangestellten zu den Massen gesellt hatten, gab es plötzlich einen Aufschrei der Freude. Guy, der gerade hereingekommen war, ging zu Harriet auf den Balkon. Dank ihrer scharfen Augen konnte sie einen Mann mit erhobener Hand und in der Uniform der Armee auf den Palaststufen stehen sehen. Guy sah von all dem nichts, sondern hörte lediglich die Menge in einer Ekstase des Jubels aufschreien.

»Kann das der König sein?« sagte Harriet. »Hat er endlich etwas getan, um sie zu besänftigen?«

Guy dachte, daß dies unwahrscheinlich war. Despina kam mit fuchtelnden Armen ins Zimmer gerannt und rief, daß etwas Wunderbares geschehen sei. Antonescu war ein drittes Mal aus dem Gefängnis herbeigebracht worden, und zum dritten Mal war ihm das Amt des Premierministers angeboten worden – zu seinen eigenen Bedingungen. Er hatte akzeptiert und sofort den Rücktritt Urdureanus gefordert.

Jetzt! rief Despina und schlug mit der Faust in die Hand, würde das Land in Ordnung gebracht werden.

Das war anscheinend jedermanns Meinung. Antonescu wurde als Held gefeiert. Sein Auto konnte wegen des Gedränges seiner Bewunderer kaum die Palasttore passieren. Als es im Boulevard Elisabeta verschwand, verliefen sich alle, als ob es nichts mehr gäbe, worauf es sich zu warten lohnte.

Am frühen Abend wurde der Rücktritt Urdureanus verkündet. Guy und Harriet, die ausgingen, um sich mit David zu treffen, konnten eine veränderte Atmosphäre spüren. Das Gefühl rebellischen Zorns war verschwunden und durch eine euphorische Stimmung ersetzt worden. Und sie fühlten, daß dies lediglich der Anfang war. Wie Despina gesagt hatte: jetzt würden geordnete Verhältnisse einkehren. Ein Mann, der sich von seinem Freund verabschiedete, schrie: *»En nu abdic«*. und brachte alle, die ihn hörten, zum Lachen. Sein Freund antwortete, daß ihn Antonescu eines Besseren belehren würde.

David hatte die Pringles eingeladen, mit ihm zu essen und wartete auf sie in der English Bar. Er schlug vor, zu Cina am Platz zu gehen. Sie konnten sich dieses Restaurant selten leisten, aber es war ein besonderer Abend.

»Alles mögliche kann passieren«, sagte er, »und wenn es passiert, werden wir im ersten Rang und nah am Geschehen sitzen.«

Der Tag war sehr heiß gewesen, und der Abend war hochsommerlich warm. Die Gartentische waren mit Menschen besetzt, die alle auf ein Ereignis zu warten schienen.

»Wird er abdanken?« fragte Guy.

David schniefte und sagte: »Man scheint es zu erwarten.«

Sie bekamen einen Tisch an der Hecke. Sie saßen in Rohrstühlen unter den alten Lindenbäumen und beobachteten die Passanten, die friedlich über den Platz schlenderten.

Zwei, drei Dutzend Leute, die Überreste der Massen vom Morgen, standen um das Denkmal Carol des Ersten. Plötzlich war jedermann alarmiert. Menschen begannen zum Palast zu rennen. Die Speisegäste im Garten wurden nervös, rutschten auf ihren Stühlen hin und her und verlangten Auskunft von den Obern. Als ihnen die Ober nichts sagen konnten, beschwerten sie sich, als ob ihnen die Neuigkeiten ungerechtfertigterweise vorenthalten würden. Mehrere Menschen verlangten nach dem Oberkellner, einem alten Mann, der jeden kannte. Er betrat den Garten, hob die Hand und sagte mit sanft lächelndem Tadel: »Eine Verordnung, nur eine Verordnung«, gab dann ruhig die Details an die Ober weiter, die von Tisch zu Tisch gingen und sie wiederholten.

Die Verordnung hatte die königliche Diktatur aufgehoben und dem König nichts belassen als das Recht, Auszeichnungen zu tragen und sie anderen zu verleihen. Als er unterzeichnen sollte, hatte er wie ein Verrückter getobt und Antonescu des Hochverrats beschuldigt, war aber am Ende gezwungen gewesen zu unterzeichnen.

»O weh, der arme alte Große und Gute!« sagte David. »Er ist zur bloßen Galionsfigur degradiert worden. Und was wird der General nun tun? Er kann nicht allein regieren. Er wird die Eiserne Garde oder die Armee rufen müssen, und ich stelle mir vor, daß er die Armee zu gut kennt, um ihr zu vertrauen.«

Guy sagte: »Du glaubst, daß wir uns auf eine Diktatur der Eisernen Garde gefaßt machen müssen?«

David zuckte mit den Schultern: »Ich sehe keinerlei Alternative.«

Das heißt, dachte Harriet, ihre Lage war prekärer denn je.

Am nächsten Morgen, als die Pringles erwachten, war alles ruhig. Die Gardisten hatten bereits Posten vor der Palastumzäunung bezogen, doch standen sie dort allein. Die anderen Bewohner der Stadt gaben sich damit zufrieden, die Sache Antonescu zu überlassen.

Despina, die mit dem Frühstück hereinkam, sprach aufgeregt über diesen Helden, der sich erhoben hatte, um alles Unrecht zu beseitigen. Er war der einzige gewesen, der es gewagt hatte, dem König zu widerstehen, und er hatte für diesen Widerstand gelitten. Nun hatte er triumphiert. Er war der Herrscher. Was den König betraf, machte sie eine Geste, als ob sie ihre Hände von den Handgelenken abschütteln wollte. Der König war ein ›Niemand‹.

Ob der König ein Niemand war oder nicht, dachte Harriet, so war er doch der Verbündete und Beschützer der englischen Gemeinde gewesen. Es tat ihr nicht leid, daß er noch auf dem Thron saß.

Guy auch nicht. Wenn er auch keine Begeisterung für den König empfand, so hatte er noch weniger für Antonescu übrig, der inmitten von Verrat und Verwirrung und aus reiner Notwendigkeit zum Symbol untadeliger Macht hochstilisiert worden war. Die Menschen sahen in ihm die Lösung, einfach deshalb, weil es keine Lösung gab. Sie könnten Grund dazu haben, ihre Illusion zu bedauern.

Der Tag verging ohne Zwischenfall. Für die meisten Menschen schien es, daß sich die Situation geklärt hatte; sie waren daher überrascht, als abends die Polizei in großer Stärke erschien, um alle von den Straßen zu weisen.

Die Pringles waren auf dem Weg zur English Bar und sahen sich auf dem Platz umringt. Sie beeilten sich, das Hotel zu erreichen, bevor sie zurückgeschickt werden konnten, aber die Drehtür bewegte sich nicht. Niemand konnte heraus oder hinein. Sie rannten zur Glastür des Friseurladens; auch diese war verschlossen. Die Fenster begannen sich mit den Gesichtern der Gäste drinnen zu füllen. Harriet sah Clarence, der herausschaute und ihnen zuwinkte. Konnte er nicht erreichen, daß sie eingelassen wurden? Er schüttelte den Kopf in verstörter Hilflosigkeit.

Galpin, Screwby und die anderen Journalisten lugten zu einem Seitenfenster heraus. Ein Portier baute sich vor ihnen auf und zog die Rolläden herunter.

Der geräumte Platz wirkte groß und leer, die Pflastersteine reflektierten den Glanz der untergehenden Sonne. Das Hotel, der Palast, Cina und die anderen Gebäude hatte alle ihre Rollos heruntergelassen, und ihre blassen Fassaden verliehen dem Abend eine Leere wie am jüdischen Sabbat.

Ein Polizeioffizier, der die Pringles erblickte, die nun die einzigen Zivilisten auf dem Platz waren, befahl ihnen heimzugehen. Guy fragte nach dem Grund dieser Polizeiaktion und bekam die Antwort, daß das Kriegsrecht ausgerufen worden war.

»Warum?« fragte Guy. »Was ist los?«

Der Offizier zuckte mit den Schultern und blickte gleichmütig; dann, unfähig sein Wissen für sich zu behalten, sagte er, daß ein Angriff auf den Palast erwartet werde.

»Von wem?«

Der Offizier wußte es nicht.

Als die Pringles den Kordon passierten, kamen Lastwagen mit Truppen an. Ein Panzer, himmelblau gestrichen, hatte sich vor dem Hotel postiert. Maschinengewehre wurden aufgebaut, wo immer sich Deckung bot. Auf der Straße, vor dem Block der Pringles, verlangte ein Armeelastwagen mit Lautsprecher nicht nur, daß alle drinnen zu bleiben hätten, sondern auch, daß die Fensterläden zu schließen und die Balkone zu verlassen seien. Jeder, der nach halb sieben auf den Straßen ergriffen werden würde, liefe Gefahr, verhaftet zu werden.

Als sie die Wohnung betraten, etwa fünfzehn Minuten, nachdem sie sie verlassen hatten, waren sie erfreut, daß David während ihrer Abwesenheit eingetroffen war und durch die Balkontür hinausspähte.

»Was passiert da unten?« fragte Harriet.

»Ein *Coup*, glaube ich«, sagte David. »Vom General organisiert. Er hat dem König die Rechte entzogen, aber die Lupescu und Urdureanu befinden sich noch im Palast und warten auf ihre Chance. Tatsächlich lachen Leute, die Bescheid wissen, über den Erlaß. Der König wird einfach warten, bis er wieder die Macht ergreifen kann. Deshalb haben wir jetzt diesen Angriff auf den Palast. Ein abgekartetes Spiel, aber es könnte funktionieren.«

»Ist es eine Revolution?«

»Eine Art Revolution. Wenn wir uns niedersetzen und uns nicht blicken lassen, können wir alles sehen.«

Kein Ton kam vom Platz herauf. Der Verkehr stand still.

Die Dunkelheit brach herein, und noch immer geschah nichts. Die beiden Männer lagen am Boden und lugten durch das steinerne Flechtwerk, wogegen Harriet gegen die Füllung der Balkontür gepreßt stand. Es gab kein Lebenszeichen von unten. Alle, Polizei wie Militär, waren im Schatten verborgen. Der Reiter auf seinem riesigen Pferd saß in der Einsamkeit.

Schließlich ging Harriet, verkrampft und gelangweilt, in die Küche. Die Diener waren alle auf dem Dach, um abzuwarten, was geschehen würde. Harriet machte Sandwiches und brachte sie ins Zimmer. Alle drei saßen mit verschränkten Beinen und hielten Picknick auf dem Balkonboden. Als Harriet zu ihrer Position an der Balkontür zurückkehrte, sagte sie: »Ich kann Singen hören.« Das Lied war nicht mehr als eine Vibration in der Luft. Als sie gerade lauschten, kam Yakimov an. Das Singen wurde lauter. Es wurde von dem Geräusch von Marschtritten begleitet. Die Marschierenden kamen aus der Stadtmitte. Das Singen hörte auf, von einem Befehl abgeschnitten, und statt dessen war lautes Rufen zu hören.

»Jetzt«, sagte David, »sollten wir etwas zu sehen bekommen.«

Soldaten mit schußbereiten Gewehren kamen aus der Dunkelheit gerannt, um die Kreuzung der Calea Victoriei mit dem Boulevard Elisabeta abzusperren.

Der Lärm der sich nähernden Füße und Stimmen kam wie das Rauschen von Wasser, und bald konnte man einzelne Drohungen gegenüber dem König, Urdureanu und der Lupescu ausmachen. Mehrfach wurde »Tod dem König!« gerufen.

Die Marschierenden waren nun sehr nah. Auf dem Platz wurde ein neuer Befehl erteilt. Die Soldaten, die den Boulevard Elisabeta absperrten, hoben die Gewehre. Die Marschierenden gingen weiter. Wieder schrie ein Offizier. Die Soldaten schossen in die Luft. Der Knall brachte den Aufruhr zum sofortigen Stillstand. Es gab einen Augenblick der Ruhe, dann das Scharren sich zurückziehender Füße – aber im Rückzug erhoben die Marschierer ihre Stimmen zu einem Lied der Herausforderung. Es hieß ›*Capitanul*‹.

Die Soldaten blieben in Stellung, es gab aber keine weiteren Befehle. ›*Capitanul*‹ wurde wieder zu einer Vibration der Luft und verebbte dann außer Hörweite.

Guy und David erhoben sich. Guy sagte: »Laßt uns einen trinken.«

Harriet fragte: »Das war aber eine armselige Revolution, oder?«

»Sie war gut genug«, sagte David. »Antonescu kann nun sagen: ›Ihr befindet Euch in tödlicher Gefahr. Ich kann Euch nicht beschützen. Ihr müßt gehen.‹« Guy schenkte *ţuică* ein, und David erhob sein Glas: »König, leb wohl. Er wird noch vor dem Morgen gegangen sein.«

Später verbreitete sich die Geschichte, daß Carol in dieser Nacht in deutscher Sprache auf seine Speisekarte geschrieben hatte: *›Auf Wiedersehen‹*, sich zwar damit abgefunden hatte abzudanken, aber sicher war, daß sein Land einen derart scharfsinnigen König eines Tages einfach zurückrufen mußte.

16

Am darauffolgenden Morgen konnte Harriet das Geplapper auf dem Platz hören, noch bevor sie aus dem Bett aufstand. Die Stadt feierte.

Während des Frühstücks kam Despina wiederholte Male ins Zimmer geschossen mit Geschichten, die ihr von den anderen Dienern heraufgeschrien wurden. Der König, sagte sie, hatte sich bis vier Uhr früh geweigert, die Abdankung zu unterzeichnen, und dann nur nach einem Streit über die Pension, die er erhalten würde. Er war sofort in einem deutschen Diplomatenauto nach Konstanza gefahren und an Bord seiner Yacht gebracht worden. Die Lupescu und Urdureanu waren mit ihm gegangen, aber der Palast stand nicht leer. Es gab einen neuen König, Michael, jung, hübsch und gut, und er würde gütig wie ein englischer König regieren.

Inzwischen strömten aus allen Seitenstraßen die Menschen auf den Platz, viele von ihnen Bauern, die vom Land gekommen waren, die Männer im weißen Fries, die Frauen schillernd wie Vögel aus dem Orient in ihren Kleidern, die sie nur an Fest- und Feiertagen trugen. Es war offensichtlich, daß heute niemand arbeiten würde. Harriet sagte zu Guy: »Du brauchst doch heute sicher nicht zur Universität zu gehen?« Aber er dachte, daß er sich einmal sehen lassen sollte, und machte sich wie üblich auf den Weg.

Harriet saß noch am Tisch, als sie unterhalb des Balkons ›*Capitanul*‹ singen hörte. Sie rannte hinaus, die Kaffeetasse in der Hand, und bestaunte die Reihen der grüngekleideten Männer, die gerade um die Kirche unter ihr herummarschierten. Sie stampften quer durch die Zuschauer und diagonal über den Platz auf den Palast zu, wo die Wachen, die letzte Nacht über ihre Köpfe geschossen hatten, nun die Hand zum faschistischen Gruß erhoben.

Als sie sich zu Hunderten vor dem Palast aufreihten, brandeten die Massen um sie, küßten ihre Hände und klopften ihnen auf den Rücken.

Der Jubel erfüllte die Luft so sehr, daß sie selbst jubilieren wollte. Doch was gab es zu jubeln? Das neue Regime könnte einen Neubeginn bedeuten, aber die verlorenen Provinzen blieben verloren. Das Land mußte sich immer noch den Forderungen seines unersättlichen Alliierten beugen.

Harriet wurde von dem Aufschrei ›*Cornița*‹ zurückgerufen. Despina war draußen gewesen und stand nun im Zimmer, glühend von all den Gefühlen, Glückwünschen und Hirngespinsten des Marktplatzes, eine Hand hinter dem Rücken versteckt. Als Harriet hereinkam, streckte sie theatralisch die Hand vor und präsentierte einen Rostbraten.

Es war Freitag, ein fleischloser Tag. »Hier, aus Anlaß der Abdankung«, sagte sie, »und es ist kein Kalbfleisch, es ist Rindfleisch.« Seit Beginn des Frühjahrs hatten sie kein Rindfleisch mehr gegessen. »Jetzt, wo der König weg ist«, rief sie, »wird es keine fleischlosen Tage mehr geben. Wir werden nun zu jeder Mahlzeit Roastbeef haben.« Und sie erzählte, daß der Bauer, als er sie als Ungarin erkannt hatte, sich geweigert hatte, ihr etwas zu verkaufen; sie aber hatte geschrien: »*Sitie kiansinlai blogi*«, und seinen Korb mit Tomaten umgeworfen. Die Umstehenden seien in solch einer Feststimmung gewesen, daß sie den Vorfall als Witz abtaten.

»Ist niemand traurig, daß der König weg ist?« fragte Harriet.

Despina kreischte vor Lachen über diese Idee. »Niemand, niemand. Ein Räuber, ein Betrüger und Wüstling – das war der König! Weg mit ihm!« Sie machte eine ordinäre, abweisende Geste und beschrieb, wie Carol und die Lupescu, beladen mit Schachteln voller Juwelen und Taschen voller Gold, gerade den Palast verlassen wollten, als sie von Horia Sima ergriffen und nach Berlin geflogen wurden, wo der Führer auf sie wartete, um alte Rechnungen zu begleichen. »*O să-le taie gâtul*«, sagte sie und fuhr sich mit dem Finger über die Kehle.

»Ist das wahr?« fragte Harriet ungläubig.

Wahr? Natürlich war es wahr. Alle sprachen davon.

Ein Aufschrei unten am Platz ließ Harriet auf den Balkon eilen, und Despina folgte ihr auf den Fersen. Der junge König stand auf dem Hauptbalkon des Palastes – ein großer, junger Mann in der Uniform der Armee, seine Minister hinter ihm. Als er die Hand zum Gruß erhob, heulte die Menge vor Begeisterung auf. Zum ersten Mal sah Harriet, wie Männer und kleine Jungen auf die Statue Carols des Großen kletterten. Soldaten, die Platz für die Autos machten, die versuchten, den Palast zu erreichen, schüttelten Hände nach allen Seiten mit Menschen aus der Menge.

Als sich der neue König zurückzog, wagten sich jene, die nahe an der Palastumzäunung standen und ermutigt waren durch die allgemeine Verbrüderung, hinein. Bald schlenderten die Menschen durch die Tore hinein und heraus und um die kleinen Zierrasen herum, so ungezwungen, wie in einem öffentlichen Park.

Despina schnappte vor Verwunderung nach Luft. Nie, nie, sagte sie, war so etwas zuvor geschehen.

Harriet fühlte, sie müsse hinuntergehen, um das Wunder aus nächster Nähe zu betrachten, als sie aber gerade die Wohnung verlassen wollte, schellte es an der Tür. Bella kam zu Besuch.

Seit ihrem Zufallstreffen in der Calea Victoriei hatte Harriet nichts von ihr gehört. Jetzt hatte sie die Arme voller Blumen und warf sich mit einer nie zuvor gezeigten Lebhaftigkeit auf Harriet. Sie übergab ihr einen Strauß Rosen, als ob dies für sie beide eine Gelegenheit zum Feiern wäre, und sagte: »O diese Aufregung. Es ist wunderbar, wunderbar«, sah dann, daß Harriet Handtasche und Handschuhe in der Hand hielt und rief: »Aber du kannst unmöglich ausgehen. Du könntest angegriffen werden. Carol war probritisch, deshalb sind die Engländer nun fürchterlich unpopulär. Es wird vorübergehen – natürlich –, aber im Augenblick bist du sicherer zu Hause.«

»Du bist auch nicht angegriffen worden.«

»Oh, bei mir ist es etwas anderes. Ich habe rumänische Papiere und ich spreche Deutsch. Mein Deutsch ist so gut, daß sich die Geschäftsinhaber überschlagen, um mich zu bedienen.«

Harriet führte sie auf den Balkon, wo sie sich in einen Sonnenstuhl begab und sagte: »Warum ausgehen, wenn man einen Sitzplatz in der ersten Reihe hat?«

Mit ihrer aprikosenfarbenen Haut und ihrem von der Sonne gebleichten Haar sah Bella extrem hübsch aus und schien beinahe berauscht von den Vorgängen der Nacht zu sein. »Wie gut, einen starken Mann an der Macht zu haben!« sagte sie. »Alle sagen, daß Rumänien all seine Gebiete zurückbekommen wird.«

»Was bringt sie zu der Annahme?«

»Weil Antonescu ein echter Diktator ist. Er weiß, wie er mit Hitler und Musso umgehen muß. Er ist einer von ihnen. Ich hätte nichts dagegen zu wetten, daß das Land in drei Monaten wieder auf den Beinen ist.«

»Und die Eiserne Garde? Sie könnten eine Menge Schwierigkeiten verursachen.«

»Die nicht.« Bella lachte laut und höhnisch beim Gedanken an sie. »Der General wird von diesem Pöbelhaufen keinen Unsinn dulden. Ihre Führer sind alle tot. Die Leute sagen, sie sind wie Kartoffeln: Die besten von ihnen sind unter der Erde.«

Bellas Zuversicht war so stark, daß sich ihr Glaube, es gäbe nichts zu befürchten, beinahe auf Harriet übertrug: Ihre Welt würde wieder zur Ruhe kommen. Sie fühlte sich von Bellas Besuch, der ihr das Vergnügen ihrer Gesellschaft zurückbrachte, aufgeheitert. In dieser Stadt konnte eine Frau nicht allein ausgehen, aber zwei Frauen konnten gegenseitig die Rolle der Anstandsdame übernehmen und alles tun, was sie wollten. Sie sagte: »Wenn all dies vorüber ist, laßt uns wieder ins Mavrodaphne gehen.«

»Ja, das machen wir«, stimmte Bella von Herzen zu. Sie sah begierig auf, als Despina, die in eine Konditorei gegangen war, das Tablett mit Kaffee und Sahnetorten niederstellte. »Wieviel bezahlst du diesem Mädchen?« fragte sie, als Despina gegangen war.

»Eintausend die Woche.«

»Du guter Himmel! Das ist so viel, wie ein Schulmeister bekommt. Du verdirbst sie. Es macht für uns anderen die Dinge schwierig.«

Ein neuer Ausbruch von Hochrufen grüßte Michaels Wiedererscheinen auf dem Balkon.

»Er ist ein schöner Bursche«, sagte Bella, »aber nicht so farbenfreudig wie sein Vater. Es ist schade um Carol, wirklich. Sie sagen, daß er, als Antonescu ihn anbrüllte: ›Sie müssen abdanken‹, in Tränen ausgebrochen sei und gesagt habe: ›Aber ich habe es doch gar nicht so schlecht gemacht.‹ Da hat er mir sehr leid getan.«

»Er hatte eine Begabung, im richtigen Moment in Tränen auszubrechen«, sagte Harriet.

Diese Bemerkung schien Bella zu ärgern. Sie sagte: »Er war sehr männlich.«

»David Boyd sagt, daß all diese Geschichten über seine Zeugungskraft vom Palast aus gesteuert worden seien.«

»David Boyd!« sagte Bella voller Verachtung. »Was weiß der schon darüber.« Um Bellas gute Laune wiederherzustellen, bat Harriet sie um Informationen: »Was, denkst du, ist aus Carol geworden?«

»Niemand weiß etwas Genaues.« Bella nickte mit dem Kopf zum Palast hinüber und sagte: »Er könnte immer noch dort drüben sein.«

Aus voller Kehle singend, erschienen die Gardisten aus der Calea Victoriei.

»Da ist dieses verdammte Lied wieder«, sagte Bella. »Aber, abwarten und Tee trinken! Der General wird Hackfleisch aus ihnen machen, sobald er im Amt ist.«

Die kleine Abteilung der Gardisten führte eine lange Prozession von Priestern und Nonnen an. Bella erklärte, daß St. Michaels Tag war – nicht nur der Namenstag des neuen Königs, sondern auch der von Michael Codreanu, dem Heiligen der Eisernen Garde. Diese Übereinstimmung mußte die Menschenmengen beeindruckt haben, denn sie schauten in respektvoller Stille zu, bis es plötzlich einen erneuten Aufschrei gab. Ein Mann verließ den Palast zu Fuß. Bella sprang auf.

»Guter Himmel«, sagte sie, »das ist Antonescu persönlich. Die Leute werden wahnsinnig. Ich muß hinunter und mir den Spaß ansehen.«

Als Harriet aufstehen wollte, legte Bella ihr die Hand auf die Schultern. »Du bleibst hier«, kommandierte sie. »Ich werde mit dir in Verbindung bleiben. Ich ruf' dich jeden Tag an und erzähl' dir die Neuigkeiten.«

Sobald sie Bella mit dem Lift abwärts fahren sah, rannte Harriet die Treppen hinunter. Wegen der von Bella geäußerten Befürchtungen vermied sie den Platz und nahm die erste Abzweigung in den Boulevard Elisabeta. Sie hatte gedacht, die Läden seien geschlossen, aber außer einer allgemein spürbaren gesteigerten Aktivität, war das Leben wie gewohnt. Die Bauern hatten ihre Waren auf Karren gebracht. Die Restaurants waren geöffnet. In den Gärten der Cafés saßen die Menschen unter gestreiften Schirmen und tranken ihren Morgenkaffee.

In der Calea Victoriei jedoch manifestierte sich die neue Kraft. Junge Männer und Frauen bahnten sich ihren Weg lärmend durch die Menge und verteilten Flugblätter der Garde. Eine Gruppe junger Mädchen mit geröteten Gesichtern und wildem Äußeren, und doch gleichzeitig geniert wegen ihrer eigenen Wichtigkeit, gingen von Geschäft zu Geschäft und verteilten Plakate. Sobald die Plakate ausgeteilt waren, erschienen sie auch schon in den Schaufenstern; sie stellten einen auf romantische Art hübschen, jungen Mann dar, langhaarig, großäugig, dunkel wie ein Zigeuner, mit den Worten darunter: CORNELIU ZELEA CODREANU – PREZENT. Es war dies ein idealisiertes Bild des Anführers, der allgegenwärtig unter seinen Anhängern war.

Bald war das Bild von Carols Feind, der noch vor ein paar Wochen ein verachteter Verräter gewesen war, überall als das eines Nationalhelden, Märtyrers und Heiligen ausgestellt.

Als Harriet die Universität betrat, wußte sie sofort, daß das Gebäude leer oder fast leer war. Der Pförtner hatte sich wahrscheinlich den Tag frei genommen. Sie ging den Korridor entlang. Die Tür zum Vorlesungssaal stand offen. Niemand hatte die Jalousien heruntergelassen. Der Mittag ergoß sich heiß und schwer auf die verlassenen Stühle.

Sie fand Guy in seinem Büro. Er saß konzentriert über einigen Heften, warf aber den Kopf herum, als sie eintrat. Er hoffte auf einen Studenten und war überrascht, sie zu sehen. Er sagte: »Sie haben sich alle einen freien Tag genommen.«

»Warum bist du nicht nach Hause gekommen?«

»Heute vormittag hätten drei Kurse stattfinden sollen. Jemand hätte zu einem davon erscheinen können.«

»Die Eisernen Garden sind heute in voller Stärke draußen.«

»Ich habe sie gehört. Du hast dich doch nicht um mich gesorgt?« Liebevoll nahm er ihre Hand. »Kein Grund, sich zu beunruhigen. Die Gardisten werden im Moment keine Schwierigkeiten verursachen. Sie wollen sich ihre Chance, an die Macht zu kommen, nicht verderben.«

»Na also, dann brauchst du hier auch nicht länger zu sitzen. Geh'n wir rüber zum Park.«

Er stand auf und blickte dann auf die Uhr. »Der letzte Kurs hätte gerade erst begonnen«, sagte er. »Ich muß ihnen noch ein wenig Zeit geben. Jemand könnte kommen.«

»Niemand kommt. Sie trauen sich nicht.«

Aber Guy wollte die Hoffnung nicht aufgeben. Er schlenderte im Zimmer umher und summte vor sich hin, und Harriet, die für ihn litt, sagte: »Ich gehe hinaus und warte auf der Terrasse.«

Er blieb noch weitere zehn Minuten. Als er erschien, sagte er unbeschwert: »Na dann komm. Geh'n wir in den Park.«

Die Pringles nahmen den Weg, der zum Café am See führte. Sie überquerten die Brücke zum Café und setzten sich auf ihren Stammplatz an der Brüstung. Guy hatte einen Stoß von Heften mit sich gebracht; er zog seinen Füllfederhalter hervor und machte sich an die Arbeit, während sie auf den Wein warteten, den er bestellt hatte. Er hatte Harriet ein Exemplar des Mitteilungsblatts der Gardisten, *Capitanul,* gegeben. Sie las sich nun durch den Leitartikel, der eine Lobrede auf General Antonescu war. Der General war als Zeuge beim Prozeß gegen Codreanu gefragt worden, ob er Codreanu als Verräter betrachtete. Er war quer durch den Gerichtssaal geschritten, hatte die Hand Codreanus ergriffen und gesagt: »Würde General Antonescu einem Verräter die Hand geben?« Aufgrund dieser Geste betrachteten ihn die Garden als einen der ihren.

Sie legte das Flugblatt zur Seite und beobachtete Guy bei der Arbeit. Sie verspürte jetzt keine Neigung, zu protestieren oder zu unterbrechen. Sie begann zu vermuten, daß, während Inchcape die Wahrheit ignorierte, Guy lediglich vorgab, sie zu ignorieren. Vielleicht war es ihretwillen, daß er die Hoffnungslosigkeit ihrer Lage hier nicht zugeben wollte. Jedenfalls wurde ihr klar, daß er, solange sie hierblieben, den Anschein erwecken mußte, als habe er eine Aufgabe zu erfüllen. Er mußte daran glauben, daß er gebraucht wurde.

Sie seufzte, da sie in der klebrigen Luft der Septemberhitze all die Langweiligkeit des Jahres sich wiederholen sah. Guy nahm an, daß sie sich langweilte und sagte: »Beinahe fertig.« Aber sie langweilte sich nicht. Sie hatte sich an Guys Geistesabwesenheit gewöhnt und sie lernte, Zuflucht zu ihren eigenen Gedanken zu suchen. Ein Gespräch mit Guy war immer zu allgemein, um intim zu sein. Er verabscheute das Metaphysische und das Persönliche. Er hatte nichts für Klatsch übrig. Sie begann zu glauben, daß ihm ein fundamentales Interesse am Individuum fehlte – eine Überzeugung, die ihn überrascht haben würde, hätte sie ihn damit konfrontiert. Sie griff ihn aber nicht an. Einmal hatte sie geglaubt, daß sie, indem sie ihn gefunden hatte, alles gefunden hätte; nun war sie sich dessen nicht mehr so sicher. Aber nun waren sie hier, zusammen gestrandet am Rand Europas wie auf einer Insel; und sie begann zu lernen, ihre Gedanken für sich zu behalten.

Als er seinen Federhalter niederlegte, ergriff Guy das Flugblatt und zeigte auf den Namen des Herausgebers. Es war Corneliu Zelea Codreanu. Dann folgten die Namen der Redaktionsmitglieder.

»Alle tot«, sagte Guy. »Bei jedem Zusammentreffen werden zuerst diese Namen aufgerufen, und jemand antwortet ›anwesend‹. Kein Wunder, daß die Eiserne Garde die ›Legion der Geister‹ genannt wird.«

»Doch immerhin«, sagte Harriet, »haben sie eine Art Idealismus...«

»Ja, in der Tat«, lachte Guy und erhob sich. »Falls sie an die Macht kommen sollten, werden die gleichen Verbrechen begangen werden, aber nur aus den besten Motiven heraus.«

Sie überquerten die Brücke über den See und gingen über offenes Parkgelände zum Hintereingang, wo die Statue eines in Ungnade gefallenen Politikers stand. Seit Harriet in Bukarest war, war der Kopf des Politikers mit einem Leinensack verhüllt gewesen. Heute war der Sack entfernt worden. Es stellte sich heraus, daß der Politiker – ein kleiner, untersetzter Mann mit zurückgeworfenem Kopf, ein Fuß vorgestellt, eine Hand ausgestreckt in einer dantonesken Geste – eine Stupsnase hatte und so dichtgedrängte Gesichtszüge, daß sie wie ein Bund Radieschen aussahen. Im Postament war kein Name eingraviert.

Genau außerhalb des Tores stand der Wohnblock, in dem die Druckers gelebt hatten. Die Familie hatte die gesamte obere Etage bewohnt. Damals waren die Vorhänge in dem großen, ausladenden Eckfenster aus purpurrotem Samt gewesen, nun waren sie aus rosa Brokat. Alle Besitztümer Druckers, zweifellos einschließlich der purpurroten Vorhänge, waren der Krone verfallen.

Carol hatte den Prozeß rechtzeitig über die Bühne gebracht und die Druckerschen Ölanteile an Deutschland verkauft. Niemand kümmerte sich darum. Die ganze Affäre war in Vergessenheit geraten.

Als er sie zum Obergeschoß hinaufstarren sah, sagte Guy: »Ich hab' über Sascha nachgedacht. Und ich hab' das Problem mit David besprochen. Die einzige Lösung scheint mir zu sein: Wenn wir gehen, müssen wir ihn mitnehmen.«

»Wie soll das gehen? Sie würden ihn nie aus dem Land lassen.«

»Natürlich würde er einen anderen Paß auf einen anderen Namen haben müssen, aber so was läßt sich arrangieren. Clarence ließ eine ganze Abteilung daran arbeiten, Pässe für die Polen zu fälschen. Er muß jemanden kennen, der uns helfen könnte.«

»Darling, du bist wunderbar!« sagte sie, entzückt von diesem Vorschlag. »Ich dachte nicht, daß du dieser Sache auch nur einen Gedanken widmen würdest.« Sie nahm seinen Arm, voll der alten Bewunderung für ihn und sagte: »Wirst du mit Clarence reden?«

»Besser, wenn du mit ihm sprichst. Für dich wird er alles tun.«

Sie war sich dessen nicht so sicher. Sie hatte ein ungutes Gefühl, aber bei der Einfachheit der Lösung schien das Problem kein Problem mehr zu sein. Es war, als ob ein Schloß, das sich nicht öffnen ließ, unter ihrer Hand nachgegeben hätte.

Draußen ging der Jubel, an dem sie keinen Anteil hatten, immer noch weiter. Als sie ihm lauschte, hatte sie das Gefühl, daß sie und Guy hier keinen Anteil am Leben hatten. Sie sehnte sich nach England, wo zwar die Gefahr größer sein mochte, aber von allen getragen wurde.

David besuchte sie, und die drei saßen auf dem Balkon. Es gab jede Menge Rufe nach dem König. Lauter Beifall begrüßte jede Ankunft vor dem Palast. Jemand in der Menge zündete Feuerwerkskörper an. Lastwagen der Gardisten übertrugen eine Radioansprache, in der Horia Sima den *coup d'état* als weiteres Beispiel für die ›Neue Morgenröte‹ bezeichnete.

»O Gott!« sagte David. »Wir scheinen jeden Tag eine neue Morgenröte zu bekommen. Aber das«, schniefte er, »liegt schließlich in der Natur der Dinge.«

Eine Rakete stieg hoch. Eine sehr kleine, die in Höhe des Balkons ausgebrannt war. David schniefte wieder. »Ist euch klar, daß Rumänien innerhalb von knapp zwei Monaten mehr als vierzigtausend Quadratmeilen Land verloren hat? Und mit ihm sechs Millionen seiner Bevölkerung? Die Verringerung des Nationaleinkommens wird sich in der Gegend von fünfhundert Millionen Pfund Sterling bewegen. Kein einleuchtender Grund zum Jubeln, sollte man meinen.«

Hinter dem Palast brannte der Himmel. Bald dämpften Wolkenfetzen, fein wie Rauch, das herbstliche Feuer, und Lichter gingen an in den königlichen Gemächern. Der Sonnenuntergang begann zu verschwimmen. Das Signalhorn klang vom Palasthof herüber. Harriet fühlte sich behaglich bei dem vertrauten Klang. Könige kamen und gingen, und Nationen fielen, doch bedürfen Roß und Reiter der Ruhe.

17

Am nächsten Morgen war die Fröhlichkeit verschwunden, und nur ein paar Bauern irrten auf dem Platz umher.

Wie versprochen, rief Bella Harriet an und beschrieb, wie sich die Gardisten in der Nacht an den Erfolgserlebnissen des Tages berauscht hatten, durch das Gettogebiet marschiert waren und Drohungen gegenüber den Juden ausgestoßen hatten.

»Wir wollen das alles nicht noch einmal«, sagte sie.

Dies überraschte Harriet, die nie bemerkt hatte, daß sich Bella viel um die Juden kümmerte. Bella erklärte, daß sie sich um ihrer selbst willen Sorgen machte. In diesem Land der dunkelhaarigen Romanen waren die Juden, wie immer anders als die anderen, bemerkenswert blond oder rothaarig. Folglich war Bella immer verdächtigt worden. Guy ging es anscheinend ebenso, um so mehr, als er angeblich seine jüdischen Studenten bevorzugte.

Bella sagte: »Es hat keinen Zweck, den Leuten zu sagen, daß es in England andersherum ist. Sie wollen dir nicht glauben. Sie hassen den Gedanken, daß Juden dunkles Haar haben könnten. Bei gebildeten Rumänen ist es natürlich etwas anderes; jedenfalls bei der Art, mit der wir zusammentreffen. Sie sind weitgereist und haben es selbst gesehen. Aber diese Gardisten sind Gesindel. Sie wissen nichts. Sie sind dumm wie Bohnenstroh.«

»Wie steht es mit Antonescu? Ist er nicht rothaarig?«

»Ja, er hat Tatarenblut, aber alle wissen, wer er ist. Ihn wird keiner so leicht verwechseln. Aber in meinem Fall ist es anders. Seit sie das letzte Mal Schwierigkeiten machten, bin ich nie mehr allein ausgegangen. Seid lieber vorsichtig.«

»Aber ich bin dunkelhaarig«, sagte Harriet.

»Schon, aber du läßt Guy besser nicht aus dem Haus.«

Bevor Bella auflegte, schlug Harriet vor, sie könnten sich irgendwo zum Kaffee treffen. Bella sagte: »Heute nicht. Nicht gerade jetzt. Besser, wir lassen die Lage sich etwas beruhigen.« Sie war bereit, Harriet zu besuchen, doch in ihrer Gesellschaft gesehen zu werden, war etwas anderes.

Als Harriet zum Einkaufen hinausging, spürte sie eine Vorahnung kommenden Unheils in den Straßen. Die Fleischerläden waren leer. Alle Vorräte für die kommende Woche waren verkauft worden zur Krönung des gestrigen Freudenfestes – und nun war das Freudenfest zu Ende. Wann würde es wieder Fleisch geben? Wer wußte das schon? Was sollten die Leute dieses Wochenende essen? Keiner wußte es. Die Menschen fragten sich, was denn tatsächlich geschehen sei. Sie hatten einen Diktator durch einen anderen ausgetauscht: den bekannten durch einen unbekannten, der im Kielwasser die Eiserne Garde mit sich bringen könnte.

Als ob man den Absturz aus Jubelhöhen noch verstärken wollte, hatte man den Sonntag zum Buß- und Bettag erklärt.

Bukarest mußte für das Abschlachten von Codreanu und seiner Kameraden, für seine probritische Vergangenheit und seine frivole Oberflächlichkeit büßen. Die Kirchenglocken läuteten vom Morgengrauen bis spät in die Nacht. Kinos, Cafés, Restaurants, sogar die English Bar waren geschlossen. Jeder Rumäne, wo er auch war, mußte sich um elf hinknien und die Märtyrer der Garden um Vergebung anflehen. Prozessionen von schwarzgekleideten Priestern mit gesenkten Häuptern zogen den ganzen Tag in der klebrigen Hitze umher.

Für die Pringles wurde die Düsternis durch einen Telefonanruf Galpins belebt. Er wollte Yakimov sprechen. Yakimov war nicht in seinem Zimmer.

»Wo ist er hin?« fragte Galpin ärgerlich.

Harriet wußte es nicht. Zum ersten Mal fiel ihr auf, daß sie ihn seit Donnerstagabend nicht gesehen hatte. »War er gestern nicht in der Bar?« fragte sie.

»Nein. Schau'n Sie!« Galpins Ton war vorwurfsvoll und streng. »Er hat fünftausend von mir bekommen. *Und* ich hab' ihm die Fahrt nach Cluj bezahlt.«

»Mit fünftausend wird er nicht weit kommen.«

»Er sollte es besser gar nicht erst versuchen«, sagte Galpin und schmiß den Hörer auf die Gabel.

Harriet ging zu Despina und fragte sie, wann sie Yakimov zum letzten Mal gesehen hatte. Despina, die bei seiner Rückkehr von Cluj auf dem Dach gewesen war, hatte seit dem Morgen seiner Abreise nichts von ihm gesehen. Sie sagte, in seinem Bett sei nicht geschlafen worden.

Erstaunt begann sich Harriet zu wundern, ob Yakimov wirklich zurückgekehrt war oder ob nicht sein kurzes Erscheinen im dunklen Zimmer eine Zauberei des abendlichen Dramas war.

Als sie es Guy erzählte, sagte dieser zuversichtlich: »Yaki würde nicht gehen, ohne uns etwas zu sagen.«

»Wo ist er dann?«

Bevor Guy eine Antwort auf diese Frage finden konnte, kam Galpin und trommelte gegen die Wohnungstür. Er stieß die Tür auf und bildete sich wahrscheinlich ein, daß die Pringles Yakimov verstecken würden. »Er hat mein Geld«, schrie er, »und ich will meine Nachrichten haben.«

In Yakimovs Zimmer öffnete Galpin die Schränke und Schubladen, so daß Harriet sehen konnte, daß, mit Ausnahme einiger Fetzen weggeworfener Kleidung, alle Besitztümer Yakimovs verschwunden waren. Sogar sein zobelgefütterter Mantel war nicht mehr am Haken. »Er hätte ihn nicht mitgenommen, wenn er die Absicht gehabt hätte zurückzukommen«, sagte sie.

»Das Schwein!« schrie Galpin. »Er ist verduftet. Wenn ich ihn jemals wiedersehe, werd' ich ihm den Hals umdrehen.«

Als Galpin gegangen war, sagte Guy tröstend: »Er wird zurückkommen.«

»Tja, hierher wird er nicht zurückkommen«, sagte Harriet mit Entschiedenheit. »Ich will dieses Zimmer für Sascha haben.«

Guy, hin und her gerissen zwischen den Ansprüchen zweier seiner Schützlinge, blickte verwirrt drein.

»Es ist für uns alle viel sicherer, Sascha in der Wohnung zu haben.«

Guy stimmte zu. Plötzlich voller Begeisterung und alle Zweifel beiseite schiebend, sagte er: »Aber natürlich muß der Junge das Zimmer haben. Er kann nicht den Winter auf dem Dach zubringen. Was macht er den ganzen Tag? Studiert er noch?«

»Er liest und zeichnet, aber er ist faul. Hier unten kannst du ein Auge auf ihn haben, und er kann Radio hören. Er hat Musik sehr gern.«

Guy nickte. »Er hat früher Saxophon gespielt. Wir müssen etwas für ihn tun. Ich wollte, ich könnte ein Grammophon ausleihen.« Plötzlich besessen von der Dringlichkeit des Falls, sagte er: »Laßt ihn uns sofort herunterbringen«, und schoß, noch während er sprach, davon. Als er mit Sascha zurückkehrte, war er durch den Umzug noch aufgeregter als der Junge selbst.

Despina hatte das Zimmer aufgeräumt. »Es ist super«, sagte Sascha und fügte hinzu, als er sich auf den Bettrand setzte: »Prima, ein echtes Bett zu haben.« Aber Harriet hatte das Gefühl, daß es ihm ziemlich egal war, solange jemand zwischen ihm und der trostlosen Welt draußen stand.

Als er Papiere und Bleistifte auf dem Nachtkästchen ordnete, fiel Harriet auf, daß er, neben anderen Dingen, seine Armeeuniform mit heruntergebracht hatte.

Sie sagte: »Haben Sie irgendwelche Dokumente? Zum Beispiel einen Paß oder ein *permis de séjour?*«

»Ich habe dies.« Er durchsuchte seine Uniformjacke und fand die *carte d'identité,* die an die Wehrpflichtigen ausgegeben wurde.

Sie sah, daß sie das enthielt, was sie suchte, ein Foto von Sascha, und sagte: »Dies ist ein Beweisstück gegen Sie. Ich werd' es besser vernichten.« Sie nahm es mit in die Küche, wo sie das Foto ablöste und es in ihre Handtasche steckte. Den Ausweis zerriß sie in Stücke und verbrannte sie im Mülleimer.

Abends saß Sascha zusammen mit ihnen beim Abendessen. Während sie aßen, hörten sie Nachrichten, oder das, was derzeit als Nachrichten ausgegeben wurde. Sie bestanden, erwartungsgemäß, aus einer Anklage gegen Carol, der als Büchse der Pandora bezeichnet wurde, aus der alles Übel Rumäniens entsprungen war. Aber die Hörer wurden daran erinnert, daß am Boden der Büchse die Hoffnung eingesperrt worden war, und daß sich die Hoffnung, in Form von General Antonescu, im Aufnahmestudio befände. Er würde zur Nation sprechen.

Antonescu kam sofort zum Mikrofon. Er benutzte eine einfache, biblische Sprache und versprach, daß das Land in seiner früheren Größe wiedererstehen würde, sobald es seine Sünden gebüßt und wiedergutgemacht habe. Niemand brauche sich zu ängstigen. Das neue Regime würde weder Blutvergießen noch Gegenbeschuldigungen bringen. Für jedes nützliche Mitglied der Gesellschaft, unabhängig von Rasse und Glaubensbekenntnis, würde es ein geordnetes und beschütztes Leben geben.

»Meinst du, wir können uns darauf verlassen?« fragte Harriet.

»Warum nicht?« sagte Guy. »Wir haben den Krieg noch

nicht verloren; und wir werden ihn vielleicht nicht verlieren Die Briten sind bekannt für ihre große Überlebenskraft. Antonescu will uns nicht zum Feind haben, und solange unsere Gesandtschaft hier ist, sind wir eine offiziell anerkannte Gemeinschaft.«

Harriet fragte Sascha, was seine Familie von Antonescu gehalten hatte. Sascha schüttelte vage den Kopf und hatte wahrscheinlich noch nie von ihm gehört. »Despina sagt, er sei ganz anständig«, sagte er.

Sascha hatte die Revolution vom Dach aus verfolgt. Wie hatte er all das verarbeitet? Er war sicherlich nie davon beunruhigt worden. Wahrscheinlich war ihm nie der Gedanke gekommen, daß diese Ereignisse seine geschützte Position gefährden könnten. Was das Schicksal Rumäniens betraf, warum sollte es ihm irgend etwas bedeuten? Obwohl er hier geboren war, war er gefühlsmäßig an dieses Land nicht mehr gebunden, als die Pringles selbst es waren.

Guys Studenten, die die Ansprache des Generals beruhigt hatte, erschienen am Montag zahlreich in der Universität, aber der Trübsinn des Sonntags hing immer noch in der Luft. Kinos und Theater waren für den Rest der Woche geschlossen. Obwohl sie angewiesen worden waren, zur Arbeit zu erscheinen, machten Tausende von Leuten immer noch halbherzig Ferien, wanderten auf den Straßen umher, als ob sie auf ein Zeichen warteten, daß ihre in Unordnung geratene Welt auf einmal wieder ganz normal werden würde.

Bella hatte diesen Morgen Harriet angerufen, aufgeregt, weil sie mit ihrem Verdacht recht behalten hatte, daß Carol nicht unmittelbar nach seiner Abdankung gegangen war.

Tatsächlich war er weitere vierundzwanzig Stunden im Palast geblieben, dann mit dem Zug abgefahren, wobei er eine Zugladung von Wertsachen mitgenommen hatte.

»Und alle El Grecos«, sagte Bella voller Empörung.

»Aber waren sie nicht von seinem Vater gekauft worden?«

»Ja, mit Steuergeldern. Natürlich gingen die Lupescu und Urdureanu mit ihm. Einer der Kellner im Zug verbreitet die Geschichte, daß die drei die ganze Fahrt über zankten und sich gegenseitig verantwortlich machten für das, was geschehen war. An der Grenze wurden sie von der Eisernen Garde mit Maschinengewehren beschossen, und sie mußten sich auf den Boden legen. Stell dir das mal vor!« sagte Bella und kicherte selbst bei dem Gedanken.

Harriet zeigte sich betroffen darüber, daß der Ex-König und seine Vertrauten den ganzen Tag über im Palast gewesen waren und den Jubel über ihren Sturz anhören mußten.

»Oh«, sagte Bella, »laß dir darüber keine grauen Haare wachsen. Sie werden in Luxus leben mit dem Geld, das sie außer Landes gebracht haben. Nikko meint, es sei ein Fehler gewesen, sie gehen zu lassen. Sie hätten verhaftet, verurteilt und dazu gezwungen werden sollen, alles wieder rauszurükken. Die Eiserne Garde braucht etwas Ablenkung. Niemand weiß, wozu sie als nächstes fähig sein werden.«

Bella schien nun weniger zuversichtlich zu sein, daß man die Eiserne Garde von der Macht ausschließen konnte.

»Schließlich«, sagte sie, »wer ist sonst noch da? Maniu ist probritisch, und Bratianu ist antideutsch. Ich kann mir nicht vorstellen, daß Hitler einen von beiden akzeptiert. Und«, fügte sie düster hinzu, »da haben wir noch diese elenden Flüchtlinge, die in die Stadt strömen, alle Hotels und Cafés überschwemmen und die Preise wieder hochtreiben.«

»Was wird mit ihnen geschehen?«

»Gott weiß, was«, sagte Bella.

Die Züge waren zwei Tage nicht verkehrt, als die Nachricht von der Revolution Transsylvanien erreichte, und die meisten Flüchtlinge kamen jetzt erst in der Stadt an. Diejenigen, die die Hotels und Cafés füllten, waren die wenigen Glücklichen. Die Mehrheit, die verarmten Bauern, mußte unter Bäumen im Park und entlang der Chaussée Zuflucht suchen. Da sie in der Zeit einer Zwischenregierung ankamen, erhielten sie weniger Aufmerksamkeit, als die Polen bekommen hatten. Niemand war für sie zuständig. Sie verbrachten ihre Tage damit, daß sie stumm vor irgendeinem großen Gebäude standen, in dem sie die Macht vermuteten. Sie bildeten sich ein, daß Gerechtigkeit schließlich doch zu ihnen herausgebracht werden mußte, und waren bereit, Tage und Wochen zu warten; und wahrscheinlich würden sie so lange warten müssen, denn das Kabinett war noch nicht ernannt worden. Die *Prefectura* und die Ministerien waren von den wichtigen Persönlichkeiten entvölkert. Die höheren Beamten verbrachten ihre Tage damit, daß sie mit den Prozessionen der Büßer zogen, die den Priestern und Nonnen in den Straßen folgten.

Als Harriet ausging, nahm sie eine *trăsură* die Chaussée hinauf bis zum Brunnen, der den Stadtrand markierte. Sie war auf dem Weg, Clarence zu besuchen, der in einem neuen Block an einem unfertigen Boulevard wohnte. Da sie nie zuvor hier gewesen war, hatte sie Schwierigkeiten, ihn zu finden. Sie hätte ihn anrufen und mit ihm ausmachen können, sich in der English Bar zu treffen; sie hatte aber das Gefühl, ein unangekündigter Besuch würde die Dringlichkeit ihres Anliegens eher unterstreichen.

Als Harriet die Köchin, eine schmutzige Frau von hinterhältiger Art, nach Domnul Lawson fragte, zeigte sie grinsend auf den Balkon, als ob sie sagen wollte: »Er ist dort, wo er immer ist.« Harriet fand ihn in einem Liegestuhl, eine Ausgabe des *Bukarester Tageblatt* am Boden neben sich. Er trug einen dicken, weißen Pullover, auf dem quer über die Brust das Wort ›Leander‹ gestickt war. Seine Augen waren geschlossen. Er öffnete sie erst, als Harriet sagte: »Hallo, Clarence.« Er fuhr hoch, war von ihrem Anblick verwirrt und ging sofort in die Defensive. In einem weinerlichen Ton erklärte er: »Ich soll mich ausruhen. Die Morgen werden kühl. Mit meiner schwachen Brust muß ich aufpassen.«

Der Balkon lag im Schatten und überblickte offene Felder, von denen die Andeutung einer Brise kam. Eine spöttische Bemerkung hinunterschluckend, sagte Harriet milde: »Es tut mir leid, wenn ich dich gestört habe.«

Er warf ihr einen mißtrauischen Blick zu. Als er sah, daß sie es ernst meinte, sagte er: »Hast du es schon gehört? Die Luftangriffe auf London haben begonnen.«

Sie hatte diesen Morgen keine Nachrichten gehört. Als sie auf die deutsche Zeitung hinunterblickte, sagte sie: »Was steht drin?«

»Nach dem, was dieser Fetzen sagt, steht die ganze Stadt in Flammen. Sie schreiben, daß die Feuerwehren nicht damit fertig werden. Sie behaupten, daß gewaltiger Schaden verursacht worden sei, Tausende von Opfern und so weiter. Wahrscheinlich lauter Lügen – doch wer weiß?«

»Sollten wir jemals zurückkehren, wird vielleicht nichts mehr dasein, zu dem man zurückkehren kann.«

Er zuckte mit den Schultern und zog sich aus dem Stuhl hoch. »Wie wär's mit einem Drink?«

Während er ins Zimmer ging und die Dienerin nach Gläsern schickte, blieb Harriet auf dem Balkon, schockiert von dem, was sie gehört hatte.

Clarence rief sie. Sie ging ins Zimmer und betrachtete die dunklen, geschnitzten Möbel, die bemalten Teller und die Tischdecken und Kissen, die mit blauen und roten Kreuzstichen bestickt waren.

»Bauernzeug«, sagte Clarence: »Ich hab' es vom Vorbesitzer für ein paar Tausend gekauft. Die Köchin hab' ich dazu bekommen. Sie schläft mit ihrem Mann und drei Kindern in der Küche. Keine ideale Lösung, aber wenn ich sie hinauswerfe, können sie überhaupt nirgends schlafen.«

»Haben Bauern solch gute Möbel wie diese?«

»Einige von ihnen schon, aber sogar die wohlhabendsten haben eine schlechte Ernährung.«

Er gab ihr ein Glas mit *ţuică*.

Er sagte: »Die Wohnung paßt zu mir. Ich lebe, esse und schlafe in einem Raum, was mich aber nicht stört. Ich hab' gern alles, was ich brauche, in Reichweite. Aber ich bin dabei, es loszuwerden. Ich hab's noch niemandem erzählt: Ich geh' weg.«

»Weg aus Rumänien?«

»Ja!«

»Oh!« Harriet, die auf der langen Fahrt die Chaussée entlang dankbar an Clarence gedacht hatte als an einen, der in der Gefahr mit ihnen ausharrte, spürte jetzt, wie sie der Mut verließ. Sie sagte: »Du meinst, es ist Zeit zum Gehen? Daß hier irgend etwas geschieht?«

»Es ist nicht deswegen. Es ist deshalb, weil ich hier einfach nichts zu tun habe.«

»Und dein Job im Propaganda Büro?«

»Du weißt ebensogut wie ich, daß das Büro eine Farce ist.«
»Wann wirst du gehen?«
»Oh, keine Eile.«
Das war jedenfalls eine Erleichterung. Sie sagte: »Und wohin willst du gehen?«
»Vielleicht nach Ägypten. Brenda hat mir letzte Woche ein Telegramm geschickt.«
Brenda, Clarence' Verlobte, war in England. Als Harriet ihr Foto zum ersten Mal gesehen hatte, hatte sie gesagt: »Ein schönes, sympathisches Gesicht«, aber Clarence hatte keine Begeisterung gezeigt. Er sagte nun: »Sie ist in eine Art weiblichen Marinehilfsdienst eingetreten und kommt nach Alexandria. Sie möchte, daß ich sie dort treffe und heirate.«
»Warum nicht?«
»In der Tat, warum nicht?«
»Jetzt, wo du Sophie hast, mußt du natürlich darüber nachdenken.«
»Zur Hölle mit Sophie. Würdest du mich zu so etwas verurteilen? Brenda wird mich wenigstens respektieren.«
Harriet lächelte. »Weswegen?«
Zufrieden damit, ihren Spott provoziert zu haben, lehnte er sich in seinem Stuhl zurück und machte sie düster nach: »Weswegen?« Er schob die Unterlippe vor und sagte dann nach einigen Augenblicken: »Die Galle der Frustration ergießt sich seit Jahren in mein System. Ich werde eines Tages daran sterben.« Er warf ihr einen langen, brütenden Blick zu, der so dunkel und bedeutungsvoll sein sollte, daß sie sich zusammennehmen mußte, um nicht laut aufzulachen.
Sie entschied sich, seine Hilfe zu erbitten, bevor sich seine Stimmung noch weiter verschlechterte. Sie änderte ihren Ton und sagte, indem sie an seine Großzügigkeit appellierte: »Ich bin gekommen, um dich um Hilfe zu bitten. Bevor du gehst, mußt du etwas für uns tun.«
»Ah!« Clarence blickte in sein Glas hinab. Er bewegte sich nicht, aber seine Haltung war wachsam geworden. Nach einer langen Pause fragte er: »Was?«
»Wir müssen versuchen, jemanden außer Landes zu bringen.«

»Doch nicht Yakimov?«
»Yakimov ist weg.«
»Wirklich? Er hat nie die Zehntausend zurückbezahlt, die er aus dem polnischen Fundus bekommen hatte.«
»Er hat niemals irgend etwas zurückbezahlt. Wir sorgen uns um Sascha Drucker. Was wird aus ihm werden, wenn wir gehen müssen?«
»Ihr seid zwei Idioten gewesen, daß ihr ihn überhaupt aufgenommen habt.«
»Jedenfalls haben wir ihn aufgenommen und müssen uns nun um ihn kümmern.«
»Warum? Er ist kein Kind. Er wird sich doch wohl um sich selbst kümmern können? Er stammt von hier, er muß Freunde haben...«
»Er hat keine. Auf jeden Fall wären seine Freunde Juden. Sie können ihm nicht helfen.«
Ihre dringende Fürsprache ernüchterte Clarence, er setzte sich aufrecht und war beunruhigt. Er sagte scharf: »Ich kann mir Guy vorstellen, wie er sich wichtig macht wegen dieses Burschen. Warum aber bist du darin verwickelt?«
Harriet dachte über den Komplex von Instinkten nach, der sie veranlaßte, solch unselbständige und unschuldige Wesen wie Sascha und das rote Kätzchen zu beschützen, sie dachte aber, daß sich Clarence mit keiner Erklärung zufriedengeben würde. Einige Augenblicke später sagte sie: »Wir können ihn hier nicht einfach im Stich lassen. Du mußt das einsehen. Wir dachten, wenn wir ihm einen Paß besorgen könnten, könnte er mit uns kommen.«
Clarence starrte sie ausdruckslos an.
»Guy sagt, du hattest jemanden, der die Pässe für die Polen fälschte.«
Als er sah, wohin das führen sollte, lächelte er in sich hinein. »Sie wurden von Polen für Polen gemacht.« Er rutschte in seinem Sessel hin und her, warf ein Bein über die Lehne und erklärte mit überlegener Geduld: »Diese abgekartete Sache wurde gänzlich von der polnischen Armee organisiert und von der rumänischen Regierung stillschweigend geduldet. In jenen Tagen war Rumänien unser Verbündeter, und

die Polen, die entkamen, schlossen sich den alliierten Kräften in Frankreich an. Die Rumänen fuhren nicht so schlecht dabei. Die haben an jeder Flucht ganz schön verdient. Es ist in die Tausende gegangen. Mit eurem Burschen ist es etwas anderes. Er ist ein Deserteur der Armee, und alle Grenzbeamten werden nach ihm Ausschau halten.«

»Ist da niemand von den Leuten mehr da, die du für die Polen hast arbeiten lassen?«

Clarence machte eine Bewegung, mit der er andeutete, daß, selbst wenn noch welche da wären, er persönlich keinerlei Risiko eingehen würde.

»Du *könntest* helfen, Clarence. *Bitte.* Wenn du ihm einen Paß besorgen und ihn über die Grenze nach Bulgarien fahren könntest...«

Clarence unterbrach sie mit einem ärgerlichen Lachen. »Mein liebes Kind, ist dir klar, was du da verlangst? Falls ich mit diesem Burschen in meinem Auto gefaßt werde, hätte ich eine gute Chance, meine Tage in einem rumänischen Gefängnis zu beenden.«

Voll süßer Überredungskunst sagte sie: »Besorg mir wenigstens den Paß.«

Clarence starrte mit düsterem Ausdruck aus dem Fenster und vergaß sein Glas in der Hand. Er hatte einmal zu ihr gesagt: »Wenn du mich richtig behandeln würdest, könntest du alles von mir haben, was du willst.« Aber sie mußte natürlich Clarence' Vorstellung von ›richtiger Behandlung‹ in Betracht ziehen. Diese veränderte sich je nach Laune. Nun sagte er kühl:

»Du kannst sehr charmant sein, wenn du etwas von einem willst.«

»Ich will ja nichts für mich selbst. Ich will diesem armen Jungen helfen.«

»Warum? Was kümmert dich Sascha Drucker?« Er starrte sie mit blankem Widerwillen an, was ihr die Tatsache vor Augen führte, daß er vielleicht etwas für sie tun würde, nicht jedoch für Sascha. Er würde sogar noch weniger tun, wenn sie es war, die für ihn bat. Es wäre besser gewesen, wenn Guy ihn gebeten hätte.

Sie stand auf. »Wir haben ihn aufgenommen«, sagte sie. »Wir empfinden für ihn, wie für ein Kind, das ein Recht auf die elementarsten Dinge eines anständigen Lebens hat. Das ist alles.«

Clarence stand langsam auf. Sie wartete, aber er blieb stumm, verwirrt, jedoch getrieben von einer hartnäckigen Eifersucht.

Sie nahm Saschas Foto heraus, legte es auf den Tisch und machte einen letzten Versuch: »Wirst du darüber nachdenken?«

In äußerster Erbitterung brach es aus ihm hervor: »Nachdenken über *was?* Du verlangst das Unmögliche. Ich kann nichts tun.«

Sie ließ die Fotografie zurück, das sie fühlte, sie würde für sich selbst sprechen, ging und sagte nichts weiter.

Sie ging die zwei Meilen zurück ins Stadtzentrum zu Fuß. Den längsten Teil des Weges fühlte sie sich leer vor Enttäuschung, dann plötzlich begann ihre alte Angst wieder durchzusickern. Was wie eine einfache Lösung des Problems ausgesehen hatte, hatte sich als gar keine Lösung erwiesen. Als sie nach dem Mittagessen Guy für sich hatte, erzählte sie ihm von Clarence' Weigerung, den Paß zu besorgen. Sie gab eine Erklärung, die nicht zu schmerzlich für ihre eigene Eitelkeit war, und sagte: »Man könnte vermuten, daß er eifersüchtig auf den Jungen ist.«

Guy lachte.

»Er ist es wahrscheinlich. Er war mir gegenüber immer sehr anhänglich gewesen und hat mich mit den Eigenschaften ausgestattet, die ihm selber fehlten.«

Harriet sagte: »Was machen wir jetzt?«

»Wir hängen nicht von Clarence ab. Gott steh uns bei, wenn wir es wären. Wir werden es mit jemand anderem versuchen.«

»Mit wem?«

»Ich weiß nicht. Ich werd' mit David reden. Überlaß es mir, und zerbrich dir nicht den Kopf.«

Gegen Ende der Woche trafen die Pringles, als sie gerade das Athénée Palace betreten wollten, auf Prinzessin Teodorescu und Baron Steinfeld. Der Baron kommandierte eine Reihe von Hoteldienern umher, die Gepäckstücke zu seinem Mercedes nach draußen brachten. Die Prinzessin warf den Pringles einen wütenden Blick zu und ließ sie spüren, daß ihr Erscheinen in diesem Augenblick den unerhörten Schlußpunkt eines unerhörten Tages darstellte. Der Baron jedoch begrüßte sie, als ob er die Notwendigkeit verspürte, ihnen seine Abreise zu erklären. »Wir fahren in die Berge«, sagte er. »Wir fahren spät und in Sorge, doch wir entfliehen der Hitze. Wenn wir länger bleiben, schmelzen wir dahin.«

»Hör doch auf«, sagte die Prinzessin auf deutsch und drängte ihn zum Auto.

Die Pringles, nicht so sehr von dem verspäteten Aufbruch überrascht als vielmehr von der Aufregung, mit der es geschah, erwähnten es Galpin gegenüber, als sie in die Bar kamen.

»Sie entfliehen der Hitze, nicht wahr?« Galpin verzog die Lippen zu einem ironischen Lächeln. »Ich wette, sie sind nicht die einzigen.« Und er fuhr fort zu erklären, daß die Gardisten, die ins Haus der Lupescu eingebrochen waren, heute früh eine Schachtel mit Briefen gefunden hatten, die einige der bekanntesten Namen im Lande belasteten.

»Sie hatten behauptet, und zwar der ganze Haufen, daß sie schon immer Gardisten gewesen seien. Jetzt nennen sie die Lupescu eine ›dreckige Jüdin‹, aber sie ist diejenige, die zuletzt lacht. Sie hat diese Schachtel mit Briefen offen zurückgelassen, peng, mitten auf dem Schlafzimmerboden. Sie stammen von Leuten wie der Teodorescu, die sie alle mit ›ma souveraine‹ und ›Euer Gnaden‹ anredeten und schrieben, sie könnten den Tag nicht erwarten, an dem sie zur Königin gekrönt wird. Es ist verdammt komisch, aber die Eiserne Garde findet es nicht zum Lachen. Humor ist dieser Tage nicht in Mode. Ich wette, da werden nicht wenige aus der Oberschicht aus Bukarest abreisen, um der Hitze zu entfliehen.«

Die Zeitungen kündigten an, daß die Buße der Stadt am Sonntag enden würde, dem Tag, an dem Königin Helen, die Königinmutter, aus dem Exil zurückkehren würde, um mit ihrem Sohn in Bukarest zu residieren.

Der Festzug begann mit dem Geklapper von Hufen. Der Königin eigenes Regiment, seit ihrer Abreise in Ungnade gefallen, galoppierte quer über den Platz mit fliegenden Wimpeln und in schnurbesetzten Uniformen und Bärenmützen, um sie vom Bahnhof abzuholen. Die gesamte Stadt befand sich auf den Straßen, um ihnen zuzujubeln. Antonescu hatte eine neue Ordnung, neue Hoffnung und erneute Größe versprochen, und all dies, glaubte man, würde mit der Königin, der Unrecht geschehen war und die das wahre Symbol für die ebenfalls ins Exil gegangene Moral des Landes darstellte, zurückkehren. Dies war die Lösung, auf die jedermann gewartet hatte.

Der Lärm trieb Despina aus der Küche. Sie rannte durchs Zimmer, um sich Guy, Harriet und Sascha auf dem Balkon anzuschließen, jauchzte vor Entzücken über die Husaren, die Flaggen und das brodelnde Durcheinander auf dem Platz. Dies war der Neubeginn, in der Tat! Aber sogar während der Staub der Reiter noch in der Luft hing, konnte man den Klang von ›*Capitanul*‹ hören, der immer lauter aus der Calea Victoriei zu vernehmen war.

Die Eiserne Garde war während der Woche der Buße schweigsam gewesen. Es wurde allgemein geglaubt, daß sie gebremst wurden, solange Antonescu nach einer anderen Kraft suchte, um sein Regime zu konsolidieren. Ob dies stimmte oder nicht, sie waren jedenfalls wieder da, und etwas in ihrem Auftreten hatte sich geändert. In ihrem Marschieren und Singen war schon immer etwas Herausforderndes gewesen, jetzt aber war es triumphierend. Als sie mit ›*Capitanul*‹ zu Ende waren, machten sie mit der Nationalhymne weiter und verbanden die Melodien, als ob sie einen besonderen Anspruch auf beide hätten.

Harriet sagte: »Ich hab' sie das nie vorher singen hören.«

Die voranmarschierenden Gardistenführer wurden automatisch als Teil der Unterhaltung des Tages bejubelt, aber als die Mannschaften mit ernsten und das Publikum verachtenden Gesichtern vorbeizogen, schwand der Applaus. Die Menschen waren sich nicht sicher, welche Reaktion von ihnen erwartet wurde, und langsam verbreitete sich Stille.

Guy sagte: »Ich kann das nicht sehen«, und drehte sich einen Augenblick später um und ging ins Zimmer.

Die Gardisten zogen immer noch vorbei, als ein neues Interesse die Massen wiederbelebte. Der alte Metropolit, mit Juwelen behangen wie ein indischer Prinz, war erschienen und marschierte unter einem goldenen Baldachin. Seine Gefolgschaft, die die Woche büßend verbracht hatte und in Schwarz durch die Straßen gezogen war, ging nun in jubilierendem Gold. Als diese glänzende Prozession auf dem Platz erschien, strömten ihnen die Massen entgegen und ließen die Gardisten unbeachtet ihrer Wege stiefeln.

Sascha, erregt von allem was er sah, lehnte sich über das Geländer, wohingegen Despina in die Hände klatschte, auf und nieder sprang und rief: *»Frumosa, frumosa, frumosa.«*

Lange nachdem sie den Platz umrundet hatten, konnte man die Priester sehen, wie sie in der Sonne aufleuchteten auf ihrem Weg hinauf zur Kathedrale. Geschützfeuer kündigte die Ankunft der Königin an. Sofort begannen alle Glokken der Stadt zu läuten, und der Jubel, der mit Lautsprechern vom Bahnhof übertragen wurde, wurde verdoppelt vom Jubel der Massen unter ihnen. Das Klingen und das Zusammenspiel der frohlockenden Glocken übertönte die Gardisten, die ihre Köpfe reckten und angestrengt brüllten, um gehört zu werden.

Harriet schaute ins Zimmer und sagte: »Die Königin kommt.« Guy, der telefoniert hatte, legte den Hörer auf. »Ich hab' gerade die Gesandtschaft angerufen«, sagte er. »Die Eiserne Garde ist an der Macht.«

»Heißt das, daß das gesamte Kabinett aus Gardisten besteht?«

»Ja, mit Ausnahme von ein, zwei Militärs und Fachleuten. Gardisten wurden auf alle wichtigen Ministerstühle berufen.«

»Was wird nun geschehen?«

»Chaos, stell' ich mir vor.«

Sie benutzte die Gelegenheit seiner Verstörtheit, um zu sagen: »Du mußt die Sommerkurse schließen.«

Er wollte gerade etwas sagen, als die Jubelschreie unten am Platz wieder aufflammten, und sie kehrten auf den Balkon zurück, um sich die Husaren zu betrachten, wie sie die Königin und ihren Sohn in einer goldenen Kutsche voller Rosen eskortierten. Die Kutsche fuhr über den Platz und dann weiter in Richtung Kathedrale. Eine plötzliche Stille trat ein, dann kam das zischende Gemurmel der Messe, die über Lautsprecher übertragen wurde, und als ob ein Wind über sie hinweggestrichen sei, sank die Menschenmenge auf die Knie. Harriet konnte sehen, wie die Frauen Taschentücher herauszogen und vor lauter Gefühlsüberschwang weinten.

Von irgendwo aus der weiten Ferne kam immer noch das monotone Hämmern von ›*Capitanul*‹.

18

Hotel Splendide Suleiman Bay
Istanbul

Lieber Junge (schrieb Yakimov):
Ist das alte Mädchen verkauft? Falls ja, sag bitte Dobbie, er soll Geld im Diplomatensack schicken. Bei Deinem Yaki herrscht Ebbe. Essen hier armselig. Kebabs usw. Die englische Kolonie ist ein komischer Haufen. Wenn ich ihnen sage, daß ich ein Flüchtling von den Ölfeldern bin, scheint mir niemand zu glauben.

Willst Du den armen Yaki retten,
schick ihm schleunigst die Moneten!
Dein armer, alter, notleidender Yaki

Als Harriet zur Ecke am Boulevard Brateanu hinüberging, sah sie, daß der Hispano immer noch am Fenster stand, unbeweglich und wie ein Museumsstück. Sie ging hinein, um sich zu erkundigen, ob jemand Interesse an dem Auto gezeigt hatte. Der Verkäufer schüttelte mürrisch den Kopf.

Jedes der Fenster des Ausstellungsraums zeigte ein Porträt von Codreanu. Das gleiche Porträt starrte einen aus den Fenstern gegenüber an, den leeren Schaufenstern von Dragomir, dem größten Lebensmittelladen Europas. Schlangen von Menschen warteten auf die Lebensmittel, die noch zu haben waren.

Die Fenster erzitterten, als gegenüber am Platz eine Kolonne von Motorrädern der Eisernen Garde mit einhundert Stundenkilometern auf ihrem Weg zum Boulevard Carol vorbeiraste, wo die reichsten Männer Rumäniens unter Hausarrest standen und auf die Ergebnisse von Horia Simas Untersuchung über die privaten Vermögen warteten. Nichts durfte aus ihren Häusern entfernt werden. Ein bewaffneter Posten stand vor jedem Tor.

Selbstmorde waren an der Tagesordnung. Einer der ersten war der Führer der Jugendbewegung, der noch vergangenen Juni von Hitler ausgezeichnet worden war. Da er nicht in der Lage war, über fehlende zwölf Millionen *Lei* Rechenschaft abzulegen, hatte er sich erschossen. Die Polizei streikte. Ihre Arbeit, sagten sie, sei zu gefährlich. Die, die heute an der Macht waren, würden morgen im Gefängnis sein; jene, die im Gefängnis gesessen hatten, waren heute an der Macht. Die Gardisten hatten die Arbeit der Polizei übernommen und patroullierten durch die Straßen mit Revolvern in den Halftern.

Als die Motorradkolonne vorbeidröhnte, hob der Verkäufer eine Augenbraue und eine Schulter. Wer würde sich in diesen Tagen solch ein Symbol des privaten Reichtums kaufen, wie diesen Hispano?

Als Bella am Morgen anrief, hatte sie gesagt: »Diese Polizisten der Garden sind schlimmer als gar keine Polizei. Alles, was sie tun, ist die Büros abzuklappern und Parteispenden zu sammeln. Und nicht nur die jüdischen Büros. Es ist ihnen egal, wessen Geld sie nehmen. Sie nennen es die Säuberung des öffentlichen Lebens, aber wenn du zu Hause einen Einbrecher entdeckst, kannst du keinen Gardisten herbekommen, um ihn zu verhaften. Ich hoffe, ihr bleibt zu Hause. Die Lage wird sich natürlich beruhigen, aber an eurer Stelle würde ich einige Zeit lang nicht ausgehen.«

Hätte Harriet den Rat Bellas befolgt, wäre sie, wie die Finanziers Carols, wie der Polizeichef und wie der Chef der Geheimpolizei, Gefangener in ihrer eigenen Wohnung gewesen. Unter diesen Umständen und ruhelos vor Ungewißheit wanderte Harriet in den Straßen umher und holte jeden Tag Guy ab, wenn er Unterrichtsschluß hatte. Sie dachte sich, es wäre weniger wahrscheinlich, daß er angegriffen würde, wenn er in Begleitung einer Frau war.

Geschichten machten die Runde, daß Tausende von Menschen verhaftet und Tausende exekutiert worden seien.

Personen, die beim Verlassen des Landes ertappt wurden, wurden manchmal verhaftet, manchmal bloß ihrer Wertsachen erleichtert und dann weitergelassen.

»Dieser Ionescu ist verschwunden«, sagte Bella. »Der, der Informationsminister war. Er hat sich übernommen, weil er auf allen Hochzeiten gleichzeitig tanzen wollte. Er ist Gardist geworden, aber er wußte, daß er dran war. Seine Kinder trugen kleine Pelzmuffs. Muffs! – in dieser Jahreszeit, ich bitte dich! Natürlich erregten sie Argwohn. Die Zöllner haben sie in Stücke gerissen und sie mit Juwelen und Gold vollgestopft gefunden. Ich habe ihn schon immer für überschlau gehalten.«

Harriet begegnete auf ihren Spaziergängen in der stickigen Hitze des Herbstes keinen offenen Verfolgungen, nicht einmal bei den Dambôviţa Juden. Was sie aber täglich sah, waren Prozessionen von Kabinettsministern, Beamten, Offizieren der Streitkräfte, Priestern, Nonnen und Schulkindern, die den imposantesten Trauerzügen folgten. Denn die Führer der Garden waren fleißig damit beschäftigt, ihre Märtyrer auszugraben. Die Leichen paradierten in riesigen Särgen durch die ganze Stadt und wurden mit Zeremonien wiederbestattet, bei denen all jene, die hofften, eine Position im öffentlichen Leben zu behalten, anwesend sein mußten.

Unten am Hühnermarkt stieß Harriet auf einen Gedenkgottesdienst, der genau an der Stelle gehalten wurde, wo die Mörder Calinescus gelegen hatten. Der zitternde alte Bauer, der ihr einen Kohlkopf verkaufte, sagte, daß sich unter den Trauernden ›die größten Männer der Welt‹ befanden.

Wer sie denn wären, fragte sie, und ihr wurde geantwortet: »Hitler, Mussolini, Graf Ciano und der Kaiser von Japan.«

Nach dem Gottesdienst wurde der Platz mit Seilen abgesperrt und jeden Tag mit frischen Blumen bestreut, sehr zur Beeinträchtigung des Marktverkehrs.

»Der große Tag wird natürlich sein«, sagte Bella, »wenn sie Seine Heiligkeit in Fort Jilawa ausgraben. Sie warten damit bis November, dem Jahrestag seines Todes. Dann, sagt Nikko, wird es erst richtig losgehen.«

Die Zeitungen berichteten, daß die Nachfrage nach Aufnahme in die Eiserne Garde so groß war, daß die Liste geschlossen werden mußte.

Unter jenen, die in der Uniform der Gardisten erschienen, war der Hauswirt des Pringleschen Blocks, der auch ihr nächster Nachbar war. Früher hatte er Harriet höflich begrüßt, wenn er sie auf dem Treppenabsatz getroffen hatte; jetzt, in seinem grünen Hemd und seiner grünen Reithose, mit seinem steif gewichsten Schnurrbart, schaute er über sie hinweg, und sie begann sich vor ihm zu fürchten. Er könnte – ziemlich sicher sogar – einen Schlüssel zu ihrer Wohnung haben. Sie erinnerte sich an das mysteriöse Verschwinden des Plans der Erdölquelle. Er war einer ihrer Verdächtigen gewesen. Falls er hineinging, während sie weg waren, würde er ziemlich sicher Sascha entdecken.

Ein- oder zweimal, als sie die Wohnung verließ, sah sie an der unteren Treppe einen Mann sich verdrücken. Sie erzählte es Guy, der meinte, es sei ein Handlanger des Hauswirts. Er befand sich in der peinlichen Lage, englische Mieter zu haben, und könnte nach einem Anlaß suchen, ihren Mietvertrag zu kündigen.

Sie sagte zu Despina: »Halte die Haustür verriegelt. Sollte der Hauswirt eintreten wollen, laß ihn nicht herein.«

»Nein, nein, *corniţa*«, versicherte ihr Despina, die anscheinend langsam die ganze Situation begriff. »Wenn jemand kommt, mache ich es so…« Sie öffnete die Wohnzimmertür einen Spalt und streckte ihre Nase hindurch. »Wenn es der Hauswirt ist, – puff! – mach' ich es so.« Sie schlug die Tür zu. »Er ist ein böser Mann«, fügte sie als Erklärung hinzu. »Er schlägt seine Köchin.«

Es gab nun vier fleischlose Tage in der Woche, aber sogar an den restlichen Tagen war es schwierig, Fleisch zu bekommen. Despina war oft für zwei oder drei Stunden weg, um sich an den Marktständen anzustellen, und kam oft nach Hause und zeigte mit einer dramatischen Geste ihren leeren Korb vor. »Auf dem Markt gab es heute keinen Zucker, keinen Kaffee, kein Fleisch, keinen Fisch, keine Eier. Nichts, nichts.«

Als Harriet die Prozessionen, das tägliche bombastische Geprotze mitten im größten Durcheinander beobachtete, schien es ihr, als ob sich das gesamte Land ohne jeden Widerstand einer wahnsinnigen Autokratie unterworfen hätte.

Sie sagte zu Guy: »Jeder in Bukarest reißt sich darum, bei diesen Gardistenveranstaltungen dabeizusein. Warum gibt es überhaupt keine Opposition?«

»Eine *aktive* Opposition hat keine Chance«, sagte er. »Die einzigen mit genug moralischem Rückgrat, um allem zu widerstehen, sind im Gefängnis. Die Kommunisten – aber nicht nur die Kommunisten – die Liberaldemokraten, aber auch alle, die die Andeutung eines Widerstandes zeigen könnten; sie sind alle im Gefängnis.«

»Und Maniu?«

»Was kann er machen? Jedenfalls, nach dem, was ich von ihm gesehen habe, würde ich nicht meinen, daß er mehr als ein Vorzeigestück ist: Rumäniens ›Guter Mensch‹. Er war der Anführer der transsylvanischen Bauern, und Transsylvanien ist verloren. Man muß sich darüber im klaren sein, daß diese neue Diktatur viel härter als die alte ist. Es gibt heute nicht nur Gefängnisse, es gibt Konzentrationslager; und da sind diese jungen Männer, in Dachau ausgebildet, die nur darauf warten, jemanden zusammenzuschlagen. Doch«, fügte Guy hinzu, »es gibt eine Art Opposition. Eine typisch rumänische

Opposition. Satire. Es ist die Art, die am schwierigsten zu unterdrücken ist.« Er erzählte ihr, wie man im Doi Trandafiri, dem Treffpunkt der Intellektuellen, Beweise für das Überleben der liberalen Vernunft der Vergangenheit finden konnte. Obwohl sich die Menschen zu Tode fürchteten, waren sie dort doch in der Lage zu lachen. Sie hatten der Eisernen Garde den Spitznamen ›*le régime des pompes funèbres*‹ gegeben, und eine große Anzahl komischer Geschichten über Horia Sima und seine Visionen machte die Runde. Sima war im Streit mit Codreanus Vater, der erklärte, daß der Geist seines Sohnes mit dem jetzigen Führer nicht zufrieden sei und seinen Vater zum Stellvertreter auf Erden ernannt habe. Der alte Mann mußte unter Hausarrest gestellt werden, und da er von der Gefahr eines Attentats wußte, sagte er, daß er es bevorzugte, zu Hause zu bleiben, da dort weniger Unfälle passierten.

»Es gibt auch eine Opposition«, sagte Guy, »aus einer viel einflußreicheren Richtung: den deutschen Gesandten. Er ist des Marschierens und Absingens von ›*Capitanul*‹ überdrüssig. Er möchte, daß das Land zurück an die Arbeit geht. Einige große Industriefirmen haben schließen müssen, weil die Direktoren im Gefängnis sitzen und die Arbeiter alle in der Eisernen Garde sind. Die finanzielle Lage ist chaotisch. Carol hat das gesamte Kapital des Landes auf seinen eigenen Namen bei Banken im Ausland untergebracht. Jetzt ist es eingefroren. Als Krönung des Ganzen wollen die Gardisten die totale Verfolgung der Juden einleiten.«

»Würden die Deutschen sie darin nicht bestärken?«

»Nein. Was kümmern sie sich um die rassische Reinheit der Rumänen. Dies hier ist lediglich eine Rohstoffquelle. Fabricius sagte zu Sima: ›Verfolgung ist gut in Deutschland, wo zehn effiziente Deutsche auf einen effizienten Juden kommen, aber hier kommt nicht einmal ein effizienter Rumäne auf zehn effiziente Juden. Falls wir hier tatsächlich noch Ruhe und Ordnung bekommen sollten, müssen wir wahrscheinlich auch noch den Deutschen dankbar sein‹.«

19

Jetzt, wo er ihn jeden Tag zu Gesicht bekam, verspürte Guy gegenüber Sascha eine klarere Verantwortung. Da Guy kein Grammophon borgen oder mieten konnte, brachte er ihm eine Mundharmonika mit, die Sascha mit größerer Erregung entgegennahm, als zuvor das Zimmer. »Die ist ja toll«, sagte er und starrte die Mundharmonika voller Entzücken an. »Wirklich toll«, und er nahm sie sofort mit in sein Zimmer.

Er hielt das Zimmer sauber und machte das Bett selbst. Seine Zeichnungen hatte er an die Wände geheftet. Die Bücher, die er sich aus dem Wohnzimmer geliehen hatte, standen in einer Reihe auf dem Nachtkästchen. Seine Besitztümer – Haarbürste und Kamm, einige Bleistifte, Papier und Wasserfarben – waren alle fein säuberlich davor ausgebreitet. Welche Unordnung in der Welt draußen auch vorherrschen mochte, er lebte ordentlich und war zufrieden.

Als sie allein waren, sagte Guy zu Harriet: »Ich hab' mit David gesprochen. Er denkt, daß Foxy Leverett uns wegen Sascha helfen könnte.«

»Was könnte Foxy Leverett tun?«

»Offenbar ist er ein Meister darin, Menschen über Grenzen zu schmuggeln. Aber das ganze Problem kann sich vielleicht auf eine andere Weise lösen. Angenommen, die Sowjets würden sich unter den gegebenen Bedingungen entschließen, einzumarschieren. Sie könnten vor den Deutschen hier sein.«

»Glaubst du, die Russen würden den Sohn eines Bankiers beschützen, der für die Deutschen gearbeitet und ein Vermögen in der Schweiz angehäuft hat?«

»Nein, aber er wäre nicht schlechter dran als alle anderen. Er würde nicht weiter auffallen.«

Harriet befürchtete langsam, daß die Hoffnung, in der Masse nicht weiter aufzufallen, das Höchste war, was sie Sascha bieten konnten.

Am nächsten Morgen rief Bella wie üblich an und fragte:

»Ihr habt gestern abend den deutschen Propagandasender vermutlich nicht gehört?«

»Wir hören nie deutsche Sender.«

»Wir auch nicht.« Bella machte eine Pause und bereitete, offenbar mit bewußtem Takt, Harriet auf eine unangenehme Nachricht vor. »Ich will dich nicht beunruhigen«, sagte sie. »Aber...«

Harriet fragte völlig aufgeregt: »Was ist denn?«

»Ich hab' das Gefühl, ich muß es dir sagen. Ich bekam gestern abend einen Anruf von einer Freundin, Doamna Pavlovici – die Pavlovicis hören den Sender manchmal ab, nur um ein paar echte Nachrichten zu bekommen.«

»Ja?«

»Die Deutschen verlasen eine Liste von Engländern in Bukarest, von denen sie glauben, daß sie etwas vorhaben. Es war eine Warnung. Wörtlich sagten sie: ›Diese Männer werden sich vor der Gestapo verantworten müssen‹.«

»Hast du irgend jemanden davon gekannt?«

»Nun, ja. Foxy Leverett und David Boyd – aber bei denen wird es keine Probleme geben. Sie müssen ja unter diplomatischem Schutz stehen.«

»Wer noch?«

»Inchcape und Clarence Lawson.«

»Und Guy?«

»Doamna Pavlovici sagte, sie habe den Namen Guy Pringle gehört – deshalb hat sie mich angerufen. Aber sie ist etwas einfältig. Sie könnte sich getäuscht haben.«

Harriets Kehle zog sich zusammen, und sie versuchte gar nicht erst zu antworten. Bella, die sich bewußt war, daß sie ihre Zuhörerin bis zur Sprachlosigkeit geängstigt hatte, beeilte sich zu sagen: »Ich konnte dich nicht in Unwissenheit lassen. Du hättest es sowieso gehört. Ich dachte, du könntest mal mit Guy reden. Er ist nämlich ein bißchen leichtsinnig. Er geht in das Doi Trandafiri – ein gefährlicher Ort, voll mit Roten und Künstlern. Es wird bald überfallen werden, du wirst es erleben. Und die Sommerkurse mit all diesen Juden! Ich brauch' dir nicht zu erzählen...«

»Es sind nicht viele Studenten übriggeblieben.«

»Ja, das kann ich mir vorstellen.« Bella sprach, als ob diese Tatsache von schicksalsschwerer Bedeutung sei. Es gab eine Pause, in der Harriet sich zu schwach fühlte, um zu sprechen. Das Schweigen wurde von Bella durchbrochen, die erzählte, daß sie erneut Nikkos Freistellung erkauft und sie beschlossen hatten, die letzten Wochen des Sommers in Sinai zu verbringen: »Wir können das ›*Capitanul*‹ und das ganze andere Zeug nicht mehr hören. Wir brauchen ein paar Tage Urlaub. So sag' ich nun ›Good-bye‹, nur für den Fall, daß ihr nicht mehr hier seid, wenn wir zurück sind.«

Sobald Bella aufgelegt hatte, rief Harriet Inchcape in seinem Büro an. Es war Teil seiner Arbeit, die deutschen Sender abzuhören, und er gab zu, daß er am Vorabend gehört hatte, wie sein Name und die von Guy und Clarence erwähnt wurden.

»Zusammen mit vielen anderen«, sagte er. »Sie gaben eine Liste der Ingenieure durch, die in Schlüsselpositionen auf den Ölfeldern zurückgeblieben sind. Ja, sie haben etwas von der Gestapo erzählt. Eine Menge leerer Drohungen. Jedenfalls, die Gestapo ist nicht hier, und ich bezweifle, ob sie jemals hier sein wird.«

»Aber die Gardisten sind hier«, sagte Harriet, »und warten nur darauf, die Arbeit der Gestapo zu übernehmen. Die Sommerkurse können doch jetzt sicher geschlossen werden! Da sind nicht mehr als ein halbes Dutzend Studenten übrig. Guy ist jeden Tag dort. Und beinahe allein. Ein ideales Ziel. Und alles ist umsonst.«

»Nichts ist umsonst. Die Kurse sind eine gute Sache. Da wird Flagge gezeigt. Wenn wir schließen, wird es sie unendlich freuen. Sie versuchen, uns Angst einzujagen. Es ist der alte Nervenkrieg, aber ich spiele ihr Spiel nicht mit. Sie wollen, daß wir Fersengeld geben – deshalb ist dies genau das, was wir nicht tun werden.«

Von einer derart zur Schau getragenen Tapferkeit irritiert, hielt sich Harriet am Hörer fest und suchte in Gedanken nach einem Argument, das Inchcape zur Vernunft bringen könnte, doch Inchcape wartete nicht solange. »Ich muß weg«, sagte er. »Ich muß mich um andere Dinge kümmern.

Hab' gerade gehört, Pinkrose wird nun jeden Tag ankommen.« Er sprach, als ob die Ankunft des Professors eine unerträgliche Unverschämtheit sei.

»Aber haben Sie ihn denn nicht erwartet?« sagte Harriet.

Inchcape stieß ein erbittertes Lachen aus. »Um Ihnen die Wahrheit zu sagen, ich hatte den alten Trottel völlig vergessen.«

»Er hätte zu keinem ungünstigeren Augenblick kommen können«, sagte Harriet, die ihr Mitgefühl zeigen wollte, doch Inchcape wollte nichts davon wissen.

»Unsinn«, sagte er. »Wenn die sich gegenseitig die Schädel einschlagen, braucht uns das nicht zu stören. Sie werden nervös, mein Kind. Würde König Michael seine Mutter herbringen, wenn es Grund zur Beunruhigung gäbe?«

Inchcape legte auf, bevor sie antworten konnte. Sie ging in ihr Zimmer, um sich anzuziehen.

Obwohl es noch früh war, ging Harriet zur Universität, um sich zu vergewissern, daß die Rundfunksendung bis jetzt keine negativen Folgen gehabt hatte.

Das Tor stand offen. Der Pförtner war, wie gewöhnlich, nirgends zu sehen. Jeder konnte hinein. Sie war wütend auf den Mann, der vor einem Überfall zumindest hätte warnen können.

Sie setzte sich auf die Bank des Pförtners und starrte durch den Gang hinaus auf die glitzernde Straße. Die Zigeuner, die das verkauften, was im Bukarest jener Tage als einziges im Überfluß vorhanden war, waren wie gewöhnlich guter Dinge. Ihre Gefährdung war ebenso groß wie die der Juden, aber sie wußten nichts davon.

Sie konnte Guys Stimme hören, die aus einer offenen Tür in der Mitte des Ganges drang. Sie konnte auch irgendwo in der Ferne den Klang von ›*Capitanul*‹ hören. Sie hatte sich so daran gewöhnt, daß sie es kaum bemerkt hätte, wenn sie nicht bewußt darauf geachtet hätte. Die Gardisten näherten sich der Universität. Falls einer von ihnen hier hereinkam, würde sie zur Tür stürzen, sie schließen und verriegeln, beschloß sie. Sie fragte sich, ob ihr die Gesandtschaft einen Revolver geben würde. Allmählich wurde sie von dem Bedürfnis besessen, Guy und Sascha unbeschadet durch diese Situation zu bringen. Als sie so dasaß, hypnotisiert von ihrer eigenen Trägheit, begann sie sich vorzustellen, daß beide von einer schützenden Ausstrahlung ummantelt waren, die ihrem Willen, sie zu beschützen, entsprang.

Sie fragte sich, wie viele Studenten mit Guy im Zimmer waren. Sie war von den Studenten und von ihrem Anspruch auf ihn immer etwas irritiert gewesen. Er bildete sich ein, seine Energie sei unerschöpflich, aber sie hatte das Gefühl, daß sie ihn bei sich bietender Gelegenheit bis aufs Mark aussaugen würden. Und um dieser Studenten willen schwebte er jetzt und hier in Gefahr.

Sie erhob sich und machte sich leise auf den Weg den Gang hinunter zum Vorlesungsraum. ›*Capitanul*‹ war immer noch schwach in der Ferne zu hören. Es sangen nicht sehr viele. Sie stellte sich einen kleinen Haufen vor, der in finsterer Mission unterwegs war.

Die Tür zu Guys Klassenzimmer stand offen, um Durchzug zuzulassen.

Harriet, die gegen die Wand gepreßt war, konnte ungesehen durch den Türspalt sehen. Es waren drei Studenten da – zwei Mädchen und ein Jugendlicher –, die zusammen in der ersten Reihe saßen, die Köpfe in angespannter Aufmerksamkeit erhoben.

Harriet bewegte sich, um Guy sehen zu können. Ihr Fuß glitt über das Linoleum, machte aber kein stärkeres Geräusch als eine Maus. Sofort ging ein Schauer durch den Raum. Die drei Köpfe drehten sich um. Guys Stimme verlangsamte sich. Er unterbrach nicht, blickte aber zur Tür. Harriet blieb bewegungslos stehen, atmete kaum, und die Vorlesung ging weiter.

Sie ging auf Zehenspitzen zur Bank zurück, zufrieden darüber, daß sie unter seiner scheinbaren Gleichgültigkeit eine Alarmbereitschaft für die sie umgebenden Gefahren entdeckt hatte, die ebensogroß war wie die ihre.

20

Jener Tag, ein Freitag, war der letzte gewesen, an dem die Sommerkurse stattfanden. Am darauffolgenden Nachmittag schaute Inchcape bei Guy vorbei, um ihm zu sagen, daß der neue Informationsminister angeordnet hatte, die Kurse und das Propaganda-Büro unverzüglich zu schließen.

Er sagte: »Mußte im Fall der Kurse nachgeben – hatte überhaupt keine Wahl! Aber das Büro ist Teil der Gesandtschaft. Ich habe gerade Seine Exzellenz besucht. Ich habe gesagt: ›Solange die Gesandtschaft hier ist, haben wir ein Recht auf unser Büro.‹ Ich muß sagen, freundlich war der alte Junge. Er war richtig rührend. Er scheint davon, wie sich die Dinge entwickeln, verwirrt zu sein. ›In Ordnung, Inchcape‹, sagte er, ›wenn Sie Ihren kleinen Laden unbedingt geöffnet halten wollen, werde ich sehen, was sich machen läßt, aber die Kurse müssen eingestellt werden.‹«

»Warum?« fragte Guy.

Inchcape zuckte mit den Achseln. »Der Minister sagte, daß wir alle ausgewiesen werden würden, sollten die Kurse nicht sofort geschlossen werden. Keine Gnadenfrist.«

Guy war nicht zufrieden. Er sagte: »Da sie beim Büro nachgegeben haben, hätten sie ebensogut bei den Kursen nachgeben können.«

»Nein. Irgend etwas geht hier vor. Es gibt ein Gerücht, daß eine deutsche Militärmission unterwegs ist. Der Gardistenminister war eisern. Sie haben das vermutlich nicht unberechtigte Gefühl, daß eine britische Schule einen Fremdkörper in ihrer Mitte darstellt.« Inchcapes Ton war ziemlich selbstgefällig, enthielt aber eine Spur Herausforderung; deshalb hatte Harriet den Eindruck, daß er wahrscheinlich die Kurse zugunsten des Büros geopfert hatte, nach dem Motto: ›Lassen Sie mich das eine behalten, und Sie können das andere schließen.‹ Wie groß auch immer das Opfer, Inchcape mußte wenigstens eine offizielle Position behalten.

Sie jedoch, für ihren Teil, war nur zu dankbar, das Ende der Sommerkurse zu erleben. Sie sagte: »Also hält uns nichts mehr hier. Wir könnten Ferien machen. Wir könnten nach Griechenland fahren.«

Guy, der düster dreinschaute, sagte ohne Begeisterung: »Wir könnten nach Predeal fahren, aber nicht weiter. Ich muß mich auf das neue Semester vorbereiten...«

»Aber wenn doch die Englische Abteilung geschlossen...«

»Davon, daß die Englische Abteilung schließen würde, wurde nichts gesagt«, sagte Inchcape. »Alles was sie verlangten, war die Schließung der Sommerkurse.«

»Aber sicherlich meinen sie die Englische Abteilung ebenfalls. Gestern hatte Guy nur drei Studenten. Man kann die Abteilung nicht ohne Studenten eröffnen.«

»Oh, sie werden zu Semesteranfang zurückkommen. Sie werden das Gefühl haben, daß in der Masse eine gewisse Sicherheit zu finden ist. Wir werden hier noch einen Winter überleben.«

Sie versuchte nicht, wegen etwas, das sich bald von selbst regeln würde, zu streiten, und sagte: »Wann können wir nach Predeal fahren?«

Bevor Guy antworten konnte, sagte Inchcape: »Nicht nächste Woche. Unser werter Besucher kommt nächste Woche an. Jetzt ist eine gute Gelegenheit, das Ganze zu besprechen. Ich werde ihn natürlich in Baneasa treffen, aber ich erwarte von meinen Leuten, daß sie sich in Bereitschaft halten. Dann müssen wir eine Party geben, einen Empfang. Wir können nichts tun, bis wir den Tag seiner Ankunft wissen.«

»Wann ist der Termin für die Cantecuzeno-Vorlesung?« fragte Harriet.

Inchcape sah Guy an und sagte: »Sie wird jedes zweite Jahr gehalten. Sie müßten bei der letzten hier gewesen sein?«

»1938. Anfang Oktober. Mein erstes Semester hier. Die Cantecuzeno war die Einführungsvorlesung des Semesters.«

»Genauso war es«, nickte Inchcape, schnalzte nachdenklich mit der Zunge, während er auf seine Füße starrte, und richtete sich dann plötzlich auf. »Jedenfalls ist der alte Trottel bereits in Kairo. Er kann dort aufgehalten werden, oder aber auch nicht. Wir müssen vorbereitet sein.«

Früh am Mittwochmorgen wurde Guy von Despina geweckt, die ihm sagte, daß Inchcape ihn am Telefon verlangte. Inchcape rief vorwurfsvoll: »Der alte Schwachkopf kommt heute an. Sie werden aufstehen müssen und zum Flughafen fahren. Ich werde es nicht schaffen.«

»Wann soll er ankommen?«

»Das ist das Problem. Er schickte ein Telegramm in letzter Minute; es besagt lediglich: ›Mittwoch vormittags‹. Das könnte bedeuten, sich den halben Tag dort herumtreiben zu müssen. Ich muß diesen verdammten Empfang organisieren. Pauli muß Einladungen verteilen. Wir müssen ein oder zwei Prinzessinnen haben.« Die drohende Gefahr des wirklich eintreffenden Pinkrose schien Inchcape verstört zu haben. In seiner äußersten Erregung wurde er vertraulich: »Um die Wahrheit zu sagen, ich habe nie daran gedacht, daß er hier auftauchen würde. Ich dachte, er würde wochenlang in Kairo bleiben. Er muß die Organisation dazu gebracht haben, ein Flugzeug zu chartern. Schockierend, an eine solche Verschwendung der Mittel zu denken. Und«, fügte er hinzu und stellte die Frage dabei so, als ob Guy für den unvorhergesehenen Zwischenfall verantwortlich zu machen sei, »ich hätte gerne gewußt, wo wir seine Vorlesung abhalten sollen? Letztes Mal hatten wir die Empfangsräume über dem Café Napoleon, aber das ist abgerissen worden. Die Aula der Universität ist bei weitem nicht groß genug. Alle Möglichkeiten in der Stadt sind den Eisernen Garden als Abteilungshauptquartiere zugeteilt worden. Vielleicht könnten wir einen der Gesellschaftsräume im Athénée Palace bekommen! Die Akustik ist schwach, aber was spielt das für eine Rolle? Mit Pinkrose als Redner ist es nicht weit her. Also, schmeißen Sie sich in die Klamotten und fahren Sie dorthin. Nehmen Sie Harriet mit. Ziehen Sie eine Schau ab. Der alte Wichtigtuer erwartet es.«

Auf ihrem Weg zum Flughafen sollten sich die Pringles die Reservierung für Pinkrose im Athénée Palace bestätigen lassen.

An diesem Morgen war der Himmel mit dünnen Wolken überzogen, ein Anzeichen für den Wechsel der Jahreszeiten. Zum ersten Mal seit dem Frühling konnte man sich vorstellen, daß die sibirische Kälte zurückkehren und das Land im Schnee alle Farben verlieren und wie das Negativ einer Fotografie werden würde.

Harriet sagte: »Glaubst du wirklich, wir verbringen hier noch einen Winter?«

Guy machte keine Anstrengungen, Optimismus vorzuschützen und sagte: »Das kann ich unmöglich wissen.«

Am Montag, nach nicht mehr als ein, zwei Tagen voller unheilverkündender Gerüchte, war die Vorhut der deutschen Militärmission in Bukarest eingetroffen. Am Dienstag folgte eine deutsche Handelsdelegation. Der gesamte Parkplatz vor dem Athénée Palace war mit deutschen Autos und Armeelastwagen belegt; jedes trug ein Hakenkreuz auf der roten Standarte. Die Ankömmlinge waren junge Offiziere, Wegbereiter für die höheren Chargen.

Das Gerücht kursierte, daß Fabricius die Demobilisierung Rumäniens gefordert hatte. »Schickt eure Leute zurück auf die Felder«, sagte er. »Was Deutschland braucht, sind Nahrungsmittel.« Antonescu antwortete entgeistert, daß er von dem Tag geträumt habe, an dem sein Land ›Schulter an Schulter mit dem großen Alliierten kämpfen würde‹. Er stimmte dann schließlich zu, daß Deutschland die Reorganisation von Rumäniens Militär und Wirtschaft übernehmen sollte.

Als sie durch die Drehtür gingen, sagte Guy: »Vielleicht ist dies eine Alternative zur vollständigen Besetzung. Es kann bedeuten, daß sie uns in Ruhe lassen werden.«

Zu dieser Morgenstunde war das Vestibül leer. Inchcape hatte eine unverbindliche Reservierung für einen noch unbestimmten Tag dieser Woche gemacht, und jetzt war das Hotel voll mit Deutschen. Guy ging zum Empfangsschalter und erwartete halb eine Absage, doch das Hotel hielt seine Tradition aufrecht. Es war immer von den Briten bevorzugt worden und hatte die erwiesene Gunst der Vergangenheit nicht vergessen. Guy wurde höflich begrüßt. Ein Zimmer stand für Professor Lord Pinkrose bereit.

Der Flugplatz lag am südlichen Rand der Stadt. Der schillernde Himmel warf ein bleiches Licht über das ebene Weideland, das sich etwa vierzig Meilen bis zur Donau erstreckte. Der Wind, der vom Balkan herüberwehte, war wie eine Meeresbrise.

Auf dem Flugfeld stand lediglich eine Zollbaracke. Die Pringles setzten sich auf die Bank davor und warteten. Seit die Kurse geschlossen worden waren, war Guy deprimiert und ruhelos, vermißte die Beschäftigung und hatte nichts, was er statt dessen tun konnte. Ihm war gesagt worden, daß er weder die Universitätsbibliothek noch irgendeinen anderen Teil des Gebäudes ohne Erlaubnis benutzen durfte. Manchmal ging er ins Propaganda-Büro, um Inchcapes Bücher zu lesen und um über Themen für das neue Semester nachzusinnen. Jetzt zog er einen Roman von Conrad und zwei Gedichtbände von de la Mare aus seiner Tasche, während Harriet *The Rainbow* von Lawrence las.

Sie hatten eine knappe Stunde gewartet, als ein kleines, graues Flugzeug der rumänischen Luftfahrtgesellschaft aus Sofia eintraf. Harriet legte ihr Buch nieder, um die Passagiere zu beobachten, die ausstiegen. Hinter der üblichen Ansammlung von Geschäftsreisenden in grauen Anzügen und mit neuen, toffeefarbenen Aktenkoffern in den Händen, kam eine kleine männliche Gestalt, die fest in einen Schal gehüllt war und einen schweren Mantel trug. Langsam stieg sie herab, Kragen hochgeschlagen und mit hängenden Schultern, die Hände in den Taschen, und sah vorsichtig unter dem Rand eines Filzhutes hervor.

»Könnte das nicht Pinkrose sein?« fragte sie.

Guy rückte seine Brille zurecht und blickte über das Flugfeld. »Er würde doch sicher nicht mit einem Linienflug kommen?«

Die Geschäftsleute, die ihren Weg kannten, begaben sich direkt zur Zollbaracke und ließen den letzten Passagier allein auf dem Rollfeld umherwandern. Guy erhob sich und ging zu ihm hinüber. Sie kehrten gemeinsam zurück. Guy erklärte, wie sehr Inchcape mit den Vorbereitungen eines Empfangs zu seinen Ehren beschäftigt sei und deshalb nicht zum Flugplatz habe kommen können.

Pinkrose akzeptierte diese Entschuldigung mit einem kurzen Nicken, brummte etwas und wartete anscheinend mit weiteren Kommentaren, bis man ihm mehr gesagt hatte.

Er war ein rundlicher Mann, schmalschultrig und breithüftig, der sich von der Spitze seines Huts bis zum Saum seines Mantels nach unten verbreiterte. Seine Nase, stumpf und grau, stach zwischen Hutrand und Mantelkragen hervor. Seine Augen, grau wie Regenwasser, bewegten sich wachsam und mißtrauisch, wie die eines Chamäleons. Sie verharrten eine Sekunde auf Harriet, bewegten sich dann weiter, um über das Buch in ihrer Hand, die Bank, auf der sie saß, die Baracke hinter ihr, den Boden und über die Gepäckträger in der Nähe zu schweifen.

Als er ihr vorgestellt wurde, machte er hinter seinem Schal ein Geräusch und drehte das Gesicht zur Seite, als ob es nicht schicklich sei, sie direkt anzublicken.

Die Träger trugen bereits sein Gepäck: mehrere Koffer und einen Leinensack, der schwer vor lauter Büchern war. Als alles in einem Taxi verstaut war, zog Pinkrose eine Hand aus der Tasche. Er hatte einen dunklen, gestrickten Handschuh an, auf dessen Mitte ein Threepenny-Stück lag. Dann brachte er die andere Hand zum Vorschein, ebenfalls im Handschuh, die ein Sixpence-Stück hielt. Unschlüssig, welche Münze angebracht sei, blickte er von einer zur anderen. Guy löste das Problem, indem er jedem Träger hundert *Lei* gab.

Als sie ins Stadtzentrum zurückfuhren, beugte sich Pinkrose in seinem Sitz nach vorn, mit seiner stumpfen Nase, die sich, als er die hölzernen Hütten in den Vororten und die von Schlaglöchern übersäte, staubige Straße sah, von einer Seite auf die andere bewegte. Beim Anblick der ersten Betonblocks verlor er das Interesse und entspannte sich.

Guy begann, ihn über die Situation in England zu befragen.

»Völlig unerträglich«, sagte er mit einer Stimme – von Harriet nun zum ersten Mal vernommen –, die dünn und klar war. Er blickte Guy nicht an und schwieg, nachdem er sich über England ausgesprochen hatte, dann plötzlich fügte er hinzu: »Ich war dankbar, daß ich wegkommen konnte.«

Harriet hätte ihn gerne über seine Reise gefragt, doch sie empfand seine Ausstrahlung als hemmend. Es schien ihr, als ob jede Frage, die seine unmittelbare Person betraf, als Unverschämtheit aufgefaßt worden wäre. Guy verspürte vermutlich das gleiche, denn sie fuhren schweigend, bis sie in die Nähe des Großen Platzes kamen. An dieser Stelle wurde das Taxi von einem riesigen Umzug der Eisernen Garde, der aus der Richtung des Palastes kam, aufgehalten.

Der Anblick erstaunte Pinkrose. Er schob sich wieder nach vorn, blickte umher, nicht nur auf die vorbeimarschierenden Männer, sondern auch auf die Passanten, als ob er von allen erwartete, daß sie sein Erstaunen teilten. Diesen Morgen hatte niemand einen Blick für die Gardisten übrig. Ihre Umzüge wurden nicht nur etwas Alltägliches, sondern auch langweilig. Die Luft jedoch hallte vom Jubel aus den Lautsprechern wider, die rund um den Platz befestigt waren.

Pinkrose schluckte, als die Gardisten von einem Luftabwehrgeschütz und zwei Panzern gefolgt wurden, die alle mit Hakenkreuzen bemalt waren und die Nazistandarte trugen.

»Was ist denn *das?*« brach es aus ihm heraus.

Guy erklärte ihm, daß es sich um einen Umzug der Eisernen Garde handelte. »Ich denke«, sagte er, »sie feiern den neuen Zehnjahresvertrag zwischen Deutschland und Rußland.«

»Du gütiger Himmel! Ich dachte, Rumänien sei ein neutrales Land.«

»Das ist es, theoretisch.«

Nachdem der Umzug vorbeigezogen war, überquerte das Taxi den Platz, wobei Pinkrose seinen Kopf in Vorwegnahme weiterer Schocks von einer Seite zur anderen warf.

Und ein Schock erwartete sie alle drei. Als sie das Trottoir betraten, entrollte sich über ihnen eine riesige Fahne: eine Nazifahne in scharlachrot, weiß und schwarz. Pinkrose starrte sie an, den Eidechsenmund weit offen.

Das Athénée Palace hatte bei früheren Gelegenheiten den Union Jack oder die rumänische Fahne normaler Größe gehißt. Diesen Morgen war ein neuer, vergoldeter Flaggenmast am Dach befestigt worden, und die Hakenkreuzfahne, die daran hing, fiel drei Stockwerke tief und berührte die große, überdachte Vorhalle.

Pinkrose fragte barsch: »Was ist das für ein Gebäude?«

»Das beste Hotel am Platz«, sagte Guy.

Sie traten ein. Die Halle und das Vestibül, die frühmorgens noch leer gewesen waren, waren nun mit all den morgendlichen Müßiggängern, die für gewöhnlich die Cafés bevölkerten, gefüllt. Kleine Tischchen waren überall aufgestellt worden, um sie unterzubringen. Von der Hoffnung hierhergezogen, die deutschen Offiziere sehen zu können, versuchten sie, ihre Erregung hinter einer Zurschaustellung von angeregtem gegenseitigen Interesse zu verbergen. Es gab sehr viele Frauen, die sich eindrucksvoll herausgeputzt hatten und angespannt und aufmerksam miteinander flüsterten.

Hadjimoscos, Horvath und Cici Palu, die gewöhnlich um diese Zeit in der Bar waren, saßen aufgereiht auf einem Sofa gegenüber der Haupttreppe. Wie alle anderen tranken sie Kaffee und aßen kunstvolle Torten, die aus Sojamehl und künstlicher Sahne gemacht waren.

Die Hoteldiener, überfordert von der Flut der Gäste, übersahen Pinkrose' Ankunft. Unfähig, irgend jemanden zu finden, der das Gepäck hineinbrachte, trug Guy es selbst durch die Drehtür. Er sagte: »Ich muß Inchcape anrufen«, und ließ Harriet mit Pinkrose allein, der, immer noch eingemummt und Hände in den Taschen, verblüfft von der Atmosphäre der nervösen Erwartung, die ihn umgab, um sich starrte.

Alle Köpfe waren der Treppe zugewandt. Ein halbes Dutzend Offiziere waren erschienen, alle hübsch, alle elegant, einer mit einem Monokel, und stiegen mit vornehmer Würde die Treppe hinab, sich ihres Publikums anscheinend nicht bewußt.

Einige Frauen nahmen die Haltung gnädiger Gleichgültigkeit an, aber die meisten starrten gebannt auf diese begehrenswerten jungen Männer, die auf um so pikantere Weise begehrenswert waren, als sie erst kürzlich noch Feinde gewesen waren. Als die Deutschen außer Sicht waren, vereinten sich die Frauen zu ekstatischer und fachkundiger Beurteilung; ihre Augen glänzten, und ihre Sinnlichkeit war gesteigert durch die Nähe dieser Eroberer der Welt.

Pinkrose' graue Wangen wurden gelblich. Da er frisch aus einem Land kam, das sich im Krieg befand, war er durch den ersten Anblick des Feindes so entnervt, daß er Harriet direkt anblickte und fragte: »Das waren doch Deutsche, wenn ich mich nicht irre?«

Harriet erklärte ihre Anwesenheit: »Es sind sehr viele Deutsche in Bukarest. Sie werden sich bald an sie gewöhnt haben.«

Guy kam im Trab zurückgeeilt und sagte, daß er nicht in der Lage gewesen war zu telefonieren, da alle Telefonzellen von Journalisten besetzt waren, die Berichte an ihre Kontaktleute in der Schweiz durchgaben. »Ich weiß nicht, worum es geht«, sagte er, »aber wahrscheinlich hat es mit der Militärmission zu tun. Wir werden warten müssen, also laßt uns hineingehen.«

Pinkrose und Harriet folgten ihm durch das Vestibül. Gerade als sie an den Telefonkabinen vorbeikamen, schoß Galpin aus einer heraus und wollte sich an ihnen vorbeidrängen, nichts und niemanden sehend, eifrig beschäftigt mit seiner Jagd nach Nachrichten. Guy hielt ihn am Arm fest und stellte ihn Pinkrose vor, dessen Erscheinen Galpin zu überraschen schien; dann fragte er: »Ist etwas passiert?«

»Mein Gott, haben Sie es denn nicht gehört?« Galpins Augen traten hervor. »Foxy Leverett ist heute früh tot aufgefunden worden. Er lag auf dem Bürgersteig, keine hundert Meter von der Gesandtschaft entfernt. Es sah aus, als ob er aus einem Fenster gefallen wäre, aber das nächstgelegene Haus war leer; sogar alle Fensterläden waren geschlossen. Der Eigentümer ist verhaftet. Meine Ahnung sagt mir, daß er aus einem Auto geworfen wurde. Egal, wie auch immer er dorthin gekommen ist, er ist jedenfalls fürchterlich geschlagen worden. Dobson sagte, er habe ihn nur an seinem roten Schnurrbart erkennen können.«

»Wer hat ihn gefunden?«

»Arbeiter. Bald nach Sonnenaufgang. Und das ist noch nicht alles. Einer der Führungskräfte in Ploesti ist verschwunden. Ein Bursche namens McGinty. Das ist gerade durchgekommen. Es ist offensichtlich, daß sich die Schweine nicht damit zufriedengeben, die Menschen vom Betreten jüdischer Büros abzuhalten. Sie wollen Blut sehen.« Er blickte zur Seite, begegnete Pinkrose' intensiv starrendem Blick und fragte dann: »Wie ist dieser kleine Bursche da nach Bukarest hereingekommen?«

In einem Ton, der Respekt verlangte, sagte Guy: »Professor Lord Pinkrose ist gekommen, um die Cantecuzeno-Vorlesung zu halten.«

»Die was?«

Guy erklärte, daß die Vorlesung alle zwei Jahre auf englisch gehalten wurde und einen Teil der kulturellen Propaganda seiner Organisation darstellte.

Galpin warf den Kopf zurück und krähte vor Lachen. »Du guter Gott!« sagte er und ging weiter seines Wegs aus dem Hotel.

Pinkrose wandte sich steif ab und schaute Guy an, als ob eine Erklärung, wenn schon keine Entschuldigung fällig sei, doch Guy war zu verwirrt zu beidem. Er führte den Professor zu einem Sofa und fragte ihn, ob er einen Brandy wolle.

Pinkrose schüttelte mürrisch den Kopf. »Ich trinke nie Alkohol, aber es ist lange her, seit ich mein Frühstück hatte. Ich hätte gern ein Sandwich.«

Guy bestellte ihm Sandwiches und Kaffee und ging zu den Telefonen zurück. Bei der ersten Andeutung eines Wetterumschwungs war die Zentralheizung aufgedreht worden. Die Luft im Raum war stickig, und Pinkrose, der einige Augenblicke lang völlig angezogen dagesessen hatte, begann sich auszuwickeln. Er entfernte ein, zwei Schals, nahm dann den Hut ab und enthüllte kahle Augenbrauen, hoch, grau und runzlig, umgeben von Fransen hundebrauner Haare. Diese Diskrepanz der Farben zog Harriets Blick an, und sie mußte sich sehr bemühen, woanders hinzusehen.

Nach einer Weile kam der Mantel an die Reihe. In einem engsitzenden Anzug aus dunkelgrauem Stoff mit Fischgrätmuster, altmodisch geschnitten, mit Vatermörder und enggebundener Krawatte saß Pinkrose da, umgeben von seiner Straßenkleidung. Er warf Harriet versuchsweise ein, zwei schnelle Blicke zu, bevor er sie wieder ansprach, und fragte dann: »Was hat dieser Mann erzählt, über jemanden, der tot aufgefunden wurde?«

»Der Tote war Attaché an der Gesandtschaft. Wir denken, daß er etwas mit dem Secret Service zu tun hatte.«

»Ah!« nickte Pinkrose wissend. »Ich glaube, diese Burschen nehmen oft ein böses Ende.« Er war genügend beruhigt, um sein Sandwich zu essen, als dieses gebracht wurde.

Harriet, die ihn beobachtete, verspürte keinerlei Beruhigung. Was Foxy zugestoßen war, könnte auch Guy zustoßen – oder jedem von ihnen. Und Foxy war ein liebenswerter Bekannter gewesen. Nicht nur das, er war derjenige, der ›Fachmann im Schmuggeln von Menschen über Grenzen‹ gewesen war, jener, der ihnen wegen Sascha hätte helfen können. An wen konnten sie sich nun wenden? Sie konnte sich nicht vorstellen, daß Dobson recht viel praktische Hilfe leisten würde, und sie kannten die höheren Beamten in der Gesandtschaft kaum.

Ein »Na!« von Pinkrose erinnerte sie wieder an ihre unmittelbare Verantwortung. Er blickte in das Sandwich. Mit dem Ausdruck des beleidigten Gourmets legte er es auf die Seite, sagte: »*Nicht* sehr schön«, und nahm einen Schluck Kaffee. Er verzog das Gesicht, als ob es sich um ein Abführmittel handelte. »Vielleicht«, sagte er, »werde ich doch noch einen kleinen Sherry nehmen.«

Sie war dankbar, als Inchcape ankam, um die Last von Pinkrose' Gesellschaft mir ihr zu teilen.

Er sagte zu Pinkrose: »Da bist du also!«

Pinkrose sprang auf. Mit einem Anflug von Farbe auf seinen Wangen und umgänglich vor Freude, seinen alten Freund wiederzusehen, sagte er: »Ja, in der Tat! Hier bin ich!« Er lächelte zum ersten Mal seit seiner Ankunft und sah wie ein Schuljunge aus. »Und was für eine Reise!« fügte er hinzu.

»Das mußt du uns alles später erzählen.« Inchcape sprach, als ob Pinkrose tatsächlich der Schuljunge sei und er, wie immer, der Direktor. »Aber erst brauch' ich einen Drink.« Er wandte sich an Guy und fragte: »Was trinken Sie da? *Ţuică?* In Ordnung, ich werd' auch einen *ţuică* trinken.«

»Wie stehen die Dinge daheim in England?« fragte Inchcape.

»England ist derzeit so ungemütlich«, sagte Pinkrose, »und so nervtötend. Die Leute sprechen von nichts anderem als von dieser verdammten Invasion – ziemlich überfällig, wie ich meine. Sogar beim gemeinsamen Essen in der Mensa reden die Kollegen von nichts anderem. Und das Leben im allgemeinen! So viele neue Vorschriften und Verordnungen und kleinliche Verbote! Der Stromausfall; das Schlangestehen! Du, mein lieber Inchcape, warst gut beraten, als du dich davongemacht hast. Ich kann dir nicht sagen, wie sich das Leben verschlechtert hat. Unter den Nazis könnte es nicht schlimmer sein; jedenfalls nicht für Leute wie uns. Schließlich hätte Göring mit mir keinen Ärger. Ich bin immer ein guter Familienvater gewesen.«

»Ah!« sagte Inchcape trocken. »Dann wirst du nicht allzu betrübt sein, wenn ich dir sage, daß wir hier bald unter Naziherrschaft stehen werden.«

Pinkrose kicherte. Inchcape schluckte seinen *ţuică* hinunter und sagte, da seine Geduld erschöpft war: »Gehen wir essen«, und führte sie in den Speisesaal.

»Heute abend«, erzählte ihm Inchcape, »wirst du allen Witz und Charme Bukarests treffen. Ich habe mehrere Prinzessinnen, die für ihre Gastfreundschaft berühmt sind, eingeladen. In ihren Häusern, versichere ich dir, gibt es so was wie fleischlose Tage nicht. Sie werden dich königlich bewirten. Inzwischen nimm Fisch und Reis!« Er sah von Guy zu Harriet, grinste in richtiger Einschätzung von Pinkrose' Unbehagen und begann dann, den mysteriösen Tod von Foxy Leverett zu diskutieren.

»Diese jungen Attachés fordern Schwierigkeiten geradezu heraus«, sagte er. »Sie machen sich überall breit, bilden sich ein, gegen alles und jeden geschützt zu sein. Aber niemand ist gegen ein Messer in den Rücken gefeit. Man hat mir erzählt, daß Leverett neulich nachts betrunken im Amalfi war und den Tisch mit einer Imitation von Horia Sima zum Brüllen gebracht hat. So geht's natürlich nicht, weißt du! Man muß das jeweilige Regime respektieren, und zwar so, wie es nun mal gerade ist. Und man muß lernen, damit zu leben.«

Harriet fragte: »Sie glauben, wir könnten lernen, mit der Eisernen Garde zu leben?«

»Warum nicht? Es kommt nur auf die eigene Persönlichkeit an. Wenn man sich anpassen kann, kann man mit allem und jedem leben. Es sind immer die Leute, die sich nicht anpassen können, die in Schwierigkeiten geraten.«

Pinkrose nickte vehement. »Dem stimme ich voll und ganz zu. *Und*, wissen Sie, wenn sich die Lage erst einmal beruhigt hat, ist die Welt ziemlich die gleiche, unabhängig davon, wer sie regiert.«

Inchcapes Spottlaune war vorüber. Er betrachtete seinen Freund verständnisvoll. »Das Wichtigste ist«, sagte er, »zu überleben.«

Nachdem sie gegessen hatten, fragte Inchcape suggestiv, ob sich Pinkrose vor dem Empfang nicht ausruhen wolle. »Das wird eine ›große Sache‹ werden«, sagte er.

»Morgen abend habe ich leider eine schon seit langem bestehende Verabredung wahrzunehmen. Ich esse mit einem jungen Freund, der mir seine Probleme erzählen will, aber«, lächelte er Pinkrose spöttisch zu, »ich glaube, du kannst dich selbst amüsieren.«

Guy sagte: »Vielleicht möchte Professor Pinkrose mit uns zu Abend essen? Nachher könnten wir in das Brahmskonzert ins Opernhaus gehen.«

»Großartige Idee!« sagte Inchcape ohne Rücksicht auf Pinkrose.

Pinkrose sah unbehaglich drein, doch Guy bemerkte in seinem Eifer nichts davon. Er sprang auf, sagte, er würde sofort gehen, um Karten zu reservieren, und stolperte beim Davoneilen über die Kante des Speisesaalteppichs.

Inchcape hatte Guy angewiesen, Pinkrose an diesem Abend zu seiner, Inchcapes, Wohnung zu begleiten, und sagte: »Aber kommen Sie, um Himmels willen, frühzeitig und geh'n Sie frühzeitig wieder. Ich kann diese Feste nicht ausstehen, wenn sie sich hinziehen.«

Folglich kamen die Pringles zu früh am Athénée Palace an und mußten zwanzig Minuten warten, bis Pinkrose fertig war. Er kam die Stufen herunter in einem uralten Smoking, zu kurz an Armen und Beinen, und über seiner Leibesmitte hing der einzige Knopf gespannt an einem Faden.

»Ich muß sagen«, sagte er und wurde aus Vorfreude beinahe jovial, »ich freue mich darauf, diese wunderschönen und kultivierten Damen zu treffen, von denen man sagt, daß sie einen so verschwenderisch bewirten.«

Guy sagte: »Ich werde Sie den Müttern von einigen meiner Studenten vorstellen. Doamna Blum, zum Beispiel, und Doamna Teitelbaum. Sie sind äußerst kultiviert und wären entzückt, Sie zu treffen...«

»Nein, nein«, unterbrach Pinkrose ungeduldig, »ich meine nicht *diese* Art von Personen. Man sagt mir dauernd, ich müsse die berühmte Prinzessin Teodorescu treffen.«

Guy erklärte ziemlich scharf, daß diese spezielle Prinzessin nicht länger in Bukarest weilte. »Aber Prinzessinnen gibt es hier wie Sand am Meer. Es ist lediglich ein Ehrentitel, jedenfalls bedeutet er nichts. Heute abend werden Sie vermutlich ein halbes Dutzend davon treffen.«

Harriet kam es so vor, als ob sich während der vergangenen Tage eine Atmosphäre der Verlassenheit über die Stadt gelegt hätte, die, wie Harriet glaubte, nicht nur aus der jahreszeitlich bedingten Tendenz, zu Hause zu bleiben, resultierte, sondern aus Furcht. Natürlich hatten die Juden Angst auszugehen, aber in diesen Tagen waren es nicht nur die Juden, die, wie der alte Codreanu, spürten, daß sie zu Hause sicherer waren.

Sie war erleichtert, als sie Inchcapes Wohnzimmer erreicht hatten. Inchcape war noch nicht erschienen. Clarence, der erste Gast, saß allein da.

Harriet hatte ihn seit ihrem Besuch in seiner Wohnung nicht mehr gesehen. Er hatte sich auf eine Art Rückzug begeben. Guy hatte ihn mehrere Male angerufen und vorgeschlagen, sich zu treffen, aber Clarence hatte sich immer damit entschuldigt, daß es ihm nicht gutgehe. Harriet hatte sich ihn vorgestellt, wie er den ganzen Tag auf seinem Balkon lag, in die Landschaft hinaus starrte und über seine eigene Unzulänglichkeit nachgrübelte; jetzt sah er aber leidlich gut aus. Er zeigte jedoch kein Bedürfnis zu reden.

Als er Pinkrose vorgestellt wurde, erhob er sich zögernd und murmelte etwas. Pinkrose murmelte zurück. Da keiner der beiden die Anlage dazu hatte, beim andern Geschwätzigkeit auszulösen, gingen sie wieder auseinander, sobald sich eine günstige Gelegenheit dazu ergab, und machten keine weiteren Versuche, miteinander zu reden.

Inchcape kam in bester Laune herein. Pauli, der folgte, hielt eine entkorkte Flasche Champagner, das Etikett unter der Serviette verborgen. Während dieser eingeschenkt wurde, zog Inchcape, in sich hineinlächelnd, seine jüngste Neuerwerbung hervor: ein purpurnes Samtherz, das, unter einer Glasglocke drei weiße Gartenlilien aus Porzellan trug. »Amüsant, nicht wahr?« sagte er. »Ich hab' es auf dem Lipscani-Markt erstanden.«

Pinkrose beugte sich vor, lächelte dünn, und stimmte zu: »Es hat einen gewissen makabren Charme.«

Als Harriet die Gesichter der beiden älteren Herren beobachtete, sah sie plötzlich, daß beide sich ähnlich und in gegenseitigem Verständnis miteinander verbunden waren.

Inchcape versprach Pinkrose: »Ich werde dich mit runter an die Dâmboviţa nehmen. Du wirst entzückt sein über den Krimskrams, den man dort aufstöbern kann.«

Die Zeit verging. Die anderen Gäste ließen sich Zeit. Als es endlich an der Vordertür läutete, waren es lediglich Dobson und David Boyd.

Dobson, gewöhnlich ein lebhafter Gast, war schwer bedrückt vom Tod Foxy Leveretts, der sein Freund gewesen war. Er entschuldigte sich, daß er nur kurz bleiben konnte: Er sei nur gekommen, um die Bekanntschaft von Professor Pinkrose zu machen.

»Ich habe die Gesandtschaft in ziemlicher Aufregung zurückgelassen«, sagte er. »McGinty ist heute nachmittag in Bukarest gefunden worden: in einem Gäßchen hinter dem Gericht. Es geht ihm schlecht.«

»Sie meinen, er ist mißhandelt worden?« fragte Inchcape.

»Er ist gefoltert worden. Jedenfalls war er an den Handgelenken aufgehängt und geschlagen worden. Sein Rücken war in einem schockierenden Zustand. Ich muß sagen, Seine Exzellenz war einfach großartig. Er ging sofort zum Innenminister und verlangte eine rückhaltlose Untersuchung von Foxys Tod und dem Vorfall mit McGinty. Er sagte, er würde nicht ruhen, bevor nicht die Verantwortlichen zur Rechenschaft gezogen würden. Es war genau wie in den großen Tagen von Palmerston und Stratford-Canning. Und der Innenminister weinte. Er ist angeblich Gardist, aber er sagte: ›Ihr Engländer seid ein großes Volk. Wir haben euch immer geliebt. Einige von uns glauben, daß ihr den Krieg sogar jetzt noch gewinnen könnt. Aber was können wir machen? Es gibt zu viele dieser jungen Männer. Wir können sie nicht kontrollieren.‹«

»Aber warum haben sie sich McGinty gegriffen? Was hat er gemacht?«

»Nichts. Aber sein Name war auf einer Liste...« Dobson machte eine Pause und nippte an seinem Drink, dann merkte er, daß er noch mehr sagen müsse, da er schon soviel gesagt hatte. Er fügte hinzu: »Vor dem Krieg erstellten Großbritannien, Frankreich und Rußland eine Liste von Ingenieuren, auf die man sich hätte verlassen können, daß sie im Fall einer deutschen Invasion die Ölquellen in die Luft sprengen. Diese Liste ist den Deutschen von der Vichy-Regierung übergeben worden. Freiwillig, darf ich hinzufügen. Die Männer, die gekidnappt wurden, standen auf der Liste.«

Clarence fragte scharf: »Wollen Sie sagen, McGinty ist nicht der einzige?«

Dobson sah um sich, flüsterte dann: »Hör'n Sie«, sagte er. »Behalten Sie das alles für sich. Es hat keinen Sinn, hier eine Panik auszulösen. Diese Männer waren alle Spezialisten. Sie wußten um das Risiko, das sie eingingen. Sie hätten mit der anderen das Land verlassen können; sie zogen es vor zu bleiben.«

»Wie viele sind gekidnappt worden?« beharrte Clarence.

»Vier, einschließlich McGinty. Die Eiserne Garde glaubt, daß es da eine Verschwörung gibt, die Ölquellen in die Luft zu jagen. Sie sind ein Haufen von tolpatschigen Narren. Sie brauchen Informationen. Sie glauben, sie kriegen sie dadurch, daß sie diese Burschen zusammenschlagen.«

»Und die anderen drei?« fragte Guy.

»Keine Nachricht bis jetzt.« Dobson stellte sein Glas nieder, drehte sich dann mit einem offiziellen Lächeln um zu Pinkrose, hielt eine kleine Rede und begrüßte ihn im Namen von Sir Montagu, der an ›seinen Schreibtisch gefesselt‹ sei. »Ich fürchte, wir befinden uns in schwierigen Zeiten«, sagte Dobson lächelnd.

Pinkrose stimmte in einem überraschten Ton zu: »Die Dinge scheinen in der Tat ein wenig aus dem Gleichgewicht zu geraten...«

»Ein wenig, ein wenig. Aber Seine Exzellenz denkt, wir sollten hier solange wie möglich ausharren. Ihnen zeigen, daß wir noch nicht besiegt sind.«

»Ich stimme dem von Herzen zu«, sagte Inchcape.

Nachdem Dobson gegangen war, gingen David, Guy und Harriet auf die Terrasse. Harriet fragte: »Jetzt, wo Foxy tot ist, was können wir wegen Sascha machen?«

»Ich würde mir nicht den Kopf zerbrechen«, sagte David in seinem üblichen unerschütterlichen Ton. »Wenn eine Gesandtschaft schließt, gibt es immer eine Reihe von Ausländern, denen die Legation verpflichtet ist und die in die diplomatische Gefolgschaft mitaufgenommen werden. Das wird als selbstverständlich betrachtet. Da werden auch keine Fragen gestellt.«

»Du denkst, du könntest Sascha mitnehmen? Das wäre wunderbar. Aber angenommen, wir müssen gehen, bevor die Gesandtschaft geht: was könnten wir da bloß mit ihm machen?«

Guy nahm sie am Arm. »Befassen wir uns mit dem Problem dann, wenn es da ist«, sagte er und führte sie zurück ins Zimmer.

Trübsinn überschattete die Party. Keine weiteren Gäste waren mehr gekommen. Inchcape fing an, sich zu langweilen, und Clarence blieb stumm zurückgezogen in seinem Sessel. Als die Türglocke läutete, blickte Pinkrose voller Hoffnung auf, aber der neue Gast war keine wunderschöne, gastfreundliche Prinzessin. Es war Woolley. Sein Gesicht war kummervoll, und seine Konversation war nicht geeignet, um die Stimmung zu heben. Wie Inchcape war er geneigt, Foxy selbst für seinen Tod verantwortlich zu machen, aber die Mißhandlung von McGinty nahm er als Warnung für ein Schicksal, das über allen von ihnen schwebte. Er erwähnte nicht die noch vermißten Ingenieure, sagte aber:

»Mir gefällt diese Sache nicht. Mir gefällt sie überhaupt nicht. Die Leute hauen ab, und ich verurteile sie nicht. Die Rettisons sind gegangen. Waren hier seit drei Generationen. Nun sind sie in der Levante. Es ist schlecht für's Geschäft, dieses dauernde Hin und Her. Man weiß nicht, wie man dran ist, von einem Tag zum anderen.« Er brütete eine Weile, ließ seinen langen, fahlen, pendelnden Kopf über dem Glas hängen, blickte dann auf und erspähte seine alte Feindin Harriet. »Meine Frau Gemahlin hat sich davongemacht, was nur recht und billig ist. Seine Exzellenz möchte die Damen aus dem Weg haben. Erst gestern hat er zu mir gesagt: ›Wenn ich die englische Kolonie evakuieren muß, werde ich nur junge Männer im Militärdienstalter mitnehmen.‹«

Harriets Antwort war scharf und schnell: »Wenn Sir Montagu glaubt, er kann meinen Mann mitnehmen und mich zurücklassen, dann muß er noch eine Menge dazulernen.«

Woolley warf ihr einen langen, saueren und drohenden Blick zu. »Wir werden ja sehen«, sagte er.

»Ja, wir werden sehen«, stimmte Harriet nachdrücklich zu.

Es gab eine anhaltende Stille, bis Pinkrose plötzlich seine Arme ausstreckte mit der Geste eines Mannes, der bis über die Grenzen des Erträglichen hinaus strapaziert wurde. »Was *bedeutet* dies alles? Die britische Kolonie evakuieren! Nur Männer im Militärdienstalter! Was *geht* hier vor?«

Inchcape antwortete ruhig: »Wie du sicher selbst bemerkt hast, alter Knabe, sind die Dinge hier ein bißchen aus dem Lot. Es hat schließlich eine Revolution stattgefunden. Du mußt davon gehört haben.«

»Ich habe davon gehört. *The Times* hat die Absetzung König Carlos erwähnt. So etwas passiert immerzu in den Ländern des Balkans. Niemand hat auch nur ein einziges Mal darauf hingewiesen, daß hier Gefahr droht.«

»Niemand hat auch nur ein einziges Mal darauf hingewiesen, daß hier Gefahr droht!« Inchcape öffnete die Lippen und blickte um sich. Er fragte in den Raum: »Was denken sich die Verantwortlichen in London eigentlich? Sind sie so mit ihrem nutzlosen Verwaltungsgeschwätz beschäftigt, daß sie von den Realitäten in Osteuropa überhaupt keine Ahnung haben?«

Er hatte die Stimme erhoben und engagierte sich entrüstet für Pinkrose, aber Pinkrose ließ sich nicht ablenken. »Du hättest mich warnen sollen, Inchcape. Ich nehme dir das sehr übel, sehr übel.«

»Du lieber Himmel!« Inchcapes Art änderte sich wieder, und er fing nun an, sich über seinen Freund lustig zu machen: »Sind wir dieser Tage nicht überall in Gefahr? Warst du in England etwa nicht in Gefahr? In sehr *realer* Gefahr, möchte ich sagen. Müssen sie nicht jeden Tag mit der Invasion rechnen? Hier handelt es sich lediglich um einen Nervenkrieg. Persönlich bin ich der Überzeugung, daß die Dinge wieder ins Lot kommen werden. Der junge König und seine Mutter sind sehr populär. Sie sind gestern ausgegangen und kauften Kuchen bei Capsa. Ja, sie gingen tatsächlich zu Fuß, genauso wie unsere eigene königliche Familie! Da kann nicht allzuviel verkehrt sein in einem Land, wo so etwas geschieht.«

Pinkrose wirkte etwas besänftigt. »Nichtsdestoweniger«, sagte er, »wurde ich fehlinformiert. Als du mir im Frühjahr geschrieben hattest, beschriebst du herrliche Speisen, eine feudale Atmosphäre, eine alte Aristokratie, überschwengliche Partys, jeden Komfort – kurz: eine Rückkehr zu den guten alten Zeiten. Und was finde ich vor, nachdem ich den ganzen mühsamen Weg hierher gemacht habe? Kein Fleisch auf der Speisekarte. Und was ist aus dem Witz und der Schönheit Bukarests geworden, wenn ich fragen darf? Dein Empfang scheint mir bedauernswert schlecht besucht zu sein.«

Inchcape öffnete den Mund zu einer Antwort, hielt dann aber inne. Harriet beobachtete ihn interessiert, denn nie zuvor hatte sie ihn in Verlegenheit erlebt. Schließlich antwortete er: »Die Engländer sind zur Zeit in Ungnade. Ich glaube, im Athénée Palace gibt es einen Empfang für die deutschen Offiziere. Ich fürchte, unsere rumänischen Gäste sind alle hingegangen, um unseren Feind zu unterhalten.«

»Ah!« sagte Pinkrose. Beschwichtigt von der Bescheidenheit von Inchcapes Geständnis, sagte er nichts weiter.

Woolley, der sich aus diesem Wortwechsel herausgehalten hatte, saß versunken in seine eigene Übellaunigkeit und sagte dann plötzlich: »Ich muß weg«, stellte sein Glas ab und ging ohne ein weiteres Wort.

Clarence kicherte. Er hatte beständig getrunken, und die Wirkung zeigte sich nun. »Ich höre,« sagte er, »daß Woolley seit der Abreise seiner Frau eine kleine rumänische Freundin gefunden hat.« Indem er sein Glas ausgestreckt hielt, rief er: »He, Pauli, Nachschub.« Pauli ging grinsend zu ihm hinüber; die Betrunkenheit der Engländer war ein gängiger Witz in Bukarest.

Pinkrose, der auch getrunken hatte, nahm Inchcape zur Seite und flüsterte ihm etwas zu.

»Hier entlang«, sagte Inchcape barsch. Er führte Pinkrose aus dem Zimmer, kam einen Augenblick später allein zurückgeschossen und sprach zu Guy, Harriet und Clarence in einem Anflug von Verschwörung: »Schaut her! So wie die Dinge stehen, werden wir für den alten Trottel nie ein Publikum zusammenbringen. Das Problem ist, ihn darauf vorzubereiten. Ihr müßt mir zur Hand gehen. Fangt an anzudeuten, daß dies weder die Zeit noch der Ort für eine öffentliche

Vorlesung in Englisch ist. Deutet an, er könnte belästigt werden. Jagt ihm solche Angst ein, daß er zu mir kommt, um mir zu sagen, daß er die Vorlesung nicht halten will. Verstanden? Aber macht es mit Takt…« Inchcape brach abrupt ab, als er Schritte zurückkommen hörte. Pinkrose trat ein.

»Also dann«, sagte Inchcape freudig, »Pläne für unsere weitere Zerstreuung. Wie steht es mit dem kommenden Wochenende? Ich werde leider in Sinai sein, ich hab' das Zimmer vor Wochen reserviert. Ich muß mir einen freien Tag gönnen, bevor das Wetter umschlägt. Aber ich bin sicher, unsere jungen Freunde hier…!« Er lächelte Guy, Harriet und Clarence einladend an. »Was haben Sie alle vor?«

Guy antwortete, wie es von ihm erwartet wurde. »Wir werden nach Predeal fahren«, sagte er, »vielleicht hätte Professor Pinkrose Lust, mit uns zu kommen…« Er schaute Harriet an und suchte ihre Unterstützung.

Sie sagte bestimmt: »Ich bin mir sicher, Professor Pinkrose würde lieber mit Professor Inchcape nach Sinai gehen.«

Stirnrunzelnd und mit dem Fuß den Teppich scharrend, sagte Inchcape: »Warum nicht? Warum nicht?«

Clarence, der so tief in seinem Sessel lümmelte, daß der Hintern über den Rand schaute, sprach schleppend: »Ich werd' auch weggehen.«

Alle sahen ihn an. »Und zwar auf der Stelle«, sagte er. »Hörst du das Inch, du alter Vogel Strauß? Ich gehe auf der Stelle, weg von deiner verdammten Organisation. Weg von dem, was du deine Einflußsphäre nennst. In wärmere, farbenfreudigere Gefilde. Und du kannst mich nicht zurückhalten!«

Inchcape hielt inne, begriff, daß man mit ihm sprach. Er sagte: »Was haben Sie gesagt?« Clarence wiederholte das meiste von dem, was er gesagt hatte.

Inchcape explodierte: »Sie verlassen uns? In einer Zeit wie dieser! Und ohne Vorwarnung!«

Clarence rutschte noch tiefer, hielt sein Glas auf gleicher Höhe mit der Nase und sagte: »Nicht ohne Vorwarnung. Ich hab' dir schon vor Wochen erzählt, daß ich die Nase voll davon habe, hier herumzuhängen, ohne etwas zu tun zu haben. Ich bin nur geblieben, um dir einen Gefallen zu tun. Du mußt deinen kleinen Hofstaat haben. Du mußt weiterhin den Schein wahren, als ob du eine Position und Angestellte hättest. Aber ich hab' genug, ich hab' ein Telegramm nach Kairo geschickt. Sobald ich meine Anweisungen bekomme, bin ich weg.«

Inchcape, der Clarence streng angestarrt hatte, drehte sich nun herum und erklärte Pinkrose: »Lawson war uns vom British Council zugeteilt worden. Wenn er entschlossen ist zu gehen, können wir nichts dagegen tun. Aber es ist ein schwerer Verlust. Man kann heutzutage keinen Ersatz bekommen.«

Pinkrose nickte voller Mitgefühl und schaute ebenfalls streng auf Clarence, der sagte: »Ich bin kein Verlust. Tja, wenn du weggingst, Inchy-boy, wäre es etwas anderes. Das Ansehen Großbritanniens würde diesen Schock nicht überdauern.«

Inchcape ignorierte dies und fuhr fort, mit Pinkrose zu sprechen: »Meine Einstellung ist, daß, wie groß auch immer die Gefahr sein mag, ein Mann seinen Posten nicht verlassen sollte.«

Clarence lachte: »Du bist in keiner Gefahr. Und dein Posten ist ein Witz.«

Jetzt drehte sich Inchcape voller Wut um: »Wenigstens stehe ich dazu. Und was die Gefahr betrifft, möchte ich Sie erinnern, daß ich der Beerdigung Calinescus beigewohnt habe.«

»Ganz Bukarest hat der Beerdigung Calinescus beigewohnt.«

Pinkrose, aufrecht, wachsam, die Wangen gerötet, blickte eifrig von einem Kontrahenten zum anderen. Zum ersten Mal seit seiner Ankunft schien es, als ob er sich amüsierte.

Als sich Clarence erhob, um seinen Vorteil auszunutzen, sagte Guy: »Jetzt ist's genug, Clarence.«

»Du hast ja recht.« Clarence streckte seinen Arm aus und ergriff Guys Hand. Während Pinkrose beide anstierte, sagte Clarence: »Du hast immer recht. Du bist der einzige von uns, der seine Existenz hier rechtfertigen kann. Die Sommerkurse sind vielleicht nicht viel, aber sie sind wenigstens eine Herausforderung ...«

Guy zog seine Hand zurück. »Die Sommerkurse wurden letzte Woche geschlossen.«

Clarence seufzte tief und fiel in seinen Sessel zurück. »Was zum Teufel, macht das schon aus?« murmelte er.

Die Tür ging auf, Pauli trug zwei große Platten herein, eine mit Reis, und auf der anderen eine Art Schmorgericht. Er belud die Teller und teilte sie mit verschwenderischem Lächeln aus. Ein einheimischer Wein wurde dazu serviert.

Als sie aßen, bemerkte David, daß er kommendes Wochenende ebenfalls wegfahre. Er gehe ins Delta.

»Ha, das Delta!« sagte Clarence bösartig und wissend. »Er sagt, er geht ins Delta.«

Pinkrose schaute Clarence voller Bestürzung an. Niemand sprach bis zum Ende des Mahls, und Inchcape erhob sich, um anzudeuten, daß die Party zu Ende war. Die Geste war überflüssig. Seine Gäste machten bereits Anstalten zu gehen.

21

Am nächsten Abend war Harriet eine geschlagene Gastgeberin. Das übersteigerte Geltungsbedürfnis von Pinkrose schien durch seinen Schleier der Geselligkeit hindurch. Sie fühlte, daß es seine Absicht war, es durchscheinen zu lassen. Es stellte Protest dar. Er war Gast, aber ein widerwilliger Gast. Er machte nicht die geringsten Zugeständnisse an gutes Benehmen.

Es war einer jener Morgen gewesen, an dem auf dem Markt nichts zu haben war. »Nichts außer Kohl«, sagte Despina.

Harriet war zu Dragomir gegangen, wo es für diejenigen die dafür bezahlen konnten, Nahrungsmittel gab. Die bevorzugten Kunden waren nicht länger rumänische Männer, sondern deutsche Frauen: die Ehefrauen der Attachés, die in erheblicher Zahl von den beiden großen deutschen diplomatischen Einrichtungen beschäftigt wurden. Von stämmiger Figur und energisch, von solch günstigen Umtauschraten lebend, daß sie mit Bündeln von Tausend-*Lei*-Scheinen zum Einkaufen gingen, waren diese Frauen respektable Gegner, denen sich Harriet nur entgegenstellte, wenn sie verzweifelt war. Sie ergatterte zwei kleine magere Hühnchen. Dann versuchte sie, eine Flasche Sherry zu finden, aber Sherry war aus den Läden verschwunden. Sie kam zurück mit einer Flasche imitierten Madeira.

Als ihm dieser angeboten wurde, beäugte Pinkrose – eine Augenbraue hochgezogen – einige Momente lang die Flasche und sagte dann: »Vielleicht nehme ich ein halbes Glas.« Er nippte daran, fand ihn besser, als er erwartet hatte, und drückte Zufriedenheit aus, indem er mit dem Hintern auf dem Stuhl umherrutschte. Er erlaubte, daß ihm nachgeschenkt wurde und sagte: »Ich kann mir nicht denken, warum Professor Inchcape mich in diesem Hotel untergebracht hat.«

Harriet war überrascht. »Das Athénée Palace war früher praktisch ein englisches Hotel«, sagte sie. »Wir sehen es als Zufluchtsstätte an, und die englischen Journalisten, die dort wohnen, verlassen es so gut wie nie.«

»Es wimmelt dort von Deutschen«, beschwerte sich Pinkrose.

»Das andere Hotel, das Minerva, ist noch viel schlimmer. Es ist voll von deutschen Diplomaten. Die Offiziere der deutschen Militärmission sind nur deswegen im Athénée Palace, weil das Minerva keine Zimmer für sie gehabt hatte.«

»Tatsächlich!« Als er sein Soll an Konversation erfüllt hatte, zog sich Pinkrose in sein Schweigen zurück, aber seine Augen musterten jedes Detail seiner Umgebung. Harriet sah, wie sie vom schäbigen Polster zu den schäbigen Teppichen wanderten, und sagte: »Wir haben diese Wohnung möbliert übernommen. Die Sachen haben eine ziemliche Abnutzung von den verschiedenen Vormietern erfahren.«

Während sie sprach, senkte er den Blick, und seine Wangen wurden rosa. Aufgeschreckt aus seiner Übellaune, sprach er gnädig: »Ich vermute, die Bücher gehören Ihnen?«

Charles Warden (Teremy Brudenell) und Harriet (Emma Thompson) verlieben sich ineinander – doch für eine Liebesaffäre herrschen zu unruhige Zeiten.

Guy (Kenneth Branagh) und Harriet Pringle (Emma Thompson) lassen sich in Athen nieder.

Sie erklärte, daß die Bücher, meist gebraucht, von Guy gesammelt und in Säcken nach Rumänien gebracht worden waren. Er nickte interessiert. Obwohl er Harriet nicht anblickte, war seine Aufmerksamkeit doch gezielt in ihre Richtung gelenkt, und als sich Guy am Gespräch beteiligte, schaute er auf entmutigende Weise zur Seite.

Guy hatte einige Gedichtbände von Lyrikern, die er als Student gekannt hatte. Er fing an, sie herunterzunehmen, um Pinkrose Signaturen und Widmungen zu zeigen, aber Pinkrose war nicht beeindruckt.

»Diese jungen Männer müssen noch eine Menge lernen«, sagte er.

Guy engagierte sich sofort zur Verteidigung der Dichter seiner Generation, und während er sprach, füllte er Pinkrose' Glas nach. Zu geistesabwesend und kurzsichtig, um zu sehen, wann es voll war, goß er weiter, bis der Madeira vom Tisch auf Pinkrose tropfte, der voller Ärger »Na!« sagte. Mit tausend Entschuldigungen begann Guy, Pinkrose' Hose abzureiben, und Pinkrose, der wieder »Na, na, na!« sagte, zog seine Beine weg.

Harriet rief nach Despina, die nichts lieber tat, als ins Zimmer zu kommen, wenn Gäste anwesend waren, und die jetzt so lange um Pinkrose' Beine herum aufwischte, bis dieser im höchsten Ton der Verärgerung sagte: »Wenn wir jetzt nicht bald essen, kommen wir zu spät zum Konzert.«

Das Abendessen, das er resigniert zu sich nahm, war eine eilige Mahlzeit.

Als sie durch den Haupteingang der Oper gingen, waren die Pringles von dem Ausmaß überrascht, in dem sich die Besucher herausgeputzt hatten. Alle waren in Abendgarderobe, die Männer trugen Orden, die Frauen Décolletés und reichlich Juwelen. Harriet begann zu spüren, daß etwas nicht stimmte. Dies war nicht das übliche rumänische Publikum. Die Menschen waren zu groß, zu wichtig aussehend, und alle sprachen Deutsch. Das Vestibül war von Blumen eingerahmt.

Pinkrose atmete hörbar, in Wertschätzung all dieser Pracht. »Heutzutage sehen wir nichts dergleichen bei uns zu Hause.«

Harriet bemerkte, daß jeder, der einen ersten Blick auf ihre kleine englische Gruppe geworfen hatte, noch ein zweites Mal und in offensichtlichem Unglauben auf sie blickte. Sie fragte Guy: »Glaubst du, wir sind unpassend angezogen?« Er fand diesen Gedanken lächerlich, und es sah in der Tat so aus, als ob sie selbst es waren und nicht ihre Kleidung, die Anlaß zum Erstaunen gaben.

Als sie sich zu ihren Plätzen begaben, gab es Geflüster und Köpfedrehen, das endlich durch den Einmarsch des Orchesters beendet wurde. Nachdem die Musiker ihre Plätze erreicht hatten, blieben sie stehen, und der Dirigent schaute zur Hauptloge hin, die auf Höhe der Bühne herausragte. Das Publikum verlor das Interesse an den Pringles und beobachtete ebenfalls die Loge.

Harriet sagte zu Pinkrose: »Ich glaube, der König kommt.« Pinkrose schob sich befriedigt im Sessel hin und her.

Die Tür im Hintergrund der Loge öffnete sich, und das Schillern einer Hemdbrust war zu sehen. Das Publikum begann zu applaudieren. Eine Gruppe von Menschen trat mit der gekünstelten Grazie königlichen Adels ein, angeführt von einem großen Mann, der an die Brüstung vortrat und dort stehenblieb. Die Pringles erkannten die stämmige, düstere, unverwechselbare Gestalt von Dr. Fabricius. Der Applaus tobte. Eine Frau in goldenem Tuch, vielleicht seine Ehefrau, machte königliche Bewegungen mit einer Hand. Fabricius verbeugte sich.

»Das ist doch nicht der junge König?« sagte Pinkrose.

Guy sagte ihm, daß es der deutsche Gesandte war. Pinkrose' Kinn fiel vor Enttäuschung herunter, aber er nickte und war inzwischen auf alles gefaßt.

Während die Gruppe der Gesandtschaft eintrat, füllte sich die Loge gegenüber mit Offizieren der Militärmission, die mehrere strahlende Damen eskortierten. Harriet, unfähig sich ein Lächeln zu verbeißen, flüsterte Pinkrose zu: »Dort sind einige der Prinzessinnen, die Sie zu treffen hofften.«

Der Dirigent hob den Stab. Das Publikum erhob sich. Die Pringles und Pinkrose, die die rumänische Nationalhymne erwarteten, taten desgleichen. Einige Augenblicke vergingen, bis die Pringles bemerkten, daß sie für *Deutschland über Alles* aufgestanden waren. Guy ließ sich sofort in seinen Sessel zurückfallen, und Harriet tat es ihm etwas langsamer gleich. Pinkrose war von ihrem Benehmen peinlich berührt und blieb in Habachtstellung stehen. Nach der Nationalhymne gab es eine Pause, dann kam das Horst-Wessel-Lied.

Verblüfft begann Guy, zum ersten Mal das Programm zu studieren. Er blickte zu Harriet hinüber und zischte: »Gieseking.«

Ihr wurde klar, was geschehen war. Guy, in Eile und kurzsichtig, hatte die Karten gekauft, ohne den Anschlag vor dem Theater zu beachten. Dies war ein deutsches Propagandakonzert.

Als Pinkrose sich hinsetzte, wollte Harriet den Irrtum erklären, er aber hatte es bereits selbst erraten und brachte sie mit einer Bewegung zum Schweigen. »Da wir nun schon einmal hier sind«, sagte er, »laßt uns die Musik genießen.«

Der Pianist hatte seinen Platz eingenommen, und Beethovens Klavierkonzert Nummer Fünf begann.

Harriet, dankbar für diese Einstellung Pinkrose', dachte wie er, aber Guy schaute unglücklich drein. Er saß während des ersten Satzes mit verschränkten Armen und gesenktem Kinn, und stand auf, sobald er zu Ende war.

Pinkrose starrte ihn in höchstem Maße irritiert an.

Er flüsterte: »Es hat keinen Wert. Ich gehe.«

Harriet, die von der Darbietung begeistert war, sagte: »Bitte bleib doch«, aber er schob sich an ihr vorbei. Sie hatte das Gefühl, daß sie mit ihm gehen mußte, und als sie sich erhob, sagte Pinkrose bestürzt: »Ich will hier nicht allein zurückgelassen werden.«

Der Pianist saß bewegungslos und wartete auf das Ende der Störung. Gleichermaßen amüsiert wie verärgert, beobachtete das Publikum, wie die drei englischen Eindringlinge hinauseilten, so schnell sie konnten.

Im Vestibül entschuldigte sich Guy mit schweißbedecktem Gesicht, daß er sie in diese mißliche Lage hinein- und auch wieder herausgebracht hatte. Er erklärte: »Ich konnte es nicht aushalten. Ich mußte dauernd an die Konzentrationslager denken.«

Zu verärgert, um zu sprechen, drehte sich Pinkrose ab und stolzierte aus der Oper. Die Pringles liefen hinter ihm drein, es gelang ihm jedoch, den ganzen Weg zurück zum Hotel immer vor ihnen zu bleiben.

Als er vor der Drehtür aufgehalten wurde, versuchte Guy, sich nochmals zu entschuldigen, aber Pinkrose hob die Hand. Er hatte genug gelitten. Er wollte nichts mehr hören.

Der Überfall

22

Der Zug, der sich ins Gebirge hinaufschlängelte, schleppte die schwere Luft der Stadt mit sich. Während der vergangenen Woche war es nochmals sehr heiß geworden. Bukarest durchlitt die letzten, sich hinziehenden Tage des Sommers.

In Ploesti, wo der Zug einen langen Aufenthalt hatte, stand das Leben still. Das Sonnenlicht ergoß sich wie Honig über die entblößte Erde und glänzte auf dem Metall der Raffinerien und Lagertanks. Öltransportzüge standen auf den Nebengeleisen, mit dem Namen des Bestimmungsorts auf jedem Tankwaggon: Frankfurt, Stuttgart, Dresden, München, Hamburg, Berlin.

Die englischen Journalisten, die ursprünglich eingeflogen waren, um über die Abdankung zu berichten, waren immer noch in Bukarest, festgehalten von einer Serie von Greueltaten. Im ganzen waren acht Ölingenieure von den Eisernen Garden entführt worden. Einer von ihnen war in einer Nebenstraße Ploestis tot aufgefunden worden, ›an Herzversagen‹ gestorben, wie die Zeitungen schrieben. Die anderen überlebten ihre schweren Mißhandlungen.

Am Morgen war der alte Minister, der es lieber gesehen hätte, wenn Rumänien unter den Russen vereint worden wäre, im Wald von Snagov ebenfalls tot aufgefunden worden; sein Haar und sein Bart waren ausgerissen und ihm in den Mund gestopft worden. Er war in den letzten Wochen zum fanatischen Gardisten geworden, doch hatte ihn dies nicht mehr retten können.

Galpin verließ das Athénée Palace überhaupt nicht mehr. Mit der Miene eines Propheten, der seine schlimmsten Vorhersagen erfüllt sieht, sagte er zu jedem, der die Bar betrat: »Es dreht sich nur noch darum: Wer ist als nächster dran?«

Nach langem Aufenthalt in Ploesti bewegte sich der Zug

hinaus in die Ausläufer des Gebirges, wo breitbeinig die alten, hölzernen Bohrtürme aus den Pioniertagen standen. Weiter draußen erschienen Bergwiesen, die aber bald von Felsen durchbrochen wurden und allmählich in eine Landschaft von Föhren und grauem Schiefer übergingen, die typisch für das transsylvanische Vorgebirge war.

Der Zug kam in Predeal an. Als die Pringles das Abteil voll abgestandener, stickiger Luft verließen, wurden sie von der Klarheit der Luft draußen überrascht. Geruchlos rein, war sie auf der Haut kalt wie Äther. Sie wollten sofort zum Hotel gehen, mußten aber erst der Polizei ihre Ankunft melden. Der Polizeioffizier, unrasiert, schmutzig und nach Knoblauch riechend, schob eine Ansammlung ungespülter Kaffeetassen zur Seite, um mit äußerster Bedächtigkeit ihre Aufenthaltsgenehmigung abzustempeln. Sie durften bis zu einer Woche in Predeal bleiben und trugen ihr Gepäck die lange Hauptstraße entlang zum Hotel.

Predeal, sowohl Winterkurort als auch Sommerfrische, war so wenig auf der Höhe der Zeit, daß am Anzeigenbrett im Rathaus ein englischer Film angekündigt wurde.

In dem kleinen Hotel für Skitouristen gab es nichts zu tun. Guy packte seine Anthologien und die Romane von Conrad aus und bereitete sich darauf vor, die Ferien mit Arbeit zu verbringen.

An ihrem ersten Morgen, als er eine Handvoll Bücher nahm, um in den öffentlichen Park zu gehen, sagte Harriet: »Aber können wir denn nicht einen Spaziergang machen?«

»Später«, versprach Guy, »wenn die Hauptarbeit getan ist.« Er schlug vor, sie solle die berühmte *confiserie* besuchen, deren weitsichtiger Besitzer im Frühsommer einen riesigen Vorrat an Zucker angelegt hatte. Nun kamen die Menschen aus allen größeren Städten, um bei ihm Kuchen zu essen.

Die *confiserie* war überfüllt. Die Tische drinnen waren alle besetzt, und die Ladentheke war dicht von Menschen belagert, die ihre Teller über den Köpfen halten mußten. Draußen, nahe der Brüstung, waren einige Stühle frei. Harriet entdeckte auch bald, warum. Die Bettler waren bei ihr, noch bevor sie sich hingesetzt hatte. Es waren drei Kinder darunter, deren Knochen mit öligen Lumpen behangen waren. Das erste, das einen verkümmerten Fuß hatte, humpelte, auf die Schultern eines kleineren Jungen gestützt. Ein drittes, ein Mädchen, war auf einem Auge blind. Vielleicht war sie so auf die Welt gekommen, denn der Augapfel lag ausdruckslos weiß, wie eine Füllung aus Fett, in seiner Höhle. Zwei heranwachsende Mädchen schoben die Kinder sanft nach vorn und hielten ab und zu in ihrem gestöhnten ›*Foame*‹ inne, um zu kichern, als ob diese Belästigung der fremden Frau einfach zu lustig sei, um es in Worte zu fassen.

Harriet verteilte ihr gesamtes Wechselgeld, das bei weitem nicht ausreichte, um sich frei zu kaufen. Die Kinder fuhren fort, neben ihr herzuhüpfen und zu jammern. Ihr Appetit war verschwunden. Sie bestellte Kaffee. Während sie darauf wartete, blickte sie auf die Straße hinaus und beobachtete einen Bauern, der Pferd und Wagen aus einer Seitengasse gegenüber führte. Das Pferd, dessen Haut sich über die darunterliegenden Knochen spannte, stolperte, als es das Pflaster der Hauptstraße betrat. Sofort schwang der Bauer die Peitsche und schlug das Tier quer über die Augen. Die Hiebe wurden mit wilder Berechnung geführt, als ob der Mann nur auf einen Vorwand gewartet hätte, seine chronische Wut abzulassen.

Mit einem Schrei sprang sie auf, zu entsetzt, um die Überraschung ihrer Nachbarn zu bemerken. Bis sie draußen auf dem Bürgersteig war, war alles schon vorbei. Pferd und Bauer waren um die Ecke und bereits ein Stück die Straße hinab.

Sie vergaß Kaffee und Kuchen und eilte zurück zum öffentlichen Park. Als sie Guy erreichte, konnte sie kaum sprechen. Überrascht von ihrer Erregung, sagte er: »Was ist nur los mit dir?«

Sie setzte sich nieder, erschöpft, und schluckte ihre Tränen hinunter. Sie hatte den Bauer lebhaft vor Augen, wie sein brutales Gesicht ganz konzentriert und schrecklich zufrieden war beim Ausbruch seiner Gewalttätigkeit. Sie sagte: »Ich kann diesen Ort nicht länger ertragen. Die Bauern sind so abscheulich. Ich hasse sie.« Sie sprach in einer Aufwallung von Gefühlen und zitterte, als sie sagte: »Überall in diesem Land werden die Tiere gequält – und wir können nichts dagegen tun.« Sie spürte, daß ihr dies alles zu viel wurde, und preßte den Kopf gegen Guys Schulter.

Er legte den Arm um sie, um sie zu beruhigen. »Die Bauern sind brutal, weil sie brutal behandelt werden. Sie leiden selbst. Ihr Verhalten rührt aus ihrer Verzweiflung her.«

»Das ist keine Entschuldigung.«

»Vielleicht nicht, aber es ist eine Erklärung dafür. Man muß versuchen, sie zu verstehen.«

Er drückte ihre Hand, aber sie reagierte nicht. Er redete, um sie abzulenken, aber sie blieb geistesabwesend, als habe man ihr Gewalt angetan und sie jetzt unfähig sei, den Schock abzuschütteln.

Nach einer Weile nahm er seine Bücher wieder auf. »Warum machst du nicht mal ordentlichen Urlaub?« sagte er. »Uns geht es finanziell zur Zeit nicht schlecht. Wie wäre es, wenn du mit dem Schiff eine Reise nach Athen machst?«

Ihr Ausdruck hellte sich ein wenig auf. »Heißt das, daß du mit mir kommen würdest?«

»Du weißt, daß ich das nicht kann. Inchcape will nicht, daß ich das Land verlasse. Und ich muß mich auf das neue Semester vorbereiten. Das ist aber alles kein Grund, warum du nicht fahren solltest.«

Sie schüttelte den Kopf. »Wenn wir fahren, fahren wir zusammen.«

Nach dem Abendessen legte sich Guy aufs Bett, machte es sich in den Kissen bequem und gab sich seinen Büchern hin. Harriet, etwas müde von der Bergluft, lag in seiner Armbeuge und war glücklich in seiner Wärme und Nähe. Er unterbrach seine Lektüre und sagte: »Du hast Bella in letzter Zeit nicht sehr häufig gesehen. Auch Clarence nicht. Du hast so wenige Freunde in Bukarest gefunden! Brauchst du keine Menschen um dich herum?«

Sie sagte: »Nicht wenn ich dich habe – was leider nicht oft vorkommt.«

»Du kriegst schon genug von mir. Wenn du mehr hättest, würdest du dich mit mir nur langweilen.«

Sie blickte zu ihm hoch, bemerkte, daß er es ernst gemeint hatte, und lächelte voller Widerspruch, er aber sah nicht zu ihr hin. Sie schloß die Augen und schlief ein.

Als sie am Sonntag zum Frühstück hinunterkamen, entdeckten sie Dobson, der an einem der Tische saß. Guy rief enthusiastisch: »Ja, hallo.« Harriet wußte, daß er gleichermaßen erfreut gewesen wäre, wäre der Neuankömmling irgendein anderer ihrer vielen Bekannten gewesen; und es hätte leicht auch ein Schlimmerer als Dobson sein können, wenn er sich nur bei ihrem Anblick erfreut gezeigt hätte. Er war spät am Vorabend ›zum Luftschnappen‹ heraufgefahren und wollte nur einen Tag in Predeal bleiben. Er schlug vor, nach dem Frühstück einen gemeinsamen Spaziergang zu unternehmen.

Harriet überließ es Guy, seine Entschuldigungsgründe vorzubringen, doch war die Einladung zu verlockend für ihn. Nicht nur, daß er sich geschmeichelt fühlte, er konnte auch der Unterhaltung durch einen neu angekommenen Gast nicht widerstehen.

Als sie das Hotel verließen, schlug Dobson vor, eine russische Kirche zu besuchen, die einige Meilen entfernt lag. Er sagte: »Wir könnten etwas Interessantes zu hören bekommen. Letztes Mal, als ich dort war, hatte ich großes Glück. Sie sangen das *Cantakion* für die Toten.«

Guy fragte, ob seit ihrer Abreise in Bukarest irgend etwas geschehen sei.

»Nun«, sagte Dobson, »Freitag, wie Sie sicherlich wissen, war der Todestag Calinescus. Die Gardisten hatten den ganzen Tag mit Marschieren zugebracht.«

Sie kamen zu einem Hohlweg, von wo sie die goldenen Kuppeln der russischen Kirche über den Bäumen sehen konnten.

Abrupt verließ Dobson das Thema des hinterrücks ermordeten Calinescus und sagte: »Dieses Kloster wurde von einer russischen Prinzessin gegründet, einer Äbtissin, die nach der Revolution mit einer Gefolgschaft von Nonnen hierherkam.

Königin Marie gab ihnen das Grundstück. Sie scharten eine große Anzahl von Flüchtlingen um sich, von denen viele noch heute am Leben sind. Es kursieren einige finstere Geschichten von Intrige und Mord in dieser Gemeinschaft. Welch einen Stoff für einen Roman würden sie abgeben!«

Die Pringles kannten Dobson als einen angenehmen Menschen, der sie, samt den Anordnungen zu ihrer Ausreise, mit einer leicht geistesabwesenden, heiteren Gelassenheit behandelt hatte. Jetzt, wo er verspürte, daß mehr von ihm verlangt wurde, erfuhren sie den Charme seiner aktiven Aufmerksamkeit, und beide fanden ihn entzückend.

Als sie ihn so beobachtete, wie er mit seinem plumpen, nach innen gekrümmten Rücken, dem rundlichen Hintern, der sich mit jedem Schritt hob und senkte, vor ihr herging, wunderte sich Harriet, warum sie früher einmal gedacht hatte, daß er schwierig zu durchschauen sei. Bei wem könnte es leichter sein? Und hier war die Gelegenheit, fiel ihr plötzlich ein, um für Sascha zu intervenieren! Doch zögerte sie, und wußte kaum warum.

Zu Foxy Leverett hatte sie spontanes Zutrauen gehabt. Obwohl er manchmal leichtsinnig und oberflächlich war, erschien er ihr von Natur aus weitherzig zu sein. Dobson, bei all seiner Herzlichkeit, war anders. Angenommen, der diplomatische Verhaltenskodex verlangte, den Jungen auszuliefern? Da sie sich nicht sicher war, daß er es nicht tun würde, schwieg sie und fürchtete sogar, daß Guy das Thema anschneiden könnte. Guy erwähnte Sascha jedoch nicht und hatte wahrscheinlich nicht einmal an ihn gedacht.

Sie überquerten die Brücke und schlugen den Weg zum Kloster ein. Kirche und Hauptgebäude waren aus Stein und von einer schäbigen Ansammlung von Holzbaracken umgeben, in denen die Laiengemeinde wohnte. Vier Frauen in Schwarz, die Köpfe von schwarzen, eng anliegenden Tüchern verhüllt, näherten sich der Kirche auf einem Pfad, wobei jede ihren Abstand zur nächsten wahrte. Als die erste von ihnen, eine sehr dürre, alte Dame, mit Interesse auf die Besucher blickte, nahm ihr dunkles, verrunzeltes, zahnloses und von Leiden zerfurchtes Gesicht gleichzeitig den Ausdruck von Liebenswürdigkeit und den von Verschlagenheit an. Sie machte einen leichten Knicks in ihre Richtung, bevor sie die Kirche betrat.

Guy hielt an und runzelte vor Unbehagen die Stirn, doch Dobson ging weiter, ohne sich umzublicken, und betrat die Kirche durch die schwere, hölzerne Tür.

Harriet sagte: »Komm schon, Darling, schau'n wir hinein«, und führte ihn hinter Dobson in die Kirche. Sie konnte jedoch nicht mehr als einen flüchtigen Blick ins kerzenerleuchtete Innere werfen, wo ein Priester mit erhobenen Händen über zwei Nonnen gestikulierte, die vor ihm auf dem Boden wie kleine, schwarzgekleidete Puppen lagen, die umgefallen waren. Guy keuchte, lief davon und ließ die Tür hinter sich zuschlagen. Die alten Frauen der Kirchengemeinde drehten sich um, der Priester sah auf, und sogar die Nonnen bewegten sich.

Ziemlich schockiert, eilte Harriet hinter ihm her. Bevor sie ihm Vorwürfe machen konnte, sagte er: »Wie kann man nur dahin gehen, wo solch ein greulicher Hokuspokus stattfindet?«

Nach ein paar Minuten kam Dobson mit ausdruckslosem Gesicht herausgeschlendert und erweckte den Eindruck, als ob ihn nichts überraschen könnte – doch hatte er auf dem Rückweg weniger zu sagen.

Harriet ging in völligem Schweigen, da sie wußte, daß sich Guy durch seine Aktion die gesamte mächtige Welt der Gesandtschaft zum Feind gemacht haben konnte.

Guy schwieg ebenfalls, wahrscheinlich als Reaktion auf die Szene in der Kirche, die ihn so empört hatte.

Die Straße überquerte einen klaren, seichten Bach. Harriet hielt an, um hinabzublicken, und Dobson, der sich vielleicht über ihre Unbehaglichkeit im klaren war, lehnte sich neben sie ans Geländer und sagte: »Wären Sie eine große Dame des achtzehnten Jahrhunderts, Lady Hester Stanhope zum Beispiel, stünden Sie nun an der Grenzlinie zwischen österreichischem und türkischem Reich.« Und als Harriet bei diesem Vergleich leicht errötete, lächelte Dobson in beruhigender Bewunderung.

Er gesellte sich beim Mittagessen und auch beim Tee zu ihnen. Danach lud er sie ein, mit ihm nach Sinai zu fahren.

Als er das Auto aus der Hotelgarage fuhr, entpuppte es sich als der De Dion-Bouton von Foxy Leverett.

Auf dem Weg nach Sinai war er so gesprächig wie immer. Er deutete über die Hochebene auf einige kahle, aschenfarbene Hügel und sagte: »Haben Sie jemals zuvor solch hinterhältige Hügel gesehen? Sie sehen aus, als ob sie etwas zu verbergen hätten, nicht wahr? Unter den hiesigen Bauern sind sie berüchtigt. Ich erinnere mich, daß wir, als ich letzten Winter mit Foxy zum Skifahren hier war, sie uns mal anschauen wollten. Als wir unserer Köchin Ileana erzählten, wohin wir wollten, warf sie sich auf die Knie und jammerte schrecklich: ›Nicht, bitte nicht, Domnuli, keiner von uns geht jemals dorthin. Das sind böse Berge.‹ Foxy sagte: ›Steh auf und sei kein Esel.‹ Die ganze Zeit über, als sie unsere Sandwiches machte, wimmerte sie. Sie küßte uns die Hände, als ob sie sicher sei, daß sie uns nie mehr wiedersehen würde.

Jedenfalls fuhren wir dort rüber und hatten einen langen Aufstieg – sie sind höher, als sie von hier aus wirken. Der Schnee war herrlich. Als wir oben ankamen, sagte Foxy: ›Es ist wirklich lächerlich zu sagen, daß hier niemand herkommt. Schau dir nur all diese Abdrücke von Hundepfoten an.‹ Dann kam uns die Erleuchtung. Wir schnallten unsere Skier an und fuhren den Hügel hinunter, und zwar so schnell, wie wir noch nie zuvor in unserem Leben irgend etwas hinuntergefahren waren. Als wir zurückkehrten, hatte Ileana alle Köche der Nachbarschaft dazu gebracht, für uns eine Totenwache zu halten. Sie schrien wie wahnsinnig, als sie uns sahen. Sie dachten, wir wären unsere eigenen Geister.« Dobson hatte die Geschwindigkeit erhöht, während er erzählte, und deutete nun stolz auf den Tachometer. »Macht glatte fünfundsechzig Sachen«, sagte er. Das Auto vibrierte vor Anstrengung.

Das Gespräch drehte sich nun nur noch um Foxy: Foxy tötet einen Bär in den westlichen Karpaten, Foxy schießt Enten im Delta, Foxy mit einer »Rekordstrecke von Schneehühnern«.

Aus Harriet brach es heraus: »Ich hasse all dieses Schießen.«

»Ich ebenso«, stimmte Dobson fröhlich zu, »aber es ist immer schön, ein Vögelchen auf Vorrat zu haben. Etwas, an dem man nagen kann, wenn man spät nach Hause kommt.«

Sie überholten eine Wagenladung Bauern, die auf den De Dion zeigten, die Männer brüllten vor Lachen, und die Frauen kicherten hinter vorgehaltener Hand.

Dobson lachte mit ihnen und sagte: »Wie Foxy das gefallen hätte«, und er fuhr fort mit dem Totengesang auf seinen Freund – Sportsmann, Playboy und Spaßvogel der Legation. »Der beste Kerl auf der Welt! Wir hatten zusammen eine Wohnung am Boulevard Carol.« Er erzählte weiter, wie Foxy mit der Pistole Schießübungen auf eine Louis XVI.-Uhr als Zielscheibe abgehalten hatte. Eines Nachts schoß er in die Decke und jagte eine Kugel ins Bett des Hausherrn, der sagte: »Jedem anderen außer Ihnen, Domnul Leverett, hätte ich jetzt gesagt: ›Das geht zu weit.‹«

Als der Abend hereinbrach, kamen sie in Sinai an. Dobson sagte: »Wir werden einen Bissen essen, bevor wir unser Glück versuchen«, und setzte als gegeben voraus, daß die Pringles mit ebensolcher Ungeduld wie er einem Abend im Kasino entgegenfieberten, um dort ihr Geld zu verlieren.

Das Kasino versuchte einen Eindruck von Größe und Erhabenheit zu vermitteln, was aber wegen der Wildheit der überhängenden Felsbrocken und aufgrund von balkanischer Gleichgültigkeit nicht gelang. Nach Einbruch der Dunkelheit war es merklich kühler geworden. Die Wege glitzerten im Abendtau. Die große Empfangshalle war verlassen und leer. Die einzigen Aktivitäten fanden im Hauptsalon statt, wo nur ein Tisch in Betrieb war. Die Spieler, die selbstvergessen und schweigend im Halbschatten rund um den Tisch saßen, wurden von den niedrighängenden Lampen mit ihren grünen Schirmen beleuchtet.

Dobson fand einen Platz. Guy stellte sich hinter ihn und beobachtete das Spiel, während sich Harriet auf Zehenspitzen zum Ende des Tisches begab, stehenblieb und sich die Reihe der Gesichter entlang des Tisches betrachtete, die angespannt auf das sich drehende Rad blickten. Sie dachte: »Welch eine Ansammlung komischer Käuze!« Es schien ihr, als ob sie wie entstellte Pilze von ihren Stühlen emporwuchsen. Ein Mann, dessen Schultern anomal breit waren, der aber kaum einen halben Meter über den Tisch ragte, hatte ein breites, formloses Gesicht wie Milchpudding, das ungesund glänzte. Neben ihm saß ein uraltes, weibliches Skelett mit schräg gaffendem Mund. Der Kopf eines anderen Mannes war unnatürlich groß, nicht unähnlich einem Fall von Gigantismus. Hie und da gab es Gesichter, nicht alt und doch nicht mehr jung, mit dem geisterhaften Ausdruck von vorübergehend angehaltenem Verfall.

Es schien Harriet, als ob in diesem fensterlosen Raum, der Tag und Nacht künstlich erhellt wurde, die Menschen mit der Blässe von Nachtfaltern in einer in sich geschlossenen Welt lebten, ohne Bewußtsein von Krieg, Regierungswechsel oder der Gefahr einer Invasion, tatsächlich ohne Bewußtsein einer draußen existierenden Welt, wie Insekten in einem Gallapfel. Sie würden wahrscheinlich nicht einmal den Tag des Jüngsten Gerichts bemerken. Für sie waren die Wunder der Welt auf diese kleine Kugel reduziert, die sich in einer hölzernen Schüssel drehte.

Die Kugel fiel in eine Vertiefung. Eine Bewegung, beinahe ein Stöhnen ging durch die Spieler. Es folgte eine so vollkommene Stille, daß sie – und zweifellos auch die anderen – beinahe spüren konnte, daß jeder Konflikt, falls es auf der Welt überhaupt einen geben sollte, viel zu weit entfernt war, um eine Rolle zu spielen.

Der Rechen des Croupiers erschien im Licht und schob die Chips hin und her. Niemand lächelte oder zeigte Betroffenheit oder Freude, aber als ein Spieler seine Chips setzte und dabei versehentlich die eines anderen berührte, brach zwischen ihnen ein Streit aus, kurz aber bösartig, wie unter Geisteskranken. Die Kugel drehte sich wieder. Harriet ging einen Schritt nach vorn, um besser beobachten zu können, und sofort drehte sich der Mann vor ihr um und blickte sie an, sein Gesicht verzerrt vor Ärger wegen ihrer Nähe. Auf Zehenspitzen ging sie weiter.

Als sie die andere Seite des Tisches erreicht hatte, schaute sie zu Dobson hinüber und bemerkte, daß Guy nicht mehr da war. Er hatte jemanden gefunden, mit dem er im leeren Halbdunkel jenseits des Tisches sprach. Als sie ihn erreichte, stellte sie fest, daß seine Begleiter Inchcape und Pinkrose waren. Er sprach mit gewohnter Lebhaftigkeit, aber mit gesenkter Stimme, während Inchcape mit den Händen in den Taschen und geneigtem Kopf zuhörte und auf seinen Fersen vor- und zurückwippte. Pinkrose stand einen Schritt zur Seite und beobachtete Guy mit einem Ausdruck, der Harriet sagte, daß das Giesekingkonzert noch lange nicht vergessen war. Inchcape sah auf.

»Ha, da sind Sie ja!« sagte er, als sie sich näherte. »Gehn wir einen trinken.« Er ging voraus, blickte sich nach Harriet um, und als sie zu ihm aufschloß, sagte er: »Genießen Sie ihren Urlaub?«

»Sehr. Und Sie?«

»Keine Spur.« Er senkte seine Stimme. »Ich habe den alten Trottel noch nie ausstehen können.«

»Aber warum haben Sie ihn dann nach Rumänien eingeladen?«

»Wer wäre denn sonst in einer Zeit wie dieser gekommen? Was für einen Eindruck macht er denn auf Sie?«

»Nun...« Harriet vermied eine Antwort, indem sie fragte: »Warum, frage ich mich, ist er dem armen Guy gegenüber so mißtrauisch?«

»Guy gegenüber!« Inchcape schnaubte vor amüsierter Verachtung. »Er würde dem Lamm Gottes mißtrauen.«

In der Bar, die groß, öde und leer bis auf den Barkeeper war, erzählte Inchcape, daß er Chips im Wert von fünftausend *Lei* verloren hatte. »Das war mein Limit«, sagte er. »Was Pinkrose betrifft, diesen knauserigen, alten Geizhals, so konnte ich ihn nicht dazu bringen, auch nur einen *Leu* zu riskieren!« Er wandte sich an Pinkrose. »Du bist ein knauseriger, alter Geizhals, eh?« Er stieß Pinkrose an der Schulter an. »Eh?« beharrte er, und schaute ihn mit spöttischer Verachtung an, als ob es sich um eine Ehefrau handelte, mit der man sich mehr als schämen mußte.

Pinkrose saß da, die Beine eng zusammen, die Füße säuberlich nebeneinander, die kleinen, wächsernen Hände über dem Bauch gefaltet, lächelte vage und nahm anscheinend Inchcapes Neckerei als eine Form der Bewunderung, was sie vielleicht auch war.

In der Bar war es kalt. Die Fenster waren während des Tages geöffnet gewesen und waren es immer noch; sie ließen einen feuchten, eisigen Luftzug herein. Pinkrose begann zu zucken. Er wickelte seine Schals um sich und sah elend aus, doch bevor er etwas sagen konnte, kam der Barkellner zu ihnen.

»Ich weiß was«, sagte Inchcape sanft, »wir werden heißen *ţuică* trinken. Wir feiern den kommenden Winter. Ich faulenze gerne. Die nächsten sechs Monate werde ich mich Henry James widmen.«

Der *ţuică* wurde in kleinen Teekannen serviert. Mit Zucker und Pfefferkörnern erhitzt, verlor der Schnaps seine Schärfe und erweckte den Eindruck, viel milder zu sein, als er war. Pinkrose schreckte zurück, runzelte die Stirn, als ein Kännchen vor ihm hingestellt wurde, und sagte: »Für mich besser nicht.«

»Oh, trink es aus«, sagte Inchcape mit solch einer Verärgerung, daß Pinkrose ein wenig in seine Tasse goß und daran nippte.

»Mmm!« sagte er und gab nach einem Augenblick zu: »Angenehm wärmend.«

Dobson kam, um nach ihnen zu sehen, und als er sich setzte, fragte Guy: »Glück gehabt?«

»Leider nein«, sagte er fröhlich. »Aber man erwartet ja auch nicht zu gewinnen. Man spielt um des Spaßes willen. Meine Güte!« Er streckte die Beine aus und wischte sich mit einem seidenen Einstecktuch über die Glatze. »Wie ich mich nach einem normalen Leben sehne! Ich bin nicht mehr der Jüngste, aber ich wäre überglücklich, wenn ich die Augen schließen könnte und mich beim Wiederöffnen auf einem Debütantinnenball im Dorchester oder Claridge vorfinden würde!« Er lächelte in die Runde und zweifelte keinen Augenblick daran, daß alle anderen ebensolches Vergnügen an einer derartigen Transformation haben würden. »So wie es aussieht« – er faltete sorgfältig sein Taschentuch und steckte es weg –, »geht es morgen zurück an die Arbeit.« Er wandte sich an Pinkrose und fragte freundlich: »Haben Sie vor, länger zu bleiben?«

Pinkrose wich zurück, als ob die Frage auf unentschuldbare Weise sein Innerstes berührte. »Das kann ich wirklich noch nicht sagen«, antwortete er.

Inchcape sagte: »Oh, er wird sich bald auf- und davonmachen.« Er warf Pinkrose einen boshaften Seitenblick zu und wiederholte, als ob sein Freund taub sei: »Ich sagte gerade, du würdest dich bald auf- und davonmachen.«

»Du meine Güte! Ich bin doch gerade erst angekommen«, sagte Pinkrose. »Meine Reise hierher war ein Sonderarrangement gewesen, und ich denke doch, daß das gleiche für die Rückreise zutreffen wird.«

»Wer, denkst du, soll das organisieren?« fragte Inchcape.

Pinkrose ignorierte seine Frage und fuhr fort: »Und was ist mit meiner Vorlesung, wenn ich mal fragen darf? Wird es nicht bald Zeit, einen Termin festzulegen?«

»Wir werden die Vorlesung streichen müssen.«

»Die Vorlesung streichen? Sprichst du im Ernst, Inchcape? Ich habe vor, über die Entwicklung unserer Lyrik von Chaucer bis Tennyson zu lesen. Das Zentralbüro war der Meinung, daß die Vorlesung einen erheblichen Einfluß auf die rumänische Politik haben dürfte.«

Inchcape lachte durch die Zähne. »Mein lieber Junge, selbst wenn Chaucer hierherkäme, hätte dies keinen Einfluß auf die rumänische Politik. Wenn Byron käme, wenn Oscar Wilde persönlich käme, könnten sie kein Publikum für eine öffentliche Vorlesung über englische Literatur zusammenbekommen.«

»Soll das etwa heißen, ich soll ohne ein Wort nach Hause zurückkehren? Ich würde doch wie ein ziemlicher Narr dastehen! Was würden meine Kollegen sagen?«

»Erzähl ihnen, daß es zu spät war, daß du vor sechs Monaten hättest kommen sollen.«

»Ich war vor sechs Monaten nicht eingeladen gewesen.«

Pinkrose' Lippen zitterten. Für einen Moment schien es, als ob er in Tränen ausbrechen würde, dann aber lächelte er plötzlich. »Aber du nimmst mich ja nur auf den Arm. Du willst mich aufziehen, nicht wahr?« Er blickte fragend um sich, doch niemand unternahm einen Versuch, diese Frage zu beantworten.

Harriet hatte ihre eigene Frage: »Wenn schon niemand zur Cantecuzene-Vorlesung kommen wird, wer wird dann erst zu Guys Veranstaltungen kommen?«

»Das ist eine andere Sache. Studenten sind jung, loyal, ungebunden, wißbegierig... Doch es ist der Eindruck, der zählt. Wir müssen zum Semesterbeginn öffnen.«

»Soll Guy womöglich mit der Abteilung allein fertigwerden?«

»Tja also, wenn die Studenten zahlreich erscheinen, könnte ich ein Seminar für ihn halten.«

Es entstand ein langes Schweigen. Harriet fühlte, sie hätte noch mehr dazu sagen können, aber der Drink, warm und süß, hatte sie unbeschwert werden lassen. Wenn dies nicht die beste aller möglichen Welten war, was machte es schon aus? Vielleicht würde die beste erst noch kommen.

Dobson gähnte und sagte, daß er einen Abstecher nach Sofia machen wollte. »Ich möchte mir einige Opern anhören«, sagte er.

Guy wandte sich an Harriet. »Warum fährst du nicht mit ihm?« schlug er vor.

Harriets kurzlebiges Glück war zu Ende. Einige Momente lang war sie zu verwirrt, um zu sprechen, dann protestierte sie: »Darling, du bist unmöglich! Wie kommst du darauf, daß Dobbie mich mit nach Sofia nehmen möchte?«

Dobson setzte sich aufrecht, um ihr zu versichern: »Es wäre mir ein Vergnügen.«

»Natürlich nimmt er dich mit«, sagte Guy, der nie etwas anderes erwartet hatte. Er schaute Dobson an und erklärte: »Die Situation hier wird langsam zuviel für sie.«

»Das hätte ich nie für möglich gehalten.« Dobson lächelte, als ob Guy nicht ganz bei Trost sei. »Was er mit Sicherheit auch nicht ist«, dachte sie. Sie war insbesondere deshalb verärgert, weil sie geglaubt hatte, daß die Frage ihres Gehens endgültig vom Tisch sei; nun tauchte sie von neuem wieder auf.

Pinkrose hatte seinen *ţuică* ausgetrunken, und die Augenlider fielen ihm herunter. Er neigte sich nach vorn und erhob sich dann mit einem Ruck: »Ich werde ins Hotel zurückgehen. Ich liebe es, frühzeitig zu Bett zu gehen.«

»Ja.« Inchcape erhob sich ebenfalls und sagte lebhaft: »Ins Bett. Wo soll man denn sonst in dieser unzivilisierten Ecke Europas hingehen?«

Draußen blies ein frostiger Wind durch die Bäume. Dobson fand heraus, daß Inchcape und Pinkrose ebenfalls am nächsten Morgen nach Bukarest zurückkehren wollten, und bot ihnen an, sie mitzunehmen. Inchcape wollte zusagen, doch als Pinkrose den De Dion erblickte, schüttelte er ganz entschieden den Kopf. »Oh, nein! Du lieber Gott, nein! Ich könnte niemals in einem offenen Wagen fahren.«

»Na, nun komm' schon, du alte Schlafmütze!« Inchcape, der bis über das erträgliche Maß hinaus verärgert war, gab Pinkrose einen Schubs, der ihn die Straße hinunter zum Hotel schwanken ließ.

Die Fahrt zurück nach Predeal war sehr kalt. Harriet fühlte sich depressiv und spürte, daß Guy auf eine Art unerträglich war. Als sie ihr Zimmer erreichten, bemerkte Guy, daß sie sich ihm entzog, legte den Arm um sie und sagte: »Zerbrich dir nicht den Kopf. Wir werden alles überstehen.«

»Ich zerbreche mir nicht den Kopf«, antwortete sie kühl.

»Es tut dir nicht leid, mit mir nach Rumänien gekommen zu sein?«

Sie schüttelte den Kopf und entwand sich seiner Umarmung.

»Tut es dir vielleicht leid, mich geheiratet zu haben?«

Offensichtlich bedurfte er der Rückversicherung, denn als sie sagte: »Manchmal schon«, blickte er sehr bekümmert drein. Er fragte: »Hast du das Gefühl, du bräuchtest jemanden, der anders ist?«

»Vielleicht.«

»Wen? Clarence etwa?«

»Du lieber Himmel, nein. Nein, niemand, den ich kenne; vielleicht auch niemals kennenlernen werde.«

Er fragte völlig verzagt: »Du meinst, daß du mich nicht mehr liebst?«

»Das meine ich nicht, doch bin ich mir nicht sicher, ob du überhaupt intensiv geliebt werden willst. Du willst einen Freiraum haben für eine Menge anderer Leute und anderer Dinge.«

»Aber ich habe zu arbeiten«, protestierte er. »Ich muß mich mit Menschen treffen, muß mich frei bewegen können. Du bewegst dich doch auch frei...«

»Ja, aber die Wirklichkeit unseres Kompromisses sieht doch so aus: Du bist immer dazu bereit, um meinetwillen viel Zeit mit anderen Leuten zu verbringen, mit Clarence zum Beispiel, oder mit Sascha. Das gibt dir Freiheit, und du weißt, daß kein Risiko damit verbunden ist. Du bist ein so guter Mensch, daß du nie verlierst.«

Er sah sie verletzt an und machte den Eindruck, daß dies alles zuviel für ihn sei, und es wurde ihr klar, daß sie auf verschiedenen Ebenen argumentierten. Sie wollte ihn der Eigennützigkeit anklagen, ihm auseinandersetzen, daß sein Bedürfnis, die gesamte Welt zu umarmen, eine Untreue und ein Sichgehenlassen bedeutete, aber ihr war klar, daß er nie verstehen würde, was sie meinte.

»Du hast früher nie erwähnt, daß du unzufrieden bist.«

»Nein?« Sie lachte. »Wahrheit ist ein Luxus. Wir können sie uns nur ab und zu leisten.«

Er lachte ebenfalls, und sein Trübsinn war augenblicklich vergangen. Er summte vor sich hin, glücklich und ohne Melodie, und bereitete sich aufs Bett vor.

Dobson war bereits aufgebrochen, als die Pringles zum Frühstück erschienen. Die Kälte der vergangenen Nacht hatte einen Wetterumschwung angekündigt. Der Himmel war indigoblau, doch bewölkt. Weißer Nebel rollte wie Watte zwischen den Berggipfeln hinab. Alles draußen wirkte öde und feucht.

Das Hotel war ein trauriger Ort in dieser Düsternis. Die Zentralheizung war an diesem Morgen aufgedreht worden, hatte aber lediglich erreicht, daß sich die Luft mit Gestank von Öl und Rost füllte. Die Holzstühle und Bambustische im Saal fühlten sich feucht an. Staubgeruch ging von den Binsen aus, die in großen Töpfen umherstanden.

Es fing an zu nieseln. In Bukarest hatte keiner an Regen gedacht, und die Pringles waren auch nicht darauf vorbereitet. Guy sagte: »Du wirst heute keine Lust auf einen Spaziergang haben«, und ließ sich dann über seinen Büchern nieder.

Harriet wünschte, sie wäre mit Dobson zurückgefahren Obwohl sie sich ihre Rückkehr wie einen Sprung in einen kochenden Kessel vorstellte, sehnte sie sich nach der Wärme und Abwechslung der Hauptstadt. Zusätzlich war sie wegen Sascha besorgt.

Sie beobachtete Guy, wie er voller Zufriedenheit einen Kurs vorbereitete, für den es möglicherweise keine Studenten gab, und fragte sich, wo bei Guy die Wirklichkeit begann und wo sie aufhörte. Er konnte so leicht vom äußeren Schein irregeführt, so leicht von Illusionen getäuscht und so leicht von Zweitrangigem beeindruckt werden: und alles im Namen der Nächstenliebe, natürlich. Aber war eine solche Nächstenliebe wirklich Liebe?

Früher einmal war sie entrüstet gewesen, wenn andere ihn kritisierten. Jetzt wurde ihr klar, daß sie ihn selbst kritisierte. Was sogar noch überraschender war: Sie konnte sich in seiner Gegenwart gelangweilt fühlen.

Und doch war ihr Herz gerührt, als sie ihn beobachtete, wie er so dasaß, weder Kritik noch Langeweile vermutend, ein freigebiger Mensch von unendlich guter Natur. Sie meditierte über den Prozeß der Verstrickung und Ernüchterung, der sich Ehe nannte, und dachte, daß man die Ehe nichtsahnend einging und eines Tages ebenso nichtsahnend feststellte, daß man in ihr gefangen war.

23

Als sie Bukarest erreichten, war es dort ebenfalls feucht und nicht mehr warm. Die Straßen waren trostlos. Die Wohnblocks, die konstruiert waren, um Sonnenlicht zu reflektieren, wirkten fleckig und fahl in der grauen Luft. Dies war einer jener Tage – ähnlich wie der von Calinescus Beerdigung –, die wie eine Drohung in die nachlassende Glut des Sommers einbrachen.

Sobald sie die Wohnung betraten, hörten sie Sascha die Melodie von »We're Gonna Hang Out the Washing on the Siegfried Line« spielen. Harriet, die bemerkte, daß sie wieder zurück inmitten ihrer ungelösten Probleme waren, war nicht nur erleichtert, sondern auch verärgert, als sie die Mundharmonika hörte. Sie schien ihr ein Symbol für Saschas unreflektierte Inanspruchnahme ihres Schutzes zu sein. Sie ging mit der Absicht hinein, ihn wegen der Vergeudung seiner Zeit zu tadeln, doch blickte er sie mit solch großer Freude über ihre Rückkehr an, daß sie ihren Ärger sofort vergaß.

Lieber Junge (schrieb Yakimov aus der Pension de Seraglio), die glauben hier, ich sei ein Spion oder ähnliches, und versuchen, mich loszuwerden. Wohin dann? fragte ich mich. Ich höre, Bukarest ist voll von Nazis, die die *lei* wie *apa* verschleudern. Sollte einer ein Angebot für den Hispano machen, nimm es an.

Vergiß nicht deinen armen, alten, verzweifelten Yaki.

Das Telefon läutete. Clarence sagte aufgeregt, er sei froh darüber, daß sie zurück waren, denn er wollte kommen, um sie zu besuchen. »Ja, dann komm doch«, sagte Harriet, die dankbar dafür war, von der freudlosen Leere nach ihrer Rückkehr abgelenkt zu werden.

Als Clarence die Wohnung betrat, war deutlich zu verspüren, daß er der Überbringer wichtiger Nachrichten war. Er runzelte die Stirn, blickte zur Decke, nahm einen Drink entgegen und sagte abrupt: »Ich bin gekommen, um Aufwiedersehen zu sagen.«

Überrascht sagte Guy: »Was? Du gehst schon jetzt?«

»Ich nehme den Nachtzug. Ich werde nach Ankara gehen.«

Beide Pringles waren von dieser Neuigkeit aus der Fassung gebracht: Guy um so mehr, denn unabhängig davon, was er sonst von Clarence hielt, war es offensichtlich, daß sich ihr Freundeskreis aufzulösen begann.

Harriet fragte: »Warum nach Ankara?«

»Ich muß mich dort beim Vertreter des British Council melden. Es besteht die Möglichkeit einer Anstellung in Srinagar.«

»Wie schön! Du warst doch schon einmal beinahe in Kaschmir?«

»Diesmal werd' ich vielleicht ganz dorthin kommen. Aber ebensogut kann ich in Ägypten enden.«

»Wo du dich mit Brenda treffen wolltest?«

Clarence antwortete nicht, sondern grinste etwas blöde, machte sich im Sessel breit und sagte dann: »Arme Brenda! Was hat sie nur in mir gesehen?«

»Vielleicht hatte sie gedacht, du bräuchtest sie.«

Clarence zuckte mit den Achseln und antwortete schleppend: »Wer weiß schon, was ich brauche?«

Er schien sich darüber im klaren zu sein, daß er Harriets Spott herausforderte, und schien aus einem bestimmten Grund dagegen gewappnet sein. Deshalb fragte Harriet vorsichtig: »Nun, ich beneide dich, wenn du wirklich nach Kaschmir gehst.«

Clarence hob langsam die Augenlider und warf ihr einen langen Blick zu, senkte den Blick dann wieder und sagte schließlich, wie von fern, aber mit wohlgesetzten Worten: »Sophie wird mit mir kommen.«

Harriet entschlüpfte es: »O du guter Himmel!« Und Clarence lächelte zufrieden.

»Aber das ist ja glänzend!« rief Guy und sprang auf, um die Gläser für einen Toast zu füllen. »Ihr werdet natürlich heiraten?«

Clarence, mit schwingendem Lächeln, zuckte erneut die Schultern. »Ich vermute es. Sie will es so«, sagte er und warf

Harriet einen schnellen, vorwurfsvollen Blick zu. Sie dachte: »Er macht es, um sich selbst zu bestrafen.« Aber Guy beglückwünschte und bestärkte ihn überschwenglich.

»Das ist das beste, was Sophie passieren konnte«, sagte er. »Sie ist kein schlechtes Mädchen. Lebt hier allein, ein Waisenkind, halb jüdisch, gehört keiner Gemeinschaft an, hatte nie eine Chance gehabt. Das Weggehen wird für sie wie ein neues Leben sein. Du wirst sehen. Sie wird eine ausgezeichnete Ehefrau abgeben.«

Harriet hatte da ihre Zweifel, und ebenso, schien es, hatte Clarence die seinen. Er ging nicht auf Guys Begeisterung ein, und nachdem Guy Sophies weitere Tugenden ausführlich gerühmt hatte, murmelte er düster: »Ich wollte schon immer mal jemandem helfen. Vielleicht kann ich ihr helfen.«

»Und ob du ihr helfen kannst!« versicherte ihm Guy vertrauensvoll.

Clarence drehte den Kopf Harriet zu, mit einem sehnsüchtigen und elenden Ausdruck, so, als ob sie sogar jetzt noch nachgeben und ihn retten könnte. Aber natürlich tat sie es nicht. Nein, sie nicht. Brüsk drehte er sich ab, schüttete den Drink hinunter, setzte sich aufrecht hin und sagte: »Eins muß ich noch erledigen, bevor ich gehe: Ich muß jene Hemden zum polnischen Lagerhaus zurückbringen.«

»Du meinst die Hemden, die du Guy geschenkt hast?«

»Du weißt, daß ich sie ihm nicht geschenkt habe. Sie gehörten mir nicht, also konnte ich sie auch nicht verschenken. Ich hatte sie geliehen. Jetzt muß ich sie zurückgeben.«

»Aber das Lagerhaus ist aufgelöst worden. Du hast doch alles an die rumänische Armee verkauft.«

»Über den Verkauf wird immer noch verhandelt. Es braucht seine Zeit, bis solche Sachen abgewickelt sind. Ich übergebe die Angelegenheit einem Bevollmächtigten. Ich habe ihm eine Inventarliste gegeben, und über alles muß Rechenschaft abgelegt werden. Da waren auch noch ein paar Unterhemden und eine Balaklavamütze.«

»Diese lächerliche Mütze!« Harriets Empörung verwandelte sich in Heiterkeit.

Als ob diese Forderung das Natürlichste auf der Welt sei,

sagte Guy: »Aber selbstverständlich müssen wir diese Sachen zurückgeben.« Er sah zu Harriet hinüber, die vermutlich als einzige wußte, wo sie zu finden waren.

Ohne weiteren Aufhebens ging sie ins Schlafzimmer und begann in den Schubläden zu suchen. Die Unterhemden waren in der Wäsche. Die Balaklava hatte Guy längst verloren. Mit drei Hemden kam sie ins Zimmer zurück.

»Das ist alles, was übrig ist«, sagte sie.

Clarence blickte grimmig und zufrieden drein und erhob sich, um die Hemden in Empfang zu nehmen, doch Harriet gab sie ihm nicht, sondern schritt zum Balkon hinaus und warf sie über das Geländer. »Wenn du sie willst«, sagte sie, »geh hinunter und hol sie dir.«

Er eilte zum Balkon und sah hinunter, wo sich die Hemden auf den feuchten, grauen Pflastersteinen niederließen.

»Also *so was*!« Schockiert mußte er beobachten, wie sich die Bettler über die Beute hermachten. Die Hemden waren im Nu verschwunden.

Clarence sah Guy an und suchte Unterstützung.

»Darling, das hättest du nicht tun sollen!« sagte Guy, ohne wirklich daran zu glauben, er habe die Kraft, Harriet Vorwürfe machen zu können.

Sie nahm von ihm keine Notiz, sondern winkte den Bettlern aufmunternd zu, als diese nach oben schauten.

Tief verletzt kam Clarence vom Balkon herein und warf sich wieder in seinen Sessel. Er vergrub die Hände in den Taschen. »Wie konntest du das nur tun?« Einige Augenblicke lang blickte er düster und sagte dann: »Gerade, als ich dir das geben wollte, worum du mich gebeten hattest.« Er zog ein kleines Buch aus seiner Tasche.

Freudig erregt über ihre eigene Aktion, schnappte sich Harriet das Buch aus seiner Hand und blätterte es durch. Sie stieß auf die Fotografie von Sascha.

»Ein Paß?«

»Ja, für deinen jungen Freund Drucker.«

»Clarence!« Sie steckte ihm die Arme entgegen, und er lächelte wie einer, dem nichts anderes gebührte.

Er erhob sich ziemlich linkisch und erklärte: »Es ist ein ungarischer Paß – auf den Namen Gabor. Die meisten Ausländer sind der *Prefectura* bekannt, aber es gibt so viele Ungarn hier, daß sie nicht alle überwachen können. Wir haben Visa für die Türkei, Bulgarien und Griechenland eingetragen. Alles, was er braucht, ist ein Ausreisevisum, wenn es soweit ist.«

Als ihr klar wurde, daß der Paß sowohl Abschiedsgeschenk wie auch Symbol der Versöhnung war, lief Harriet auf Clarence zu, umarmte ihn mit einer Wärme, auf die er sofort ansprach. Er hielt sie sehr lange fest und sagte: »Du wirst mich nicht vergessen?«

»Nie, niemals«, rief sie und weigerte sich, ernst zu sein.

Guy sagte: »Wir werden dich sehr vermissen.«

»Bald wird niemand mehr hier sein«, sagte Harriet.

Clarence nahm seinen Schal und bereitete sich vor zu gehen.

»Aber das ist noch nicht der Abschied«, sagte Guy, unwillig, ihn gehen zu sehen. »Wir werden am Bahnhof sein, um Lebewohl zu sagen.«

»Nein, ich hasse Abschied am Zug. Ich sag lieber jetzt auf Wiedersehen.« Clarence sprach mit Entschiedenheit, und Harriet spürte, er wollte nicht, daß sie sahen, wie sehr Sophie ihn schon im Griff hatte. Auch sie, dachte Harriet, wollte es nicht sehen.

»Was geschieht mit deiner Wohnung?« fragte sie.

»Der neue Mieter zieht nächste Woche ein: Ein deutscher Konsularbeamter. Ich bin froh, daß er Ergie, meine Köchin, samt Familie übernimmt. Ich wüßte nicht, wohin die Armen gehen sollten, würde man sie auf die Straße setzen!«

Sie gingen mit ihm zum Treppenabsatz.

»Wir werden uns wiedersehen«, sagte Guy.

»Wenn ihr hier raus müßt, warum kommt ihr nicht nach Kaschmir? Wir werden einen Job für euch finden.« Clarence drückte Guys Hand, ergriff dann Harriet und gab ihr ein nervöses Küßchen. Sie bemerkte, daß er nicht ganz nüchtern war und feuchte Augen hatte. Er wartete nicht die Ankunft des Lifts ab, sondern riß sich von ihnen los und raste ungestüm die Treppen hinunter.

24

Das Wetter brauchte seine Zeit, um wieder ins Gleichgewicht zu kommen. Der Himmel blieb zerrissen, die Dämmerung setzte früh ein, und die Luft war frisch.

Das neue Semester sollte Anfang Oktober beginnen. Guy hatte noch nichts von einer Wiedereröffnung seiner Abteilung gehört, er bereitete sich aber darauf vor, und ein oder zwei Tage, nachdem Clarence gegangen war, entschloß er sich, der Universität einen Besuch abzustatten.

Der Besuch sollte eine Art Erkundungsgang darstellen. Er könnte zufällig dem Dekan begegnen oder einem der Professoren, oder er könnte seine Studenten treffen, die sich, wie gewöhnlich, im Gemeinschaftsraum aufhielten. Jedenfalls würde dort sicher jemand sein, der ihm etwas erzählen konnte.

Harriet hegte ihre Zweifel gegenüber diesem Versuch, verbotenes Territorium zu betreten, aber Guy weigerte sich, es sich ausreden zu lassen. Er betrachtete die Angestellten der Universität als Freunde. Er war dort immer beliebt und privilegiert gewesen, und er war sich sicher, daß er dort willkommen sein würde. Dieser Besuch würde alle Ungewißheiten beseitigen. Als ihr klar wurde, daß er entschlossen war zu gehen, sagte sie, daß sie mit ihm zum Universitätsgebäude gehen und ihn dann im Cişmigiu erwarten würde. Als er sie am Tor zum Park verließ, schlug sie den Hauptweg ein, mit der Absicht, im Café zu warten.

Harriet fand das Café geschlossen vor. Sie ging zur Brücke, von wo sie die Pfeiler der in den See gebauten Terrasse sehen konnte und die aufeinandergestapelten und unter Planen festgebundenen Stühle und Tische, vorbereitet für die kommenden Winterstürme. Plötzlich fühlte sie sich durch diese Veränderung, von der sie wußte, daß sie kein Anteil daran haben würden, traurig gestimmt. Wo würden sie sein, wenn das Café wiedereröffnete?

Sie hörte Schritte, drehte sich um und stand Bellas Ehemann Nikko gegenüber. Ihr Zusammentreffen ließ ihn verlegen dreinblicken, doch als Harriet sagte: »Aber, Nikko! Wie schön, dich zu sehen. Wann bist du zurückgekommen?« rief er »Harry-ott!« und stolperte vorwärts, glücklich darüber, daß seine englischen Freunde nach all dem, was vorgefallen war, immer noch seine Freunde waren. Seine schwarzen Augen leuchteten, und die Zähne blitzten durch den schwarzen Schnurrbart.

»Nach unserer Rückkehr dachten wir, ihr wäret längst gegangen«, sagte er, »doch nun treffe ich dich hier und bin sehr froh darüber.«

»Ja, und Guy glaubt sogar, daß die Englische Abteilung wiedereröffnet wird. Was denkst du?«

»Wer kann das schon wissen?«

Als sie sah, daß er ihrer Frage auswich, wechselte sie das Thema und sagte: »Wie geht es Bella?«

»Sehr gut. Unser Urlaub hat sie wiederhergestellt. Der Sommer war sehr aufreibend für sie gewesen. Gewöhnlich verbringen wir den ganzen Sommer in den Bergen. Meine arme Bella! Sie leidet darunter, daß ich so oft weg bin. Ich bekomme ein paar Tage frei, dann werde ich schon wieder zurückgerufen, und sie weint. Jeden Monat wird es schwieriger. Unser großer Alliierter« – er verzog das Gesicht – »verlangt, daß Offiziere ständig in Alarmbereitschaft sind. Weshalb, frage ich dich? Aber du – welchen Weg gehst du?«

Da sie sah, daß er den Park in Richtung zum Hintereingang durchquerte, sagte sie, daß sie sich die Zeit damit vertreiben würde, ihn zu begleiten.

Nach der Brücke kam eine Lindenallee, leuchtend gelb in der grauen Luft, mit zwei deutschen Offizieren, die in ihren Mänteln mit fliegenden Säumen dahinschlenderten; die Absätze ihrer Reitstiefel waren auf dem Weg zu hören. Sie vermittelten einem den Eindruck äußersten Gelangweiltseins.

Nikko, der in Zivil war, beäugte sie vorsichtig und schwieg, bis er und Harriet ein gutes Stück vorbei waren, dann sagte er flüsternd: »Sie haben den Krieg noch nicht gewonnen. Ich kann dir sagen, Harry-ott, wir haben die Forderungen der Deutschen satt. Sie werden uns noch auffressen. Die Menschen erinnern sich wieder an die Engländer, die so ehrlich, so würdevoll und so großzügig waren, und sagen:

›Vielleicht werden die Alliierten sogar jetzt noch gewinnen.‹ Und, frage ich: Warum nicht? Der September ist ohne die Invasion zu Ende gegangen. Was ist aus der vielberedeten Invasion geworden, fragen wir uns? Die Deutschen haben sie abgeblasen. Sie bringen Ausreden daher. Zitier mich nicht, aber wir wissen bereits sicher, daß es dafür zu spät ist. Die Invasion Englands *kann* nicht mehr stattfinden.«

Harriet wandte sich ihm in hoffnungsvoller Überraschung zu »Warum nicht?«

»Warum nicht?« Nikko bickte sie erstaunt an. »Aber sicher kennst du den Grund! Die Nebel verhüllen bereits eure Küste. Die Deutschen finden dann den Weg nicht.«

»Oh!« Harriet lachte enttäuscht. »Ich fürchte, wir können uns nicht auf den Nebel verlassen.«

Nikko wußte es besser. »Dann sag mir, warum sie nicht kommen?« sagte er. Nach einem Augenblick fügte er hinzu: »Sie sind ein seltsames Volk. Ich erinnere mich daran, daß ich noch ein kleiner Junge war, als sie zum letzten Mal hier waren. Wir hatten in unserem Haus einen deutschen Offizier einquartiert. Er war gar nicht so übel, weißt du. Es war eine Zeit der großen Angst, und wir taten für ihn, was wir konnten. Als sie sich zurückzogen und alles mitnahmen, was sie tragen konnten, gab dieser Mann, als er uns verließ, meiner Mutter ein großes Paket – so groß; wirklich sehr groß. Er sagte: ›Das ist ein Geschenk. Ich gebe es Ihnen, weil Sie so nett zu mir waren.‹ Nachdem er gegangen war, öffnete sie es und fand eine Steppdecke darin vor. Wir alle dachten, wie nett dies sei, aber meine Mutter sagte: ›Ich habe eine solche Steppdecke bereits einmal gesehen. Ich *habe* bereits eine wie diese. Und sie ging zum Schrank, um nachzusehen. Und was denkst du? Er hatte meiner Mutter ihre eigene Steppdecke geschenkt! Hast du jemals solch seltsame Menschen getroffen?«

Als Harriet lachte, sagte Nikko: »Ich habe England schon immer geliebt; lange Zeit hatte ich unbedingt in England arbeiten wollen. Ich wäre immer noch daran interessiert, aber natürlich nur in einer erstklassigen Position, denn ich habe erstklassige Zeugnisse. Ich lese *Punch* und die *Times* – nicht jetzt natürlich, denn sie kommen nicht an, obwohl mein Abonnement bezahlt ist. Und mein Englisch ist makellos, wie du bemerkt haben dürftest. Aber der Krieg hat alles im Keim erstickt.«

Harriet mußte wieder lachen. »Er hat uns alle im Keim erstickt«, sagte sie.

Nikko, der sich in seine alte Begeisterung für England hineingeredet hatte, sagte nun mit Überzeugung: »Ich glaube, daß die Englische Abteilung wieder aufmachen wird. Warum? Sie wird aufmachen, weil sie Guy lieben. Er ist ein großartiger Mensch.«

»Glaubst du? Nun, vielleicht ist er auf gewisse Weise...«

»Ein großartiger Mensch!« beharrte Nikko und ließ keine Einschränkungen zu. »Und warum? Weil er er selbst ist. Viele Engländer kamen hierher, um bedeutende Menschen zu sein – die Sahibs, wie sie genannt wurden. Sie wollten diesen Fremden schon zeigen, wie man die Welt und alles zu regieren hat. Nicht so Guy. Er kam als einer von uns – ein Kumpel, möchte man sagen, ein menschliches Wesen. Erst neulich, als wir nach Bukarest zurückkamen, sagte ich zu Bella: ›Wie sehr ich gewollt hätte, Guy Pringle besser kennengelernt zu haben. Nun wird er bald weg sein, und ich werde ihn nie richtig kennen.‹«

Harriet lächelte über dieses Musterbeispiel einer Lobeshymne und schwieg.

Inzwischen hatten sie das Tor erreicht, und Harriet hielt an, um zu sagen, daß sie umkehren mußte.

Nikko nahm ihre Hand. »Good-bye, Harry-ott. Laßt uns diesen Winter öfters zusammentreffen. Überrede Guy, doch einmal mit zum Essen zu uns zu kommen.«

Sie versprach, daß sie das tun würde. Nikko sah zufrieden aus, so, als ob eine Zukunft voller Freundschaft vor ihnen läge, aber Harriet verspürte einen Hauch von Lebewohl, als sie sich trennten. Sie kehrte zum See zurück und bemerkte Guy, wie er mit sorgenvollem Gesicht eilig zwischen den Chrysanthemenbeeten dahergelaufen kam, seine äußere Erscheinung noch unordentlicher als gewöhnlich. Als sie ihn anrief, schaute er zu ihr hin, lächelte aber nicht.

»Was ist los?« fragte sie.

»Ich muß zu Inchcape. Kommst du mit?«

Als sie zusammen zur Hauptstraße zurückgingen, beschrieb er ihr, wie er die Universität betreten und alle Türen zu seiner Abteilung versperrt vorgefunden hatte. Sogar die Tür zu seinem eigenen Studierzimmer war für ihn nicht zu öffnen gewesen. Er hatte den Pförtner, mit dem er auf besonders gutem Fuß gestanden hatte, dabei gesehen, wie er sich bei seinem Eintreten aus dem Staub gemacht hatte. Guy, entschlossen mit ihm zu reden, hatte ihn schließlich im Heizungsraum des Kellers aufspüren können. Der alte Mann stotterte vor Verlegenheit und fragte: »Was hätte ein armer Bauer schon tun können? Dies sind schlimme Tage, *domnule!* Schlechte Menschen besitzen unser Land, und wir werden von unseren Freunden getrennt.«

»Das hat er wirklich gesagt?« fragte Harriet voller Bewunderung.

»So ähnlich«, sagte Guy. »Er sagte, daß er keine Schlüssel für mein Zimmer hätte. Sie seien ihm alle vom Außenminister weggenommen worden.«

»Hast du viele Sachen in deinem Büro?«

»Einige meiner Bücher, eine Menge von Inchcapes und meinen Mantel.«

»Nun, gut!« sagte Harriet, die fühlte, daß es hätte schlimmer sein können.

Guy seufzte, offensichtlich immer noch wegen eines Rückschlags niedergeschmettert, der sie nicht im geringsten überraschte. »Glaubst du, Inchcape kann etwas erreichen?«

»Ich weiß es nicht.«

Sie konnte kaum mit ihm Schritt halten, als er sich zum Propaganda-Büro begab. Sie wünschte in keiner Weise, daß die Abteilung wieder öffnete, doch als sie sich erinnerte, wie sie am Tag der Abdankung Guy vorfand, der auf seine Studenten, die nicht erschienen, wartete, verspürte sie heftiges Mitleid mit ihm. Was immer er auch zu tun entschied – und er tat es schließlich aus einem Gefühl der Verantwortung heraus und aus dem Bedürfnis, beschäftigt zu sein – ihm mußte ihre erste Sorge gelten.

Als sie die Hauptstraße erreichten, bemerkten sie, daß etwas geschehen war. Eine Menschenmenge stand gegenüber vom englischen Propaganda-Büro und starrte hinüber. Auf dem Gehsteig vor dem Büro waren keine Menschen, und jene, die sich ihm näherten, machten einen Bogen darum herum, als ob eine ansteckende Krankheit davon ausgehen würde. Die Neugierigen auf der Straße verursachten einen Verkehrsstau. Das Ergebnis war ein hysterischer Lärm von tutenden Autohupen.

Als Guy und Harriet die Straße zum Büro überquerten, war ihnen bewußt, daß sie von allen beobachtet wurden. Der Gehsteig war mit zersplittertem Holz, Glas und Fetzen zerrissener Pappe übersät. Das Schaufenster des Büros war eingeworfen und seine von der Sonne gebleichten Schaustücke verwüstet worden. Das Modell des Brückenkopfs von Dünkirchen war offensichtlich wild mit Hammerschlägen attakkiert worden. Die ›Britain-Beautiful‹-Poster waren heruntergerissen und zu Kugeln zerknüllt worden. Überall lagen Reste der Fotografien von Schiffen und Soldaten.

Trotz all der Unordnung war keine Spur von Polizei oder sonstigen Ordnungshütern zu sehen.

Guy sagte: »Warte hier, ich schau' mal hinein.« Doch Harriet blieb ihm auf den Fersen. Die Tür stand weit offen. Inchcape war allein im Büro im Erdgeschoß. Er saß auf dem Stuhl der Sekretärin und preßte sich ein gefaltetes Taschentuch gegen den Mundwinkel. Er begrüßte die Pringles mit einem verzerrten Lächeln.

»Alles in Ordnung«, sagte er, »sie haben mich kaum angerührt.«

Als er sprach, lief ihm das Blut aus dem Mundwinkel und das Kinn hinunter. Blut und Flüssigkeit aus einer Wunde im Haar liefen ihm ins linke Ohr. Seine natürliche blasse Gesichtsfarbe hatte einen grünlichen Schimmer angenommen.

»Um Gottes willen«, sagte Guy, »wir müssen einen Arzt...« Er ging zum Telefon, doch Inchcape hielt ihn mit einer Geste zurück.

»Glauben Sie mir, es ist nichts.«

Draußen war das Schlagen von Autotüren zu hören, dann

kam Galpin mit Screwby und drei anderen Journalisten vor der English Bar herein. Galpin ging zu Inchcape hinüber, betrachtete ihn scharf, schlug ein Notizbuch auf und fragte dann: »Was ist geschehen? Was haben sie Ihnen getan?«

Inchcape betrachtete ihn mit Abscheu. »Ein oder zwei unbeabsichtigte Schläge. Sie kamen ausschließlich deshalb, um die Arbeit dieses Büros zu sabotieren. Der Überfall war in wenigen Minuten vorüber.« Er wandte sich demonstrativ Guy zu und sagte lächelnd und in einem deutlich anderen Ton: »Ich rief zuerst in Ihrer Wohnung an. Als niemand abhob, hab' ich Dobson angerufen. Er ist auf dem Weg hierher.«

Galpin richtete seine Aufmerksamkeit auf den Zustand des Büros. »Sie haben ganze Arbeit geleistet.« Er schaute seine Kollegen an und sagte: »Mein hiesiger Kontaktmann sagt, daß diese Rowdies den alten Knaben verprügelt, die Scheibe eingeworfen und alles zerstört haben – am hellichten Tag, in einer belebten Straße. Und kein Mensch rührte einen Finger. Sie sind einfach vorbeigerannt. Schaut sie euch nur an.« Er deutete auf das Publikum über der Straße. »Machen vor Angst in die Hose.« Er wandte sich wieder Inchcape zu und erklärte, als ob er mit jemandem von verminderter Intelligenz spräche: »Wir hätten gerne eine Stellungnahme. Sagen Sie uns in Ihren eigenen Worten: Wann ist es passiert, wie ist es passiert, und wer, meinen Sie, waren die Angreifer gewesen.«

Inchcape drehte langsam den Kopf und blickte Galpin direkt ins Gesicht. »Ich warte auf Mr. Dobson«, erklärte er in einem Ton, der den Galpins imitierte. »Wenn ich eine Stellungnahme zu machen wünsche, werde ich sie im Beisein von Mr. Dobson machen.«

Verstört machte Galpin einen Schritt zurück und stieß mit Screwby zusammen, der einen Schritt nach vorn gemacht hatte und übertrieben schmeichelte: »Ich muß schon sagen, Sir, ich bewundere Ihren Schneid.«

Inchcapes einziger Dank für dieses Lob bestand in einem Verdrehen der Lippen, das ihn aufstöhnen ließ. Blut lief wieder aus der Wunde.

Galpin brummte mit verletztem Stolz zu den anderen hin:

»Tja, ich hoffe nur, daß jemand nach einem Arzt geschickt hat. Die Sache könnte schlimmer sein, als sie aussieht.«

»Es wurde nach keinem Arzt geschickt, und ich wünsche auch nicht, daß dies geschieht«, sagte Inchcape und fügte hinzu, wobei er seitwärts auf Harriet blickte: »Der Himmel bewahre mich davor, in die Hände eines rumänischen Arztes zu geraten.«

Dobson traf ein. Er sah sich um und sagte: »Oh, du meine Güte!« Nervös und ratlos stand er da und zog seine Handschuhe aus, wurde dann aber schnell geschäftsmäßig. »Die Burschen, die das getan haben«, fragte er, »waren in Uniform?«

»Nein.«

»Aha, ein inoffizieller Angriff. Wenn wir protestieren, wird niemand etwas davon wissen. Wenn wir hartnäckig sind, werden wir vielleicht eine Entschuldigung bekommen, das wird aber auch alles sein. Die Behörden sind natürlich machtlos dagegen.«

Galpin sagte: »Wir sind alle machtlos.« Er zeigte Zeichen von Ungeduld. »Wie steht es mit der Stellungnahme?« fragte er.

Alle warteten. Inchcape, im Zentrum des Interesses, wischte sich nochmals den Mund ab. Nach einigen Augenblicken lächelte er sein altes, ironisches Lächeln und begann: »Ich war in meinem Büro im ersten Stock und las ahnungslos Miß Austen, als ich plötzlich hier unten einen Lärm hörte. Ein halbes Dutzend junger Männer war hereingestürmt und fing an, alles zu verwüsten. Ich hörte meine Sekretärin schreien. Als ich herunterkam, rannte sie davon – ohne Zweifel eine kluge Entscheidung. Sie hatte jedenfalls an der Rechtmäßigkeit der alliierten Sache zu zweifeln begonnen.«

Inchcape pausierte und lächelte in sich hinein, und offensichtlich erinnerte er sich des Vorfalls mit philosophischer Belustigung. »Als ich auf der Bildfläche erschien«, fuhr er fort, »warf ein Bursche die Tür zu und versperrte sie. Es waren sieben oder acht von ihnen da. Zwei oder drei wandten ihre Aufmerksamkeit mir zu, wogegen die anderen in ihre zerstörerische Wut vertieft waren. Ich wurde von einem gerahmten Portrait unseres verehrten Premierministers am Kopf getroffen...«

»Absichtlich?« verlangte Galpin zu wissen.

»Das weiß ich nicht. Der Schlag ließ mich rückwärts in diesen Sessel fallen. Als ich versuchte aufzustehen, hielt mich jemand an den Schultern fest. Einer von ihnen – der Anführer, vermute ich – hielt es für angebracht, mich zu befragen.«

»Welche Fragen wurden Ihnen gestellt?« sagte Dobson.

»Oh, die üblichen. Sie wollten wissen, wer der Leiter des britischen Secret Service hier ist. Ich sagte: ›Sir Montagu.‹ Das verblüffte sie.« Inchcape mußte bei der Erinnerung daran lachen, aber Dobson, der die Stirn runzelte, platzte heraus: »Aber ich muß schon sagen, es bestand doch keine Notwendigkeit, Seine Exzellenz mit hineinzuziehen.«

»Sie wissen, daß sie ihm nichts anhaben können. Und falls sie es versuchten, wäre er gut beschützt.«

Dobson schien noch etwas sagen zu wollen, hielt dann aber den Mund, da er bemerkte, wie sich Inchcapes Gesicht allmählich verfärbte. Blaue Flecke zeigten sich auf der Augenbraue und auf den Wangen. Sein Taschentuch war dunkel vor Blut. Guy bot ihm seines an, doch er schüttelte den Kopf. »Ich bin in Ordnung«, sagte er.

Galpin unterbrach vorwurfsvoll: »Die müssen Sie ganz schön verprügelt haben?«

Inchcape, der offensichtlich größere Schmerzen hatte, als er zugeben wollte, hielt den Atem an und antwortete dann mit sardonischer Kürze: »Ein wenig, vielleicht.«

Obwohl er die Schmach eines körperlichen Angriffs nicht zugeben wollte, ließen sich die Journalisten nicht täuschen. Einer von ihnen sagte: »Ich kann mir nicht vorstellen, wie ein paar unbeabsichtigte Klapse Sie in einen solchen Zustand gebracht haben können.«

»Wollen Sie mir unterstellen, daß ich lüge?« fragte Inchcape voller Schärfe.

»Na gut.« Galpin schloß sein Notizbuch und steckte es weg. Er knöpfte sein Jackett zu, sah sich mit dem Gehabe von jemandem, der alles, was er hier wollte, bekommen hatte und auf den noch andere Verpflichtungen warteten, nach seinen Kollegen um. »Wird Zeit, daß wir zurückkehren«, sagte er.

Sie gingen hinaus. Guy sagte, daß er Inchcape nach Hause bringen würde und ging auf die Straße, um ein Taxi zu rufen. Galpin, der draußen auf dem Gehsteig stand, sagte zu ihm: »Meiner Meinung nach hat er sich dies alles selbst zuzuschreiben.«

»Inwiefern?« fragte Guy.

Er deutete mit dem Daumen auf das Büro. »Er bestand, entgegen gutem Rat, darauf, es offenzuhalten. Aber da steckt noch mehr dahinter. Ich wette, die Kerle, die es taten, *kannten ihn*. Kannten ihn nur zu gut, meine ich. Deshalb hält er auch den Mund. Er ist schon immer ein hundsgemeiner Scheißkerl gewesen. Wenn Sie mich fragen, hatten die Burschen etwas gegen ihn in der Hand.«

»Was für ein Unsinn!« sagte Guy voller Abscheu. »Offensichtlich war es doch eine Ausschreitung der Gardisten.«

Galpin schnaubte verächtlich. Er stieg ins Auto und brachte noch einen Seitenhieb an: »Man muß nämlich für seine Vergnügungen bezahlen.«

Inchcape begab sich zum Taxi und versuchte wenig überzeugend, Stärke zu demonstrieren. Als er einsteigen wollte, strauchelte er, und Guy mußte ihn stützen.

Als Pauli seines Herrn ansichtig wurde, schrie er gequält auf und fuchtelte mit den Armen in der Luft umher. Inchcape schob ihn mit liebenswürdiger Ungeduld zur Seite und sagte: »Geh und mach eine ordentliche Kanne Tee für uns alle.«

Während sie den Tee tranken, begeisterte sich Inchcape an seinem Geistesblitz, Sir Montagu als Chef des örtlichen Geheimdienstes benannt zu haben.

»Ihr hättet ihre Gesichter sehen sollen. Sie wußten ganz genau, daß der alte Charmeur außerhalb ihrer Reichweite ist. Und nachdem sie ihre Antwort erhalten hatten, fiel ihnen nichts mehr ein, was sie mich fragen konnten.«

Bevor die Pringles gingen, sagte Inchcape zu ihnen: »Um Himmels willen: Kein Wort von dem Ganzen zu Pinkrose. Er gerät sonst in Panik. Versprecht mir: nicht eine Silbe!«

Die Pringles versprachen es.

25

Am nächsten Morgen rief Pauli Guy an, um ihm zu sagen, daß er sich Sorgen um seinen Herrn machte. Am Abend zuvor hatte Inchcape trotz seiner Beteuerung, daß er vollkommen in Ordnung sei, erst einschlafen können, nachdem er Veronal genommen hatte. Diesen Morgen sah er viel schlechter aus, und alles Leben schien von ihm gewichen. Nach Paulis Meinung war Inchcape sehr krank; und er verlangte nach Guy.

Guy war außerordentlich verstört, und das nicht nur aus Sorge um Inchcape. Am Abend zuvor war er auf einen Drink in der English Bar gewesen, wo Galpin behauptet hatte, er besäße Informationen aus erster Hand, daß der Militärmission bald die Gestapo folgen würde. Die Deutschen hatten bereits einen Gauleiter ernannt, der inzwischen Stadtgespräch geworden war. Es wurde gesagt, daß er von der Hüfte abwärts gelähmt sei. Obwohl er den ganzen Tag über im Bett liege und außer seinen Agenten niemanden empfange, wisse er alles über jeden.

Galpin sagte: »Die gesamte deutsche Kolonie macht aus Angst vor diesem Scheißkerl in die Hose. Sogar Fabricius. Die Rumänen auch. Man erzählt, daß gestern abend eine Abordnung von rumänischen Politikern bei Fabricius gewesen sei, um durch ihn den Führer zu bitten, eine Besatzungsarmee zu entsenden. Er sagte angeblich, daß Deutschland im Augenblick keine Pläne habe, Rumänien zu besetzen. Das ist natürlich Quatsch. Alles deutet darauf hin, daß es nun jeden Tag soweit sein kann.«

Harriet, die mit Sascha ein Spiel spielte, hatte Guy nicht zur Bar begleitet. Als er zurückkam, erzählte er ihr nicht, was er dort gehört hatte.

Er war aufgrund ihres Zusammenbruchs in Predeal stark beunruhigt und begann zum ersten Mal, sich um sie zu ängstigen. Er hatte sie immer für jemanden gehalten, der voller Mut und zäher als er selbst war, jemand, um den man sich nicht weiter zu sorgen brauchte. Nun wurde ihm klar, daß sie zwar Unerschrockenheit besaß, nicht aber das nötige Durchhaltevermögen. Seine Methode, mit einer Situation fertigzuwerden, bestand darin, deren Gefahren zu verdrängen; ihre aber hingegen hieß, der Gefahr ins Auge zu sehen, damit sie einen nicht überraschen konnte. Sie lebte in einem Zustand ständiger Anspannung, der nur unnötigen Streß mit sich brachte. Er sagte sich, er müsse sie vor ihrer eigenen Natur bewahren. Er würde sie davor bewahren, unnötig schockiert zu werden, und sei es auch nur vom Anblick von Inchcapes Zusammenbruch.

Es steckte aber noch mehr hinter Guys Verwirrung. Er litt selbst unter einem Schock. Sowohl Inchcape als auch er waren vom deutschen Sender namentlich genannt worden. Beide waren sie somit die natürliche Beute nicht nur der Eisernen Garde, sondern auch der Gestapo, die sich angeblich auf dem Weg hierher befand.

Überzeugt davon, daß eine Zeit der Bewährung nahe war, versuchte er sich einzureden, daß er nun genau wisse, was geschehen würde. Er würde ohne Warnung angegriffen und von den Gangstern ins Gesicht und auf den Kopf geschlagen werden. Es wurde ihm klar, daß sein Versuch, innere Unsicherheit durch äußere Bestimmtheit auszugleichen, nichts anderes als eine Imitation von Harriets Methode darstellte. Und wohin brachte sie einen? An den Rand des Nervenzusammenbruchs. Er konnte nur hoffen, daß, wenn seine Zeit kam, ihn der Stolz aufrechterhalten würde, so wie er Inchcape aufrechterhalten hatte. Das Problem war, daß er eine ganz spezielle Abscheu vor physischer Gewalt hatte und nicht vorhersehen konnte, wie er darauf reagieren würde. Sogar Harriet, verglichen mit ihm nur eine halbe Portion, konnte ihm Furcht einjagen, wenn sie in Wut geriet. Er wich zurück und schrie auf in dem Augenblick, wo er Schmerz verspürte. Danach nahm er sich immer zusammen, aber dieser erste Augenblick blieb ihm, wie eine Art Selbstverrat, immer gegenwärtig.

Was auch immer geschah, er mußte sich vor Harriets wachsamen Blicken in Sicherheit bringen.

Pauli öffnete die Tür und hob eine Hand in stummem Entsetzen über das, was er vorfinden würde. Er sagte nichts, sondern eilte in Inchcapes Schlafzimmer voraus. Guy hatte befürchtet, daß er gebrochen darniederliegen würde, und war erleichtert, als er Inchcape aufrecht im Bett sitzen sah Aber seine Erleichterung war in dem Augenblick, als Inchcape den Kopf drehte, wieder verschwunden.

Inchcape bemerkte die Veränderung ins Guys Gesichtsausdruck und sagte: »Sie haben meine Schönheit nicht gerade gesteigert, nicht wahr?«

»Es könnte schlimmer sein.«

»Um wieviel schlimmer?« Inchcape stöhnte auf, als er diesen Versuch, heiter zu erscheinen, unternahm. Beide Augen waren blau, eines vom geschwollenen Lid verdeckt. Ein violetter Bluterguß erstreckte sich vom Haaransatz über die Hälfte seines Gesichts. Die Lippen standen vor, und die anderen Gesichtszüge, für gewöhnlich bleich und zart, waren so verzerrt, daß sie gegen das Weiß des Bettlakens wie eine groteske Eingeborenenmaske wirkten.

Guy hatte jahrelang das Bild des blutenden, entsetzten Gesichts von Simon im Gedächtnis gehabt – aber Simon war das Opfer von Amateuren gewesen. Die Brutalität hatte seit damals deutliche Fortschritte gemacht.

Guy sagte: »Abgesehen von den Blutergüssen, sind Sie noch anderweitig verletzt?«

»Der Rücken tut etwas weh. Nehmen Sie einen Drink.« Inchcape wollte zur Brandyflasche auf dem Tisch neben sich hinüberlangen, sank dann aber plötzlich, als ob eine Stütze entfernt worden wäre, in die Kissen zurück und stöhnte. Er schaute Guy an, keuchte und ächzte dann: »Steh'n Sie hier nicht so herum und gaffen Sie nicht. Setzen Sie sich um Gottes willen hin.« Er versuchte sich in seiner gewohnten Ungeduld, doch war sie nur ein Schatten von früher.

»Lassen Sie mich Ihnen einen einschenken.« Guy goß den Brandy ein, bevor er sich setzte.

Das Schlafzimmer war klein, von einem einzigen, kleinen Fenster erhellt, das zusätzlich von den Blättern einer Platane abgeschirmt wurde. An den Wänden hingen Ikonen, die so dunkel waren, daß sie für Guy nicht zu erkennen waren. Er fragte sich, ob vielleicht diese in der ganzen

Wohnung vorherrschende Düsternis Inchcape so krank aussehen ließ.

Inchcape nippte an seinem Brandy und begann nach einem Augenblick zu sprechen: »Heute morgen habe ich Seine Exzellenz angerufen. Ich sagte ihm, daß ich mich von diesen Lümmeln zu nichts zwingen lassen werde. Ich war entschlossen, das Büro wiederzueröffnen, aber anscheinend ist das Büro von den rumänischen Behörden offiziell geschlossen worden. Ich werde aber nicht klein beigeben, ich werde kämpfen.« Er grub seine Ellenbogen ins Kissen und machte noch einen Versuch, sich aufzusetzen, doch scheiterte er wieder.

Inchcape war ein älterer Herr, aber einer, der sich Vitalität und Jugendlichkeit bewahrt hatte; jetzt hatte ihn seine innere Antriebskraft offenbar verlassen. Sein Hals, der aus dem Pyjama schaute, war erbärmlich dürr. Sein ganzer Körperbau schien über Nacht gealtert und geschwächt worden zu sein. Er sagte: »Dobson hat vor einer Weile angerufen und war sehr freundlich, wie immer. Er riet mir, mich in die Türkei zu begeben. Ich sagte ihm, daß mir das nicht im Traum einfallen würde. Die können mich nicht so leicht einschüchtern.«

Guy nickte verständnisvoll. Doch wäre es jetzt, da die Englische Abteilung und das Büro geschlossen waren, nicht besser für Inchcape zu gehen? Er hatte sich eingebildet, daß ihre Sicherheit durch die Anwesenheit der Legation garantiert sein würde. Nun konnte er sich darüber nicht länger Illusionen hingeben. Seine Arbeit hatte nichts erreichen können. Er war mißbraucht worden. Nichts blieb als seine Entschlossenheit, ebenso lange wie Sir Montagu zu bleiben.

»Aber es spricht nichts dagegen, daß Sie nach all dem, was vorgefallen ist, nicht ein paar Wochen Urlaub nehmen könnten«, sagte Guy.

Inchcapes eines sichtbares Auge blinzelte ihn an, und Guys Stimmung veränderte sich schlagartig. Die ganze trotzige Widerspenstigkeit war also nur Schau gewesen! Inchcape wollte lediglich überredet werden – obwohl ihn sein Stolz, bei ausbleibender Überredung, wahrscheinlich hier zurückhalten würde. Plötzlich sah Guy für Harriet und sich eine Möglichkeit, zusammen unbeschadet davonzukommen; denn wenn Inchcape ging, konnte er kaum länger verlangen, daß sie bleiben müßten.

»Schließlich«, sagte er, »ist Dobson nach Sofia gefahren.«

»Das ist wahr. Obwohl ich nicht sagen kann, daß ich es gutheiße. Und man hat mir gesagt, daß der alte Charmeur sich kürzlich ein Flugzeug gechartert hatte, um nach Korfu zu fliegen. Verbrachte dort eine Woche. Ein starkes Stück, möchte ich sagen, in einer Zeit wie dieser.«

»Oh, ich weiß nicht.« Guy, der befürchtete, er könne Inchcapes hartnäckigen Widerstand erregen, bemerkte, wie er selbst bei Klischees Rettung suchte: »Es ist gut, den Dingen für eine Weile zu entfliehen – hilft einem, das Wesentliche zu sehen.«

Inchcape ging auf den beschönigenden Tonfall in Guys Argumentation ein und erlaubte sich, dem vorsichtig zuzustimmen. »Natürlich ist an solchen Ausflügen mehr dran, als man auf den ersten Blick meinen möchte. Man weiß ja nicht, wen Sir M. dort unten traf, oder was diskutiert wurde. Ich habe oft selbst daran gedacht, unserem Agenten in Beirut einen Besuch abzustatten. Ich könnte ihm ein paar Dinge stecken. Er hat nämlich immer noch direkten Telefonkontakt nach London. Und man sollte denen einmal erzählen, wie sich die Dinge hier geändert haben. Die Erhöhung der Lebenshaltungskosten, zum Beispiel! Wir können nicht ewig von den Gehältern der Vorkriegszeit leben.«

Guy hatte noch nie von diesem Agenten gehört, war aber gewillt, an ihn zu glauben. Die Organisation stellte der Amerikanischen Universität in Beirut Leute zur Verfügung. Er sagte: »Es gibt vermutlich einen Flugdienst zwischen Istanbul und Beirut.«

Inchcape öffnete den Mund, sagte jedoch nichts. Nach einer Pause nickte er. Es erschien Guy, daß die Reise so gut wie beschlossen war. Gerade als er vorschlagen wollte, daß er und Harriet Athen besuchen könnten, während Inchcape in Beirut weilte, bemerkte er, wie Inchcapes Hand auf der satinweißen Bettdecke zitterte. Er war ergriffen. Er sagte sich, daß er gerade mithalf, diesen alten und einsamen Mann von dem einzigen Ort auf der Welt, wo er Einfluß hatte und eine wichtige Rolle spielte, zu vertreiben, legte seine Hand auf die Inchcapes und drückte sie.

Bei dieser Berührung bebten Inchcapes Lippen, und zwischen den Lidern kam eine Träne zum Vorschein. »Wir dürfen nicht aufgeben, Guy«, sagte er. »Wir können nicht einfach weglaufen. Wir müssen präsent sein.«

»Wir laufen nicht weg«, versicherte ihm Guy. »Sie gönnen sich lediglich einen wohlverdienten Urlaub. Ich werde hierbleiben, um Sie zu vertreten.«

»Das ist wahr.« Als ob er wußte, daß er sich mit der Niederlage abgefunden hatte, ließ er den Kopf zurückfallen und schluchzte hemmungslos.

Von Schrecken ergriffen durch diesen Zusammenbruch eines Mannes, der ihm bis jetzt als unbeugsam erschienen war, wurde Guy klar, daß er alles, was Inchcape bisher getan hatte, immer für bare Münze genommen und ihn als Vorgesetzten akzeptiert hatte, dem man zu gehorchen und mit Achtung zu begegnen hatte. Er hatte nie bezweifelt, daß Inchcapes provozierende Arroganz größtenteils auf Selbsttäuschung basierte, aber es entsetzte ihn, daß er mitansehen mußte, wie diese Arroganz zusammenbrach, sobald sich die Realität als stärker erwies. Aber vielleicht war es auch eine Entwürdigung gewesen, die Inchcape zerstört hatte. Der ganze Ort mußte ihm nach diesem Überfall wie verseucht erscheinen. Kein Wunder, daß er den Wunsch verspürte wegzukommen.

Eine Zeitlang saß Guy in Schweigen, ratlos und verlegen wegen Inchcapes Weinen, dann, als ihm klar wurde, daß die Initiative nun auf ihn übergegangen war, sagte er: »Und noch eins: Man muß dem Büro in London sagen, daß wir hier dem endgültigen Zusammenbruch entgegensehen. Es ist nur eine Frage der Zeit. Man muß uns anweisen, wohin wir in einem solchen Fall zu gehen haben und was wir zu tun haben, sobald wir dort sind. Wir wollen keine Flüchtlinge ohne Arbeit werden.«

Wieder nickte Inchcape. Er fand ein Taschentuch und

tupfte sich vorsichtig die Nase und Augen ab. »Sie haben ganz recht«, sagte er. »Es ist nicht nur ratsam, daß ich gehe, es ist sogar unbedingt notwendig. Und es gilt, keine Zeit zu verlieren.«

»Ja. Sie sollten gehen, sobald Sie sich der Reise gewachsen fühlen.«

»Oh, mit mir ist alles in Ordnung.« Inchcape gab eine Mischung aus Lachen und Schlucken von sich. Er versuchte nochmals, sich aufzusetzen, und dieses Mal gelang es ihm. »Ich bin doch kein Krüppel. Je eher ich gehe, desto früher werde ich zurück sein. Ich nehme nicht viel mit: Unterwäsche zum Wechseln, ein paar Bücher, eine Reisetasche, eine Aktentasche. Ich reise gerne mit leichtem Gepäck. Falls es keinen Flug nach Beirut geben sollte, nehme ich irgendeinen Zug. Eine widerliche Reise, stelle ich mir vor, aber interessant. Falls nichts Wichtiges dazwischen kommt, könnte ich Sonntag nacht den Orient Express nehmen.«

»Glauben Sie, Sie werden dazu in der Lage sein?«

»Es fehlt mir nichts. Nur ein paar blaue Flecke.« Und nun, da alles geregelt war, erschien Inchcape in der Tat sehr erholt. Er warf die Bettdecke zurück, streckte die Beine aus dem Bett und begann schwächlich, nach seinen Hausschuhen zu tasten. Er konnte sie nicht finden, gab es auf und lehnte sich zurück in die Kissen, aber er warf Guy einen scharfen Blick zu: »Sie haben doch Pinkrose nichts gesagt?«

»Nein, ich habe ihn nicht gesehen, seit es passiert ist.«

»Gut. Es ist nicht wahrscheinlich, daß er es über die üblichen Kanäle erfährt. Er sieht sich in der Rolle des stolzen Einzelgängers. Als er gestern abend anrief, hat ihm Pauli gesagt, daß ich mit Fieber im Bett liege. Das wird den alten Wichtigtuer auf Distanz halten. Er wird es nicht riskieren, sich irgend etwas zu holen.«

»Glauben Sie nicht, wir sollten ihm sagen, daß Sie gehen?«

»Nein, auf gar keinen Fall. Er würde sich zu sehr aufregen. Er würde einen Herzinfarkt kriegen. Oder schlimmer noch, er würde darauf bestehen, mit mir zu kommen. Ich könnte das nicht ertragen.« Inchcape fixierte Guy und sagte mit einer mitleiderregenden Stimme: »Dazu habe ich nicht die Kraft.«

Guy fragte sich, was sie nach Inchcapes Abreise mit Pinkrose anstellen sollten, doch wollte er keine Probleme anschneiden, die die ganze Sache erschweren würden, und sagte: »Na, gut.«

»Erzählen Sie es niemandem«, sagte Inchcape. »Ich werde zurück sein, noch bevor sie bemerken, daß ich das Land überhaupt verlassen habe.«

Auf dem Heimweg wurde Guy klar, daß Inchcape nur deshalb nach ihm geschickt hatte, weil er jemanden brauchte, der ihn zur Abreise überredete. Guy konnte sich nicht schmeicheln, daß er viel dazu beigetragen hatte, aber er fühlte Stolz, ja sogar eine leichte Euphorie darüber, daß er die richtige Geste angeboten und damit den alten Knaben überzeugt hatte, sich selbst in Sicherheit zu bringen. Die Entschlossenen, stellte er fest, waren schwächer, als sie erschienen.

Der Gedanke kam ihm, daß sich Harriet, wenn sie auf eine solch hinterhältige Art angegriffen werden würde, vielleicht ebenso leicht unterkriegen lassen würde. Nicht, daß die Bedingungen vergleichbar wären. Inchcape brach unter dem ersten Schlag der Realität zusammen. Harriet hingegen ließ die Realität nie aus den Augen. Wenn sie sagte, daß sie nicht gehen würde, sah sie die Gefahren des Bleibens ebenso deutlich wie Guy – wahrscheinlich sogar deutlicher. Dennoch war er nicht entmutigt. Er besaß seine eigene Hartnäckigkeit. Wenn er sich einmal seines Zieles sicher war, konnte er ebenso gerissen sein wie jeder andere auch.

Es gab zwei Schwachstellen, an denen sie verwundbar war: er selbst und Sascha. Angenommen, er könnte sie dazu überreden, seinetwillen nach Athen zu gehen! Oder noch besser: als Freund und Beschützer von Sascha.

Er hatte ihre Zuneigung zu dem Jungen lange zuvor bemerkt, ohne etwas dagegen zu haben. Er sah gerne, wie sie sich beide an ihrer gegenseitigen Gesellschaft erfreuten. Und er machte sich keine Illusionen über sich selbst. Er war zu gesellig, zu beschäftigt und nicht geeignet, Spannungen zu ertragen. Wenn er ihr vorwerfen würde, ihn zu vernachlässigen, hätte sie mehr als genug Munition für einen Gegenvorwurf. Wenn sie schon das Bedürfnis nach einem Freund und Begleiter verspürte, so war es besser, eine unschuldige Beziehung zu haben als eine, die sich möglicherweise als weniger unschuldig entpuppen könnte. Und mit Sascha mußte etwas geschehen. Sogar wenn er sich nicht in Gefahr befände, wäre sein Leben, so wie er es jetzt lebte, hoffnungslos unproduktiv. Er war zwar nie ein glänzender Schüler gewesen, aber doch ein williger. In seiner Gefangenschaft war er jedoch faul geworden und wollte sich nicht mit den Aufgaben beschäftigen, die Guy ihm gestellt hatte. Er wollte nicht einmal mehr lesen. Das einzige, was er tat, war Spiele mit Harriet zu spielen oder die großen, billigen Zeichenbögen, die ihm Harriet kaufte, mit kindlichen Zeichnungen zu bedecken. Manchmal, wenn er besonders aktiv war, half er zum Vergnügen Despina in der Küche, was jedoch hauptsächlich auf Schwatzen und Kichern hinauslief.

Als ihm Harriet den gefälschten Paß gezeigt hatte, hatte er ihn nur ausdruckslos angesehen. Als sie erklärte: »Dies bedeutet, daß du Rumänien verlassen kannst«, war seine einzige Reaktion Entsetzen gewesen: »Aber ich muß doch nicht gehen, oder?«

»Nicht sofort, natürlich. Aber wenn wir gehen – und wir werden vielleicht gehen müssen – kannst du mit uns kommen.«

Saschas Gesichtsausdruck hatte seine Angst vor Veränderung und vor jeder Art von Aufbruch, sogar in ihrer Gesellschaft, offenbart. Er wollte den Rest seines Lebens wie ein gehätscheltes Haustier im Käfig verbringen.

Als Guy ins Wohnzimmer kam, deckten Sascha und Despina gerade den Tisch und lachten über irgend etwas.

Despina, die mit Harriet auf vertrautem Fuß stand und sich gegenüber Sascha mütterlich benahm, verhielt sich entsprechend der östlichen Tradition, nach der der Mann ein kleiner Tyrann zu sein hatte. Als sie Guy erblickte, machte sie sich davon.

Sascha sagte: »Despina ist so lustig. Sie hat die Köchin von unten nachgemacht, wie sie sich in unsere Küche schleicht und unseren Zucker klaut. Wenn jemand sie dabei erwischt, jammert sie: ›Bitte, bitte, ich bin nur gekommen, um das Tranchiermesser zu borgen!‹«

Guy lächelte, dachte aber daran, daß Sascha, obwohl er wie ein Schuljunge sprach, in Wahrheit ein junger Mann war. In seinem Alter waren viele Rumänen bereits verheiratet. Die einzige Hoffnung für den Jungen bestand darin, daß man ihn zu einer selbständigen Existenz zwang. Wenn er und Harriet zusammen abreisten, durfte er sich nicht als der Beschützte sehen, sondern mußte die Rolle des Beschützers übernehmen.

Sobald er mit Harriet allein war, erzählte er ihr von Inchcapes Zusammenbruch. »Er fährt am Sonntag nach Beirut.«

Ihr Kopf schnellte hoch, und ihr Gesicht strahlte vor Aufregung. »Er geht für immer?«

»Theoretisch nein, aber ich bezweifle, daß er zurückkommt.«

»Dann gibt es also wirklich nichts mehr, was uns hier hält. Wir können gehen. Wir können nach Athen gehen, Sascha kann mit uns kommen. Wir können alle zusammen gehen.«

Guy mußte ihre überschwengliche Freude durchbrechen: »Nein, ich kann nicht mitkommen. Noch nicht. Ich mußte Inchcape versprechen zu bleiben. Er würde sonst nicht gehen. Er meint, er braucht hier einen Stellvertreter. Und dann ist da noch Pinkrose. Aber schau« – er ergriff ihre Hand, als sie den Kopf hängen ließ –, »schau' her«, besänftigte er sie. »Tu etwas für mich.«

»Was?«

»Geh mit Dobson nach Sofia.«

Sie entzog ihm ihre Hand, war aufgebracht und sagte: »Nein, nach Sofia gehe ich auf gar keinen Fall. Der einzige Ort, wohin ich will, ist Griechenland, aber ich gehe nicht ohne dich.«

»In Ordnung, noch besser, du gehst nach Athen. Nimm Sascha mit. Und ich stoße dort dann zu euch. *Hör zu*, Darling. Sei vernünftig. Es gibt zwei Gründe, warum du weggehen solltest. Ich glaube, Sascha muß möglichst schnell hier heraus. Wenn er mit dir und Dobson gemeinsam fliegt, wird er unter eurem Schutz sein. Sie werden ihn vermutlich nicht einmal fragen, warum er das Land verläßt. Er wird als bevorzugter Passagier behandelt werden. Wenn es Probleme geben sollte, können wir uns auf Dobson verlassen, der seinen Einfluß geltend machen wird.«

»Weshalb glaubst du das?«

»Ich glaube es eben. Ich bin sicher, Dobson wird sich um euch beide kümmern. Er wird wie eine Glucke für euch sein.«

Weder zustimmend noch ablehnend fragte sie in einem unverbindlichen Ton: »Und der zweite Grund?«

»Wenn ich in die Türkei gehe, werde ich vermutlich in den Nahen Osten geschickt werden. Ich hasse diese heißen, sandigen Länder. Ich will nach Griechenland, ebenso wie du, und wenn du bereits dort bist, habe ich das Argument, auch dort sein zu wollen.«

Bevor sie ihr Gesicht abwandte, konnte er noch sehen, wie der Gedanke, einen wichtigen Auftrag zu haben, in ihr zu arbeiten begann. Sie biß sich unschlüssig die Lippen.

»Und«, sagte er, »wenn sich die Lage hier wieder beruhigt, kannst du zurückkommen.«

Doch sie leistete immer noch Widerstand. »Diese Ungewißheit könnte sich monatelang hinziehen. Wir haben einfach nicht das Geld...«

Er unterbrach und drängte sie: »Geh jedenfalls für ein paar Wochen. Besuch den Leiter der Organisation in Athen. Sag ihm, daß ich dort arbeiten möchte. Du weißt, daß du es kannst. Wenn er dich mag, wird er mich einstellen. Wenn ich dann von hier weggehe, wird es für mich einen Ort geben, wohin ich gehen kann.«

Es erschien Harriet alles so seltsam, wie ein Gespräch außerhalb der Realität, doch ihr Widerstand brach langsam zusammen. Verstört, halb überredet, sagte sie: »Wenn ich hierher zurück will, werden sie mich vielleicht nicht lassen. Es werden die ganze Zeit über Leute ausgewiesen.«

»Wenn du ein Rückreisevisum erhältst, bevor du gehst, müssen sie dich zurücklassen.«

Widerstrebend zog sie sogar jetzt noch die Argumentation in die Länge, doch gab sie langsam nach und merkte am Ende, daß sie zugestimmt hatte, ein Rückreisevisum zu beantragen. Hatte sie sich das gesichert, konnte sie Sascha nach Athen bringen und allein wieder zurückkehren, sollte Guy nicht nach Athen nachkommen können.

Trotz des beinahe rauschartigen Gefühls, das sie bei der Aussicht auf ein Entkommen verspürte, ärgerte sie sich über die Tatsache, daß Guy sie zum Gehen überredet hatte.

Männer wie Woolley betrachteten in Zeiten der Gefahr eine Frau als »Ballast«. Mrs. Woolley war bei Ausbruch des Krieges nach England zurückgeschickt und dann vor kurzem woanders hinbeordert worden. Harriet, Angehörige einer anderen Generation, sah sich als gleichberechtigt und als Kamerad. Sie konnte man nicht einfach so verschicken – und doch hatte sie sich gegen ihren Willen überreden lassen zu gehen.

Für Guy war dieser Tag ein Tag des bescheidenen Triumphs. Indem er Harriet, Sascha und den alten Selbsttäuscher Inchcape vorausschickte, beschützte er sich nicht nur, sondern machte das Schiff klar zum Gefecht für den Krieg, den er sich zu führen entschlossen hatte, den Krieg gegen die Tyrannei. Er glaubte, daß die letzte Schlacht bevorstand. Er konnte sich ihr nun ganz allein stellen.

26

Harriet wollte keine Vorbereitungen für ihre Reise treffen. Sie wollte ihre Pläne Sascha gegenüber nicht einmal erwähnen. Sie wollte nichts tun, bevor sie nicht das Visum erhalten hatte, das ihr die Rückkehr garantierte. Sie spürte eine öde und freudlose Befriedigung, als es schien, daß sie das Visum am Ende gar nicht bekommen würde.

Sie hatte sich für das Ausreisevisum zwar anstellen müssen, es wurde ihr aber ohne Fragen ausgestellt. Wegen des Rückreisevisums wurde sie in eine Abteilung ohne Angestellte geschickt. Niemand wartete. Sie stand eine Zeitlang umher, erkundigte sich dann und erfuhr, daß der zuständige Beamte nicht im Hause sei. Er würde vielleicht um fünf Uhr wiederkommen.

Am späten Nachmittag kehrte sie zur *prefectura* zurück, die Abteilung war aber noch immer nicht besetzt. Sie verlangte, den zuständigen Beamten zu sprechen. Als dieser endlich auftauchte, nahm er ihren Paß mit und ließ sie zwanzig Minuten lang warten, bevor er ihn zurückbrachte. Sie könne ein Rückreisevisum nur dann bekommen, wenn sie ein Empfehlungsschreiben ihrer Gesandtschaft mitbrachte.

Von Müdigkeit und Unentschlossenheit entmutigt machte sie sich auf den Weg zur Gesandtschaft.

Als sie den Großen Platz überquerte, sah sie Bella in Richtung des Athénée Palace gehen. Die beiden Frauen trafen genau unter der Nazifahne aufeinander.

Es war ein Tag voll milden Herbstlichts gewesen, und Bella trug ein neues Wollkostüm mit Nerzfellen, die von einem Ellenbogen zum anderen reichten. Dies war ihr erstes Zusammentreffen, seit Bella nach Bukarest zurückgekehrt war. Als sie Harriet erblickte, rief sie: »Ich wollte dich gerade anrufen! Was denkst du nur, was ich heute auf dem Schwarzmarkt bekommen habe? Knapp über sechstausend für ein Pfund. *Und* der Kurs steigt. Meine Liebe, wir sind reich! Alles, was ich nur bekommen konnte, habe ich gekauft. Schließlich weiß man doch nie, oder? Gerade hab' ich mir einen neuen Mantel bestellt – Angoralamm, natürlich. Ich habe die Felle selbst ausgewählt. *Niedliche* kleine Dinger! Ich habe bei jedem meinen Namen auf die Rückseite geschrieben, damit sie mich nicht beschwindeln. Ich hab' ein halbes Dutzend Anzüge für Nikko bestellt – bester englischer Tweed. Man muß kaufen, was noch zu haben ist. *Und* Schuhe – für jeden von uns ein Dutzend Paar. Warum nicht, frag' ich dich? Wir haben Geld wie Heu.« Freudig erregt durch ihren neuen Reichtum, blickte Bella auf und lachte die Fahne und den blaßklaren Himmel darüber an. »Ich liebe diese Jahreszeit«, sagte sie. »So köstlich nach der miefigen Luft des Sommers. Sie macht einen so *lebendig.*« Sie schien vor Leben nur so zu sprühen und tanzte beinahe in ihren neuen, grünen Schuhen aus Echsenleder. Als Harriet nicht überschwenglich genug darauf reagierte, betrachtete Bella sie etwas genauer und beeilte sich zu fragen: »Wie geht es dir und Guy? Was hältst du von der Lage?«

Harriet blickte zur Hakenkreuzfahne hoch. »Stört dich das nicht?«

Bella warf einen zweiten Blick darauf und lachte unsicher. »Mich?« fragte sie. »Ich weiß nicht. Auf eine Art gibt sie mir ein Gefühl der Sicherheit. Es ist schön, beschützt zu werden, sogar von den Deutschen. Und, mußt du wissen«, mit einem ziemlich gereizten Glitzern in den Augen blickte sie Harriet ernst an, »Rumänien ist sehr unfair behandelt worden. Die Alliierten hatten eine Garantie übernommen und dann nichts getan. *Nichts.* Es gab eine Verschwörung, die Ölquellen in die Luft zu jagen, und diese ausländischen Interessen an einer Kontrolle Ploestis hat es schon immer gegeben. Ausländische Ingenieure überall. Kein Wunder, daß wir uns in einer mißlichen Lage befinden. Man kann den Rumänen nicht vorwerfen, daß sie die Ausländer loswerden möchten.«

»Und was werden die Rumänen machen, wenn sie sie loshaben?«

»Vermutlich werden sie sich deutsche Experten holen.«

»So werden also weiterhin ausländische Interessen Ploesti kontrollieren! Oder zählen die Deutschen nicht mehr zu den Fremden?«

Bella blickte mürrisch drein, warf das Kinn hoch, als ob sie die erlittene Kränkung wegpusten wollte. Sie machte eine Bewegung, schien gehen zu wollen, wurde aber dann von der Erinnerung an ihre frühere Freundschaft zurückgehalten und warf Harriet einen verärgerten und zugleich mitleidsvollen Blick zu. »Aber wie steht's mit dir? Bist du nicht beunruhigt, weil du immer noch hier bist? Ich meine, es ist etwas anderes mit meiner Wenigkeit. Ich hab' einen rumänischen Paß.« Plötzlich fiel ihr etwas ein, was ihre gute Laune wiederherstellte. Sie lachte: »Die Leute denken nämlich, ich sei Deutsche. Ich kriege alles, was ich will.«

Harriet hatte vermeiden wollen, daß sich Bellas Isolation noch vergrößerte und hatte ihr aus diesem Grund nichts von ihrer möglichen Abreise erzählt; aber nun wurde ihr klar, daß

Bellas Euphorie durchaus nicht das Ergebnis einer Hysterie war. Sie hatte ihren eigenen Weg gefunden, die Lage zu meistern: Sie streifte ihre eigene Identität ab und eignete sich den Blickwinkel des Feindes an.

Harriet sagte: »Guy will, daß ich für ein paar Wochen nach Athen gehe, aber ich habe Schwierigkeiten, ein Rückreisevisum zu bekommen.«

Bella lachte lauthals und nahm Harriet beim Arm. »Meine Liebe, du kannst es im Handumdrehen bekommen. Es dreht sich nur darum, es richtig anzupacken. Leg' einen Tausend-*Lei*-Schein in den Paß. Aber warum ein Rückreisevisum? Wenn du noch bei Sinnen bist, dann bleibst du draußen, wenn du erst einmal draußen bist.«

»Ich muß zurückkommen. Guy kann das Land erst verlassen, wenn er den Befehl dazu erhält.«

»Oh, ich werd' ihn im Auge behalten. Ich werd' schon dafür sorgen, daß er nichts anstellt.«

Bella amüsierte sich. Sie war hier, sicher und gut versorgt, wohingegen andere in Exil gehen mußten. Sie konnte Ratschläge aus einer vorteilhaften Position heraus erteilen. »Vielleicht möchtest du, daß ich mich um einige von deinen Sachen kümmere«, sagte sie. »Ich hätte nichts dagegen, jenes schöne, ungarische Tafelservice bei mir in Sicherheit zu bringen.«

»Sobald wir gehen, kannst du haben, was du willst.«

»Na schön, ich muß mich auf den Weg machen.« Bella ordnete ihre Nerze um sich. »Ich habe heute abend noch einige Anproben. Ich will mir noch Handschuhe kaufen. Ruf mich doch an und sag' mir, wie es mit dem Visum geklappt hat. Ich werd' dich besuchen kommen, bevor du gehst.« Mit einem fröhlichen »Cheerio!« eilte sie davon, und Harriet ging zur *prefectura* zurück, wo sie wieder nach dem zuständigen Beamten fragte. Als er den Paß nahm und auf den Tausend-*Lei*-Schein stieß, zog er ihn so schnell heraus, daß Harriet es kaum sah. Er drückte den Stempel des Rückreisevisums hinein.

»Doamna ist mutig«, sagte er auf englisch. »Die Engländer, die Rumänien dieser Tage verlassen, wollen nicht mehr zurück.« Mit einem blöden Grinsen händigte er ihr den Paß aus und verbeugte sich leicht.

Harriet war neugierig, wie Sascha die Nachricht von ihrer Abreise aufnehmen würde. Er akzeptierte sie gleichmütig. Schließlich, dachte sie, lebte er so, wie seine Familie seit Generationen gelebt hatte: in Abgeschiedenheit, zwar in Angst vor der Flucht, aber immer darauf vorbereitet.

»Und Guy?« fragte er.

»Er wird nachkommen, sobald er kann.«

Sie und Guy hatten geplant, Sascha solange zu unterstützen, bis er Arbeit gefunden hatte. Jetzt überraschte er sie mit der Art, wie er sofort seine zukünftige Lage im Ausland einschätzte. Er erklärte ihr, daß er, wenn er erst einmal außerhalb der Reichweite der rumänischen Justiz sei, das Vermögen, das unter seinem Namen auf schweizer Banken lag, beanspruchen würde.

»Ich werde sehr reich sein«, sagte er. »Wenn du Geld brauchst, kann ich dir welches geben.« Harriet hatte vor ein paar Tagen damit begonnen, ihn zu duzen und mußte ihn mehrere Male auffordern, desgleichen mit ihr zu tun, da er immer wieder in sein gewohntes ›Sie‹ zurückfiel.

»Du wirst erst einmal deine Identität beweisen müssen.«

»Sicher würde meine Verwandtschaft das wohl tun?«

Harriet lächelte und stimmte zu, fragte sich aber, wo seine Verwandtschaft wohl sein mochte.

Da nichts von Wichtigkeit auftauchte, wurde Inchcapes Abreise auf den Sonntag festgelegt. Es verblieben ihm lediglich vier Tage, um seine Vorbereitungen zu treffen, aber er traf sie gründlich. Er entschied sich, seine Wohnung aufzugeben.

Nach seiner Rückkehr, erklärte er Guy, würde er in einer *pension* leben. »Hat keinen Sinn, sich gegenüber der Tatsache blind zu stellen«, sagte er, »daß wir früher oder später von hier verschwinden müssen, wahrscheinlich von einem Tag auf den anderen. Besser, man ist darauf vorbereitet. Und außerdem lebt man in einer *pension* sicherer, als wenn man für sich allein leben würde.«

Als ihn die Pringles am Sonntagabend besuchten, öffnete

Pauli die Tür und blinzelte sie mit rotumränderten Augen an. Er führte sie durch den Flur, der mit Packkartons vollgestellt war, in das unordentliche Wohnzimmer, wo all die goldenen Lampenschirme glühten, und begann, sein Dilemma zu bejammern.

Der größte Wunsch seines Lebens, sagte er, sei es, dem Professor zu folgen, wohin er auch gehen mochte. Aber was für ein Jammer! Pauli hatte Frau und drei Kinder. Er wäre bereit gewesen, sie zu verlassen, doch der Professor, der nachsichtigste aller Herren, bestand darauf, daß Paulis Pflichten hier seien.

Pauli gab nicht vor zu glauben, daß Inchcape zurückkehren würde. Es gab einfach zu viele Umstände, die dagegen sprachen. Beim Gedanken an eine ewige Trennung liefen seine Augen über, und seine Schultern bebten. Er zog ein Taschentuch, eine feuchte Kugel, hervor und wischte sich damit übers Gesicht, während Guy ihm auf die Schultern klopfte und sagte: »Wenn der Krieg zu Ende ist, werden wir uns alle wiedersehen.«

»*Dupa răsboiul*«, antwortete Pauli, und als ob ihm der Gedanke, daß der Krieg einmal enden könnte, zum ersten Mal gekommen sei, hellte sich sein Ausdruck sofort auf. Er nickte, putzte sich die Nase und sagte immer wieder: »*Dupa răsboiul.*« Dann ging er, um Inchcape ihre Ankunft zu melden.

Harriet sagte: »*Dupa răsboiul!*« und dachte an den Krieg, der sie wie ein Meer vom Fortschritt und Wohlstand in der Welt abschnitt. Der Krieg konnte alles, was sie im Leben erreicht hatten, zunichte machen. »Und danach«, sagte sie, »was wird übrigbleiben? Wir werden vielleicht nicht mehr jung sein, geschweige denn ehrgeizig. Und er wird vielleicht nie zu Ende gehen. Wie werden vielleicht nie ein Zuhause haben.«

Als sie so zwischen den Packkartons umherging, blieb sie am Tisch stehen und untersuchte Inchcapes Schale mit den künstlichen Früchten. Es waren eine Feige aus Malachit, eine purpurne Pflaume und eine flammenfarbene Persimone darunter. Sie hielt eine Birne gegen das Licht, und als sie die Flitterplättchen darin sah, sagte sie: »Glaubst du, er gibt sie mir, wenn ich ihn darum bitte?«

»Natürlich nicht.«

Guy war von dieser Idee schockiert und sagte warnend, als er Inchcapes Schritte hörte: »Leg sie wieder hin.«

Inchcapes Blutergüsse waren nun grünviolett. Er schaute kaum besser aus, als am Morgen nach dem Überfall, doch hatte er seine ganze zynische Großtuerei wiederaufgenommen. Er ging zu einem chinesischen Schränkchen hinüber und nahm drei Flaschen heraus, die alle noch nicht ganz leer waren.

»Können sie ebensogut austrinken«, sagte er. »Was möchten Sie? Brandy, Gin, *ţuică?«*

Er hatte seinen Mantel angezogen, und man hörte Pauli im Flur das Gepäck aufschichten, doch Inchcape schien es nicht eilig zu haben. Als er die Drinks eingeschenkt hatte, ging er umher, um mittels der Lampenschirme das Licht zu regulieren und den Effekt zu beobachten. Eine der Schachfiguren aus Elfenbein war umgefallen, und er stellte sie wieder auf. Mit Befriedigung blickte er auf seine Besitztümer und sagte: »Pauli wird alles wunderbar verpacken. Er wird das Zeug lagern und sich für mich darum kümmern.« Er zeigte kein großes Bedauern, seine Besitztümer zurückzulassen, aber er war kein armer Mann. Er konnte alles ersetzen.

Pauli kam herein und sagte, daß er ein Taxi bekommen und das Gepäck hinuntergebracht hatte. Als sie das Zimmer verließen, stand er bei der geöffneten Haustür und schniefte. Angesichts von Paulis Schmerz verflog Inchcapes unbeschwerte Art, und sein Gesichtsausdruck wurde angespannt. Er legte die Hände auf Paulis Schultern, wollte etwas äußern, doch vergingen einige Augenblicke, bevor er sagte: »Goodbye, lieber Pauli.«

Dies war zuviel für Pauli, der mit einem gequälten Stöhnen auf die Knie fiel, Inchcapes Hand ergriff und sie wild küßte.

Inchcape lächelte wieder. Er schob sich langsam in Richtung Tür, aber Pauli schlurfte hinter ihm drein und hielt ihn fest, bis sie den äußeren Flur erreicht hatten. Mit einer schnellen, doch sanften Bewegung befreite sich Inchcape und eilte die Treppen hinunter. Guy und Harriet folgten ihm, verfolgt von Paulis herzzerreißendem Schluchzen.

Auf der langen Fahrt zum Bahnhof, die durch dunkle Seitenstraßen führte, saßen alle drei in Schweigen. Inchcape ließ den Kopf hängen, und sein Gesicht war düster; plötzlich blickte er auf und fragte: »Sie haben Pinkrose gegenüber nichts verlauten lassen?«

Das hatten sie nicht, doch fühlten sie sich Pinkrose gegenüber schuldig, als sie sich vorstellten, wie er allein im Hotel saß. Hätte er sich mit dem kleinsten Anzeichen von Freundschaft an sie gewandt, hätten sie Schwierigkeiten gehabt, das Täuschungsspiel durchzuhalten, doch er ging ihnen aus dem Weg und blieb lieber für sich.

»Es wäre unerträglich für mich, wenn ich den alten Trottel jetzt im Zug treffen würde«, sagte Inchcape. Er sah Guy an. »Morgen können Sie ihm sagen, daß ich wegen dringender Geschäfte abberufen worden bin. Sagen Sie ihm nicht, wohin ich gefahren bin. Sagen Sie, daß ich zurückkommen werde, aber wenn er selbst gehen möchte, ermutigen Sie ihn dazu. Es gibt hier nichts für ihn zu tun. Wenn er nach Athen geht, kann er vielleicht ein griechisches Schiff nach Alexandria bekommen.«

»Und wohin kann er von dort aus?« fragte Guy.

Inchcape kicherte. »Das weiß der Himmel. Lassen Sie ihn seine eigene Rückreise organisieren. Er hat schließlich einen Mordswirbel veranstaltet, um hierher zu kommen.« Er lächelte, dachte über seinen Freund nach und sagte dann in einem Ton tiefster Ablehnung: »Er ist natürlich kein Angehöriger des Hochadels. Schottischer Titel, glaube ich, obwohl er nicht die Spur schottischen Bluts in sich hat. Ein Titel wie der seine ist reine Angeberei. Ich würde ihn an seiner Stelle nicht tragen. Und er hat nur sehr wenig Geld geerbt. Bereits als junger Mann war er ein komischer Kauz gewesen. Er kam einfach nach Cambridge und verließ es nie mehr. Dort fand er alles, was er wollte.« Inchcape lachte in sich hinein. »Er erzählte gerne diese alte Geschichte von der Magnifizenz, der ein Gespräch mit Napoleon gewährt wurde. ›Ohne Zweifel ein bemerkenswerter Bursche‹, sagte die Magnifizenz hinterher, ›aber man merkt sofort, daß er nicht in Cambridge erzogen wurde.‹«

Danach saß Inchcape eine Zeitlang nur da und schüttelte sich vor Vergnügen, vielleicht über die Anekdote oder über Pinkrose, aber noch wahrscheinlicher darüber, dachte Harriet, daß er wegfuhr und Pinkrose zurückließ, der sich nun alleine zurechtfinden mußte.

Drei Träger waren nötig, um Inchcapes Gepäck zum Zug zu bringen. Als er sah, wie Harriet seine Prozession von Koffern beobachtete, erklärte er: »Ich nehme meine Sommerkleidung und ein paar Wertsachen mit, um sie an einem sicheren Platz zu deponieren. Man möchte ja schließlich nicht den letzten Fetzen verlieren, den man besitzt.«

Der Express stand im Bahnhof, aber es herrschte kaum Betrieb. Die meisten Waggons waren leer. In diesen Tagen reiste niemand zum Vergnügen. Die paar Passagiere, die am Bahnsteig umherstanden, verloren sich in der Dunkelheit. Eine Gruppe bestand aus den englischen Ingenieuren der Telefongesellschaft. Als Guy stehenblieb und sie ansprach, erfuhr er, daß sie vor ein paar Stunden angewiesen worden waren, das Land zu verlassen. Als sie die Gesandtschaft um Hilfe baten, wurde ihnen geraten, die Ausweisung zu akzeptieren und zu gehen.

Inchcape, der sein Schlafabteil sicher und das Gepäck verstaut hatte, stand am Gangfenster. Er lächelte auf Guy und Harriet hinunter, die auf dem Bahnsteig standen und nicht wußten, ob sie bleiben oder gehen sollten und lediglich sagen konnten: »Also erholen Sie sich gut, und viel Spaß.« Dann, nach einer Pause: »Passen Sie gut auf sich auf.«

»Ich werde unsere Sache mit Nachdruck vertreten, sobald ich dort bin«, sagte Inchcape. »Wir verlangen eine Gehaltserhöhung und das Recht, das sinkende Schiff zu verlassen, wenn es soweit ist, ja?«

Es gab eine lange Pause. Die Stimmung war gedrückt. Vielleicht sah Inchcape im Gesichtsausdruck dieser beiden jungen Menschen vor ihm etwas Verzweifeltes, denn der sagte im Ton der Selbstrechtfertigung: »Es wird alles gut gehen mit Ihnen. Sie sind jung.«

»Macht das einen Unterschied?« fragte Harriet.

»Den größten der Welt. Wenn man unter Vierzig ist, denkt man nie über den Tod nach, aber wenn man über Vierzig ist, denkt man an nichts anderes mehr.« Er lächelte, aber als er sie in diesem schäbigen Licht anblickte, erschien er Harriet bemitleidenswert gealtert und krank. »Außerdem: In England wären Sie noch schlimmer dran.«

Harriet sagte: »Mir wäre es lieber, zusammen mit meinem eigenen Volk bombardiert zu werden, als hier abgeschnitten zu sein.«

Inchcape lachte: »Sie *bilden sich ein,* daß Ihnen das lieber wäre.«

Das Gespräch stockte wieder, und Inchcape sah durch die offene Tür, die einen Blick auf seine zurechtgemachte Koje freigab, zurück und sagte: »Hört, es hat keinen Sinn, sich hier herumzutreiben. Der Himmel weiß, wann dieser Zug abfahren wird. Derzeit ist alles auf den Hund gekommen. Ich leide ein wenig unter dem Wetterumschwung, so sage ich besser Aufwiedersehen und leg' mich etwas hin.«

Er streckte seine Arme aus dem Fenster heraus und gab Harriet die eine Hand, Guy die andere, lächelte sein altes, sardonisches Lächeln, wobei eine vereinzelte Träne sein entstelltes, zerschlagenes Gesicht hinunterlief: »Good-bye, good-bye. Ich bin zurück, noch bevor Ihr Zeit habt, mich zu vermissen.« Er zog seine Hände zurück, drehte sich abrupt um, betrat sein Abteil und schloß die Tür hinter sich.

Harriet legte ihre Hand in die Guys. Als sie durch das höhlenartige Dunkel des Bahnhofs mit seinem Geruch nach Kohle und Dampf und seiner deprimierenden Atmosphäre des Abschieds nach draußen gingen, dachte Harriet, daß sie selbst in ein oder zwei Tagen gehen und Guy allein zurücklassen würde.

27

Obwohl Guy in seiner Untätigkeit ziemlich ruhelos war, verspürte er keine Eile, Pinkrose die neue Entwicklung der Dinge mitzuteilen. Er hatte vorgehabt, am Montagmorgen ins Athénée Palace zu gehen, trödelte jedoch so lange, bis das Mittagessen auf dem Tisch stand, und entschloß sich dann, lieber bis zum Abend zu warten.

Als sie gerade mit dem Essen beginnen wollten, läutete das Telefon. Es war Dobson, der erzählte, daß Pinkrose im Zustand der größten Beunruhigung in der Gesandtschaft erschienen war. Am Morgen war er Galpin in der Hotelhalle über den Weg gelaufen, der darauf bestanden hatte, ihm von dem Überfall auf Inchcape zu erzählen. Er war sofort zu Inchcapes Apartment gegangen, wo er von Pauli informiert worden war, daß sein Freund Rumänien verlassen hatte. In Panik war er dann zur Gesandtschaft geeilt und hatte verlangt, daß sofort ein Flugzeug gechartet werde, um ihn nach Hause zu bringen.

»Übrigens«, unterbrach sich Dobson, »ist es wahr? Hat sich Inchcape tatsächlich aus dem Staub gemacht?«

»Ja.«

»Warum alles so heimlich?« Dobsons Tonfall war unbeschwert, beinahe belustigt, es war aber eine gewisse Schärfe darin. Ohne auf eine Antwort zu warten, sprach er schnell weiter: »Tja, mein Lieber, der vornehme Lord ist nun Ihre Taube. Er war länger als eine Stunde hier, hat unser aller Zeit verschwendet und lächerliche Forderungen nach Sonderbehandlung auf der Reise gestellt, etceteraetcetera. Wir haben einfach nicht die Zeit, uns darum zu kümmern. Seine Exzellenz hat ihm gesagt, er solle nach Persien oder Indien fliegen, aber er sagt, daß er kein Geld habe. Ich schlug ihm vor, nach Athen zu reisen, wo er keine Schwierigkeiten mehr haben dürfte und gleichgesinnte Geistesgrößen treffen würde. Jedenfalls haben wir ihm ein Ausreisevisum beschafft. Es steht ihm frei zu gehen, wann er will. Inzwischen seien Sie ein guter Mensch und halten Sie uns ihn vom Leib. Versuchen Sie ihn zu überreden, daß, entgegen seiner Überzeugung, die gesamte Gardistenbewegung nicht, ich wiederhole: *nicht* gegen seine Person gerichtet ist.« Dobson lachte zum Schluß doch dann legte er plötzlich auf.

Guy setzte sich an den Tisch und sagte: »Ich werde sofort nach dem Essen gehen.«

Nach dem Essen blieb er jedoch weiter am Tisch sitzen. Da Harriet wußte, wie schmerzhaft das kommende Gespräch für ihn sein würde, machte sie keine Versuche, ihn zur Eile anzutreiben. Sie ging ins Schlafzimmer, um die Kleider auszusortieren, die sie mitnehmen würde. Nach einigen Minuten kam er ihr mit verzagtem Gesicht nach und sagte: »Vielleicht kommst du besser mit mir mit. Die Tatsache, daß du noch hier bist, könnte ihn beruhigen.«

»In Ordnung, aber ich muß erst noch mit Sascha reden.«

Sie hatte Sascha einen kleinen, billigen Koffer gekauft, um die Kleider, die Guy ihm gegeben hatte, unterzubringen. Er wollte einige seiner Zeichnungen mitnehmen, und da diese flach am Boden von Harriets Handkoffer untergebracht werden mußten, ging sie in sein Zimmer, um ihm zu sagen, er solle sie aussortieren. Er lag eingerollt wie ein kleines Kätzchen auf dem Bett.

Sie hatte sich über den ständigen Lärm der Mundharmonika beschwert, und nun hielt er seine Hände darum herum und spielte beinahe ohne Ton.

Seine Besitztümer waren feinsäuberlich auf dem Tisch aufgereiht. Die Zeichnungen lagen bereit, um von ihr verpackt zu werden.

Sie sagte: »Was ist das für eine lächerliche Melodie, die du da spielst?«

Er nahm den Mund von der Harmonika und sagte: »›Hey, hey, hey, Ionesculi‹. Despina singt es.«

Sie versuchte, ernst zu sein und sagte: »Du weißt, daß du dich in Athen mit etwas ernsthafteren Studien zu befassen haben wirst.«

Er lächelte sie über sein Instrument hinweg an und führte es dann an die Lippen zurück.

Obwohl es die Zeit der Siesta war, als Guy und Harriet zum

Hotel kamen, waren Halle und Verstibül voller Menschen. Ähnlich wie am Tag der Ankunft der Militärmission, konnten die Hotelzimmer nicht einmal die Hälfte der Menschen unterbringen, die gekommen waren, um nach dem Mittagessen ihren Kaffee zu trinken.

Galpin, der ziemlich verdrießlich in der Halle stand und sich diese Versammlung betrachtete, erzählte den Pringles, daß das Gerücht von der Ankuft eines hochrangigen deutschen Offiziers namens Speidel umging und daß dessen Ankunft diesen Nachmittag erwartet wurde. »Er ist angeblich noch jung und hübsch. Sehn' Sie sich nur diese verdammten Weiber an. Wie ein Rudel läufiger Katzen. Und diese Hexe ist auch wieder zurück, geil wie gewöhnlich.«

Prinzessin Teodorescu hatte das Hotel betreten. Sie war nach Bukarest zurückgekehrt und verließ sich, wie viele andere ihrer Klasse, auf den deutschen Einfluß, der sie vor der Eisernen Garde beschützen sollte. Es wurde gesagt, daß sie bereits unter den jungen deutschen Offizieren einen Liebhaber gefunden hatte: mehrere von ihnen standen nun um sie herum, während sie wie wild zu ihnen sprach, wobei sie mit den Schultern zuckende Bewegungen machte und wie wahnsinnig gestikulierte. Sie trug einen neuen Leopardenmantel. Gab es einen abstoßenderen Anblick, fragte sich Harriet, als ein albernes, egozentrisches und gieriges Weib, in das Fell eines Tieres gekleidet, das um so viele Male schöner war?

Hadjimoscos war mit von der Partie. Er schlurfte in seinen glacéledernen Schuhen umher, mit seinem winzigen, plumpen Körper, der so weich wirkte, als ob er mit Sägemehl gefüllt sei, ging von einem Offizier zum anderen; er redete voller Ernst mit ihnen, wobei sich sein flaches, bleiches Tatarengesicht vor Entzücken hob, und legte gelegentlich seine kleine, weiße, fette Hand auf einen deutschen Arm. Ihnen schloß sich ein breiter, plattfüßiger Mann an, der wie ein Fremder wirkte und ein berühmter deutscher Finanzier war, den man hierher gebracht hatte, um den Rumänen wegen ihrer maroden Wirtschaft zu helfen.

»Aber« – Galpin drehte sich langsam um und nickte zur Rezeption hinüber – »Sie haben noch nicht alles gesehen Schaun' Sie, wer dort drüben steht.« Die Pringles folgten der Richtung seines Blickes und sahen, daß das Treiben von zwei hundsgesichtigen Burschen in der schwarzen Uniform der Gestapo mit durchdringenden Augen scharf beobachtet wurde.

»Wann sind die angekommen?« fragte Guy ausdruckslos.

»Keiner weiß es. Sie sind aber nicht die einzigen. Sie sind zu Dutzenden hier. Haben Sie von Wanda gehört?«

»Nein«, sagten die Pringles, die zwar das Gefühl hatten, daß sie eigentlich hinauf zu Pinkrose sollten, sich jedoch gern aufhalten ließen.

»Ah!« Galpin schob sein schmales, mürrisches und unehrliches Gesicht mit einer Andeutung von Tragik nach oben. »Sie haben sie rausgeschmissen, die Hunde.«

So war also noch ein weiteres Gesicht aus der englischen Runde verschwunden.

Als Guy an Pinkrose' Tür klopfte, rief dieser mit einer hohen, aufgeregten Stimme: »*Entrez, entrez.*«

Sie fanden ihn auf den Knien, wie er gerade seine Kleider in einen Reisesack stopfte. Er trug einen geblümten Baumwollkimono von der Art, wie er in Japan von den Mädchen in den Teestuben getragen wird. Er warf den Kopf herum, sah die Pringles und schien über ihre Unverfrorenheit erstaunt, hatte aber nichts zu sagen und wandte sich wieder dem Einpacken zu.

Guy versuchte, Inchcapes Abreise zu erklären. »Er hofft, sehr bald wieder hier zu sein«, sagte er.

Pinkrose schien nicht zuzuhören. Er rappelte sich auf, zog den Kimono aus und warf ihn zu den anderen Sachen. Er trug Hemd, Hosen und mehrere wollene Strickwesten. Er zog eilig sein Jackett an und sagte: »Ich will den Zug zur Fähre in Konstanza erreichen.« Er ging umher, um die letzten seiner Besitztümer einzusammeln, hielt dabei aber von den Pringles Abstand, als ob sie versuchen könnten, ihn zurückzuhalten. Er sagte dabei außer Atem: »Ich nehme das übel, Pringle. Ich nehme das sehr übel. Ich werde das nicht vergessen. Inchcape wird noch von der Sache zu hören bekommen, hundertprozentig. Sein Diener hat mich *angelogen.* Er hatte mir wiederholte Male erzählt, daß Inchcape krank im Bett liegen würde, während er die ganze Zeit über plante, sich in Sicherheit zu bringen. Und mich, einen eingeladenen Gast, läßt er in einer fremden Stadt im Stich, wo ich mich dauernd in der Gefahr befand, von Rowdies angegriffen zu werden. Unentschuldbar. Ich bin mehrere tausend Meilen gereist, um eine wichtige Vorlesung zu halten und...«

Während er nochmals die Details seiner Reise erzählte und deren Gefahren und Unannehmlichkeiten betonte, stopfte er eine große Anzahl von Fläschchen und Schächtelchen in eine tragbare Hausapotheke. »Und Sie, Pringle«, sagte er und warf Guy einen bösen Blick zu, »*Sie* haben dabei mitgemacht. Ich habe Sie mehr als einmal im Hotel gesehen. Sie zogen es vor, mir nichts zu erzählen. Ich mußte es von einem Fremden erfahren.«

Als Guy mit einer Miene gequälten Schuldbewußtseins zuhörte und keinen Versuch unternahm, sich zu verteidigen, unterbrach Harriet Pinkrose und sagte: »Professor Inchcape wollte nicht, daß Sie sich beunruhigen. Er gab strikte Anweisung, Ihnen bis nach seiner Abreise nichts zu sagen.«

Pinkrose wickelte sich seine Schals um den Hals, zog die Luft durch die Zähne, gab aber keinen weiteren Kommentar ab. Ein kleines, drohendes Lächeln hing um seine Lippen. Nach einigen Augenblicken sagte er: »Die ganze Angelegenheit wird in allen Einzelheiten der Zentrale vorgelegt werden. Die Direktion soll sich selbst ein Urteil bilden. Inzwischen bin ich gezwungen, die Fahrt nach Griechenland aus meiner eigenen Tasche zu bezahlen. Ich erwarte, daß man es mir zurückerstattet; ich kann nur hoffen, daß das Büro in Athen mir die Höflichkeit und Aufmerksamkeit erweisen wird, die ich traurigerweise hier vermissen mußte.«

Der Zug zur Fähre in Konstanza ging um halb vier. Pinkrose verblieb kaum genug Zeit, um ihn zu erreichen. Dies und die Tatsache, daß das Schwarze Meer zu dieser Jahreszeit ziemlich rauh sein konnte, ließ Guy die Sprache wiederfinden. Er sagte: »Warum warten Sie nicht bis morgen? Meine Frau nimmt das Flugzeug nach Athen. Und Dobson ebenfalls...«

»Nein, nein«, unterbrach Pinkrose ungeduldig, »ich freue mich auf die Seereise. Sie wird mir guttun.« Er nahm seinen Mantel. Als Guy einen Schritt vortrat, um ihm den Mantel zu halten, drehte er sich mit einem Gesichtsausdruck zur Seite, der suggerierte, daß Guys gutmütige Hilfsbereitschaft lediglich ein weiteres Zeichen seiner Falschheit war.

Ein Träger kam herein, um das Gepäck aufzunehmen. Pinkrose hatte ein Taxi bestellt, das nun auf ihn wartete.

Harriet sagte: »Good-bye.« Pinkrose warf ihr einen Blick zu, hielt sie offenbar nicht für mitschuldig und machte eine Bewegung auf sie zu, die in einem Händeschütteln hätte enden können, aber er konnte nicht mehr warten. Ohne ein Wort zu Guy verschwand er.

Die Pringles hatten ein Gefühl unbefugten Eindringens, als sie sich plötzlich so allein in dem Zimmer fanden. Harriet legte ihre Arme Guy um die Hüfte.

»Darling, wie kann ich nur morgen gehen und dich hier zurücklassen?«

»Du wirst mir einen Job besorgen«, erinnerte er sie.

Ihre Verzagtheit ließ ein wenig nach, als sie vom Treppenabsatz aus David unten in der Halle sah. Er war »ins Delta« gefahren – was immer das bedeuten mochte –, als sie nach Predeal fuhren, und jetzt tauchte er zum ersten Mal wieder auf. Insgeheim hatte Harriet immer befürchtet, daß er einmal überhaupt nicht wieder auftauchen würde. In diesen Zeiten konnten seine heimlichen Ausflüge nur allzu leicht ins Unglück führen. Oder er hätte sich über eine Grenze schleichen können, da er wußte, daß es an der Zeit war. Aber dort stand er, voller Leichtigkeit und Zuversicht wie immer, und Harriet fühlte sich bei seinem Anblick erwärmt. Als Guy freudig hinuntereilte, um ihn zu begrüßen, verzog sich Davids Mundwinkel vor Belustigung über den Überschwang seines Freundes. Er unterzeichnete gerade das Anmeldeformular und sagte: »Als ich heute morgen zurückkam, mußte ich feststellen, daß man mich im Minerva für verschollen gehalten hatte. Mein Zimmer war von einem Angehörigen der Herrenrasse besetzt worden. Mein Gepäck war in den Keller gebracht worden. Glücklicherweise wurde gerade ein Zimmer frei, als ich hierkam.«

»Vermutlich das Zimmer von Pinkrose«, sagte Guy, beschrieb den Überfall auf Inchcape und das, was er die »Flucht der Professoren« nannte.

Bei der Beschreibung von Pinkrose im Kimono schniefte David vor sich hin und sagte: »Ich kenne eine Reihe von Leuten, die dafür bezahlt hätten, das zu sehen. Pinkrose besitzt eines der herrlichsten Häuser in Cambridge, aber keiner hat je einen Blick hineingeworfen. Er lebt praktisch in völliger Zurückgezogenheit. Das Traurige bei dieser Angelegenheit ist, daß Inchcape vermutlich sein einziger wahrer Freund ist.«

Als er erfuhr, daß Clarence ebenfalls gegangen war, lächelte er nachsichtig. »Ich *mochte* den alten Clarence«, sagte er und lachte voller Überraschung darüber, daß er es eingestanden hatte. Er fügte hinzu: »Ich glaube, daß niemand von uns hier noch viel länger bleiben wird.« Und die Pringles, die wußten, daß er ihnen nicht mehr sagen konnte, stellten keine weiteren Fragen.

Als sie zusammen durch die Halle gingen, stockte David der Atem, als er zum ersten Mal die schwarzen Gestapofiguren erblickte. Er runzelte leicht die Stirn zu Guy hinüber, aber keiner gab einen Kommentar von sich. Sie verließen das Hotel mit dem Gefühl, daß man nichts tun konnte, außer auf das Ende zu warten. Sie wollten sich nicht trennen.

David mußte in der Gesandtschaft vorbeischauen und bat die Pringles mitzukommen.

Während sie am Randstein standen, um zu warten, bis eine *trăsură* am Hotel hielt, konnten sie eine Motorradkolonne der Gardisten beobachten, die in neue Lederjacken und Pelzmützen gekleidet waren. Sie fuhren dröhnend vorbei, mit ernsten Gesichern und wilder Entschlossenheit, als ob sie unterwegs zu einer Hinrichtung oder zur Untersuchung eines Falls von Verrat seien. Sie umrundeten jedoch lediglich den Platz mit Höchstgeschwindigkeit, jagten die

Fußgänger auseinander, zwangen einige Autos die Gehsteige hinauf und verschwanden dann wieder in die Richtung, aus der sie gekommen waren.

»Keine sehr sinnvolle Beschäftigung«, sagte Harriet, »es muß aber großen Spaß machen.«

Sie warteten in der *trăsură,* während sich David zurückmeldete; Harriet hielt Guys Hand fest. Um sie zu trösten, sagte er: »Du hast doch gehört, was David gesagt hat? Ich werde möglicherweise hier früher wegkommen, als wir denken.«

»Hm.« Harriet fürchtete, daß er ein kleines bißchen zu lange bleiben und niemals wieder herauskommen könnte; sie hatte aber aufgehört, ihn zu bitten und zu betteln, und war sich darüber im klaren, daß er die Dinge nun einmal zum Abschluß bringen mußte, gleichgültig, was für ein Abschluß das sein mochte.

Nachdem David sich wieder zu ihnen gesellt hatte, sagte er: »Ich muß jemanden treffen, aber erst später. Wollen wir die Chaussée hinauffahren?«

Die Sonne stand niedrig am Himmel. Sie hatten das Verdeck der *trăsură* heruntergeklappt und spürten auf ihren Gesichtern die leichte, doch schneidende Brise, die in den kommenden Wochen zu dem Wind anwachsen würde, der den Schnee brachte. Die Chaussée hatte bereits eine winterliche Ausstrahlung. Die Bäume, von den Feuern des Sommers ausgedörrt, waren schon völlig kahl. Die Gartenlokale waren geschlossen. Die Cafés hatten die Markisen eingerollt und die Schirme hereingeholt, und einige hatten völlig geschlossen. Der Oktober war gekommen, und das Leben hatte sich in die Häuser verzogen.

David sagte: »Das Gerücht macht die Runde, daß Deutschland mit Rumänien etwas Bedeutsames vorhat, demzufolge Rumänien seine alte Position wieder zurückgewinnen könnte.« Er schniefte und schnupperte, und Guy fragte ihn: »Was glaubst du, wird geschehen?«

»Ich glaube, daß die Deutschen dieses Land erbarmungslos schlucken werden. Jetzt fordern sie schon Rekruten an. Natürlich steht davon nichts in den Zeitungen, aber man hat mir berichtet, daß rumänische Bauern auf Viehwagen verladen und nach Deutschland zur Ausbildung gebracht werden. Arme Kerle, sie gehen bereitwillig, denn die Offiziere erzählen ihnen, daß sie für England kämpfen würden. Sie sagen: ›Erzählt uns von diesen Engländern. Wie sehen ihre Gesichter aus?‹ «

Harriet sagte: »Denken sie wirklich, daß die Deutschen Briten sind?«

»Sie denken gar nicht. Aber wenn es soweit ist, sagt man ihnen: ›Dort ist der Feind. Kämpft!‹ Und sie werden kämpfen und sterben.«

Sie waren inzwischen aufs offene Land gekommen und konnten die Wälder von Snagov wie rosinenfarbenen Nebel in der Ferne sehen. Der See von Snagov reflektierte den bronzenen Himmel. Hie und da blitzte ein Fenster auf, aber die flachen, abgeernteten Felder verbreiteten eine deprimierende Stimmung in dem satten Licht des Herbstes.

David sagte: »Ich muß diesen Burschen im Golfklub treffen.«

»Im Golfklub!«

David lachte. »Es soll ein geheimes Treffen sein. Deshalb wurde der Golfklub gewählt.«

»Ich hab den Golfklub noch nie gesehen«, sagte Harriet.

»Na dann komm mit. Du wirst vielleicht keine Gelegenheit mehr dazu haben.«

Die Vordertür des Klubhauses stand offen. Das Haus schien verlassen zu sein, Guy, Harriet und David gingen bis zum Salon, von dem aus zwei große Glastüren hinaus zum Golfkurs führten, der sich hinter dem Haus erstreckte. Der Salon war vollgestellt mit Stühlen, die mit verblichenem Chintz bespannt waren. Kleine Tischchen waren mit zerlesenen englischen Zeitschriften bedeckt.

Die Pringles fragten nicht, wen David hier treffen wollte, aber er sagte: »Ich sehe keinen Grund für Geheimniskrämerei. Dieser Bursche, der kommen soll, ist der Vorsitzende eines Beratungskomitees, das in Kairo eingerichtet werden soll. Er kam voller Eifer hierher geflogen und denkt sich zweifellos, daß man selbst jetzt, fünf vor zwölf, noch etwas ausrichten kann. So weit ist die Diplomatie von der Realität entfernt, daß Seine Exzellenz immer noch nicht genau weiß, was schiefgelaufen ist; er hat mich dazu abkommandiert, ihm die Lage zu erklären.« Zwei Männer waren seitlich um das Haus herumgekommen. »Da sind sie ja«, sagte David und ging, um sich ihnen anzuschließen.

Einer der beiden war Wheeler, ein leitender Mann in der Legation, den die Pringles auf Partys getroffen hatten; der andere war ein Fremder, mittelgroß, hübsch, beginnendes Mittelalter, der einen dunklen Mantel trug, eine Melone und einen eingerollten Regenschirm.

Als sie David erblickten, der sich ihnen zwar zuversichtlich, doch wegen des großen Altersunterschieds auch mit einer gewissen Ehrfurcht näherte, blieben sie stehen. Nachdem er sich ihnen angeschlossen hatte, begannen sie, zusammen auf- und abzugehen, bewegten sich langsam fünfzig Meter in die eine Richtung, drehten um und kamen dann zurück.

Guy nahm sich einen Putter, der in einer Ecke vergessen worden war, und sagte: »Geh'n wir hinaus.«

Sie gingen zum ersten Grün. Sie standen in unaufdringlicher Entfernung zu den dreien, die miteinander konferierten, und Guy begann, sich einem nicht vorhandenen Ball zu widmen. Harriet hatte nichts zu tun, außer zuzuschauen.

Die Luft war voll vom Surren der Grashüpfer. Die Sonne war untergegangen, und die Dämmerung senkte sich langsam herab, als die Pringles den Vorsitzenden bemerkten, wie er sich, gefolgt von David und Wheeler, ihnen mit amüsiertem Gesichtsausdruck näherte. Er wartete nicht darauf, vorgestellt zu werden, und sprach Guy mit der unkomplizierten Liebenswürdigkeit eines Mannes an, der sich an seine eigene Wichtigkeit gewöhnt hatte: »Ich dachte schon, Sie schlagen Schlangen tot.«

Guy errötete leicht und lachte: »Nein, nur die Zeit.«

Der Vorsitzende schien von diesem einfachen Scherz entzückt zu sein und schaute Wheeler an, der versuchte, die gute Laune des Vorsitzenden widerzuspiegeln, und sich Guy besah, als ob dieser unvermutete Berühmtheit erlangt hätte. Er sagte: »Das ist Guy Pringle. Er war Dozent an der hiesigen

Universität«, und ließ die Vergangenheitsform für sich sprechen.

»Ah!« sagte der Vorsitzende mit einem verständnisvollen Nicken.

Harriet wurde vorgestellt. Der Vorsitzende, dessen Namen Sir Brian Love war, stützte sich auf seinen Schirm, den er hinter sich stellte, hob das Gesicht, das glatt, wunderschön rasiert und rosa vom guten Essen war, und zog die feuchte und nach Holz riechende Abendluft ein. »Sehr angenehm hier«, sagte er und vermittelte den Eindruck eines Mannes, dem es blendend ging. Wheeler, ein dünner Mann mit einem dünnen Mund, der zwischen den gefalteten Wangen nach unten hing, wartete und spielte nervös mit dem Autoschlüssel, der an einem Ring hing.

Die drei jungen Leute warteten ebenfalls, erwarteten verabschiedet zu werden, doch Sir Brian hatte anscheinend keine Eile, den Klub zu verlassen. »Riecht wie in England«, sagte er. »In Kairo ist es heiß wie in der Hölle. Keine Anzeichen von Herbst dort. Ich bezweifle, daß sie *überhaupt* einen Herbst haben.« Er lachte und sagte zu Wheeler: »Könnten wir nicht alle irgendwohin auf einen Drink gehen?«

Wheeler blickte verwirrt drein und sagte dann, bestürzt über diesen Vorschlag: »Wir haben wirklich keine Zeit dazu, Sir Brian. Seine Exzellenz diniert um sieben, und da Sie heute nacht noch zurückkehren...«

Sir Brian nickte, machte aber immer noch keine Anstalten zu gehen. Er betrachtete die dunklen Fenster des Klubhauses. »Nicht viel los hier«, sagte er.

»Praktisch keine Mitglieder übriggeblieben«, sagte Wheeler.

»Doch es ist bezaubernd, verglichen mit dem Mittleren Osten.«

»Waren Sie kürzlich in England, Sir?« fragte Guy.

»Vor knapp einem Monat. Sie würden finden, daß es sich sehr verändert hat. Zum Besseren, meine ich.«

Während sich Wheeler mit zusammengezogenen Augenbrauen auf die Aufgabe konzentrierte, den Autoschlüssel vom Ring zu bekommen, sprach Sir Brian in aller Ruhe vom neuen Gefühl des Gemeinsinns, das, wie er sagte, alle Klassenschranken niederriß und die Menschen zusammenbrachte. »Die Sekretärin nennt einen ›Brian‹, und der Fahrstuhlführer sagt: ›Wir sitzen alle in einem Boot.‹ Mir gefällt das. Mir gefällt das sehr.« Ein- oder zweimal während seiner Erzählung warf er einen schelmischen Blick zu Wheeler hinüber, womit er die anderen für sich einnahm, weil sie das Gefühl hatten, er sei einer der ihren und auf ihrer Seite im Kampf gegen die festgefahrenen Vorurteile der Gesandtschaft.

Wheeler, der nicht zuhörte, seufzte. Der Schlüssel war vom Ring herunter. Er betrachtete ihn erstaunt und machte sich an die noch schwerere Aufgabe, ihn wieder dranzubekommen.

»Nach den Krieg werden wir eine neue Welt erleben«, sagte Sir Brian und lächelte den drei jungen Leuten zu, die ihn alle mit hingerissener Nostalgie beobachteten. »Eine klassenlose Welt, möchte ich meinen.«

Harriet dachte, wie seltsam es doch war, in dieser melancholischen Abendstimmung zu stehen, diesem wichtigen Mann zuzuhören, der diesen Nachmittag eingeflogen worden war und der diese Nacht wieder ausfliegen würde – ein unwirklicher Besucher einer Situation, die ihm unwirklich erscheinen mußte. Doch wirklich oder nicht, die anderen Männer würden hier zurückbleiben müssen, ausgesetzt der Gefahr von Verhaftung, Folter und Tod.

Plötzlich unterbrach Sir Brian seine Rede über England und sagte: »Dann ist hier also alles vorbei, wie? Die Geographie hat uns besiegt. Wir haben den Kürzeren gezogen. Niemand ist dafür verantwortlich zu machen. Dagegen kann man nichts tun.«

Sein Ton war endgültig. Er stand aufrecht und machte sich zum Aufbruch bereit.

David trat einen Schritt nach vorn. »Meiner Meinung nach«, sagte er, »hätte man sehr wohl etwas dagegen tun können.«

»Wirklich?« Der Vorsitzende hielt überrascht inne.

»Wir haben dieses Land vor Monaten verloren, als wir

durch eine idiotische Politik Carol unterstützten und uns einen Dreck um den Rest des Volkes kümmerten. Die besten Kräfte hier hatten sich geweigert, solch einem System zu dienen. Maniu und die anderen Liberalen wären auf unserer Seite gewesen, wir aber hatten keine Verwendung für sie. Wir hielten ein Lumpengesindel an der Macht. Kein Wunder, daß sich die Nation zerstritt.«

»Ah!« Sir Brian war zurückhaltend; als gerechter Mann war er gewillt, alle Seiten zu hören. »Und was sind die Tatsachen, wie Sie sie sehen?«

Wheeler rieb sich verzweifelt die Augenbraue.

David, der nun selbstbewußt auftrumpfte und alle Schüchternheit abgelegt hatte, sagte: »Ein vereintes Rumänien – ein Rumänien, das sich die Loyalität seiner Minderheit durch faire Behandlung erworben hätte – hätte sich gegenüber den ungarischen Forderungen zur Wehr setzen können. Es hätte sich vielleicht sogar der russischen Forderung widersetzen können. Wenn es fest geblieben wäre, hätten sich Jugoslawien und Griechenland auf seine Seite geschlagen, vielleicht sogar auch Bulgarien. Eine Balkan-*entente!* Nicht viel vielleicht, aber auch nicht gerade zu verachten. Bei einer in sich geschlossenen Nation, bei einer vernünftigen Innenpolitik hätte die Eiserne Garde niemals wieder auf die Beine kommen können. Sie hätten niemals auf diese Weise an die Macht kommen können.«

Sir Brian hatte die Hände auf dem Griff seines Regenschirms wie auf einem Gewehrkolben gefaltet und stand aufrecht da, den Kopf gesenkt wie bei einer Beerdigung.

Wheeler räusperte sich und bereitete sich darauf vor, Davids Anklagerede zu unterbrechen, aber David ließ sich nicht so leicht unterbrechen. »Und«, fuhr er unbeirrt fort, »da waren die Bauern – eine gewaltige Streitmacht, wenn wir nur bereit gewesen wären, sie zu organisieren. Sie hätten so ausgebildet werden können, daß sie beim kleinsten Anzeichen einer deutschen Infiltration revoltierten. Und, das kann ich Ihnen versichern, die Deutschen wollen keine Schwierigkeiten an dieser Front. Sie würden nicht versuchen, ein aufständisches Rumänien niederzuhalten. So wie die Dinge nun stehen, ist das Land zerfallen, die Eiserne Garde ist an der Macht, und die Deutschen sind eingeladen worden, hier nach Herzenslust einzumarschieren. Kurz – unsere Politik hat dem Feind direkt in die Hände gearbeitet.«

Sir Brian schnellte den Kopf hoch. Er fragte lebhaft: »Das heißt, jetzt ist es zu spät?«

»Genau«, stimmte David zu.

Der Vorsitzende warf Wheeler einen Blick zu, in dem nun nichts Schalkhaftes mehr lag. Er hatte um Tatsachen gebeten, fühlte aber nun deutlich, daß die Tatsachen außer Kontrolle gerieten. Auch Wheeler verlor die Geduld. »Ich glaube wirklich...«, begann er.

»O du liebe Zeit!« Sir Brian streckte David, Guy und Harriet die Hand entgegen und beendete die Diskussion. »Es ist alles sehr interessant gewesen. Wirklich sehr interessant!« Zwar behielt er seine charmante Art tapfer bei, doch irgendwie war die Fassade angekratzt worden. Er ging voraus ums Haus herum, und die anderen folgten ihm. Er sprach wieder sehr liebenswürdig, doch galt die Liebenswürdigkeit jetzt Wheeler.

Es war jetzt sehr dunkel. Im Haus gab es weder Licht noch ein Lebenszeichen, aber die Vordertür stand immer noch offen, und durch sie hindurch konnte Harriet das weiße Jackett eines Dieners erblicken, dessen Schlüssel in seiner Hand klirrten. Er wartete darauf abzusperren, sobald sie, die letzten Briten, abgefahren waren.

Während Wheeler die Autotür öffnete, schaute Sir Brian zu den drei jungen Leuten zurück und tippte mit dem Griff seines Regenschirms an den Rand seines Hutes, bevor er ins Auto stieg. Er lächelte nicht. Wheeler sagte überhaupt nichts, sondern schlug die Autotür heftig zu und fuhr davon. Während sie das rote Schlußlicht entschwinden sahen, sagte Guy: »Wir sitzen alle im selben Boot, nicht wahr? Dieses *Schwein!*«

David blieb nachsichtig. »Die Falschheit des Ministeriums! Und Wheeler ist ein Oberarsch. Einmal sagte er zu mir: ›Wenn Diplomatie so leicht wäre, wie sie aussieht, mein lieber Boyd, hätten wir überhaupt niemals Kriege.‹«

Als Reaktion auf das Gefühl, man habe ihnen ihre Jugend

zum Vorwurf gemacht, lachten die drei schallend auf ihrem Rückweg zur Stadt, während sie ein kalter Wind von den dunklen, verlassenen *gradinas* her anblies. Sie waren froh, als sie die erleuchteten Straßen erreichten.

Als sie auf den Platz einbogen, blickte Harriet zu dem großen, strahlenden Fenster am Boulevard Breteanu hinüber und sah, daß es leer war. Der Hispano, der dort zwei Monate lang wie ein Denkmal gestanden hatte, war nicht länger da. Guy ließ die *trăsură* vor dem Ausstellungsraum anhalten und ging hinein, um sich zu erkundigen. Er erfuhr, daß das Auto von einem deutschen Offizier gekauft worden war, der ohne zu fragen die vollen sechzigtausend *Lei* bezahlt hatte, denn der Kurs der Reichsmark war derart günstig, daß der Preis für den Hispano geringer war als der Preis für ein Spielzeug in Deutschland. Das Geld war an Mr. Dobson von der Britischen Gesandtschaft geschickt worden.

Wohin sollten sie zum Essen gehen? fragte David. Harriet wollte ihr Abschiedsessen bei Cina oder bei Capşa haben. Sie entschlossen sich, zu Capşa zu fahren.

Die großen Restaurants wurden immer neu herausgeputzt, wenn sie sich für die Wintermonate nach innen zurückzogen. Es war dann stets das Gefühl der neuen Saison zu verspüren, die ihre eigenen Reize hatte. Nach der Leere der Straßen waren die drei von der Inneneinrichtung des Capşa mit dem roten Samt und den riesigen, goldenen Lüstern beinahe geblendet, als sie, durchfroren von der offenen *trăsură*, eintraten.

Das Essen war in diesen Tagen nicht nur dürftig, sondern oft schlecht, als ob Knappheit zum Hamstern und Hamstern zum Verderb geführt hätte. Aber das Capşa, vielbesucht von der deutschen Gemeinde, hatte sich einen gewissen Standard bewahrt. Natürlich wurden die besseren Stücke Fleisch für hochrangige Deutsche und deren Gäste zur Seite gelegt, doch gab es auf der normalen Speisenkarte gewöhnlich immer Huhn oder Kaninchen, Hase in der Saison und sogar eine Sorte Kaviar. Später am Abend würde es hier voll sein, doch jetzt waren ziemlich viele Tische leer.

In der Nähe der Tür, in Gesellschaft von zwei jungen Offizieren der Mission, saßen Prinzessinnen Mimi und Lulie. Ihre Gesichter wurden ausdruckslos, als sie die Engländer erblickten. Als die drei weitergingen, gab es eine leichte Unruhe. Der Oberkellner fing sie mit einem Ausdruck überraschter Wißbegierde ab, als ob sie vielleicht etwas anderes wollten als essen.

David fragte auf rumänisch nach einem Tisch. Der Oberkellner antwortete deutsch: »*Es tut mir leid. Wir haben keinen Platz.*«

David protestierte auf englisch: »Aber die Hälfte der Tische sind leer.«

Aus alter Gewohnheit antwortete der Ober in derselben Sprache: »Alle Tische sind reserviert. In diesen Zeiten ist es notwendig, Reservierungen zu machen.«

David öffnete den Mund zu einer Entgegnung, doch Harriet sagte: »Das Essen ist hier sowieso jämmerlich. Gehen wir zu Cina.« Sie wandte sich mit dem Hochmut der Verfolgten ab, und als sie an den Prinzessinnen vorbeikamen, begegnete sie dem Blick eines jungen Deutschen, die sie mit wohlwollendem Amüsement beobachtet hatten.

»Nun, dann eben zu Cina«, sagte David, als sie wieder auf dem Gehsteig standen.

»Nein«, sagte Harriet, den Tränen nahe. »Wir werden nur nochmals abgewiesen werden. Geh'n wir wohin, wo man uns nicht kennt.«

Sie entschieden sich für das Polişinel, ein Restaurant, das bis auf die Zeiten der Bojaren zurückging, einmal sehr in Mode gewesen war und wo Guy und David des öfteren gegessen hatten, als Guy noch Junggeselle war. Sie fanden eine andere *trăsură* und fuhren zur Dâmboviţa hinunter.

Das Polişinel, erbaut, als Grundstücke billig und reichlich vorhanden waren, umgab eine große Gartenanlage. Sie gingen zum Hauptsaal, der von ein paar wenigen, bräunlichen Glühlampen erhellt wurde und sich weit nach hinten in den Schatten ausdehnte. Als einziger Gast war der Eigentümer anwesend und aß gerade mit seiner Familie. Als er die fremden Besucher sah, stand er erfreut auf und schrie wichtigtuerisch nach dem Kellner. Wahrscheinlich dachte er, sie seien

Deutsche, aber die Engländer, die auf solche Art willkommen geheißen wurden, fühlten sich wie zu Hause und vergaßen schnell ihre vorherige Erfahrung.

Ein alter Ober machte viel Aufhebens um sie und setzte sie an einen Fenstertisch, von dem aus man den Garten überblicken konnte, und beeilte sich dann, mehr Licht zu machen. Er brachte eine große, schmutzige Speisenkarte, handgeschrieben mit violetter Tinte, und flüsterte: »*Fripturǎ*, eh?« Es war zwar kein fleischloser Tag, aber er sprach so, als ob er ein verbotenes Vergnügen vorschlug, und die drei nahmen es dankbar an.

Der Besitzer brüllte wieder, und herein kam ein verwahrlostes Zigeunerorchester, das, als es die Qualität der Gäste erkannte, von frischer Inspiration belebt wurde.

»Oh, Gott!« sagte David. »Die denken, wir wären reich.«

»Wir sind es auch, nach ihrem Maßstab«, sagte Guy.

David drehte seinen Stuhl herum, so daß er mit dem Rükken zu den grinsenden Musikanten saß, und tat sein Bestes, um über den Lärm hinweg zu sprechen: »Eine Geschichte macht die Runde: Horia Sima und seine Jungs sollen zur Heiligen Synode gegangen sein und gefordert haben, daß Condreanu heilig gesprochen wird. Der Vorsteher der Synode sagte: ›Mein Sohn, es braucht zweihundert Jahre, um einen Heiligen zu machen. Wenn die Zeit verstrichen ist, komme wieder, und wir werden nochmals darüber reden.‹«

Es dauerte lange, bis das Essen gebracht wurde. Man hatte ihnen Suppe serviert, und nun warteten sie seit über zwanzig Minuten, bis der Ober ihre Messer und Gabeln brachte, dann schließlich kam die *fripturǎ.*

»In seinen besseren Tagen«, sagte David, »bereitete dieses Restaurant die besten Steaks in Europa zu.«

»Und was glaubst du, haben wir hier bekommen?« fragte Guy.

David kicherte. »Anscheinend hat eine *trǎsurǎ* ihr Pferd verloren.«

Die Männer erinnerten sich an den Frühling und den frühen Sommer des vergangenen Jahres, als sie oft in den Garten des Polişinel gekommen waren und über den Krieg geredet hatten, der drohend seine Schatten über sie warf. Sogar um Mitternacht pflegten noch Gäste zu kommen, die blieben, bis der erste Lichtschimmer des Morgengrauens durch die Bäume schien. So lange auch nur ein Gast da war, spielten die Musiker ein Potpurri kleiner Melodien, sentimental, banal, hübsch, aber mit Rücksicht auf die fortgeschrittene Stunde spielten sie immer sanfter und weicher, brachen oft in der Mitte eines Themas ab, begannen von neuem mit einem anderen, oder zupften nur hie und da eine Saite, als Andeutung einer Musik, und warteten geduldig auf ihren Lohn.

»Wieviel geben wir ihnen heute?« fragte Guy und zog einen Tausend-*Lei*-Schein aus der Tasche.

Harriet und David blickten scheel auf diese Extravaganz, doch er überreichte den Schein. »Für die Vergnügungen der Vergangenheit«, sagte er.

Als sie zur Wohnung der Pringles kamen, war es gerade kurz nach elf, und David willigte ein, auf einen letzten Drink mit hinaufzukommen. Die Halle lag in Dunkelheit. Der Portier war schon seit langem zum Militär eingezogen und nie ersetzt worden. Sie fanden den Lift außer Betrieb.

Etwas an dem Gebäude kam Harriet merkwürdig vor – vielleicht war es die Abwesenheit von Lärm. Die Rumänen blieben normalerweise bis weit in die Nacht auf. Gewöhnlich konnte man auf den Treppen Musik und Stimmen bis in die frühen Stunden des Morgens hören; jetzt hörte man weder Stimmen noch Musik. Die drei gingen von einem dunkeln Treppenabsatz zum nächsten, wobei sie nichts als ihre eigenen Schritte hörten. Im achten Stock sahen sie Licht von schräg oben herunterfallen.

»Es kommt aus unserer Wohnung. Unsere Tür steht offen.«

Sie blieben stehen und horchten. Es herrschte absolute Stille. Nach ein paar Augenblicken stiegen Guy und David lautlos die letzten acht Stufen hinauf. Harriet blieb, wo sie war, von der Stille und dem Anblick der weit offen stehenden Tür gelähmt. Kein Lebenszeichen drang von innen heraus. Vorsichtig ging sie ein oder zwei Stufen nach oben, so daß sie an den beiden Männern vorbei in den Flur blicken konnte.

Die Tür zum Wohnzimmer stand ebenfalls weit auf. Drinnen brannten die Lichter.

Als er ihre Schritte auf den Stufen hörte, flüsterte Guy: »Warte!« Er gab der Wohnzimmertür einen Stoß, sie öffnete sich ganz. Nichts bewegte sich drinnen.

David sagte: »Unnötig zu fragen, was hier geschehen ist.«

Guy kam heraus, um Harriet zu sagen: »Wir sind überfallen worden.«

»Sie müssen sich irgendwo verstecken.«

Sie gingen durch die Wohnung, stiegen über den Unrat aus Papieren, Büchern, Kleidern und zerbrochenem Glas. Schubläden waren geleert worden, Betten abgezogen, Bücher von den Regalen geworfen, Bilder zertrümmert und die Teppiche vom Boden gerissen. Es wurde ihnen klar, daß dies nicht in einem Anfall von Zerstörungswut geschehen, sondern das Ergebnis einer systematischen Suche war. Und wonach hatten sie gesucht? Nach etwas, das in einer Schublade oder unter einer Matratze versteckt werden konnte – also nicht nach Sascha. Aber vielleicht war es Sascha gewesen, den sie gefunden hatten.

Jedenfalls war von ihm keine Spur zu sehen. Sein Zimmer war, wie der Rest der Wohnung, in völliger Unordnung.

Guy ging in die Küche voraus, wo die Tür zur Feuerleiter offen stand. Die Schubladen waren ausgeleert, die Behälter für Tee, Kaffee und getrocknete Nahrungsmittel waren umgedreht und der Inhalt auf einem Haufen am Boden geschüttet worden.

Harriet schaute in Despinas Zimmer. Es war leer. Ihre Habseligkeiten waren verschwunden.

Sie gingen auf die Feuerleiter hinaus. Der enge Innenhof auf der Rückseite des Hauses, zu dem sich die Küchenfenster öffneten, befand sich sonst, sogar zu dieser Stunde, in einem Aufruhr von Gezänk und Geschrei. Alle Türen, außer der ihren, waren geschlossen, und alle Lichter aus. Die Küchen schienen verlassen zu sein.

Harriet stieg die Leiter zum Dach hinauf. Die Türen zu

den Hütten der Diener waren geschlossen. Harriet zog die Tür der Hütte auf, die von Sascha benutzt worden war. Sie rief: »Sascha! Despina!« Niemand antwortete.

Sie ging in Saschas Zimmer zurück. Die Bettbezüge lagen am Boden, und als Harriet sie wieder auf das Bett legte, fiel die Mundharmonika heraus. Sie reichte sie Guy als Beweis, daß Sascha mit Gewalt entführt worden war. Unter den Bettlaken fand sie auch den gefälschten Paß, in der Mitte zerrissen – voller Hohn, wie es schien.

Sie erinnerte sich an die Haustiere ihrer Kindheit, deren Tod ihr das Herz gebrochen hatte, und sagte: »Sie werden ihn natürlich umbringen.«

»Nein«, sagte Guy. »Warum sollten sie! Ich gehe morgen zur Gesandtschaft. Sie werden Nachforschungen anstellen. Mach dir keine Sorgen. Wir werden das nicht hinnehmen.«

Harriet schüttelte den Kopf und war nicht in der Lage zu sprechen. Sie wußte, daß es nichts gab, was irgend jemand tun konnte. Die rumänischen Behörden hatten so gut wie keine Macht über die Eiserne Garde. Die englische Gesandtschaft hatte überhaupt keine. Auf jeden Fall war Sascha ein Deserteur der Armee. Seine Verhaftung war legal, und er war völlig ohne Rechte.

David sagte: »Ich glaube, wir sollten nicht länger hierbleiben. Sie werden sehr wahrscheinlich zurückkommen.«

Er behielt den Treppenabsatz im Auge, während Harriet schnell ihren Koffer packte. Guy stopfte Hemden und Unterwäsche in seinen Rucksack und ging ins Wohnzimmer, wo er seine Bücher zusammensuchte. Auf einigen von ihnen war herumgetrampelt worden, und sie hatten gebrochene Rükken und Stiefelabdrücke auf den Seiten. Als er die rohe Brutalität erkannte, der er stets den Kampf erklärt hatte, sagte er zu sich selbst: »Die Bestie hat zugeschlagen.« Er war dankbar, daß Harriet am nächsten Tag gehen würde. Nach diesem Vorfall war alles möglich.

Es gelang ihm, ein paar Dutzend Bücher in seinem Rucksack unterzubringen, und weitere sechs steckte er in seine Taschen. Er hob ein letztes auf und klemmte es unter den Arm. Es waren die Sonette von Shakespeare.

Bevor sie die Wohnung verließen, schlossen sie die Hintertür und schalteten das Licht aus. Sie hatten keine Zeit, die Unordnung zu beseitigen. Sie ließen sie zurück, wie sie sie vorgefunden hatten. Sie erreichten die Straße mit dem Gefühl, noch einmal davongekommen zu sein.

»Ich war ziemlich nervös da drinnen«, sagte David.

»Gott«, sagte Guy, »ich hab' nie zuvor in meinem Leben solche Angst gehabt.«

Harriet schwieg, bis sie sich auf dem Platz befanden, dann sagte sie: »Ich kann morgen nicht abreisen. Und nun gibt es auch keinen Grund mehr, warum ich gehen sollte.«

»Oh, du mußt gehen«, sagte Guy. »Du mußt mir einen Job verschaffen. Wenn du hierbleibst, kannst du überhaupt nichts tun. Und Dobson erwartet dich auf dem Flughafen.«

In Davids Zimmer standen zwei Betten. Plötzlich erschöpft von dem Schock, warf sich Harriet auf eines davon und war sofort eingeschlafen. Die Männer, viel zu wach, um schlafen zu können, saßen den größten Teil der Nacht da und plauderten, tranken und spielten Schach.

28

Als Harriet am nächsten Morgen erwachte und sich erinnerte, was vorgefallen war, war sie überrascht, daß sie nichts empfand. Sie bereitete sich auf ihre Abreise vor, und es war ihr nun gleichgültig, ob sie abreiste oder nicht.

David war zur Gesandtschaft gerufen worden und sagte Harriet im Vestibül auf Wiedersehen. Als sie und Guy das Hotel verließen, sahen sie, wie Galpin Gepäck in sein Auto verlud. Guy fragte ihn, ob er abreisen würde.

Galpin schüttelte den Kopf, sagte aber: »Es liegt etwas in der Luft. Mein Gefühl sagt mir, daß die Sache bald steigt.«

»Sie glauben, es ist eine Frage von Tagen?«

»Es kann eine Frage von Stunden sein. Jedenfalls bin ich darauf vorbereitet. Ich nehm Sie mit, wenn Sie mögen.«

»Harriet fliegt heute nach Athen. Ich muß noch bleiben.«

»Bleiben? Wozu? Für eine Kugel in den Rücken oder ins Genick?«

Ein seltener und eigenartiger Ausdruck von Eigensinn erschien auf Guys Gesicht. »Ich habe einen Job zu tun«, sagte er.

»Na gut.« Galpin entfernte sich und machte Verrenkungen, um im Gehen in seinen Regenmantel zu kommen. »Einer, der kein Risiko eingeht, empfiehlt sich.« Er eilte ins Hotel zurück.

Dobson war bereits am Flugplatz, als die Pringles ankamen. Der Morgen war kühl, und er trug einen Mantel mit einem Astrachankragen. Man hatte ihm gesagt, daß Harriet von einem von Guys Studenten begleitet werden würde, und so fragte er: »Wo ist Ihr junger Freund?«

Guy erzählte ihm, was passiert war. Der Student war Sascha Drucker gewesen – zwecklos die Tatsache länger zu verheimlichen. Guy sagte, er habe vor, die Angelegenheit der Gesandtschaft zu melden und die Hilfe von Fitzsimon, der den Troilus in seiner Inszenierung gespielt hatte, zu erbitten.

Dobson hörte mit einem verständnisvollen, doch leicht ironischen Ausdruck zu, der zu fragen schien: Worauf hofft Guy? Wenn die Britische Gesandtschaft schon ihre eigenen Landsleute nicht mehr beschützen konnte, was konnte sie dann erst für einen dubiosen Jungendlichen tun, der im Chaos verschwunden war? Er sagte: »Leute wie Sascha Drucker gibt es überall in Europa...« Er machte eine Geste der Verzweiflung über das maßlose Leid, das zu ihren Lebzeiten so alltäglich geworden war.

Guy sah Harriet an und sagte: »Ich bin sicher, Fitzsimon wird tun, was er kann.«

Harriet schaute weg. Sie glaubte, daß Sascha verloren war und wollte an nichts mehr erinnert werden, was mit ihm zu tun hatte. Sie sagte: »Ich denke, wir sollten unsere Plätze einnehmen.«

Guy war beunruhigt von ihrem Mangel an Gefühl und sagte: »Schick mir ein Telegramm, sobald du angekommen bist.«

»Selbstverständlich.« Sie widmete ihre Aufmerksamkeit

den Flugplatzangestellten, von denen einer mit ihrem Paß davongegangen war. Sie protestierte, und man sagte ihr, daß sie ihn im Flugzeug wiederbekommen würde.

Als Guy sie in die Arme nahm, um sie zum Abschied zu küssen, war ihr Hauptgedanke, den Abschied schnell hinter sich zu bringen. Dobson nahm sie am Arm und half ihr durch die letzten schlimmen Augenblicke, indem er die Bedeutung der Reise, die vor ihnen lag, herunterspielte: »Ich habe den kleinen Hüpfer über den Balkan schon immer genossen.«

Das Flugzeug war gerade dabei zu starten, als ein Angestellter eintrat, salutierte und ihr den Paß aushändigte. Die Türen wurden geschlossen, und das Flugzeug glitt davon. Als sie stiegen, blickte Harriet hinunter und sah die einsame Gestalt Guys, der ihr nachblickte. Plötzlich wurde sie von dem Gedanken durchbohrt: »Vielleicht werde ich ihn nie wiedersehen.« Sofort wollte sie umkehren und sich auf ihn stürzen. Statt dessen öffnete sie den Paß und sah das Wort *»anulat«* quer über ihr Rückreisevisum gestempelt. Sie sagte entsetzt: »Sie haben mein Visum für ungültig erklärt.« Ihre Gleichgültigkeit war dahin. Als ihr die Realität ihrer Abreise bewußt wurde, geriet sie plötzlich in Panik und sagte: »Aber ich muß zurück. Sie können mich doch nicht von meinem Mann trennen.«

Dobson beruhigte sie: »Sie können in Athen ein Visum kriegen. Der rumänische Konsul ist ein charmanter alter Junge. Für eine Dame wird er alles tun.« Und er fuhr fort, über die Donau zu plaudern, die unter ihnen erschienen war, ein breites, silbriges Band mit Flußschiffen und Konvois von schwarzen Lastkähnen, die mit Öl beladen waren. »Wußten Sie, daß es Landkarten aus dem vierten Jahrhundert vor Christus gibt, die die Donauquelle in den Pyrenäen zeigen?«

»Aber sicher entspringt sie nicht in den Pyrenäen?«

Dobson lachte und war über ihre Ungewißheit so entzückt, daß sie begann, sich wohl zu fühlen. Sie war für seine Gesellschaft dankbar. Vor dem Krieg, als sie allein gereist war, hatte sie ihre eigene Unabhängigkeit genossen. Jetzt wollte sie sich an Dobson hängen, wie an ein Überbleibsel ihres normalen Lebens mit Guy. Sie hielt sich mit dem Gedanken aufrecht, daß sie sich auf einer Mission befand. Sie mußte für Guy einen Job finden und ein Zuhause für sie beide. Sie fing an, an Bella zu denken, die als einzige Engländerin in Bukarest verbleiben würde, nachdem ihre englischen Freunde abgereist waren. Sie sprach darüber mit Dobson, der gleichgültig lächelte und sagte: »Ich hatte Bella gesagt, daß die Gesandtschaft sie mit herausnehmen würde, wenn wir das Land verlassen müßten, doch sie hatte kein Interesse gezeigt.«

»Sie können nicht von ihr erwarten, daß sie Nikko verläßt.«

»Oh, wir hätten Nikko ebenfalls mitgenommen. Sie sprechen beide mehrere Sprachen. Wir hätten sie gut gebrauchen können.« Dobson lachte mit einer Andeutung von Verärgerung. »In Wahrheit glaubt sie, sie würde sich dort, wo sie jetzt ist, zehnmal wohler fühlen.«

Jenseits der Grenze gab es nichts weiter zu sehen als ein Vlies von weißen Wolken, durch das die dunkelblauen Berggipfel wie Inseln stießen. Je mehr es gegen Mittag ging, desto mehr lösten sich die Wolken auf und zeigten das von der Sonne ausgetrocknete Hochland des Balkans. Mehrere Male fiel das Flugzeug tief durch Luftlöcher, und dann konnte man deutlich Steine, Felsspalten und Bergblumen erkennen.

Sofia tauchte inmitten seiner Hügel auf, eine kleine Stadt und grau unter grauem Himmel. Es schien das Ziel der meisten der Reisenden zu sein. »Ich wollte, ich könnte hier bleiben«, sagte Harriet.

Dobson lachte über ihre Albernheit. »Athen ist wirklich reizend«, sagte er. »Sie werden die charmantesten Leute dort treffen.« Er bereitete sich darauf vor, sie zu verlassen und sah nicht den geringsten Grund, warum sie nicht frohgestimmt allein weiterreisen sollte.

Nachdem das Flugzeug gelandet war, ging Harriet mit Dobson über das Flugfeld zur Sperre. Ein Chauffeur erwartete ihn, und als er sein Gepäck übergab, blickte Harriet zurück und sah, daß man ihren Koffer hinaus auf das Gras gestellt hatte. Ihr Flugzeug rollte über das Flugfeld.

Sie stieß einen Schrei aus und sagte: »Die fliegen ohne mich ab.«

»Bestimmt nicht«, sagte Dobson, aber das Flugzeug hob bereits vom Boden ab. Er sprach mit dem bulgarischen Chauffeur, der zum Zollgebäude ging und mit der Information zurückkam, daß das rumänische Flugzeug erklärt hatte, es würde nicht weiter als bis Sofia fliegen. Fluggäste nach Athen müßten mit der Deutschen Lufthansa weiterfliegen.

»Aber warum?« Harriet war alarmiert und erinnerte sich, wie Galpin gesagt hatte: »Wenn die Schwierigkeiten beginnen, wird der Flugverkehr als erstes eingestellt.« Sie fragte: »Was ist passiert?« Aber niemand konnte es ihr sagen.

Dobson sagte: »Wahrscheinlich hat ein Gerücht sie erschreckt. Sie kennen doch die Rumänen.«

Harriet sagte: »Aber ich kann nicht mit der Lufthansa fliegen.« Sie war zutiefst verängstigt. In Bukarest erzählte man sich die Geschichte, nach der einige englische Geschäftsleute in der Türkei mit der Lufthansa geflogen waren und entgegen dem Flugplan nicht nach Sofia sondern nach Wien gebracht wurden, wo sie verhaftet und interniert worden waren.

Dobson lächelte über ihre Angst. »Ich für meinen Teil würde mich in einer Lufthansamaschine sicherer fühlen als in einem rumänischen Flugzeug.«

»Aber es ist verboten.«

»Nur in einem allgemeinen Sinn. Sie werden hier nicht durch die Sperre gelassen, und Sie können auch nicht mehr zurück nach Bukarest: So bleibt Ihnen keine andere Wahl, als mit dem Transportmittel weiterzureisen, das verfügbar ist.«

Die große Lufthansamaschine stand auf dem Flugfeld mit einem deutschen Angestellten an der Treppe. Harriet wurde bei diesem Anblick übel. Verzweifelt flehte sie in ihrer Not Dobson an: »Bitte bleiben Sie bei mir, bis ich abfliege.«

Er sagte: »Ich fürchte, ich kann nicht. Der Gesandte erwartet mich zum Essen.«

Den Tränen nahe, flehte sie: »Aber es sind doch nur zwanzig Minuten.«

»Es tut mir sehr leid.« Dobson murmelte sein Bedauern.

Er hatte seine Leichtigkeit verloren, und sie verspürte etwas Unnachgiebiges hinter der Ehrerbietung, mit der er sagte: »Ich kann den Minister nicht warten lassen.«

Nachdem Dobson weggefahren war, blieb Harriet eine Weile auf der Bank neben der Flugzeughalle sitzen und starrte das deutsche Flugzeug an. Passagiere begannen einzusteigen, und es war ihr klar, daß es keinen Zweck hatte zu zögern. Wie ihr Dobson auseinandergesetzt hatte, konnte sie weder hierbleiben noch dahin zurückkehren, von wo sie gekommen war. Nun wußte sie, wie es einer staatenlosen Person ohne Heimat erging.

Fünf Männer stiegen hintereinander die Treppe zum Flugzeug hinauf, und alle erschienen ihr feindlich. Unmittelbar vor ihr war ein kleiner, alter Mann, der einen Spielzeughund – eine Art Sparschwein – an einer Leine mit sich zog. Er sah lächelnd zurück, und als sie sein graublondes Haar, sein stupsnasiges, rosafarbenes Gesicht und seine feuchtblauen Augen bemerkte, dachte sie, daß er ebenso finster wie die anderen wirkte. Als er jedoch zu dem Kontrolleur an der Treppe kam und einen britischen Paß vorzeigte, begann sie ihn anders zu sehen. Sie blickte über seine Schulter und las, daß er ein pensionierter Konsul namens Liversage war, in Sofia ansässig und 1865 geboren. Die Deutschen behandelten die beiden Engländer mit kühler Höflichkeit. Harriet war dem alten Mann mit seinem Spielzeughund dankbar für seine Anwesenheit.

Als sie das Flugzeug bestiegen, trat er zur Seite, um ihr die Wahl des Sitzplatzes zu überlassen, und nachdem sie sich gesetzt hatte, setzte er sich neben sie. Er nahm den Spielzeughund auf die Knie, tätschelte sein abgewetztes Fell und erklärte: »Ich sammle für Krankenhäuser. Habe schon Hunderte von Pfund zusammengebracht, wissen Sie. Tausende sogar. Sammle bereits seit über fünfzig Jahren.«

Die Reise schreckte sie nicht länger. Sie fragte sich: Wie groß ist die Wahrscheinlichkeit, daß sie ein Flugzeug umdirigieren, um eine junge Frau und einen fünfundsiebzigjährigen Mann gefangenzunehmen?

Während sie über das Gebirge flogen, plauderte Mr. Liversage ohne Pause, unterbrach sich nur, um Antworten auf manche Fragen zu erhalten, die er ihr gestellt hatte. Woher kam sie? Wohin ging sie? Was tat sie in diesem Teil der Welt?

»Ihr Mann war doch sicher in Oxford oder Cambridge?« fragte er. Er sprach freundlich, doch war die Frage ohne Zweifel für ihn von Wichtigkeit. Ihre Antwort würde ihren Status festlegen. Sie überlegte, ob sich eine Provinzuniversität wohl mit Oxford oder Cambridge vergleichen ließe. Sie entschied sich »Ja« zu sagen, und Mr. Liversage schien zufrieden.

In der Nähe der bulgarischen Grenze klarte der Himmel allmählich auf. Über Mazedonien tauchte das Flugzeug in strahlende Helligkeit, und plötzlich war die Ägäis zu sehen, die mit ihren pfauenähnlichen Blau- und Grüntönen gegen die goldene Küstenlinie von Thrakien abstach. Beinahe auf gleicher Höhe flogen sie an einem Berg vorbei, der wie ein umgestülpter Eimer aussah, doch bevor sie es noch erwähnen konnte, erzählte Mr. Liversage schon von etwas anderem. Während sie hinunterblickte und die Sporaden, violett eingesäumt von Seetang, in seichten jade- und türkisfarbenen Gewässern liegen sah, sprach Mr. Liversage über sein Leben in Sofia, wo er ein »schönes kleines Zuhause mit einem schönen kleinen Garten hatte und sehr glücklich gelebt hatte.« Man hatte ihm aber geraten zu gehen. Auch Bulgarien war durch den Krieg bedroht worden, der wie graue Lava nach Osten kroch, um sie alle zu verschlingen.

»Da wären wir nun!« sagte er, und seine alte Hand mit der schlaffen, leberfleckigen Haut tätschelte dabei den Körper des Hundes. »Auf dem Weg nach Athen. Werde mich wahrscheinlich dort niederlassen. Ein bißchen ulkig, was?«

Vielleicht war es das. Harriet lächelte zum ersten Mal, seit sie letzte Nacht die verwüstete Wohnung betreten hatte. Die Erinnerung verblaßte in dem Maße, wie sie aus der Welt des Balkans hinausflogen, alle Anzeichen des beginnenden Herbstes zurückließen und zum Sommer zurückkehrten. Drunten war alles goldrosa versengt. Die Sonne, die sich durch die Fenster ergoß, wurde mit der Zeit immer intensiver.

Während der gesamten Reise, die bis zum Abend dauerte, hielt Mr. Liversage seinen Hund auf den Knien. Er hatte ein Paket mit Sandwiches mitgebracht, die er mit Harriet teilte. Manchmal spannten sich beim Reden seine Hände so um den Hund, daß die Knöchel durchschienen, doch ließ sein nüchternes und fröhliches Verhalten vermuten, daß es für ihn eine alltägliche Sache war, auf diese Weise entwurzelt und heimatlos zu werden, und daß dies kein Grund zum Jammern war. Die Maschine flog planmäßig nach Süden und machte keinerlei Anstalten, vom Kurs abzuweichen. Tatsächlich waren sie bereits über Athen, wie Harriet bemerkte.

»Wir begegnen uns sicher wieder«, sagte Mr. Liversage, als die Maschine mit dem Sinkflug begann.

Sie sah die marmornen Fassaden und die umliegenden Hügel, beschienen vom rosavioletten Licht des Abends, und war dankbar, an solch einem wunderschönen Ort zur Ruhe zu kommen.

29

Als Harriet am nächsten Tag nach dem Essen Yakimov begegnete, fühlte sie sich wie vom Donner gerührt.

Sie war in fremden Straßen umhergewandert in einem Zustand der Schwerelosigkeit und des Losgelöstseins von allem, was sie zurückgelassen hatte. Am Abend zuvor war sie im Kino gewesen, wo die Wochenschau nicht die unbeugsame Macht der deutschen Panzerdivision gezeigt hatte, sondern eine Handvoll britischer Pioniere, die gerade in Nordafrika zwischen verdorrten Büschen eine Mine verlegten. Im Hinterhof hegte sie die Entschlossenheit, nach Bukarest zurückzukehren, aber in der Zwischenzeit machte sie die tröstliche Erfahrung dieser neuen Welt, wo Engländer zu sein soviel bedeutete, wie willkommen zu sein.

Yakimov, der wie eine Heuschrecke auf einem altmodischen Fahrrad saß, unterbrach einen Traum, indem er sie an die Vergangenheit erinnerte. Bei ihrem Anblick hüpfte er von seinem Gefährt, rannte die Straße hinunter und rief: »Mein liebes Kind! Das ist ja wunderbar! Was gibt es Neues vom Hispano?«

»Er ist verkauft worden.«

»*Nein!*« Er war ganz außer Atem, als er sie erreicht hatte, und wischte sich aufgeregt das Gesicht. »Just in dem Moment, wo sich Ihr armer, alter Yaki gefragt hat, wo er ein bißchen Kleingeld herkriegen könnte. Wieviel hat er eingebracht?«

»Sechzigtausend.«

»*Liebes Kind*!« Seine großen, blassen, flachen Augen schienen vor Entzücken aus den Höhlen zu treten, so daß sie nicht das Herz hatte, ihm zu sagen, daß seine sechzigtausend nunmehr weniger als zehn Pfund wert waren.

Er trug seinen Anzug aus Tussahseide und sein gelbes, indisches Hemd. Die dunklen Flecken unter seinen Achselhöhlen waren jetzt noch dunkler geworden und hatten Ränder von Salzkristallen. Über der Schulter hatte er einen Lederriemen, der eine Ledertasche voller Umdruckkopien enthielt. Sie fragte ihn, was er da in der Hitze des frühen Nachmittags auf dem Fahrrad machte.

»Muß das hier verteilen«, sagte er. »Vom Informationsbüro herausgegebene Mitteilungsblätter. Wichtige Sache. Gleich nach meiner Ankunft haben sie mich dazu verdonnert. Die wußten wahrscheinlich, daß ich Kriegskorrespondent gewesen bin. Konnte schlecht ablehnen. Mußte meinen Beitrag leisten. Ja, also...« Er machte Anstalten, wieder aufzusteigen und hielt das Rad so weit von sich weg, als ob es nicht nur unhandlich, sondern auch noch bösartig sei. »Ich darf sagen, Sie sind gerade noch rechtzeitig rausgekommen.«

Sie ergriff ihn am Arm. »Ist etwas passiert?«

»Ja, also, es gibt Gerüchte von einer deutschen Besetzung.«

»Aber Guy ist immer noch in Bukarest.«

Den Fuß bereits auf dem oberen Pedal, blinzelte Yakimov sie bestürzt an und sagte dann: »Da würde ich mir keine Gedanken machen, meine Liebe. Sie wissen, was diese Gerüchte wert sind.« Er schwang sich in den Sattel, fuhr schwankend an und machte wieder Winkewinke wie ein Baby. »Wir sehn uns bestimmt bald wieder«, sagte er. »Ich bin immer bei Zonar.«

Harriet stand auf der Straße und schaute ihm nach. Nach ein paar Minuten wurde sie wieder von ihrer alten Unruhe ergriffen, und sie fragte sich, wie sie wohl an diesem fremden Ort, wo ihr sogar das Alphabet unbekannt war, jemals herausfinden sollte, was vor sich ging. Ihr Hotel war klein, ruhig und billig und ein Zufluchtsort für Engländer. Dort könnte sie vielleicht von irgend jemandem etwas erfahren.

Im Aufenthaltsraum saßen vier Frauen, jede für sich in einer Ecke. Harriet entschied, daß die Dürre, die gerade Tee trank, nichts anderes als Engländerin sein konnte, und obwohl sie Fremden gegenüber normalerweise eher zurückhaltend war, sprach Harriet sie jetzt ohne Entschuldigung oder Vorwand an: »Können Sie mir, bitte, sagen, ob es etwas Neues aus Rumänien gibt?«

Die Frau schaute zuerst überrascht und dann, wegen Harriets wißbegieriger Formlosigkeit, mißbilligend drein. Es entstand eine Pause, bevor sie antwortete. »Wir haben in der Tat gerade Nachrichten gehört. Die Deutschen haben Rumänien besetzt.«

Ganz offensichtlich ließ das Ereignis diese Frauen kalt. Harriet spürte, daß sie als einzige wußte, was hinter dieser Verlautbarung stand, und platzte heraus: »Mein Mann ist dort.« Und sie erinnerte sich daran, wie ihr der Gedanke gekommen war, daß sie ihn vielleicht nie mehr wiedersehen würde.

Die Frau, die sie angesprochen hatte, sagte: »Man wird ihn in ein Gefangenenlager stecken. Nach dem Krieg werden Sie ihn wiederbekommen. Mein Mann ist tot.« Und nachdem sie diesen barschen Trost gespendet hatte, goß sie sich noch eine Tasse Tee ein.

Harriet ging in die Halle und bat den Hotelangestellten, ihr den Weg zur Britischen Gesandtschaft zu zeigen. In dem blendenden Licht des Nachmittags, das von den salzweißen Mauern zurückgeworfen wurde, wanderte sie durch die leeren Straßen und fand heraus, daß zu dieser Stunde lediglich ein maltesischer Pförtner in der Gesandtschaft war. Sie erzählte ihm ihre Geschichte und sagte: »Keiner weiß, was die Deutschen mit meinem Mann anstellen werden. Er steht auf einer Liste von Leuten, die von der Gestapo gesucht werden.« Sie preßte die Hände über die Augen, verspürte einen würgenden Schmerz und entsetzliche Gewissensbisse, weil sie ihn verlassen hatte, ohne sich darüber im klaren zu sein, in welcher Situation sie ihn zurückließ.

Der Pförtner war freundlich, wollte ihr helfen und sagte: »Vielleicht ist überhaupt nichts passiert. Sie wissen, wie sich solche Gerüchte verbreiten. Ich sage Ihnen, was ich tun werde: Ich werde mit Bukarest telefonieren. Ich lasse mich mit der Gesandtschaft verbinden und mir sagen, was es Neues gibt. Ich werde mich besonders nach Ihrem Mann erkundigen.«

»Wie lange werden Sie brauchen?«

»Eine Stunde, vielleicht auch zwei. Trinken Sie Tee in einem Café. Machen Sie einen Spaziergang. Und wenn Sie zurückkommen, dann werde ich wahrscheinlich gute Nachrichten für Sie haben.«

Aber als sie zurückkehrte, gab es keine Nachrichten. Dem Pförtner war es nicht gelungen, eine Verbindung mit Bukarest herzustellen. »Sie haben ›dichtgemacht‹«, sagte er und strahlte weiterhin Optimismus aus, aber sie konnte seine Verunsicherung spüren. Dieses »Dichtmachen« war der Beweis dafür, daß in dem Land etwas passiert war oder gerade passierte. Er versprach, es nochmals zu versuchen, und wieder machte sie sich auf, die Zeit totzuschlagen, indem sie abwechselnd in die eine und dann in die andere Richtung spazierte.

Als der Abend hereinbrach, war sie wieder in der Gesandtschaft. Der Pförtner konnte nur den Kopf schütteln. »Später«, sagte er, »ich versuch's nochmal.«

Harriet war zu erschöpft zum Gehen und setzte sich auf eine Bank vor der Kanzlei des Gesandten und beobachtete die Menschen, die kamen und gingen. Das Personal war zurückgekehrt, und der Pförtner mußte sich wieder um seine

Pflichten kümmern. Niemand sprach sie an, und sie hatte auch keine Lust, mit irgend jemandem zu reden. Es hätte wenig Sinn gehabt, die geschäftigen Beamten mit Fragen zu löchern. Falls es Neuigkeiten gäbe, würde der Pförtner sie ihr bringen. Irgendwann nach Einbruch der Dunkelheit kam er aus seinem Zimmer und schaute sie an. »Gehen Sie lieber nach Hause. Kommen Sie morgen früh wieder. Vielleicht kommen wir heute nacht durch.«

»Ist nachts jemand da?«

»Hier ist immer jemand da.«

»Dann kann ich also später nochmal zurückkommen?«

»Wenn Sie wollen. Versuchen Sie es vielleicht gegen elf Uhr.«

Sie war gezwungen, wieder auf die Straße hinauszugehen. Sie sehnte sich danach, ihre Not jemandem anzuvertrauen, und es fiel ihr nur Yakimov ein. Plötzlich erschien er ihr als Freund – als alter Freund. Im Gegensatz zu den Frauen im Hotel kannte er Guy und würde ihren Kummer verstehen.

Sie rannte den Hügel hinab zum Stadtzentrum. Auf der Hauptstraße begann sie, die Cafés zu durchsuchen, die für sie alle gleich aussahen. Früher am Tag hatten die Menschen draußen auf den Bürgersteigen gesessen, aber der Abend war frisch geworden. Die Stühle waren leer. Sie betrat ein Café nach dem anderen, machte schnell die Runde und wurde dabei fast verrückt. Als sie endlich auf Yakimov stieß, zitterte sie vor Erschöpfung und näherte sich der Verzweiflung.

Schockiert von ihrem Aussehen stand er auf und sagte: »Mein liebes Kind, was haben Sie denn?«

Sie versuchte zu sprechen, konnte aber lediglich den Kopf schütteln, da sie befürchtete, in Tränen auszubrechen.

»Setzen Sie sich«, sagte er. »Trinken Sie etwas.«

In Yakimovs Gesellschaft befand sich ein älterer Mann, kräftig gebaut, dessen weißes Haar im Kontrast zu seiner rosinenfarbenen Haut noch weißer aussah. Um ihr Zeit zu geben, sagte Yakimov freundlich: »Ich darf Ihnen Mustafa Bey vorstellen. Mus, alter Knabe, das ist Mrs. Pringle aus Bukarest. Eigentlich mag sie den alten Yaki nicht besonders.« Er lächelte sie an. »Was möchten Sie trinken? Wir sind gerade beim Brandy, aber Sie können hier alles kriegen. Whisky, Gin, *Ouzo* – was Sie wollen. Es geht alles auf Mus.«

Sie entschied sich für Brandy, und nachdem sie getrunken hatte, war sie soweit erholt, daß sie sprechen konnte. »Das mit der Besetzung Rumäniens durch die Deutschen«, sagte sie, »das muß wahr sein. Sie haben ›dichtgemacht‹. Sie wissen doch, was das bedeutet.«

Mustafa Bey nickte düster und schwer. »Es stimmt«, sagte er.

Harriet stockte der Atem und sie sagte: »Was wird mit Guy geschehen?«

»Guy ist kein Idiot«, sagte Yakimov. »Er kann auf sich selbst aufpassen, oder?«

»Am Abend vor meiner Abreise haben sie unsere Wohnung verwüstet.« Während sie sprach, sah Harriet, wie ein Zucken über Yakimovs Gesicht ging, und ihr fiel der Plan für die Ölquellen ein. Das Zucken verriet ihn. Sie wußte jetzt, wer den Plan genommen hatte, aber es spielte kaum eine Rolle. Sie hatte jetzt viel gewichtigere Sorgen.

Yakimov sagte gerade: »Die Gesandtschaft wird sich um den Jungen kümmern. Die haben alle möglichen Leute aus Frankreich und Italien herausbekommen. Dobbie mag Guy sehr gerne, und Dobbie ist ein feiner Kerl. Er würde nie einen Kumpel im Stich lassen.«

Harriet sagte: »Dobson ist in Sofia.«

»Nein! Lieber Himmel!« Ohne Zweifel mit Gedanken an seine sechzigtausend *Lei,* sagte Yakimov zu Mustafa Bey: »Ich könnte noch einen gebrauchen, mein Lieber.«

Mustafa Bey hob eine große, malvenfarbige Hand und gab dem Kellner ein Zeichen. Neuer Brandy wurde gebracht.

Harriets Erregung hatte nachgelassen und sie fühlte sich sehr müde. Sie betrachtete die Uhr an der Wand hinter Yakimov, während er von den Annehmlichkeiten in Athen sprach. Das Essen, sagte er, sei reichhaltig.

»Und eine Menge unserer Freunde sind da: Toby Lush, zum Beispiel.«

»Toby Lush ist hier?«

»Ja, In einer sehr einflußreichen Position, wie man mir sagt. Genau wie sein Freund Dubedat. Und ein Lord Pinkrose ist gerade aus Bukarest angekommen. Sie werden sich hier ganz wie zu Hause fühlen, wenn Sie erstmal eine Wohnung haben.«

Harriet nickte. Sie dachte an Guy und dachte an Sascha. Sie fragte sich, ob sie sich ohne die beiden jemals wieder irgendwo auf der Welt zu Hause fühlen würde. Sie fragte, wie lange Yakimov schon in Athen war.

»Erst eine Woche.« Yakimov hatte die unkomplizierte Großartigkeit seines Auftretens, mit der er zu Beginn auf die Bukarester Gesellschaft losgestürmt war, wiedergewonnen und schien hier in seinem neuen Schlupfwinkel, in dem ihn noch niemand durchschaut hatte, völlig mit sich im reinen zu sein.

Als sich der Zeiger der Uhr auf elf zubewegte, konnte sie kaum noch atmen; unfähig, mehr zu ertragen, sprang sie plötzlich auf und sagte: »Ich muß in die Gesandtschaft zurück.«

Yakimov erhob sich ebenfalls. »Ich komme mit.«

Sie war überrascht. »Machen Sie sich bitte keine Umstände«, sagte sie. »Sie waren sehr freundlich, aber...«

»Natürlich komme ich mit, meine Liebe. Ihr armer, alter Yaki ist nicht so schlecht, wie Sie glauben. Immer Kavalier, wissen Sie, immer Kavalier.« Sein zobelgefütterter Mantel war auf dem Stuhl hinter ihm gehangen. Jetzt drapierte er ihn um die Schultern, nahm eine Pose flotter Eleganz ein und sagte zu Mustafa Bey: »Ich bin gleich wieder zurück.«

Mustafa Bey nickte mit bleierner Förmlichkeit.

»Entzückender Ort«, sagte Yakimov, als sie auf der Straße waren. »Die nettesten Leute. Mustafa ist ein lieber alter Freund. Dollie und ich wohnten bei ihm, als er ein Haus in Smyrna hatte. Er war mal Millionär oder sowas. Jetzt ist er total abgebrannt, genau wie Ihr armer, alter Yaki.«

Von glücklicheren Zeiten schwärmend, ging er mit ihr den Hügel zur Gesandtschaftsvilla hinauf. Als sie vor der Tür standen, sagte sie: »Würden Sie hineingehen und fragen?« Irgendwie fühlte sie, daß ein Schock weniger schockierend wäre, wenn er von jemand anders überbracht werden würde.

Yakimov schlurfte hinein, als ob er mit seiner Bereitwilligkeit demonstrieren wollte, daß es nichts zu befürchten gab. Sie lehnte sich gegen einen Laternenpfahl. Die Straße war leer, und mit Ausnahme des Lichtscheins aus der Kanzlei der Gesandtschaft gab es keine Anzeichen von Leben. Sie beobachtete die Tür, durch die Yakimov eingetreten war. Er war kaum drinnen, als er auch schon wieder herauskam und dabei lächelte wie jemand, der Geschenke mitbringt. Ihre Stimmung änderte sich sprunghaft, als er fröhlich sagte: »Genau, wie ich es mir dachte, meine Liebe. Alles in Ordnung. Bukarest ist ruhig. Es stimmt, daß eine Besatzungsarmee erwartet wird, aber davon ist noch nichts zu sehen. Die Gesandtschaft rührt sich nicht vom Fleck, und sie sagen, daß britische Staatsbürger nicht belästigt werden. Nach meiner Vermutung wird der liebe Junge in allterkürzester Zeit bei Ihnen sein.«

Urplötzlich aller Zweifel beraubt und zu müde zum Sprechen, begann sie zu weinen. Sie weinte wegen Sascha, wegen ihres roten Kätzchens, wegen des einsam auf dem Flugplatz stehenden Guys, wegen der aufgegebenen Wohnung, wegen der auf dem Fußboden zurückgelassenen, kaputten Bücher, wegen des Krieges und einer Unendlichkeit von Leid und wegen des Durcheinanders in der Welt.

Yakimov sagte nichts und führte sie sanft den Hügel hinunter. Als sie anfing zu schniefen und sich die Nase zu putzen, fragte er, wo sie wohnte.

Am Eingang zum Hotel sagte er: »Einmal richtig ausschlafen, und die Welt sieht gleich ganz anders aus.«

»Sie sind sehr nett zu mir gewesen«, sagte Harriet. »Ich wollte, ich könnte mich dafür irgendwie revanchieren.«

Er lachte in bescheidenem Erstaunen. »Aber meine Liebe! Schauen Sie doch nur, was Sie getan haben! Sie haben Yaki bei sich aufgenommen. Sie haben ihm ein Zuhause gegeben. Wer könnte mehr tun?«

»Ich fürchte, das war Guys Idee.«

»Aber Sie haben mir etwas zu essen gegeben. Sie haben mich bleiben lassen.«

Sie schämte sich, weil sie das, was sie getan hatte, so widerwillig getan hatte. Sie sagte: »Wie ich sehe, haben Sie immer noch Ihren wunderschönen Mantel.«

Er bejahte eifrig, schlug den Frontsaum um und enthüllte in dem Licht des Hoteleingangs das abgetragene Zobelfutter. »Habe ich Ihnen jemals erzählt, daß ihn der Zar meinem armen, alten Vater gab?«

»Ich glaube, Sie haben es einmal erwähnt.«

Er hob ihre Hand und führte sie zu seinen Lippen. »Wenn Sie mich brauchen, werden Sie mich immer bei Zonar finden.« Er tätschelte ihre Hand, bevor er sie fallen ließ und sagte: »Gute Nacht, liebes Kind.«

»Gute Nacht.«

Er winkte, bevor er sich abwandte. Als er davonging, schleifte der Saum seines Mantels auf dem Bürgersteig hinter ihm her.